HERBERT ROSENDORFER

Das Messingherz

Roman

NYMPHENBURGER

2. Auflage

Gesamtherstellung: Welsermühl, Wels
ISBN 3-485-00368-9
Printed in Austria

Dem Andenken von
Fräulein Mary Doll
gewidmet

Erster Teil

I

Es heißt, man ahne nicht, wie viele Flugunfälle, also Zusammenstöße von Flugzeugen in der Luft, nur um ein Haar vermieden werden, und zwar immer mehr oder weniger durch Zufall. Es ist so viel Platz in der Luft, meint man, man kann nicht nur nach rechts oder links ausweichen, auch nach oben oder unten; trotzdem stoßen immer wieder Flugzeuge ums Haar zusammen. Experten, heißt es, könnten sich gar nicht erklären, wieso es nicht zu viel, viel mehr schwerwiegenden Luftkollisionen käme. Experten, heißt es, sprächen gelegentlich von Wundern. Ein Laie kann das alles natürlich nicht nachprüfen und nichts anderes tun als sich sagen: in ein paar Jahren, wenn es kein Erdöl mehr gibt oder nur noch so viel, daß es kein Mensch mehr bezahlen kann, hört diese unsinnige Verschwendung, die man Fliegen oder Luftverkehr nennt, ohnedies auf.

Der Pilot des Militärflugzeuges, der am 28. Juli, einem Mittwoch, in einigen tausend Metern Höhe etwas unvorschriftsmäßig den Kurs ein wenig zu weit westlich nahm, verfehlte das Flugzeug des anderen Piloten, der auch etwas unvorschriftsmäßig den Kurs ein wenig zu weit östlich nahm, um etwa 400 Meter, was – etwa auf Autodimensionen übertragen – bedeutet, daß nur ein oder zwei Zentimeter bis zum Zusammenstoß gefehlt haben. Keiner der Piloten machte Meldung. Der Vorfall blieb aber dennoch nicht unbeobachtet. Von einigen – südlichen – Stadtteilen Münchens aus gesehen, boten die Kondensstreifen der beiden Flugzeuge, die selber am hellen und sommerlichen, wolkenlosen Abendhimmel nicht zu sehen waren, weil sie so hoch flogen, ein schräg liegendes Kreuz, ein flaches X, zwei weiße, zarte, aber entschiedene Federstriche.

Ausgestrichen, dachte Albin Kessel.

Die Flugzeuge flogen selbstverständlich weiter, die Kondensstreifen lösten sich sehr bald auf oder, besser gesagt, zogen weiter, entfernten sich voneinander. Das flache X war nur einige Augenblicke lang zu sehen, und gerade in einem dieser

Augenblicke war Albin Kessel ans Fenster getreten, um hinunterzuschauen, ob Frau Kessel mit der Person, die Kessel vorerst ›die neue Tochter‹ nannte, nicht bald käme. Kessels Gesicht spiegelte sich in der Scheibe, die fernen, ein wenig unvorschriftsmäßig fliegenden Düsenjäger strichen das Gesicht mit einem schräg liegenden, flachen Kreuz, mit zwei weißen Federstrichen aus.

Blödsinn, dachte Albin Kessel. Wenn ich auf den Balkon hinausgegangen wäre, hätte ich die weißen Federstriche überhaupt nicht gesehen oder mindestens nicht über meinem Gesicht. *Wenn,* dachte sich Albin Kessel, öffnete die Balkontür und trat hinaus bis ans Geländer, wenn *vor* Renate und der neuen Tochter noch eine Straßenbahn vorbeifährt, dann hat das mit dem ausgestrichenen Gesicht nichts zu bedeuten.

Dieses Orakel war ziemlich sicher, denn an dem Haus – ein achtstöckiges Haus in einer Siedlung mit vielleicht drei Dutzend anderen achtstöckigen Häusern – fuhr um diese Tageszeit (sieben Uhr abends) alle Augenblicke eine Trambahn vorbei. Aber kaum hatte Albin Kessel sein Orakel festgesetzt, läutete es.

Albin Kessel ging schnell zurück in die Wohnung, drückte auf den Türöffner und nahm gleichzeitig den Hörer der Sprechanlage von der Gabel. »Wir sind es«, hörte er Renates Stimme, dann Schritte und das Zuschlagen der Haustür.

Es hat trotzdem nichts zu bedeuten, sagte sich Kessel, abgesehen davon, daß, glaube ich, während ich mein ausgestrichenes Gesicht gesehen habe, eine Trambahn vorbeigefahren ist. Außerdem: was soll ein ausgestrichenes Gesicht bedeuten in diesem Zusammenhang? Gar nichts.

Kessels wohnten im sechsten Stock. Es würde eine Zeitlang dauern, bis der Lift unten war und dann mit den beiden wieder heroben. Kessel überlegte, ob er vorgehen sollte bis zum Lift, blieb aber dann unter der Eingangstür zur Wohnung stehen. Die beiden würden ja wohl nicht schwer zu tragen haben.

Albin Kessel hatte natürlich gewußt, daß Frau Renate Wünse schon einmal verheiratet gewesen war. Da Frau Wünse in der Regel nur sehr schlecht von ihrem geschiedenen Mann sprach, der ein ewiger Student, ein Waschlappen und Muttersöhnchen gewesen sein mußte, war Albin Kessel auch nicht eifersüchtig auf den verflossenen Herrn Wünse. Daß Frau Wünse eine damals elfjährige Tochter besaß, hatte sie Albin erst einige Tage vor der Hochzeit erzählt. Albin Kessel, der in seinen eigenen vorangegangenen Ehen von Frauen schlimmere Sachen erfahren hatte, nahm diese späte Beichte nicht tragisch. Er fragte natürlich, warum sie ihm das nicht früher gesagt habe. Weil, sagte Renate, sie das Sorgerecht für das Kind nicht habe, und weil, wenn er das erführe, er wisse, daß sie nicht unschuldig geschieden sei, daß sie also noch mehr ›Vergangenheit‹ habe und daß sie befürchte ... Albin hatte ihr das Wort mit der Frage abgeschnitten: ob sie ihn denn für kindisch halte?

Das Kind, hieß es, sei beim Vater, beim Herrn Wünse in Lüdenscheid, wo Wünses eine Knopffabrik hatten. Nein, hieß es später, schon beim Vater gewissermaßen, da der Vater das Sorgerecht habe, aber eigentlich in einem Internat. Albin Kessel interessierte sich nicht sehr für diese Sache. Offenbar war Renate das auch lieber. Sie zeigte ihm nie ein Bild von dem Kind. Briefe kamen sehr selten. Ob und wie oft Renate dem Kind schrieb, entzog sich der Kenntnis Kessels. Vielleicht erledigte sie das in der Buchhandlung, wenn keine Kunden da waren.

In den Sommerferien des vorigen Jahres war Renate für eine knappe Woche weggefahren. Ihr Vater war damals sechzig Jahre alt geworden. Bevor Albin etwas sagen konnte, schlug Renate vor: Albin solle daheimbleiben, denn erstens sei ihm der Trubel an fremder Verwandtschaft sicher unangenehm, und zweitens wolle sie nach dem Geburtstagsfest auf einem kleinen Umweg die Tochter besuchen. »In Lüdenscheid?« hatte Albin Kessel gefragt. »Nein«, hatte Renate gesagt, »im Internat.« – »Ist das Kind auch in den Ferien im Internat?« – »Ja, manchmal«, hatte Renate geantwortet.

Da nach ihrer Rückkehr Renate keinerlei Veränderungen zeigte, hatte Albin keinen Anlaß, irgend etwas zu fragen. Von sich aus erzählte Renate nichts. Nur einige Tage später sagte sie beiläufig, daß es dem Kind gut gehe.

Kerstin hieß das Kind.

»Kerstin«, sagte Albin Kessel, »ist kein Name. Kerstin ist eine Abkürzung, besser gesagt eine Verballhornung; eine lappländische Verballhornung von Christine oder Christina«, und außerdem wecke der Name die Assoziation Klistier.

Renate hatte große Augen gemacht: ja, sie hätte das Kind auch lieber anders genannt, Petra möglicherweise, oder eventuell auch Andrea, aber ihre damalige Schwiegermutter habe sich durchgesetzt, das heißt, habe dem Sohn so weit den Rükken gestärkt, daß er sich durchgesetzt habe. Aber es sei nicht so gewesen, daß man gestritten habe. Kerstin sei ihr auch recht gewesen. Sie finde den Namen sogar recht hübsch. Viele Mädchen hießen Kerstin. Kerstin klinge nicht wie Klistier, sondern wie . . ., wie das Klingeln von Schlittenglocken an einem klaren, sonnigen Wintermorgen, irgendwie fröhlich und frisch, frech und blond.

Mein Kind, dachte Albin Kessel darauf, ist es ja nicht.

Nachdem Briefe gewechselt wurden – heuer seit Ostern etwa –, und nachdem sich in offenbar langwierigen Verhandlungen herauskristallisiert hatte, daß Kerstin in diesem Jahr mit der Mutter in Ferien fahren sollte, hatte Renate gelegentlich geäußert, daß Kerstin ein wenig schwierig sei. »Sie ist schwierig, macht einem aber auch viel Freude.«

Das hatte Wiltrud, erinnerte sich Kessel, auch von ihrem Hund gesagt.

Bevor Kessel Kerstin sah, hörte er sie. »Das Kind hat einen Mitteilungsstau«, sagte Renate später, »begreiflich, oder nicht? Sie hat mich ein Jahr lang nicht gesehen. Sie hat vermutlich seit Ostern überhaupt niemanden von ihrer Verwandtschaft gesehen. Da ist es doch begreiflich, daß sich ein Mitteilungsstau bildet, der sich zunächst einmal Bahn brechen muß.«

Wenn man täglich mit einem Lift mehrmals sechs Stock hinunter- und hinauffährt, weiß man auf den Bruchteil einer Sekunde genau, wie lange er für ein Stockwerk braucht. Zurückgerechnet von dem Moment, wo Renate Kessel mit ihrem Kind Kerstin Wünse im sechsten Stock aus der Lifttür trat (Renate ging voraus, hielt mit einer schottisch karierten

Reisetasche, an die ein Regenschirm ohne Griff gebunden war, die Tür auf, daß Kerstin nachkommen konnte, die eine Art Seesack aus braunem Kunstleder mit beiden Händen schleppte), zurückgerechnet von diesem Moment mußten sich Mutter und Tochter im zweiten Stock befunden haben, als Kessel Kerstins Stimme hörte. Als sie im vierten Stock waren, konnte Kessel bereits verstehen, was sie sagte. Kerstins Stimme war nicht eigentlich laut, aber scharf und durchdringend. Sie sprach, kam es Albin Kessel vor, eine Idee höher als ihre eigentliche, angeborene Stimmlage (die Technik der sogenannten strahlenden Tenöre), sie sprach, musikalisch gesprochen, um einen Viertelton falsch, und sie sprach, das war ein anderer Aspekt, mit einem stets leicht vorwurfsvollen Unterton. Es gibt so Leute, dachte Albin Kessel, die nehmen in ihrer Rede stets schon die Klage vorweg, daß man ihnen nicht genau zuhört. Bei einem Kind hatte Albin Kessel das noch nicht erlebt.

Kerstin redete, während sie ihre Sachen auspackte, redete während des Abendessens, redete, während sie sich – widerwillig – im Bad duschte, redete sogar während des Zähneputzens, redete eine halbe Stunde auf ihre Mutter ein, als sie schon im Bett lag, und nachdem Renate gute Nacht gesagt, das Licht ausgelöscht und die Tür zugemacht hatte, redete das Kind noch eine Weile mit sich selber.

»Wahrscheinlich redet sie auch im Schlaf«, sagte Albin Kessel, als sich Renate endlich zu ihm ins Wohnzimmer setzte.

»Das ist gehässig«, sagte Renate und erklärte dann das mit dem Mitteilungsstau.

Was das Kind geredet hatte, hätte Kessel nicht zu sagen gewußt, erstens, weil es sehr schnell, zweitens häufig mit vollem Mund und drittens in einem ausgeprägten, Kessel nicht geläufigen Dialekt, wohl Lüdenscheidisch, geredet hatte. Merkwürdig, dachte sich Albin Kessel (sagte es aber nicht), jetzt hat das Kind knapp zwei Stunden ununterbrochen geredet, und ich wüßte mit dem besten Willen nicht aufzuzählen, was; doch, eine einzige Aussage habe ich behalten: daß das Kind eine Stoffkatze hat, die Blümchen heißt. (»Blümschen«, hatte Kerstin gesagt.)

»Und sonst redet sie nicht soviel?« fragte Kessel.
»Aber nein«, sagte Renate, »das ist nur der Mitteilungsstau.«
Hoffentlich, dachte Kessel.
Durch das Übergewicht der akustischen Erscheinung Kerstins hatte Albin Kessel das optische Bild des Kindes kaum wahrgenommen. Nur so viel war ihm aufgefallen, daß nicht die mindeste Ähnlichkeit zwischen der schwarzhaarigen Mutter – welche Bedeutung diese schwarzen Haare für Kessel hatten, wird noch eingehend zu schildern sein – und der strohblonden Tochter bestand.
Kerstin, das hatte Albin Kessel in den nächsten Wochen leidvoll Gelegenheit zu beobachten, ein für ihr Alter sehr kleines Kind, hatte, abgesehen von einigen rötlichen Pickelkolonien unter dem einen Auge, neben dem Mundwinkel und am Hals, sehr bleiche, fast weiße Haut. »Die Pickelflecken«, sagte Renate, »haben nichts zu bedeuten. Das sind Pubertätserscheinungen, die habe ich auch gehabt. Das hat sie von mir.« Die Pickelflecken wechselten rasch und oft den Ort, blieben aber in der Zahl konstant. »Genau wie bei mir«, sagte Renate. »Das hat sich erst mit vierzehn, fünfzehn verloren. Übrigens stimmt es nicht, was du sagst: sie wäre mir nicht ähnlich. Sie hat genau meine Kopfform.« Renate suchte ein Kinderbild von sich heraus und zeigte es Kessel.
Kessel sagte nichts. Das Kinderbild zeigte ein dunkelhaariges Mädchen, das, abgesehen von Babybacken, ein schmales Gesicht hatte. Kerstin hatte einen nahezu kugelförmigen Kopf, eher breit als lang, eine kleine, aber kartoffelartige Nase, die praktisch ohne Nasenrücken aus dem Gesicht wuchs (in der Familie, erfuhr Kessel später, lautete die diesbezügliche Sprachregelung ›hübsche, freche Stupsnase‹), und ein winzig kleines, spitziges Kinn, das als einziges die Kugelgestalt des Kopfes sprengte. Das – buchstäblich – hervorstechendste an dem Kindergesicht war der stets trichter- oder schlauchartig vorgestülpte Mund. Wahrscheinlich – dachte Albin Kessel, sagte es aber nicht – kommt das vom vielen Reden. Der Mund franst aus.
Der Graphiker Wermut Graef, einer der besten Freunde Kessels, der einzige, dem er manchmal an seinen ›aufrichtigen

Dienstagen‹ Beichten und Geständnisse ablegte, Wermut Graef, der nicht nur über verblüffend klare Ansichten verfügte (für andere, für sich selber nicht), sondern auch über stupende Verkürzungen und brillante Bezeichnungen für alle Objekte der Umwelt und des Lebens, sah Kerstin am Donnerstag, den 29. Juli, als Kessel mit dem Kind auf dem Weg war, um Renate von der Buchhandlung abzuholen. Da das immer noch ständig redende Kind vorauslief – Kessel traf Graef zufällig in Sichtweite der Buchhandlung an der Ecke Salvator-/Theatinerstraße –, ergab sich die Gelegenheit für ein kurzes Gespräch.

»Was ist das für ein Kind?« fragte Graef.

»Renates neue Tochter«, sagte Kessel.

»Wieso neu? Die ist doch zehn Jahre alt?«

»Zwölf«, sagte Kessel. »Für sie nicht neu, nur für mich.«

»Ahso«, sagte Graef. Er schaute dem Kind nach.

»Und?« fragte Kessel, »was sagst du zu dem Kind?«

»Es sieht aus«, sagte Graef, »wie ein beleidigter Engerling.«

Die Veränderung am Namensschild vor der Eingangstür bemerkte Kessel erst vor dem Schlafengehen. Kessel hatte die Angewohnheit, bevor er die Tür am Abend zuschloß, noch einmal in den Hausgang hinauszuschauen. Dann machte er die Tür zu, hängte innen die Sperrkette ein, drehte den Schlüssel zweimal um, und dann – eine völlig unsinnige Handlung – prüfte er durch leichtes Rütteln an der Türklinke, ob die Tür auch wirklich zu war. Er hatte mehrere Anläufe genommen, sich dieses sinnlose Kontrollrütteln abzugewöhnen. Die Versuche hatten stets den gleichen Verlauf genommen: Kessel hatte sich unter Aufbietung aller Kräfte gezwungen, nach dem zweimaligen Umdrehen des Schlüssels die Türklinke nicht mehr anzufassen. Er konnte daraufhin keinen klaren Gedanken mehr fassen. Ruhelos ging er in der Wohnung auf und ab. Seine Gedanken hingen an der ungerüttelten Türklinke wie an einer schmerzhaften Wunde. Von Schlaf war nicht die Rede. Zum Lesen im Bett fehlte ihm die Konzentration. Das unterlassene Rütteln schwoll in ihm an wie eine Blähung, bis er endlich aus dem Bett sprang, hinauslief und rüttelte ... eine Befreiung wie nach einem gezogenen wehen Zahn. Als Kessel an diesem Abend vor dem Zusperren und Rütteln vor die Tür hinausschaute, sah er, daß das Namensschild KESSEL überklebt war, und zwar mit einem breiten Streifen Leukoplast, auf dem mit Kugelschreiber untereinander geschrieben stand:

Kessel
Wünse

Es war Renates Handschrift.
»Warum?« sagte Renate. »Ganz einfach: das Kind heißt doch Wünse.«
»Ja, schon«, sagte Kessel.
»Und es wohnt doch jetzt hier.«
»Bleibt es hier?« fragte Kessel.
»Nein, aber bis wir in die Ferien fahren.«
»Wir fahren doch am Samstag?«
»Ja, natürlich. Aber bis Samstag wohnt sie hier.«
»Erwartet sie Besuch? Hast du Angst, daß jemand sie nicht findet?«
»Unsinn«, sagte Renate. »Aber das Kind hat doch eine Freude, wenn auch *sein* Name draußen steht.«
Das war selbstverständlich nicht der wahre Grund. Frau Kessel holte tief Atem und sagte nach einer Pause: »Außerdem.«
»Was außerdem?« fragte Kessel.
»Ich habe gedacht, es ist besser«, sagte Renate.
»Was ist besser?«
»Es ändert natürlich gar nichts zwischen uns, und du kannst natürlich zu mir kommen, wenn das Kind schläft, wenn du willst, heute, oder ich komme zu dir herüber; aber es ist doch besser, glaube ich, du schläfst hier auf dem Sofa. Ich mache dir das Bett hier auf dem Sofa.«
»Wegen dem Kind?«
»Ja. Heute. Nur das erste Mal. Das Kind ist doch – es ist –, für mich wäre es, wäre ich in ihrem Alter in ihre Situation gekommen, ein Schock gewesen.«

»Und wie willst du ihr das Doppelbett im Schlafzimmer erklären?«
»Ich werde ihr alles erklären«, sagte Renate, »nach und nach.«
Wenn du zu Wort kommst, dachte sich Albin Kessel.
»Soll das heißen –«, sagte Kessel.
»Es ändert sich aber doch nichts zwischen uns deswegen.«
Renate setzte sich schräg aufs Sofa, so daß ihr Rock bis über die Hüften rutschte. Sie trug, es war sehr warm, ein Höschen, das eigentlich nur aus zwei weißen Dreieckchen bestand, die seitlich von einem schmalen Gummiband zusammengehalten wurden. Kessel schien es, als sei das ein nicht ganz unabsichtliches Manöver, und beschloß sogleich, heute keinen Blick dafür zu haben. Es war aber unabsichtlich. Renate spürte Kessels kurzen Blick und zog den Rock zurecht.
»Weiß sie denn nicht, daß wir verheiratet sind?«
»Nicht direkt«, sagte Renate.
»Ach so«, sagte Kessel. »Weiß sie, daß du von ihrem Vater geschieden bist?«
»Man muß einem Kind, noch dazu so einem sensiblen und in gewissem Sinn labilen Kind«, sagte Renate, »solche Dinge in vorsichtiger und geeigneter Form beibringen.«
»Wie lang bist du von deinem Wünse geschieden?«
»1973« sagte Renate, »aber –«
»Und du bildest dir ein, das Kind hat seit 1973 nicht gemerkt . . .?«
»Kurti und ich [Kurti war Wünse] sind damals übereingekommen, daß man das Problem langsam an das Kind heranreifen lassen soll.«
»Und wieviel von dem Problem habt ihr seitdem an das Kind heranreifen lassen?«
»Das Kind weiß, daß es zwischen seinem Vater und mir nicht zum besten steht.«
»So«, sagte Albin Kessel. »Und wann sagst du ihr den Rest?«
»Morgen«, sagte Renate.
»Dann darf ich morgen wieder bei dir im Schlafzimmer übernachten?«
»Du kannst auch heute im Schlafzimmer übernachten, und

ich schlafe hier, wenn dir das lieber ist. Das geht natürlich auch.«
»Nein, nein«, sagte Albin Kessel. »Mache hier das Bett ruhig für mich.«
»Danke«, sagte Renate und gab Kessel einen Kuß.
Aber Kessel ging zum Fernsehapparat und schaltete ihn ein.
»Mach ihn nicht zu laut«, sagte Renate.

In der Nacht vom Mittwoch auf Donnerstag, in der Nacht, in der Renate Kessel allein im Doppelbett des Schlafzimmers, die neue Tochter Kerstin, ›der beleidigte Engerling‹, auf der Liege in Albin Kessels Arbeitszimmer und Kessel selber auf dem Sofa im Wohnzimmer schliefen, träumte Kessel, daß er einige Bücher in die Staatsbibliothek nach Ablauf der Ausleihfrist zurückgebracht hatte. Das Mädchen am Schalter hatte zu Kessel gesagt: »Gut. Es sind alle.« Daheim sah aber Kessel, daß doch noch ein Buch auf seinem Schreibtisch lag, das der Staatsbibliothek gehörte. Kessel überlegte im Traum, ob er nun das Buch behalten dürfe oder solle, oder ob es nicht eine doppelte Kontrolle in der Staatsbibliothek gäbe und die Bibliothek nicht doch eines Tages draufkäme, daß Kessel das Buch noch habe.
Noch im Aufwachen, während das Telephon läutete, und sogar einige Zeit danach beschäftigte Kessel der Gedanke, ob er das Buch behalten solle oder nicht. Aber er hatte schon seit einem halben Jahr kein Buch mehr aus der Staatsbibliothek ausgeliehen, seit der – leider völlig überflüssigen – Arbeit an den *Gnicken* nicht mehr.
Buch, schlug Kessel nach, bedeutete: *Tiefere Einsichten.* Das Stichwort *geliehenes Buch* oder *ausgeliehenes Buch* gab es nicht, wohl aber *Fremdes Buch: trifft am dritten Tag ein.* Kessel rechnete nach: Donnerstag, Freitag, Samstag. Tiefere Einsichten also am Samstag, auf der Fahrt nach Südfrankreich?
Kessel putzte sich die Zähne, rasierte sich, gleichzeitig richtete er, zwischen Bad und Küche hin und her laufend, alles für sein Frühstück her und kochte den Tee. »Zieh einen Morgenmantel an«, hatte Renate in der Früh gesagt, als sie, schon

angezogen und fertig zum Fortgehen, ins Wohnzimmer gekommen war und Kessel einen Kuß gab, »und lauf heute nicht nackt in der Wohnung herum. Bitte. Bist du beleidigt?«
»Nein«, hatte Kessel geknurrt.
Kessel war dann wieder eingeschlafen. Der Traum vom fremden Buch war danach, vor dem Aufwachen, gewesen, kurz vor dem Aufwecken durch das Läuten des Telephons, durch das Läuten unterbrochen. Renate hatte angerufen. Es war halb elf Uhr.
»Wie geht es euch?« hatte Renate gefragt. Ihre Stimme klang sehr munter und aufgeräumt.
»Wie bitte?«
»Wie es euch geht?«
»Ach so«, sagte Kessel, »sie schläft noch. Ich habe auch noch geschlafen.«
»Ihr beiden Murmeltiere. Bitte denk daran: Schäfchen trinkt Nesquick.«
»Wer?«
»Schäfchen, also Kerstin. Ich habe Nesquick gekauft. Ein braunes Pulver. Ich habe es dir aufgeschrieben. Der Zettel liegt auf dem Tisch in der Küche. Du mußt die Milch warm machen und dann das Pulver –«
»Kann das Kind das nicht selber?«
»Aber es hat doch Ferien!«
»Gut. Vorerst ist sie noch gar nicht auf.«
»Und zieh einen Morgenmantel an. Lauf nicht nackt herum.«
»Nein«, sagte Kessel.
»Es kommt ein Kunde, ich muß auflegen. Bis heute abend.«
Der Tee war fertig. Albin frühstückte in der Küche. Schäfchen . . ., dachte Albin. Schäfchen scheint einen gesegneten Schlaf zu haben. Wahrscheinlich erschöpft einen so ein losgelassener Mitteilungsstau. Sie ist weder durch das Telephon, durch das Hin- und Hergehen zwischen Küche und Bad, noch durch das Pfeifen des Teekessels aufgewacht. Wer schläft, redet nicht, dachte Kessel. Die Teekanne hatte einen angeschlagenen Ausguß, und man schüttete deshalb zwangsläufig immer etwas daneben. Vom Honorar der *Gnicken* hatte sich Albin eine silberne Teekanne kaufen wollen. Er-

stens war das seit langen Jahren ein Wunsch von ihm: eine schöne, silberne englische Teekanne mit Füßchen, und zweitens verschüttete man mit einer silbernen Kanne, wenn sie richtig konstruiert ist, nichts. Von einer silbernen Teekanne springt nichts ab. Wenn sie hinunterfällt, wird sie höchstens verbeult, und das kann man mit einem zierlichen, hübschen Hammer, einem Hämmerchen, wieder ausbeulen.

Aber die *Gnicken* waren nie erschienen. Außer einem sehr bescheidenen Vorschuß, der ihn warnen hätte sollen, hatte Kessel für die *Gnicken* nichts bekommen. Im Grunde genommen hätte Kessel, überlegte er, auf so einen windigen Vorschuß von achthundert Mark hin nicht mehr als die ersten beiden Kapitel schreiben dürfen.

1973 – Kessel hatte noch in der verlassenen Wohnung der *Kommune Prinzregent Luitpold* gehaust, war der Grodenberg-Verlag an ihn herangetreten. Es war das erste Mal im Leben Kessels gewesen, daß ein Verlag von sich aus bei ihm angefragt hatte. Die Welle der Völker-Bücher war damals, 1973, schon fast wieder vorbei: Phönizier, Kelten, Germanen, Mongolen, Ägypter waren schon in populär-gefälliger Art abgehandelt von Schriftstellern, die C. F. Wood oder Philipp Vandenberg hießen und Sachkenntnis durch journalistischen Schwung und globale Betrachtungsweise ersetzten. Herrn Dr. Grodenberg, der sonst auf Tierbücher und Kalender spezialisiert war, fiel es spät ein, sich auch noch an den Trend der Völker-Bücher anzuhängen. Als Autoren kamen natürlich die der ersten Garnitur, Grass und Böll oder Bieler und Kempowski, nicht in Frage, die schrieben so etwas nicht, schon gar nicht für den Grodenberg-Verlag. Die minderen Schreiber waren mit ihren Völker-Büchern längst bei anderen Verlagen unter Vertrag. Durch Jakob Schwalbe, der eine Zeitlang Mitglied der *Kommune Prinzregent Luitpold* gewesen war, war Herr Dr. Grodenberg auf Kessel gekommen.

Albin Kessel war ein literarischer Außenseiter schon allein deswegen, weil er – mit einer Ausnahme – nur kurze lyrische Gedichte und Aphorismen geschrieben hatte. Diese kleinen Formen boten sich Kessel an, weil er schlampig war. Er verlegte oder verlor immerzu Manuskripte. Wenn er einmal, was selten vorkam, ein Gedicht geschrieben hatte, das über zwei Seiten ging, verlegte er bestimmt eine davon nach wenigen Tagen. Das war ärgerlich: wenn schon, pflegte Kessel zu sagen, verliert man doch besser gleich das ganze Gedicht als das halbe. Am besten geeignet waren für Kessel Aphorismen, weil er sich die auswendig merkte und dem Redakteur, der sie drucken wollte, durchtelephonierte. Die erwähnte Ausnahme – eine Episode in Kessels Leben bis dahin – war der Versuch einer größeren Studie »Über die legitimistische Erbfolge der römischen Kaiser von Octavianus Augustus bis 11. November 1918«. Das Werk wurde nie fertig. Die Bruchstücke verschwanden nach und nach. Das war sehr lang her. Nun saß er vor Dr. Grodenberg.

Nach einigem Zögern nahm Kessel aber dann doch dessen Angebot an und schrieb (vom Herbst 1973 bis zum Februar 1974) *Die Friesen. Schicksal eines Volkes.* Es waren damals schon fast keine Völker mehr übrig, über die nicht schon Bücher geschrieben waren. *Die Friesen* erschienen im Herbst 1974 zur Buchmesse. Es wäre zuviel gesagt, daß Kessels Name damit mit einem Schlag bekannt wurde. Aber 5000 Stück verkaufte Herr Dr. Grodenberg immerhin.

Noch vor dem Erscheinen der *Friesen* erhielt Kessel gleich den zweiten Auftrag von Grodenberg: *Die Diabetiker. Ihr Werden und ihr Weg.* Dieses Buch kam im Herbst 1975 auf den Markt, und auch davon verkaufte Herr Dr. Grodenberg immer noch 3000 Exemplare, einige davon in der Buchhandlung H. am Salvatorplatz, wo die Buchhändlerin Renate Wünse seit Anfang Mai Frau Kessel hieß.

Im März des Jahres 1975 hatte Kessel an den *Gnicken* zu schreiben begonnen. Dem war ein Gespräch in Grodenbergs Chefzimmer vorausgegangen, in dem der Verleger klagte, daß erstens das Interesse der Leser an Völker-Büchern langsam zu schwinden begänne, daß man noch nicht beschriebene Völker mit der Lupe suchen müsse, und daß einige Beschwerden von Diabetikern und Friesen über, wie Dr. Grodenberg es nannte, ›Unschärfen‹ in Kessels Büchern eingegangen waren. »Ideal sind natürlich«, hatte Herr Dr. Gro-

denberg gesagt, »die Kelten. Aber die hat ja leider schon ein anderer gemacht. Oder die Ägypter. Kelten gibt es keine mehr und die Ägypter können nicht richtig lesen. Aber woher ein untergegangenes Volk nehmen und nicht stehlen?«
Spontan, noch im Sessel – einem gestaltlosen Sitzsack, in dem man förmlich vor Dr. Grodenbergs Schreibtisch auf dem Boden saß – fielen Albin Kessel *Die Gnicken* ein, und er erbot sich, ein Buch über dieses Volk zu schreiben, das um das Jahr 400 vor Christi Geburt durch verschiedene widrige historische Umstände daran gehindert wurde, zu entstehen. Dr. Grodenberg war begeistert gewesen. Er hatte mittels eines Knopfes auf einem kleinen Schaltpult neben dem Telephon seine Sekretärin hereingerufen – eine unternehmerische Geste, die Kessel aus seiner eigenen St. Adelgund- oder Millionärszeit kannte –, und verfügt, daß unverzüglich ein Scheck über achthundert Mark als Vorschuß ausgestellt und Kessel ausgehändigt werden sollte.
Albin Kessel hatte den Scheck noch auf dem Weg nach Hause eingelöst. Der unsterbliche Robert Neumann – unsterblich nicht wegen seiner Bücher, sondern wegen der goldenen Ratschläge, die er aus seinen reichen Erfahrungen jüngeren Kollegen freigiebig mitteilte – Robert Neumann hatte Albin Kessel schon vor Jahren einmal gesagt: »Einen Scheck von einem Verleger löst man unverzüglich ein. Kann sein, es tut dem Verleger womöglich am nächsten Tag leid, daß er ihn hergegeben hat, kann sein, er ist am nächsten Tag auch schon insolvent.«
So zu beeilen brauchen hätte sich Albin Kessel nicht. Der Verleger Dr. Grodenberg wurde erst um die Jahreswende 75/76 insolvent. Albin Kessel hatte gut zweihundert Seiten von den *Gnicken. Volk ohne Geschichte* geschrieben. Er bot das Manuskript bei einigen anderen Verlegern an, aber ohne Erfolg. Die Völkerbuch-Welle war endgültig vorbei. Anfang Februar gab Kessel die Bücher – Bücher, in denen keine *Gnicken* vorkamen, aber die Ereignisse aus der Zeit, in der die *Gnicken* nicht entstanden waren – der Staatsbibliothek zurück und schloß die Mappe mit dem unfertigen Manuskript. Es lag seitdem in einem niedrigen, dunklen Schränkchen mit

Messinggriffen im ›Arbeitszimmer‹, in dem jetzt auf einer Liege Kerstin, das Schäfchen, schlief.
Dagegen, daß das Kind im ›Arbeitszimmer‹ untergebracht wurde, konnte Kessel in Anbetracht der Tatsache, daß er seit dem unfreiwilligen Schlußstrich unter den *Gnicken* nichts mehr gearbeitet hatte, wenig einwenden, tat es auch nicht, obwohl er es am Mittwochabend einen Augenblick lang erwogen hatte.
Die dritte Tasse Tee war nur noch lauwarm. Die Zeitung hatte, wie alle Tage, Renate mitgenommen. Sie las sie in der Mittagspause. Ohne Zeitung konnte sie nicht essen. Wenn nicht die Nachrichten im Fernsehen gewesen wären, hätte Albin gar nicht gewußt, was in der Welt los war. Zwar brachte Renate die Zeitung abends wieder mit, aber dann war sie so zerlesen, falsch geknickt, nicht richtig geordnet, zusammengewuzelt, daß Albin sie nicht mehr lesen mochte. Während des Frühstücks las Kessel oft: in den *Friesen* oder in den *Diabetikern.* Er las gern in den eigenen Büchern, tat es aber heimlich, weil es Renate als Eitelkeit ausgelegt hätte. Es war nicht Eitelkeit, es war nicht einmal Stolz, es war irgendwie ein musikalischer Genuß: als ob Kessel ein Musikstück höre, das er sehr gut kennte. Bei jedem Lesen fielen ihm neue, faszinierende Wendungen auf, die seinerzeit gebraucht zu haben er längst vergessen hatte.
Nach dem Frühstück und der kleinen Lektüre in den *Friesen* ging Albin wieder ins Badezimmer und nahm eine Dusche. Gerade als er eben ganz naß war, läutete es. Albin Kessel trocknete sich notdürftig ab, wickelte ein Handtuch um die Hüften und machte die Wohnungstür auf.
Vor der Tür stand ein Mann, der, hätte er sich im Zirkus als Liliputaner beworben, abgelehnt worden wäre, weil er dafür ein wenig zu groß war. Der Mann war ganz in Schwarz gekleidet, trug einen weißen, steifen Kragen und eine schwarze Baskenmütze. Der Mann schaute erschrocken auf den fast nackten, von der heißen Dusche roten Körper Albin Kessels und sagte gar nichts, ging aber auch nicht weg.
»Ja, bitte?« fragte Kessel.
Der kleine Mann in Schwarz sagte immer noch nichts, wischte

nur mit einer raschen Handbewegung die Baskenmütze vom Kopf und nahm aus einer Aktentasche eine Zeitschrift, ein kleines, dünnes Heft mit einem bunten Umschlag, auf dem ein Kind abgebildet war, das eine Katze im Arm hatte und streichelte.

Der Mann hielt Albin Kessel das Heft hin, schaute zu Kessel hinauf und sagte: »Es ist eher für Frauen. Wenn Sie eine Frau haben?«

Albin Kessel schüttelte den Kopf und sagte: »Nein, danke.«

Der kleine Mann nickte, so, als wollte er zeigen, daß er es schon geahnt habe, und steckte das Heft zurück in die Aktentasche. Er setzte sich die Baskenmütze wieder auf und wandte sich an die nächste der fünf Wohnungstüren im Flur.

»Da ist niemand da«, sagte Albin Kessel. »Da ist überall niemand da. Untertags bin ich auf der Etage allein.«

Der kleine Mann nickte wieder und sagte: »Eine ungünstige Zeit.«

Albin Kessel schloß die Wohnungstür. Durch den Türspion sah er den kleinen Mann den Liftknopf drücken – kaum, daß er ihn erreichte – und mit tief gesenktem Kopf auf den Lift warten. In den Lift steigen sah er ihn nicht mehr, denn Kerstin war aufgewacht.

»Wo ist Mutti?« fragte Kerstin.

Offenbar war sie schlaftrunken. Ihre eher kleinen Augen waren fast zugeschwollen, und sie redete vorerst fast nichts. Können Augen, überlegte Kessel, von vielem Reden zuschwellen?

Kerstin tappte ins Klosett. Sie blieb etwa eine Minute drin – Kessel hatte kaum Zeit, die Unterwäsche anzuziehen –, dann rauschte die Spülung, und das Kind kam wieder heraus.

»Hast du dir die Zähne geputzt?« fragte Kessel.

»Ja«, sagte Kerstin.

Kessel zog Hemd und Hose an und dachte: meine Zähne sind es nicht.

»Wo ist Mutti?« fragte Kerstin noch einmal.

Albin Kessel überlegte einen Moment und entschloß sich dann, weil man offenbar nicht ohne weiteres absehen konnte, was das Kind wissen durfte und was ihm schonend in geeigneter Form beigebracht werden mußte, zu einer ausweichenden Antwort: »Deine Mutti ist in der Stadt.«

»So«, sagte das Kind und schlurfte wieder ins Arbeitszimmer Albins. Ob das Familieneigenschaft, eine Eigenheit der lüdenscheidischen Gegend, Folge der Internatserziehung oder der Sensibilität Kerstins war, hätte Kessel nicht zu entscheiden gewagt: Kerstin ging nicht, sie schlurfte, das heißt, sie hob beim Gehen die Füße so gut wie überhaupt nicht vom Boden. Die Gangart erweckte den Anschein von grenzenloser Müdigkeit. Der alte Kessel-Großvater, der Simulant, der ständig gefürchtet hatte, man würde ihn noch im Altersheim zur Arbeit heranziehen – ein Gedanke, der ihm auch in jüngeren Jahren unangenehm war –, war in den letzten Jahren, um seine Hinfälligkeit zu demonstrieren, so geschlurft.

»Soll ich dir das Frühstück machen?« fragte Kessel.

Kerstin kehrte auf dem Absatz um, kam wieder aus dem Arbeitszimmer heraus und schlurfte in die Küche, sagte aber nichts.

»Ich habe dich gefragt, ob ich dir das Frühstück machen soll«, wiederholte Kessel.

»Schrei mich nicht so an«, sagte Kerstin, »wenn ich nicht nein sage, meine ich ja.«

Kessel zog Strümpfe und Schuhe an und richtete entsprechend den schriftlichen und telephonischen Anweisungen Renates das Frühstück her. Kerstin saß am Küchentisch und schaute nicht rechts und nicht links. Die Pickelflecken waren heute auf der Oberlippe, links am Hals und unter dem linken Auge. Die strohfarbenen Haare waren vom Schlaf verfilzt, Kerstin strich sie hinter die Ohren. Dadurch sah man noch mehr von der larvenblassen Haut. Kessel hätte schwören mögen, daß es das häßlichste Kind war, das er je in seinem Leben gesehen hatte. Er stellte das Frühstück hin.

»Ich brauche einen Suppenteller«, sagte Kerstin.

Kessel stellte einen Suppenteller hin. Kerstin goß das Nesquick-Getränk, die Marmelade, Zucker und die Haferflokken in den Suppenteller, drückte das weiche Ei hinein und verrührte alles. Vielleicht, sagte sich Kessel, ist das auch lüdenscheidisch. Aber wenigstens redete sie nicht.

Um Viertel nach zwölf rief Renate wieder an. »Ja«, sagte Kessel, »Schäfchen ist jetzt auf.«
Schäfchen sprang vom Tisch auf, schlurfte diesmal nicht, sondern lief zum Telephon, riß Kessel den Hörer aus der Hand und schrie: »Mutti, Mutti, meine liebe, liebe Mutti. Ich habe solche Sehnsucht nach dir. Wo bist du denn? Meine liebe, liebe Mutti ...«, und einige Zeit so fort. Es klang, als habe Kerstin einen Absatz aus einem Kinderbuch auswendig gelernt, in dem nur überaus liebenswürdige und artige Kinder vorkommen. Sie sagte – weil sie den Mund beim Reden vorschob – nicht Mutti, sondern Mutt-schi.
Als ob durch den Telephonanruf eine Schleuse geöffnet worden wäre, redete Kerstin fort und weiter, auch nach dem Gespräch mit ihrer Mutter. Sie redete, während sie den Rest ihres Frühstücksbreis aß, redete den ganzen Nachmittag – auch wenn sie allein im Arbeitszimmer war – und die ganze Trambahnfahrt über bis vor die Buchhandlung, wo um halb sieben Uhr Renate wartete, und danach erst recht. Vorher, gegen fünf Uhr, als Albin Kessel – gegen den Redefluß ankämpfend – Kerstin dazu überredete, sich statt des Schlafanzuges Kleider anzuziehen, begann das Kind eine leicht rauhe Stimme zu bekommen. Albin Kessel glaubte, einen Hoffnungsschimmer heraufdämmern zu sehen.

In der Nacht von Donnerstag auf Freitag – Kessel schlief auch diese Nacht auf dem Sofa im Wohnzimmer, um das hier vorwegzunehmen – träumte Albin von dem kleinen, schwarzgekleideten Mann, der ihm am Donnerstagvormittag das Frauen-Heft hatte verkaufen wollen. Im Traum trug der Mann einen altertümlichen Pilotenhelm, eine Art kopfbedeckende Schutzbrille aus genietetem Leder, hatte aber den Kinnriemen nicht angelegt. Die Riemen hingen lässig auf die Schultern herunter. Der kleine Mann saß in einem sehr schmalen Flugzeug, das in einer dunklen Halle gelandet war. Er sagte nichts, aber es war – im Traum – klar, daß der Mann im Begriff war, wieder zu starten. Kessel ging um das Flugzeug herum und bemerkte, als er die Maschine von vorn sah, daß sie nicht von einem Motor, sondern von einem kleinen Elefanten angetrieben wurde, der eingezwängt dort stand, wo sich normalerweise bei Sportflugzeugen der Motor befindet. Der kleine Elefant betrieb eine Art Tretwerk. Der nähere Mechanismus – für solche Dinge interessierte sich Kessel nicht, nicht im Traum und nicht in Wirklichkeit – war nicht zu erkennen.

Elefant stand im Traumbuch: *Fahrt ins Grüne. Lottozahlen: 11 und 41; Flugzeug: das Einleben fällt dir schwer. Kleiner, schwarzgekleideter Mann* war im Traumbuch nicht verzeichnet, aber *Kleidung, schwarz* und dabei zwei Deutungen. a) *selber getragen: was gestern gewesen ist* und b) *von anderen getragen: Vorsicht vor schmalen Wegen, Glückszahl für die Woche: 4.* Es gab noch c) *schwarze Kl. allein: Bevormundung.*

Wie gewöhnlich verschob Albin Kessel die Synthese der Traumdeutung, also die Zusammenfassung der meist, wie schon aus den wenigen Beispielen zu erkennen ist, orakelhaften Aussprüche des Traumbuchs und die Anwendung auf die augenblickliche Lebenssituation auf eine spätere Stunde.

Noch während er im Bett lag, hatte er beschlossen, Renate anzulügen. Er würde, nahm er sich vor, behaupten, Frau Marschalik vom Bayerischen Rundfunk habe angerufen. In Wirklichkeit rief er seinerseits – gegen zehn Uhr – Frau Marschalik an und sagte, daß er morgen für einige Zeit in Urlaub fahre, und daß er gern vorher mit ihr etwas besprechen würde. Frau Marschalik war hörbar nicht begeistert von dem Vorschlag, sagte aber doch, daß sie um zwei Uhr zur Verfügung stünde.

Albin Kessel war an diesem Vormittag besonders leise. Er wußte ja nicht, ob Kerstin alle Tage so lange schlief, ob das lange Schlafen gestern nicht vielleicht nur auf die Übermüdung durch die lange Eisenbahnfahrt, die Luftveränderung, die Erschöpfung am ersten Ferientag (oder vom vielen Reden) zurückzuführen war. Er wollte – eine tückische Haltung – das Kind keinesfalls wecken. Es gelang auch. Das Telephongespräch mit Frau Marschalik führte er vom Wohnzimmer aus. Das Telephon hing am Gang an der Wand. Wenn man die spiralig gedrehte, federnde Schnur rigoros in die Länge zog,

konnte man, nachdem man gewählt hatte, den Hörer bis ins Wohnzimmer ziehen und, allerdings unter Gefahr des Abklemmens, die Tür schließen. Der Hörer klebte dann, weiter reichte die Schnur nicht, am Türspalt am Boden. Albin sprach mit Frau Marschalik, indem er am Boden kniete in muslimischer Gebetshaltung. Aber so brauchte Albin nicht im Gang, direkt neben der Tür zum Arbeitszimmer, in dem Kerstin schlief, zu telephonieren, und Frau Marschalik sah es ja nicht. Kaum hatte Kessel das Gespräch mit Frau Marschalik beendet, war auf Strumpfsocken und Zehenspitzen hinausgeschlichen und hatte den Hörer aufgelegt, läutete das Telephon. Es war ein Glück: Kessel hatte noch den Hörer in der Hand und konnte sofort abheben, so daß es nur einmal läutete. Kessel zog, noch ehe er ein Wort sagte, den Hörer gleich wieder ins Wohnzimmer, schloß die Tür und nahm die muslimische Gebetshaltung von neuem ein.
»Ja, Kessel«, sagte Albin.
»Was hast denn du? Du klingst so komisch, sitzt du am Klo?« Es war Jakob Schwalbe.
»Nein. Das Kind schläft.«
»Was für ein Kind? Habt ihr ein Kind gekriegt?«
»Nein«, sagte Kessel, »ich erkläre dir das später. Ich kann jetzt nicht so lange telephonieren. Ich wollte dich ohnedies anrufen.«
»Dann ist es ja gut. Wir gehen heute abend Schachspielen.«
»Ach so«, sagte Kessel. »Das paßt mir gar nicht schlecht. Wann soll ich deine Frau anrufen?«
»Am besten zwischen zwei und drei.«
»Gut«, sagte Kessel. »Du, noch was. Kann ich heute dein Auto haben, ich muß zum Sender nach Freimann.«
»Ungern«, sagte Schwalbe.
»Du kannst mir schon ruhig dein Auto geben. Ich leihe mir viel seltener dein Auto als –«
»Als was?« fragte Schwalbe.
»Als Schachspielen.«
Schwalbe schwieg einen Augenblick und sagte dann: »Ich habe mir nicht gedacht, daß ich einmal von einem Freund erpreßt werde.«

»Schmarrn«, sagte Kessel. »Aber ich brauche das Auto.«
»Dann muß ich mit der S-Bahn nach Hause fahren«, sagte Schwalbe bitter.
»Das ist doch günstig«, sagte Kessel. »Ich hole dich, wenn ich beim Sender fertig bin, daheim ab. Das ist doch noch günstiger. Da brauche ich deine Frau gar nicht anzurufen.«
»Ist auch wieder wahr«, sagte Schwalbe.
»Wie bekomme ich das Auto?« fragte Kessel.
»Wie spät ist es jetzt?« fragte Schwalbe und antwortete selber: »Kurz nach zehn. Bis elf Uhr habe ich Zwischenstunde. Kannst du vor elf Uhr da sein?«
»Ja«, sagte Kessel. »Ich fahre gleich.«
»Gut«, sagte Schwalbe.
»Danke«, sagte Kessel.
Albin schlich sich wieder hinaus und legte den Hörer auf, zog die Schuhe an, nahm seinen Trenchcoat über den Arm, setzte seine karierte Mütze auf, horchte an der Tür seines Arbeitszimmers – es rührte sich nichts – und ging. Ganz leise zog er von außen die Tür zu.

Bis zum Harras mußte Kessel mit der Straßenbahn fahren, dann in die U-Bahn zum Marienplatz umsteigen. Auf der Straßenbahnlinie zum Harras waren zweierlei Typen von Straßenbahnzügen eingesetzt: schlanke, ältere Züge, die aus Triebwagen und Anhänger bestanden, und breite, gedrungene moderne, bei denen Triebwagen und Anhänger aus einem großen Wagen gebildet waren, der in der Mitte ein Gelenk mit Ziehharmonika hatte.
Wenn, sagte sich Kessel, als er an der Haltestelle wartete, ein moderner Wagen kommt, leiht mir Schwalbe tausend Mark. Die modernen Wagen waren die weitaus häufigeren, die alten waren seit einigen Monaten schon fast eine Rarität. Es kam dann auch tatsächlich eine von den Ziehharmonika-Straßenbahnen.
Die Fahrt war ziemlich lang. Sowohl am Harras als auch am Marienplatz mußte Kessel auf den Anschluß einige Minuten warten, und von der Haltestelle Isartor waren es noch zehn Minuten zu Fuß zu Schwalbes Schule.

Jakob Schwalbe war eine Zeitlang wie Kessel – und auch Albin Kessels jüngerer Bruder Leonhard Kessel, der Maler oder Objektgestalter, wie er sich nannte – Mitglied der *Kommune Prinzregent Luitpold* gewesen. Ursprünglich hatte diese *Kommune 888* geheißen. Erst nach Kessels Beitritt und nach der Übersiedlung in das große, alte Mietshaus in der Comeniusstraße oben in Haidhausen, hinter dem Rosenheimer Platz, hatte sie unter Kessels bald bestimmendem Einfluß ihren Namen in *Kommune Prinzregent Luitpold* geändert. (Auch *Kommune Edelweiß* und *Kommune Wildschütz Jennerwein* war zur Debatte gestanden.) 1967, im Herbst, nachdem mit dem Untergang von Kessels Yacht *St. Adelgund II* Kessels Millionärszeit endgültig zu Ende gegangen war, hatte sich Kessel der Kommune angeschlossen. 1968 war man in die Comeniusstraße übersiedelt, im gleichen Jahr war Schwalbe zur Kommune gestoßen. Die Comeniusstraße war ganz in der Nähe der Schule, in der Schwalbe heute unterrichtete. Hätte man dem wilden, damals noch rothaarigen Schwalbe zu jener Zeit gesagt, daß er einmal an dieser Schule Oberstudienrat sein würde, Schwalbe hätte einem ins Gesicht gelacht.
Heute hätte Kessel, wäre er danach gefragt worden, zugegeben (und das nicht nur an einem seiner ›aufrichtigen Dienstage‹ bei Wermut Graef), daß er nicht aus politischer oder moralischer Überzeugung der Kommune beigetreten war, sondern aus ganz anderen Gründen: nachdem er von seinem Schiffbruch in der Biscaya nach München zurückgekehrt war, wußte er nicht, wo ein und wo aus, und er ging den Weg des geringsten Widerstandes, das heißt, er kehrte zu Waltraud zurück, zu Waltraud, der Bestie. (Seit der Scheidung bezeichnete sie Kessel als: Waltraud, meine Ex-Bestie, und fügte immer hinzu: »*Ex* bezieht sich auf *meine,* Bestie ist sie wahrscheinlich noch immer.«)
Waltraud und die beiden Töchter, die damals dreizehn und sieben Jahre alt waren, lebten in einer sehr schönen Wohnung in der Aldringenstraße in Neuhausen, die sie sich leisten konnten, weil Kessel während seiner zweieinhalb Millionärsjahre enorme Unterhaltszahlungen leistete. Selbstverständlich mußte Kessel sehr große Reue zeigen und Wohlverhalten

an den Tag legen, nachdem er zu Waltraud zurückgekehrt war, und durfte kaum den Mund aufmachen. Wenn er sagte: »Wo ist denn der Senf?« sagte Waltraud, sagten manchmal sogar die Kinder: »Einer, der seine Familie sitzenläßt und ein Vermögen sinnlos verplempert, kann seine Würstel auch ohne Senf essen.« Auf die Dauer geht so etwas natürlich nicht gut. Auch konnte sich die wiedervereinigte Familie schon sehr bald die teure, elegante Wohnung in der Aldringenstraße nicht mehr leisten. Kessel schrieb zwar hie und da eine Sendung für den Hörfunk – meistens alberne Sachen für den Frauen- oder Kinderfunk (»Man ahnt ja nicht«, sagte Kessel oft, »was die den Frauen und Kindern zumuten, wenn man an meine Beiträge denkt; aber wahrscheinlich hört das eh kein Mensch«), aber die Honorare reichten hinten und vorne nicht. Eine Scheidung hätte sich Kessel finanziell nicht leisten können. So kam er auf die Idee, der *Kommune 888* beizutreten, um Waltraud, die Bestie, sozusagen zu neutralisieren, »zu verdünnen«, wie er sagte, da sich ihre Bissigkeiten dann nicht mehr nur gegen ihn, Albin Kessel, sondern gleichmäßig gegen alle sieben Männer und die anderen drei Frauen der Kommune richteten. Waltraud, die immer schon eine Vorliebe für alles Extravagante, Modische und Exotische hatte, war sofort mit dem Beitritt zur Kommune einverstanden, obwohl ihre Familie natürlich dagegen war. Daß Kessel mit der Kommunardin Linda schon vorher ein kleines Verhältnis hatte, wußte Frau Kessel nicht. Kessel gab zwar einmal Wermut Graef gegenüber zu, daß er durch Linda die Verbindung zur *Kommune 888* bekommen hatte, aber Linda sei nicht der Grund für den Beitritt gewesen, im Gegenteil: er, Kessel, habe eine Zeitlang sogar mit seinem Entschluß gezögert, weil er sich ausrechnete, daß es nachher viel schwieriger werden dürfte, das Verhältnis mit Linda fortzusetzen. (Es war auch schwierig, so auf relativ engem Raum, ging aber doch.)
Der Mitgliederbestand der Kommune fluktuierte. Der Anfang vom Ende der Kommune kam, als 1970 Kessels Ehe doch geschieden wurde. Waltraud war bei einer Demonstration festgenommen worden und hatte dabei einen jungen, aber sehr dicken Kriminalpolizisten kennengelernt. Es war wohl

ein letzter Anflug von Eifersucht, daß Kessel großen Wert auf die einhellige Meinung der Kommune legte, und darauf, daß sie öfter ausdrücklich geäußert wurde: obwohl auch Albin Kessel mit seinem zu großen Kopf und den spärlichen Haaren keine Schönheit zum Malen war, sei es dennoch absolut unverständlich, was Waltraud an dem kleinbürgerlichen Fettsack fände, der noch dazu Kriminaler war.
Waltraud Kessel verließ mit den Töchtern die Kommune und zog zu ihrem Kriminaler. Albin reichte nach einiger Zeit die Scheidung ein. Es ging rasch und für Albin Kessel nahezu unverständlich. Das Scheidungsurteil, das er von einem Anwalt – einem Freund Schwalbes – eines Tages zugeschickt bekam, nahm er sich immer wieder vor, einmal zu lesen, aber dann war es verschwunden (»versickert«, wie Kessel sagte); wer weiß, welcher der Mitkommunarden es für welchen Zweck gebraucht hatte. Das Wichtigste für Kessel war ohnedies, daß er nichts zahlen mußte, nur seinen eigenen Anwalt. Das kostete allerdings das halbe Honorar einer *Sendung für die Katz*, Kessels damalige Einnahmequelle, eine literarisch-satirische Hörfunksendung, sehr elitär und um 1/2 12 Uhr in der Nacht jeden Mittwoch. Ex-Frau Kessels Anwalts-Anteil zahlte der dicke Kriminaler, was Kessel natürlich freute.
Obwohl Waltraud Kessel, die Bestie, mit allen anderen Kommunarden nur gestritten hatte, war sie doch, stellte sich heraus, und alle wunderten sich darüber, der eigentliche Mittelpunkt der Kommune gewesen. Binnen eines Monats nach der Scheidung überwarf sich Kessel mit Linda. Auch sie zog aus. (Schwalbe war schon vorher gegangen, auch Leonhard Kessel.) Ein Ersatz für Linda fand sich zwar, ein exotischer Typ namens Dagmar, später eine Susi und dann noch eine zigeunerhafte Dame mit dem unpassenden Namen Helmtrud, aber das war alles nicht mehr das Richtige. Wie schon einmal für kürzere Zeit vor der Scheidung, nach Leonhards und Schwalbes Wegzug, sah sich Kessel als einziger männlicher Kommunarde 1971 mit vier Weibern allein. Es gelang ihm zwar, noch ein paarmal einen oder gar zwei Männer für die Kommune zu gewinnen, aber das waren alles mehr oder weniger gestrandete Existenzen, eher Penner und Landstreicher

als Kommunarden. 1972 – das war das Jahr, in dem Albin Kessel mit dem Sänftengeschäft einen Anlauf machte, wieder Millionär zu werden, es gelang ihm diesmal aber nicht – war er schon allein in der Wohnung in der Wolfgangstraße. 1973 erklärte er in der Nacht vom 31. März auf den 1. April um Mitternacht – er saß zwischen zwei Kerzen in der großen, bis auf unbrauchbare Möbelstücke leeren Wohnung; Wermut Graef war bei ihm, sie tranken Magenbitter, weil nichts anderes da war – die *Kommune Prinzregent Luitpold* für aufgelöst. Im Sommer zog Kessel in eine kleinere Wohnung.

Jakob Schwalbe war einer der dürrsten Menschen, die Albin Kessel je gekannt hatte. Er war auch einer der häßlichsten. Albin Kessel hatte einmal ein Lexikon aus den Jahren um die Jahrhundertwende besessen, einen alten *Meyer*. Kessels Lieblingsbild war eine Darstellung bei dem Artikel *Pferde: Fehler und Gebrechen des Pferdes.* Das Bild zeigte einen Gaul, in dem der Zeichner die gängigsten Pferdekrankheiten vereinigt hatte, 41, erinnerte sich Kessel, waren es insgesamt: Thränenfluß, Genickbeule, Kniegallen, Streichnarbe, Mauke, Stelzfuß, Dampfrinne, Mastdarmvorfall, Hasenhacke, Blutspat, Piephacke, Hornkluft und Hungerlinie, um nur die eindrücklichsten zu nennen. Das dargestellte Pferd – unrealistisch, weil schon bei der Hälfte aller Gebresten ein Gaul nicht auf den Beinen hätte stehen können – war ein hundshäuterner Haufen von so entsetzlicher Häßlichkeit, daß man beim Anblick des Bildes nicht wußte, ob man weinen oder lachen sollte. Hätte der sadistische Zeichner des alten *Meyer* die 41 Häßlichkeiten, die für einen Mann in Frage kämen, an einem einzigen Exemplar als Beispiele dargestellt, hätte die Zeichnung ein Porträt Jakob Schwalbes ergeben. Schwalbe hatte Storchenbeine, Senkfüße, ein Hohlkreuz, eine schiefe Nase, abstehende Ohren, hellrote Haare und davon wenig, einen Ziegenbart, gelbe Augen, litt unter Blähungen, Achselschweiß, war kurzsichtig, hatte vorstehende Zähne, von denen einige fehlten, und hieß – er war 1935 geboren – mit dem zweiten Vornamen Stahlhelm. Aber er war ein lieber und netter Kerl und hatte die dümmsten Ideen der ganzen Kommune. Um nur eine zu nennen: eines Tages mietete Schwalbe einen Schaukasten am Hauptbahnhof. Die Rückwand tapezierte er mit schwarzem Tuch, darauf befestigte er ein Paßphoto von sich (aus dem Photomaten nebenan) und darunter ein DIN-A4-Blatt, das er gewissenhaft täglich wechselte. Auf dem Blatt gab er Nachrichten über seinen körperlichen und seelischen Zustand: Körpertemperatur, Puls, Blutdruck, Stuhlgang, aber auch: Geschlechtsverkehr, Schlaf, Appetit, Bierkonsum und allgemeines Befinden. Er mußte sich, um diese Angaben gewissenhaft machen zu können, nicht nur ein Fieberthermometer, sondern auch ein Blutdruckmeßgerät anschaffen und war jeden Tag eine geschlagene Stunde mit den Messungen und der Ausarbeitung des Bulletins befaßt, die Fahrzeit zum Bahnhof und zurück noch gar nicht gerechnet. Er konnte fürchterlich über sein Bulletin lachen. (Es versteht sich, daß sein Lachen wie das Meckern einer Ziege klang.) Einmal, Schwalbes Sternstunde, berichtete die *Abendzeitung* über Schwalbes Aktion. Vier Monate hielt er sie durch.

Es war eine lustige Zeit gewesen, solange Schwalbe in der Kommune lebte.

Daß Schwalbe Musiker war, wußte fast niemand. Er hatte sogar studiert, und nachdem er die Kommune verlassen hatte, machte er die Referendarzeit nach und trat als Musiklehrer in den Schuldienst ein. Das war fast zehn Jahre her. Vor kurzem war Schwalbe zum Oberstudienrat befördert worden.

Ein Mensch wie Jakob Schwalbe wird mit dem Alter schöner, weil jede Veränderung ihn nur verschönern kann, so, wie es vom Südpol aus keine andere Richtung als nach Norden gibt. Seine Haare wurden grau, auch sein Bart, den er pflegte wie ein Lord. Er war – namentlich seit seiner Heirat – etwas fülliger geworden, trug eine elegante Brille und Maßanzüge. Die Zähne hatte er sich regulieren lassen. Nur den zweiten Vornamen hatte er immer noch, aber den kannte ja fast niemand.

Finanziell ging es Schwalbe glänzend. Seine Frau, eine etwas spitznasige, aber äußerst gepflegte und solide wirkende junge Witwe mit zwei Töchtern, dreiundzwanzig und zwanzig Jahre alt, die nicht aussahen wie die jüngeren, sondern wie die älteren Schwestern ihrer Mutter, arbeitete als Angestellte in einem Maklerbüro und verdiente sehr gut. Sie bestritt den ganzen Lebensunterhalt; Schwalbes Oberstudienratsgehalt blieb ihm praktisch als Taschengeld. Außerdem dirigierte er einen Chor, war Mitveranstalter eines Konzertzyklus und schrieb Musikkritiken für Zeitungen und Rundfunksendungen. Gelegentlich allerdings blitzte bei all der Bürgerlichkeit, in die Schwalbe gestiegen oder gesunken war, je nachdem, wie man es sieht, der alte Witzbold durch. So machte die Redaktion eines renommierten Musiklexikons den Fehler, Schwalbe zur Mitarbeit aufzufordern. Neben etwa hundert ernsthaften Artikeln über Musiker und Musikbegriffe schob er der Redaktion acht komplette Biographien über Musiker unter, die es nie gegeben hatte. Er erfand einen spätmittelalterlichen Meister der Ars Nova, zwei italienische Madrigalisten der Renaissance, einen sächsischen Kirchenkomponisten des 17. Jahrhunderts, zwei weitere Mitglieder der Musikerfamilie Bach, einen schwedischen Symphoniker der Romantik und, sein Glanzstück, den neudeutschen Tondichter Otto Jägermeier, dessen – selbstverständlich auch erlogenen – Briefwechsel mit Richard Strauss er herausgab und von dem er in seinem Konzertzyklus ein (in Wirklichkeit von Schwalbe selbst komponiertes) unglaublich abstruses Tonstück für zwei Posaunen und Gitarre aufführen ließ. Den Sachteil des Lexikons bereicherte er um die ›Epilepsie‹ als Figur der Rhetorik.

»Tausend Mark sind viel Geld«, sagte Schwalbe.

»So viel auch wieder nicht«, sagte Kessel, »für dich nicht.«

»Und wann würde ich es wiederkriegen?« fragte Schwalbe.

»Ich fahre doch jetzt zum Rundfunk«, sagte Kessel. »Du kriegst es wieder, wenn ich zurückkomme.«

»Vom Rundfunk zurück?«

»Nein!« sagte Kessel. »Aus Frankreich zurück.«

»Tausend Mark sind viel Geld.«

»Schon«, sagte Kessel, »aber ich kann doch nicht ohne Geld in Urlaub fahren. Ich kann doch nicht in Urlaub fahren, wenn das ganze Geld *sie* hat. Ich muß doch selber auch etwas in der Tasche haben.«

»Das sehe ich schon ein, Kessel«, sagte Schwalbe, »aber gleich tausend Mark. Na ja. Es läutet gleich. Ich muß in den Unterricht. Wir reden heute abend drüber. Du holst mich um halb sechs Uhr ab?« Schwalbe gab Kessel die Autoschlüssel und den Kraftfahrzeugschein. »Servus, Kessel.«
»Servus, Schwalbe.«

Als Kessel mit Jakob Schwalbes Auto aus dem Lehrerparkplatz herausfuhr, war es kurz nach elf Uhr. Das Auto war ein Ford von einer Farbe, für die *violett* schon fast nicht mehr der richtige Ausdruck ist. Die Flacons verwerflicher Parfums, papierene Tragtaschen teurer Souvenirläden und seidene Unterhöschen exclusiver und etwas altmodischer Dirnen haben gelegentlich so eine leuchtend-violette Farbe, einen Farbton, weit entfernt von dem edlen Violett seltener Ordensbänder oder monsignorischer Schärpen, schon eher in der Nähe dessen, was als höllisch zu betrachten ist. Normalerweise wird ein Auto in so einer Farbe gar nicht geliefert. Schwalbes Wagen war eine Sonderanfertigung für einen anderen Kunden, der ihn dann aber doch nicht abgenommen, weil er Bedenken wegen der Farbe bekommen hatte. Der Autohändler bot ihn, nachdem der Wagen einige Zeit als Ladenhüter herumgestanden war, Schwalbe zu einem sehr günstigen Preis an. (Der Autohändler machte natürlich doch seinen Schnitt, weil der ursprüngliche, das Violett begehrende Kunde eine saftige Abstandssumme hatte zahlen müssen.) Schwalbe nahm das Auto, nicht wegen des günstigen Preises, sondern weil ihm die Farbe gefiel.
»Ich halte die Farbe für ungünstig«, hatte Kessel gesagt, als er ihn zum ersten Mal sah.
»Warum?« hatte Schwalbe gefragt.
»Ja, zum Beispiel, wenn du das Auto irgendwo stehenläßt, wo es nicht stehen soll, vor einem Haus . . . und deine Frau kommt zufällig vorbei . . ., daß du in dem Haus bist, sieht sie nicht, aber das Auto. So ein Auto gibt es nur einmal.«
»Erstens«, hatte Schwalbe geantwortet, »lasse ich das Auto in solchen Fällen immer in Seitenstraßen stehen, die dunkel sind und wo niemand vorbeikommt. Zweitens gehen wir ja

immer zum Schachspielen. Und drittens, sage ich dir: *gerade, gerade!* Ich habe zu meiner Frau gesagt: An diesem Auto erkennst du, daß ich dir treu bin, weil man mit *der* Farbe keinen Seitensprung wagen kann.«
Kessel überlegte, während er die Eduard-Schmid-Straße der Isar entlang nach Süden fuhr – das war die entgegengesetzte Richtung, Freimann ist weit im Norden, aber zunächst mußte man so fahren, weil die Eduard-Schmid-Straße eine Einbahnstraße ist –, ob er nicht noch rasch nach Hause fahren und nach dem Kind schauen sollte. Zeit hätte er ja gehabt bis zwei Uhr. Er bog aber dann doch an der übernächsten Isarbrücke nach rechts ein und fuhr auf der anderen Seite wieder zurück in nördlicher Richtung, wobei er als Ausrede für sich selber die Rücksicht auf den Freund Schwalbe gebrauchte. Er wolle, sagte er sich, nicht zuviel Benzin verfahren. Nach Fürstenried und zurück wären es zwanzig Kilometer gewesen. Gegen halb zwölf parkte Kessel das violette Auto in Höhe der alten Schwabinger Kirche an einem Eingang zum Englischen Garten und ging in den Park. 1976 war das Jahr, als die frecheren unter den Studentinnen begannen, sich nur im Bikinihöschen oder gelegentlich ganz nackt auf den Wiesen zu sonnen. Heute war ein zwar warmer, aber bedeckter Tag, und die Ausbeute war deswegen gering. Im vorangegangenen Juni, der besonders heiß gewesen war, war hier in dieser Hinsicht viel mehr geboten worden. Kessel ging zum Chinesischen Turm und aß dort am Würstelstand eine Brühpolnische und trank ein kleines Bier. (Er hatte noch etwa achtzig Mark, und bevor er nicht sicher war, daß ihm Schwalbe den Tausender borgte, wollte er sparen.)
Kurz vor zwei war Kessel am großen, schattigen Parkplatz vor dem ausladenden Gebäude des Rundfunks. Er nahm – der Himmel war ja bedeckt, außerdem ist es immer gut, als freier Mitarbeiter im Rundfunkbereich irgendein auffallendes Kleidungsstück zu tragen – seine schottisch-karierte Mütze mit. Den Mantel ließ er im Auto.
Frau Marschalik war eine Dame von Format. Sie hatte zwei Fehler: erstens war es ihr, abgestumpft durch dreißigjähriges Berufsleben in einer an Intrigen reichen Umgebung (»Nur

der Vatikan, pflegte mein Vater zu bemerken, ist euch in der Hinsicht noch überlegen, soviel man hört«, sagte Frau Marschalik hie und da), praktisch gleichgültig geworden, was der Rundfunk produzierte und ob er überhaupt etwas produzierte, und zweitens verwechselte sie zwar nicht die Personen, aber die Namen der Leute, mit denen sie zu tun hatte.
»Ach, Herr Gerstenfelder«, sagte Frau Marschalik, als Albin Kessel ins Zimmer trat, »was führt Sie zu mir?«
Kessel, der Frau Marschalik und ihre Namensverwechslungen gut genug kannte, sagte nichts, obwohl Gerstenfelder ein ihm unsympathischer und arroganter Verfasser einiger *Tatort*-Folgen war. Kessel hätte auch gern einmal einen *Tatort* geschrieben, aber man ließ ihn nicht.
»Wie geht es Ihnen, Frau Marschalik?« fragte Kessel.
»Auf diese Frage pflegte mein Vater immer zu sagen«, sagte Frau Marschalik, »gehen tun Uhren. Der Mensch sitzt meistens. Aber man kann natürlich nicht gut fragen: wie sitzt es Ihnen? Außer in *einem* Fall: wenn einer sich ein Käppi gekauft hat, die einzige Kopfbedeckung, die ein Neutrum ist. Aber auch da fragt man besser: wie steht es Ihnen? – Nein. Spaß beiseite, Herr Gerstenfelder: danke, es geht mir schlecht. Aber zur Notschlachtung reicht es noch nicht, wie mein Vater in solchen Fällen zu sagen pflegte.«
Frau Marschaliks Vater war ein bedeutender Schauspieler, Regisseur und Intendant gewesen, dem die Tochter – das einzige Kind – nach dem Tod der Mutter den Haushalt geführt hatte, und nicht nur das: die für ihn immer und überall und zu jeder Zeit da war. Dadurch hatte Frau Marschalik seit früher Jugend die Theaterwelt, und zwar die prominente, sozusagen von der Pike auf kennengelernt, ohne selbst je schauspielerische oder sonst theatralische Ambitionen gehabt zu haben. Einige Kortner-Anekdoten zum Beispiel kannte sie quasi exklusiv.
»Habe ich jetzt immer Herr Gerstenfelder zu Ihnen gesagt? Entschuldigen Sie. Ich weiß natürlich, daß Sie Kessel heißen. Sie werden lachen: ich weiß sogar, daß Sie Kessel sind. Aber ich habe eben einen Brief an Gerstenfelder unterschrieben, und da komme ich durcheinander.«

»Sagen Sie«, fragte Kessel, »zu Gerstenfelder gelegentlich *Herr Kessel*?«
»Nein«, sagte Frau Marschalik, »aber stellen Sie sich vor, als Gerstenfelder neulich da war, habe ich konstant Purucker zu ihm gesagt, und ich habe es erst gemerkt, als er schon wieder draußen war. Aber was führt Sie zu mir?«
»Ja –«, sagte Kessel.
»Richtig«, sagte Frau Marschalik, »Sie haben recht, lieber Gerstenfelder, was führt einen schon in die Dramaturgie des Rundfunks? Eine dumme Frage –«
»Nein –«, sagte Kessel.
»Doch«, sagte Frau Marschalik, »eine ausgesprochen dumme Frage. Mein Vater hat immer gesagt: Das Leben besteht zu neunzig Prozent aus dummen Fragen, und man erkennt einen klugen Menschen daran, daß er wenigstens nur auf die Hälfte davon eine dumme Antwort gibt. Kennen Sie die Geschichte, wie Kortner geheiratet hat? Nein? Der Standesbeamte hat ihn gefragt, Herr Staatsschauspieler Kortner Friedrich, sind Sie gewillt, die hier anwesende Frau Hofer Johanna zu ehelichen? Kortner brummt: ›Die dümmste Frage, die ich je gehört habe. Warum bin ich sonst hier?‹«
(Kortners Stimme nachmachen kann jeder, das ist keine Kunst. Frau Marschalik konnte mehr: sie machte auch die Stimme des Standesbeamten nach.)
»Aber jetzt im Ernst, Herr Gerstenfelder –«, sie schlug sich mit der Hand an die Stirn, »bin ich jetzt endgültig verblödet? Ich habe schon wieder Gerstenfelder gesagt – Herr Kessel«, betonte sie. »Haben Sie was Neues für uns?«
»Haben Sie, Frau Marschalik, jemals etwas von der ›Buttlarschen Rotte‹ gehört?«
»Nein«, sagte Frau Marschalik. »Buttlarsche Rotte?«
»Die Geschichte von der Buttlarschen Rotte hat Dürrenmatt nur noch nicht gelesen, sonst bräuchte ich sie Ihnen hier jetzt nicht zu erzählen. Eva von Buttlar war eine adelige Dame aus Eschwege im Hessischen – die Sache spielt zu Anfang des 18. Jahrhunderts –, die Hofdame der Herzogin von Sachsen-Eisenach war. Es war ein Hofskandal, als sich Frau von Buttlar, sie war da knapp dreißig Jahre alt, von ihrem Mann

trennte und nach Allendorf in die Nähe von Kassel zog, wo sie mit zwei – notabene bürgerlichen! – Herren, der eine hieß Winter, der andere Appenfelder, und mit zwei Fräulein von Kallenberg eine Gesellschaft gründete, die sich *Philadelphische Societät* nannte. Frau von Buttlar entwickelte aus chiliastischen Schwärmereien und der mystischen Lehre von der geistlichen Ehe ein halbvergorenes Gedankengebräu, das zur philosophischen Grundlage dieser frühen Kommune wurde. Aber dabei blieb es nicht. Aus einer literarisch-philosophischen Teegesellschaft wurde im Lauf einiger Monate das, was man heute Gruppensex nennen würde, nur nicht so verquollen wie in unserem bedauernswerten Seelenjahrhundert, sondern ganz wild und handfest: die Promiskuität als Gebet und Urschrei.«

»Das haben Sie erfunden, Herr Gerstenfelder?« fragte Frau Marschalik begeistert.

»Keineswegs«, sagte Kessel. »Ich kann Ihnen dazu, wenn es Sie interessiert, einen Aufsatz aus der *Zeitschrift für die historische Theologie* zeigen. Ich habe ihn mir in der Staatsbibliothek photokopieren lassen. Ich selber halte diese Zeitschrift nicht.«

Frau Marschalik lachte.

»Aber die Sache ist damit noch nicht aus«, fuhr Kessel fort. »Zwei Jahre ging das so in Allendorf, dann wurde die Rotte wegen Unzucht und Gotteslästerung ausgewiesen. Sie zog in einen Ort namens Sasmannshausen – wo das ist, habe ich noch nicht herausgefunden – und führte das heftige Leben weiter, bis sie sich auch dort unmöglich machte. In Köln, wohin Frau von Buttlar mit ihren Anhängern floh, traten alle zum katholischen Glauben über –«

»Das ist ja hochinteressant«, sagte Frau Marschalik.

»Es würde jetzt zu weit führen«, sagte Kessel, »alle weiteren Stationen der Buttlarschen Rotte aufzuzählen. In Altona wurde ihnen der Prozeß gemacht. Und das eigenartigste: Eva von Buttlar kehrte, als wäre nichts gewesen, zu ihrem Mann zurück und führte dann in der Folge, wie es heißt, wieder ein ehrbares Leben.«

»Das ist nicht nur hochinteressant, das ist ja atemberaubend«,

sagte Frau Marschalik; »da schlage ich Ihnen vor: Sie schreiben ein Exposé für uns.«
Mit dem Trick mit dem Exposé fängt man natürlich einen so alten Hasen wie Albin Kessel nicht. Kessel lüftete ein wenig seine Lederjacke in Höhe des Revers und zog vier der Länge nach gefaltete, mit einer Klammer oben links zusammengehaltene Blätter aus der Innentasche und gab sie Frau Marschalik.
»Ach so«, sagte Frau Marschalik, »Sie haben schon ein Exposé, Herr Gerstenfelder.«
Kessel sagte nichts. Frau Marschalik setzte ihre Lesebrille auf und begann das Exposé zu überfliegen. Kessel zählte die Karos auf der Tischdecke. Wenn es eine ungerade Zahl ist, dachte er, dann nimmt sie es. Es waren 15 Karos.
»Wenn ich Intendant wäre«, sagte Frau Marschalik, setzte die Lesebrille wieder ab und ließ die vier Blätter auf ihre Knie sinken, »würde ich Sie jetzt verpflichten, keinem Menschen mehr etwas von dieser Buttlarschen Rotte zu erzählen und mir so schnell, wie es irgend geht, ein Drehbuch zu schreiben. Ich würde mir vorstellen: so eine Art distanzierte, ironische Dokumentation mit eingesprengten Spielfilm-Elementen. Ich weiß, Sie könnten das, Herr – Herr Kessel.«
»Aber Sie sind nicht der Intendant?«
»Sehen Sie, Herr Gerstenfelder«, sagte Frau Marschalik, »die großartigsten Sachen haben beim Rundfunk, jedenfalls hier im Haus, die geringsten Chancen, realisiert zu werden. Sie werden fragen: Warum? Ich kann es Ihnen genau sagen.«
»Die Sache ist zu aufwendig?«
»Keine Spur. Das hat einen viel tieferen Grund. Man hat – nicht nur hier, überall bei den Rundfunkstationen – einen Horror davor, daß etwas zu gut gelingt. Wir sind in der Situation eines Provinztheaters. Wenn wir etwas zu gut machen, wird alles Folgende an unserer eigenen Leistung gemessen. Das wäre eine Katastrophe. Wir müssen bemüht sein, das sage ich Ihnen ganz ehrlich, das Publikum auf gemäßigter Sparflamme zu kochen. Gestern war, unter uns gesagt, eine Konferenz. Der Chef hat gesagt –«, Frau Marschalik hob ihre Stimme und imitierte den näselnden Tonfall des Programm-

direktors, »– ›denken Sie immer an die drei großen F, die unsichtbar über allen Sendungen unserer Anstalt stehen sollen: Friede, Freiheit, Familie. Das mit leichter Feder hingetupfte musikalische Lustspiel, das, meine Damen und Herren, muß unser oberstes Anliegen sein.‹« Wieder mit normaler Stimme: »Daß Ihr Stoff von der Buttlarschen Rotte nicht in das Schema des mit leichter Feder hingetupften Lustspiels paßt, ist leider klar.«

»Das käme auf die Form der Ausarbeitung an«, sagte Albin Kessel.

»Das ist nicht Ihr Ernst, Herr Gerstenfelder?« sagte Frau Marschalik.

»Nein, nein«, sagte Kessel, »natürlich nicht.«

»Es wäre auch zu schade um den Stoff«, sagte Frau Marschalik. Sie stand auf. Auch Kessel stand auf. Kein Autor, wenn er nicht ganz undiskutabel ist, wird beim Rundfunk ohne Trost und Hoffnung entlassen, das heißt: es wird ihm nicht ins Gesicht gesagt, daß man mit seinem Plan nichts anfangen wird. »Ich lasse mir«, sagte Frau Marschalik, »Ihr Exposé kurz photokopieren, wenn Sie gestatten.« Sie hob die Stimme und rief ins Vorzimmer: »Fräulein Lupus, würden Sie bitte dieses Exposé von Herrn Gerstenfelder photokopieren. Es sind nur vier Blätter. Bitte zweimal.«

»Von Herrn Kessel?« sagte Fräulein Lupus.

Frau Marschalik schüttelte den Kopf über sich selber. »Natürlich Kessel; entschuldigen Sie, Herr Kessel. Ja: ich werde die Sache doch noch einmal überdenken. Ich spreche morgen mit dem Programmdirektor. Wer weiß. Sie hören dann von mir. Ach so – Sie fahren ja in Urlaub. Wann sind Sie wieder da?«

»In drei Wochen.«

»Das ist –«, Frau Marschalik blätterte in ihrem Terminkalender, »dann sind Sie am 20. August wieder da. Ich rufe Sie in der Woche danach an.« Albin Kessel sah, daß Frau Marschalik auf das sonst noch unbeschriebene Blatt vom Montag, 23. August, schrieb: *Gerstenfelder anrufen.*

Fräulein Lupus kam wieder herein, gab acht Blätter Photokopie Frau Marschalik und die vier Blätter des Originals Kessel.

»Dann wünsche ich Ihnen einen schönen Urlaub«, sagte Frau Marschalik, »und gute Reise, Herr Kessel.«

Es war kurz nach drei. Albin Kessel ging langsam über das Rundfunkgelände. Rundfunkangehörige dürfen, im Gegensatz zu Besuchern, auf das Gelände fahren und hier parken. Die Schranke am Eingang wird für sie geöffnet. Außerdem haben Rundfunkangehörige innerhalb des Geländes einen Parkplatz, und damit alles seine Ordnung hat, sind die Parkplätze namentlich bezeichnet, selbstverständlich nur für die höheren Chargen. Am Freitagnachmittag bei einigermaßen schönem Wetter ist natürlich keine höhere Charge mehr anzutreffen, außer solche Leute wie Frau Marschalik, die fleißig sind, keine Familie zu versorgen und keinen ausgebauten Bauernhof im Chiemgau haben. Wenn man unter der Woche, also von Montagmittag bis Freitagmittag, hier entlanggeht, von der Dramaturgie weit hinten am kleinen, rot-weiß-gestrichenen Eiffelturm vorbei, stehen die ganzen Autos da und verdecken die namentlichen Schilder an den Parkplätzen. Jetzt, als Albin Kessel hier ging, steckten nur die kniehohen Schilder im Gras neben dem Fahrstreifen; wie auf einem Hundefriedhof.

Die Sonne kam ein wenig durch. Albin Kessel nahm seine karierte Mütze ab und schaute zu dem vielleicht dreißig Meter hohen Sendeturm hinauf, den er für sich immer den kleinen Eiffelturm nannte. Wenn ich tatsächlich einmal soweit kommen sollte, dachte sich Kessel, daß die ein Fernsehspiel von mir machen, und ich kriege einen Vertrag, dann werde ich mir ausbedingen, daß ich auf diesen Turm steigen darf. Aber wahrscheinlich ist das gar nicht erlaubt, obwohl eine Leiter hinaufführt (deren Zugang versperrt war).

Kessel hätte natürlich schon noch einen weiteren Plan gehabt, einen Plan, der den Vorstellungen des Programmchefs von den drei F und dem mit leichter Feder hingetupften musikalischen Lustspiel vielleicht näher gekommen wäre als die Buttlarsche Rotte: ein Film über Vincenzo Bellini. Albin Kessel hatte unlängst die vor zwei Jahren erschienene erste deutschsprachige Biographie dieses Komponisten gelesen. Das nicht anders als hoffmannesk zu bezeichnende Leben Bellinis war

voll musikalischem Triumph und unglücklicher Liebe. Jakob Schwalbe, der ja wohl von solchen Sachen etwas verstand, hatte einmal erzählt, daß die modernen Elektroniker unter den Komponisten speziell auf Bellini schlecht zu sprechen wären. Sie hielten ihn für den ›penetrantesten Melodiker‹. Allein das, hatte Schwalbe gesagt, spräche genugsam für Vincenzo Bellini, und außerdem sei das Duett Norma–Adelgisa aus *Norma* eines jener dionysischen Musikstücke, dem man in rettungsloser Verzauberung gegenüberstehe. Bellini, hatte Schwalbe gesagt, sei einer von den wenigen gewesen, die die ›Spritze‹ besessen hätten, die Spritze nämlich, mit der er beim Hörer genau an der Stelle ansetze, wo er so gebannt würde, daß er reglos zuhören müsse; und der junge Kerl, dieser Bellini, habe die Spritze schamlos gebraucht. Schamlos, aber schön. »Er fegt«, hatte Schwalbe gesagt, »alle musikologischen Bedenken hinweg für den, der nicht auf den Ohren sitzt. Bellinis Musik ist keine Frage der Musikwissenschaft, Bellinis Musik ist immer eine Tat des Augenblicks. Das ist sicher eine Schwäche – verglichen mit den späten Streichquartetten Beethovens, die ja, das muß man sich vor Augen halten, quasi gleichzeitig entstanden sind – ist sicher eine Schwäche, aber auch eine große Stärke: vor *allem* eine Stärke.«
Die Zeit wäre nicht schlecht für so einen romantischen Stoff, überlegte Albin Kessel. Er hatte aber Frau Marschalik doch nichts davon erzählt. Wer weiß, vielleicht gefiel den Leuten hier die Sache mit der Buttlarschen Rotte wider Erwarten doch noch. Und man darf, wußte Kessel als alter Hase sehr gut, nie zwei Stoffe zugleich anbieten, zwei Pläne gleichzeitig unterbreiten. Da benutzen sie jeden, um jeweils den anderen ›zurückzustellen‹. Das sind, dachte Kessel, löste sich vom Anblick des rot-weiß-gestrichenen kleinen Eiffelturms und schlenderte weiter, das sind eben die ehernen Gesetze der Medien.

›Schachspielen‹ bedeutete, daß Oberstudienrat Jakob Schwalbe eine Dame außerehelich besuchen wollte. Frau Schwalbe war – mit Recht – so mißtrauisch, daß sie einer einfachen, von Schwalbe allein vorgebrachten Ausrede, warum er abends fortgehen wolle, nicht geglaubt hätte. Zu Kessel hatte Frau Schwalbe ein gewisses Zutrauen, und es ist auch nicht zu leugnen, daß in guten Momenten Albin Kessel einen Anschein von Vertrauenswürdigkeit und Biedersinn ausstrahlte.

»Meine Frau vertraut dir«, hatte Schwalbe schon mehrmals gesagt, »ich hoffe, es ist dir nicht peinlich?«

»Vertrauen«, hatte Kessel geantwortet, »ist unter anderem eine Frage der Abwägung. Was geht mich, im Grunde genommen, deine Frau an? Nichts. Du aber bist mein Freund. Gewissermaßen.« (Dieser Nachschlag ›gewissermaßen‹, eine an sich nichtssagende Floskel, diente dazu, den für Kessels Begriffe etwas zu pathetischen vorangegangenen Satz zu ernüchtern.)

Albin Kessel hatte also die Aufgabe, scheinbar von sich aus an bestimmten Tagen Frau Schwalbe anzurufen und laut und deutlich Jakob zum Schachspielen einzuladen.

Es folgte dann ein ziemlich feststehendes Ritual. Schwalbe sagte: »Ach geh, heute nicht –« – »Jetzt sei kein fader Zipfel«, mußte Kessel sagen, »du gehst jetzt mit, du hast es mir versprochen.« Schwalbe zierte sich dann eine Weile, behauptete, lieber daheim bei seiner Frau bleiben zu wollen, keine Lust zu haben und so weiter. Kessel durfte nicht lockerlassen, und nach einigem Hin und Her willigte Schwalbe seufzend ein. Gegen Abend dann mußte Albin Kessel Schwalbe von der Wohnung abholen und, wenn möglich, in der Nacht wieder zurückbegleiten. (Das war natürlich nur dann notwendig, wenn Frau Schwalbe noch nicht schlief, das heißt, wenn in der Wohnung noch Licht brannte.)

Vom Rundfunk aus fuhr Kessel langsam – er hatte ja mehr als zwei Stunden Zeit – zurück nach Schwabing. Er fuhr absichtlich langsam, hielt an den Ampeln so ausführlich und fuhr so zögernd an, wartete beim Linksabbiegen selbst auf weit entfernte, kaum erst sichtbare entgegenkommende Fahrzeuge, so daß hinter ihm nervöse Autofahrer hupten und schimpften. Man hätte Albin Kessels Fahrweise an diesem Nachmittag abfilmen und den Film als Beispiel für vorbildhaftes Verkehrsverhalten bei Zwangsunterricht für Autosünder vorführen können. Sehr wählerisch suchte er für das violette Auto einen Parkplatz, fand ihn viel zu schnell in einer Seitenstraße hinter dem Nikolaiplatz und stellte fest, daß es noch nicht einmal vier Uhr war.

Ein paarmal regte sich Kessels Gewissen schon an diesem Nachmittag. Sollte er daheim anrufen? Er hätte nicht gewußt, was er dem Kind sagen sollte. Es saß wahrscheinlich mit Heulkrämpfen da ... nein, sagte sich Kessel: es hat sich eher aus allen möglichen Lebensmitteln einen Speisebrei gemacht, redete mit sich, fühlte sich wohl und stöberte in der fremden Wohnung herum. Sollte er Renate anrufen, sagen: das Schäfchen ist allein zu Hause, kann mit niemandem reden als mit sich selber? Renate hätte aufgeschrien und befohlen: fahr sofort heim – nein, ein Anruf hätte die Sache nur schlimmer gemacht.

Kessel ging die Leopoldstraße hinunter bis zum Feilitzschplatz, dann auf der anderen Seite herauf bis zur Buchhandlung L. Dort war für 17.00 Uhr die Signierstunde eines Verfassers lyrischer Gedichte angekündigt. Kessel kannte den Dichter und überlegte, ob er hineingehen solle. Aber dann würde womöglich erwartet, daß er einen Gedichtband kaufe. Der Dichter war schon drin in der Buchhandlung, schaute hinter den ausgestellten Büchern durch die Schaufensterscheibe heraus wie ein Fisch aus dem Aquarium. Der ist im Lauf der Jahre auch nicht dünner geworden, dachte sich Kessel. Der lyrische Dichter hinter der Scheibe winkte. Kessel faßte es nur als Gruß auf, winkte kurz zurück, ging wieder über die Straße, setzte sich in die Eisdiele *Rialto,* aß eine Portion Cassata und schaute bis kurz vor fünf Uhr den Leuten zu, die vorbeigingen.

Obwohl dann der Abendstoßverkehr eingesetzt hatte, die Straßen verstopft waren und Kessel gar nicht absichtlich trödeln mußte, war er schon um Viertel nach fünf Uhr statt erst um halb sechs bei Schwalbe. Schwalbe – vielleicht hatte seine Frau Verdacht geschöpft – spielte den besonders betont Unlustigen. Das ewige Schachspielen, sagte Schwalbe, und lieber wolle er eigentlich fernsehen. Kessel mußte so tun, als überredete er Schwalbe mit größter Mühe. Endlich ließ sich

Schwalbe herbei, die Entscheidung bis nach dem Essen aufzuschieben, zu dem Kessel eingeladen wurde. Es gab Kasseler Rippchen mit Kraut.

Um halb acht Uhr fuhren sie. »Spätestens um elf Uhr«, sagte Jakob Schwalbe zu seiner Frau und küßte sie, »bin ich wieder daheim.«

Die Türkin am Waldfriedhof war heute an der Reihe. Sie hieß Bingül Haffner (sie war einmal mit einem Deutschen verheiratet gewesen), nannte sich aber Susi. Die Türkin wohnte in einer kleinen Erdgeschoßwohnung in der Waldfriedhofstraße in der Nähe des Luise-Kiesselbach-Platzes. Als eine Art kleine Entschädigung für Kessels Mühe gestattete ihm Schwalbe, daß er die Türkin kurz besichtigte. Meistens rentierte es sich. Auch heute öffnete die Türkin auf Schwalbes vereinbartes Klingelzeichen in einem Negligé, das praktisch aus nichts als roten, vom Hals bis zu den Zehen enganliegenden Spinnweben bestand. Der sehenswerte Busen, der etwas zu kugelförmige Bauch, das wilde, dreieckige Gärtchen schwarzer Haare, durch das rote Spinnennetz kaum gebändigt, alles das lag klar zutage. Susi stieß einen kleinen, neckischen Schrei aus, als sie außer Schwalbe auch Kessel vor der Tür stehen sah, bat aber dann doch auch Kessel herein.

Jakob Schwalbe bot mit einer gewissen Generosität und nicht ganz ohne Stolz Kessel einen Platz am ovalen Couchtisch von Frau Bingül Haffner an, sozusagen an Stelle der Dame des Hauses, die an einem Geschirrschrank hantierte und den Herren den Rücken zukehrte. Ein eher etwas orientalischer Hintern sprengte beim Gehen fast die roten Spinnweben. Susi legte ein drittes Gedeck auf.

»Sollen wir noch einmal essen?« fragte Kessel leise, als Susi gerade in die Küche hinausgegangen war.

»Offenbar«, sagte Schwalbe.

»Hast du gewußt, daß wir hier nochmals essen?« fragte Kessel.

»Wenn wir nicht essen«, sagte Schwalbe, »ist sie beleidigt. Nimm dich zusammen, Kessel.«

Susi kam herein und stellte Gläser auf den Tisch. Ein Hauch

von sehr schwerem Parfum umwehte Kessel, als Susi in seiner Nähe hantierte.

»Entschuldige«, sagte Kessel, als Susi wieder in die Küche hinausgegangen war, »aber mich zerreißt es, wenn ich noch etwas esse.«

»Nimm dich zusammen«, sagte Schwalbe.

»Und ich habe ganz vergessen«, sagte Kessel, »wegen der tausend Mark.«

»Später«, sagte Schwalbe. Susi kam wieder herein, sie trug ein Tablett und schlug die Küchentür mit dem Fuß zu. Susi servierte Kasseler Rippchen mit Sauerkraut.

Kessel versuchte Schwalbe vorwurfsvoll anzuschauen, aber Schwalbe schaute nicht her zu ihm. Als Susi die Deckel von den Töpfen hob, mischte sich der Sauerkrautgeruch mit dem schweren Parfüm. (Er habe, sagte Kessel später, lange darüber nachgedacht, aber er habe sich nicht daran erinnern können, diese Duftkombination je in seinem Leben sonst gerochen zu haben.) Unter Aufbietung aller Kräfte gelang es Kessel, noch zwei weitere Kasseler Rippchen und eine Portion Sauerkraut hinunterzudrücken. Er hatte danach das Gefühl, das Sauerkraut reiche in seinem Inneren bis herauf zum Gaumen. Zum Essen gab es Bier. Als danach Frau Bingül Likör servierte – auf einem getriebenen Kupfertablett aus ihrer Heimat –, gab Schwalbe Kessel mit den Augen ein Zeichen. Kessel trank den Likör, der ungefähr so schmeckte wie Frau Bingül roch, und entfernte sich dann.

Im Haus neben dem, in dem Susi ihre Parterrewohnung hatte, war ein Stehausschank. Trotz des Sommers brannte ein Kanonenofen, und es war fast unerträglich heiß. Die Wirtin war eine sehr dicke, ältere Dame mit rot gefärbtem Haar, die mit Schweizer Akzent sprach. Außer Kessel war nur ein Gast da; der saß auf einem Bierfaß. Der Gast war ein kleiner, runzliger Mann, der trotz der Hitze einen bis zum Hals zugeknöpften Mantel aus grünem, mit Gummi beschichtetem Tuch trug, außerdem einen Pfadfinderhut. Auf dem Rücken hatte er einen schlaffen Rucksack.

»Ich ...«, sagte der Kleine, »ich ... ich ...« – dann stockte er.

»Wie bitte?« fragte Kessel.

Der Kleine würgte, trank einen Schluck aus einem Bierglas, das er auf dem heißen Ofen abgestellt hatte, und brachte dann heraus: »Ich geh' gleich, dann können Sie ... dann können Sie ... dann können Sie sich daher setzen.«

»Danke«, sagte Kessel. »Ich will Sie nicht verdrängen.«

Kessel überlegte, was er trinken könnte, und entschied sich dann für einen Fernet Branca in der Hoffnung, daß dieser Magenbitter die Auflösung des Krautes im Magen etwas beschleunigen würde.

»Ich ...«, sagte der Mann mit dem Pfadfinderhut, »ich ... ich ...«

»Wie bitte?« fragte Kessel.

Der Mann würgte wieder, wollte neuerlich nach dem Glas greifen, aber es war inzwischen zu heiß geworden. Er zerrte, ohne ihn abzuschnallen, den schlaffen Rucksack unter der Achsel nach vorn, kramte darin und brachte ein Paar Handschuhe hervor, von dem er den rechten anzog und dann das Bierglas ergriff. Er nahm einen kräftigen Schluck und sagte dann: »Ich ... ich ... ich heiße Burschi.«

»Angenehm«, sagte Kessel, »ich heiße Albin Kessel.«

Kessel hatte den Fernet Branca ausgetrunken und schaute auf die Uhr. Es war Viertel nach acht. Die Wirtin stellte, ohne daß Kessel etwas gesagt hätte, einen zweiten Fernet Branca auf die Theke. Für das Cassata am Nachmittag hatte Kessel vier Mark fünfzig bezahlt. Er hatte also noch gut fünfundsiebzig Mark in der Tasche. Schwalbe muß mir, dachte Kessel, unbedingt die tausend Mark leihen. Die Fünfundsiebzig werden wohl bis halb elf Uhr reichen. Trotzdem trank er den zweiten Fernet langsamer.

»Ein ... ein ... ein Mann«, sagte Burschi und schaute mit einem Ausdruck, der ans Träumerische grenzte, genau zwischen Kessel und der Stehausschankwirtin hindurch, »ein Mann sagte zu einem anderen Mann: darf ich Ihnen den neuesten Ostfriesenwitz erzählen? Mein Herr! sagte der andere Mann: ich *bin* Ostfriese. Gut, sagte darauf der eine, dann erzähle ich ihn etwas langsamer.«

Die Wirtin lachte – auch das Lachen hatte einen leicht

Schweizer Akzent –, schlug die waagrechte Thekentür zurück, ging vor die Theke heraus und zum Ofen und, Kessel traute seinen Augen nicht, legte zwei Briketts nach. Dann nahm sie, wobei sie die Hand in ihre Schürze wickelte, Burschis nun leeres Glas, ging wieder hinter die Theke und füllte es. Es zischte. Burschi rutschte von seinem Faß, ging zur Theke, nahm das Glas, stellte es auf den Ofen und setzte sich wieder.

»Einer ...«, sagte Burschi, nahm einen Schluck Bier, den er im Mund hin und her quellen ließ, bevor er ihn eigentlich trank, »einer ... der hieß Max und ist zum Psychologen gegangen, weil er jede Nacht träumt, er muß einen Lastwagen von Basel nach Hamburg fahren, und ist dann in der Früh wie gerädert, natürlich.«

»Burschi«, sagte die Wirtin, »bleibe anständig.«

Burschi verstummte und nahm wieder einen Schluck aus seinem heißen Glas.

»Eine Frage, Burschi«, sagte die Wirtin dann mit Schweizer Akzent, »ist das ein Witz?«

»Es ...«, sagte Burschi, »es ... es ... es würde noch weitergehen.«

»Ach so«, sagte die Wirtin und schenkte Kessels Fernet-Glas, von dem er erst einen Schluck getrunken hatte, wieder bis zum Rand voll. »Der Nachschlag ist gratis«, sagte sie.

Der Ofen knisterte. Burschis Bier auf der Ofenplatte warf kleine Siedebläschen.

Burschi zog wieder seinen Handschuh an und trank einen Schluck von seinem Bier.

»Ich weiß auch einen Witz«, sagte die Wirtin. »Ein Mann kommt in eine andere Stadt und trifft ...«

»Moment«, sagte Burschi, »*ein Mann* ist schlecht. Er ... er ... er ... er muß einen Namen haben, sagen wir: Kurt.«

»... und trifft ...«, sagte die Wirtin.

»Kurt«, verbesserte Burschi, »kommt in eine andere Stadt und trifft ... was trifft er?«

Hier sitze ich, dachte Albin Kessel, und trinke Fernet Branca, der langsam, aber sicher fast so warm wird wie Burschis Bier. Wenn ich topographisch richtig rechne, stößt Frau Bingül

Haffners Wohnzimmer hier an die Rückwand des Stehausschanks. Hoffentlich gibt mir Schwalbe die tausend Mark, wie spät ist es? Kessel schaute auf die Uhr: kurz nach halb neun.

»... trifft ein Mädchen am Bahnhof«, sagte die Wirtin, »eine flotte Biene.«

Da ging die Tür auf und ein mittelgroßer jüngerer Mann mit schütterem, blondem Haar kam herein, stellte eine fleckige Aktentasche neben die Theke und bleckte die Zähne. Er hatte lauter Goldzähne, auch vorne. Der Mann brüllte vor Lachen, tupfte Burschi grüßend auf seinen Pfadfinderhut, langte mit der Hand über die Theke und tippte der Wirtin auf den riesigen Busen.

»Köstlich, köstlich«, schrie der Mann. »Kinder, ist das eine Hitze.«

»Grüezi, Herr Staatsanwalt«, sagte die Wirtin.

»Kenne ich Sie?« musterte der als Staatsanwalt apostrophierte Herr den Albin Kessel.

»Nicht, daß ich wüßte«, sagte Kessel.

»Köstlich, köstlich«, sagte der Staatsanwalt. »Als erstes werde ich jetzt einmal dein feines, stilles Örtchen aufsuchen. Und dann werden wir mit einem Fingerhütchen voll Buttermilch auf unsere Gesundheit anstoßen. Ich habe nicht viel Zeit. Adieu, adieu!« Der Staatsanwalt verschwand nach hinten.

»Wieso Staatsanwalt?« fragte Kessel.

»Das ist ein echter Staatsanwalt«, sagte die Wirtin. »Machen Sie seine Tasche auf, dann sehen Sie es.«

»Ich mache keine fremden Taschen auf«, sagte Kessel, »schon gar nicht von einem Staatsanwalt.«

»Ach was«, sagte Burschi, rutschte von seinem Faß, ging zur Theke, machte die Tasche auf und nahm ein Bündel blaßrote Akten heraus und zeigte sie Kessel. STAATSANWALTSCHAFT BEI DEM LANDGERICHT MÜNCHEN I stand in schwarzer Schrift gedruckt auf den Akten. Burschi legte die Akten auf die Theke, zerrte wieder den Rucksack unter der Achsel durch nach vorn, kramte eine Brille mit Drahtgestell heraus, setzte sie auf und begann, in den Akten zu lesen.

»Was ist das?« fragte Albin Kessel, denn die Wirtin hatte ein Halbliterbierglas mit einer trüb-gelblichen Flüssigkeit auf den Tisch gestellt.
»Für den Staatsanwalt«, sagte die Wirtin.
Wieder ging die Tür auf. Burschi senkte den Kopf über den Akten und schaute über den Rand seiner Drahtbrille – knapp unter dem Rand seines Pfadfinderhutes hinweg – den neuen Gast an, raffte dann schnell die Akten zusammen und kehrte auf sein Faß zurück, wo er weiterlas. Offenbar hatte er Angst, daß sich der Neue dort hinsetzen würde.
»Ich ... ich ... ich ...«, sagte Burschi, »ich geh gleich, dann können Sie sich hersetzen.«
»Mit dir rede ich nicht«, sagte der Neue, dann wandte er sich an die Wirtin: »Sonst ist heute nichts los?«
»Was soll denn sonst los sein«, sagte die Wirtin. »Als ob irgendwann irgend etwas los wäre.«
Burschi kicherte über den Akten.
Der neue Gast war ein Dreizentnermann, eine sozusagen pyramidische Gestalt ohne Hals. Er war sichtlich bemüht, seinen eher bescheidenen Kopf durch eigenwilligen, langen Haarwuchs aufzuwerten. Er sah aus wie ein Walroß mit Locken. Ohne hinzuschauen, nahm er das Bier, das ihm die Wirtin in die offenbar bereits gewohnheitsmäßig in Bierglas-Griff-Haltung auf die Theke gelegte Hand schob, trank es aus, fast ohne das Glas anzuheben – es hatte den Anschein, als bestände das Bier aus einem zähklebrigen Stück, das der Dicke wie ein Insekt den Pollenseim in sich hineinsog. Über das Glas hinweg schaute er Kessel an.
»Dich habe ich noch nie hier gesehen«, sagte er dann.
»Nein«, sagte Kessel. »Das heißt ja. Ich bin das erste Mal da.«
»So, so«, sagte der Dicke, »und was machst du da, wenn man fragen darf?«
»Gewissermaßen«, sagte Albin Kessel, »spiele ich Schach.«
Obwohl der Dicke diese sibyllinische Antwort kaum verstanden haben dürfte, brummte er zufrieden, gab dem leeren Bierglas mit dem Zeigefinger einen Schnips, als ob es ein Papierkügelchen wäre, wonach das Glas über die Theke sauste. Die Wirtin fing es auf und füllte es wieder.

Burschi kicherte über einer offenbar besonders amüsanten Stelle in den Akten. Hinten rauschte die Wasserspülung. »Tu die Akten in die Tasche zurück«, zischte die Wirtin, aber Burschi hörte nicht. Der Staatsanwalt kam, begrüßte lärmend den Neuankömmling, den er Bruno nannte, sagte »Na! Na!« zu Burschi, als er sah, daß der die Akten las, nahm das Glas mit der trüb-gelblichen Flüssigkeit und trank einen kräftigen Schluck davon.

»La Paloma«, sagte Bruno.

Die Wirtin nahm aus einer Schublade, in der, soweit man sehen konnte, Geldscheine, die Buchhaltung, mehrere in fettiges Papier eingewickelte Gegenstände, ein Strickzeug und Schallplatten lagen, eine davon heraus, hielt sie weit von ihren Augen weg, konnte die Aufschrift immer noch nicht lesen, gab die Platte Bruno, der auch die Platte – vergeblich – weit von sich hielt und den kleinen Kopf mit den Locken zurückreckte und seinerseits die Platte an Albin Kessel weitergab. Es war *La Paloma.* Kessel gab die Platte der Wirtin zurück, die sie auf den Grammophonteller legte und den Apparat anstellte.

Burschi kicherte. Der Staatsanwalt nahm einen zweiten Schluck aus seinem Glas und schlug mit seinem Fuß den Takt. Bruno sang leise mit, was man aber nicht hörte, weil die Musik sehr laut war.

Plötzlich, noch während des Liedes, stieß Bruno Albin Kessel mit dem Mittelfinger der Hand, in der er das Bierglas hielt, an die Brust und schrie: *»La Paloma!«*

»Ja«, schrie Kessel. »Ein sehr schönes Lied.«

»Der Kaiser Maximilian«, schrie Bruno.

»Ja«, schrie Kessel, »der letzte Ritter.«

»Nein«, schrie Bruno, »der Kaiser Maximilian von Mexico, den sie erschossen haben, die Schweine –«

»Ach so, der«, schrie Kessel.

»Wer?« schrie Burschi aus seiner Ecke.

»Halts Maul, mit dir rede ich nicht«, schrie Bruno. »Bevor sie ihn erschossen haben, hat er sich das Lied gewünscht. Sein letzter Wunsch, verstehst du? Bevor man ihn erschießt, hat doch jeder einen letzten Wunsch, oder?«

»Ich bin noch nicht erschossen worden«, schrie Kessel.

»Und der Kaiser Maximilian von Mexico hat sich gewünscht, als letzten Wunsch, daß sie *La Paloma* spielen. Hast du das gewußt? Nein? Dann weißt du es jetzt. Außerdem hatte er Durchfall. Scheußliche Sache, wenn man erschossen wird und hat Durchfall. Trotzdem hat er Haltung bewahrt. Das rechne ich ihm hoch an. Verstehst du?«
»Ja«, schrie Kessel.
»Es lebe der Kaiser Maximilian von Mexico!« schrie Bruno.
»Köstlich, köstlich«, schrie der Staatsanwalt.
»Es lebe der tote Kaiser Maximilian von Mexico!« schrie Kessel.
Bruno trank das Bier aus; als er wieder das Glas mit einem Zeigefingerschnipp über die Theke sausen ließ, ging das Lied mit einem aufseufzenden Akkord, in den sich ein Gitarrentremolo mischte, zu Ende. Als das Lied ausgeklungen war, spürte Kessel die Hitze vom Ofen herströmen, als ob vorher die laute Musik die Temperatur gedrückt gehabt hätte.
»Kann man nicht die Tür aufmachen?« fragte Kessel.
»Ja«, sagte Bruno, »das ist ja unmöglich, diese Hitze.«
»Die Tür darf man nicht aufmachen«, sagte die Wirtin, »wegen dem Lärm. Da rufen sie sofort die Polizei.«
»Aber durch den Abort kann man lüften«, sagte Bruno.
»Nicht, wenn der Staatsanwalt draußen war«, protestierte Burschi.
»Köstlich, köstlich«, sagte der Staatsanwalt und bleckte seine Goldzähne.
»Und jetzt: den *Erzherzog Johann*«, sagte Bruno.
Die Wirtin nahm *La Paloma* vom Plattenteller. Einige Schallplatten gingen wieder reihum, bis der *Erzherzog-Johann-Jodler* gefunden wurde. Zu Zitherklängen, die zu gewissen, herausragend melodiösen Stellen von fernen Kuhglocken überhöht wurden, sang eine ölige Männerstimme »Wo i geh' und steh', tuat mir mei' Herz so weh –«
»Das Lied«, schrie Bruno, »ist sozusagen verwandt. Der Erzherzog Johann war der Großonkel vom Kaiser Maximilian von Mexico.«
». . . um mei' Steiermark«, sang der Tenor, »ja glaubt's mir's g'wiß.«

»Was das Allerhöchste Erzhaus Habsburg-Lothringen betrifft«, schrie Bruno, »macht mir keiner was vor. Hoch lebe das Allerhöchste Erzhaus Habsburg-Lothringen!«
»Hoch!« schrie Kessel.
». . . wo das Büchserl knallt, und woho der Gamsbock fallt, wo mei' Guatrerzog Johann is' . . .«
»Es lebe«, schrie Bruno, »weiland Seine Kaiserliche und Königliche Hoheit, der Erzherzog Johann!«
»Hoch!« schrie Kessel.
Der ölige Tenor war beim Jodlerteil angelangt. Bruno sang mit. Gleichzeitig trank er. Es gibt Leute, hatte Kessels Bruder Hermann einmal gesagt, die bringen es durch eiserne Körperbeherrschung fertig, gleichzeitig zu trinken und zu reden. Bruno war offenbar noch einen Schritt weiter. Exakt mit dem letzten Zitherakkord setzte Bruno das leere Glas wieder ab und schnippte es über die Theke.
»Haben Sie eine Zigarre?« fragte Albin Kessel die Wirtin.
»Einen Moment«, sagte der Staatsanwalt, lachte fröhlich und suchte in allen Taschen. In einer der Gesäßtaschen fand er ein abgegriffenes Zigarrenetui aus schwarzem Leder. »Darf ich aushelfen? Von meinem Vater . . . nicht die Zigarren, das Etui aus Elefantenhoden.« Er lachte. »Die Zigarren sind neu. An und für sich rauche ich keine Zigarren. Nur dienstlich.«
Albin Kessel nahm eine Zigarre aus dem Etui, verschloß es wieder und gab es dem Staatsanwalt zurück. »Wieso dienstlich?«
»Haben Sie schon einmal eine Leiche gerochen?« fragte der Staatsanwalt.
»Nein«, sagte Kessel.
»An und für sich ist der Geruch nicht unangenehm. Wie ich das erste Mal zu einer Obduktion gefahren bin, ist mein Chef mitgefahren, Oberstaatsanwalt Herstenberger, ein ganz alter Hase. ›Herr Kollege‹, hat Herstenberger gesagt, ›auf los geht's los, und wenn wir von der Frauenlobstraße in die Toreinfahrt von der Gerichtsmedizin einbiegen, und Sie nehmen im Hof einen leicht säuerlichen Geruch wahr – erschrecken S' nicht: das kommt von der Essigfabrik nebenan. Leichen riechen nicht säuerlich, Leichen riechen süßlich. Ungefähr wie Ap-

felbisquit. Wenn Sie in eine Konditorei kämen, würden Sie sagen: m-m-m. Aber hier natürlich, wo Sie wissen, daß es von den Leichen kommt, dreht's Ihnen leicht den Magen um.‹ Naja – Prost!« sagte der Staatsanwalt. »Man gewöhnt sich an alles.«
»Und die Zigarren?« fragte Kessel.
»Zum Beispiel heute«, sagte der Staatsanwalt und lachte laut, »Burschi, hör zu, das interessiert dich. Ein Mädchen, kaum zwanzig Jahre alt. Selbstmord. Ein herrlicher Körper, Sünd' und schade. Ich sage dir, Bruno: so etwas habe ich in meinem Leben nicht gesehen. Groß und schlank, ganz lange blonde Haare, und einen Busen – einen sogenannten Steh- oder Donnerbusen, Burschi, wenn du noch weißt, was das ist. So.« Der Staatsanwalt formte mit den Händen einen imaginären Gugelhupf in Größe eines Kinderkopfes. »Und total aufrecht. Im Liegen! Als Tote! Das findest du nicht bei der hundertsten Lebendigen im Stehen, sage ich dir.«
»Und warum?« fragte Kessel.
»Was warum?«
»Warum sie Selbstmord begangen hat?«
»Ach so – verheirateter Freund, sitzengelassen – auch eine scheußliche Sache. Der verheiratete Freund steht in der Früh auf und rasiert sich und schaut dabei aus dem Fenster hinaus. Exquisite Verhältnisse: Villa in Harlaching et cetera. Auf der Terrasse steht ein Korbstuhl, die Lehne zum Fenster her gedreht, aber der leichte Morgenwind – gestern war das – hat etwas über die Lehne geweht, die langen blonden Haare. Da hat er, hat er mir gesagt, den Rasierapparat sinken lassen –« Burschi rülpste stark und fragte: »– naß oder elektrisch?«
»Elektrisch natürlich«, sagte der Staatsanwalt, »sonst hätte er doch nicht gleichzeitig beim Fenster hinausschauen und sich rasieren können.«
»Aha«, sagte Burschi.
»– den Rasierapparat sinken lassen«, fuhr der Staatsanwalt fort, »und schaut genauer hin, und da sieht er, daß ein ihm nicht ganz unbekannter Arm über die Lehne vom Korbstuhl baumelt. Hat sich das Mädchen vergiftet, ist in der Nacht

über den Zaun gestiegen, hat sich in den Korbstuhl auf die Terrasse gesetzt – keine zehn Meter vom Schlafzimmer ihres Geliebten ... scheußlich, scheußlich. Auch die Venus ist perdu, klickradoms, von Medici.« Der Staatsanwalt nahm den letzten Schluck seines gelblich-trüben Getränkes und schob das Glas der Wirtin hin, die sich sofort an einen offenbar komplizierten Mixvorgang an der Anrichte hinter der Theke machte. »... beziehungsweise, in dem Fall nicht von Medici, sondern von Beilngries. Das Mädchen war aus Beilngries.«

»Das war heute?« fragte Kessel.

»Heute war die Obduktion, umgebracht hat sie sich von vorgestern auf gestern in der Nacht. War natürlich der Teufel los bei dem Mann. Was meinen Sie, was dem seine Frau alles erzählt hat. Eine hübsche Frau, übrigens, obwohl kein Vergleich mit der toten Venus. Schade. Hätte sich an mich wenden sollen.«

»Sie interessieren sich offenbar für Damen, Herr Staatsanwalt?« sagte Kessel.

Die Wirtin schob dem Staatsanwalt das neu gefüllte Glas wieder hin. Der Staatsanwalt nahm es und sagte zu Kessel: »Wissen Sie was? Pfeifen Sie auf den Staatsanwalt. Ich heiße Günther. Meine intimeren Freunde nennen mich Wambo. Prost. Wie heißt du?«

»Albin«, sagte Kessel.

»Ob ich mich für Damen interessiere? Naja. Wie man's nimmt. Ich bringe das auf diesen Nenner: wenn eine nicht freiwillig geht ... mit Gewalt aus dem Bett drängen tu ich keine.«

»Aber«, sagte Kessel, »die Zigarren ...?«

»Die Zigarren«, sagte Wambo, »das sind besondere Zigarren. Neben der Gerichtsmedizin ist ein kleiner Laden, da gibt's die, speziell. Wenn du die rauchst, riechst du keine Leiche. Absolut. Hier hast du Feuer, Albert.«

»Al*bin*«, sagte Kessel. Er zündete die Zigarre an. Im Krieg, erinnerte er sich, hatte der Großvater Kessels (mütterlicherseits, der Medizinalrat), selber Tabak gezogen. Die Großmutter hatte nach einem alten Hausrezept selber Seife gerührt. Einmal hat die Großmutter im Speicher Seife gerührt, als die Tabakblätter zum Trocknen aufgehängt waren. Die Tabakblätter waren danach von intensivem Seifenduft vollgesogen. Selbstverständlich warf sie der Großvater trotzdem nicht weg, waren ja viel zu wertvoll. Er versuchte alles mögliche, aber es half nichts. Wenn er später die Ernte dieses Jahrgangs rauchte (»der seifige 43er«, sagte der Medizinalrat mit mühsamer Selbstironie), roch es immer, als ob man einen alten Badeschwamm verbrenne. Mit dem ersten Zug aus Wambos Obduktionszigarre war wie ein leuchtendes Panorama diese ganze, schöne Jugendzeit vor Albin Kessels innerem Auge wieder da. Nichts weckt so schlagartig Erinnerungen wie ein Geruch, höchstens noch die Musik.

»Na?« fragte Wambo.

»Hm«, sagte Kessel. »Wie heißt die Zigarre?«

»Triumphmarsch«, sagte Wambo.

»Aber recht viel mehr als eine kann man wohl nicht davon rauchen, hintereinander?«

»Ja, doch, zwei«, sagte Wambo, »Herstenberger sogar drei. Aber der geht ja schon dreißig Jahre zu Obduktionen.«

Burschi klappte die letzte Akte der STAATSANWALTSCHAFT BEI DEM LANDGERICHT MÜNCHEN I zu, trank einen Schluck von seinem leise siedenden Bier und rückte den Pfadfinderhut gerade. Er schaute Kessel mit einem Blick an, in dem Kessel den leisen Vorwurf zu lesen glaubte: du hast noch nichts zur Unterhaltung beigetragen.

»Graf Bobby«, sagte Kessel, »geht über die Ringstraße in Wien und hat ein Gebetbuch unter dem Arm. Er trifft seinen Freund, den Baron Pausbertl von Drachenthal. Der fragt ihn: No, Bobby, wo gehst' d' denn hin, Bobby? – No, sagt Bobby, ins Puff. – So, sagt Pausbertl von Drachenthal, und warum hast' d' dann a Gebetbuch dabei? – No, sagt Bobby, kann sein, ich bleib' über Sonntag dort.«

»Köstlich, köstlich«, schrie Wambo, »den muß ich morgen dem Herstenberger erzählen, vielmehr am Montag, morgen ist ja Samstag.« Er nahm die Ermittlungsakte ›gegen Besenrieder, Peter u. a. wegen schw. Körperverl.‹ und notierte den Witz in Stichwörtern hinten im Aktendeckel.

Die Tür ging auf und zwei Männer kamen herein.
»Jetzt müssen wir doch die Klotür aufmachen«, sagte Burschi, »es wird eng.« Aber er rührte sich nicht von seinem Faß weg, wahrscheinlich in Angst, ein anderer könnte sich inzwischen draufsetzen.
»Blödarsch«, sagte Bruno und ging nach hinten. Es war nicht mehr ganz ein Gehen, es war eher ein Schwappen. Bruno machte im Klosett das Fenster auf und ließ die Tür offen. Albin Kessel roch nichts, weil er ja noch den *Triumphmarsch* rauchte.
Der jüngere von den Männern hatte sehr stark gekräuselte Haare, die ihm in einem sichtlich gepflegten Schopf – das einzig Gepflegte an ihm – bis weit über die Stirn hingen, und trug trotz der Dunkelheit eine Sonnenbrille, eine sogenannte Piloten- oder Raketenbrille, die quasi schiffsheckartig von Ohr zu Ohr reichte. Seine Nase konnte er dadurch nicht verdekken: sie war pflaumenfarbig und gequollen, so als ob aus einer Tube mit großer Öffnung lieblos vorgefertigte Masse ins Gesicht gedrückt worden wäre.
»Köstlich, köstlich«, schrie der Staatsanwalt, »servus Kamikaze. Er heißt Kamikaze«, wandte er sich an Kessel, »und wenn du ihn einmal Mopedfahren gesehen hast, weißt du warum.« Er drehte sich wieder zu Kamikaze. »Was hast denn du mit deiner Nase gemacht?«
»Schmarrn«, sagte Kamikaze.
»Die ist doch nicht von allein so geworden?«
»Ein Bier und ein Steinhäger«, sagte Kamikaze zur Wirtin; und zu Wambo: »Eine Lokomotive.«
»Bist du mit einer Lokomotive zusammengestoßen?« schrie Wambo. »Köstlich, köstlich.«
»Schmarrn«, sagte Kamikaze, »natürlich. Mit dem Puffer.«
»Mit einer Lokomotive?« schrie Wambo.
»Logisch«, sagte Kamikaze und kippte den Steinhäger.
»Im Fahren?«
»Schmarrn«, sagte Kamikaze, »ich schon, sie nicht. Am Rangierbahnhof.«
»Habt ihr ein Rennen gefahren? In der Nacht auf dem Rangierbahnhof?«

»Logisch«, sagte Kamikaze.
»Köstlich, köstlich«, sagte der Staatsanwalt.
»Toselli-Serenade«, befahl Bruno. Die Wirtin kramte wieder in der Schublade, und nach einigem Suchen fand sich die Platte.
»So ein Schmarrn«, schrie Kamikaze.
»Enrico Toselli«, schrie Buno Albin Kessel ins Ohr, »ein italienischer Komponist. Wegen ihm ist die Kronprinzessin von Sachsen durchgebrannt, hat ihn später sogar geheiratet. Ist also gewissermaßen auch verwandt, weil die Kronprinzessin eine geborene Erzherzogin von Habsburg-Toscana war. Aus der Nebenlinie Toscana, aber das ist dir wahrscheinlich kein Begriff?«
»Doch, doch«, sagte Kessel.
Der andere von den beiden Männern, die zuletzt hereingekommen waren, war sehr klein, hatte ganz starke Brillengläser und schleppte eine große Personenwaage und einen Klappstuhl mit sich.
»Beni«, schrie ihn Bruno an, »gib deinen Stuhl her. Eine Maß für 'n Beni, weil er mir sein' Stuhl gibt.«
Beni klappte den Stuhl auseinander, und Bruno ließ sich hineinfallen, daß alle Scharniere krachten; aber der Stuhl hielt.
»Will sich jemand wiegen lassen?« fragte Beni leise, als die *Toselli-Serenade* vorbei war, wandte sich aber trotz der allgemeinen Formulierung nur an Albin Kessel.
»Scheiß auf deine Waage, logisch«, sagte Kamikaze.
»Wollen Sie sich wiegen lassen?« fragte Beni noch einmal mit weinerlicher Stimme. »Es lassen sich kaum noch Leute wiegen«, sagte er und zog den zerschlissenen Wachstuchüberzug von der Waage.
»Wennst d' jetzt nicht aufhörst«, sagte Kamikaze, »wirf ich dich mitsamt deiner g'schissenen Waag' bei der Tür hinaus.«
»Nein«, sagte die Wirtin ruhig, »durch den Abort.«
»Aber wenn Sie sich wiegen lassen wollen?« fragte Beni Albin Kessel leise. »Die Waage geht noch sehr genau. Ich stelle sie jeden Tag ein. Aber es will sich fast niemand mehr wiegen lassen. Alle Leute haben selber eine Waage daheim.«

Beni zog einen winzigen Schreibblock aus seiner Tasche und einen Bleistiftstummel, den er mit der Zunge anfeuchtete. »Zehn Pfennig«, flüsterte er, »und Sie bekommen hier einen Zettel, weil ich Ihnen das Gewicht aufschreibe, hier auf den Zettel. Zehn Pfennig.«
»Er sitzt immer auf der Dult«, sagte Bruno, »oder wenn ein Jahrmarkt ist, oder wenn keiner ist, sitzt er an der Straßenbahnhaltestelle am Luise-Kiesselbach-Platz.«
»Wenn ihn nicht die Polizei vertreibt, logisch«, sagte Kamikaze.
Beni wagte nichts mehr zu sagen, schaute nur Kessel nicht nur fragend, sondern flehend an.
Kessel fiel der kleine Mann in Schwarz ein, den er gestern vormittag von der Tür gewiesen hatte.
»So ein Schmarrn«, sagte Kamikaze. »Er mit seiner g'schissenen Waag'. Logisch, daß sich keiner wiegen läßt.«
»Doch«, sagte Beni leise, »vier. Heute.«
»Und gestern, du Depp?« fragte Kamikaze.
Beni schwieg.
»Eben«, lachte Kamikaze. »Logisch.«
»Ich lade«, sagte Kessel, »alle ein, sich wiegen zu lassen. Auch die Wirtin.«
»So ein Schmarrn«, sagte Kamikaze.
»Köstlich, köstlich«, schrie der Staatsanwalt. »Soviel ist auf der Waage gar nicht drauf, wie der Bruno wiegt.«
»Du Arsch!« brüllte Bruno.
Als erster stieg Kessel auf die Waage. Beni mußte sich ganz hinunterbeugen, sein Gesicht nahe an den Zeiger und die Anzeigescheibe der altertümlichen Waage bringen, damit er das Gewicht ablesen konnte. Dann hielt er den kleinen Block seitlich neben sein linkes – offenbar besseres – Auge, schrieb mit schöner Schrift 72 kg auf den Zettel, riß ihn ab und gab ihn Kessel.
»Jetzt die Frau Wirtin«, sagte Kessel.
»Laßt mich in Ruh'«, sagte die Wirtin. Sie spülte Gläser ab.
»Doch, doch, unbedingt«, schrie Bruno.
»Also gut«, sagte die Wirtin, wischte die Hände ab, klappte die horizontale Tür in der Theke auf und kam heraus. 82 kg,

schrieb Beni. Als die Wirtin wieder hinter die Theke ging, zog Beni Kessel zu sich herunter und flüsterte ihm ins Ohr: »Ich habe 10 Kilo abgezogen; als Kavalier.«
Dann ließ sich der Staatsanwalt wiegen, dann, nach einigem Hin und Her, Kamikaze, dann Burschi. Da sich Burschi weigerte, seinen Sitzplatz zu verlassen, wurde er mit dem Faß gewogen. Kessel und der Staatsanwalt hoben Faß und Burschi auf die Waage und trugen ihn dann auch wieder zurück zum Ofen. Zum Schluß kam Bruno, das Walroß mit Locken. »Köstlich, köstlich«, schrie der Staatsanwalt. »Noch einmal *La Paloma*«, brüllte Bruno. Kamikaze und Beni mußten Bruno helfen, aus dem Klappstuhl aufzustehen. Übrigens reichte die Waage, allerdings knapp: ›149 kg‹.
Kamikaze hatte den Zettel gar nicht genommen, die anderen hatten ihre Zettel gleich auf den Boden geworfen. Albin Kessel nahm seine Brieftasche heraus und legte seinen Zettel ganz langsam und sorgfältig hinein, um Beni eine Freude zu bereiten.
»Was macht das jetzt?« fragte Kessel.
Beni packte die Waage wieder ein, klappte den Stuhl schnell zusammen, bevor sich Bruno noch einmal setzen konnte, und rechnete dabei. »Das Faß zählt extra«, sagte er und blitzte mit den Augen hinter seinen dicken Gläsern. »Sechzig Pfennig.«
Kessel gab ihm eine Mark und sagte: »Der Rest ist für Sie.«
Kurz nach zehn brach der Staatsanwalt auf, nachdem noch einige weitere Gäste gekommen waren – darunter eine stark geschminkte, dürre alte Frau, die mit norddeutsch gefärbtem Akzent die zum Schneiden dick gewordene Luft durchkrähte. Einer war gekommen, den sie Viktor nannten. Er war Antiquitätenhändler – sagte er selber, in Wahrheit wahrscheinlich ein Trödler – und hatte einen abgetragenen Smoking dabei, der auf einem Kleiderbügel unter einer dünnen Plastikfolie hing. Er habe den Smoking (Viktor bezeichnete ihn als Frack) heute erworben, und zwar vom Prinzen von Hohenzollern. Er bot den ›Frack‹ dem Staatsanwalt an, aber der lachte nur laut und schrie »köstlich, köstlich!« Entweder merkte er nicht, oder er wollte es nicht merken, daß es dem Viktor mit dem Geschäft ernst war. Wambo weigerte sich,

die Sache anders als für einen Witz zu nehmen, und erklärte sich nicht einmal bereit, den Anzug wenigstens anzuprobieren. Viktor wurde darauf sehr ungehalten. Möglicherweise hing der eher überstürzte Aufbruch des Staatsanwalts damit zusammen.

Der Staatsanwalt suchte seine Akten, steckte sie in die Aktentasche, trank sein drittes Glas gelblich-trüber Flüssigkeit bis etwa auf ein Drittel aus und ging.

La Paloma erklang zum vierten oder fünften Mal. Die Zahl der Gäste war für eine einheitliche Unterhaltung zu groß geworden. Die Geselligkeit zerfiel in Gruppen. Burschi auf seinem Faß am Ofen war eingeschlafen.

Als Albin Kessel, mit dem im Augenblick niemand redete, auf die Uhr schaute (Viertel nach zehn), sich vornahm, um halb elf Uhr drüben bei der türkischen Susi zu läuten, und überlegte, ob er die verbleibenden zwanzig Minuten nicht zu einem kurzen Spaziergang um den Block benutzen sollte, wußte er noch nicht, daß der Höhepunkt des Abends, dessen Hauptperson er, obwohl gewissermaßen Fremder in dem Stehausschank, sein sollte, noch bevorstand, und zwar unmittelbar.

Albin Kessel stand an der Theke ungefähr in der Mitte. Links neben ihm stand Kamikaze und drehte ihm den Rücken zu, rechts einer von den neueren Gästen und drehte ihm auch den Rücken zu. Als sich Kessel, der den linken Ellenbogen auf die Theke gestützt hatte, aus Gründen der Haltungsauflockerung halb umdrehte und nun den rechten Ellenbogen auf die Theke stützte und auch die Füße anders voreinanderstellte, stieß er an etwas Weiches. Er schaute hinunter.

»Da hat der Staatsanwalt seine Aktentasche stehenlassen«, sagte Kessel zur Wirtin, die direkt ihm gegenüber auf der anderen Seite der Theke hantierte.

»Der kommt schon wieder«, sagte die Wirtin ohne aufzuschauen. »Das wäre ganz neu, wenn der aufs erste Mal wirklich heimgehen tät'.«

Vor Kessel stand immer noch das nur zu zwei Drittel ausgetrunkene Glas des Staatsanwalts.

»Bleibt das stehen, bis er wiederkommt?« fragte Kessel.

»Ja«, sagte die Wirtin.
»Was ist denn das?« fragte Kessel.
»Das?«
»Ja.«
»Das trinkt der Staatsanwalt immer.«
»Ja, aber was es ist?«
»Sie heißen's einen Donnerschlag. Ich hab' es noch nie probiert.«
»Donnerschlag?«
»Ja. Ein Teil Rum, ein Teil Steinhäger und mit Bier aufgefüllt. Das heißt: das ist eigentlich kein Donnerschlag, was der Staatsanwalt trinkt, das ist ein Spezial. Mit einem Schuß Eierlikör. Der Staatsanwalt hat das selber erfunden, auch den Namen: Matrosenschweiß.«
Kessel fixierte das Glas. Wenn er nicht, erzählte er später, vorher schon sechs Fernet Branca getrunken gehabt hätte, wäre er nie auf die gefährliche Idee gekommen.
»Darf ich einmal probieren?« fragte Kessel.
Die Wirtin schob das Glas mit dem Staatsanwalts-Spezial näher zu Kessel hin.
Der Schluck, den er genommen habe, sagte Kessel später, sei gar nicht groß gewesen. Er habe eher nur genippt. Nach was es geschmeckt habe, könne er eigentlich gar nicht sagen.
Noch bevor Kessel das Glas wieder auf die Theke zurückgestellt hatte, überkam ihn das Gefühl, auf einer schiefen Ebene zu stehen. Ein starkes, krampfhaftes Zucken des Kinns befiel ihn, er sah sehr viele, sich rasch drehende gelbe, orange, rote und violette Spiralen. *La Paloma* schwoll zu einer Lautstärke an, als ob ein großes Düsenflugzeug im Stehausschank starte. Er habe noch wahrgenommen, erzählte Kessel später, daß sich Kamikaze zu ihm umgedreht habe, dann habe er gesehen, wie eine Gruppe von etwa zehn oder zwölf Pferden auf ihn zugetrampelt sei, und er habe verzweifelt versucht, sich seitwärts in einen Graben zu rollen. Ein Pferd habe ihn abgeschleckt und habe dabei gesagt: »Weißt du nichts, so schweig.« Ein tiefsinniger Satz, pflegte Albin Kessel zu bemerken, wenn er später die Geschichte erzählte, wenn man in Rechnung stellt, daß ihn ein Pferd gesagt hat. Nichtsdesto-

weniger, fügte Kessel immer hinzu, war das Abschlecken äußerst unangenehm.

Als Albin Kessel wieder zu sich kam, war es elf Uhr. Man hatte ihn auf das Faß gesetzt, auf dem Burschi gesessen hatte. Burschi hatte aufstehen müssen, stand jetzt maulend und grollend, den Pfadfinderhut immer noch auf dem Kopf, an der Theke. Er war kaum größer als sie. Der Rand der Theke schloß mit der breiten, steifen Krempe des Pfadfinderhutes in fast gleicher Höhe ab.

Die Wirtin hatte Albin Kessel eine kalte Kompresse aufgelegt, das heißt: den Lappen, mit dem sie vorher die Gläser gespült hatte. Merkwürdigerweise war es Kessel unglaublich wohl, als er aufwachte, wie nach einem tiefschwarzen Schmerz, der plötzlich wie im Rauch verzieht. Kessel stand auf. Der Staatsanwalt war inzwischen tatsächlich wieder gekommen und drehte sich lachend zu Kessel um: »Köstlich, köstlich!« schrie er.

Was so Leute oft aushalten, dachte Kessel, als er sah, daß der Staatsanwalt schon wieder ein Glas mit Matrosenschweiß in der Hand hielt.

»Zahlen«, sagte Kessel. Seine Stimme, bei allem neuen Wohlbefinden, war etwas belegt. (Die Kompresse war gratis.) Man achtete nicht sehr darauf, daß Kessel ging: nur Burschi flitzte sofort wieder auf das Faß. Im übrigen waren die Gäste unter Führung Brunos damit beschäftigt, das Lied zu singen: »Auf der Mauer, auf der Mauer sitzt a große Wanzn. Schaut's amal de Wanzn an, wie de Wanzn tanzn kann. Auf der Mauer, auf der Mauer sitzt a große Wanzn.« Bruno, der Vorsänger, bezeichnete das Lied als »Original Tiroler Lied, das heißt, Lied aus der Gefürsteten Grafschaft Tirol, die auch zur Herrschaft des Allerhöchsten Erzhauses Habsburg-Lothringen gehört«. Das Lied hat den für solche Gelegenheiten nicht hoch genug zu schätzenden Vorteil, daß es praktisch unbegrenzt fortgesungen werden kann. Die zweite Strophe nämlich lautet: »Auf der Mauer, auf der Mauer (betont wird *auf*) sitzt a große *Wanz*. Schaut's amal de Wanz an, wie de Wanz tanz kann ... usw.« Bei jeder folgenden Strophe wird ein weiterer Laut der Reimwörter weggelassen, und bei der sechsten Strophe ersetzt eine akzentuierte Pause den Reim. Von der siebten Strophe an kann dann aufbauend wieder in umgekehrter Richtung gesungen werden.

Kessel ging hinaus. In dem Moment, in dem er die Tür hinter sich zuschlug – der Lärm des ›Original Tiroler Liedes‹ drang dennoch bis auf die Straße, in dem Moment hatte Kessel eine Vision: Julia. Zehn Monate lang hatte Kessel vor nunmehr zwölf Jahren neben Julia gearbeitet. Niemandem hatte er je etwas von Julia erzählt – nein: doch einmal. Es hatte eine Zeit gegeben, eine kurze Zeit mit Waltraud, Kessels erster Frau, da konnten sie fast wie normale Menschen miteinander reden. Das war gewesen, als sie beide schon ihren Anwalt aufgesucht hatten, die Entscheidung gefallen, die Sache klar war: Kessels Ehe mit Waltraud würde geschieden werden. In dieser kurzen Zeit hatte sich merkwürdigerweise zwischen Kessel und Waltraud etwas entwickelt, was es in der ganzen Zeit ihrer Ehe nicht gegeben hatte: die Basis für ein vernünftiges und verständnisvolles Gespräch. In dieser Zeit hatte Kessel Waltraud, die auf dem Papier noch seine Frau war, die Sache mit Julia erzählt. Aber, dachte Kessel, das ist so gut wie niemandem erzählt, denn bald danach, gleich nach der Scheidung, ging der alte Krampf wieder an, und Waltraud, die sich ja immer nur für ein einziges Thema wirklich interessiert hatte: für sich selber, Waltraud hatte mit Sicherheit sehr bald vergessen, was Kessel ihr von Julia verraten hatte.

Was die Vision so schlagartig ausgelöst hatte, war Kessel nicht klar. Das Zufallen der Tür? Kessel konnte keinen Zusammenhang sehen, keine Assoziation darin erkennen. Die Vision war übrigens nichts so sehr Überraschendes. Es wäre übertrieben zu sagen, es hätte keinen einzigen Tag in Kessels Leben seit zwölf Jahren gegeben, an dem er nicht an Julia gedacht hätte; aber zwei Tage hintereinander sind ohne solch einen Gedanken nicht vergangen. Zehn Monate hatte er sie – abgesehen von Samstagen und Sonntagen und Feiertagen – jeden Tag gesehen. Sie hatten Tür an Tür gearbeitet. Den Urlaub – war das Zufall? – hatte Julia in dem Jahr genau zur selben Zeit genommen wie Kessel. Nachdem Kessel aus der Firma wieder weggegangen war, hatte sich Julia in ihre Heimatstadt versetzen lassen, wo die Firma eine Filiale hatte. Kessel hatte sie nie mehr gesehen. Einmal war eine Heiratsanzeige gekommen. Kessel hatte einen höflichen Brief geschrieben ›mit ergebenen Grüßen an den Herrn Gemahl unbekannterweise‹. 1973 erschien ein kleines Bändchen bei Heimeran mit den besten Geschichten und Skizzen aus Kessels *Sendungen für die Katz*, die er ein paar Jahre lang gemacht hatte. Im Jahr darauf schickte er einen Band mit einer Widmung an Julia, an die Adresse, die auf der Hochzeitsanzeige stand. Die Adresse stimmte zwar nicht mehr, aber auf einigen Umwegen erreichte das Buch Julia doch.

Sie rief an und bedankte sich. Es war eine ungünstige Zeit, die Zeit von Kessels zweiter Ehe mit Wiltrud. »Ich kann auch nichts dafür, daß sie fast so heißt wie die erste«, sagte er einmal zu Wermut Graef in einer seiner ›aufrichtigen Stunden am Dienstag‹, »ich habe sie nicht nach dem Namen ausgesucht, ich habe sie nach ganz einem anderen Gesichtspunkt ausgesucht. Man wird doch von seinen Freunden erwarten dürfen, daß sie Wiltrud und Waltraud auseinanderhalten, auch wenn der Unterschied nicht groß ist.« Jakob Schwalbe war sich über den Vornamen der zweiten Frau Kessel nie ganz sicher und sagte eine Mischung aus beiden Namen, ein undeutliches Weltred; aber es dauerte ja ohnedies nicht lang, und die dritte Frau Kessel hieß klar und deutlich abgesetzt: Renate. »Obwohl«, sagte Kessel zu Wermut Graef, »ich auch die nicht nach dem Namen ausgesucht habe, sondern nach ganz anderen Gesichtspunkten.«

Der Anruf von Julia kam kurz nach einem sehr heftigen Streit zwischen Kessel und Wiltrud. Wiltrud Kessel war damit beschäftigt, die Scherben eines irdenen Topfes zusammenzukehren, den sie vor Wut auf den Boden geworfen hatte, und Kessel spielte Klavier. Wiltrud nahm den Hörer ab, als es läutete, und rief unwirsch Kessel ans Telephon. Kessel war aufgeregt und sozusagen außer Atem von dem Streit, und er konnte sich nicht richtig ausdrücken am Telephon, nicht äußern, wie sehr er sich freute. Am Telephon, pflegte Kessel immer zu sagen, bin ich nicht ich selber. Ich hinke am Telephon, bildlich gesprochen.

Julia hatte Kessel erzählt, daß sie vor einiger Zeit einen Sohn zur Welt gebracht habe; Moritz hieße das Kind.
Kessel sah – fast wirklich, fast vor seinem äußeren Auge, an der Stelle etwa, wo das, wenn man so sagen kann, innere Auge in das äußere umkippt – Julia vor sich stehen: eine junge Frau von einer schlanken, spröden Schönheit. Kessel hatte oft über das Wesen von Julias Schönheit nachgedacht, war auch auf eine Definition gekommen, die ihn nicht ganz, aber einigermaßen befriedigte. Er hatte diese Definition nie jemandem mitgeteilt, nicht Wermut Graef in einer der ›aufrichtigen Stunden am Dienstag‹, und nicht der damaligen Frau Kessel, als er ihr in der erwähnten merkwürdigen Situation von Julia erzählte. Die Definition hieß: Julia ist von solcher Schönheit, daß nur derjenige sich ihr zu nähern wagt, der den Kern dieser Schönheit, eine unaussprechliche innere Eleganz, nicht erkennt. Kessel hatte kurz einmal den späteren Mann Julias kennengelernt. Sie waren schon verlobt, als Julia noch in München arbeitete. Kessel zweifelte sofort, daß dieser Mann – Herr Klipp hieß er – fähig sein sollte, den bewußten Kern der Schönheit Julias zu erkennen. Kessel glaubte nicht recht an eine echte, tiefe Liebe Julias zu diesem Mann. Vielleicht ist so eine Frau wie Julia dazu da, unglücklich zu lieben und unglücklich geliebt zu werden. Vielleicht, sagte sich Kessel einmal, wäre die Erde nicht stark genug, das Glück zu tragen, das diese Frau gewähren könnte, wenn sie mit dem zusammenkäme, den sie wirklich liebt, und der sie wirklich liebt.
Oft dachte Kessel an Julia, die ganzen Jahre, und es bedurfte meistens nur geringer Assoziationen: ihr Name, der Name ihres Kindes, ein Kleid, ähnlich einem, wie sie es damals einmal getragen hatte, eine Autonummer aus der Stadt, in der sie lebte oder dergleichen. Aber so ganz ohne die geringste erkennbare Assoziation wie heute war ihm das Bild Julias noch nie erschienen. Er dachte an die Geschichte von *Dr. Jekyll and Mr. Hyde,* an das alarmierende Signal, als Dr. Jekyll feststellt, daß er das erste Mal ohne sein Zutun verwandelt wurde. War das auch ein alarmierendes Signal, daß Julias Bild ungerufen gekommen war? War es ein gutes oder ein schlechtes Signal?

Kessel stieg langsam die drei Stufen von der Tür des Stehausschanks auf das Trottoir hinunter. »... schaut's amal de Wan an, wie de Wan tan kann ...« Vom Turm der Altersheimkirche am Luise-Kiesselbach-Platz schlug es einmal. Kessel schaute zur Turmuhr hinauf: Viertel nach elf. Er ging hinüber zu den Fenstern der ebenerdigen Wohnung der Türkin und klopfte ans Rolleau, das zum Wohnzimmer gehören mußte.
»Bist du es, Kessel?« schrie Schwalbe von drinnen.
»Ja«, sagte Kessel. »Es ist Viertel nach elf.«
»Au, verflucht«, schrie Schwalbe, »tatsächlich?«
Die Türkin stöhnte.
»Ich komm' gleich«, schrie Schwalbe.
»Du, Schwalbe«, flüsterte Kessel nahe dem Rolleau, »es ist auch noch wegen der tausend Mark.«
»Ich versteh' dich nicht«, rief Schwalbe. »Komm herein.«
Als Schwalbe nach ein paar Minuten die Wohnungstür aufmachte, war er schon fast ganz angezogen. Die Türkin war noch nackt und stöhnte auf dem Sofa.
»Wegen der tausend Mark«, sagte Kessel.
Schwalbe setzte sich auf einen Stuhl und zog seine Schuhe an.
»Ach so«, sagte Schwalbe. »Ich habe keine tausend Mark dabei.«
»Ich brauche das Geld morgen«, sagte Kessel.
»Ich geb dir einen Scheck.«
»Morgen haben die Banken zu. Wir fahren nach Frankreich.«
»Ich habe aber keine tausend Mark dabei.«
»Daheim?«
»Daheim schon.«
»Also. Dann fahre ich mit, und –«
»Und wie kommst du von Schwabing nach Fürstenried? Mitten in der Nacht? Ja – mit dem Taxi.«
»Kannst du mich nicht zurückfahren? Schließlich bin ich ja auch mit dir Schachspielen gegangen. Ein Taxi kostet vierzig Mark.«
»Es ist mir schon recht«, sagte Schwalbe, »daß du mit meinem Geld sparst; aber das geht nicht. Wie soll ich das meiner Frau erklären?«
»Was ist da zu erklären –«

»Das wird sie nie glauben.«
»Aber es ist doch wahr.«
»Sie glaubt nur, was nicht wahr ist.«
»Also jedenfalls brauche ich die tausend Mark«, sagte Kessel, »und du hast sie mir versprochen.« (Das stimmte nicht ganz. Schwalbe hatte nur immer gesagt: wir werden sehen. Aber Kessel sagte es mit solchem Nachdruck, daß Schwalbe nichts dagegen einwandte, und somit das Versprechen realen Raum gewann.)
Die Türkin hatte zu stöhnen aufgehört, sich auf den Bauch gelegt und angefangen zuzuhören. Sie hatte das Problem aber nicht ganz begriffen. Schwalbe erklärte es ihr mit einigen einfachen Sätzen. Die Türkin sprang auf, sagte, das sei doch überhaupt keine Schwierigkeit: *sie* fahre Kessel.
Ihr Angebot wurde dankend angenommen.
Während sich Schwalbe die Krawatte band, trocknete sich die nackte Türkin mit dem Vorhang ab – ein wollüstiges Bild an und für sich, nur hatte Kessel so schnell nach der Julia-Vision und weil er doch schon sehr müde war, kein Auge dafür. Dann zog die Türkin – ohne Unterwäsche – eine merkwürdige schwarze Hose an, dann Stiefel und ging nachher ins andere Zimmer. Als sie zurückkam war sie im Motorrad-Dress und genietetem Nierenschutz und Sturzhelm.
»Fährt sie Motorrad?« fragte Kessel.
»Offenbar«, sagte Schwalbe.
Vom Luise-Kiesselbach-Platz bis zu Schwalbes Wohnung in Schwabing knatterte die Türkin auf ihrem schweren Motorrad hinter Schwalbes Auto her. Schwalbe ließ die Türkin warten, ging mit Kessel zu seinem Haus und in die Wohnung hinauf. Nach einigen Minuten kam Schwalbe heraus und gab Kessel das Geld.
»Und wann sehe ich das wieder?« fragte Schwalbe.
»Ende August bin ich wieder da«, sagte Kessel. »Bis dahin müßte der Vorschuß vom Rundfunk für das Exposé gekommen sein.« Das war eine glatte Lüge. Aber bis Ende August hatte Schwalbe sicher wieder das Bedürfnis nach einem Schachspiel, und bei der Gelegenheit würde dann mit ihm über eine Stundung des Darlehens schon zu reden sein.

»Gut«, sagte Schwalbe. »Dann also viel Vergnügen.«
»Danke«, sagte Kessel.
Als er hinunterkam und um die Ecke zur Nebenstraße bog, wo die Türkin aus Gründen der Sicherheit angewiesen worden war zu warten, hörte Kessel lautes Geschrei.
Die Türkin hatte den knatternden Motor ihrer Maschine laufen lassen, und als einige Leute in Nachthemden zwischen den Vorhängen herausschimpften, ließ sie den Motor erst recht aufheulen. Ein älterer Mann in einem feuerroten Trikot-Pyjama, dessen Knie weit durchhingen, war auf einen Balkon herausgetreten und drohte mit der Funkstreife. Die Türkin schimpfte unflätig zurück. Kessel lief schnell hin, schwang sich auf den Rücksitz, versuchte, die Dame so zu umfassen, daß er ihren Busen nicht berührte, und sagte: »So.«
Die Türkin drehte auf, ein infernalischer Lärm durchtobte die Gasse, das Motorrad schoß davon.
Die Fahrt verlief aufregend. In der Belgradstraße veranstaltete die Türkin ein Rennen mit zwei anderen Motorradfahrern, das sie dadurch gewann, daß sie am Elisabethplatz bei Rot über die Kreuzung fuhr. Am Leonrodplatz schnitt sie ein Auto, so daß es, um einem Unfall auszuweichen, auf den Radfahrweg hinauffuhr und um ein Haar an einen Laternenmast stieß. Über die Donnersbergerbrücke raste sie mit einer Geschwindigkeit, daß ein Funkstreifenwagen, der unbeleuchtet auf dem Omnibushalteplatz stand, sofort das Licht, das Blaulicht und das Martinshorn einschaltete und nachfuhr. Als der Beamte die rote Kelle aus dem Fenster hielt, mußte die Türkin anhalten. Aber sie kannte den einen Polizisten von ihrer ausgedehnten Dolmetschertätigkeit im Polizeipräsidium her. Der Polizist hielt, nachdem er zu seinem Kollegen gesagt hatte, das sei ja die Susi, einen kleinen Schwatz, drohte mit dem Finger zum Abschied und empfahl, langsamer zu fahren. Susi hielt sich natürlich nicht daran. Auf dem Mittleren Ring war es dann soweit, und es kam, wie es – so meinte Kessel – kommen mußte: eine weitere Funkstreife hielt die Türkin auf. Die Besatzung dieser Funkstreife kannte Susi leider nicht. Der Beamte stieg aus, rückte mit zerrenden Bewegungen seine Uniform zurecht und schritt auf das Motorrad zu.

»Na, Bürscherl, was haben wir denn heute alles inhaliert?« fragte der Polizist.
Susi nahm ihren Helm ab. Die wuscheligen Haare fielen auseinander. Aber daran erkennt man heutzutage nicht, ob man es mit einem Mädchen zu tun hat oder mit einem Mann.
»Papiere hast schon?« fragte der Polizist.
Die Türkin zog mit einer großen Bewegung den Reißverschluß ihrer schwarzen Lederjacke auf. Der zusammengezwängte Busen suchte sofort seinen Weg ins Freie. Der Polizist prallte zurück und bekam Stielaugen. Susi zog aus der Innentasche ihren Ausweis, aber der Polizist nahm ihn nicht. Er starrte auf Susis Busen.
»Was ist denn?« schrie der andere Polizist, der im Auto geblieben war.
»Ich Türk«, sagte Susi.
Der Polizist ging zum Wagen zurück und sagte zu seinem Kollegen: »Das ist ein Weib. Eine Türkin.«
»Laß s' blasen«, sagte der andere Polizist.
»Du blasen!« sagte der Polizist und kam wieder heran, hielt der Türkin ein Teströhrchen hin. Die Türkin blies hinein, der Beamte hielt das Röhrchen gegen das Licht. Es verfärbte sich fast nicht.
»Du auch Türk?« fragte der Polizist Kessel.
Kessel war noch nie Nationalist gewesen. Er nickte.
Der Polizist knurrte, besprach sich noch einmal mit seinem Kollegen und stieg dann wieder in das Auto. Er rief eine Mahnung herüber, langsamer zu fahren, danach drehte die Funkstreife ab und fuhr in die entgegengesetzte Richtung zurück. Die Türkin zog den Reißverschluß wieder zu, schimpfte und gab Gas. Tatsächlich aber fuhr sie jetzt etwas langsamer, und kurz nach halb eins stieg Kessel vor dem großen Wohnblock vom Soziussitz und bedankte sich.
Schon von weitem hatte er gesehen, daß in seiner Wohnung noch Licht brannte.

II

Die große, tückische und, was das Wetter anbetrifft, äußerst unsichere und launische Biscaya hatte für Albin Kessel eine ganz spezielle Bedeutung, obwohl er bis zum Sommer 1976 ihre Küste nie betreten hatte. Es war eine, trotz des damit verbundenen nicht unerheblichen materiellen Verlustes und buchstäblicher Lebensgefahr, für Kessel eher freundliche, eine erleichternde Erinnerung. In der Biscaya war im Herbst 1967, also vor knapp neun Jahren, die *St. Adelgund II* untergegangen. Kessel und die Mannschaft waren in letzter Minute von einem Schiff der französischen Küstenwache gerettet worden. Nach zwei Tagen im Krankenhaus von Bordeaux hatte Kessel die Heimfahrt angetreten in der Gewißheit, daß seine Millionärszeit endgültig vorbei war.

Sie hatte zwei Jahre vorher, 1965, begonnen, und zwar an einem Zeitungskiosk in der Sonnenstraße, wo Kessel – abgebrannt wie fast noch nie in seinem Leben – beobachtete, wie ein katholischer Geistlicher verstohlen ein pornographisches Magazin kaufte. Man muß sich die Zeit vergegenwärtigen: 1965. Heute kräht kein Hahn mehr nach einem splitternackten Mädchen auf dem Umschlag einer seriösen Illustrierten – sofern Illustrierte überhaupt seriös sein können –, selbst dann nicht, wenn Busen und Schamhaare in aller Deutlichkeit zu sehen sind. Damals, 1965, wurden Druckerzeugnisse mit solchen Darstellungen noch unter dem Ladentisch gehandelt. Trotzdem oder vielleicht gerade deshalb, redete alles von der ›Sexwelle‹, die käme oder schon da wäre und alles überschwemmen und die Jugend verderben würde, und die Mädchen schickten sich an, die leider viel zu früh wieder abgekommenen Mini-Röcke zu tragen.

Der Geistliche – er hieß Pfarrer Hürtreiter, wie sich später herausstellte – bemerkte seinerseits, daß Kessel ihn beobachtete und wurde verlegen. Dabei hatte ihn Kessel gar nicht wegen des pornographischen Heftes so neugierig gemustert, sondern wegen einer überaus kuriosen Kopfbedeckung. Es gibt jene betont kleinbürgerlichen Hutschoner, jene präservativartigen, durchsichtigen Überzüge, die man bei Regen über dem Hut tragen kann. So einen Hutschoner trug Pfarrer Hürtreiter, allerdings nur den Schoner, ohne Hut.

Da der beobachtende Kessel sich nun seinerseits ertappt fühlte, ergab sich eine peinliche, knotige Situation: die beiden Männer blieben stehen, einen Moment länger, als daß sie ohne weiteres wieder auseinandergehen hätten können.

»Mein Herr«, sagte der Priester und trat auf Kessel zu, »ich sehe, Sie wundern sich, daß ein katholischer Geistlicher solches Zeug kauft.« Der Priester deutete verächtlich auf seine Aktentasche. Albin Kessel stotterte irgend etwas, wollte sich entschuldigen. »Nein, nein«, sagte der Priester, »ich werde es Ihnen vollkommen erklären, wenn Sie es gestatten. Ich gebe zu, daß Sie der erste Eindruck befremden muß. Aber sehen Sie, junger Freund, ich bin Hirte einer großen Reihe mir anvertrauter Seelen. Einerseits. Anderseits werden diese Seelen überschwemmt von solchen Schriften und Bildern. Ich bin gehalten, dieser Überschwemmung mich entgegenzustemmen. Wie kann ich das, wenn ich das teuflische Zeug nicht kenne? Und wie soll ich es kennenlernen? Soll ich es von meinen Gemeindemitgliedern ausleihen? Soll ich es abonnieren? Mit der Post, daß es im Briefkasten des Pfarramts steckt? Sehen Sie! Also muß ich wie ein Schulbub, der Verbotenes tut, aus meinem Pfarrsprengel schleichen, und so unauffällig wie möglich an einem weit entfernten Kiosk die Sachen kaufen. Unnötig dazuzufügen: mit meinem eigenen Geld. Die Diözese bewilligt da nämlich nichts.«

Albin Kessel lag schon auf der Zunge, zu sagen, daß der Priester bei seinen Einkaufsgängen wohl besser nicht seinen bloßen Hutschoner tragen solle, aber bevor er es noch gesagt hatte, kam ihm eine andere Idee, und wenig später, in einem Café am Rindermarkt, gründeten Albin Kessel und der Priester den *Informationsdienst St. Adelgund.*

Das war der Anfang der Millionärszeit. Das Ende und das Ende der Yacht *St. Adelgund II* hatten sich irgendwo da draußen ereignet. Es war, fiel Kessel ein, der gleiche Wochentag wie heute gewesen: Dienstag. Da man damals, als das Schiff unterging, von dort draußen aus das Ufer nicht sehen konnte, konnte Kessel umgekehrt vom Ufer aus natürlich die Stelle nicht sehen, wo das Unglück passiert war, selbst wenn Kessel die Stelle gewußt hätte. Aber was hieß ›die Stelle‹, wenn man einen Punkt in der weiten, stürmischen Biscaya meint. In den äußerst lästigen Versicherungsabrechnungen war die Unglücksstelle nach Graden, Minuten, Sekunden bezeichnet gewesen.

Ein ausgelaugter, grauer Baumstrunk von der Form eines riesigen Knochens lag in der Düne. Kessel setzte sich drauf und schaute aufs Meer hinaus. Es waren wenig Leute am Strand, das Wetter war nicht sehr gut. Im Wasser war überhaupt niemand, weil die Brandung ziemlich hoch war. Nur ein nacktes Kind sammelte Muscheln und lief hie und da bis an die Knie ins Wasser.

Irgendwo dort draußen, dachte Albin Kessel. Die Längen- und Breitenangaben in den Versicherungspapieren hatten Kessel gar nichts gesagt. Es mochte gut und gern fünfzig Kilometer weiter nördlich oder auch weiter südlich gewesen sein. Zur Abwicklung der Versicherungsdinge wegen seiner gesunkenen Yacht hatte Kessel einen Rechtsanwalt und einen Versicherungsspezialisten mit der Wahrnehmung seiner Interessen beauftragt. Die beiden waren sehr tüchtig, und die Versicherung zahlte letzten Endes, aber die Kosten für die Seerettung, das was er noch an Heuer für die Mannschaft, für die Krankenhauskosten usw. und nicht zuletzt für die Honorare für den Anwalt und den Spezialisten zu zahlen hatte, verschlang die Versicherungssumme bis auf den letzten Pfennig, und zwar fast exakt Null auf Null. Der Anwalt ließ von seinem Honorar sogar hundertfünfzig Mark nach, sonst hätte Kessel diesen Betrag noch draufzahlen müssen.

Es heißt, dachte Kessel, daß die Schiffe, die untergehen, gar nicht bis auf den Grund sinken, sondern nur bis zu einer gewissen Tiefe, von dort aus wandern sie infolge der Meeresströmungen langsam aber sicher an eine bestimmte Stelle, wo sich strudelartig alle Strömungen und folglich auch alle gesunkenen Schiffe treffen: hieß das nicht das Sargasso-Meer? Dort läge, hatte Kessel einmal gelesen, in der lichtlosen Tiefe eine gespenstische Flotte aus unzählbaren, gesunkenen Schif-

fen, bemooste Schiffsgerippe, durch die die stummen Fische schwimmen. Ob die *St. Adelgund II* auch schon dort war, jetzt? Nach neun Jahren? Ob auch die *St. Adelgund I*, die ein halbes Jahr vorher gesunken war, sich auf dem Weg ins Sargasso-Meer befand? Oder gilt das mit dem Sargasso-Meer nicht für das Mittelmeer? Die *St. Adelgund I* (die Nummer hatte sie eigentlich erst im nachhinein bekommen, als die *St. Adelgund II* gekauft und auf diesen Namen umgetauft wurde) war in der Ägäis versunken, in der Nähe von Kos. Da war allerdings niemand drauf gewesen. Das Schiff hatte sich bei einem der recht tückischen Ägäis-Stürme vom Ankerplatz losgerissen. Es war keine Rettungsaktion zu bezahlen gewesen. Die Mannschaft war noch nicht angeheuert, nur ein Kapitän und ein Matrose, und die waren am nächsten Tag verschwunden, allerdings nicht mit dem Schiff untergegangen. Wahrscheinlich hatte der Kapitän das Schiff nicht richtig festgemacht, noch wahrscheinlicher war der Kapitän gar kein Kapitän gewesen. Die Versicherung hatte bezahlt, nicht ganz die Summe, um die Kessel die Yacht gekauft hatte. Er mußte beim Kauf der *St. Adelgund II*, die abgesehen davon auch etwas teurer war, nahezu den ganzen Rest drauflegen, der ihm noch vom Verkauf der Firma geblieben war.
Rückschauend, dachte Kessel, kommt es mir grad so vor, als hätte ich es darauf angelegt gehabt, diese Firma quasi im Meer zu versenken, so schnell es irgend geht. Nie mehr seitdem hatte Albin Kessel einen Fuß auf die Planken eines Schiffes gesetzt (mit Ausnahme einer Chiemsee-Rundfahrt mit Renate voriges Jahr, um ganz genau zu sein), und dennoch umwehte Kessel stets, wenn er daran dachte, daß er in jenem ehrwürdigen Buch bei Lloyds in London zweimal als Eigner eines verlorengegangenen Schiffes eingetragen war, daß zweimal seinetwegen die legendäre Glocke bei Lloyds angeschlagen worden war, etwas wie seefahrerischer Geist.
Das Messingherz war allerdings mit untergegangen, mit der *St. Adelgund II* – ein sehr kostbares Plaid auch, ein Reiseplaid in Schottenkaro, Tartan des Clans Murray of Atholl, ein edler Tartan in Blau- und Grüntönen mit sparsamem Rot, ein Tartan von edler Zurückhaltung und klassischer Größe. Kes-

sel hatte das Plaid kurz vorher auf den Hebriden gekauft, zusammen mit einem Faß Whiskey, das natürlich auch verlorenging. Das Plaid, das Faß Whiskey und das Messingherz. Um den Whiskey hatte es Kessel nicht leid getan, denn eigentlich hat er Whiskey nie gemocht, hatte das Faß nur aus Stilgefühl gekauft, weil als Getränk nach Meinung Kessels nichts anderes in Frage kam, wenn er auf Deck seiner Yacht saß und das schottisch karierte Plaid um die Füße gewickelt hatte. Um das Plaid war es schade, dachte Kessel, und daß das Messingherz mit untergegangen war, hätte nicht sein dürfen.
Er hatte das Messingherz nicht von Julia geschenkt bekommen, nicht direkt – aber fast. Kessel empfand es als Geschenk von Julia. Es war auf dem Betriebsausflug gewesen, dem einzigen Betriebsausflug der Firma Kornberger, den Kessel mitgemacht hatte, weil er ja nur ein Jahr – April 1964 bis Februar 1965 – bei der Firma gearbeitet hatte. Es dürfte im Juni oder Juli 1964 gewesen sein. Der Höhepunkt des Betriebsausfluges war ein Fußballspiel der Abteilung Einkauf gegen die Abteilung Vertrieb. Weder Julia noch Kessel interessierten sich für das alberne Spiel. Julia war es, die vorgeschlagen hatte, daß man, statt dem Spiel zuzuschauen, spazierengehen könne. Sie waren dann auf einem Weg gegangen, der zu einem Waldstück führte. Es war eigentlich kein Weg, sondern eine tief ausgefurchte, doppelte Fahrrinne, wohl von den Traktoren, mit denen die Bauern hier fuhren, wenn auf den Feldern gearbeitet wurde. Der Streifen zwischen den Fahrrinnen war mit dürftigem Gras und Unkraut bewachsen. Julia ging auf dem erhöhten Grasstreifen in der Mitte, Kessel ging unten in der Fahrrinne. Dadurch waren sie annähernd gleich groß. Julia hatte einen dunkelblauen Pullover angehabt, Kessel sah es wie heute, und eine etwas heller blaue Hose. Plötzlich war Julia stehengeblieben, hatte sich leicht auf Kessels Arm gestützt und ihre – wie der Pullover – dunkelblauen Leinenschuhe ausgezogen und war barfuß weitergegangen.
»Darf ich die Schuhe tragen?« hatte Kessel gefragt.
Julia hatte gelacht und ihm die Schuhe gegeben.
Längst hatte Kessel damals gewußt, daß ihm eine Frau wie Julia niemals mehr im Leben begegnen würde. Während des

ganzen Spazierganges hatte Kessel überlegt, ob er jetzt zu Julia etwas sagen solle. Was? Was hätte er sagen sollen? Julia war verlobt, das wußte er. Er, Kessel, war verheiratet und so arm, daß er an eine Scheidung überhaupt nicht denken hätte können. Was hätte er sagen sollen? Vielleicht: »Würden Sie bitte Ihrem Herrn Verlobten den Laufpaß geben und meine außereheliche Geliebte werden, wobei ich aber bitten müßte, anfallende Unkosten selber zu tragen, weil ich kein Geld habe?« Man hätte das natürlich schöner und romantischer formulieren können, aber nach Abzug aller Arabesken wäre es auf das herausgekommen. Hätte ihm eine Frau wie Julia, eine so schöne, junge Frau, die jeden erdenklichen Anspruch auf legales Glück hatte, nicht glatt ins Gesicht lachen müssen? Und doch: die kleine Geste, wie Julia ohne zu fragen ihre Hand auf seinen Arm stützte, um die Schuhe im Stehen ausziehen zu können, war eine Geste von feiner, eleganter Intimität; und überhaupt, daß sie die Schuhe ausgezogen hatte: war das nicht ein ganz verhaltenes Entkleiden, eine kleine Andeutung vom Anfang des Entkleidens?

Oft hatte Kessel bereut, daß er damals auf diesem Weg, bei diesem kleinen Spaziergang nichts gesagt hatte. Wer weiß, wie alles gekommen wäre. Nur, ob er die Schuhe tragen dürfe, hatte er Julia gefragt, und sie hatte es lachend gestattet.

Das Messingherz war am Ende des Weges kurz vor dem Wald gelegen.

Der Wind wurde etwas stärker. Das harte, sandfarbene Gras auf der Düne lag fast flach auf dem Boden. Kessel wickelte seine häßliche Wolljacke um sich. Das nackte Kind, das Muscheln gesucht hatte, wurde von einer nackten jungen Frau geholt und dann rasch angezogen. Der dazugehörige Mann war schon angezogen und bemühte sich, heftig flatternde Badetücher zusammenzulegen.

Sie hatten das Messingherz gleichzeitig gesehen, Julia und er. Aber Julia hatte sich schneller gebückt und es aufgehoben. Es war eigentlich ein kleines, flaches Döschen in Form eines Herzens mit einem Scharnier am Rand.

»Nein«, sagte Julia, »es gehört Ihnen. Sie haben es zuerst gesehen.«

»Das hat jemand verloren«, sagte Kessel, »der wird sehr traurig sein.«
»So etwas verliert man nicht«, sagte Julia mit merkwürdiger Sicherheit. »Das hat jemand weggeworfen. Vielleicht war dieser Platz hier sehr wichtig für ihn. Vielleicht hat er es hier bekommen – oder *sie*. Und als alles vorbei war, hat er es hier, genau hier wieder weggeworfen – oder *sie*. Was ist denn drin?«
Kessel machte es auf. Innen war ein kleines Messingplättchen mit der Gravur *I love you* und ein Knäuel Seidenpapier.
»Da war bestimmt auch ein Bild drin«, sagte Julia. »Das hat man natürlich vorher herausgenommen und wahrscheinlich verbrannt.«
Julia strich das Seidenpapier glatt. Es war leer.
»Wohl nur«, sagte Julia, »damit das Blättchen mit *I love you* nicht so klappert.«
Julia knüllte das Papier wieder zusammen, legte es ins Herz und klappte das Döschen zu.
»Da«, sagte sie noch einmal, »Sie haben es zuerst gesehen. Es gehört Ihnen.«
Und jetzt lag es im Wrack der *St. Adelgund II* in der stummen Tiefe des Sargasso-Meeres oder war mindestens auf dem Weg dorthin.
Ein Unternehmen wie der *Informationsdienst St. Adelgund,* dessen Umsatz zum Schluß in die Millionen ging, kann nicht mit dem Untergang zweier Schiffe gleichen Namens spurlos vom Erdboden verschwinden. Nur aus Albin Kessels Leben verschwand diese Episode, die er seine Millionärszeit nannte. Der Pfarrer Hürtreiter hatte seinen Anteil am Verkauf der Firma gut und zinsbringend angelegt, tat von den Zinsen in behutsamer Weise gute Werke und versüßte im übrigen damit seine Strafversetzung. Der alte Seebrucker, der zwar nicht mit dem Aufbau, aber entscheidend mit dem zu tun hatte, was sich als viel, viel schwieriger herausstellte: mit der Liquidation der Firma, der alte Seebrucker, der ehemalige Hemdenhändler, genoß immer noch das aufgestockte Deputat im *Café Hippodrom.* Eine Woche vor der Abreise nach St. Mommul-sur-Mer war Albin Kessel nach längerer Zeit wieder in seinem ehemaligen Stammcafé gewesen und hatte

sich überzeugt, daß Seebrucker noch auf seinem gewohnten Platz saß: älter geworden, eingefallen, aber er trank seine sechs Kirschwasser täglich, und auch das Käsesandwich aß er jeden Tag, wie Kessel der Wirt versicherte. Nur hie und da, wenn es sehr heiß war wie in diesem Sommer 1976, bat er, das Käsesandwich in einen Eiskaffee umwandeln zu dürfen. Seebrucker hatte so getan, als erkenne er Kessel nicht wieder. Vielleicht hatte er ihn auch wirklich nicht mehr erkannt. Kessel hatte sich nicht aufgedrängt. Auch der Wirt war sichtlich nicht gerade erfreut, als Kessel auftauchte. Zehntausend Mark hatte Kessel damals – vom Verkaufserlös des Informationsdienstes – dem Wirt gegeben unter der Bedingung, daß Seebrucker auf Lebenszeit sechs Kirschwasser täglich und ein Käsesandwich bekommen sollte. Der Wirt hatte Seebrucker damals eine Lebensdauer von höchstens einem Jahr gegeben und also geglaubt, ein gutes Geschäft zu machen. Jetzt, nach neun Jahren, zahlte er wahrscheinlich längst schon drauf. Anderseits kamen aber eine Menge Leute nur wegen Seebruckers dummen Reden als Gäste ins Lokal. Ab und zu veröffentlichte Toni Meissner eine Glosse über eine besonders komische Erzählung Seebruckers in der *Abendzeitung* und erwähnte dabei das *Café Hippodrom,* was eine Reklame ist, die nicht mit Geld aufgewogen werden kann. Einmal hatte Sigi Sommer sogar einen ganzen *Blasius* über Seebrucker und das *Café Hippodrom* geschrieben und somit die Sache ins Münchnerisch-Mythische erhoben. So gesehen war es nicht ganz verständlich gewesen, daß der Cafétier ein saures Gesicht zog, als er Kessel sah und daran denken mußte, daß der Seebrucker für bezahlte zehntausend Mark schon im dreißigsten Tausend gratis Schnaps trank, die Käsesandwichs nicht gerechnet.

La Forestière hieß die Pension, in der Kessels in St. Mommul-sur-Mer wohnten, also Albin Kessel, Renate und – wie Kessel sich angewöhnt hatte, sie für sich zu nennen – die Kröte. Sie hatten zwei Zimmer. »Fürs erste«, hatte Renate gesagt, »soll das Schäfchen bei mir schlafen. Ich hoffe, es ist dir recht. Nur ein paar Tage, bis ich es ihr in geeigneter

Weise beigebracht habe. Es ändert doch nichts zwischen uns, nicht?«

Als Renate die Anmeldeformulare in der Pension ausfüllte, schielte Kessel hin und dachte: bin neugierig, was sie schreibt. Aber da die Kröte nicht hinschaute, sondern in einem Sessel flegelte und heiser krächzte: »Es ist soo niedl'isch hier. Ach, wie ist es niedl'isch hier. Es macht soo Spaß hier zu wohnen ...«, wagte es Renate, sich zu dem Namen Kessel zu bekennen.

Die beiden Zimmer lagen nebeneinander und hatten eine Verbindungstür. »Wir können ja die Tür zwischen den Zimmern offenlassen«, flüsterte Renate. Aber Kessel hatte abends ostentativ die Tür geschlossen. Er war dann gekränkt, weil Renate offenbar nicht beleidigt war, ja wohl nicht einmal bemerkt hatte, daß Kessel die Tür doch geschlossen hatte, denn beim Frühstück hatte Renate blendende Laune, gab Kessel sogar vor den Augen der Kröte einen – wenn auch eher geschwisterlichen – Kuß auf die Backe und sagte, daß sie sich aufs Meer freue. (Kessel beschloß in diesem Moment, in der kommenden Nacht die Tür nicht nur zu schließen, sondern auch zuzusperren. Er wußte da noch nicht, daß ihm Schlimmeres bevorstand.) Auch Kerstin wollte etwas sagen, aber offenbar war heute früh der Zeitpunkt gekommen, zu dem die Heiserkeit infolge des vielen Redens so groß geworden war, daß die Kröte nichts mehr herausbrachte. Schon während der Fahrt – sie waren von München bis Narbonne mit dem Autoreisezug gefahren, und zwar über Nacht, hatten dann von Sonntag auf Montag in einem kleinen französischen Nest übernachtet, an dessen Namen Kessel sich nicht mehr erinnerte, und waren am Montag abend in St. Mommul-sur-Mer angekommen – hatte Kessel ein paarmal gesagt: »Sie macht es doch nicht mehr lang. Sie ist schon stockheiser und redet immer noch.« Renate hatte Kerstin oft ermahnt: »Mein feines Schäfchen, du mußt deine Stimme schonen.« Es half gar nichts. Die Kröte raspelte mit ihren Stimmbändern, daß sie rot im Gesicht wurde, aber aufgehört zu reden hatte sie nicht. »Es ist eben der Mitteilungsstau«, sagte Renate. Zum Schluß sprach die Kröte nicht mehr, man konnte es eigentlich auch schon nicht einmal mehr Krächzen nennen: sie pfiff heiße Luft. Und am Dienstag früh war es also aus. Die Kröte kompensierte ihre verlorene – leider nicht endgültig verlorene – Stimme durch eine neue Untugend, die aber Kessel, muß man gerechterweise sagen, irgendwie auch faszinierte. Das Kind biß bei geschlossenem Mund innen an Lippen und Wangen, und zwar immer an verschiedenen Stellen. Das Kind machte dabei Gesichtsverrenkungen, die ans Akrobatische grenzten. Es waren nicht eigentlich Grimassen, es war: ein wandernder Mund. Der Mund des Kindes befand sich zeitweise, wenn es etwa an der linken Wange unten kaute, knapp unterhalb des rechten Auges. Manchmal kaute es – für einen Ungeübten kaum nachvollziehbar – an der Oberlippe innen; dann war der Mund am Kinn. Es kam vor, daß während einer kurzen Zeitspanne der Mund des Kindes einen Rundgang von Ohr zu Ohr machte. »Sie ist eben übersensibel«, sagte Renate, als Kessel sie auf das Phänomen hinwies, »ich weiß gar nicht, was du gegen das Kind hast.« Wenn die Kröte nicht an ihrem Mund innen kaute, kaute sie Nägel. Die Stimme erlangte sie erst im Lauf des Donnerstages wieder.

Der Freitagabend, also der vergangene Freitagabend, der Abend, an dem Kessel mit Jakob Schwalbe ›Schachspielen‹ gegangen war, oder besser: die Nacht von Freitag auf Samstag war natürlich eine Tragödie gewesen. Zum Glück, sagte Albin Kessel später an einem ›aufrichtigen Dienstag‹ zu Wermut Graef, als er die ganze Geschichte erzählte, zum Glück sei er nicht nüchtern gewesen. Vor allem für den Schluck Matrosenschweiß aus dem Glas des Staatsanwalts sei er dankbar gewesen. Ein nüchterner Mensch, sagte Albin Kessel, übersteht so etwas nicht.

Daß das Licht in der Wohnung noch brannte, hatte Kessel schon gesehen, als er noch hinter der Türkin auf dem Motorrad saß. Er hatte ein schlechtes Gewissen und befürchtete, obwohl so etwas noch nie vorgefallen war, daß Renate mit Tellern nach ihm werfen würde. Statt dessen saß Renate nackt, nur mit allem ihrem Schmuck bekleidet, auf dem Sofa, roch stark nach Parfum und weinte Flüsse von Tränen. Auf alles war Kessel gefaßt gewesen, aber auf das nicht. Auf jeden

Vorwurf hätte er mit einem Argument antworten können, mit einem guten oder schlechten, aber immerhin antworten. Dieser Lage der Dinge war er nicht gewachsen. Renate sagte gar nichts und weinte mit weit offenen Augen und auch offenem Mund weiter. Kessel war nur einen Schritt ins Wohnzimmer hineingegangen, hatte die Türklinke noch in der Hand. Er ging nach einer Sekunde, als er erkannt hatte, daß er dieser Reaktion Renates nichts entgegensetzen konnte, den Schritt rückwärts wieder zur Tür hinaus, schloß die Tür, ging ins Bad und ließ die Wanne voll Wasser laufen. Als er dann in der Wanne saß und sich abseifte, kam Renate ins Bad. Sie hatte den Schmuck ausgezogen und stieg in die Wanne zu Kessel. Sie hatte zu weinen aufgehört.

Für zwei war die Wanne sehr klein. Kessel mußte aufhören, sich abzuseifen und mußte die Füße anziehen. Renate saß ihm gegenüber.

»Liebst du mich nicht mehr?« fragte sie.

Als Albin Kessel später, einige Monate später, im Herbst, als sich viele Dinge schon in einer Weise entwickelt hatten, die damals im Juli noch nicht abzusehen gewesen waren, die Sache an einem ›aufrichtigen Dienstag‹ seinem Freund Wermut Graef erzählte, bemühte er sich, seine Antwort – die Wermut Graef neidlos als genial qualifizierte – zu analysieren, vielmehr: zu analysieren, wie er zu dieser Antwort gekommen sei. Er habe damals, erzählte Kessel, damals in der Badewanne nicht gewußt, ob er Renate liebe oder nicht, ob er sie je geliebt habe oder ob er überhaupt jemals eine der Frauen, mit denen er näher zu tun gehabt habe, geliebt habe, habe sich nicht einmal vorstellen können, was Liebe überhaupt sei – mit Ausnahme des komplexen und subtilen Phänomens Julia. Er habe, sagte Kessel zu Wermut Graef, damals in der Badewanne zwar kurz, aber ganz ehrlich darüber nachgedacht, ob er Renate noch liebe. Er sei zu keinem Ergebnis gekommen. Bevor er aber seinen Gedankengang, der zu keinem Ergebnis führte, abgeschlossen gehabt hatte, habe er sich gehört, wie er die Antwort formulierte. Woher er die Antwort gehabt habe, sei ihm schleierhaft. Er habe sie sich nicht überlegt gehabt. Er müsse sie wohl in seinem durch Müdigkeit und Alkohol zerrütteten und verdunkelten Unterbewußtsein gefangen haben oder vielmehr: die Idee sei hängengeblieben wie ein Fisch im Netz.

»Wenn ich«, hatte Kessel gesagt, »dich nicht mehr lieben würde, wäre ich nicht fortgeblieben.«

Ob sich in dem Satz irgendeine Logik verberge oder, gemessen an der damaligen Situation, verborgen habe, könne Kessel, sagte er später, nicht ermessen. Wenn ja, so habe Renate diese Logik sofort erkannt und –

Nein, hatte Wermut Graef gesagt, der Satz ist unlogisch aber genial. Deine Frau wollte keinen verständlichen Satz. Sie wollte einen unverständlichen, unlogischen Satz, denn ihre Reaktion war unlogisch, und sie wollte so, nämlich unlogisch, reagieren. Ein logischer Satz hätte ihr diese Möglichkeit genommen.

Renate war dem nassen, eingeseiften Kessel um den Hals gefallen, hatte ihn mehrfach geküßt, hatte ihn dann abgetrocknet, währenddessen erzählt, daß Schäfchen fast wahnsinnig vor Angst geworden sei, sich aber doch einen Nesquick angerührt habe, weshalb sie nicht verhungert sei.

Wenn irgend möglich, war Kerstin Wünse an diesem Morgen noch häßlicher. Die roten Pickel waren noch zahlreicher. Die Haut des Kindes war nicht weiß, sondern grau, die Haare strähnig und verfilzt, die ohnedies sehr kleinen Augen verquollen. Nicht nur die zunehmende Heiserkeit, auch die frühe Stunde bewirkte, daß Schäfchen weniger redete, und wieder stellte Kessel fest, daß ihre akustische Absenz ihn in die Lage versetzte, sie optisch wahrzunehmen.

Merkwürdig, hatte Kessel gedacht, was so winzige Nuancen ausmachen. Julia – deren Bild ihm von der nächtlichen Vision her mit besonderer Deutlichkeit vor Augen stand – hatte goldene Augen gehabt, hatte sie ja wohl auch noch: goldene Augen mit einem grünen Ring. Kerstin Wünses Augenfarbe war vermutlich nur um einen winzigen Farbton verschieden davon. Wie das schon anders klingt: Schäfchens Augen waren gelb. Ein gelbäugiges Schaf. *Wespengelb* fiel Kessel ein. Der Ausdruck sei, sagte er später, naturwissenschaftlich nicht

ganz stichhaltig, gebe aber die unangenehme Assoziation, die sich mit der Farbe verbindet, exakt wieder.
Albin Kessel schaute auf die Uhr: halb eins. Die Badegäste am Strand hatten sich entweder zum Mittagessen verzogen oder packten ihre Picknickkörbe aus. Es lagerten aber hier nur noch wenige Leute. Schäfchen hatte sich geweigert, sehr weit zu gehen. Deshalb war Renate mit dem Kind nahe der Stelle geblieben, wo man jenseits der Düne parken und auf einer Straße die Düne hinaufgehen, drüben zum Meer hin auf einer primitiven, großteils schon vom Sand überwehten Stiege zum Strand hinuntersteigen konnte. Dort waren mehr Leute, aber eigentlich auch nicht sehr viele. Die meisten Leute mit Kindern waren dort, denn der Strand wies in der Nähe dieser Stelle eine unfreiwillige Attraktion auf, ein gestrandetes Schiff. Kein Schiff wie Kessels *St. Adelgund I* oder *St. Adelgund II,* die gegen dieses gestrandete Schiff nur Nußschalen gewesen wären. Es war ein richtiger, großer Tanker, eine gewaltige Schiffsleiche, die im vergangenen Winter – zum Glück leer – hier auf den Sand aufgefahren war. Es war schon tief in den Sand eingespült, aber dennoch ragte es, schräg auf der Seite liegend, wie ein fünfstöckiger Häuserblock in die Luft: schwarz der Rumpf mit einem roten Streifen, in dem APOLLONIAN WAVE stand, gelb die Aufbauten. Höhere Wellen leckten bis übers ganze Deck. Viel von den Aufbauten war schon zertrümmert, viel verrostet. Dennoch war es noch eine kenntliche Schiffsleiche, kein schon verwestes Schiff. Bei Ebbe konnte man bis zum Schiff hinübergehen. Ab und zu kletterten ein paar Badegäste hinauf, aber meistens kam bei Ebbe die Polizei und sperrte den Zugang.
Der Strand zog sich hin, soweit man sehen konnte. Albin Kessel war nach Süden gewandert – eigentlich gegen seine Gewohnheit, aber wenn er nach Norden gewandert wäre, hätte er sich wieder dem Ort genähert, wo noch mehr Leute badeten. Nach Süden hin schien der Strand unendlich. Albin Kessel spazierte langsam knapp am Rand des Wassers hin. Er hatte die Schuhe und Strümpfe ausgezogen, und ab und zu überspülte ein harmloser, schaumiger Ausläufer der Brandung seine Füße. Dort, wo das Wasser hinreichte, war der

Sand dunkelbraun, sonst hellgelb, aber eher goldgelb, wie Julias Augen, nicht wespengelb. Wenn Kessel seinen Fuß auf den feuchten, dunkelbraunen Sand setzte, verdrängte er durch sein Gewicht das im Sand gestaute Wasser, und der Sand wurde blitzschnell – das Wasser zog sich wie angeekelt von Kessels Füßen zurück – innerhalb eines Ringes um die Fußstapfen hellgelb wie dort, wo das Wasser nicht hinreichte, aber nur solange Kessel auf der Stelle stand. Verließ er die Stelle, füllte es den Fußabdruck, der dann wie eine eigenwillig geformte Schale zurückblieb.

Ganz langsam war Albin Kessel spaziert, hatte vielleicht auf fünfhundert Meter dieses Wasserphänomen beobachtet. Wenn er auf einem Bein stand oder gar mit einem Bein auf eine unberührte Stelle hüpfte, sprang das im Sand gespeicherte Wasser noch schneller zurück. Es gelang Kessel nie, Sand und Wasser zu überlisten.

Nach einiger Zeit langweilte ihn das Spiel. Er wandte sich der Beobachtung einer anderen nicht Natur-, sondern Zivilisationserscheinung zu.

Dort, wo Renate und die wespenäugige Kröte badeten, trugen alle Badehosen und Badeanzüge. Die weiblichen Badegäste zogen sich entweder hinter sorgsam von anderen Familienmitgliedern vorgehaltenen Badetüchern oder unter den Kleidern um, was nicht ohne beängstigende Verrenkungen vor sich gehen kann. Nach etwa ein- oder zweihundert Metern lag das eine oder andere Mädchen ohne Badeanzug-Oberteil im Sand, meist aber auf dem Bauch. Dann, nach fünfhundert Metern, begann die Zone, wo sich die Damen ohne vorgehaltene Badetücher umzogen, das heißt: sie zogen sich nackt aus und dann den Badeanzug an, manche Mädchen ließen das Oberteil weg, ohne sich deswegen immer auf den Bauch zu legen. Der Baumstamm, auf den sich Kessel setzte, um über seine *St. Adelgund II* nachzudenken, trennte diese Zone vom Gebiet der Leute, die ganz nackt badeten oder so in der Sonne lagen.

Um vier, hatte Renate gesagt, muß Dr. Kurti Wünse abgeholt werden. Es war also noch Zeit. Albin Kessel stand auf: der Baumstamm war nicht die bequemste Sitzgelegenheit, was sich aber erst jetzt herausstellte. Kessel reckte sich, um seine Sitz- und Gehmuskeln wieder in die rechte Ordnung zu bringen.

Die Firma wurde in Form einer Gesellschaft bürgerlichen Rechts gegründet. Erst später erfolgte – aus steuerlichen Gründen – die Umwandlung in eine GmbH (in der für den Fall eines Konkurses günstigeren Variante einer GmbH & Co KG). Albin Kessel brachte seine Arbeitskraft in die Firma ein, Pfarrer Hürtreiter steuerte einhundert Mark bei, den Schematismus der Erzdiözese München-Freising (leihweise) und die Idee für den Namen: *Informationsdienst St. Adelgund.*

Noch am Tisch des Cafés am Rindermarkt entwarfen Hürtreiter und Kessel einen Brief:

Hochwürdiger geistlicher Herr! Wir bitten, dieses Schreiben aus Gründen, die nach fernerer Lektüre ohne weiteres ersichtlich werden, völlig vertraulich zu behandeln. Mit brennender Sorge betrachten wir . . . (hier folgte eine ergreifende Klage über den Sittenverfall der Welt), *der der Seelenhirte nahezu hilflos gegenübersteht. Unter den vielfältigen Anfechtungen, die heute . . .* (hier drehte sich der Brief in Richtung Sex-Welle) . . ., *so daß gewisse Kreise die Schamlosigkeit im Geschlechtlichen nicht nur als nicht verwerflich, sondern vielmehr geradezu als Tugend darstellen. »Denn derlei Leute dienen nicht Christus, unserm Herrn, sondern ihrem Bauche; und mit süßen Reden und Schmeicheleien verführen sie die Herzen der Arglosen.« (Römer, 16, 18.) Wie aber, fragen wir, ist dem entgegenzutreten?* (Hier wurde der Priester auf seine Pflicht hingewiesen.) *»Wenn ihr aber den Teufel nicht erkennet, wie sollt ihr ihm da begegnen?« (Apostelg. 4, 22.)* (. . . gleichzeitig die demütigenden und schmählichen Schwierigkeiten aufgezeigt, unter denen der Priester seine Informationspflicht erfüllen muß.) *Dem abzuhelfen wurde der* INFORMATIONSDIENST ST. ADELGUND *gegründet. Er bietet das Abonnement A (politisch gefährdende Schriften), monatlich 20 DM, und das Abonnement B (sittlich gefährdende Schriften), monatlich 25 DM. Gleichzeitig mit der Bestellung* *erbitten wir die gefl. Rücksendung der beigefügten, vorgedruckten Erklärung mit Ihrer Unterschrift ...* (Die Erklärung lautete: Der Priester verpflichtet sich, die bezogenen Schriften ausschließlich für seine seelsorgerische Information zu verwenden und niemandem zugänglich zu machen.) ... *Da der* INFORMATIONSDIENST ST. ADELGUND *ohne kommerzielle Interessen arbeitet, er wird von einer frommen Stiftung getragen, können die bestellten Elaborate zum Ladenpreis geliefert werden. Es versteht sich von selbst, daß die Expedition in neutraler Form erfolgt.*

Über die abschließende Grußformel einigten sich die beiden Gründungsmitglieder erst nach längerer Diskussion. »Mit christlicher Hochachtung«, schlug Albin Kessel vor. »Nein«, sagte Pfarrer Hürtreiter, »das ist zu albern.« »Mit freundlichen Grüßen Amen?« fragte Albin Kessel. Auch das lehnte der Pfarrer ab. Zum Schluß wählten die beiden eine neutrale Formulierung: *In der Hoffnung, auch Sie ...* (da tun wir so, als hätten wir schon Kunden) ... *in Zukunft zu unseren Abonnenten zählen zu dürfen, zeichnen wir mit verbindlichen Grüßen ...*

Das erste Bibelzitat war echt. Als die beiden Firmeninhaber beim Entwurf des Briefes an die Stelle kamen, wo ein zweites Bibelwort wünschenswert erschien, stockten sie eine Weile. Pfarrer Hürtreiter sagte: »Es gibt eine Stelle, die lautet so, wie ... so ungefähr ...«, aber sie fiel ihm nicht ein. Kessel, schließlich und endlich ein geübter Aphoristiker, erfand das Zitat: ›Wenn ihr aber den Teufel nicht erkennet, wie sollt ihr ihm dann begegnen?‹ Pfarrer Hürtreiter fand das Zitat gut und fügte nach kurzem Nachdenken das ›Apostelg. 4, 22‹ dazu. »Da schaut eh keiner nach.«

Die Verpflichtungserklärung beizufügen war eine Idee des Pfarrers: »Damit wir nicht in Kalamitäten wegen Verbreitung unzüchtiger Schriften kommen«, was damals noch ziemlich kitzlig war.

Albin Kessel ließ den Brief dreihundertmal hektographieren, kaufte dreihundert Kuverts und dreihundert Briefmarken für Drucksachen, schrieb aus dem Schematismus dreihundert

Adressen von Landpfarrern auf die Kuverts und verschickte sie.
Am Tag, nachdem Albin Kessel den Brief verschickt hatte, kam die erste Bestellung: per Telegramm. Am zweiten Tag kamen 42 Bestellungen per Eilbrief. Im Laufe der Woche kamen weitere 186 Bestellungen, gegen Ende des Monats hatte der *Informationsdienst St. Adelgund* 281 Abonnenten, 271 Abonnements B (sittlich gefährdende Schriften), 2 Abonnements A (politisch gefährdende Schriften), 8 Abonnenten wünschten A und B.
»Fünfzig, habe ich gedacht, höchstens«, sagte Albin Kessel.
»Ich habe angenommen: hundert«, sagte Pfarrer Hürtreiter.
»Ich fürchte«, sagte Albin Kessel, »wir müssen eine Hilfskraft einstellen.«
So verschickte Albin Kessel *konkret* und *Pardon,* den *Playboy* (damals noch eine Rarität in der Bundesrepublik) und sorgsam ausgewählte Pornoheftchen, nur *ein* ganz scharfes jeweils, ein paar mittelscharfe, ein, zwei relativ harmlose, alles – versteht sich – zum Ladenpreis. Der Gewinn für den Informationsdienst ergab sich daraus, daß Albin Kessel als Großabnehmer nur den Zeitungshändlerpreis bezahlen mußte, auch handelte er (Albin Kessel konnte knallhart sein) da und dort saftige Rabatte heraus.
Bei einer Hilfskraft blieb es nicht. Bereits im zweiten Monat (Werbeaktion in zwei weiteren Erzdiözesen) mußte eine Ganztagssekretärin eingestellt werden, die zunächst in Albin Kessels Untermietzimmer arbeitete. Im dritten Monat wurde ein Büro angemietet. Ende des Jahres – zwei Sekretärinnen, ein Bote, zwei Telephonnummern, ein Buchhalter, der an zwei Tagen in der Woche kam – hatte der Informationsdienst rund zweitausend Abonnenten. Im März des nächsten Jahres wurde das Büro zu klein, im Juni wurde in Salzburg die österreichische Filiale gegründet. Ende des Jahres erreichte der Umsatz die Millionengrenze. Schon vorher waren Engpässe in der Beschaffung des Informationsmaterials eingetreten. Albin Kessel mußte in manchen Monaten die gesamte Auflage des einen oder anderen Pornoheftes aufkaufen. Im fol-

genden Februar war die Anschaffung eines kleinen Lastwagens unumgänglich geworden.
Bald darauf trat ein Ereignis ein, das dem *Informationsdienst St. Adelgund* eine unvorhergesehene kommerzielle Wendung gab. Albin Kessel war gerade dabei, in der Chefetage seines Bürohauses Pläne zur ökumenischen Ausweitung des Informationsdienstes auszuarbeiten, als ihm gemeldet wurde, daß ein Herr ihn zu sprechen wünsche. Albin Kessel lehnte sich in seinen Ledersessel zurück und empfing den Besuch. Es handelte sich um einen Herrn Sørensen, dänischer Verleger von Pornoheften, dessen Hauptabnehmer der Informationsdienst war. Herr Sørensen gab unumwunden zu, trotz florierenden Geschäftes in finanzielle Schwierigkeiten geraten zu sein. Er bot dem Informationsdienst die Beteiligung an seinem Verlag an. Nach einer Besprechung mit Pfarrer Hürtreiter nahm Albin Kessel das Angebot an. Kurze Zeit später wurde Herr Sørensen nach einem Zerwürfnis hinausbezahlt. Außerdem kaufte der Informationsdienst eine Druckerei in Schweden, zwei Verlage in Frankreich, eine Agentur für Photomodelle und ein Photostudio in der Nähe von Kopenhagen.
Das Programm des Informationsdienstes wurde erweitert: diskrete Informationsbesuche von sittlich gefährdenden Filmen. Bald mußten Kinos gemietet werden. In der Zeit der Kinopleiten kaufte der Informationsdienst eine ganze Filmtheaterkette auf. Eine Filmproduktion wurde gegründet, die Filme ausschließlich zur Information von Geistlichen herstellte. Erst mit Omnibussen, später mit Sonderzügen wurden Informationsreisen veranstaltet. Eine zahlungsschwache Charterfluggesellschaft wurde übernommen. Dem Tochterhaus in Bangkok wurde schon wenige Monate nach der Gründung ein eigenes Hotel (St.-Franz-Xaver-Palace) angegliedert. Im späten November mußte Albin Kessel ein Magengeschwür behandeln lassen. Der Arzt riet zu einem entspannenden Aufenthalt auf den Bahamas. Es bedurfte der ganzen Überredungskunst des Pfarrers Hürtreiter, daß Albin Kessel dem Rat folgte. Er flog mit dem firmeneigenen Flugzeug.
Später, als das, was Albin Kessel selber als seine Millionärs-

zeit und hie und da als Spuk bezeichnete, vorbei war, ging die Legende, Kessel habe auf den Bahamas ein Schlüsselerlebnis gehabt, das ihn zur Liquidierung des Informationsdienstes bewogen hätte. Es ist niemand bekannt, dem es gelungen wäre, Albin Kessel irgendeine Äußerung zu dieser Legende zu entlocken. Der Graphiker Wermut Graef, der beste Kenner von Albin Kessels Biographie, pflegte auf Fragen nach jenem legendenhaften Schlüsselerlebnis auf den Bahamas zu antworten: »Ach was, was heißt bei Kessel Schlüsselerlebnis! Kessel hat gar keine gewöhnlichen Erlebnisse. Er hat nur Schlüsselerlebnisse.«

Aber es gab das Schlüsselerlebnis. Albin Kessel erlebte diesen Schlüssel, der sein künftiges Leben aufschloß oder zumindest die Tür zu dem *Informationsdienst St. Adelgund* zuschloß, nicht auf den Bahamas, sondern wenige Tage nach seiner Rückkehr von dort auf oder besser in der Nähe eines alten Bauernhofes in der Chiemseegegend. Die Gegend ist bekannt für ihre unerwarteten Wetterwechsel und tückischen Gewitter. Ein Freund Albin Kessels, ein Journalist namens Niklas F., hatte von einem, wie sich herausstellte, betrügerischen Immobilienhändler einen Bauernhof gekauft. Leider erst nach der notariellen Verbriefung ließ Niklas F. den Hof von einem befreundeten Architekten begutachten. »Na ja«, sagte der befreundete Architekt und deutete auf kleine Häufchen von Sägemehl, die sich überall wie von Geisterhand geschaffen bildeten, »die Holzwürmer finden das Haus offenbar noch bewohnbar. Wenn die Holzwürmer davonkriechen, wird's brenzlig. Ich würde die Einweihungsparty *bald* feiern.«

Niklas F. war zunächst etwas betroffen, dann aber half ihm sein journalistisch-heiteres Naturell über die Sache hinweg. Er folgte dem Rat des Architekten und feierte schon die Woche drauf die Einweihungsparty. Es war die Woche, in der Albin Kessel von den Bahamas zurückkam.

Vor der Party hielt Niklas F. eine Ansprache, eine sehr klare und ernste Ansprache an einen ausgewählten Teil der Gäste, nämlich an alle jene Herren unter den Gästen, die ihm mit mehr oder weniger gutem Grund als Böcke galten. Albin

Kessel gehörte, mit welchem Recht, sei vorerst einmal dahingestellt, dazu. »Also«, sagte Niklas F., »es sind natürlich Mädchen da. Die Party dauert länger. Daß mir ja keiner *im* Haus ... habt ihr verstanden? Die geringste Erschütterung, hat der Architekt gesagt, ... ich hoffe, das genügt. *Einen,* wenn ich erwische, den ziehe ich am Dingsda, sage ich, in den Garten. Ich sage nicht, daß ihr euch hier unbedingt ausleben müßt, ihr Eber, aber wenn, so gibt es Wiesen. War ich deutlich genug?«

Was im einzelnen auf dieser Party passierte, die im übrigen auch sehr bald von Legenden überwuchert war, gehört nicht zu dieser Geschichte. Albin Kessel lernte eine junge Antiquitätenhändlerin kennen, die eine entzückende Madonnenstirn hatte und leicht, nur ganz leicht, mit der Zunge anstieß. »Pralle Busen und so Zeug«, soll Albin Kessel damals dem Gastgeber während des Biereinschenkens im Vertrauen gesagt haben, »gibt es überall, wird längst künstlich hergestellt, aber dieses leichte, ganz leichte Anstoßen mit der Zunge, das macht mich noch rasend.«

Nicht lange nach Mitternacht wollte sich Albin Kessel mit der Antiquitätenhändlerin auf die Wiese zurückziehen, auf die Niklas F. hingewiesen hatte. Die Wiese war aber schon mehrfach belegt, auch die vordere Wiese, gegen die Straße zu. »Habe ich es mir doch gedacht«, sagte Niklas F., der wie ein Feuerengel in der Hintertür stand, durch die sich Albin Kessel und die Antiquitätenhändlerin dann doch ins Haus schleichen wollten.

Es blieb nur der große, freistehende Ahornbaum, der den ehemaligen, jetzt völlig verwilderten Küchengarten überschattete; am Tag überschattete; jetzt, kurz nach Mitternacht, stand er wie ein schwarzer, unendlich hoher Turm knapp außerhalb des Lichtkreises der Laternen und Lampions, die das schon langsam zerbröckelnde Fest illuminierten. Keine zehn Minuten, nachdem Albin Kessel und die leicht mit der Zunge anstoßende Antiquitätenhändlerin nicht ohne Mühe auf den Ahornbaum geklettert waren, brach eines jener unerwarteten, tückischen Gewitter aus, für die, wie erwähnt, jene Gegend berüchtigt ist.

Die Antiquitätenhändlerin, bereits restlos entkleidet, versuchte in panischer Angst, auf einer Astgabel sitzend, wieder in ihre Kleider zu finden. Es war sehr schwierig. Sie begann zu weinen. Albin Kessel versuchte ihr einzureden, daß der Baum, auf dem sie saßen, eine Buche sei: ». . . die Buche suche . . .« – »Ich weiß doch, wie eine Buche aussieht«, flennte die Antiquitätenhändlerin, »das ist nie im Leben eine Buche.« »Halt«, schrie Albin Kessel, »das ist *mein* Unterhemd.« Ein Blitz fuhr krachend über den Himmel. »Ich falle!« schrie das Mädchen. »Wenn nur der Regen käme . . .«, keuchte Albin. Es schlug nicht ein, die Antiquitätenhändlerin stürzte nicht vom Baum, und daß sie ihren Rock verkehrt herum anzog, fiel danach niemandem auf. Aber Albin Kessel tat das Gelübde: das Gelübde der heiligen Adelgund, das Gelübde, den gotteslästerlichen Informationsdienst zu liquidieren. Gelübde zwischen unzähligen hin und her fahrenden Blitzen, mitten in einem trockenen Gewitter, auf einem Ahornbaum, der sich ächzend im Wind bog.
Selten war ein Gelübde wahrhafter und ernster gemeint als das St.-Adelgund-Liquidierungsgelöbnis Albin Kessels auf dem schwankenden Ahornbaum, kaum jemals war einer, ›der sich verlobt hatte‹, fester entschlossen, sein Gelübde zu halten, als Albin Kessel. Wohl nie war es schwerer.
Am ersten Werktag, der auf den Tag mit dem Abenteuer auf dem Ahornbaum folgte, ging Albin Kessel um neun Uhr, wie er es inzwischen gewohnt war, in sein Büro. Er ging, obwohl äußerlich unverändert, als ein anderer ins Büro: den festen Vorsatz im Herzen, sein Gelübde wahrzumachen, sofort, ohne zu zögern. Vielleicht ist dies der Punkt in der Geschichte, die Frage aufzuwerfen: war es wirklich nur jenes Gelübde, das Albin Kessels, wenn man so sagen will, Umkehr bewirkte? Hatte er sich nicht viel eher schon längst und aus ganz anderen, seelisch-komplizierten Gründen vom Informationsdienst entfernt? Eine klare Antwort darauf gibt es nicht. Wer Albin Kessel kennt, vermutet allerdings: ohne Zweifel kam ihm sein Gelübde gerade recht, um einer inneren Entwicklung den konsequenten und konkreten Abschluß zu geben. Wer Albin Kessel kennt, sagt Wermut Graef, weiß, daß Albin

Kessel normalerweise in der Lage ist, jedes Gelübde zu brechen.
Als ein anderer setzte sich Albin Kessel an seinen lederbezogenen Schreibtisch, zog ein leeres, weißes Blatt aus der Schublade, nahm seinen Füllfederhalter und schrieb auf das Blatt:

> *Arbeit einstellen.*
> *Alles aufhören.*
> *Schluß.*
>
> *Kessel*

Albin Kessel drückte auf eine Taste seiner Gegensprechanlage. Daraufhin kam ein gewisses Fräulein Moosandel, Kessels Chefsekretärin, herein. Ihr gab Kessel das Blatt.
»Und, bitte?« sagte Fräulein Moosandel.
»Mein Ausflug«, sagte Albin Kessel, »in die Millionärität ist beendet.«
»Wie soll ich das verstehen, Herr Direktor?«
»Genau so, wie es auf dem Zettel steht. Alle sollen aufhören, sofort.«
»Das heißt –«
»Ja. Sie können heimgehen. Sagen Sie es den anderen.«
»Aber –«
»Ich denke –«, Kessels Millionärität bäumte sich noch einmal auf, »– ich habe mich klar genug ausgedrückt, Fräulein Moosandel.«
»Sehr wohl, Herr Direktor.«
Fräulein Moosandel verschwand. Kurz darauf kam der eine der beiden Prokuristen, ein Herr Sommer. Er hatte Albin Kessels Zettel in der Hand und war sehr bleich. Es entwickelte sich ein rasch zur Heftigkeit steigerndes Gespräch, das darin gipfelte, daß Albin Kessel mit äußerster Entschiedenheit darauf hinwies, wer der Herr im Haus sei, und daß er, Albin Kessel, nämlich der Herr im Haus, jeden eigenhändig

hinauswerfen würde, der nicht sofort die Arbeit einstelle. »Und wenn einer grad eine Briefmarke ableckt, so soll er sie auf der Zunge kleben lassen und gehen!« schrie Kessel. Man sieht, daß sich selbst in dieser erregten Situation der Aphoristiker Kessel nicht verleugnete.

Der Prokurist Sommer entfernte sich eilig. Eine Zeitlang war ein Rumoren auf den Gängen und Stiegenhäusern zu hören, dann wurde es still. Es war halb zehn. Albin Kessel ging durch die leeren Büroräume, dann fuhr er mit dem Lift hinunter. Am Eingang stand der Hausmeister.

»Mahlzeit, Herr Direktor«, sagte der Hausmeister.

»Haben Sie nicht gehört?« fuhr ihn Kessel an. »Was tun Sie noch hier, warum sind Sie nicht nach Hause gegangen?«

»Entschuldigung, Herr Direktor«, sagte der Hausmeister, »ich bin gewissermaßen schon nach Hause gegangen, weil ich nämlich hier wohne, hier im Haus.«

»Ach so«, sagte Kessel. »Ja, ja.«

Albin Kessel aß in einem gutbürgerlichen Imbißlokal zwei Häuser weiter eine Leberknödelsuppe und trank ein Bier. Dann kehrte er ins Bürohaus zurück.

Alle waren schon wieder da und arbeiteten.

»Sollte es schwerer sein, eine Million loszuwerden, als sie zu verdienen?« fragte Albin Kessel an dem Abend Jakob Schwalbe auf dem Weg zum ›Schachspielen‹.

Nach langer Zeit, fast schon hätte man sagen können, nach Jahren, saß Albin Kessel wieder im *Café Hippodrom,* ein Café, das er einige Zeit seines Lebens nicht nur täglich, sondern täglich mehrmals besucht hatte. Das Café war inzwischen doppelt so groß geworden, weil der Wirt – der Wirt war noch der gleiche – ein nebenan liegendes Hemdengeschäft erworben hatte. Das war auch so eine Sache: das Hemdengeschäft fiel dem Wirt vom *Hippodrom* in den Schoß. Der oben schon mehrfach erwähnte Herr Seebrucker war der Inhaber des Hemdengeschäftes gewesen. Herr Seebrucker hielt sich gern im *Hippodrom* auf, was buchstäblich nahe lag, denn Seebrucker mußte nicht einmal über die Straße gehen, nur quer über den kleinen Vorplatz, der in die Häuserfront einge-

schnitten war, und in dem beide Unternehmen ihre Türen hatten, das *Hippodrom* und das Hemdengeschäft Seebrucker. Von seinem Lieblingstisch aus konnte Seebrucker den Ladeneingang beobachten und hinübergehen, wenn ein Kunde kam. Aber irgend etwas in Herrn Seebruckers Leben muß zu einer tiefgreifenden Resignation geführt haben. Er wollte seinen Ladeneingang nicht mehr sehen, rückte von seinem bisherigen Lieblingsplatz ab und bezog einen neuen Lieblingsplatz weiter hinten im Lokal. Das Schild ›Bin nebenan‹ hing immer öfter in Seebruckers Ladentür. Das förderte nicht gerade den Umsatz, kann man sich denken. Anderseits stiegen selbstverständlich die Zechen, die Seebrucker im *Hippodrom* machte, je länger er dort war, auch natürlich mit dem Grad an Tiefe, den seine Resignation erreichte. Seebrucker ließ beim Wirt vom *Hippodrom* anschreiben, verpfändete dann Hemden (noch Jahrzehnte danach trug der *Hippodrom*-Wirt Hemden, zu große und zu kleine, völlig aus der Mode gekommene Muster, die er von Seebrucker übernehmen mußte), und zum Schluß gehörte der ganze Laden dem Wirt: es blieb ihm nichts anderes übrig, als zu vergrößern. Seebrukker, und das ist sicher anständig vom *Hippodrom*-Wirt, erhielt eine Gerechtsame: jeden Tag vier Portionen Kaffee, ein Paar Würstel mit Senf, ein Sahnetörtchen, das im Sommer in eine Portion Eis umgewandelt werden konnte, und fünf Bier. »Es war eine Erlösung«, sagte Seebrucker, der nach dem Umbau seinen Lieblingstisch von ehedem, also ganz vorn, wieder bezog. »Es war die reinste Erlösung.«
Man kann sich denken, daß Albin Kessel da aufhorchte. Aber was ihm Herr Seebrucker erzählte, eignete sich nicht als Modell fürs Zugrunderichten des *Informationsdienstes St. Adelgund.* Durch bloßes Sitzen im Caféhaus war da nichts zu machen.
Herr Seebrucker hatte zwar ein paar Ratschläge, aber sie erschienen Albin Kessel allzu unsicher. Prozessieren hatte Seebrucker zum Beispiel gemeint, das richte jede Firma zugrunde.
»Wie ich den *Informationsdienst St. Adelgund* kenne«, sagte Albin Kessel, »gewinnen wir jeden Prozeß.«

»Was brüten Sie so?« sagte Albin Kessel.
»Brüten?« sagte Seebrucker.
»Ja, Sie schauen so dumpf, wenn Sie den Ausdruck erlauben.«
»Ja!« sagte Seebrucker. »Mein Deputat ist für heute erschöpft, und es ist erst halb drei. Die fünf Bier habe ich schon gehabt.«
»Auch das Sahnetörtchen?«
»Alles«, sagte Seebrucker düster.
»Fräulein!« rief Albin Kessel, »ein Bier für Herrn Seebrucker auf meine Rechnung.«
»Danke«, sagte Seebrucker, »ich wüßte schon etwas: Sie müssen dem lieben Gott Ihre Seele verkaufen.«
»Wie das?« fragte Albin Kessel.
»Ja, sehen Sie«, sagte Seebrucker, »dem Teufel verkaufen viele ihre Seele. Ich weiß nicht, wieso noch niemand auf den Gedanken gekommen ist, dem lieben Gott seine Seele zu verkaufen. Wieso sollte es sich der liebe Gott nicht auch etwas kosten lassen, eine Seele zu gewinnen? Wo ihm doch nach eigener Aussage jedes verlorene Schaf im Herzen weh tut?«
»Aber wie –«
»Lassen Sie mich ausreden. Ist Ihr *Informationsdienst St. Adelgund* genehmigt?«
»Wie soll ich das verstehen – natürlich, wir sind im Handelsregister eingetragen, außerdem sind wir eine GmbH –«
»Nein«, sagte Herr Seebrucker, »ich meine bischöflich genehmigt?«
»Da haben wir uns gehütet«, sagte Albin Kessel.
»Eben«, sagte Herr Seebrucker.
Als Albin Kessel am nächsten Tag nach einem ausführlichen Gespräch mit einem höheren geistlichen Herrn vom Erzbischöflichen Ordinariat, das in der scheinheiligen Bitte um nachträgliches *Imprimatur* gipfelte, das eher schlichte, kahle, heilige Haus verließ, hatte er das Gefühl, in einen Haufen großer schwarzer, zweibeiniger Ameisen gestochen zu haben. Wehende Kutten, flüsternde Stimmen hinter eilig verschlossenen Türen, schweißnasse Finger, die hinter plötzlich zu eng gewordenen Papierkrägen hin und her fuhren, prägten

von der Stunde an für mehrere Tage den Betrieb im Ordinariat. Bereits für den Nachmittag wurde Albin Kessel wieder bestellt. Höchst eilige, absolut geräuschlose Verhandlungen wurden geführt. Ein von einer Nonne bedienter Fernschreiber tickte lateinisch. Am anderen Tag hatte Albin Kessel vom Ordinariat ein Angebot: Ankauf des Informationsdienstes seitens der Diözese, sofern Kessel bereit wäre, die komplette Abonnentenliste mitzuverkaufen. Verhandlungsbasis: zweieinhalb Millionen. Was die geistlichen Herren nicht erwartet hatten: Albin Kessel handelte sie nicht auf die drei Millionen hinauf, die sie ingeheim zu zahlen bereit gewesen wären, sondern schlug ein.
Ein Problem war Pfarrer Hürtreiter. Nicht ganz zu Unrecht hatte Albin Kessel das Gefühl, ihn, der schon seit einiger Zeit nur noch stiller Teilhaber war, verraten zu haben. Aber erstaunlicherweise passierte Hürtreiter nicht nur nichts, er wurde bald darauf sogar Monsignore und Kurat einer obsolaten Bruderschaft in einer weit entfernten Kirchenprovinz, wo er sich mit der einen und der viertel Million seines Anteils am Verkauf genüßlich für seinen Lebensrest einpuppte. Auch den Abonnenten des Informationsdienstes passierte nichts. Ursprünglich planten die geistlichen Oberen zwar drakonische Strafmaßnahmen: Degradierungen, Versetzungen, Suspensionen ... Aber es waren zu viele Abonnenten. Man hätte allenfalls die Pfarrer ringelspielartig rundumversetzen können, und das wäre zu teuer gekommen. Die Bischöflichen Ordinariate mußten es dabei bewenden lassen, moralisch mit dem Zeigefinger zu drohen.
Ein Problem war, wie Seebrucker belohnt werden konnte. Kessel wollte ihm goldene Manschettenknöpfe mit Brillanten schenken, Seebrucker aber bat um Aufstockung des Deputates: ein Käsesandwich und sechs Kirschwasser täglich.
Daß Albin Kessel mit Geld nicht umgehen kann, weiß jeder, der ihn kennt. Daß er seinen Anteil aber so schnell durchbrachte, hatte niemand geahnt. Behilflich dabei waren das Finanzamt und die zwei heftigen, überraschend aufgekommenen Stürme, der eine auf Kos, der andere dort draußen ir-

gendwo in der Biscaya, von wo aus, das Messingherz an Bord (oder kann man bei einem gesunkenen Schiff nicht mehr sagen an Bord?), die Yacht auf dem Weg in den gespenstischen Schiffsfriedhof in der schwarzblauen, stummen Tiefe des Sargasso-Meeres war.

Nur noch ein einzelner Mensch, wohl ein Mann, war jetzt noch weiter südlich von dem Punkt zu sehen, den Albin Kessel erreicht hatte. Es war, soviel war zu erkennen, kein Nackter, sondern ein Angler. Er stand in hüfthohen Stiefeln im Wasser und warf seinen Köder in die Brandung. Zwei weitere Angeln hatte er in den Sand gesteckt. Obwohl das Wasser hereinbrandete, waren die Angelschnüre so straff nach draußen gespannt, daß die Ruten jeden Augenblick zu brechen drohten. Wahrscheinlich, nahm Albin Kessel an, macht das die Unterströmung, die nach draußen zieht.
Es war halb zwei. Kessel kehrte um. Er kletterte auf die Düne hinauf – links hatte er nun das Meer, rechts die fast ebenso unendlichen gascognischen Föhrenwälder – und stapfte zurück. »Ich habe schon gedacht, du kommst überhaupt nicht mehr«, sagte Renate, die unter Verrenkungen unter ihrem Kleid den Badeanzug aus- und die Unterwäsche anzog. »Wir müssen doch Kurti abholen.«
»Ich weiß«, sagte Kessel.

In der Nacht vom Montag auf Dienstag träumte Albin Kessel, er sei in einer fremden Stadt. Er war in Wirklichkeit nie in seinem Leben in einer der – im alten Sinn – ›niederländischen‹ Städte mit den magischen Namen gewesen: Antwerpen, Gent, Brügge, aber er hatte eine recht klare, wenn auch mit der Realität vielleicht nicht übereinstimmende poetische Vorstellung von der Beschaffenheit dieser Orte, und im Traum war ihm klar, obwohl niemand es ihm sagte, es nirgends erwähnt wurde, daß die Stadt, in der er war, nur Brügge sein konnte oder Gent, allenfalls Antwerpen. Stille Straßen mit Backsteinhäusern zogen sich an Kanälen hin. Eine berauschend schöne gotische Kathedrale, gotischer als jede reale Kathedrale, ein ungeheurer, unüberschaubarer, viel-

türmiger Bau, himmelhochragend stand plötzlich auf einem Platz, den Kessel – er war ganz allein – durch enge, krumme Gassen, über ausgetretene, aber saubere Stufen erreichte. Mehrfach mußte er durch dunkle Backsteintorbogen gehen, und ab und zu fand sich ein unerwarteter Ausblick auf einen der kleinen Kanäle, an die die sauberen Rückfronten der Häuser grenzten, in die ab und zu aus einem Garten eine Trauerweide die Zweige hängen ließ.
Albin Kessel pflegte nach dem Aufwachen seine Träume zu rekapitulieren (eine Zeitlang hatte er sie sogar aufgeschrieben), weil er die Erfahrung gemacht hatte, daß sich so die Träume besser im Gedächtnis halten lassen. Bei der Rekapitulation dieses Traumes von der Stadt Brügge oder Gent versuchte Kessel, die Kathedrale, diesen über-gotischen Dom, beschreibend zu umreißen, und kam zu dem Ergebnis: diese Kathedrale war kein eigentliches Bauwerk, es war Phantasie, die Summe der Phantasie von allem, was gotisch ist. Ein ungeheures Geisterschiff aus rotem Stein, das im Wind der gotischen Phantasie treibt, resümierte Kessel und war einigermaßen zufrieden mit diesem Satz. So eine Kathedrale ist nie gebaut worden, kann gar nicht gebaut werden, allenfalls entworfen kann sie werden, aber eigentlich auch das nicht, nur gezeichnet. Von Gustave Doré gibt es Zeichnungen, erinnerte sich Kessel, Illustrationen zu den *Contes drollâtiques* von Balzac, dort finden sich solche Über-Kathedralen.
Eine unendlich schöne Musik war zu hören. Sie kam nicht aus der Kirche, sondern aus einer Gasse in der Nähe. Kessel ging der Musik nach und fand einen Ausblick: von einer Art gedeckten Brücke, in die die Gasse mündete, konnte man auf eine andere, quer verlaufende Gasse hinuntersehen. Dort unten kam eine Prozession. Die Prozession bestand nur aus Musikanten, die Chorhemden trugen, und in der Mitte des Zuges, auch im Chorhemd, ging unter einem Baldachin ein Tenor und sang. Nicht nur, daß Kessel noch nie in seinem Leben eine so klare, männlich-engelgleiche Tenorstimme gehört hatte, auch die Musik, die der Tenor sang, war von überirdischer Schönheit. Über einfachen, gebrochenen Akkorden – Albin Kessel hatte kein absolutes Gehör, auch im Traum

nicht, aber er wußte: das war As-Dur, die Tonart, die dem Ziegelrot der Häuser und der Kathedrale entsprach –, über sehr schlichten Akkorden erhob sich eine Melodie, die eigentlich nichts anderes war als eine filigranhafte Abwandlung einer Tonleiter. Aber hie und da gab es eine herbe Ausweichung, einen Vorhalt, ein Ausbiegen und Wieder-Zurückbiegen in den Melodienfluß, der das Herz ergriff und dann – wie einfach die Musik sein kann: nichts als eine aufbäumende Subdominante, eine kleine Koloratur, in der die Singstimme – statt wie die Begleitung weiter in Achteln – in einige Triolen verfiel, eine kurze, eher fast nur scheinbare Molleintrübung (ein ces statt einem c), und die Singstimme senkte sich nach einer kleinen Fermate zurück in die Tonika ... Albin Kessel weinte im Traum. Noch als er aufwachte, hörte er diese Musik und, meinte er, wenn er Musiker gewesen wäre, hätte er sie vielleicht sogar aufschreiben können.

Die Musikanten-Prozession zog unter der Brücke durch, auf der Kessel stand, dennoch wurde die Musik nicht leiser. An einer Wand hing ein vergilbtes Plakat, das aber aussah wie eine sehr große Schallplattenhülle. Kessel las darauf die Ankündigung von Vincenzo Bellinis Todestag; nicht die Ankündigung eines Konzertes oder einer Feierlichkeit zu Bellinis soundsovieltem Todestag, sondern die Ankündigung des Todes von Vincenzo Bellini. Auch im Traum war Albin Kessel klar, erinnerte er sich am Morgen etwas verwirrt: da das Plakat so alt und vergilbt war, war Bellini schon lange tot ...

Ohne sich eines Übergangs zu erinnern, fand sich Kessel in der Sakristei der Kirche. Eine Gruppe von Engländern (woher wußte Kessel, daß es Engländer waren? Sie sprachen nichts) trat gerade eine Führung an. Kessel stand unschlüssig. Der Führer, ein alter Mann in unsäglich schmutzigen Kleidern, bemerkte Kessel und winkte ihm, das heißt: er schwenkte eine große Laterne und bedeutete ihm, sich der Engländer-Gruppe anzuschließen. Sie stiegen in tiefe Gewölbe hinunter. Kessel hatte das Gefühl, kilometerweit zu laufen. In einer Nische war an der Wand ein altmodischer, gußeiserner Ausguß angebracht mit einem großen Wasserhahn aus Messing. Auf dem Rost des Ausgusses stand ein

Wasserkrug, der ganz mit Spinnweben und Staub überzogen war. Im Traum dachte Kessel: da muß hier herunten einmal jemand gewohnt haben. Als Kessel um eine Ecke bog – er hätte nicht sagen können, ob die Gruppe von Engländern noch mit ihm war –, stand er vor einer Tür, vor der, wie es Gäste in besseren Hotels machen, ein Paar Schuhe stand. Der Führer stellte seine Laterne hin und räumte schnell die Schuhe unter einen großen Schrank, als wären sie etwas, was Besucher eigentlich nicht sehen dürften. Kessel hörte das ferne Geräusch einer Tür, die geschlossen wird. »Wohnt hier jemand?« fragte Kessel den Führer.

Da fiel Kessel ein, daß die Musik, die er gehört hatte, die Arie *Deh! padre mio . . .* aus *I Capuleti e i Montecchi* war. (Erst lange, nachdem Kessel aufgewacht war, fiel ihm auf, daß das nicht sein konnte, denn *Deh! padre mio . . .* ist eine Sopran-, keine Tenorarie.) Er begann – in einem ihm völlig fremden Zimmer, einer karg eingerichteten, fast klösterlichen Zelle, in der er übergangslos war – die Arie zu übersetzen:

Ich bitte Dich, Vater!
Ohne Deine Vergebung
Kann ich nicht gehen:
nah ist mein Tod,
umarme mich,
gib meinem sterbenden Herzen Frieden . . .
Vergiß Deinen Zorn
an meinem Grab.
O Vater,
vergib meinem sterbenden Herzen.

Merkwürdigerweise blieb ihm die Übersetzung lange im Gedächtnis. Am späten Nachmittag erst – während der umständlichen Vorbereitungen für das Ausgehen zum Abendessen bei Kurti Wünses Eltern – schrieb Kessel die Übersetzung auf. Es war ein befremdlicher Vorgang: Kessel kam sich selber unheimlich vor. Es war ihm, nachdem er diese Zeilen niedergeschrieben hatte, als ob er im Traum einen Gegenstand (ein Messingherz?) gefunden und ihn beim Aufwachen tatsächlich in der Hand gehabt hätte. Die Zeilen, das wußte Kessel, waren nicht von ihm. Wie hätten sie auch von ihm sein können? Er hatte *I Capuleti e i Montecchi* ein einziges Mal gehört (bei Jakob Schwalbe, der eine Schallplattenaufnahme davon besaß), die Arie hatte auch einen tiefen Eindruck auf ihn gemacht, aber an den italienischen Text, abgesehen von der Anfangszeile, konnte er sich nicht im entferntesten erinnern.

Erst einige Tage später fiel ihm eine psychologische Deutung dieses Traumes ein, oder ein Teil einer Deutung: *Deh! padre mio* ... ist eine Arie der Julia, und *I Capuleti e i Montecchi* ist nichts anderes als die Tragödie von Romeo und Julia. Der Gedanke an Julia war wohltuend, war wie ein unsichtbarer Panzer für Albin Kessel, in dem er sich vor den immer mehr sich auftürmenden Wünse-Widrigkeiten geschützt fühlte.

Schwierigkeiten machte die Deutung nach dem Traumbuch (das Kessel heimlich eingepackt hatte), und zwar wegen der ungewöhnlichen Fülle des Materials. Normalerweise träumte Kessel keine so lange Traumszenenfolge oder erinnerte sich zumindest dann am Tag nicht mehr daran.

Meist bestanden seine Träume aus einer prägnanten Sequenz mit einem bestimmten Kernbegriff, den er nachschlagen konnte. Hier aber wußte er nicht, wo er anfangen sollte. (Er schlug nach dem Frühstück nach.) Schäfchen litt an einem Zehenkrampf. Er konnte erst durch Absingen des ›Schäfchenliedes‹ behoben werden, eine Abwandlung des Kinderliedes *Häschen in der Grube* ... Am Absingen des Liedes beteiligten sich Renate und Wünse, auch Gundula. Die Kröte lag wie ersterbend, aber genüßlich inmitten der Sänger. Kessel hatte abgelehnt, mitzusingen, mit der Begründung, er singe nie in Gegenwart Dritter. Immerhin hielt er aber – ein weiterer Pluspunkt für ›aequs animus‹ – mit seiner Meinung, der Zehenkrampf sei nur eingebildet, hinterm Berg.

Bellini stand natürlich nicht drin. Unter *Kathedrale* stand: *Siehe Dom.* Das Stichwort *Dom* war unterteilt: *Dom* und *Dom, gotisch.* Bei *Dom, gotisch,* hieß es: *In der Pflanzzeit: günstig für Verpflanzen, Pfropfen, Veredeln; in der Erntezeit: Achtung vor Gewitter. Arie* war nicht verzeichnet, bei *Musik* fanden sich Verweisungen auf *Blasmusik, Geigenmu-*

sik, Volksmusik, Orgelmusik und *Gesang.* Kessel schaute unter *Gesang* nach. Auch dieses Stichwort war unterteilt: *a) häßlicher Gesang, b) schöner Gesang, c) Gesang mehrerer Sänger (Chor).* Selbstverständlich kam nur *schöner Gesang* in Frage: *Gehe beruhigt deinem Steckenpferde nach; an Dienstagen solltest du keine Briefe absenden.*

Heute war Dienstag. Gestern schon, kurz nach der Ankunft, als Renate und er mit dem heiseren, grimassierenden Schäfchen durch den unschönen Ort St. Mommul-sur-Mer spaziert waren, um dann in einem Bistro zu essen, wo Schäfchen heiser über die Speisen nörgelte, hatte Renate einige Ansichtskarten gekauft. Auch Schäfchen verlangte, daß man ihr Karten kaufe. Sie suchte sich vier aus: auf zwei davon war eine Katze abgebildet, die einen Hut aufhatte (»Süü-üß«, krächzte Schäfchen), auf der dritten eine Maus, die mit einem Schiff fuhr, und auf der vierten ein junger Schäferhund mit einem Blumenstrauß im Maul (»Niedl'isch!«). »Die schreiben wir morgen«, sagte Renate, »und beim Abendessen überlegen wir: wem.«

Kurz hatte auch Kessel überlegt, ob er nicht ebenfalls ein paar Ansichtskarten kaufen solle, zum Beispiel für Jakob Schwalbe, der ihm ja immerhin die tausend Mark geliehen hatte.

Auch Wermut Graef wäre als Adressat in Frage gekommen. Aber weder von Schwalbe noch von Graef wußte er die genaue Hausnummer, bei Schwalbe wußte er nie, wie die Straße in Schwabing hieß und die Nummer des Zustellpostamtes wußte er auch nicht. Eckhard Henscheid? – Henscheid war der Autor eines der neueren Lieblingsbücher von Kessel: *Die Vollidioten.* Henscheid, der viel reiste, hauptsächlich nach Italien, hatte Kessel schon ab und zu eine Karte geschrieben, aber Kessel wußte auswendig nur, daß Henscheid in Amberg wohnte. Daheim hatte er die genaue Adresse schon irgendwo aufgeschrieben, aber auswendig wußte er nicht einmal die Postleitzahl von Amberg.

Kessel sah also davon ab, Ansichtskarten zu kaufen, und der Traum gab ihm recht: am Dienstag keine Briefe aufgeben; das galt sicher auch für Postkarten.

Noch ein Stichwort schaute Kessel nach, denn es ließ ihn der

Gedanke nicht los, daß die Gestalt Bellinis, obwohl sie nicht eigentlich aufgetreten war, der Kernpunkt des Traumes gewesen war. Er schaute unter *Komponist* nach. Dieses Stichwort gab es tatsächlich: *Handel mit Tuchen bringt dir Gewinn; Mäßigkeit macht sich bezahlt; Glückszahl für den übernächsten Monat: 9 evtl. 14.* Damit ließ sich, mußte Kessel einräumen, wenig anfangen.

Nach dem Frühstück packte Renate die Badesachen ein, auch einiges zum Essen – »Wir bleiben über Mittag draußen, bis zwei Uhr, sonst sind wir um vier Uhr nicht am Bahnhof« –, eine Badematte und Spielsachen für Schäfchen. Bei der Inhaberin der Pension *La Forestière,* Madame Paul, erkundigte sich Renate nach einer günstigen Badebucht, und Madame Paul hatte zu jenem Dünenzug geraten, wo das gestrandete Schiff lag. Man fuhr etwa eine Viertelstunde mit dem Auto. Im Auto – Renate chauffierte, Kessel saß hinten, weil Schäfchen vorn sitzen mußte, sonst würde ihr schlecht, hieß es, sie habe einen so überaus sensiblen Magen – erkundigte sich Kessel, warum man um vier Uhr am Bahnhof sein müsse, und zu welchem Bahnhof? In St. Mommul-sur-Mer war nur das verfallende Bahnhofsgebäude einer aufgelassenen Strecke.

»Ja«, sagte Renate, »die Bahnlinie hierher gibt es nicht mehr. Wir müssen nach Morceux, das ist die nächste Bahnstation.«

»Und warum?«

»Wahrscheinlich, weil sie sich nicht mehr rentiert hat. Solche Strecken werden überall aufgelassen, auch in Frankreich.«

»Nein, ich meine«, fragte Kessel, »warum wir zum Bahnhof fahren müssen?«

»Weil wir Papa abholen«, hauchte die Kröte.

»Wie bitte?« fragte Kessel, aber nicht, weil er das Hauchen nicht verstanden hätte.

Renate schaute kurz um, verzog das Gesicht, rüttelte kurz und ärgerlich mit den Schultern und sagte nur: »Ja.« Offenbar sollten die Gesten und Grimassen, die Schäfchen nicht sehen konnte, bedeuten, daß eine Erklärung später folgen würde.

Renate hatte immer schon viel von Dr. Wünse erzählt, viel zuviel für Kessels Begriffe, obwohl sie nicht überschwenglich erzählte, nicht – wie es angeblich vorkommt – den ersten Ehemann dem zweiten als Vorbild hinstellte, nicht im entferntesten; sie erzählte ab und zu sogar eher abschätzige Dinge, allerdings immer ganz betont sachlich und neutral, wohl um keinen Verdacht der Gehässigkeit aufkommen zu lassen. Gesehen hatte Kessel den Dr. Wünse nie, nicht einmal eine Photographie. Wenn Renate solche Photographien aufbewahrt haben sollte, hatte sie sie nie hergezeigt.

Jetzt, wo Kessel das wußte, kamen ihm Erklärungen für einige bis dahin rätselhafte Äußerungen Kerstins auf der Fahrt im Zug und dann im Auto bis hierher. Das Kind war also eingeweiht gewesen. Einmal, als es noch einigermaßen deutlich sprechen konnte, hatte es seine Mutter gefragt: »Wen von allen Menschen auf der Welt magst du am liebsten?« – »Dich«, hatte Renate geantwortet. »Nein«, hatte Schäfchen gesagt, »welchen Mann?« Das war im Zug gewesen, am Vormittag, nach dem Aufstehen und Frühstücken. Der Schaffner hatte das Liegewagenabteil wieder in ein normales Abteil verwandelt. Kessel saß an der Türseite und las ein Buch. Renate und die Kröte saßen am Fenster. Ein trüber, schwüler Tag hing über der Provence. Man fuhr an ausgetrockneten Flüssen vorbei.

Als Kessel Schäfchens Fragte hörte, schaute er aus seinem Buch auf und Renate an. Er war nicht gewillt, ihr durch Weghören die Antwort zu erleichtern.

Renate schaute kurz her zu ihm.

»Das ist schwer zu sagen«, sagte Renate.

»Papa?« fragte die Kröte.

»Das ist oft nicht einfach zu sagen«, sagte Renate.

»Aber ich mag Papa am liebsten«, sagte die Kröte.

»Natürlich«, sagte Renate erleichtert, »das ist nur natürlich, daß du Papa am liebsten magst.«

»Ich freue mich sooo auf Papa«, sagte Schäfchen, gab ihrer Stoffkatze einen Kuß und hielt sie hoch, damit sie aus dem Fenster schauen konnte.

Am Strand, nachdem sich Renate unter Verrenkungen unterm Kleid umgezogen hatte und Schäfchen an das Wasser gerannt war, um ihrer Katze Blümchen das Meer zu zeigen, fragte Kessel, was es mit Dr. Wünses Ankunft auf sich habe.

»Ziehst du dir nicht die Badehose an?« fragte Renate.

»Ich glaube, du hast mich sehr gut verstanden«, sagte Kessel; »ich habe gefragt, warum dieser Herr Dr. Wünse kommt.«

»Es ist ganz albern von dir, wenn du eifersüchtig bist. Ich empfinde überhaupt nichts mehr für ihn.«

»Ich habe auch nicht gefragt, ob du was empfindest für ihn oder nicht, ich habe gefragt, warum er kommt.«

»Ja. Willst du mir den Tag verderben?«

»Ich möchte wissen, wer da wem den Tag verdirbt.«

»Du mit deiner Eifersucht.«

»Ich bin nicht eifersüchtig. Aber ich halte es für völlig überflüssig, daß dieser Herr Wünse kommt.«

»Ich kann ihn nicht daran hindern, daß er hierher kommt. Außerdem hat er seine Freundin dabei. Du brauchst also überhaupt nicht eifersüchtig zu sein.«

»Was heißt«, sagte Kessel, »du kannst ihn nicht hindern. Du wirst mir doch nicht weismachen wollen, daß das nicht abgekartet war.«

»Ich bitte dich, das Wort abgekartet nicht zu verwenden. Es ist schließlich nur wegen Schäfchen.«

»Du hast also von vornherein gewußt, daß dieser Wünse ...«

»Warum sagst du immer ›dieser Wünse‹? Ich bin sicher, du verträgst dich gut mit ihm.«

»Ich kann mir nicht vorstellen, daß ich mich mit jemandem aus Remscheid –«

»Lüdenscheid.«

»– gut vertragen könnte.«

»So ein Blödsinn.«

»Darf ich fragen«, sagte Kessel, »ob du überhaupt gedenkst, eurem Schäfchen jemals zu sagen, daß du jetzt mit mir verheiratet bist?«

»Eben drum kommt Kurti her.« Renate richtete sich auf. »Eben drum! Wir wollen es ihr gemeinsam sagen. Sie hat doch wohl ein Recht darauf, daß sie so eine schreckliche Nachricht in schonender Weise von beiden Eltern erfährt.«

»Und wann?«

»Zu gegebener Zeit. Bald.« Renate machte Anstalten, Kessel einen Kuß zu geben, aber Kessel wich aus.
»Ich bestehe darauf«, sagte Kessel, »daß du ab heute wieder im gleichen Zimmer schläfst, mit mir.«
»Heute geht es noch nicht«, sagte Renate. »Wenn wir es ihr gesagt haben, dann sofort, und ich verspreche dir ...«
»Ich sage nicht: sofort, ich sage: heute!«
»Wir könnten es ihr zu dritt sagen – das ist vielleicht überhaupt das Beste.«
»Du schläfst also heute abend nicht bei mir –?«
»Wenn Schäfchen eingeschlafen ist, dann –«, gurrte Renate.
»Ich rede nicht *davon,* ich frage dich, ob du bereit bist, in mein Zimmer zu ziehen. Wie es sich gehört.«
»Wenn wir es ihr gesagt haben. Wir *können* dem Kind das nicht antun. Das Kind verträgt das nicht. Versetze dich doch in seine Lage ...«
»Ich versetze mich in *meine* Lage«, sagte Kessel.
»Du bist kindisch«, sagte Renate.
»Eine abschließende Frage«, sagte Kessel: »Gedenkst du mit Herrn Dr. Wünse ein Zimmer zu teilen, um dem Schäfchen die Illusion vollkommen zu machen?«
»Ich denke doch nicht daran! Ich empfinde nichts mehr für ihn. Ich bin *deine* Frau.«
»Es ist schön, daß du dich daran noch erinnerst«, sagte Kessel und stand auf.
»Wo gehst du hin?« fragte Renate. »Willst du nicht deine Badehose anziehen?«
Albin Kessel drehte sich nicht mehr um. Er ging zum Wasser hinunter, zog Schuhe und Strümpfe aus, krempelte die Hosen hoch und begann, langsam den Strand entlangzuspazieren.
Dreißig Kilometer ungefähr waren es bis Morceux. Als Kessel gegen zwei Uhr von seinem ausgedehnten Strandspaziergang, zurückgekehrt war, hatte ihn Renate zwar mit leichten, eher sehr leichten Vorwürfen, aber sonst in guter Laune empfangen. Sie hatte gebadet – schwimmen konnte man wegen der Brandung so gut wie nicht –, und das Wasser hatte schon immer eine erheiternde Wirkung auf sie gehabt. Sie packte rasch alle Sachen ein, dann fuhren sie zurück in die Pension – »Wir

müssen das Badezeug zurückbringen, sonst hat Kurtis Gepäck im Kofferraum nicht Platz. Er hat immer viel Gepäck dabei«, hatte Renate gesagt – und anschließend nach Morceux. Kessel hatte angeboten, in St. Mommul zu bleiben, weil es ohnedies eng in dem kleinen Wagen würde.

»Das geht nicht«, hatte Renate geflüstert, »du mußt verstehen: ich mußte dem Kind doch Kurtis Freundin irgendwie erklären. Ich habe ihr gesagt, sie ist deine Freundin.«

Einige Sekunden lang war Kessel nicht in der Lage, darauf etwas zu antworten. Dann sagte er nur: »Es wird sich dadurch zwischen uns nichts ändern.«

»Nein«, flüsterte Renate, vergewisserte sich nur, daß Schäfchen nicht herschaute, und gab Kessel einen Kuß auf die Wange.

Dr. Kurti Wünse war rundlich und untersetzt, trug ein anorakartiges Kleidungsstück mit vielen Reißverschlüssen, Schnallen, Taschen und Knöpfen und hatte rotes Haar und einen roten Bart. Es war nicht das ziegen-teuflische Goldrot Jakob Schwalbes, sondern eher eine fahle Karottenfarbe. Haare und Bart waren sehr ähnlich: schüttere, gelockte, spitze Schöpfe, der eine vom Vorderkopf aufwärts, der andere vom Kinn abwärts. Als Kessel ihm die Hand gab, dachte er: wenn er sich nach links und rechts einen Backenbart wachsen lassen würde, sähe er aus wie die Personifikation der Windrose.

Schäfchen sprang von einem Fuß auf den anderen, krächzte ein übers andere Mal: »Wie freu' ich mich, wie freu' ich mich. Du bist ein sooo lieber Papa. Mama, gibst du Papa keinen Kuß?«

Der tückische Wurm, dachte Kessel; sie weiß natürlich längst alles.

Sowohl Kurti als auch Renate zierten sich ein wenig, aber Schäfchen gab nicht nach. Renate grimmassierte entschuldigend zu Kessel herüber, Kurti zu seiner Freundin, dann gab Kurti Renate einen Kuß seitlich aufs Kinn.

»Auf den Mund, auf den Mund«, krächzte Schäfchen.

»Es war ja auf den Mund«, sagte Kurti.

»Nein«, krächzte Schäfchen, »ich habe es genau gesehen.«

Aber Kurti nahm sein Gepäck (er hatte keinen Koffer, sondern, ähnlich wie Schäfchen, eine Art Reisesack, dazu mehrere große Plastiktüten; Gundula, die Freundin, hatte einen zerschlissenen Stoffkoffer, von dem ein Schloß fehlte, und der mit einem Riemen zugezurrt war, und verstaute alles – mit Mühe – in das kleine Auto.
Gundula war einen Kopf größer als Kurti, sehr dünn und hatte die schmutzigsten Füße, die Albin Kessel je in seinem Leben gesehen hatte. Als Gundula merkte, daß Kessel auf ihre Füße starrte, sagte sie entschuldigend: »Wir sind sechsunddreißig Stunden unterwegs.«
»Ja, ja«, sagte Kessel.
»Ich habe nur Stiefel dabei«, sagte Gundula, »und die waren so heiß. Es war so eine Hitze im Zug.«
»Du mußt *du* zu Gundula sagen«, zischte Renate Kessel zu, »daß Schäfchen nichts merkt. Du hast es mir versprochen.«
»Nicht, daß ich wüßte«, sagte Kessel.
»Bitte!« sagte Renate.
Kessel beschloß einen Mittelweg einzuschlagen und überhaupt nichts zu sagen, was nicht schwer durchzuführen war und auch überhaupt nicht auffiel, weil Schäfchen und Dr. Wünse auf der ganzen Fahrt für acht Personen redeten.

Renates kleines Auto fuhr auf einer der wenig befahrenen, schnurgeraden Straßen, die von der großen Nord-Süd-Route, die zwanzig Kilometer landeinwärts verläuft, als Stichstraßen zu den Orten am Meer führen. Renate chauffierte, neben ihr saß Dr. Kurti Wünse und hatte Schäfchen zwischen den Knien. Kessel saß hinten links und war krampfhaft bemüht, nicht mit den bloßen Füßen Gundulas in Berührung zu kommen. Gundula sagte nichts und lächelte. Kessel schätzte: einundzwanzig Jahre alt, also 1955 geboren. (Wenn sie einundzwanzig Jahre alt war, dann war sie jetzt so alt wie Julia damals, als Kessel sie kennenlernte. *Kein* Vergleich mit Julia!) – 1955 geboren. 1955: die Zeit an der Akademie. Es war eigentlich eine schöne Zeit, wäre eine schöne Zeit gewesen, wenn es nicht Waltraud gegeben hätte, Waltraud, die Bestie. Im nachhinein ist man immer gescheiter.

Gundula lächelte noch immer. Sie hatte ein großes Kinn, ein flächiges Gesicht und die Haare aufgesteckt: strohblonde Haare, seitlich eine Tolle, gewellt und hinten ein Knoten. Es war eine der Frisuren, die schon einmal in einer unguten Zeit üblich gewesen waren, eine arische Frisur. Gundula, 1955 geboren, war da natürlich unbelastet in der Hinsicht. Als Renate bemerkte, daß Kessel Gundulas Haartracht musterte, sagte sie mit einem verteidigenden Unterton: »Aber das ist jetzt modern.« Jedenfalls, überlegte Kessel, werde ich mir diese Dame nicht als Freundin andienen lassen.

Er inszenierte im Geist die Szene, die sich ereignen würde, durch ihn, Kessel, provoziert, sobald sie in St. Mommul-sur-Mer angekommen sein würden, und zwar unverzüglich. Er, Kessel, würde das Gesetz des Handelns nicht aus der Hand geben. Hier war Kessels Zimmer, links davon das Doppelzimmer, in dem Renate und Schäfchen schliefen, nochmals links davon Kurti Wünses und Gundulas Zimmer, wie er erfahren hatte, wobei aber – vorerst! hatte Renate gesagt – Gundula abends so tun müsse, falls Schäfchen noch nicht schliefe, als ob sie mit Kessel in sein Zimmer ginge und danach erst heimlich hinüberschleichen dürfe. »Daß mir aber nichts passiert!« hatte Renate schelmisch gedroht. Kessel war so schlechter Laune (was Renate nicht merkte), daß ihm der Gedanke an diese Möglichkeit überhaupt kein Vergnügen bereitete, obwohl er die Füße der Dame Gundula zu dem Zeitpunkt noch gar nicht kannte. Es waren übrigens sehr große Füße. Kessel schätzte: Schuhgröße 42. Sie könnte glatt meine Schuhe tragen; Kessel schüttelte es.

Also: unverzüglich nach der Ankunft – wahrscheinlich rannte Schäfchen unter Ausstoß heiserer, sentimentaler Reden mit Wünse in dessen Zimmer. Gundula war dahingehend unterrichtet worden, daß sie – vorerst! – ihre Sachen in Kessels Zimmer unterzubringen habe. Ihre Füße, dachte Kessel, kann sie wohl nicht gut zurücklassen. Ihre Stiefel werde ich vors Fenster hängen. Vielleicht, überlegte er, schaue ich, ob ich morgen eine Holzzange bekomme, mit der die Gemüsehändler die Essiggurken aus dem Glas fischen. Damit fasse ich dann Gundulas Kleider an. Wahrscheinlich wirft sie sie

nämlich überall herum, noch dazu, wo es nicht ihr Zimmer ist.
»Sie schauen so böse?« sagte Gundula.
»Wie bitte?« Kessel schreckte auf.
»Daß Sie so böse schauen, habe ich gemeint!«
Renate beugte sich kurz nach hinten und pfiff warnend. – Was hat sie? dachte Kessel. – Ach so, weil Gundula *Sie* gesagt hatte.
»Ich schaue immer so«, sagte Kessel und drehte sich, so gut es in dem engen Fond ging, zum Fenster.
Das mittlere Zimmer würde also frei sein. Er, Kessel, würde Renate sanft, aber entschieden in dieses Zimmer ziehen und würde sagen: Renate, würde er sagen, ich sage dir eins: ich mag nicht mehr. Darauf würde Renate irgend etwas in der Richtung von: Was soll das bedeuten? sagen, und er, Kessel, würde fortfahren: diese Komödie ist unwürdig. Nicht, daß ich mir langsam überflüssig vorkomme, nicht, daß man mir gegen meinen Willen eine Freundin in die Schuhe schiebt, die nicht nur Gundula heißt und Schuhgröße 42 hat, sondern auch eine Frisur trägt wie Heidemarie Hatheyer in ihrer schlimmsten Zeit (ja, so lustig würde er sein, gräßlich lustig), nicht, daß ich mit dir seit einer Woche so gut wie nichts zu tun haben darf, nicht, daß du dich soweit erniedrigst, zu verleugnen, daß du meine Frau bist – schrei nicht so, würde Renate hier vielleicht einwerfen, er würde aber weiterschreien – sondern, würde er sagen, sondern, daß vier Erwachsene diesen Affenzirkus wegen einer sentimentalen, gelbäugigen Kröte abziehen, die ohnedies längst alles weiß, bilde dir doch nichts ein. Ich gebe euch, Herrn Dr. Wünse und dir, eine halbe Stunde Zeit, dreißig Minuten, keine Minute mehr und keine Minute weniger, und in diesen dreißig Minuten sagt ihr eurer Kröte alles, und wenn ihr es nach diesen dreißig Minuten nicht gesagt habt, dann genügt mir die einunddreißigste, daß ich es tue.
Ohne eine Antwort abzuwarten, würde er, Kessel, hinausgehen, die Tür hinter sich nicht gerade zuwerfen, aber doch so deutlich ins Schloß fallen lassen, daß Renate den Ernst der Lage erkennen würde. In den dreißig Minuten – nun, viel-

leicht würde er diese dreißig Minuten dazu verwenden, um doch dem Eckhard Henscheid eine Karte zu schreiben. Vielleicht genügt die Adresse: Eckhard Henscheid, Schriftsteller, Amberg, Bundesrepublik Deutschland. Schließlich hatte Henscheid ja auch einmal ein nestbeschmutzendes Buch über Amberg geschrieben, das ihm die Amberger Briefträger sicher nicht vergessen haben. Sie werden seine Adresse schon kennen. Er würde schreiben: ›Lieber Henscheid, wenn Sie wüßten, daß ich aus einem Urlaub schreibe, der in Ihren geschätzten *Vollidioten* vorkommen könnte ...‹, so ungefähr. Er würde ja dreißig Minuten Zeit für die Ausarbeitung des Textes haben.

Als das kleine Auto vor der Pension *La Forestière* ankam, lief Madame Paul aufgeregt heraus, um die neuen Gäste zu begrüßen. Dr. Wünse sprach mit Madame Paul in einer Sprache, die er offenbar für die französische hielt. Gundula und Schäfchen, das das rührend hilfreiche Kind spielte, bemühten sich um das Gepäck, und Renate zog Kessel beiseite.

»Du mußt«, sagte Renate, »ein *bißchen* besser aufpassen –«

»Renate«, sagte Kessel, »ich will dir etwas sagen –«

»Ja«, sagte Renate, »du *darfst* zu Gundula nicht *Sie* sagen. Das Kind merkt es doch sonst.«

»Ich habe zu ihr gar nicht *Sie* gesagt. Ich habe sie überhaupt nicht angeredet. Überhaupt –«

»Ja. Kann sein. Aber sie hat zu dir *Sie* gesagt. Du mußt mir versprechen, daß du darauf achtest.«

»Renate«, sagte Kessel, »ich wollte es dir eigentlich oben im Zimmer sagen –«

»Ja«, sagte Renate, »und *vor allem* heute abend. Denn Kurtis Vater weiß es doch auch noch nicht.«

»Wer?« fragte Kessel.

»Ja«, sagte Renate, »weil doch Kurtis Eltern auch da sind. Die Oma weiß schon Bescheid, die Oma schon, aber der Opa nicht. Dem Opa konnte es noch nicht gesagt werden. Ich erkläre dir das später, oder noch besser: Kurti erklärt es dir. Wir sind zum Abendessen eingeladen von Oma und Opa. Schäfchen freut sich doch schon so drauf.«

»Ach –«, sagte Kessel.
»Freilich, was denkst du denn. Natürlich freut sich das Kind auf die Großeltern.«
»Die Großeltern sind auch da?«
»Sie reisen nächste Woche ab. Es überschneidet sich doch nur ein paar Tage. Wie findest du Kurti? Als Mann war er ein Fehlschlag –«, Renate schaute Kessel zärtlich an, aber Kessel schaute weg, »– aber sonst ist er nett. Harmlos aber nett. Er spricht sehr gut französisch. Er kann sich in Frankreich bewegen praktisch wie ein Franzose. Das hat doch auch Vorteile für uns alle. Gib mir schnell einen Kuß, wenn Schäfchen nicht herschaut.«
»Schäfchen schaut aber her«, sagte Kessel, ging in sein Zimmer, sperrte hinter sich zu, öffnete das Fenster, schob einen Stuhl davor, setzte sich darauf und legte die Füße auf das Fensterbrett. Er schaute in den Abendhimmel über dem Meer. Es hätte ihn nicht gewundert, wenn er zwei sich kreuzende Kondensstreifen von Flugzeugen gesehen hätte. Aber der Himmel war unberührt, blaß (die untergehende Sonne war von hier aus nicht zu sehen), gegen den Zenith hin dunkler und von einigen rauchgrauen, länglichen Wolken durchzogen.

Der alte Wünse, der noch kleiner war als sein Sohn, allerdings nicht so dick, war wegen eines nervösen Magenleidens und wegen eines vor einem halben Jahr erlittenen Herzinfarkts schonungsbedürftig und hieß auch Kurt. Er wurde – auch von Oma – Opa Kurtchen gerufen. Da alle Wünse, soweit möglich, Kurt hießen – seit Menschengedenken, sagte Oma –, mußte man die Namen zur besseren Unterscheidung für den Rufgebrauch abwandeln. Schlicht Kurt hatte Opa Kurtchens Großvater, der Firmengründer, geheißen. Körten war der Vater, der auch schon lange tot war, gerufen worden. Dr. Wünse wurde Kurti genannt.
Was, überlegte Kessel, wäre gewesen, wenn Kerstin ein Bub geworden wäre? Ohne Zweifel wäre das Kind dann auch Kurt getauft worden, zur Unterscheidung mit C? Curt oder gar Curd?

Das Abendessen, zu dem die alten Wünses eingeladen hatten, fand nicht gerade im besten, aber in einem der besseren Lokale St. Mommuls statt. »Für das beste Lokal ist die Alte zu geizig«, flüsterte Renate Kessel in einem unbeobachteten Moment zu. »Sie hat es schwer, die Alte, immer die richtige Mitte zwischen Geiz und Angeberei zu finden.«

Das Lokal hieß *El toro nero,* gab sich baskisch, war aber nichts anderes als ein kleinbürgerliches französisches Provinzlokal, das mit einigem überflüssigen Aufwand an Tischtüchern und Servietten zwei Sterne im *Guide Michelin* vortäuschen wollte. Das Essen war, wie in Frankreich üblich – »Es ist unerfindlich«, hatte Kessel schon vor längerer Zeit in einer *Sendung für die Katz* geschrieben, »wie das Märchen von der hohen Klasse der französischen Küche entstehen konnte«, und hatte darauf viele böse Briefe, vornehmlich von Deutschen, bekommen – das Essen war passiert, flambiert, püriert und schmeckte im wesentlichen nach Knoblauch und etwas abgestandener Sahne.

»Erstklassig«, sagte Oma Wünse, als sie von einem beigen Brei schleckte, der als Gemüsesuppe serviert worden war. Aber dem Geschmack Schäfchens, das alle Speisen bis zur Unkenntlichkeit zu verrühren pflegte, kam diese Art Kost entgegen.

Schon beim Aufbruch zum Abendessen hatte es Schwierigkeiten gegeben. Da war erstens das Problem mit Gundulas Schuhen, das heißt, daß sie keine dabei hatte. Renates Schuhe, die nur Größe 38 hatte, paßten ihr nicht. Den Gedanken, daß ihr Kessels Schuhe passen könnten, behielt er weislich für sich. Ihre Stiefel wollte sie nicht anziehen, weil es ihr zu warm war. Kurti versprach zwar, ein Paar Sandalen zu kaufen, aber das ging erst morgen, heute waren die Läden schon zu. Gundula sah keine Schwierigkeit in der Sache: sie sagte, sie werde einfach weiter barfuß gehen.

»Da kennen Sie meine Schwiegermutter schlecht«, sagte Renate. »Die würde einen Anfall bekommen.« Kessel wollte einwenden, daß die alte Dame Wünse nicht mehr Renates Schwiegermutter sei, er verschluckte aber den kleinlichen juristischen Einwand. Überhaupt hatte er beschlossen, den

Abend lang gar nichts zu sagen, um Gundula nicht duzen zu müssen. Sein ursprünglicher Vorschlag, ihn, Kessel, ganz draußen zu lassen, war abgelehnt worden. »Wie sollen wir dann Opa Gundula plausibel machen?« Auch ein weiterer Vorschlag Kessels: auch Gundula müsse ja nicht mit, wurde von Renate abgewehrt. Gundula, sagte Renate, ohne daß Kurti es hörte, müsse mit, weil sie sonst auf sie, Renate, eifersüchtig sei.

An diesem Punkt wurde Kessel das Netz an Rücksichten zu kompliziert. Er beschloß, nichts mehr zu sagen und vor allem nicht mehr über die Situation nachzudenken. Madame Paul, die von Kurti wegen Gundulas Fußbekleidung angegangen wurde, brachte ein Paar alte Holzschuhe ihres verstorbenen Mannes, der Schuhgröße 46 gehabt hatte. Es waren zwei linke, dafür völlig unbenutzte Holzschuhe. (Monsieur Paul war Kriegsinvalide gewesen, hatte nur ein Bein gehabt, das rechte.) Gundula lachte fürchterlich und fand die Schuhe wahnsinnig chic. Schäfchen, das ausnahmsweise länger aufbleiben und zum Essen mitgehen durfte, heulte heiser auf und beruhigte sich erst, als ihr Kurti versprach, morgen auch ein Paar Sabots zu kaufen. Man müsse ja ohnedies in einen Schuhladen wegen Sandalen für Gundula.

Der zweite Streitpunkt war Kurtis Garderobe. Er hatte sich umgezogen, und zwar in einen Salz-und-Pfeffer-Anzug mit Knickerbocker. »So kannst du nicht gehen«, sagte Renate, »das ist unmöglich. In Frankreich ist das absolut unmöglich.«

»Wieso?« sagte Kurti. »Den Anzug hat mir Mutti machen lassen.«

»Du *kannst* nicht in Knickerbocker auf die Straße gehen. Nicht in Frankreich. Du wirst einen Menschenauflauf hervorrufen. Die Leute werden meinen, es wird ein Film über Sherlock Holmes gedreht.«

Kurti schaute bekümmert an sich hinunter.

»Aber irgendwann muß ich den Anzug tragen«, sagte er. »Ich habe mir gedacht: am besten, wenn es meine Mutter sieht, weil er doch von ihr ist. Mir gefällt er auch nicht.«

»Wenn du in dem Anzug gehst«, sagte Renate, »dann gehe ich nicht mit.«

Also zog sich Kurti wieder um. Was, überlegte Kessel, geht *meine* Frau der Anzug eines geschiedenen Herrn Dr. Kurti Wünse an? Nichts geht er sie an, möchte ich meinen. Aber ich meine wahrscheinlich etwas Falsches. Er sagte nichts und schrieb sich im Geist einen weiteren Pluspunkt unter die Rubrik ›aequs animus‹ gut.

Mit all dem Hin und Her kam man natürlich zu spät. Oma und Opa Wünse waren schon ein wenig ungeduldig. Oma hatte schon drei verschiedene Bestellungen aufgegeben und wieder rückgängig gemacht.

Es gab ein großes Begrüßungszeremoniell. Schäfchen spielte die süße Enkelin, die außer sich vor Freude über das Wiedersehen ist. Opa Wünse allerdings brummte nur, hatte schon die Serviette hinter den Kragen gesteckt und stand nicht einmal richtig auf, wenn er die Hand gab.

»Und das ist dein Freund –«, schrie Oma Wünse, »– wie heißt er?«

»Kessel«, sagte Kurti.

»Wie schön, daß Sie mitgekommen sind«, schrie sie. »Und das ist Ihre Frau oder Verlobte? Oder?«

»Verlobte«, schrie Kurti. »Sie heißt Gundula.«

»Gundula!« schrie Oma. »Wie hübsch. Wie schön, daß Sie mitgekommen sind.«

»Warum schreit die Alte so?« flüsterte Kessel Renate zu.

»Pst«, zischte Renate, »Schwerhörige schreien immer.«

Als sich die Aufregung gelegt hatte und alle saßen, stellte Kessel mit Entsetzen fest, daß er der Tischnachbar der alten Wünse war. Aber sie belästigte ihn vorerst nicht, denn sie nahm, worin sie unterbrochen worden war, das Studium der Speisenkarte wieder auf.

»Ich nehme –«, sie buchstabierte mühsam, »– eskarschottes.«

»Das heißt escargots«, sagte Kurti.

»Was ist das?« fragte Oma.

»Froschschenkel«, sagte Kurti.

Kessel wollte etwas einwerfen, verhielt es sich aber und schrieb sich den zweiten Pluspunkt gut.

»Das hast du vorhin schon bestellt, Oma«, sagte Opa Wünse, »und zurückgehen lassen.«

»Das habe ich *nicht* bestellt, und außerdem bin ich nicht deine Oma«, schrie Oma Wünse.
»Dann bestelle es noch einmal«, sagte Opa. »Kurti: bestelle für mich ein Kalbsschnitzel mit Reis. Ich kann das auf der Karte zwar nicht finden, aber das werden sie ja wohl hier haben.«
»Kalbsschnitzel mit Reis?« schrie Oma Wünse. »In Frankreich! Kann das *ein* Mensch mit anhören! Wo glaubst du denn, wo du bist? Du bist im Land der Kochkunst, falls du das noch nicht wissen solltest. Kurti, ich verbiete dir, für deinen Vater Kalbsschnitzel mit Reis zu bestellen. Kalbsschnitzel mit Reis kannst du in der Bahnhofswirtschaft in Lüdenscheid bestellen, aber nicht hier!«
»Wenn ich aber Kalbsschnitzel mit Reis möchte«, sagte Opa Wünse.
»Was ist denn das, was der Kellner da vorbeiträgt?« schrie Oma Wünse. »Kurti, frag schnell, was das ist, das der Kellner da vorbeiträgt. Das möchte ich auch haben.«
Kurti erkundigte sich. Der Kellner gab eine Auskunft, die Kurti erst nach einigen Rückfragen verstand.
»Ich glaube«, sagte Kurti, »Kalbsschnitzel mit Reis.«
»Ich esse gar nichts«, sagte Oma Wünse und lehnte sich beleidigt zurück, »allenfalls eine Suppe.«
Sie aß aber dann doch außer einer Suppe passierte Zunge, pürierten Blumenkohl und flambierte Rühreier und danach ein Dessert, das wie ein zerlaufenes Eis mit aufgeweichten Keksen ausschaute.
Oma Wünse wurde nicht gern mit *Oma* angeredet.
»Wissen Sie«, sagte sie zu Kessel, »man glaubt dann immer, ich gebe an. Man glaubt einfach nicht, daß ich schon Enkel habe. Erst neulich, der Chefarzt unseres Kreiskrankenhauses, Herr Oberarzt Dr. Brocksöper, ein sehr gebildeter Mann, er hat mir zu diesem Aufenthalt an der See geraten, er hält meinen Fall für medizinisch absolut unerklärlich; es ist eine Art nervöser Gliederschmerzen, für die es noch keinen Namen gibt. Ich glaube, Oberarzt Dr. Brocksöper spielt mit dem Gedanken, eine medizinische Arbeit in einer Fachzeitschrift zu schreiben. Ich war vier Tage stationär zur Untersu-

chung da. Ich habe normalerweise nicht sofort Vertrauen zu einem Arzt. Ich bin zu oft von Ärzten enttäuscht worden. Aber zu Oberarzt Dr. Brocksöper habe ich sofort Vertrauen gefaßt. Er hat mir zu diesem Aufenthalt an der See geraten. Am besten Atlantik, hat er gesagt. Was wollte ich sagen? Ach ja. Stellen Sie sich vor, Herr Kessel, wie Kurti mich besucht, also mein Sohn, Dr. Wünse, nicht mein Mann, der hat mich überhaupt nicht besucht, der hat ja gar keine Zeit dafür, aber wie Kurti mich besucht hat, hat doch Oberarzt Dr. Brocksöper im ersten Augenblick gemeint, wir sind Geschwister. Ich bin Kurtis Schwester. Seine *ältere* Schwester, hat Oberarzt Dr. Brocksöper gesagt, aber die Mutter? Nein, hat er gesagt, das könne er nicht glauben. Stellen Sie sich vor, Herr Kessel, wir, also mein Sohn Dr. Wünse und ich, mußten dem Oberarzt unsere *Pässe* zeigen, daß er es geglaubt hat, daß ich die Mutter bin. Ich habe auch jung geheiratet. Sehr jung.« Oma Wünse seufzte und blickte zum alten Wünse hinüber. »Zu jung.«
Die Alte ist mindestens sechzig, dachte Kessel. Sie trug ein sorgfältig geschneidertes Kostüm mit einem Rock, der für ihr Alter eine Idee zu kurz war, eine Idee zu viel Schmuck und das Haar eine Idee zu blond gefärbt.
»Sie sind so schweigsam?« sagte Oma Wünse, nachdem sie während einer Pause nach ihrer Ansprache das Dessert geschleckt hatte.
»Ich bin ein schweigsamer Mensch«, sagte Kessel.
»Wie bitte? Sie sprechen so Süddeutsch, das verstehe ich so schlecht.«
»Ich bin ein schweigsamer Mensch«, schrie Kessel.
»Ja, so«, sagte Oma Wünse. »Ich freue mich jedenfalls, daß Sie auch gekommen sind. Die Freunde meines Sohnes sind auch meine Freunde.« Sie legte ihre faltige Hand auf Kessels Arm, aber Kessel zog schnell seinen Arm weg. »Kurti, also mein Sohn Dr. Wünse, ist so irrsinnig begabt. Er spricht vierzehn Sprachen.«
»Besonders französisch«, sagte Kessel.
»Wie bitte?« sagte Oma Wünse. »Wir sind es nicht gewöhnt, anders als Hochdeutsch zu sprechen.«

»Besonders französisch!« schrie Kessel.
»Wieso französisch statt hochdeutsch? Ach so, Sie meinen Dr. Wünse. Natürlich; aber auch vierzehn andere Sprachen. Hochdeutsch gar nicht gerechnet. Wissen Sie, von seinem Vater hat er das nicht. Diese Leute, also die alten Wünses, mein Mann und der Vater und der Großvater, die konnten alle überhaupt keine Sprachen. Wissen Sie, daß ich am Geburtstag Beethovens geboren bin? Ja: ich habe den gleichen Geburtstag wie Beethoven.«
»Ich«, schrie Kessel, »bin am Geburtstag von Goethes Mutter geboren.«
»Goethes Mutter?« fragte Oma Wünse. »Sie meinen Goethes Vater?«
»Nein. Wie Goethes Mutter. Am gleichen Tag wie Goethes Mutter, nur gut zweihundert Jahre später.«
»Aber – ach so, ja. Wie Goethes Mutter. Ist auch sehr interessant. Dr. Wünse ist am Geburtstag Albert Schweitzers geboren.«
»Schon als Doktor?«
»Wie bitte?«
»Nichts. Ich meine: *Dr.* Albert Schweitzer.«
»Ja. Natürlich. Ich glaube, Albert Schweitzer war sogar Professor. Oder nicht?«
»Kann sein«, sagte Kessel.
»In gewisser Weise«, sagte Oma Wünse feierlich, unterbrach sich aber, weil der Kellner in der Nähe war und schrie: »Kurti, bestelle für mich einen koffeinfreien Kaffee! – Was wollte ich sagen? Ach ja: In gewisser Weise« – Oma Wünse nahm den feierlichen Ton wieder auf – »ist Albert Schweitzer ein gewisses Idol für mich. Er ist so menschlich beziehungsweise war.«
»Na ja«, schrie Albin Kessel, »er war wohl schon ein imponierender Mann.«
»Was heißt imponierend. Er war ein Idol. Er war ein Idol an Menschlichkeit.«
Kessel überlegte kurz, ob er sich nicht lieber einen dritten Punkt gutschreiben sollte, er brachte es aber nicht über sich und fragte: »Haben Sie seine Schriften gelesen?«

»O ja«, sagte Oma Wünse. »Ich habe vier Bücher gelesen, und den Film habe ich auch gesehen, sogar zweimal.«
»Was für Bücher?« fragte Kessel.
»Ich weiß jetzt die Titel nicht mehr, aber ich habe alles gelesen, *alles,* was erreichbar war für mich über diesen großen, großen Mann.«
»Nein«, sagte Albin Kessel, »ich meine nicht Bücher *über* Albert Schweitzer, ich meine Bücher *von* ihm.«
»Ja, ja«, sagte Oma Wünse, »auch Bücher von ihm. Alle. Er ist so irrsinnig menschlich.«
Da hat, dachte sich Albin Kessel, während Frau Wünse über Albert Schweitzers Menschlichkeit weiterplauderte, da hat dieser große Mann sich sein Leben lang bemüht, hat sich geschunden und hat gedacht, hat es sich buchstäblich nicht leicht gemacht, soviel man weiß, damit diese sentimentale Henne aus Lüdenscheid kommt und sagt: er sei irrsinnig menschlich.
»Wo ist denn eigentlich Ulla?« fragte Opa Wünse.
Albin Kessel schreckte auf. »Wer ist Ulla?« fragte er Oma Wünse.
»Ulla«, sagte Oma Wünse, »ist unsere Tochter.« Zu Opa sagte sie: »Ulla ist malen gegangen. Wissen Sie, Herr Kessel, unsere Ulla ist so eine grandios begabte Malerin –«
»Wieso ist Ulla malen gegangen?« fragte Opa.
»Weil sie eben malen gegangen ist.«
»Jetzt, um diese Zeit?«
»Sie malt einen Sonnenuntergang, am Meer.«
»Aber die Sonne ist doch schon längst untergegangen. Es ist doch schon stockfinster. Wie soll man denn da malen?«
»Ach Opa«, sagte Oma Wünse, »wenn du nicht immer von Dingen reden würdest, von denen du nichts verstehst.«
»Ist«, fragte Kessel, »Ihre Tochter denn auch da?«
»Ja«, sagte Oma Wünse, »warum denn nicht?«
»Jeden Tag«, sagte Opa Wünse, »malt sie einen Sonnenuntergang. Das ist schon sehr komisch.«
»Das ist gar nicht komisch«, sagte Oma Wünse; »sie malt auch Sonnenaufgänge.«
»Daß ich nicht lache«, sagte Opa Wünse. »Da müßte sie ja

aufstehen. Wie wir gestern um halb elf ins Hotel gegangen sind, hat sie noch geschlafen. Wovon zahlt sie denn überhaupt das Hotel?«

»Opa!! Wir haben Gäste.«

»Deswegen würde es mich doch interessieren, wovon sie das Hotel zahlt. Ich habe mich erkundigt: es ist das teuerste Hotel im ganzen Ort.«

»*Du* brauchst es nicht zu zahlen«, sagte Oma Wünse, »und das andere kann dir gleich sein.«

»Ich habe noch nie, in den ganzen vierzehn Tagen, die wir jetzt da sind, einen von den Sonnenuntergängen gesehen, die sie gemalt hat. Schließlich habe *ich* die Farben bezahlt. Hundertneunzig Mark. Ein billigerer Farbkasten hat es ja nicht getan.«

»Sie malt eben mehrere Tage an einem Bild«, sagte Oma Wünse.

»Aber das kannst du dir natürlich nicht vorstellen.«

»Und wann ist das Bild denn endlich fertig, daß man es sehen kann?«

»Jetzt hör endlich mit dem Bild auf, oder ich stehe auf und gehe.«

»Oder verkauft sie ihre Sonnenuntergänge und bezahlt davon das Hotel?«

»Kurtchen!« schrie Oma.

Dr. Kurti Wünse sprang auf, lief zwischen Oma und Opa hin und her, zischte hier und dort etwas ins Ohr, tätschelte und beschwichtigte. Die Aufgabe war ihm sichtlich nicht fremd. Aber der Alte ließ nicht locker. Er hörte nicht auf, von den Sonnenuntergängen zu reden, und nach weniger als fünf Minuten japste die Alte, rang nach Luft, schrie: »Das hast du nicht umsonst getan«, klammerte sich an Kessel und sagte zu ihm mit schmerzvoll geschlossenen Augen: »Führen Sie mich hinaus, Herr Dr. Kessel!«

Nicht aus Menschlichkeit – er war ja nicht irrsinnig menschlich wie Albert Schweitzer –, sondern um die Gelegenheit zu ergreifen, seinerseits aus dem Lokal zu kommen, führte Kessel die Alte tatsächlich hinaus.

Der *Toro nero* lag an der höchsten Stelle der Strandpromenade. Das Meer war schwarz, leckte mit lautem Tosen unten gegen das Ufer. Ein Streifen des Himmels am westlichen Horizont war noch stahlgrau und wie transparent, sonst war es ganz dunkel. Die nächsten Straßenlaternen – und die waren sehr schwach – standen dreißig Meter weit weg. Die Alte hing schwer an Kessels Arm.

»Ich habe das Gefühl«, sagte Oma Wünse, »Sie verstehen mich, Herr Dr. Kessel. Oder darf ich Albin sagen?«

»Ich bin nicht Doktor«, sagte Kessel. Nachdem sich seine Augen an die Dunkelheit gewöhnt hatten, sah er auf der anderen Seite der Promenade eine Bank. Er schleppte Oma Wünse hinüber und setzte sie dorthin.

»Bleiben Sie bei mir«, hauchte Oma Wünse.

»Ich hole einen Arzt«, sagte Kessel.

Die Alte sank mit lustvollem Seufzen gegen die Lehne zurück. Albin Kessel trat einige Schritte zur Seite. Er schaute zur Tür des *Toro nero* hinüber. Opa Wünse wollte gerade herauslaufen, da griffen ihn von innen vier Arme und zogen ihn wieder hinein. Kurz darauf kam Dr. Kurti Wünse heraus, spähte nach links und nach rechts, lief dann nach rechts. Offenbar suchte er die Alte. Irgendwann, dachte Kessel, wird man sie schon finden. Er knöpfte seine häßliche hellbraune Wollweste zu und ging langsam die Promenade hinunter. Alles war dunkel, nur der große, unschöne Block des Hotels *Maritim* war erleuchtet.

Neben dem Haupteingang, dem eigentlichen Hoteleingang des *Maritim,* war der Eingang zur *Bar Maritim.* Die Bar nannte sich zwar in Neonbuchstaben ›Nightclub‹, aber wie durch die großen Scheiben zu sehen war, hinter denen die Vorhänge meist zurückgezogen waren, war sie nicht viel mehr als ein Bistro, das auch in der Nacht offen hatte. Es gab keine Kapelle, der Mann hinter der Bar bediente ein Tonbandgerät. Hie und da tanzte ein Paar. Die meisten der Tische waren unbesetzt, insgesamt saßen vielleicht zwanzig Gäste im Lokal.

Eine einzelne Dame in engen roten Hosen räkelte sich – den Rücken zum Fenster – an der Bar. Die Hose der Dame war so

eng und quasi entblößend, daß es Kessel durch den Kopf fuhr: den Hintern kennst du!
Dennoch hätte Kessel die Bar nicht betreten, wenn nicht über der Bar – schon von draußen sichtbar – ein Papierschild gehangen hätte mit dem Wort ›Pression‹. In den wenigen Tagen, die er in Frankreich war, hatte er diese wichtige Vokabel gelernt, die bedeutet, daß es Bier vom Faß gibt.
Kessel setzte sich auch an die Bar, sagte zum Kellner »Pression« und schaute zu der Dame in der engen roten Hose hinüber. Die Dame schaute herüber, lächelte und deutete mit dem Kopf einen Gruß an.
Mittags hatte Kessel die Dame gesehen, und zwar ganz draußen am Strand, kurz vor der Stelle, wo der letzte Fischer seine Angeln in den Sand gesteckt hatte. Daß die Dame und ihr – außerordentlich behaarter, aber glatzköpfiger – Begleiter nackt waren, war nach den ungeschriebenen Bekleidungsvorschriften, die offenbar an diesem Strand galten, nicht auffällig. Auffällig war dagegen, daß sich, noch als Kessel keine fünfzig Meter mehr entfernt und der Fischer draußen noch näher war, daß der Nackte und die Nackte einander ungeniert tätschelten und sich wälzten, bis es den Herrn so erregte, daß er sich, Kessel bemerkend, auf den Bauch legen mußte.
Das Mädchen setzte sich, als sie Kessel kommen sah, auf, lachte, stand dann sogar auf, lief die paar Schritte an den Rand des Wassers, tastete ein wenig mit dem Fuß hinein und lief dann so weit ins Meer, daß sie von den letzten, zahmen Brechern bis zur Schulter überspült wurde.
Da das Mädchen Kessel dabei – fast schien es: aufmunternd – zulächelte, erlaubte er sich, ein wenig zuzuschauen. Alles an dem Mädchen war stark konvex oder rundspitz, wie Jakob Schwalbe zu sagen pflegte: der Hintern, der Busen, die Nase und ein Bäuchlein. Sie spielte im Wasser, den Rücken zum Meer, planschte und spritzte und fand es offensichtlich besonders lustig, wenn der sanfte, schäumende Brecher zwischen ihren Beinen durchsprudelte und auf ihrem stark lockigen Gärtlein eine Schaumkrone hinterließ, die allerdings rasch verflog. So naß und so nahe zeigte das Mädchen Details ihres Körpers, die normalerweise selbst an freizügigen Bade-

stränden bei Damen nicht zu sehen sind. Dennoch war das Interessse Kessels eher theoretischer Natur. Die Gedanken an seine *St. Adelgund II* hatten ihn auf das Messingherz geführt, das mit dem Schiff untergegangen war, das Messingherz hatte ihn an Julia denken lassen. Kessel hatte zweimal geheiratet, seit er Julia kennengelernt hatte, war zweimal – in Maßen – verliebt gewesen, hatte auch dazwischen gelegentlich eine Freundin oder ein oder das andere flüchtige Abenteuer gehabt, also keinesfalls gelebt wie ein Mönch (oder wie ein Mönch leben sollte), aber immer hatte er bemerkt, daß der bloße Gedanke an Julia, ja der kleinste Gedanke an eine Bewegung des kleinen Fingers bei ihr, das Interesse an jeder anderen Frau hatte erkalten lassen. Sie konnten ihr nicht das Wasser reichen. Wiltrud, die zweite Frau Kessel, und vielleicht noch mehr Renate am Anfang ihrer Ehe (oder eher sogar in der Zeit kurz vor der Heirat) hatten Julia fast das Wasser reichen können. Beide waren ja Julia ähnlich, jedenfalls hatte Kessel sich das eingebildet. Fast das Wasser reichen können war noch schlechter als gar nicht, denn das ›fast‹ forderte den Vergleich noch stärker heraus.

Das Mädchen, das hier im Wasser spielte, war ganz anders als Julia: ganz hellblond, untersetzt drall und prall mit einer Nase, die allenfalls als neckisch-lustig durchgehen konnte, und mit Knopfaugen. Von der unbeschreiblichen inneren Eleganz, die Julia wahrscheinlich – die Brust Kessels zog sich zusammen – in so einer Situation an den Tag legen würde, hatte das Mädchen überhaupt nichts.

Dennoch fühlte sich Kessel aus Höflichkeit verpflichtet, ein wenig zu lächeln, bevor er sich abwandte und in Gedanken an Julia unterging. Als er dann beim Zurückgehen wieder an der Stelle vorbeikam, an der das Pärchen seine Badematten ausgebreitet hatte, hatte sich der behaarte Herr offenbar beruhigt. Auch er war nahe am Wasser, hatte einen Photoapparat und photographierte das nasse Mädchen aus großer Nähe.

»Je ne parle pas français«, sagte Kessel und rutschte, das Bier in der Hand, einen Barhocker weiter, so daß er neben das Mädchen zu sitzen kam.

»Ich auch nicht«, sagte das Mädchen.

»Ach«, sagte Kessel, »Sie sind Deutsche?«
»Ja«, sagte das Mädchen.
Kessel schaute umher. Der behaarte Herr war nicht in der Bar. War er grad nur kurz hinausgegangen?
»Suchen Sie jemand?« fragte das Mädchen.
»M-m«, sagte Kessel. »Ich suche niemand. Habe ich Sie nicht heute mittags am Strand gesehen?«
»Das ist leicht möglich«, sagte das Mädchen, grinste und versuchte, ihre Knopfaugen aufzureißen.
»Und der Herr, der bei Ihnen war, riskiert er, Sie so ganz allein in eine Bar gehen zu lassen?«
»Ohne weiteres«, sagte das Mädchen. »Manfred hat zu tun. Er sitzt oben im Zimmer und hat zu tun.«
»Was hat er denn zu tun«, fragte Kessel, »wenn man fragen darf?«
»Er schreibt.«
»Ah«, sagte Kessel mißtrauisch, fragte aber nicht weiter.
Das Mädchen forderte Kessel zum Tanzen auf. Kessel, der in seiner Jugend ein leidenschaftlicher Tänzer gewesen war – der heute längst vergessene Paso doble war Kessels Stärke gewesen; einmal hatte er sogar den zweiten Preis in einem Tanzturnier darin errungen; aber auch im Tango war Kessel nicht schlecht gewesen, und eine Zeitlang gehörte eine Charleston-Nummer, die er mit seinem Bruder, mit Leonhard, dem jüngeren Bruder, dem Maler Kessel, einstudiert hatte, regelmäßig zu den Höhepunkten Schwabinger Künstlerfeste –, Kessel nahm seine ganze Erinnerung an die ehemaligen Fähigkeiten zusammen und ›zauberte‹, wie er früher gesagt hätte, einen ›unvergeßlichen Slowfox‹ auf das Parkett. Der Slowfox war das einzige in Kessels Repertoire, das auf die lahme, aber lärmende Musik paßte, die der Barkeeper von seinem Tonband ließ. Aber die Körpersprache des Mädchens war so deutlich, daß es bei einem Tanz blieb. Danach sagte das Mädchen: »Hundert Francs kostet es; Sie können mir aber auch fünfzig Mark geben.«

In einiger Entfernung vom Hotel *Maritim* stand, ziemlich kühn geparkt – halb auf dem Trottoir, halb auf der Terrasse

eines Straßencafés –, ein alter Mercedes mit deutscher Nummer. Hätte Kessel auf die Nummer geachtet, wäre ihm vielleicht schon früher etwas aufgefallen.
Nachdem Kessel sein Bier bezahlt hatte und auch das, was die Nutte getrunken hatte, verließen sie die Bar. Das Mädchen führte ihn zu dem Mercedes und kramte in ihrer Handtasche nach dem Schlüssel.
»Im Hotel geht es nicht«, sagte sie.
»Weil Manfred schreibt«, sagte Kessel.
»Ja«, sagte das Mädchen. Es hatte den Schlüssel gefunden, sperrte das Auto auf, setzte sich hinein und öffnete innen die andere Tür für Kessel. Während Kessel einstieg, zog sich das Mädchen die sehr hohen Schuhe aus. »Sonst kann ich nicht fahren«, sagte sie.
»Was schreibt denn Manfred?« fragte Kessel.
Das Mädchen steuerte den großen, schweren Wagen geschickt und routiniert durch die engen Gassen von St. Mommul-sur-Mer.
»Ach«, sagte es, »so dies und das.«
»Ich meine«, fragte Kessel, »ist er Schriftsteller?«
»Ja«, sagte es, »er ist Schriftsteller.«
»Wie heißt er denn, außer Manfred?«
»Müssen Sie das wissen?« fragte das Mädchen, ein Schleier von Mißtrauen legte sich um seine Stimme.
»Ich dachte nur«, sagte Kessel, »vielleicht habe ich schon einmal etwas von ihm gelesen.«
»Das glaube ich kaum«, sagte das Mädchen.
St. Mommul-sur-Mer ist nicht groß. Nach wenigen Minuten hatten sie den Ortskern verlassen. Das Mädchen legte ein verbotenes Tempo vor und fegte über die schlechte und löchrige Straße, die hinter der Düne und dem Waldgürtel der Küste entlang führte.
»Im Auto?« fragte Kessel.
»Wie bitte?« fragte das Mädchen.
»Wenn nicht im Hotel: ob Sie es im Auto machen?«
Das Mädchen bremste, daß es Kessel fast an die Frontscheibe drückte. (Über Sicherheitsgurte verfügte das Auto nicht.)
»Wenn Sie wollen?« sagte das Mädchen.

»Nein«, sagte Kessel, »nicht unbedingt.«
Das Mädchen gab wieder Gas, daß es Kessel in den Sitz zurückdrückte.
Wenig später waren sie, nahe der Stelle, wo Renate und Kerstin heute gebadet hatten, auf dem primitiven Parkplatz unmittelbar hinter der Düne angelangt. Der Parkplatz, vom Syndicat d'initiative angelegt, war für die Badegäste gedacht, aber um diese Zeit natürlich leer. Er war asphaltiert, aber das ahnte man nur noch. Der Wind hatte den größten Teil des Asphalts schon mit Sand überweht.
»So«, sagte das Mädchen, stieg aus, schlug die Tür zu, ohne abzusperren, und machte sich auf den Weg die Düne hinauf. Die Schuhe hatte es gar nicht wieder angezogen. Da merkte Kessel, daß es auffallend klein war. Einen Meter fünfundfünfzig, dachte Kessel, während er neben ihr herging, wenn es hoch kommt.
Als sie die Düne zur Hälfte erstiegen hatten, hörte man das Meer. Es war völlig dunkel geworden. Der Himmel war offenbar bewölkt, denn kein Stern war zu sehen. Mit ruhigem, regelmäßigem Röhren schlug die Brandung gegen das Ufer. Auf der anderen Seite der Düne führte eine einfache, auch schon völlig übersandete Holztreppe zum Strand hinunter. Auf der obersten Stufe blieb das Mädchen stehen, kramte wieder in seiner Handtasche und brachte eine Taschenlampe und einen kleinen Zettel zum Vorschein. Es knipste die Lampe an und studierte eine Zahlenreihe, die auf dem Zettel stand.
»Ja«, sagte es dann. »Ich habe es mir schon gedacht: man erkennt es auch am Lärm, den das Meer macht. Es ist am besten, Sie ziehen sich auch gleich die Hose aus.«
Das Mädchen knipste die Taschenlampe wieder aus, verstaute den Zettel in der Tasche, legte Tasche und Lampe auf den Boden und begann sich – was Kessel in der Dunkelheit nur schemenhaft erkennen konnte – mit bauchtanzartigen Bewegungen aus der engen Hose zu winden.
»Wieso?« fragte Kessel.
»Weil Flut ist, damit sie nicht naß wird. Aber wenn es Ihnen nichts ausmacht, daß Ihre Hose naß wird, können Sie sie na-

türlich anbehalten. *Ich* muß meine Hose ausziehen. Wenn die naß wird, wird sie so eng, daß ich sie überhaupt nicht mehr ausbekomme.«
Das Mädchen legte die Hose sorgfältig zusammen und steckte sie an einer Stelle, die dafür geeignet war und die es auch im Dunkel kannte, unter die Treppe.
Kessel krempelte seine Hosenbeine bis übers Knie.
»Das wird auch reichen«, sagte er.
»Wenn Sie meinen«, sagte das Mädchen.
Es sprang die Treppe hinunter. Kessel bemühte sich, Schritt zu halten.
»Soll ich leuchten?« fragte das Mädchen. »Ich leuchte nicht gern, weil manchmal die Polizei da ist, aber meistens nur bei Ebbe. Sie haben es nicht gern, wenn man aufs Wrack geht.«
War es nackt außer seinem Pullover? fragte sich Kessel. Er versuchte das Dunkel zu durchschauen, aber er sah nur die schwachen Schemen des Mädchens, das vor ihm herlief, auf den riesigen Schattenberg des Wracks zu. Die Wellen leckten bis weit zur Düne. Träge schoben sich die letzten, schaumigen Wasserzungen bis fast an den Fuß der Stiege.
»Ich glaube«, sagte das Mädchen, »ich ziehe besser den Pullover auch aus.« Es schlüpfte aus dem Pullover. »Sie sollen, glaube ich, doch Ihre Hose ausziehen. Es ist im Augenblick ziemlich ungünstig. Dafür ist das Wasser nachher schon wieder etwas zurückgegangen.«
»Nicht nötig«, sagte Kessel.
»Wie Sie meinen«, sagte das Mädchen und verstaute den Pullover an einer anderen Stelle unter der Brücke. Kessel hatte gesehen, wo das Mädchen die Taschenlampe hingelegt hatte, nahm sie auf, knipste sie an und richtete den Strahl auf das Mädchen. Es war nackt bis auf eine goldene Kette um den Bauch und ein gleiches Kettchen um das Fußgelenk.
»Lassen Sie das«, sagte das Mädchen. »Ich kenne den Weg. Sie brauchen nur hinter mir herzugehen.«
Was Kessel im Schein der Taschenlampe gesehen hatte, ließ nun keinen Zweifel mehr, daß es sich um dasselbe Mädchen handelte, das er mittags am Strand hier in der Nähe gesehen hatte.

Nach wenigen Minuten war das Mädchen und damit auch Kessel bis zur Hüfte im Wasser.
»Verdammt«, sagte Kessel.
»Ich habe Ihnen ja gesagt, daß Sie die Hose ausziehen sollen«, sagte das Mädchen. »Halten Sie sich an der Schiffswand fest.«
Kessel langte nach rechts, bis er die verrostete, mit glitschigen Algen überzogene Bordwand erfühlte. Der tiefschwarze Schatten des Wracks wölbte sich wie ein Überhang über die beiden. »Gleich sind wir an der Leiter«, sagte das Mädchen, und gleich darauf schrie es: »Vorsicht!« Aber der Brecher war schon da. Das Wasser schlug über Kessel zusammen, im letzten Augenblick hatte er den Atem angehalten und sich an einem Vorsprung in der Bordwand festgehalten. Dennoch spülte es ihm fast die Füße weg, erst landeinwärts und dann, als sich der Brecher gurgelnd wieder verzog, mit fast noch mehr Gewalt hinaus.
»Pfui Teufel«, prustete Kessel. »Sind Sie noch da?« rief er.
»Ja«, schrie das Mädchen. »Hierher.«
Die Hand des Mädchens ertastete Kessels Arm und zog ihn zu einer Stange. Kessel, der nun gar nichts mehr sehen konnte, tappte herum, faßte an den Busen des Mädchens und dann eine weitere Stange, die zu einer Leiter gehörte.
»Sie müssen sehr mutige Kunden haben«, sagte Kessel, als er, nachdem er einige Sprossen hinaufgestiegen war, verschnaufte.
»Nur bei Flut«, sagte das Mädchen. »Vielleicht hätten wir eine halbe Stunde warten sollen.«
Kessel war bis auf die Haut triefend naß. Seine häßliche, hellbraune Wollweste hatte sich voll Wasser gesogen und war schwer wie ein Mühlstein.
»Kommen Sie jetzt?« fragte das Mädchen.
Das steil-schräge Deck des Wracks bestand aus helleren Planken. Der Körper des Mädchens hob sich dunkel von den Planken ab. Wie eine Katze kletterte es auf allen vieren in die Höhe. Kessel kletterte nach.
»Wo haben Sie denn Ihre Handtasche?« fragte er.
»'m – M'nd«, murmelte das Mädchen.
Schade, daß es dunkel ist, dachte Kessel.

Durch eine geborstene Luke kamen sie in das Innere des Schiffes. Die Stiege, die von der Luke hineinführte, war durch die Neigung des Wracks fast waagrecht, und man konnte dadurch eher noch schlechter gehen als draußen auf dem schrägen Deck. Aber das Mädchen knipste jetzt die Taschenlampe an. Unten, am Fuß der Stiege, hing eine Tür in den Angeln. Das Mädchen sagte »Vorsicht« und hangelte sich vom Stiegengeländer zur Kabinentür. Kessel tat das gleiche, dann standen sie, soweit man unter diesen Gegebenheiten von Stehen reden konnte, in einer über Eck gelagerten Kabine.

»Manfred sagt«, sagte das Mädchen, »daß das die Kabine vom Ersten Offizier war.« Es leuchtete herum. Ein eisernes Bett mit einer Matratze stand nicht am Boden, sondern an der Wand, die etwas weniger schräg als der Boden war. Das Fußende des Bettes stieß an den Fußboden. »Das habe ich so gemacht«, sagte das Mädchen, »daß es nicht wegrutscht. Mögen Sie mit den Füßen nach unten oder mit dem Kopf nach unten?«

»Ich muß erst sehen, ob ich aus den Kleidern komme«, sagte Kessel.

»Ich habe es Ihnen ja gesagt«, sagte das Mädchen.

Kessel entledigte sich seiner nassen Sachen und wrang sie aus. Speziell aus der Wolljacke floß ein Strom von Salzwasser.

»Da haben Sie ein Handtuch«, sagte das Mädchen, »oder mögen Sie mich naß?«

»Danke«, sagte Kessel, nahm das Handtuch und trocknete sich ab. »Nein, nein. Sie können sich schon auch abtrocknen. Von Nässe habe ich vorerst genug.«

Kessels Vergnügen war begrenzt, obwohl das Mädchen spürbar nicht nur eine begabte, sondern eine passionierte Beischläferin war. Kaum daß Kessel den Vorhof ihres Wirtshauses erreicht hatte, geriet sie in eine Ekstase, die kaum gespielt sein konnte. Die kleine Dirne, hatte Kessel trotz allem Gelegenheit zu überlegen, ist zu beneiden. Sie verdient Geld, und es macht ihr zudem Vergnügen. Sie ist in der Situation wie ein Alkoholiker, der fürs Trinken auch noch bezahlt wird.

Aber der Gedanke, daß seine Kleider trotz des Auswringens noch feucht sein würden und der Gedanke an den Rückweg durch das Wasser beschäftigten ihn in unangenehmer Weise.
»Wie heißen Sie eigentlich?« fragte das Mädchen danach, immer noch ein wenig außer Atem.
Eine Ekstase kann man allenfalls spielen, dachte Kessel, Atemlosigkeit nicht.
»Albin«, sagte er.
»Wie bitte?«
»Albin«, sagte Kessel.
»Heißen Sie womöglich Kessel?«
Ein glühender Blitz aus Eitelkeit durchfuhr Kessel. Warum sollte so etwas nicht passieren? Schließlich hatte er genug geschrieben in seinem Leben, was eine anscheinend nicht unintelligente Nutte, die vielleicht im Nebenberuf Studentin war, gelesen haben konnte.
»Ja«, sagte Kessel stolz, »ich bin es.«
»Ja, mich tritt ein Pferd«, sagte das Mädchen. »Dann darf ich wohl du zu dir sagen. Wo wir quasi verwandt sind. Ich bin Ulla.«
»Wer?« Ein schwerer, sperriger Block von Enttäuschung schob sich in Kessels Magengegend.
»Ulla. Ulla Taberkow. Kurti Wünses Schwester!«
Die Sonnenuntergänge, dachte Kessel.
»War das jetzt eigentlich sozusagen Inzest?« fragte Ulla.
»Wieso?«
»Na ja. Weil wir verschwägert sind. Schade, daß ich es nicht vorher gewußt habe, sonst wäre es mir noch einmal gekommen. Inzest.«
»N–nein«, sagte Kessel, »Inzest war das wohl nicht.«
»Der Alte darf nichts erfahren, obwohl er selber schuld ist. Komm, zieh dich an, bevor deine Kleider ganz trocknen. Du mußt sie anziehen, solang sie noch feucht sind. Neulich ist das auch einem passiert, einem Holländer. Der ist eingeschlafen und war nicht und nicht zum Wecken. Und dann waren seine Kleider trocken und zwei Nummern zu klein. In die Hose ist er gar nicht mehr hineingekommen. Der Alte darf nichts erfahren. Aber du sagst schon nichts? Obwohl gerade

er dran schuld ist. Mit seinem Geiz. Irgendwoher muß man schließlich sein Taschengeld nehmen. Aber ich bin froh, daß endlich alles offiziell ist.«

Albin Kessel hatte, heftigen Abscheu überwindend, die feuchte Unterwäsche angezogen und war dabei, das Hemd anzuziehen.

»Wieso offiziell?«

»Das Getue ist einem doch schon auf die Nerven gegangen, daß der Alte nicht wissen durfte, daß Kurti geschieden ist. Ich habe es ja auch lange nicht gewußt.«

»Ach so«, sagte Kessel.

»Ein paarmal habe ich mich schon fast verplappert. Im letzten Moment ist mir die Alte immer noch dazwischengefahren. War das für dich denn nicht scheußlich?«

»Was?«

»Daß deine Frau immer noch als Frau Wünse gilt? Oder vielmehr: gegolten hat?«

»Na ja«, sagte Kessel und zog sich die Hose an, »es geht.«

»Ich habe Renate immer gern mögen«, sagte Ulla, »und im Vertrauen gesagt, ich habe mich nicht gewundert, daß sie meinem Bruder, diesem Waschlappen, davongelaufen ist. Das ist doch kein Mann, das ist doch ein Gartenzwerg.«

»So genau ich ihn noch nicht kennengelernt.«

»Aber natürlich das Maskottchen von der Alten. Die glaubt, der ist was Besseres. Was sie an mir gespart haben, haben sie ihm hinten hineingesteckt, wenn es vorn nicht mehr gegangen ist. Schon daß er geheiratet hat, hat der Alten monatelang, was sage ich: jahrelang Krämpfe gemacht. Und dann erst, daß Renate diesem Weltwunder von Kurti davongelaufen ist – *sie* ihm; wenn es umgekehrt gewesen wäre, ja, dann. In ganz Lüdenscheid hat das niemand erfahren dürfen, wegen der Schande, und so weiter.«

Der Abstieg ging besser, als Kessel befürchtet hatte. Tatsächlich war das Meer beträchtlich zurückgegangen, und, gemessen am Herweg, hätte man beinah davon sprechen können, daß man trockenen Fußes ans Ufer gelangte.

»Dann seid ihr also jetzt gekommen«, sagte Ulla.

»Ja, gestern«, sagte Kessel.

»Habt ihr Kinder?« Ulla fischte ihren Pullover aus seinem Versteck und zog ihn wieder an.
»Nein«, sagte Kessel, »das heißt: Kerstin ist dabei.«
»Ich meine: außer Kerstin.«
»Nein«, sagte Kessel.
»Ich würde auch lieber Kessel als Wünse heißen an Renates Stelle«, sagte Ulla, »Wünse ist ein blöder Name. *Wanze* bin ich immer genannt worden in der Schule. Na ja, Taberkow ist auch nicht viel schöner als Wünse.«
»Manfred heißt also Taberkow?«
»Manfred? Ach wo. Taberkow hat mein Verflossener geheißen. Wie ich geschieden worden bin, hat die Alte längst kein solches Geschrei gemacht. Nur der Alte: weil der Taberkow die Aussteuer versetzt hat.«
»Ich bin auch froh, daß Renate Kessel heißt«, sagte Albin.
»Und jetzt kann ich es ja beurteilen: du bist nicht schlecht, wenn du weißt, was ich meine. Ich habe natürlich nie mit meinem Bruder geschlafen, aber ich kann mir nicht vorstellen, daß das Klabautermännchen in der Hinsicht was taugt.«
Sie waren auf der Düne angekommen, und Ulla zog jetzt ihre Hose an, mit ähnlichen Schlangenbewegungen wie beim Ausziehen.
»Schon wahnsinnig ulkig«, sagte Ulla. »Daß du gerade an mich geraten bist. Übrigens –«, sie machte ihre Handtasche auf, leuchtete hinein und kramte den Fünfzigmarkschein heraus, den ihr Kessel vorher gegeben hatte. »Da!« sagte sie und hielt Kessel den Schein hin.
»Wieso?« fragte Kessel zögernd.
»Also, ich bitte dich. Unter Verwandten nehme ich kein Geld.«
»Eigentlich hast du es redlich verdient«, sagte Kessel.
»Ich bin froh genug, daß endlich das Versteckspielen vorbei ist«, sagte Ulla. »Daß ihr endlich *offiziell* seid, du und Renate.«
Kessel stutzte.
»Hast du was?« fragte Ulla.
Geht es mich etwas *an?* fragte sich Kessel. Ist es eine Intrige, wenn ich jetzt *nichts* sage?

»Siehst du Gespenster?« fragte Ulla.

»Nein«, sagte Kessel. »Warte einen Moment.« Er rannte hinunter und tauchte den Fünfzigmarkschein, den ihm Ulla zurückgegeben hatte, ins Wasser.

»Warum?« fragte Ulla.

»Na ja«, sagte Kessel. »Ich kann Renate schon irgendwie mein ganzes nasses Zeug erklären. Aber wie soll ich mich herausreden, wenn sie merkt, daß *ein* Fünfzigmarkschein trokken geblieben ist?«

III

Die Bombe, die Kessel gelegt, oder besser: die Bombe, deren Lunte Kessel nicht ausgetreten hatte, detonierte erst am Donnerstag. Mittwoch wurde benötigt, um die einzelnen Ausbrüche, Zusammenbrüche und Anfälle, die der Dienstagabend nach sich gezogen hatte, zu verarbeiten. Das wurde dadurch nicht leichter, daß Renates Tränen nach Kessels Verschwinden vor Opa Wünse und der Kröte geheimgehalten werden mußten, und daß Onkel Hans-Otto und die Tanten Norma und Bella ankamen.

Onkel Hans-Otto war Opa Wünses Bruder. Zur Zeit redete Oma Wünse mit diesem Zweig der Familie nicht. Onkel Hans-Otto war noch eine Idee kleiner als Opa Wünse, aber viel dicker. Die Tanten Norma und Bella waren Schwestern, jede gut einen Kopf größer als Onkel Hans-Otto und nahezu schon unmäßig dick. Eine davon war Onkel Hans-Ottos Frau, die andere seine Geliebte. Was welche war, konnte Kessel nicht herausbekommen, denn es wurde in der Familie sehr betont nicht darüber geredet.

Der Onkel, ein lustiger und, soweit es seine Körperfülle zuließ, sogar flotter Mann, war Major a. D. und trug hellgraue Gamaschen zu einem hellen Leinenanzug. Norma und Bella waren stets großgeblümt gekleidet und trugen weite Hüte, die eine rot, die andere blau. Eine Geliebte neben der Ehefrau zu haben, überlegte Kessel, kann durchaus harmonisch sein und für alle Beteiligten befriedigend, wenn keine Eifersucht und Hysterie im Spiel ist. Aber bei Onkel Hans-Otto war die Wahl der Geliebten – sei es, daß es Norma oder Bella war – nicht so recht einzusehen. Die Schwestern waren nicht nur gleich dick, sie waren sich überhaupt sehr ähnlich. Onkel Hans-Otto hatte eigentlich gar keine Geliebte, er hatte nur eine Frau doppelt. Aber auch diese Frage wurde in der Familie Wünse selbstverständlich nicht angeschnitten.

Oma Wünse hatte einen Ausflug verfügt. Ursprünglich war der Mittwoch vorgesehen, aber aus den obengenannten Gründen wurde er auf Donnerstag verschoben. Das Ziel des

Ausfluges war die weltberühmte – so hieß es wenigstens hier in der Gegend – Düne des Pilatus bei Arcachon. Der Aufbruch zu einer Himalaja-Expedition erschien Kessel, gemessen an dem, was sich am Donnerstagvormittag abspielte, eine Lappalie.

Die Ungemütlichkeiten gingen damit an, daß Renate und Gundula schon ganz früh zum Einkaufen fuhren. Es war ein schöner, heißer Tag. Madame Paul hatte den Frühstückstisch unter den Bäumen im Garten gedeckt, wo noch eine mannshohe Schicht kühler Luft lagerte, während weiter draußen die Sonne schon zu brennen begann. Kaum war aber Kessel, der ein wenig zu spät kam (was nicht seine Schuld war, er mußte ja das Bad mit Gundula teilen), zum Frühstück gekommen, sprangen Renate und Gundula schon wieder auf, um zum Markt zu fahren. Nur Kurti Wünse blieb sitzen und löffelte langsam und stetig Marmelade in sich hinein. Kerstin kam erst, als Renate schon weg war. Sie spielte kurz ›trauriges Kind‹, verrührte aber dann das weiche Ei mit der Marmelade und löffelte auch. Gleichzeitig redete sie. Die Zeit ihrer Vollstimme war gestern gewesen, heute war sie schon wieder im Abnehmen.

Es sollte also ein Picknick geben. »Ein Picknick«, hatte Wermut Graef einmal gesagt, der ja oft über verblüffend prägnante Lebenswahrheiten verfügte, wenn er sich die Mühe machte, konzentriert nachzudenken, »ein Picknick ist in Gegenden, wo die Gasthäuser nicht weiter als zehn Kilometer auseinander liegen, nicht zu rechtfertigen; es sei denn, man ist Ameise.« Graef vertrat die Meinung – dies zur Erklärung des zweiten Teils der Sentenz –, daß die Ameisen ihre Existenz ausschließlich den in den Wäldern zurückgelassenen Picknickresten, aber auch Picknickern selber verdankten, dies insofern, als ja bekanntlich häufig unvorsichtige Picknicker einschlafen und von Ameisen bis aufs Skelett abgenagt werden.

Kessel, im Hochgefühl seiner Untaten vom Dienstagabend, hatte laut Wermut Graefs Picknick-Sentenz und die Ameisen-Theorien verkündet, als er von dem Plan hörte, hatte aber nur einen sehr ernsten Vortrag Renates über die Vorzüge und die Schönheit eines solchen Unternehmens geerntet.

Auch jetzt, als er mit Kurti und Schäfchen beim Frühstück saß, versuchte er – in das heisere Redemus des Kindes hinein –, Kurti Wünse, bei dem er mit einigem Recht Sinn für Bequemlichkeit vermutete, gegen das Picknick aufzustacheln, erfuhr aber nur einen müden Marmeladenblick und erkannte, daß ein von seiner Mutter verordnetes Picknick für Kurti Wünse unabdingbares Gesetz war.
Die Hauptschwierigkeit blieb nicht der Einkauf und die Zusammenstellung der verschiedenen Thermosflaschen und Körbe, sondern die Sitzordnung, das heißt: wer in welchem Auto fahren würde. Oma Wünse weigerte sich, mit Onkel Hans-Otto in einem Auto zu sitzen. In Renates Auto hätte zwar der Onkel, aber nur eine Tante Platz gehabt, was also nicht ging und außerdem, um den Tanten nicht zu nahe zu treten, nicht erwähnt werden durfte. (Auch Hans-Otto Wünse mit Damen war mit dem Zug gekommen, hatten kein Auto dabei.) Also mußten Kessel und Kurti im Auto des alten Wünse mitfahren, denn Kurti wollte Oma ja unbedingt bei sich haben. Renate chauffierte Gundula und Kerstin. Hans-Otto und Damen würden von Ulla abgeholt werden und nachkommen.
»Sie steht eben nicht so früh auf«, sagte Oma Wünse.
»Sonnenaufgänge malt sie also doch nicht«, raunzte Opa.
Die Fahrt war eher schrecklich. Opa Wünse war nicht nur ein winzig kleiner, er war auch ein sehr nervöser Autofahrer. Trotz eines dicken Kissens konnte er nur durchs Lenkrad hindurch auf die Straße schauen. Häufig fuhr er in den Kurven links. Auf sehr langen, geraden Straßenstücken fuhr er ganz langsam, in Ortschaften und an unübersichtlichen Stellen sehr schnell. In Ponteux, einem Bauerndorf, durch das man fahren mußte, war es dann soweit. Ein Pferdefuhrwerk kam von rechts aus einer Toreinfahrt. Oma Wünse kreischte: »Kurtchen, ein Fuhrwerk (Fuawääk)!«, aber Opa reagierte nicht mehr. Natürlich hätte der Bauer besser aufpassen müssen, bevor er aus dem Hoftor hinausgebogen war. Aber auch der alte Wünse fuhr ein wenig zu schnell und bremste vor allem zu spät. Er fuhr auf das Fuhrwerk hinten auf. Das Holz splitterte. Die Pferde gingen durch. Gute zweihundert Meter

fuhr das so entstandene Gespann durch das Dorf, wobei man nicht wußte, ob das Auto die Pferde und den ramponierten Wagen schob oder ob die Pferde die beiden Gefährte zogen.
Am Dorfplatz blieb das Gespann stehen. Langsam, einen Gummiknüppel am Zeigefinger schwenkend, näherte sich ein Polizist. Oma Wünse stieg aus, stieß kurze Pfiffe in regelmäßigen Abständen aus und schickte sich an, niederzusinken, wartete aber damit, bis einer der Neugierigen, die sich natürlich sofort angesammelt hatten, aus dem Café einen Stuhl brachte.
Auch Opa stieg nun aus. Er ging zu dem Polizisten hin und redete in seiner Aufregung alles mögliche, aber lüdenscheidisch. Der Polizist hörte eine Weile zu, dann salutierte er. Der Bauer – der einen jungen Burschen mit dabei gehabt hatte – stieg vom Bock und erzählte den anderen Dorfbewohnern von seiner Unschuld an dem Unfall.
»Mein Sohn kann französisch«, sagte dann Opa Wünse, als er merkte, daß ihn der Polizist nicht verstand. »Kurti, komm heraus.«
Man trennte die Fahrzeuge und besah den Schaden, der gar nicht so groß war, wie im ersten Augenblick zu vermuten gewesen. Dr. Kurti Wünse redete sehr viel in gepflegtem Französisch. Der Polizist sagte aber dann, daß er leider Ungarisch nicht verstehe. Da fiel Oma Wünse in Ohnmacht. Der Arzt, der daraufhin gerufen wurde, konnte etwas deutsch, weil er im Krieg in deutscher Gefangenschaft gewesen war. Aber gerade deswegen mochte er, vielleicht war er in der Gefangenschaft schlecht behandelt worden, die Deutschen nicht leiden, dolmetschte zuungunsten Opa Wünses und verpaßte der Oma eine Therapie, die ihr noch nie widerfahren war. Er sagte sinngemäß: sie solle sich nicht so haben.
»Das war kein Arzt, das war ein Lümmel«, sagte Oma später.
Es blieb Opa nichts anderes übrig als zu zahlen: hundert Francs Strafe an den Polizisten und vierhundertfünfzig Francs Schadenersatz an den Bauern.
»Und wer zahlt unseren zerkratzten Lack?« zeterte Oma.
»Jetzt ist nichts zu machen«, brummte Opa und ließ den Wagen wieder an. »Wenn wir wieder daheim sind, werde ich so-

fort den Rechtsanwalt beauftragen. Kurti: hast du den Namen von dem Bauern notiert?«

»Ja«, sagte Kurti.

Viel später, als Opa Wünse in Lüdenscheid dann wirklich die Sache seinem Anwalt übergab, stellte sich heraus, daß Kurti zwar den Namen des Bauern notiert hatte, nicht aber den Namen des Dorfes. Und an den konnte sich keiner mehr erinnern.

Durch diese Verzögerung kamen Kessel und die anderen, die im Auto des alten Wünse mitfuhren, als letzte an der Düne des Pilatus an, obwohl sie vor den anderen weggefahren waren. Da beide – Renate und Ulla – eine Umgehungsstraße um Ponteux genommen hatten, hatten sie vom Unfall nichts bemerkt. Auf die Umgehungsstraße hatte Kessel Opa Wünse zwar hingewiesen, aber der Alte war eigensinnig auf der geraden Straße durchs Dorf gefahren.

Die Düne war in der Tat imponierend. »Wenn ich nicht einen Picknick-Korb tragen müßte«, sagte Kessel, »würde ich sagen: ich bin beeindruckt.« – »Wenn du nicht aufhörst zu stänkern, kehre ich auf der Stelle um«, sagte Renate.

Ein langer Lattensteg führte vom Parkplatz an der Düne entlang zu einem Ausflugsgasthof. (Kessel verbiß es sich: »Siehst du!« zu Renate zu sagen, oder: »Die verkaufen, was wir im Schweiß unseres Angesichts mit uns schleppen.«) Von dort aus ging eine sehr lange, steile Stiege bis fast zum Grat der Düne.

Kurti mußte Oma Wünse ziehen. Norma und Bella schnauften wie Walrösser. Kerstin maulte, daß es so anstrengend sei. Opa Wünse verlor einen Schuh, der weit, weit hinunterrollte und ganz unten, ewig unerreichbar, am Fuß der Düne im Sand steckenblieb.

Kessel und Ulla bildeten – in einigem Abstand – den Schluß des Gänsemarsches. Sie hatten sich seit Dienstagabend nicht gesehen.

»Und?« fragte Ulla, die heute sehr züchtig und hochgeschlossen gekleidet war, trotz der Hitze.

»Was und?« fragte Kessel.

»Was hat denn Renate gesagt, daß du so naß warst?«

»Was soll sie schon gesagt haben.«
»Ich meine: was *du* gesagt hast?«
»Ich habe gesagt: ich war am Meer und habe nachgedacht und nicht bemerkt, daß die Flut gekommen ist.«
»Na ja«, sagte Ulla. »Oft zieht die dümmste Ausrede.«
»Warum ist Manfred nicht mitgekommen?«
»Bist du verrückt? Von Manfred darf doch niemand etwas wissen. Außerdem hat er zu tun.«
»Er schreibt wieder?«
»Was? Ach so. Woher denn. Er muß doch die Photos entwikkeln und vergrößern.«
»Die Photos, die er von dir gemacht hat?«
»Selbstverständlich. Und dann muß er sie verkaufen. Das ist nicht so einfach. Zum Glück hat er gestern ein Abkommen mit dem Zeitungskiosk neben der Post getroffen. Aber der nimmt nicht mehr als zehn am Tag. Die anderen muß Manfred selber verkaufen. Er will ja schließlich nicht von dem leben, was ich mitbringe.«
»Ist das nicht gefährlich?«
»Warum?«
»Ja, wenn zum Beispiel dein Vater –«
»Der Alte? Da kennst du ihn schlecht. Der würde nie auch nur einen Pfennig für das Bild eines nackten Mädchens ausgeben. *Der* nicht. Das würde ihn ja bis ans Lebensende reuen. Nein, nein, da ist keine Gefahr.«
»Und Onkel Hans-Otto?«
»Der ist unter Aufsicht der Tanten.«
»Welche ist denn nun seine Frau? Norma oder Bella?«
»Norma, glaube ich«, sagte Ulla, »nein, oder Bella. Ich weiß es nicht.«
Oben angekommen, weigerte sich Schäfchen, auch nur einen Schritt weiterzugehen. Die Familie versammelte sich um das Kind und vermochte es nach längerem Bereden dazu zu bringen, sich von seinem Vater, der dabei entsetzlich schnaufte, fünfzig Meter weit tragen zu lassen, so daß man das Picknick nicht gerade am Ende der Stiege aufbauen mußte, wo alle Leute vorbeigingen, die die Düne besuchten.
Es war wie in der Sahara. Wenn man stand, konnte man zwar

landeinwärts die endlosen Kiefernwälder sehen und ganz in der Ferne die Schlote einer der vielen Papierfabriken, in denen diese Wälder endeten, westwärts aber das Meer, das man hier oben nicht hörte, und das heute tiefblau und makellos war. Wenn man sich aber hinlegte, sah man nur Sand und Himmel. Kessel beschlich ein unangenehmes Gefühl, ein sicher abwegiges Gefühl, das sich aber nicht unterdrücken ließ: da sind hundert Meter Sand unter mir, feinkörniger, leicht beweglicher, unberechenbarer Sand. Was ist, wenn sich ein Trichter auftut und wir rutschen hinein? Gibt es nicht den Ameisenlöwen, der so seine Opfer fängt?

Aber es tat sich kein Trichter auf, jedenfalls kein körperlicher, dafür ein Familienabgrund und das noch, bevor das Picknick zu Ende war.

»Hier, Frau Kessel«, sagte Ulla zu Renate, »nimm den Käse, bevor er in der Sonne noch ganz zerrinnt.«

Oma Wünse zischte, als ob sie aufgeblasen wäre und die Luft entweiche, aber Opa hatte es schon gehört.

»Wer ist Frau Kessel?« fragte Opa.

»Ich meine es doch nur im Scherz«, sagte Ulla.

»Sie meint es nur im Scherz«, fuhr Oma blitzschnell nach.

»Ich sage zu Renate nach wie vor Renate«, sagte Ulla. »Wäre doch lächerlich.«

Jetzt horchte auch Onkel Hans-Otto auf.

»Wieso Frau Kessel?« fragt Opa.

»Sind sie nicht mehr verheiratet?« fragte Onkel Hans-Otto.

»Ich war gleich dagegen, daß *sie* mitgehen«, jammerte Oma Wünse und deutete mit dem Kopf in Richtung der Tanten.

»Was hat das mit uns zu tun, daß sie geschieden sind?« sagten Tante Norma und Tante Bella gleichzeitig.

»Geschieden?« schrie Opa.

Das Kartenhaus Oma Wünses stürzte binnen weniger Sekunden endgültig zusammen. Opa Wünse bekam einen Tobsuchtsanfall und warf eine Thermosflasche, die obere Hälfte des Butterbehälters, den Spirituskocher und seinen zweiten Schuh die Düne hinunter, dem ersten Schuh hinterher. Norma und Bella kicherten, daß sie in ihrem Fett wippten, allerdings, wie Kessel trotz des Durcheinanders bemerkte, asynchron. Oma bekam einen Ohnmachtsanfall. Kurti hielt sich in einiger Entfernung und wagte nicht, seiner Mutter beizustehen.

»Erst studiert der Flegel irgendwelchen nichtsnutzigen Kappes, und dann läuft er noch seiner Frau davon. Sind Sie die Schlampe?« schrie er Gundula an, die leise zu weinen begann.

»Verdiene erst einmal dein eigenes Geld, du Parasit!« Albin Kessel, der sich angesichts der Verwirrung innerlich wie von einem Ballon angehoben fühlte und die Sache wie aus der Vogelperspektive zu betrachten begann, mußte über Opa Wünses Logik staunen: erst wenn man sein eigenes Geld verdient, darf man seiner Frau davonlaufen.

»Aber Vati«, schrie Renate. »*Ich* bin ihm davongelaufen, nicht er *mir*.«

Opa hörte es gar nicht. Er warf einen Klappstuhl nach Kurti, traf ihn aber nicht. Dann richtete sich seine Wut gegen Ulla.

»*Ein* schwarzes Schaf in der Familie reicht wohl nicht.«

»Kurtchen«, fauchte Oma aus ihrer Ohnmacht, »doch nicht vor den fremden Leuten.«

»Lauter schwarze Schafe in meiner Familie.«

»Außer dir«, sagte Ulla ruhig.

»Du Bastard«, schrie Opa und ergriff einen zweiten Klappstuhl.

»Kurtchen –«, schrie Oma.

»Wahrscheinlich ist keiner von den beiden Bastarden von mir.«

»Rede doch keinen Unsinn«, keuchte Oma und versuchte, dem Opa den zweiten Klappstuhl zu entwinden. Ein schütterer Kreis von Zuschauern hatte sich in einiger Entfernung gebildet. »Die Leute schauen doch zu.«

»Ich weiß genau«, fauchte Opa Wünse, »für was du 1940 die goldenen Pantoffeln gekauft hast. Goldene Pantoffeln, damit du dem Oberarzt gefällst, wie du nach Bad Salzschlirf gefahren bist.«

»Hör doch mit dem alten Mist auf.«

»Mist ist Mist, ob alt oder neu«, schrie Opa und riß den Klappstuhl samt Oma zu sich her. »Geh mir aus den Augen, Fräulein Oberarzttochter –«

»Kurtchen!« schrie Oma.
»– aus Bad Salzschlirf. Glaubst du, ich habe nicht nachgerechnet?«
Oma ließ den Klappstuhl los und fiel in den Sand. Opa, der vor Rage nicht mehr wußte, was er tat, sah, daß er nun den Sieg bezüglich des Klappstuhls davongetragen hatte, wußte aber nun nicht, was er damit anfangen wollte, klappte ihn auseinander und setzte sich drauf.
»Ich bin direkt froh, daß dieser Bastard nicht die Fabrik übernimmt. Dieses Kuckucksei. *Doktor* Kuckucksei.«
»1936 habe ich Dr. Bernhard noch gar nicht gekannt«, wimmerte Oma Wünse. (In dem Jahr war Kurti geboren.)
»Doktor Kuckucksei«, sagte Opa Wünse dumpf, dann wandte sich das Interesse von ihm ab, denn Schäfchen bekam den Schluckauf.
»Um Gottes willen«, sagte Renate. »Wie damals.«
Nun lief auch Kurti herbei. Sie bearbeiteten das Kind, aber es half nichts.
»Wie damals«, weinte Renate. »Das hört nicht mehr auf. Das Kind wird ersticken.«
»Ich ersticke!« rülpste Schäfchen.
»Wie müssen es wieder operieren lassen. Wie damals«, jammerte Renate. »Ich habe dich doch gebeten –«, schrie sie Kessel an.
»Ich habe ja gar nichts gesagt«, sagte Kessel.
»Warum konntest du nicht deinen Mund halten«, schrie sie. »Wir müssen sofort in die Klinik. Sie wird schon ganz blaß.«
Schäfchen rülpste nach Leibeskräften.
»Kurti!« schrie Renate, »nimm doch das Kind –«
Der Aufbruch war eine Flucht. Kurti trug das Kind ein Stück, konnte aber dann nicht mehr, weil ihm beim Abwärtsgehen auf der steilen Stiege schwindlig wurde.
Die Tanten Norma und Bella fielen mehr die Stiege hinunter als daß sie liefen. Obwohl Gundula, Kessel und Onkel Hans-Otto die Picknick-Sachen zusammenrafften, blieben etliche Gläser, Teller, Salzstreuer und Servietten zurück. Beim Ausparken – sowohl Opa als auch Renate fuhren gleichzeitig los und beide, bevor alle eingestiegen waren –

stieß Opa mit seinem Auto an Renates Wagen. »Das hat uns noch gefehlt!« schrie er. »Kann die dumme Gans nicht aufpassen?«
Trotz der Proteste von Oma hatten sich die Tanten – in berechtigter Furcht davor, in dem Chaos zurückgelassen zu werden – in das Auto des alten Wünse gedrängt. Kurt war mit der rülpsenden Kröte in Renates Wagen gestiegen, auch Gundula.
»Dann müßt ihr wohl mit mir fahren«, sagte Ulla, als sie Kessel und Onkel Hans-Otto vergessen dastehen sah.
Sie stiegen in Ullas alten Mercedes ein.
»Und wo sollen wir jetzt hinfahren?« fragte Ulla.
»Keine Ahnung«, sagte Onkel Hans-Otto, »wo sind denn die anderen hingefahren?«
»Vorn an der Abzweigung«, sagte Kessel, »sind sie nach rechts abgebogen.«
»Dann fahren wir eben auch so«, sagte Ulla.
Kaum waren sie aber rechts abgebogen, kamen ihnen in rascher Fahrt die beiden anderen Autos entgegen.
»Was ist jetzt das?« fragte Onkel Hans-Otto.
»Wahrscheinlich«, sagte Ulla, »haben sie sich's anders überlegt und sind umgekehrt. Und fahren in die andere Richtung, nach Arcachon. Sollen wir auch nach Arcachon fahren?«
»Ich wüßte nicht«, sagte Onkel Hans-Otto, »was ich in Arcachon tun sollte.«
»Ich schlage vor«, sagte Kessel, »wir genehmigen uns einen Imbiß. Wenn ich bei der Herfahrt nicht ganz falsch beobachtet habe –«
»Sie meinen dieses kleine Schlößchen oder Waldrestaurant, von hier aus gesehen rechts?«
»Genau«, sagte Kessel.
»Eine vorzügliche Idee«, sagte Onkel Hans-Otto.
Der Imbiß, zu dem Onkel Hans-Otto Ulla und Albin einlud, er war – dank der Abwesenheit seiner Damen Norma und Bella? – in aufgeräumtester Stimmung, wuchs sich zu einem hochkarätigen Mittagessen mit Seezungen, getrüffelten Pasteten, Consommé mit Gänseleberbällchen, Dorschleber und Morcheln, Entrecôtes in Armagnac und altem Bordeaux aus.

Zum Schluß aß Ulla eine ungeheure Portion flambierter Omeletten und sagte dann: »Jetzt platze ich, wenn nicht gleich einer mit mir schläft.«
»Vielleicht tut's auch ein Kaffee«, sagte Onkel Hans-Otto lachend, und dann rundete eine Flasche Champagner den Imbiß ab.
Gegen halb vier Uhr setzten sie sich wieder in Richtung St. Mommul in Bewegung. Kessel saß im Fond, Onkel Hans-Otto vorn neben Ulla. Seine kurzen Füßchen reichten nicht, daß er sich vorn abstützen konnte. Aber selig lächelnd lehnte er sich zurück in den Sitz, schloß die Augen, faltete die Hände überm Bauch und sagte, bevor er einschlief: »Eine schwierige Familie.«
»Aber ein hervorragendes Picknick«, sagte Kessel.

Zweiter Teil

I

»Zwei Einzelzimmer?« sagte der Portier, zog die Stirn in Falten und blätterte in einem großen Buch. »Zwei Einzelzimmer, jetzt in der Festspielzeit? Das wird sehr schwer sein.«
Der Portier nahm einen Radiergummi, radierte ein paar Namen und Eintragungen in dem Buch aus, schrieb auf einer anderen Seite etwas in das Buch hinein, pfiff durch die Zähne und sagte: »Hm, hm, sehr, sehr schwer, um nicht zu sagen unmöglich.«
Kessel schob einen Fünfzigmarkschein neben das Buch. Der Portier musterte weiter intensiv die vielen Eintragungen, schaute gar nicht auf, aber seine Hand krabbelte wie ein flinkes, kleines Tier auf den Fünfzigmarkschein zu, wuzelte ihn zusammen und kroch zurück, wo es ihn in die kleine Höhle der Westentasche schleppte.
»Wenn«, sagte der Portier, immer noch ohne aufzuschauen, »die Herrschaften inzwischen zu Tisch gehen wollten. Danach wird schon etwas zu machen sein.«
»Wie spät ist es jetzt?« fragte Kessel, aber nicht, weil er wissen wollte, wie spät es ist, sondern um dem Portier zu bedenken zu geben, daß nicht unbegrenzt Zeit zur Verfügung stand. (Außerdem wäre da eine Wanduhr gewesen, die Kessel nicht übersehen konnte.) Der Portier schaute auf die Wanduhr und sagte: »Sie wollen in den *Tristan;* gewiß. Wenn Sie sich zu Tisch begeben wollen. Sie kommen rechtzeitig hin, wenn Sie nicht länger als eine halbe Stunde zum Umziehen brauchen. Warten Sie«, er öffnete den Verschlag seiner Portiersloge und rannte heraus, »wenn Sie mir bitte folgen würden.« Kessel und Cornelia gingen dem Portier nach, der sie in den Speisesaal führte. Der Speisesaal war voll. Der Portier winkte den Oberkellner heran, verhandelte kurz mit ihm, dann schleppten auf einige code-artigen Winke des Oberkellners mit seiner Zierserviette jüngere Kellner wieselflink einen Tisch und zwei Stühle herbei und begannen den Tisch zu dekken.
»Wenn die Herrschaften hier Platz nehmen würden«, sagte

der Portier, »ich werden Sie verständigen. Keine Sorge. Sie kommen zum *Tristan* zurecht.«

Kessel und Cornelia nahmen am Tisch Platz. Der Oberkellner brachte zwei Speisekarten, trat einen Schritt zurück und wartete mit leicht nach vorn geneigtem Oberkörper.

»Du bist nicht mehr mit Wiltrud verheiratet?« fragte sie.

»Nein«, sagte Kessel, »schon lange nicht mehr.«

»Schade«, sagte Cornelia. »Was ißt denn du, Pappi?«

»Hm«, sagte Kessel, »bringen Sie mir das Naturschnitzel mit Reis, und die Tagessuppe.«

»Sehr wohl«, sagte der Kellner, »consommé de jour.«

»Ich auch«, sagte Cornelia und klappte die unhandliche Karte zusammen.

»Einen Aperitif?« fragte der Kellner, »Portwein oder einen trockenen Sherry?«

Kessel schaute zu seiner Tochter hinüber. Darf das Kind schon einen trockenen Sherry trinken? Oder einen Portwein? Auch das war so eine Sache. Auf der Fahrt her hatte er sich noch keine Gedanken gemacht, erst als sie – im Regen – in die Stadt hereingefahren waren, da hatte Kessel zu seiner Tochter hinübergeschaut, die auf dem Beifahrersitz saß. Der Sicherheitsgurt hatte ihre Bluse zusammengeschnürt, und es war deutlich zu sehen, daß sie einen sozusagen ausgewachsenen Busen hatte. Da kann ich, hatte sich Kessel gesagt, unmöglich ein Doppelzimmer nehmen.

»Ja«, sagte Kessel, »zwei trockene Sherry, und danach trinken wir – hier«, Kessel deutete auf die Weinkarte, »den *Sommeracher Katzenkopf*«.

»Sehr wohl«, sagte der Kellner und notierte, »Nummer 14. Eine Flasche?«

»Eine Flasche«, sagte Kessel, wandte sich aber an Cornelia und fragte: »Oder darfst du noch keinen Alkohol trinken?«

»Doch, doch«, sagte Cornelia.

Es regnete immer noch. Es war ein Landregen, der nicht den Eindruck erweckte, als wolle er bald aufhören. Die Wolken hingen niedrig, und die Fassaden der Häuser waren durchnäßt.

»Jakob Schwalbe hat gesagt«, sagte Kessel zu seiner Tochter,

»daß es günstiger ist, wenn es regnet. Es soll sonst sehr heiß sein im Festspielhaus, und außerdem ist bei Regen die Akustik besser, speziell beim *Tristan,* hat Jakob Schwalbe gesagt. Kannst du dich an Jakob Schwalbe erinnern?«

»Nein«, sagte Cornelia.

»Du mußt dich doch an Jakob Schwalbe erinnern. Wie alt bist du?«

»Sechzehn«, sagte Cornelia.

»An Jakob Schwalbe? An die Wohnung in der Wolfgangstraße?«

»An die Wohnung in der Wolfgangstraße kann ich mich schon erinnern, aber nicht an einen, der Jakob Schwalbe geheißen hat.«

Wann war das gewesen? rechnete Kessel nach. Wie schnell die Zeit vergeht ... nein, das war nicht das Bedrückende, daß sie so schnell vergeht. Bedrückend ist, daß die Vergangenheit zu einem Zeitbrei zergeht, in dem man Mühe hat, feste Punkte für die paar Erinnerungen zu finden, die einem geblieben sind. Wir haben jetzt 1976, überlegte Kessel. Renate und ich haben voriges Jahr geheiratet, also 1975. Als ich Wiltrud kennengelernt habe, die Graphikerin, die aus London gekommen war, war ich knapp ein Jahr aus der großen Wohnung in der Wolfgangstraße ausgezogen. Am 18. Juni 1974 haben Wiltrud und ich geheiratet. »Der Tag von Fehrbellin«, hatte Wermut Graef gesagt, der eine Trauzeuge. (Der andere Trauzeuge war ein Theatermensch gewesen, Bruno A. Rabe, ein Freund Wiltruds; Kessel hatte ihn nachher nie mehr gesehen.) Seitdem weiß ich, wann die Schlacht bei Fehrbellin war, dachte Kessel, obwohl es mir ziemlich gleichgültig ist, wann die Preußen ihre Schlachten gewonnen oder verloren haben. Am 11. Oktober ist die Ehe geschieden worden, kein halbes Jahr danach. »Und was für ein Tag war das?« hatte Kessel seinen Freund und Rechtsanwalt Dr. Bergschneider gefragt. Aber Bergschneider wußte keine Schlacht, die an einem 11. Oktober stattgefunden hatte. Wermut Graef, der überraschenderweise solche Sachen kannte, war bei der Scheidung nicht dabei.

Ich bin also dann 1973 aus der großen, für mich allein viel zu großen Wohnung in der Wolfgangstraße ausgezogen, im Sommer. Da war die Sache mit der Herrenkommode: schrecklich.

Als Kessel, erinnerte er sich, nach dem Abtransport der Herrenkommode die Tür der Wohnung in der Wolfgangstraße das letzte Mal hinter sich zuschlug, gehörte die *Kommune Prinzregent Luitpold* endgültig der Vergangenheit an. Feierlich für aufgelöst erklärt hatte sie Kessel ja schon im Frühjahr, und zu zerfallen begonnen hatte sie schon zu Anfang des Jahres 1972. Die Zeit, in der Kessel als einziger Mann unter vier Frauen – darunter die seit 1970 von ihm geschiedene Waltraud, die Bestie, Cornelias Mutter – in der Wohnung in der Wolfgangstraße gelebt hatte, bezeichnete Kessel oft als die schrecklichste Zeit seines Lebens. Um Mißverständnissen vorzubeugen, pflegte Kessel in diesem Zusammenhang zu sagen: nicht, daß ihr denkt, das war ein Harem. Ich habe mit keiner geschlafen. Wenn man sich das einmal vorstellt: vier Weiber, und man lebt zwischen ihnen wie ein Eunuche. Warum? Ganz einfach: die eine, Waltraud, war die geschiedene Ehefrau, die Ex- oder ehemalige Bestie, mit der wollte man nichts mehr zu tun haben, klar; die zweite, Linda, war einmal das gewesen, was Kessel seine Favoritin nannte, aber eben gewesen. Nichts erweckt mehr Unlust als ein abgestandenes Verhältnis, zumal, wenn man mehr oder weniger gezwungen ist, nebeneinander herzuleben. Die dritte, ein Fräulein namens Christine Hundertschuh, genannt Schwälbchen, war das Mädchen, dessentwegen Jakob Schwalbe – daher ihr Spitzname – der Kommune beigetreten war, die vierte, Heidi Halle, war das Mädchen, dessentwegen Jakob Schwalbe die Kommune wieder verlassen hatte. Beide, Schwälbchen und Heidi, waren eher dicklich und tranig – was Schwalbe an denen gefunden hatte? Aber er war ja nie wählerisch gewesen – und trauerten ewig dem Schwalbe nach, und zwar gemeinsam. Sie hatten sogar ein Schwalbe-Votiv-Eck, »euren Altar«, sagte Kessel immer, eine im übrigen sehr hübsche Kirschholz-Vitrine mit dreieckigem Grundriß, die genau in die Ecke paßte. In der Vitrine waren Bilder von Schwalbe, der letzte Teller, von dem er in der Kommune gegessen hatte (Spinat und Spiegelei), unabgespült; und der Löffel, und ein paar rötliche Barthaare.

Kessel behauptete später immer, wenn er das erzählte, die beiden Frauen hätten täglich eine Andacht mit Kerzen vor der Vitrine verrichtet. Das war übertrieben; aber geseufzt haben sie schon sehr tief, beide, jedesmal, wenn sie an der Vitrine vorbeikamen. Daß man bei solcher Gesinnung, pflegte Kessel zu sagen, keine Lust hat, die Damen zu verführen, ist klar. Noch dazu, wo sie aus Kummer eher noch dicker geworden waren.

Wie alt war also Cornelia damals? 1960 ist sie geboren, also war sie dreizehn Jahre alt. Sie müßte sich doch an Jakob Schwalbe erinnern, auch, wenn er nur recht kurz in der Kommune gewesen war.

Ob Geburtenknöferl noch wirkte? fragte sich Kessel, als er an das Jahr 1960 und Cornelias Taufe dachte oder vielmehr an die Eintragung beim Standesamt. Wie alt war Geburtenknöferl damals? Sicher nicht älter als vierzig, also ist er heute, mit fünfundfünfzig, natürlich noch im Dienst, nach menschlichem Ermessen. Kessel hatte die Geschichte nie aufgeschrieben, obwohl ihn seine Freunde oft dazu aufgefordert hatten; aber jahrelang hatte er sie gern erzählt. Sie war sogar – mimisch umrankt – ein Glanzstück Kesselscher Erzählkunst gewesen, und wenn er in Stimmung war und diese Geschichte zum besten gab, war das oft der Höhepunkt einer Party, so wie früher vielleicht Kessels und Leonhards Charleston-Nummer.

Der eigentliche Kern der Geschichte war nicht Cornelias Geburt, sondern die von Kessels älterer Tochter Johanna im Jahr 1954.

»Meine Tochter ist im Krankenhaus zur Welt gekommen«, pflegte Kessel die Erzählung einzuleiten, und fast immer strich er sich dabei seine spärlicher werdenden Haare zurück mit dem feuchten Mundstück seiner Pfeife (die natürlich während des Erzählens ausging), eine Angewohnheit, die sowohl Waltraud, die Ex-Bestie, als auch Wiltrud zur Raserei gebracht hatte: erst Renate hatte sie Kessel abgewöhnen können, aber auch nur, weil Kessels Haare um die Zeit, als er Renate kennenlernte, eigentlich schon nicht mehr der Rede wert waren. »Ihr wißt ja, die Zeit der Geburtshäuser ist bald vorbei. Wir kennen Mozarts Geburtshaus, Goethes Geburtshaus, meines gibt es auch: kommt man in eine Stadt, findet man an schönen alten Häusern Marmortafeln mit goldenen Inschriften: ›Hier ist der Erfinder des Streckregulators geboren. In Dankbarkeit die Bürger der Stadt.‹ Solche Tafeln wird es für kommende Generationen nicht mehr geben. Ich stelle mir vor, daß man an Krankenhäusern eine Fassade mit Marmor verkleiden wird, in die, oben beginnend, nach und nach die Namen der bedeutenden, hier geborenen Persönlichkeiten eingeritzt werden. Meine Tochter ist also auch, dem unwiderstehlichen Zuge der Zeit folgend, in einem Krankenhaus geboren. Das Kind wurde auch keineswegs dem gerührten Vater in die Arme gelegt – natürlich wäre das aus hygienischen Gründen unvertretbar gewesen –, sondern hinter einer dicken Glasscheibe von einer unwilligen Schwester, die eigentlich viel Wichtigeres zu tun hat, gezeigt. Man sagt, die Schwestern zeigen den Vätern das attraktivste Kind, das jeweils zur Hand ist. Das glaube ich nicht. Ich nehme an, sie zeigen das nächstliegende. Nicht weniger enttäuschend ist dann die Krankenhaustaufe. Die Taufpaten stellen sich in der hochmodernen Klinik-Rundkirche (deren Innenausstattung in der Regel einer Parsifal-Inszenierung in – sagen wir in der Provinz – ähnelt) in einer Reihe auf. Ein Geistlicher kommt mit einer Art Weihwasser-Spraydose und tauft mißmutig. Auch er hätte Wichtigeres zu tun; ich kann mir zwar nicht recht denken, was.

Individueller ist lediglich die bürokratische Behandlung unmittelbar nach der Geburt des Kindes.

Das Standesamt habe ich nur gefunden, weil es das gleiche Standesamt war, in dem ich – leider, leider! – die Ex-Bestie geheiratet habe.«

Man durfte Kessel in seiner Erzählung unterbrechen, er mochte es sogar ganz gern, denn er betrachte, äußerte er oft, seine Erzählung als Gesamtkunstwerk, in das auch die Reaktionen der Zuhörer miteinbezogen wären; es wäre ihm lieb, wenn gelegentlich einer am Klavier, wenn eins vorhanden, ein paar passende Akkorde anschlüge (Jakob Schwalbe tat das dann manchmal), und außerdem könne er, wenn eine Zwischenbemerkung gemacht würde, seine Pfeife indessen wieder anzünden.

»Aber irgendeinen Grund müssen Sie doch gehabt haben, die Dame zu heiraten?« fragte oft ein Zuhörer an dieser Stelle.

»Schon«, antwortete dann Kessel, »aber ich weiß ihn nicht. Und damals, 1953, habe ich ihn noch weniger gewußt. Ich bitte Sie, ich war dreiundzwanzig. Wer weiß denn schon mit dreiundzwanzig, warum er was tut. Eine Frau vielleicht, ein Mann nicht.«

Jetzt, 1976, war Kessels ältere Tochter dreiundzwanzig!

»Ich nehme an«, sagte Kessel, »ich habe nur ›Ja‹ gesagt vor dem Standesbeamten, weil ich mich geniert habe, ›Nein‹ zu sagen. Sie kennen die Vorgänge bei und vor der Eheschließung? Ja? Dann wissen Sie, daß man ein Aufgebot bestellen muß. Die Brautleute – ein scheußliches Wort – gehen immer gemeinsam hin, halten sich an den Händen und turteln, während sie auf dem finsteren, nach Amtsbodenwichse riechenden, im Winter überheizten Korridor warten, bis sie aufgerufen werden. Nur ich war allein dort, mit schriftlicher Vollmacht der Braut. Das wäre ihm, sagte mir nachher der Standesbeamte, in seiner ganzen Laufbahn noch nicht vorgekommen. Aber das war ein anderer Beamter, nicht der Geburtenknöferl. Wie der Hochzeitstag dann gekommen ist, ein besonders windiger 15. November, hat mich mein Bruder Leonhard geweckt: ›Aufstehen, Albin‹, hat er gesagt, ›heiraten!‹ Ich hätte mich – ich weiß es nicht mehr, aber Leonhard schwört, daß es wahr ist – im Bett umgedreht und gesagt: ›Aber es regnet doch.‹

Na ja. Selten ist der Mensch so konsequent, wie er sein sollte. Leider habe ich mich letztlich dann vom Regen doch nicht abhalten lassen, wie es richtiger gewesen wäre.

Ich mußte also dann, wieder auf dem Standesamt, nachdem ich wieder auf einem Korridor gewartet hatte, auf einem anderen Korridor, aber mit gleichem Geruch nach Amtsbodenwichse, allerhand Angaben machen und wurde unter anderem nach dem Namen für das Kind gefragt. Vorsorglich hatte ich einen diesbezüglichen Zettel angefertigt, auf den ich auf der Schreibmaschine im Schweiße meines Angesichtes sauber in einer Reihe die sechs Vornamen für die Tochter (der andere Zettel mit den männlichen Vornamen war schon im Papierkorb) aufgeschrieben hatte:

Johanna Katharina Constantia Maria Magdalena Cäcilia

Den Zettel hatte ich mit dem Familienbuch, den Unterlagen von der Krankenkasse und dergleichen, der Schwester in der Klinik zur Weiterleitung an das Standesamt gegeben.

Herr Knöferl war, was man einem Täfelchen an seiner Tür entnehmen konnte, das zu studieren ich in einer knappen Stunde Wartezeit reichlich Gelegenheit hatte, für Geburtenregistrierung, und zwar für die Buchstaben A bis M zuständig. Die Buchstaben N bis Z bearbeitete in dem Zimmer daneben, falls das jemanden interessieren sollte, ich weiß auch nicht, warum ich mir das gemerkt habe, ein Herr (es kann auch eine Dame gewesen sein, ich habe ja nur das quasi geschlechtslose Namensschild zu Gesicht bekommen) namens Saluschik. Einmal während unseres, wie sich leider bald herausstellen sollte, mit dem Dienstpragmatismus in keinerlei Übereinstimmung stehenden Gespräches, wurden wir durch das Läuten des Telephons unterbrochen. Knöferl nahm ab und meldete sich: ›Standesamt; Geburten; Knöferl.‹ Da man phonetisch Strichpunkte nur sehr schwer ausdrücken kann und Standesbeamte darin wohl nicht eigens ausgebildet werden, klang das so: Standesamtgeburtenknöferl.

Geburtenknöferl war, als ich vor seinem Schreibtisch Platz nahm, damit beschäftigt, die Papiere des mir vorangegangenen Petenten wegzuräumen. Ich habe die nicht sehr häufige Fähigkeit, verkehrt herum lesen zu können, und stellte fest, daß das betreffende Kind Thomas hieß. Schlicht Thomas, sonst nichts. Wie ärmlich.

Auf geheimnisvolle Weise (schien es mir) war Herr Knöferl von meinem Kommen unterrichtet, denn zuoberst auf einem Stoß Akten linker Hand, von ihm aus gesehen, lagen die auf meine neugeborene Tochter bezüglichen Dokumente. Auch der von mir geschriebene Zettel mit den sechs Vornamen lag dabei. Herr Knöferl stutzte, als er des Zettels ansichtig wurde; dann musterte er mich.

›In der Regel‹, sagte er, ›überlegen sich die Eltern den Vornamen *bevor* sie aufs Standesamt kommen.‹

›Ich verstehe nicht ganz‹, sagte ich.

›Welchen von den Namen soll Ihr Kind erhalten? Bitte machen Sie es schnell, ich habe nicht viel Zeit.‹

›Aber ich habe die Namen doch deutlich auf den Zettel geschrieben, den Sie in der Hand halten.‹

›Soll ... das ... heißen ...‹, sagte Knöferl.

›Wie bitte?‹

›Sechs ...?‹ sagte Knöferl.

›Ich glaube, Sie haben richtig gezählt.‹

›Johanna, Katharina, Constantia, Maria, Magdalena, Cäcilia‹, buchstabierte er, ›sechs Vornamen?‹

›Streng genommen‹, sagte ich, ›sind es nur fünf, weil Magdalena ja eine nähere Bezeichnung für Maria ist, Sie wissen Maria aus Magdala, so ähnlich wie Johann Baptist oder Karl Borromäus ...‹

›Das ist mir Wurst‹, sagte Geburtenknöferl, ›vom Registergesichtspunkt aus sind das sechs Vornamen.‹

›Ich meinte ja nur‹, entschuldigte ich mich.

›Wollen Sie wirklich alle ...?‹

Ich setzte ihm auseinander, daß die sechs Vornamen nach optimalen Gesichtspunkten der Erbschleicherei, sowohl was die Auswahl als auch was die Reihenfolge anbetraf, in mühevoller Arbeit unter Berücksichtigung aller finanz-genealogischen Gegebenheiten festgelegt wurden. So etwa die zwar nur entfernt verwandte Erbtante Katharina, die aber drei Appartement-Häuser hat, auf den zweiten Platz vorgezogen usw.

Geburtenknöferl schüttelte den Kopf.

›Wäre es da nicht einfacher‹, schlug er vor, ›sechs Kinder mit je *einem* Vornamen?‹

›Man soll die Güter der Familie nicht so zersplittern. Das kann böse Folgen haben. Die deutschen Duodezfürsten im sechzehnten und siebzehnten Jahrhundert –‹

Geburtenknöferl, dem schon für die Maria aus Magdala offensichtlich jeder Sinn abgegangen war, waren auch die deutschen Duodezfürsten Wurst, und er versuchte nun, mir wenigstens die Magdalena und die Cäcilia abzuhandeln. Ich blieb hart. Jede Änderung dieses kunstvollen Namengebildes, erklärte ich, brächte nicht absehbare Folgen von Mißverständnissen und Kränkungen mit sich und könne schlichtweg zur Katastrophe führen.

Da entrang sich ein Aufschrei Geburtenknöferls Brust.

›Sehen Sie‹, rief er. Er hatte ein kleines Lineal genommen, daran die Zeile der Vornamen auf meinem Zettel abgemessen und hielt das Lineal unter eine gepunktete Linie in seinem Formular. *Vorname:* .... stand auf dem Formular. Sein kräftiger rechter Daumen hielt am Lineal die Stelle fest, an dem die Vornamenkette endete. Die gemessene Strecke ragte weit nicht nur über die gepunktete Linie, sie ragte sogar über den Rand des Formulars hinaus. ›Sehen Sie‹, rief Knöferl, und ich verhehle nicht, daß ihm in diesem Augenblick ein Zug menschlichen Leidens eignete, ›das hat ja überhaupt nicht Platz.‹

›Die Vornamen sind meine Sache‹, sagte ich, ›das Formular ist Ihre Sache. Sie können ja drei Vornamen *auf* der gepunkteten Linie schreiben und drei *darunter.* Dann haben Sie Platz.‹

›Jaha!‹ sagte er, ›das ist Theorie!‹

Als Mann der Praxis begann nun Geburtenknöferl unter dem Schreibtisch in den Dienstanweisungen für Standesbeamte zu spicken. Er blätterte nervös hin und her und warf mir tückische Blicke zu.

›Also‹, sagte er nach einer Weile und warf die Dienstanweisung, die allen möglichen selbstverständlichen Käse reglementierte, aber wieder einmal in einer wirklich brenzligen Situation versagte, wütend in die unterste Lade seines Schreibtisches zurück, ›also, es gibt offenbar keine gesetzliche Beschränkung der Vornamenzahl.‹

›Ja‹, sagte ich, ›ich weiß.‹ Ich hatte mich hinterhältigerweise schon vorher bei einem Juristen erkundigt.

›Aber‹, sagte Geburtenknöferl, und fassungsloses Beamtenentsetzen verschleimte seine Stimme, ›aber da könnten Sie ja mit dreihundertfünfundsechzig Vornamen daherkommen?‹

›Sehen Sie‹, sagte ich, ›und es sind nur sechs.‹
Da warf er alles hin, sprang auf und rannte hinaus.
Als er nach ungefähr einer Viertelstunde zurückkam – wahrscheinlich hatte er den Fall dem Standesamtsdirektor zur Entscheidung unterbreitet –, legte er wortlos und gewichtig die rechte Hand rechts auf die Schreibtischkante neben sich. Ich dachte schon, er würde den Alarmknopf drücken und mich abführen lassen wegen Personenstands-Renitenz oder ähnlichem. Aber es war nur eine amtliche Routinebewegung des Geburtenknöferl, der in sinn- und kunstreicher Anordnung die schmalen Schreibfächer seines Schreibtisches stufenartig oben weniger weit und unten weiter herausgezogen hatte. In jedem Schreibfach lag ein Stoß je eines der zahlreichen zur Geburtenregistrierung nötigen Formulare. Knöferl ließ nun unter Ausnützung der natürlichen Schwerkraft seine Hand polternd über die Formularstufen nach unten rattern und sammelte so an seinen wohl etwas feuchten Fingern die für den Amtsvorgang vorgeschriebene Garnitur von Papieren, die er dann mit elegantem Schwung auf seinen Schreibtisch breitete. Die Amtshandlung konnte ihren Fortgang nehmen, alle sechs Vornamen wurden registriert.
›Constantia mit Cäsar?‹ fragte er müde.
›Wie bitte?‹
›Constantia mit Cäsar oder mit Konrad?‹
›Mit Cäsar.‹
Nicht ohne Verdrossenheit, aber mit geübtem Schwung zog Knöferls Amtsfüller Haar- und Schattenstriche.
›Cäcilia mit zweimal Cäsar?‹
›Ja, bitte.‹
›Mit zweimal Cäsar‹, seufzte Geburtenknöferl, dem nun schon alles gleich war.
Sie können sich denken«, pflegte Albin Kessel hinzuzufügen, nachdem der Applaus für seine Darbietung verebbt war (er erzählte die Geschichte nicht nur, wie gesagt, er stellte den Geburtenknöferl auch mimisch dar, das hastige Blättern in der Dienstanweisung, das sinnreiche Hinabpoltern der Formularhand), »Sie können sich denken, daß die Taufe des Kindes auch nicht ganz einfach war. Selbstverständlich lehnte ich

die obenerwähnte klerikale Spray-Behandlung in der Klinikkapelle ab. Meine Tochter wurde in der Hofkirche getauft. Da die Hofkirche erstens keine Pfarrkirche ist und zweitens außerhalb des für uns zuständigen Pfarrsprengels lag, mußte zuvor zwischen den damit befaßten kirchlichen Stellen ein außerordentlich komplizierter Papierkrieg geführt werden – alles auf Lateinisch! Das waren noch Zeiten vor dem Zweiten Vaticanum.«

»Daß sie das Kind überhaupt getauft haben?« fragte vielleicht einer dazwischen, »nach der Sache mit deinem *Informationsdienst St. Adelgund*?«

»Das war lang vorher«, sagte Kessel, »1954! St. Adelgund war 1965 bis 1967, mehr als zehn Jahre später.

Der Priester, der das Kind dann taufte, machte sich die Sache mit den sechs Vornamen herrlich leicht. Er hatte sich zwar einen Zettel mit den Namen in sein Rituale gelegt, nannte das Kind aber stets nur: Johanna Katharina Etcetera. Nach strenger Auslegung der entsprechenden kanonisch-rechtlichen Vorschriften heißt jetzt meine Tochter unter anderem Etcetera. Kennen Sie aber eine heilige Etcetera? Ich nicht. Na – vielleicht wird's meine Tochter.«

»Aber Herr Kessel, Sie haben doch noch eine zweite Tochter?« fragte nach der Erzählung wohl der eine oder andere Zuhörer, »hat die zweite auch sechs Vornamen?«

»Selbstverständlich«, sagte Albin Kessel, »man kann doch ein Kind gegenüber dem anderen nicht benachteiligen, außerdem konnten wir mit Hilfe der zweiten sechs Vornamen selbst entferntere Verwandte – so zwei nicht unvermögende Cousinen vierten Grades meiner Frau – und sogar die Frau meines Verlegers bedenken.«

»Und, Herr Kessel, was sagte Geburtenknöferl das zweite Mal?«

»Es lagen sechs Jahre dazwischen. Geburtenknöferl war inzwischen befördert, gereift. Außerdem legte ich eine Urkunde vor.«

»Was für eine Urkunde?«

»Eine Urkunde, die ich nach dem ersten Mal bekommen habe, eine prächtige Anerkennungsurkunde des ›Vereins für

die Pflege des traditionellen Vornamens‹. Der Verein bekämpft, konnte ich Knöferl erklären, schamlose Exzesse entmenschter Elternphantasien wie: Ake oder Torsten oder Helgurd. Die Urkunde verfehlte nicht ihre Wirkung auf den Standesbeamten Knöferl. Die Sache ging beim zweiten Mal ganz klaglos.«
Auf die Frage, die von Zuhörern kam, die Kessel besser kannten, ob nicht dieser merkwürdige Verein von Kessel vielleicht selber gegründet worden war, pflegte Kessel hintergründig zu lächeln.

»An Jakob Schwalbe mit dem roten Ziegenbart?« fragte Kessel. »Er war zwar nicht lang in der Wohnung Wolfgangstraße, ich habe grad nachgerechnet, vielleicht zwei Jahre. Aber du warst da doch immerhin schon acht oder neun Jahre alt.«
»Ich kann mich aber nicht an ihn erinnern. Er interessiert mich auch gar nicht«, sagte Cornelia. »An Linda kann ich mich erinnern, an die ja.«
Cornelia sagte den letzten Satz mit einem Unterton, der Kessel veranlaßte, nicht weiter auf diesen Punkt zu insistieren.
Linda war Kessels Favoritin gewesen, seine Freundin, seine Geliebte. Wermut Graef, den er auch oder gerade nach seinem Beitritt zur Kommune im Jahr 1967 oft besuchte, das heißt: die ›aufrichtigen Dienstage‹ bei Graef regelmäßig abhielt, Graef hatte ihn bald gefragt: »Bist du jetzt in die Kommune gezogen, weil du deine Bestie paralysieren willst, oder wegen Linda?« Graef war wie immer vor seinem schrägen Zeichenbrett in dem merkwürdig dunklen und düsteren Zimmer gesessen, hatte gefragt ohne sich umzuschauen, ohne den Stift aus der Hand zu legen, wohl aber hatte er mit der unbeschäftigten linken Hand die Pfeife aus dem Mund genommen.
»Beides«, hatte Kessel nach einer Weile gesagt.
»Hm«, hatte Graef geantwortet.
Waltraud, die Bestie, jetzt Ex-Bestie, hatte immer schon tolerant getan, hatte aufgeklärte und emanzipierte Frau gespielt: unsere Ehe ist ein Vertrag, der uns nur verpflichtet, solange es uns Spaß macht, und so weiter. Aber Kessel hatte dem nie ge-

traut. Das Verhältnis mit Linda hatte vielleicht 1966 begonnen, oder Ende 1965. Linda war eine Zeitlang Werkstudentin beim *Informationsdienst St. Adelgund* gewesen, nur ein paar Wochen. Sie hatte Pakete gepackt oder so etwas. In der Urlaubszeit oder bei sonstigen Engpässen hatte Kessel immer Studenten aushilfsweise eingestellt, das heißt – auf Anweisung Jakob Schwalbes, der dann oft den Informationsdienst besuchte – wenn es irgend ging: Studentinnen. In der Regel hatte Jakob Schwalbe die Studentinnen verführt, aber bei Linda hatte Kessel zu Schwalbe gesagt: »Die nicht. Halt dich zurück!« Damals war es anders gewesen. Damals hatte Schwalbe bei Kessel Schulden gehabt, nicht umgekehrt. Schwalbe mußte sich an Kessels Verbot halten.

Im ersten Augenblick, als Linda hereinkam, um sich vorzustellen (diese Prärogative hatte sich Chef Kessel vorbehalten, was natürlich den Personalsachbearbeiter wurmte), meinte Kessel, Julia stünde vor ihm – nur im ersten Augenblick, selbstverständlich. Es war auch nur eine unnennbare, kaum zu beschreibende Ähnlichkeit. Nicht einmal für Schwestern hätte man Julia und Linda halten können, hätte man sie nebeneinander gesehen. Aber in den Bewegungen hatte Linda etwas von der inneren Eleganz Julias. Auch ihre Hände waren ähnlich: die Größe auch, auch das Haar, obgleich der leicht rötliche Schimmer fehlte.

»Wenn man es genau nimmt«, sagte Kessel später einmal zu Wermut Graef, »habe ich mich nie in Linda verliebt; war nie in sie verliebt. Ob du es glaubst oder nicht –«

»An Dienstagen glaube ich dir alles«, sagte Graef ohne sich umzudrehen, und strichelte weiter.

»– ich habe mir vom ersten Augenblick an gedacht: die muß ich haben. Die ist die Ähnlichste, die ist Julia am ähnlichsten, von allen, die ich finden kann.«

»So was gibt es«, sagte Graef.

»Ich habe es ihr natürlich nie gesagt«, sagte Kessel.

Was Kessel Graef nie erzählt hat, war, daß der Vorschlag, in die Kommune einzutreten, von Linda ausging. Eine Zeitlang hatte Linda wohl gehofft, daß Kessel sich vielleicht scheiden lassen und dann sie heiraten würde. Aber sie drängte nicht.

Als es ihr klar war, daß Kessel das nicht tun würde, machte sie den Vorschlag, daß Kessel mit Frau und Töchtern in die Kommune ziehen sollte, die damals noch *Kommune 888* hieß und in einem Hinterhaus in der Herzogstraße in Schwabing lebte. Linda meinte, daß sich das Verhältnis im Schutz der Kommune besser fortsetzen lasse, daß man vielleicht sogar ein offenes Arrangement mit der Bestie treffen könne.
Das war eine Täuschung. Auch die Ähnlichkeit Lindas mit Julia war eine Täuschung. Waltraud war halb so tolerant, wie sie zu sein behauptete. Wenn Kessel mit Linda ungestört schlafen wollte, mußten sie irgendwo anders hingehen, und das war immer ein Problem. Hie und da stellte ein Freund oder eine Freundin die Wohnung zur Verfügung. Im Sommer machte man, wenn es warm genug war, einen Ausflug in den Wald. Natürlich bemerkte Waltraud, obwohl sie eine schlechte Beobachterin anderer war (nur sich selber beobachtete sie sehr gut), mit der Zeit das Verhältnis von Kessel und Linda. Offenbar merkten es auch die Kinder. Johanna konnte Linda gut leiden, Cornelia nicht. Als Kessel Wiltrud heiratete, war es umgekehrt. Seit damals brach Johanna jeden Verkehr mit Kessel ab, Cornelia aber faßte eine richtige Zuneigung zu Wiltrud. Eine Zeitlang hatte Kessel gehofft, Cornelia würde von der Mutter weg und zu ihm und Wiltrud ziehen (Cornelia war inzwischen vierzehn). Vielleicht wäre es auch tatsächlich so gekommen, wenn nicht die Ehe mit Wiltrud schneller, als irgend jemand vermutet hatte, auseinandergegangen wäre. Auch die Ähnlichkeit Wiltruds mit Julia war letzten Endes eine Täuschung gewesen.
Im August 1974 war Kessel mit Wiltrud und Cornelia in die Ferien gefahren, auf eine Nordseeinsel. Sie waren wie eine Familie, wie ein glückliches Paar mit einer großen, etwas schlaksigen und braven Tochter. Im September war Cornelia noch zwei- oder dreimal bei Kessel und Wiltrud gewesen. Dann hatte Kessel von Cornelia nichts mehr gehört bis zu Renates Brief nach St. Mommul-sur-Mer.

»Wenn die Herrschaften gespeist haben«, sagte der Portier, »dann kann ich den Herrschaften die Zimmer zeigen. Es sind

zwei Doppelzimmer, jedes mit Bad, aber ich lasse sie Ihnen jedes als Einzelzimmer, selbstredend. Für eine Nacht?«
»Für eine Nacht, ja«, sagte Kessel.
Aber Cornelia wollte noch eine Nachspeise: Vanille-Eis mit heißen Himbeeren. Kessel trank einen doppelten Espresso.

Am 5. August war die große Explosion auf der Düne des Pilatus gewesen. Kessel hatte das Gefühl gehabt, ein klärendes Gewitter herbeigeführt zu haben, aber wie sehr diese Explosion ein Schuß war, der voll nach hinten losging und Kessel traf, stellte sich erst später heraus.
Noch am 5. August reisten Oma und die Tanten Bella und Norma ab, sowie Dr. Kurti Wünse. Oma hatte sich mit Bella und Norma versöhnt und statt dessen mit Opa und Ulla verkracht. Kessel ließ sich bis Freitag früh zur Vorsicht in der Pension *La Forestière* nicht blicken, übernachtete – im Einverständnis mit Ulla – im Liebesnest auf dem Wrack, allerdings allein, denn auch Ulla mußte die Koffer packen. Als Kessel nach einem langen Fußmarsch den Strand entlang völlig abgerissen und erledigt am Freitag gegen elf Uhr in die Pension zurückkam, waren Renate und die Kröte schon weg.
Madame Paul war damit beschäftigt, die Betten abzuziehen, bewahrte aber untadelig parteilose Haltung. Sie fragte Kessel, ob auch er abreisen wolle. Kessel fragte, ob Renate nicht eine Nachricht für ihn hinterlassen habe. Nein, sagte Madame Paul. So entschloß sich Kessel, sein Zimmer, das ja ohnedies ein Einzelzimmer war, das einzige Einzelzimmer, das Madame Paul hatte, zu behalten. Er kaufte sich eine Angel, wanderte jeden Tag auf den Dünen hinaus in Richtung Wrack. Einen Fisch fing er nie, was aber vielleicht bei ihm daran lag, daß er es nicht über sich brachte, einen Köder auf den Haken zu stecken.
Gundula war mit Renate mitgefahren, als letzter war am Samstag, am 7. August also, Onkel Hans-Otto abgereist.
»Das geht meistens so«, hatte Onkel Hans-Otto gesagt (am Freitagabend hatte Hans-Otto, immer noch aufgeräumt und lustig, Kessel noch einmal zu einem sehr ausgedehnten Essen eingeladen), »da brauchen Sie sich keine Vorwürfe zu ma-

chen. Das geht immer so oder ähnlich, wenn meine Schwägerin dabei ist. Da brauchen Sie sich gar nichts zu denken.«

»Ich mache mir keine Vorwürfe«, sagte Kessel, »im Gegenteil. Ich habe das Gefühl, jetzt wird doch alles einfacher.«

»Da wäre ich vorerst noch vorsichtig, mit diesem Gefühl.«

Onkel Hans-Otto sollte recht behalten.

In der Nacht auf dem Wrack träumte Kessel wieder von Julia. Es war ein kurzer, klarer und außerordentlich intensiver Traum: Kessel stand in seinem Chefzimmer aus der Zeit des *Informationsdienstes St. Adelgund*, das heißt, die Seeleninstanz in Kessel, die für die Träume verantwortlich war, gab das Zimmer für Kessels Chefzimmer aus, und Kessel nahm im Traum keinen Anstoß daran, daß es in Wirklichkeit ganz anders ausgesehen hatte. Kessels wirkliches Chefzimmer war im vierten Stock gewesen mit Blick auf eine kleine, alte Kirche. Von Kessels Cheffenstern aus konnte man die Votivinschrift in Goldlettern lesen, auf einem Ovalschild, das an der Fassade angebracht war. Von der engen Gasse aus war das fast unmöglich, es sei denn, man riskierte einen Nackenkrampf. Kessels Traum-Chefzimmer lag im Parterre oder höchstens im ersten Stock und ging auf einen großen, weiten und modernen Innenhof, auf dem ein paar Bäume, aber auch einige Bagger standen. Kessel saß halb auf dem Fensterbrett, als (ohne zu klopfen? Kessel wußte es nicht mehr – Julia braucht nie zu klopfen, dachte er nach dem Aufwachen, Julia kann mich nie überraschen, im doppelten Sinn des Wortes: ich werde nie überrascht sein, wenn Julia kommt, weil ich oft an sie denke, und ich tue nie etwas, von dem Julia nichts wissen dürfte) – als Julia eintrat. Julia war auch im Traum ›echt‹, das heißt: sie sah aus, wie sie Kessel auch in wachem Zustand in Erinnerung hatte. Julia trug zwei Gläser, eines in jeder Hand, zwei kleine Likörgläser, die mit einer hellen, irisierenden Flüssigkeit gefüllt waren. Julia trug die Gläser vorsichtig durch das ganze Zimmer und sagte, daß man jetzt endlich nachholen müsse, Bruderschaft zu trinken. Kessel achtete nicht auf die Gläser, umarmte – es ging langsam wie in Zeitlupe – Julia, küßte sie, die es nicht nur geschehen ließ, sondern ihn wiederküßte, mit einem (wie Kessel in seiner Rekapitulation des Traumes nach dem Aufwachen formulierte) abgrundtiefen Kuß. Der Kuß war wie eine tiefe, ewige Höhle, ein samtschwarzer, warmer, unaufhörlicher Kuß, der Kuß war auch das Ende des Traumes, der Kuß ging nicht ins Aufwachen über, sondern versank mit Kessel oder nahm den träumenden Kessel mit in den restlichen, traumlosen Schlaf für diese Nacht.

Weder hatte Kessel mit Julia je auf Duzfuß gestanden, nicht einmal so weit war es gekommen, noch hatte er sie jemals geküßt. Noch nach dem Aufwachen wußte er, was er im Traum vor dem Kuß gedacht hatte: *diese* Gelegenheit, hatte Kessel gedacht, darf ich nicht ungenutzt vorbeigehen lassen, wo ich schon so viele Gelegenheiten verschenkt habe.

Der Traum war so intensiv, daß Kessel beim Aufwachen das Gefühl der lebendigen Gegenwart Julias hatte, obwohl ihm doch auch ohne Gedankenumwege klar war, wo er sich befand, nämlich auf dem unwirtlichen Wrack. Auch nach dem langen und anstrengenden Fußmarsch zurück nach St. Mommul-sur-Mer war das Gefühl noch nicht verflogen, weswegen ihn die Abreise Renates und die Tatsache, daß sie nicht einmal eine Nachricht für ihn hinterlassen hatte, eher gleichgültig war. Er griff nach seinem Traumbuch: *Chef, vor ihn treten bzw. gerufen werden (= Achtsamkeit und Vorsicht vor Grünem)* und *Chef, selber Ch. sein,* was ja wohl hier zutraf: *ungünstige Witterung für Reisen und Sommerfrische.*

Kessel blätterte weiter: *Bruderschaft trinken* bedeutete: *eine Hinterhältigkeit lauert von Untergebenen, besonders an Donnerstagen. Ungünstige Zahl: 20.*

Likör: plötzliche Abreise.

Es traf Kessel wie ein Hammer, wie ein höhnischer Hammerschlag. Es war ihm, als lache ihn das Traumbuch aus, als er nochmals las: *Likör: plötzliche Abreise.* Es war ihm in dem Moment klar, daß er nie wirklich an die Voraussagen dieses stupiden Traumbuches geglaubt hatte. Er hatte sich auch nie danach gerichtet, und noch nie war eine Voraussage klar und deutlich eingetreten. Mit gutem Willen und einigem Winden, ja, hatten Dinge gestimmt, wobei aber die ungenauen und sibyllinischen Auskünfte des Buches ihren Anteil hatten. Und jetzt das.

Das Nachschlagen im Traumbuch war eine Manie Kessels gewesen wie das überflüssige Rütteln abends an der abgesperrten Tür. Es war ihm jetzt, als räche sich das Traumbuch für diese Mißachtung mit einer überaus exakten Prophezeiung. Kessel wurde das Traumbuch unheimlich. Er verlor für einen Moment den Boden unter den Füßen. Es war ihm, als habe ihn ein Finger aus einer fremden Welt angerührt, und zwar warnend, weil er mit dieser fremden Welt gespielt hatte, ohne wirklich an sie zu glauben. Es war ihm – das Beispiel formulierte er selber – wie einem Taschenspieler, dem plötzlich ein ihm selber unerklärlicher Trick, eine wirkliche Zauberei, gelingt, wie Canetti in O. F. Beers *Ich, Rodolfo, Magier,* einem anderen Lieblingsbuch Kessels.

Einige Augenblicke lang war Kessel nahe daran, das Traumbuch wegzuwerfen, Madame Paul zu bitten, es zu verbrennen. Aber er fürchtete sich: wer weiß, ob das das Buch nicht erst recht krummnehmen, und ob es sich dann nicht rächen würde. Er legte es auf den Tisch, im Koffer zu verstecken brauchte er es ja nicht mehr.

Im Lauf des Tages verblaßte der Schreck, erstens überhaupt, durch den mildernden Ablauf der Zeit, zweitens, weil die Voraussage *ungünstige Witterung für Reisen und Sommerfrische* nicht eintraf, im Gegenteil, das zwar warme, aber wechselhafte Wetter der vergangenen Tage verzog sich und machte, wie sich in der folgenden Woche herausstellte, einer beständigen Hitzeperiode Platz, und drittens beschäftigte Kessel die vorläufige Regelung seiner Angelegenheiten nach dem Abzug der Wünses und dem Kauf der Angel. Die dritte Prophezeiung – *Hinterhältigkeit seitens Untergebener* – konnte Kessel nicht berühren, da er, seit den Tagen des *Informationsdienstes St. Adelgund* – keine Untergebenen mehr hatte.

So lebte Kessel – von den allerdings langsam schmelzenden tausend Mark Jakob Schwalbes – ruhig und bescheiden und redete, nach dem Abendessen mit Onkel Hans-Otto und dessen Abreise (er begleitete ihn am Freitag im Omnibus zum

Bahnhof) mit niemandem mehr außer mit Madame Paul ab und zu ein paar belanglose Worte. Er angelte, fing nie einen Fisch, saß stundenlang am Strand, das Meer war nie langweilig, ab und zu betrachtete er mit Interesse, aber ohne Gier das eine oder andere nackte Mädchen, wenn es gerade in der Nähe des Platzes lag, wo er seine Angel in den Sand gesteckt hatte; oder ein Mädchen machte ihm die Freude, sich an- oder auszuziehen, sich im Sand zu räkeln oder in der Brandung zu spielen. Wohl drehte er sich um, um so eine nackte Nymphe anschauen zu können, den Platz wechselte er aber nie deswegen, einen Umweg machte er schon gar nicht.
So verging ein Wochenende, eine Woche, noch ein Wochenende. Am Montag darauf, es war der 16. August, kam ein Brief von Renate. Er lautete dem Sinn nach: ich vergebe Dir alles, außerdem ist ein Brief da vom Bayerischen Rundfunk für Dich, und einer von Deiner Tochter Cornelia; soll ich Dir die Briefe schicken oder kommst Du?

Der *Tristan* ging um vier Uhr an. Kessel hatte den Portier gebeten, für halb vier Uhr ein Taxi zu bestellen, denn es war wohl, überlegte er, damit zu rechnen, daß auf dem Grünen Hügel schon von Mittag an kein Parkplatz mehr zu bekommen war. Kurz vor halb vier Uhr klopfte Kessel an Cornelias Tür und erschrak dann etwas, als das Kind heraustrat – *Kind* für Kessel, für andere eine junge Dame.
Cornelia war schon am Samstagnachmittag zu Kessel gekommen, das heißt: Kessel hatte sie mit seinem Auto, also mit dem Auto, das er für die Fahrt nach Bayreuth gemietet hatte, bei ihrer Mutter abgeholt. Die Ex-Bestie hatte er nicht gesehen, auch den gegenwärtigen Herrn oder Galan der Ex-Bestie nicht und nicht Johanna, die ältere Tochter. Ob sich die drei in der Wohnung zurückhielten oder gar nicht da waren, war für Kessel nicht auszumachen. Er wurde gar nicht in die Wohnung gebeten. Cornelia stand reisefertig in der Tür, einen Koffer in der Hand. Es war ein sehr kleiner Koffer, ein Strohkoffer, in dem, wie Kessel später sah, Cornelias alter, abgewetzter Teddybär lag und ein ausgebleichtes Nachthemd, in dem er eins von Waltrauds ehelichen Nachthemden

wiederzuerkennen glaubte. Mit einer Zahnbürste half später Renate aus.

In Kessels Wohnung bewegte sich Cornelia etwas geziert, benahm sich aber im übrigen, ohne zu Beanstandungen Anlaß zu geben. Sie erklärte sich bereit, mit Schäfchen in Kessels Arbeitszimmer auf einem aufklappbaren Feldbett zu schlafen. Akustisch ging das, weil Schäfchen an dem Abend gerade wieder den Zenit ihrer Vollheiserkeit erreicht hatte.

Irgendwelche zustimmenden oder ablehnenden Äußerungen über die Wohnung, über die Einrichtung oder über Renate gab Cornelia nicht von sich, nur ein alter, grauweiß gestreifter Anzug, den Kessel am Tag vorher ausrangiert hatte, erweckte Cornelias Begeisterung. Es war ein Anzug mit Weste, mit schmalen Revers und unten sehr engen Hosenröhren, wie man sie 1976 schon längst nicht mehr trug. Freitag hatte Kessel von den viertausend Mark, die ihm der Donnerstag überraschend eingebracht hatte – dreitausend Mark, wenn man die tausend Mark abzieht, die er Jakob Schwalbe zurückgeben mußte –, bei Loden-Frey einen Blazer und eine etwas modischere Hose gekauft und dann statt dessen den alten Anzug ausgesondert. Den Anzug, jauchzte Cornelia, müsse sie unbedingt mitnehmen.

»Ich wollte ihn dem Pfarrer bringen«, sagte Kessel, »wenn wir von Bayreuth zurückkommen, für die Gemeindearmen.«

»Spinnst du«, sagte Cornelia, »das ist der letzte Chic.«

Als Cornelia aus der Tür ihres Zimmers trat, trug sie den viel zu großen Anzug, die Ärmel und Hosen aufgekrempelt, eine sehr bunte Brosche ans Revers gesteckt. Cornelia sah aus wie ein Clown, zumal sie nach wie vor ihre Turnschuhe trug. Aber ein Blick von unnachgiebiger Selbstverständlichkeit traf Kessel aus den Augen seiner Tochter, so daß ihm jeder Widerspruch, ja auch nur jeder Ausruf des Staunens in den Hals zurückgestoßen wurde.

Früher, als die Photoapparate noch groß, unhandlich und kubisch gewesen waren, trug man, Kessel erinnerte sich noch genau daran, die Apparate in schweren, ebenfalls kubischen Lederetuis. So ein Etui hatte Cornelia umgehängt.

»Auf der Dult«, sagte Cornelia auf Kessels Frage, als sie im

Taxi zum Festspielhaus fuhren. »Ich habe gefragt, was der Photo kostet. Fünfundvierzig Mark, hat der Trödler gesagt. Was kostet er ohne Etui, habe ich gefragt? Vierzig, hat er gesagt. Dann nehme ich für fünf Mark das Etui. Seitdem trage ich das als Handtasche. Johanna ist grün vor Neid geworden.«

Kessel erbot sich dann, die Handlung des *Tristan* zu erzählen. Cornelia dankte: sie kenne sie. So verlief die weitere Fahrt schweigend.

Klipp. Es gab nur zwei Eintragungen Klipp im Telephonbuch von Bayreuth. Kessel hätte sogar nur eine erwartet, es waren aber zwei. Sofort, nachdem er in sein Zimmer gegangen war, hatte er nachgesehen. Beide Klipp hießen Erich, offenbar Vater und Sohn, denn zur Unterscheidung hatten die Herren ein *sen.* und ein *jun.* hinter dem Namen einrücken lassen. Julias Mann wird wohl der Erich Klipp jun. sein. Eisenstraße 14, Telephonnummer 6 76 71. Aber Kessel hatte nicht angerufen.

Auch ohne Renates Brief hätte Kessel bald heimfahren müssen. Von Jakob Schwalbes tausend Mark waren nicht viel mehr als zweihundert übrig – nach Abzug dessen, was an Madame Paul zu bezahlen war –, und das reichte knapp für die Fahrkarte und die Verpflegung unterwegs. Die Angel hätte Kessel gern wieder verkauft, um seine Reisekasse aufzubessern, aber das Sportgeschäft, in dem er deswegen fragte – dort, nämlich, wo er sie gekauft hatte –, war zum Rückkauf nicht bereit.

»Kann ich den Geschäftsführer sprechen?« fragte Kessel.

Die Verkäuferin murrte und ging nach hinten.

Der Laden war so vollgestopft, daß man sich kaum darin bewegen konnte. Er hieß zwar *Paradis du sport,* führte aber außer Sportgeräten auch Benzinkanister, Schuhe, Zeitungen, Schrauben, Fahrräder, Schulhefte, Scherzartikel, Besen, Gartenschläuche – eigentlich alles, stellte Kessel fest, außer Lebensmittel. Offenbar war es ein Gemischtwarenladen, der während der Saison als Sportparadies firmierte.

»Sie wünschen?« fragte der Patron, ein unrasierter Mann, unter dessen großer Baskenmütze nur die Spitze der roten Nase herausragte. Kinn hatte der Mann keins, dafür zwei sehr kräftige, stark tätowierte Unterarme. Auf dem einen war eine französische und eine amerikanische Flagge tätowiert, auf dem anderen der etwas eigenartige Spruch: ›Lebt das Leben, sonst seid ihr tot.‹ Das ist auch einer von den Sprüchen, dachte Kessel, von dem man dieser oder jener Meinung sein kann.

»Sie wünschen?«

»Ja«, sagte Kessel; nach den zehn Tagen allein hatte er sein Französisch schon recht schön aufpoliert, »sehen Sie. Vor zehn Tagen habe ich diese Angel bei Ihnen gekauft –«

»Ist sie nicht in Ordnung?« fragte der Patron.

»Aber!« sagte Kessel, lehnte die Angel an einen großen Eisenkorb, in dem faustgroße rote, gelbe und orangefarbene Plastikgegenstände lagen, deren Funktion auf den ersten Blick nicht zu erkennen war; Kessel trat einen Schritt zurück (weiter konnte man nicht zurücktreten): »Eine vorzügliche Angel.«

»Warum wollen Sie dann die Angel verkaufen?«

»Sehen Sie«, sagte Kessel. »Ich reise ab. Meine Ferien sind zu Ende. Ich muß zurück nach München. Bayern. Wissen Sie, wo München ist?«

»Nein«, sagte der Patron.

»Sehr weit weg. Sehen Sie: ich kann doch die Angel nicht von St. Mommul-sur-Mer bis München mitnehmen.«

»Warum nicht?«

»Weil sie zu groß ist. Sie paßt nicht in den Koffer. Ich fahre mit dem Zug, ich fahre nicht mit dem Auto. Verstehen Sie?«

»Ich verstehe«, sagte der Patron, fuhr sich mit dem linken Daumen unter der Nase hin und her und leckte ihn mit einer großen, blauvioletten Zunge ab. »Ich verstehe. Lassen Sie die Angel da. Nächstes Jahr können Sie sie wieder holen. Ich werde einen Zettel mit Ihrem Namen dranmachen.«

»Nein«, sagte Kessel.

»Doch«, sagte der Patron, zischte der Verkäuferin einige sehr schnelle, völlig unverständliche Wörter zu, worauf sie nach hinten lief. Kessel wollte etwas sagen, aber der Patron schnitt ihm mit einer scharfen, waagrechten Bewegung der flachen

rechten Hand die Rede ab; nicht unfreundlich, vielmehr mit der Bedeutung: einen Moment!
Kessel nahm eins der Plastikdinger aus dem Korb. Sie kosteten drei Francs achtzig das Stück. Es waren Kugeln, aus denen ein eckiger Zapfen herausragte, um den Zapfen war eine Schnur gewickelt, alle gleichförmig, aber verschiedenfarbig.
»Was ist das?« fragte Kessel.
Die Vokabel, die der Patron antwortete, verstand Kessel nicht. Sie klang wie *Destenne* oder *Destièn* oder so ähnlich.
»Wie bitte?«
»Destenne!«
»Ach so«, sagte Kessel der Einfachheit halber und legte das Ding wieder in den Korb zurück.
Inzwischen war die Verkäuferin wiedergekommen und hatte ein Stück Karton und einen Filzstift gebracht. Der Patron biß ein Loch in den Karton, zog rasch eine Schnur durch und fragte:
»Wie ist Ihr Name?«
»Nein«, sagte Kessel, »ich weiß nicht, ob ich nächstes Jahr wiederkomme –«
»Dann eben übernächstes Jahr«, sagte der Patron fröhlich. »Solang wird die alte Welt ja wohl noch stehen.«
»Ich weiß nicht, ob ich überhaupt jemals wiederkomme«, sagte Kessel düster, »ich habe hier eine schwere Enttäuschung erlebt.«
»Eine Enttäuschung?« fragte der Patron, beugte sich über die Ladenbudel, »mit einem Weibsbild?« Bevor Kessel antworten konnte, hatte sich der Patron wieder der Verkäuferin zugewandt und zischte noch einmal ein paar unverständliche Wörter. Die Verkäuferin lief nach hinten.
»So, so«, sagte der Patron, »mit einer von diesen verfluchten, gotteslästerlichen Huren.«
»Ja, ja«, sagte Kessel.
»Diese Huren«, sagte der Patron. Er verfiel in rasche Sprechweise und in gascognischen Dialekt, so daß Kessel den nächsten Satz nicht direkt verstand, aber aus der synchron wegwerfenden, ja *weit* wegwerfenden Bewegung beider Hände schloß er, daß der Satz ungefähr bedeutet hatte: ich kann Ih-

nen sagen, ich habe mein Teil mitgemacht. Der Patron schob die Baskenmütze von hinten noch eine Idee weiter ins Gesicht und sagte dann wieder langsamer und verständlich: »Sind *alles* Huren.«

»Nicht alle«, sagte Kessel.

»Alle«, sagte der Patron.

»Nein«, sagte Kessel. »Ich kenne eine . . ., das heißt, kennen ist vielleicht zuviel gesagt, die ist –«

»*Grade* die!« sagte der Patron, »grade die! Immer grade die.«

Kessel fehlten nun doch die Vokabeln, um dieses sozusagen ins Philosophische ausgleitende Gespräch weiterzuführen. Er nahm die Angel und lehnte sie zwischen sich und dem Patron an die Ladenbudel. »Also?«

»Sie ist zu groß für Ihr Gepäck?« fragte der Patron.

»Richtig«, sagte Kessel.

»Ich mache Ihnen einen Vorschlag: Sie legen zehn Francs drauf, und ich gebe Ihnen ein paar Schuhe für fünfunddreißig Francs.«

So zog, nolens volens, Albin Kessel mit einem Paar sehr komischer Schuhe, eine Art Mittelding zwischen Kneippsandalen und Zugstiefeletten mit einem leichten Einschlag von Turnschuh, aus dem *Paradis du sport* ab. Nur diese Art Schuhe hatten exakt fünfunddreißig Francs gekostet. Allerdings hatte Kessel darauf bestanden, als Zugabe eins von den *Destièn* zu bekommen. Er hatte ein gelbes gewählt.

Die Fahrt war eine Qual: zwei Tage und eine Nacht, viermal umsteigen – über Bordeaux, Paris, Straßburg. Selbstverständlich konnte sich Kessel keine erste Klasse, geschweige denn ein Schlafwagenabteil leisten. Er lebte von heißen Würstchen, die er gehetzt an Bahnsteigkiosken hinunterschlang. Die letzten Würstchen auf französischem Boden (in Nancy) waren so fett, daß er Bauchweh bekam. Dennoch dachte er kurz vor Straßburg noch rechtzeitig daran, die neuen Schuhe anzuziehen, damit er sie nicht womöglich auch noch verzollen müsse. Trotzdem versteckte er seine Füße unter der Sitzbank, als der Grenzer kam. Aber gerade unter der Sitzbank schaute der Grenzer nach.

»Haben Sie merkwürdige Schuhe an«, sagte der Grenzer.

»Wieso?« fragte Kessel.
»Solche Schuhe habe ich mein Leben noch nicht gesehen«, sagte der Grenzer.
»Aber bequem sind sie«, sagte Kessel.
»Na ja«, sagte der Grenzer. »Zu verzollen haben Sie nichts?«
»Nein«, sagte Kessel.
»Dann gute Reise.«

Überraschenderweise hatte der Landregen doch aufgehört. Ein nicht unangenehmer Wind strich über den Grünen Hügel. Kessel und Cornelia waren früh genug dran, um vor der Vorstellung noch ein wenig vor dem Festspielhaus herumzugehen. Cornelias Aufzug stach so gut wie alle Abendkleider aus. Kessel wußte nicht, ob er sich freuen oder genieren sollte.

Der Aufzug der Herren war beispiellos einheitlich: Smoking, allenfalls weißer Smoking, einige Uniformen (nur Kessel im Blazer). Woher kommt es, daß eine Musik, die von ihrem Komponisten als Revolution verstanden wurde, einen derart konservativen Effekt macht? Nichts ist so abgestanden wie eine Neuigkeit von gestern; nichts ist so reaktionär wie eine verstaubte Revolution. Man braucht ja bloß die Russen anzuschauen, heute; eine Schande.

Die Damen waren nicht viel besser: viel Brokat, viel Mieder, schwere Gehänge, Wallendes; gediegen gedrechseltes und geschweißtes Hausschneiderhandwerk, und die Damen darin waren meist entsprechend. Nein: Julia war nicht dabei.

Julia war Bayreutherin. Wer in Bayreuth geboren ist oder dort lebt, geht nicht zu den Festspielen, hatte Kessel erfahren. Er hatte, weil noch Zeit war, in der *Jean-Paul-Buchhandlung,* die ganz in der Nähe des *Bayerischen Hofes* war, ein Büchlein gekauft und darin ein wenig gelesen, während er darauf wartete, daß Cornelia mit ihrer – im Endergebnis unsichtbaren – Toilette fertig wurde.

»Etwas über Bayreuth«, hatte Kessel die Buchhändlerin gebeten; eine hübsche Person mit dunklen Augen. Aber dennoch kein Vergleich mit Julia, hatte Kessel gedacht.

»Über Bayreuth oder über die Festspiele?« fragte die Buchhändlerin. Da erkannte Kessel, daß das zweierlei Paar Stiefel waren.
»Ich möchte mich ungern mit zwei Büchern belasten«, sagte Kessel, »über beides gibt es nichts?«
Die Buchhändlerin schaute sich scheu um und trat dann konspirativ zu Kessel heran: »An und für sich nein, das heißt: eigentlich schon.« Sie führte Kessel weiter nach hinten und nahm aus einem Regal, das durch ein anderes, verschiebbares Regal verdeckt werden konnte, ein Buch heraus und zeigte es Kessel. »Eigentlich sollte das gar nicht verkauft werden. Aber wir führen es doch, weil ab und zu heimlich einer kommt, der es haben will.« Kessel drehte das Buch unschlüssig in der Hand. Die Zeichnung auf dem Titel, darstellend die Karikatur eines Denkmals: eine Leier spielende Muse mit zu großem Stierhornhelm auf dem Kopf, ließ nicht auf Seriosität des Werkes schließen.
»Eigentlich wollte ich was Ernstes«, sagte Kessel.
»Ich habe es ja nicht gelesen«, sagte die Buchhändlerin, »weil der Chef gesagt hat, daß man es besser nicht gelesen haben sollte. Aber, ich habe Ihnen schon erzählt, ab und zu kommt einer, der es will. Neulich ist sogar einer gekommen, der war, glaube ich, von der Familie Wagner geschickt. Er hat gesagt: im Vertrauen zu Ihnen, hat er zu mir gesagt, *es stimmt*.«
»Was stimmt?«
»Das Buch«, sagte die Buchhändlerin.
So kaufte Albin Kessel das Buch. Aber die eigentliche Überraschung kam noch. »Wollen Sie auch den anderen Umschlag?« fragte die Buchhändlerin.
»Ich verstehe nicht?« sagte Albin Kessel.
»Ja, nein«, sagte die Buchhändlerin. »Der Chef hat einen anderen Umschlag drucken lassen für das Buch. Er kostet allerdings eine Mark extra. Einen anderen Schutzumschlag, den Sie statt dem richtigen Umschlag drumtun können; damit Sie keine Schwierigkeiten haben, wenn Sie damit umherlaufen, oder wenn Sie es im Hotel am Nachttisch liegen lassen.«
›Gotthard Neusigl. *Liebessymbole im Lichte der* Tristan-*Leitmotive. Eine psychologisch-musikalische Studie.*‹ stand

auf dem fingierten Umschlag. An der Seriosität eines Buches mit solchem Titel war natürlich nicht mehr zu zweifeln. Kessel kaufte auch den Schutzumschlag.

Wir haben schon festgestellt, daß außerhalb der Festspielzeit Wagner in Bayreuth – wie man so sagt – nicht präsent ist. Auch die Bayreuther haben ein ganz eigenartiges Verhältnis zu Wagner. Der Münchner Journalist Fred Hepp hat 1963 eine sehr hübsche Reportage über Bayreuth geschrieben. Darin erzählt er von einem Friseur in Bayreuth, bei dem er sich für die Walküre *die Haare schneiden ließ. Hepp fragte den Friseur, ob auch er ›hinauf‹ ginge. ›Hinauf‹ bedeutet im Bayreuther Jargon ›auf den Festspielhügel‹, also zu den Festspielen. »Wer untertags arbeitet«, antwortete aber der Friseur, »kann sich das nicht leisten.«*

Das Festpiel-Bayreuth und die Stadt Bayreuth stehen sich sozusagen ohne Berührungspunkte gegenüber. Außer der gemeinsamen geographischen Länge und Breite haben sie nichts miteinander zu tun. Der Wagnerianer empfindet die Stadt Bayreuth, wenn er sie überhaupt wahrnimmt, als Fremdkörper. Dennoch muß der Wahrheit die Ehre gegeben werden: ohne die Festspiele wäre Bayreuth zwar nicht nichts, höchstens aber eine von drei Dutzend deutschen Residenzen oder Reichsstädten, die heute bedeutungslos am Rande der Verkehrsverbindungen liegen und aus ihrer Glanzzeit einige hochinteressante Baudenkmäler aufzuweisen haben – mehr nicht. Die Bayreuther sind deswegen natürlich stolz darauf, daß sie, wie es etwas übertrieben heißt, für fünf oder sechs Wochen im Jahr Weltstadt sind. Wagnerianer sind die wenigsten Bayreuther, vermutlich so wie im Vatikan echte Katholiken rar sind. Der Ruf ›Die Festspielgäste kommen!‹, hat einmal ein scharfer Beobachter festgestellt, ertönt in Bayreuth etwa mit dem Unterton wie bei den Lachsfischern der Ruf: ›Die Lachse kommen!‹

Ganz stimmte das nicht, wußte Kessel von Julia. Julia war sehr musikalisch. Kessel glaubte sich zu erinnern, daß sie erzählt hatte, sie habe Klavier spielen gelernt, und zwar gern. Wenn sich Kessel nicht täuschte, so war – er genierte sich heute noch, wenn er daran dachte – ein Kalauer mit musikali-

schem Hintergrund sozusagen der Anfang seiner Bekanntschaft mit Julia gewesen. »Das ist Julia, unsere Bayreutherin«, hatte der Abteilungsleiter Julia vorgestellt. Kessel kam sich sehr geistreich vor, als er, wie er Julia später am Korridor begegnete, das Siegfried-Motiv pfiff, und zwar nicht nur einmal, sondern jedesmal, wenn er sie traf.
»Wenn Sie meinen, das ärgert mich«, hatte Julia nach ein paar Tagen mit ihrer eher dunklen, vollen, aber leichten Stimme gesagt, »dann täuschen Sie sich. Ich bin keine Wagnerianerin.« Sie hatte es freundlich und lächelnd gesagt, und Kessel bat auch gleich um Entschuldigung für den akustischen Mißgriff.
Bis sie sagte, er brauche überhaupt nichts zu pfeifen, wenn er ihr auf dem Korridor begegne, pfiff dann Kessel immer den Anfang von Mozarts Klarinettenkonzert. Das hing mit einer Bemerkung Jakob Schwalbes zusammen, der – damals noch längst nicht Studienrat, noch Schuldner und nicht Gläubiger Kessels – auf die Nachricht hin, daß Kessel einer einigermaßen bürgerlichen und gewinnbringenden Tätigkeit nachging, sofort zu Kessel ins Büro kam, um Geld zu pumpen. Bei der Gelegenheit sah Schwalbe, der Damenexperte, Julia; das einzige Mal. Julia fragte Kessel nur, ob er einen Kaffee wolle, es würde grad einer geholt.
»Das ist eine Schönheit«, sagte Schwalbe, den so leicht nichts zu begeisterten Äußerungen hinriß.
»Ich finde auch«, sagte Kessel verhalten.
»Ich finde auch?« äffte Schwalbe Kessels laue Bemerkung nach (ein besserer Beobachter als Schwalbe hätte vielleicht wahrgenommen, was sich hinter dieser scheinbaren Lauheit verbarg). »Wenn ich dir sage, daß das eine Schönheit ist. Es bedürfte natürlich noch der genaueren Überprüfung, aber ich würde jetzt schon schwören, womöglich sogar wetten, daß das eine *makellose* Schönheit ist. Wie heißt sie denn?«
»Julia.«
»Auch das noch.« Schwalbe seufzte. »Hast du gemerkt, daß sie eine wunderschöne Stimme hat?«
»Ja«, sagte Kessel, »und goldene Augen.«
»Die Stimme! Die Stimme!« sagte Schwalbe. »Nicht tief, aber

dunkel. Dunkel ist anders als tief. Auch eine relativ hohe Stimme kann dunkel sein; das hat dann einen ganz unbeschreiblichen Reiz, mattschwarz oder nachtblau-samtig, wie die mittlere Lage einer Klarinette. *Hirt auf dem Felsen* ungefähr oder Köchelverzeichnis 622. – Also«, kehrte Schwalbe auf die harte Erde zurück und riß Kessel mit sich, »fünfzig Mark?«

»Spinnst du«, sagte Kessel. »Zehn ist das äußerste. Ich arbeite schließlich in dem Tretrad da nicht für dich, sondern für mich.«

»Dann werde ich eben morgen wahrscheinlich verhungern.«

»So, so«, sagte Kessel. »Wenn du mir nicht vorher die zehn Mark zurückgibst, spare ich sie beim Kranz ein, den ich für dein Begräbnis kaufen wollte.«

»Ich mache dir einen Vorschlag: kauf mir überhaupt keinen Kranz und gib mir doch die fünfzig Mark.«

»Dann stirbst du womöglich nicht.«

Wie immer, hatten diese Gespräche mit Schwalbe bei aller Freundschaft und Blödelei einen ganz kleinen ernsthaften Unterton. Das hieß: Schwalbe war ein ganz klein wenig wirklich beleidigt, daß ihm Kessel tatsächlich nur zehn Mark gab. Er ging auch dann gleich, im selben Moment, als Julia mit dem Kaffee in Kessels Zimmer kam.

Ach, Julia, dachte Kessel. Das Posaunenquartett am Balkon des Festspielhauses blies zum ersten Akt *Tristan.*

Selbstverständlich hat Albin Kessel in seiner Millionärszeit in ganz anderen Kategorien gerechnet, aber das war lang her. »Ich kenne keinen ehemaligen Millionär«, sagte Wermut Graef, »bei dem die Millionärität so wenig Spuren zurückgelassen hätte wie bei Albin Kessel.« Das war insofern ungenau ausgedrückt, als Wermut Graef außer Albin Kessel weder einen ehemaligen noch einen, wenn man so sagen kann, noch aktiven Millionär kannte. Aber eins stimmte: weder das Geld, über das Albin Kessel in der florierenden Zeit des *Informationsdienstes St. Adelgund* verfügte, noch seine sehr bald nach dem Untergang der Yacht *St. Adelgund II* bedauernswerten finanziellen Umstände hatten vermocht, aus dem alten Albin Kessel, den seine Freunde kannten, einen neuen oder gar anderen Albin Kessel zu machen. Das galt selbst für Kessels Verhältnis zum Geld, und so hatte es die zehn Jahre seither nicht gebraucht, um ihn daran zu gewöhnen, wieder in ganz kleinen finanziellen Kategorien zu rechnen. Im August 1976 waren viertausend Mark für Albin Kessel ein Vermögen.

Es waren nämlich drei Briefe gekommen, drei Briefe von Gewicht. Von zweien davon hatte ihm Renate nach St. Mommul-sur-Mer geschrieben, die Bedeutung des dritten konnte sie nicht erkennen, um so weniger selbstverständlich, als der Absender – Fa. Siebenschuh GmbH. Industrieberatungen. 8 München 90, Postfach – auch Albin Kessel zunächst völlig rätselhaft war. Der erste Brief war von Cornelia Kessel. Sie nahm darin ein etwa sechs Monate altes Angebot ihres Vaters an, mit ihm eine kleine Reise zu machen. (Zu Ostern hatte Kessel seiner Tochter geschrieben, aber vorerst keine Antwort auf den Brief erhalten.) Der zweite Brief kam von Frau Marschalik und war schon eigentlich nicht mehr eine Überraschung, sondern bereits ein Wunder: erstens schrieb Frau Marschalik »Lieber Herr Kessel« (und nicht »lieber Herr Gerstenfelder«), und zweitens teilte sie mit, daß sein Exposé über die Buttlarsche Rotte angenommen sei und daß man ihn mit der Ausarbeitung des Drehbuchs beauftrage. Kessel fuhr sogleich am nächsten Tag zu Frau Marschalik, nicht so sehr, um darüber zu reden, wie man den Plan realisieren solle, sondern um sofort den dem Brief beiliegenden Honorarvertrag unterschrieben zurückzubringen und den Vorschuß von zweitausend Mark zu beheben. Nur wenige Autoren machen von der schon fast ans Ehrenrührige grenzenden Möglichkeit Gebrauch, ein Honorar sich an der Rundfunkkasse in bar auszahlen zu lassen. Kessel tat es auch nur, weil er trotz des inzwischen verflossenen halben Jahres das Angebot an Cornelia aufrechterhalten wollte, und auch, um Jakob Schwalbe zu verblüffen, was auch vollständig gelang. Das war alles am 19. August, einem Donnerstag, einem – wenn auch in freudigem Sinn – hektischen Tag für Albin Kessel. Die drei Briefe (und auch die andere Post, die für die hiesige

Erzählung keine weitere Bedeutung hat), las Kessel am Mittwochabend, nachdem er den Schmutz der zweitägigen Fahrt von St. Mommul nach München weggebadet und die schlechten Säfte (von den Würstchen aus Nancy) durch ein leichtes, gesundes Abendessen aus seinem Körper gespült hatte. Am Donnerstag früh rief er als erstes bei der Ex-Bestie an. Cornelia war gleich am Telephon. Kessel sagte, er freue sich, daß sie seine Einladung angenommen habe; er schlage vor, daß man am Samstag oder Sonntag fahren solle, und Cornelia solle sich überlegen, wohin.

Renate, die ja diese Woche noch Urlaub hatte, lieh Kessel ihr Auto. Mit dem fuhr er zum Rundfunk, und zwar so, daß er um zehn Uhr schon dort war, also zur – medien-administrativ gesehen – nachtschlafenen Zeit. Aber Frau Marschalik kam bald danach, füllte ein paar umständliche Formulare aus – »Sie wollen es wirklich nicht überwiesen haben? Es wäre viel einfacher, Herr Purucker – Verzeihung, wo habe ich meinen Kopf – Herr Gerstenfelder ...« – um dreiviertel elf Uhr hatte Kessel die zweitausend Mark in der Tasche, um elf Uhr läutete er an Jakob Schwalbes Wohnung.

Kessel hatte natürlich genau auskalkuliert, was er sagen und wie er die tausend Mark zurückgeben würde, um Schwalbes Verblüffung ganz auszukosten. Der Plan hatte nur einen Unsicherheitsfaktor: daß Schwalbe, der als Schullehrer um diese Zeit Sommerferien hatte, nicht da war.

Wenn der Lift aus dem Keller kommt, ist er nicht da, dachte Kessel, als er unten im Haus stand, wo Schwalbe wohnte, wenn er von oben kommt, ist er da. Ein windiges Orakel: kaum jemals kommt in einem vierstöckigen Wohnhaus der Lift aus dem einzigen Kellergeschoß. Er kam auch tatsächlich von oben. Aber manchmal richtet sich das Leben nach dem windigsten Orakel: Schwalbe war da.

»Wo kommst du denn her, Kessel?« sagte Schwalbe, der in einem smaragd-samtenen, bis zum Boden reichenden Morgenmantel öffnete. Die Frage hatte Kessel mit prophetischer Schärfe vorausgesehen.

»Da gibt es verschiedene Antworten«, sagte Kessel; »je nachdem, ob du im engeren oder im weiteren Sinn meinst. Im engeren Sinn: aus meiner Wohnung in Fürstenried; im engsten Sinn: vom Rundfunk; im weiteren Sinn: aus einem Ort namens St. Mommul-sur-Mer, der dir nicht geläufig sein wird. Und übrigens –«, Kessel nahm mit einer wohlberechneten Geste einen Tausendmarkschein, den er unten vor dem Lift wie lässig in das Täschchen neben dem Revers gesteckt hatte, und reichte ihn, flach zwischen Zeige- und Mittelfinger der linken Hand haltend, zu Schwalbe hinüber, »– hier. Mit bestem Dank.« Auch das Dativ-M schmeckte Kessel gehörig aus, sozusagen: seine finanzielle mit der grammatikalischen Korrektheit verdeutlichend.

Schwalbe hatte Kessel hereingebeten, ihm, da er noch beim Frühstück saß, eine Tasse Kaffee angeboten.

»Hast du das Geld gar nicht gebraucht? Warst du gar nicht weg?« fragte Schwalbe, nahm kopfschüttelnd den Tausender und steckte ihn in die Tasche seines Schlafrocks.

»Doch«, sagte Kessel und erzählte in groben Zügen, aber mit Ausschmückungen der Höhepunkte, den Hergang der Ereignisse. Besonders die Sache mit der Angel gefiel Schwalbe, und den unerklärlichen Gegenstand, Destièn oder Destenne, ließ er sich ausführlich schildern. Aber auch für die ernstere, die bitterernste Seite der Affäre zeigte Schwalbe freundschaftliches Interesse.

»Da hättest du also besser den Mund halten sollen«, sagte Schwalbe.

»Nicht den Mund halten«, sagte Kessel, »im Gegenteil: den Mund aufmachen. Ich hätte Ulla sagen müssen –«

»Ja, ja«, sagte Schwalbe, »ein Schuß, der voll nach hinten losgegangen ist. Jetzt sitzt die Kröte in deiner Wohnung.«

»Wer hat das ahnen können?«

»Das Leben ist ein Schachspiel«, sagte Schwalbe.

»Du meinst –«

»Nein«, sagte Schwalbe, »ich meine jetzt wirkliches Schachspielen. Vielleicht sollten wir wirklich wieder einmal Schachspielen gehen, also nicht – also wirklich, wie früher –.« (Die Schachspielausrede hatte einen sozusagen historischen Kern.)

»Wenn ich zurückkomme«, sagte Kessel.

»Fährst du nochmals fort?«

»Ja«, sagte Kessel, »mit Cornelia, ein paar Tage.«
»Wohin?«
»Das weiß ich noch nicht.«
»Dann habe ich was für dich.«
Schwalbe stand auf, ging in ein anderes Zimmer und kam mit den beiden Karten für den *Tristan* in Bayreuth zurück. Er sagte es zwar nicht, aber es war ihm anzumerken, daß das eine Belohnung für die pünktliche Rückzahlung des Geldes war.
»Nichts da«, sagte Schwalbe, »sie haben mich auch nichts gekostet. Es heißt zwar immer, daß man keine Freikarten für Bayreuth bekäme; aber das stimmt nicht.«
»Und du selber willst nicht hinfahren?«
»Nein«, sagte Schwalbe. »Wenn schon Wagner, dann gleich den *Parsifal. Tristan* ist mir zuwenig Kasteiung.«
So bedankte sich Kessel und verabschiedete sich. Schwalbe brachte ihn an die Tür und rief ihm noch in den Lift hinein nach, daß er das nächste Mal das gelbe Plastikding mit dem rätselhaften Namen nicht vergessen solle, mitzubringen. »Ja«, sagte Kessel. Es sollte nie dazu kommen. Es war das letzte Mal, daß Kessel Schwalbe sah.
Es war kurz vor zwölf Uhr, als Albin Kessel von Schwalbe fortging. Er fuhr in Richtung Stadtmitte und parkte Renates Auto – ein Luxus, den er sich gestützt auf den neuen Reichtum leistete – auf einem Parkplatz am Altstadtring, der gebührenpflichtig war. Er hatte dem Herrn Dr. Wacholder vorgeschlagen: im *Café Hippodrom*, dort könne man auch essen, aber Dr. Wacholder hatte gesagt: *Café Hippodrom* sei nicht gut und schlug seinerseits ein Restaurant vor, das schräg gegenüber dem *Café Hippodrom* lag. »Sie sind natürlich mein Gast«, hatte Dr. Wacholder am Telephon gesagt.
Das Telephongespräch – es waren eigentlich zwei Gespräche – hatte stattgefunden, nachdem Kessel in der Früh Cornelia angerufen hatte, und war veranlaßt durch den rätselhaften dritten Brief mit dem Absender Fa. Siebenschuh.
Der Brief – es war der dritte, den Kessel öffnete – war kurz und lautete: ›Sehr geehrter Herr Kessel! Wir sind im Zuge der Umstrukturierung unserer Informationsabteilung interes-

siert, Sie als Berater zu gewinnen. Wir würden uns freuen, wenn Sie bereit wären, mit uns über unsere Vorschläge zu sprechen. Herr Dr. Wacholder, den Sie unter der Rufnummer 78 94 45 erreichen können, steht jederzeit zur Verfügung. Für einen baldigen Rückruf wären wir dankbar und zeichnen mit vorzüglicher Hochachtung ...‹, worauf ein Stempel ›Fa. Siebenschuh GmbH‹ und eine unleserliche Unterschrift folgten.
Kessel konnte sich mit dem besten Willen nicht vorstellen, welche Fähigkeiten er der Informationsabteilung einer Fa. Siebenschuh zur Verfügung stellen könnte, nahm an, daß das vielleicht irgendwie noch mit seinem längst verklungen geglaubten Ruf als Gründer und Chef von *St. Adelgund* zusammenhing und beschloß, spaßeshalber anzurufen.
Nachdem er 78 94 45 gewählt hatte, meldete sich auf der anderen Seite eine mürrische Männerstimme weder mit einem Namen noch mit einer Firma, sondern mit der Rufnummer.
»Ist dort Firma Siebenschuh?« fragte Kessel.
»Einen Moment«, sagte die mürrische Männerstimme, »ich muß einen Bleistift holen. – Ja«, sagte die Stimme nach einer Weile. »Wie ist Ihr Name?«
»Albin Kessel, ich habe einen Brief –«
»Buchstabieren Sie bitte.«
Kessel buchstabierte seinen Namen und wurde langsam gereizt: »Bitte sagen Sie mir endlich, ob dort die Firma Siebenschuh ist, oder –«
»Und Ihre Rufnummer?« fragte die Männerstimme unerschüttert mürrisch.
Kessel nannte seine Telephonnummer und sagte dann: »Kann ich jetzt endlich Herrn Dr. Wacholder sprechen? Schließlich will er etwas von mir und nicht ich von ihm. Oder soll ich Ihnen den Namen auch noch buchstabieren?«
»Besser schon«, sagte die Männerstimme ohne jeden Anflug von Ironie.
Nachdem Kessel auch noch ›Wacholder‹ buchstabiert hatte, sagte die Männerstimme in trauriger Ruhe: »Sie werden zurückgerufen«, und hängte ein.
Kessel hielt konsterniert seinen Hörer in der Hand und wußte

nicht, was er nun von der Firma Siebenschuh halten sollte. Renate war im Bad, öffnete einen Spalt, hielt sich ein Handtuch vor den Busen und zischte heraus: »Mußt du so ewig telephonieren, wenn Schäfchen schläft?« und machte die Tür wieder zu. Kessel achtete nicht darauf. War die Sache mit der Firma Siebenschuh ein Scherz? Ein Jux Jakob Schwalbes? Ein Jux, von dem im Moment noch nicht abzusehen war, wie geistreich er sich entwickeln würde? Im Wesen Schwalbes wäre so etwas schon gelegen, früher, heute eigentlich nicht mehr, schon lange nicht mehr. Überhaupt kam Kessel die Sache bei aller Merkwürdigkeit nicht absurd genug vor, um als Scherz von Jakob Schwalbe zu stammen. Albin Kessel legte den Hörer, den er immer noch in der Hand hielt, auf die Gabel zurück und griff nach dem Telephonbuch: er wollte die Firma Siebenschuh suchen, ob es sie überhaupt gab. Aber noch ehe er den Buchstaben S gefunden hatte, läutete das Telephon, und es meldete sich Dr. Wacholder mit freundlicher Stimme in außerordentlich erfreutem Ton, bedankte sich für die rasche Reaktion auf den Brief – ehe Kessel zu Wort kommen konnte, um sich über die merkwürdigen telephonischen Gepflogenheiten der Firma Siebenschuh zu beschweren – und bat um einen Termin für ein Gespräch: ». . . jederzeit, ich schlage vor bald, stehe immer zur Verfügung.«
»Darf ich fragen, um was für eine Angelegenheit es sich handelt – generell«, fragte Kessel, »ich meine: in großen Zügen?«
»Ich schlage vor«, sagte Dr. Wacholder, »wir besprechen das, wenn wir uns gegenübersitzen, nicht am Telephon.«
»Hängt es mit dem *Informationsdienst St. Adelgund* zusammen?« fragte Kessel.
»Wie bitte? – Ja, ja. Auch. Auch.«
Die Geschichte erschien Kessel nun so obskur, daß er nicht länger warten wollte und ein Treffen für heute mittag vorschlug. Dr. Wacholder war nicht nur erfreut, er war entzückt, nur nicht, wie erwähnt, vom Vorschlag Kessels, sich im *Café Hippodrom* zu treffen.
Das Lokal, das Dr. Wacholder vorgeschlagen hatte, galt als vornehm, teuer und schlecht, hatte aber den Vorteil, daß es im ersten Stock über einem Friseurladen lag, so gut wie unbe-

kannt und – zumindest untertags – fast immer leer war. Als Kessel das Lokal betrat, sprang der einzige Gast auf und kam auf ihn zu.
»Herr Kessel?« fragte der Mann. »Freut mich. Ich bin Dr. Wacholder.«
Der Stimme nach hätte sich Kessel den Dr. Wacholder älter vorgestellt. Dr. Wacholder mochte nicht älter als dreißig sein, war rundlich, aber straff, und war sportlich, aber elegant und korrekt gekleidet. Das Auffallendste an Dr. Wacholder waren seine mafiaartigen, zu seiner übrigen Dezenz und Gedecktheit nicht passenden schwarzweißen Schuhe und ein extrem schlanker kantiger Aktenkoffer aus rotbraunem Leder, den Wacholder fast nie aus der Hand und gar nie aus den Augen ließ. Beim Essen nahm er den Koffer zwischen die Waden.
»Ganz meinerseits«, sagte Kessel.
»Bitte, kommen Sie, ich habe mir gedacht, dieser Tisch da ist der richtige, oder wollen Sie lieber am Fenster sitzen?« fragte Wacholder.
»Nein, nein«, sagte Kessel, »ist mir schon recht. Nur, sagen Sie –«
Wacholder setzte sich und schob gleichzeitig Kessel den Stuhl zum Hinsetzen zurecht.
»Schon manche lebenslange Freundschaft«, sagte Dr. Wacholder, »hat mit dem gemeinsamen Studium einer Speisenkarte angefangen. Ich darf wiederholen: Sie sind mein Gast. Trinken Sie mittags Sekt? *Ich* vertrage seit einiger Zeit kaum noch anderen Alkohol. – Ober, eine Flasche *Veuve Cliquot* – Sekt ist kein Alkohol, Sekt ist ein Kreislaufmittel –«
Kessel hatte fast den Verdacht, der andere an seinem Tisch rede wie das einsame Kind im Wald, rede, um nicht an seine Angst denken zu müssen, rede, um Kessel nicht Gelegenheit zu geben, eine Frage zu stellen, *die* Frage zu stellen, vor der er sich fürchtete. Dr. Wacholder las laut die Speisenkarte von oben nach unten und wieder von unten nach oben, redete mit dem Kellner, schnitt allerhand gastronomische Probleme an, trug Grüße an den Küchenchef auf und schnatterte alles mögliche in der Art. Endlich aber, nachdem alles bestellt und ge-

regelt war, verstummte Dr. Wacholder, lehnte sich in seinen Stuhl zurück, hob beide Arme ein wenig und ließ sie fallen, lächelte verlegen und sagte:
»Jetzt werden Sie mich wohl fragen, warum wir hier – sitzen?«
»Ja«, sagte Kessel, »ich –«
»Sehen Sie, Herr Kessel, ich weiß theoretisch ganz genau, wie ich so ein Gespräch führen müßte. Schließlich habe ich es gelernt, in scheußlich langweiligen Kursen, die auch Ihnen nicht erspart bleiben werden, wenn Sie zur Firma gehen sollten. Aber ich bin unfähig, so ein blödsinniges Gespräch zu führen. Ich lasse lieber gleich die Hosen herunter –«
»*Wie* bitte?«
»Ja; den Ausdruck verstehen Sie nicht, noch nicht. Sehen Sie, eigentlich müßte ich eine Stunde lang um den Brei herumreden, alles Mögliche aus Ihnen herauszubekommen versuchen, was man mir hier aufgetragen hat –«, Dr. Wacholder klopfte auf seinen Aktenkoffer, »aber ich *kann* das nicht. Es ist mir einfach zu blöd. Sehen Sie – wo haben Sie Ihre Uhr?«
Kessel schob den linken Arm etwas aus seinem Jackenärmel – seine Armbanduhr war nicht da.
Dr. Wacholder lachte. »Sie sitzen auf Ihrer Uhr.«
Kessel stand auf. Tatsächlich lag die Uhr auf dem Sitz.
»Und wenn Sie Ihre Brieftasche suchen –«, sagte Dr. Wacholder, »hier!« Er reichte sie ihm. »Sie brauchen keine Angst zu haben. Kleine Scherze von mir. Man bezeichnet mich als Hobbyzauberer. Nichts ist weniger richtig. Alles andere ist für mich Hobby: nur das Zaubern ist mir ernst. Sie brauchen keine Angst zu haben, ich zaubere Ihnen nichts mehr weg. Ich wollte Ihnen nur eine kleine Probe meiner Kunst geben, wie man so sagt. Und dennoch, sehen Sie: so ist die Firma, trotz dieser Fähigkeiten setzt man mich für nichts anderes ein als für die Werbung. Nicht Reklame – nein: Werbung im Sinn von Anwerbung. Leute soll ich fangen. Ein langweiliges Geschäft: man umgarnt die Leute, beschäftigt sich mit ihnen, widmet ihnen seine ganze Kraft und Ausdauer, und wenn es gelingt, gibt man den Mann ab und hört und sieht nie mehr was von ihm; es sei denn durch Zufall, und dann muß man so

tun, als kenne man sich nicht. Dabei – Sie haben meine Fähigkeiten gesehen, dabei war das nur eine *kleine* Kostprobe, sozusagen gar nichts. Was ich alles schon für Vorschläge gemacht habe, wie man meine Fähigkeiten ausnützen könnte – aber nein. Nichts. *Gar* nichts.«
»Ich muß Ihnen gestehen, Herr Dr. Wacholder –«
»Wie bitte? Ach so – Wacholder.« Er lachte. »Ich weiß schon gar nicht mehr, was ich alles für Namen habe. Ein blöder Name: Wacholder. Haben Sie geglaubt, daß jemand Wacholder heißen kann? Ich heiße gar nicht Wacholder, das heißt: für Sie heiße ich so. Manchmal habe ich das Gefühl, die da oben geben mir absichtlich blöde Namen, um mich zu ärgern –«
»Entschuldigen Sie, aber jetzt –«
»Was jetzt?«
»Ich muß Sie jetzt bitten, mir endlich zu sagen, was Sie, ob Sie nun Wacholder heißen oder nicht, oder was die Firma Siebenschuh von mir will!«
Dr. Wacholder riß die Augen weit auf und lehnte sich in seinen Sessel zurück.
»Ach so«, sagte er dann, »Sie haben immer noch nicht gemerkt, daß ich Sie für den Bundesnachrichtendienst werben soll.«

So war er, als Albin Kessel nach einem ausgedehnten Mittagessen gegen halb drei Uhr nach Hause kam, Mitarbeiter des Bundesnachrichtendienstes, hieß mit Decknamen Kregel und – was er allerdings noch nicht wußte – für den internen Dienstgebrauch V-104108 und hatte weitere zweitausend Mark in der Tasche.
»Sie werden mich nicht verpfeifen«, hatte Dr. Wacholder gesagt, »aber verlangen Sie von mir nicht zweihundert Mark Vorschuß – (soviel hatte Kessel gefordert) –, sondern zweitausend. Das ist laut meiner Weisung der Betrag, bis zu dem ich gehen darf. Und noch etwas Erfreuliches: daß Sie uns ja das Geld in keiner Steuererklärung oder sonstwie angeben. Hier, bitte quittieren Sie mir –«, Dr. Wacholder schob Kessel eine vorbereitete Quittung hin, in die er nur den Betrag ein-

setzte, »– unterschreiben Sie bitte mit *Kregel,* das ist ab jetzt Ihr Deckname.«
»Wieso Kregel?«
»Fragen Sie mich nicht, die Namen werden von oben zugeteilt. Ich habe den Verdacht, es gibt in der Zentrale – also in Pullach – eine eigene Abteilung, die nur damit beschäftigt ist, sich die blödsinnigsten Namen auszudenken. Dr. *Wacholder* zum Beispiel, habe ich ja schon gesagt.«
Kessel steckte die zwei Tausender ein und unterschrieb die Quittung – mit merkwürdigem Gefühl – mit Kregel. Zu Wermut Graef, den er am Dienstag darauf, nach der Rückkehr aus Bayreuth, besuchte, um einen ›aufrichtigen Dienstag‹ abzuhalten, erklärte er das merkwürdige Gefühl bei dieser Unterschrift: so ungefähr muß es einer Frau auf dem Standesamt zumute sein, die eben einen Mann geheiratet hat, bei dem es ihr im letzten Moment doch mulmig geworden ist: und außerdem ist mir der Gedanke durch den Kopf geschossen: nun bin ich Spion. Wermut Graef blieb übrigens lange Zeit der einzige, der von der Zugehörigkeit Kessels zur Firma Siebenschuh wußte. Selbst Renate hatte keine Ahnung davon.
Welche Fähigkeiten Kessel zum Mitarbeiter des Bundesnachrichtendienstes qualifizierten, wußte übrigens auch Dr. Wacholder nicht zu sagen, und auch nicht, was man dort von Kessel erwartete.
»Wissen Sie«, sagte Dr. Wacholder, »ich habe nur den Auftrag, Sie zu werben. Wofür und weshalb ... fragen Sie mich nicht. Ich soll Ihnen das Blaue vom Himmel versprechen und zu allem ›Ja‹ sagen, was Sie fragen – was man davon hält, ist eine andere Frage; jedenfalls bei mir war es so –«
»Und wenn ich zwanzigtausend Mark verlangt hätte?«
»Das natürlich nicht. Zweitausend ist mein Limit. Ich werde übrigens in meinem Bericht schreiben: Sie hätten dreitausend verlangt und ich hätte Sie auf zweitausend heruntergehandelt. Ich kann Ihnen nur eins sagen: überlegen Sie sich's gut. Ich, wenn ich nochmals vor der Wahl stünde, würde lieber Steine klopfen gehen –«
»Kommt man viel herum?«

»Mehr als Ihnen lieb ist –«
»Ehrlich? Ich meine, Sie haben gesagt, daß Sie mir das Blaue vom Himmel versprechen dürfen –«
»Sie kommen mehr herum, als Ihnen lieb ist. Sie werden die Bahn und das Flugzeug verfluchen, auch, wenn Sie immer erster Klasse und Schlafwagen-Single reisen dürfen. Von den viereinhalb Wochen, die der Monat hat, bin ich mindestens zweieinhalb Wochen unterwegs.«
»Und ist das wahr?«
»Leider. Ich rate Ihnen: tun Sie's nicht. Es ist ein windiges Geschäft und völlig nutzlos. Ich rate jedem ab, den ich werben soll, aber die Leute meinen immer, sie werden gleich ein James Bond.«
»Ich werde Sie enttäuschen: ich sage ja.«
Dr. Wacholder seufzte. »Dienstlich muß ich mich freuen. Aber Sie werden noch an mich denken. Aber wie Sie wollen. Ich hoffe nur, Sie verraten mich nicht.«
»Eine Frage«, sagte Kessel, »warum bleiben Sie dann dabei? Warum gehen Sie nicht weg? Sie sind doch jung ...«
»Sie werden lernen müssen, keine solchen Fragen zu stellen. Glauben Sie im Ernst, daß ich sie Ihnen beantworten darf? Aber ich will sie Ihnen einigermaßen beantworten: wenn ich könnte, wenn ich nur die geringste Chance hätte, unbeschadet auszusteigen, dann täte ich es lieber heute als morgen. Und Sie wollen trotzdem?«
»Ja«, sagte Kessel.
»Ober«, sagte Dr. Wacholder, »noch eine Flasche *Veuve Cliquot*.«
So war Kessel – Deckname Kregel – nicht nur Spion, als er gegen halb drei Uhr nach Hause kam, sondern auch leicht benommen, obwohl von den beiden Flaschen Champagner Dr. Wacholder jeweils mehr als die Hälfte getrunken hatte. Kessel sagte zu Renate, daß es ein anstrengender Vormittag gewesen sei, und legte sich ins Bett.
Albin Kessel habe viele schlechte Eigenschaften, pflegte Wermut Graef, der nicht nur ein Kenner der vielen Seelenschichten Kessels, sondern auch in der Lage war, seine Erkenntnisse in scharfer und prägnanter Form auszudrücken,

Albin Kessel habe viele schlechte Eigenschaften, aber unter den guten eine einzigartige: er sei in der Lage, sich von Anstrengungen auszuruhen, die er gar nicht durchgemacht habe. Nichts lag Kessel ferner, als so eine Behauptung zu bestreiten, und zwar nicht nur an ›aufrichtigen Dienstagen‹. Bergsteigern oder anderen Sportlern gegenüber, die die Köstlichkeit der Rast nach ehrlich vergossenem Schweiß preisen, pflegte Kessel zu argumentieren, daß er infolge seiner einzigartigen Konstitution in der Lage sei, in einem Berggasthof sein kühles Bier mit eben der Freude zu genießen, als wäre er nicht mit der Bergbahn hinaufgefahren, sondern hinaufgestiegen: ja, der Anblick der mühsam heraufkeuchenden Alpinisten vermöge es sogar, ihm den Durst noch zu verfeinern. Oder wenn Skifahrer sagen: wie schön die warme Stube sei, wenn man draußen in der Kälte sich gerackert habe – da erwiderte Kessel: er könne durch bloßen Ausblick auf den Schnee oder durch zugefrorene Fenster ideal derart frieren, daß das vollauf genüge, um ihn die Qualität eines geheizten Zimmers fühlen zu lassen. Sportive Menschen diskutieren in solchen Fällen meist nicht weiter, verweisen allenfalls darauf, daß Kessel schon sehen werde, wohin er mit seiner Gesundheit bei so unsportlicher Haltung kommen werde. Da konnte Kessel hohnlachend nicht nur auf seine schlanke Linie und seine eherne Gesundheit verweisen – die nicht einmal die bösartige Ex-Bestie bestritten haben dürfte –, sondern auch darauf, daß alle Sportler reihum mit unzähligen Gebrechen und Gebresten behaftet waren. Aber auch in nicht-sportiver Hinsicht war Albin Kessel in der Lage, sozusagen Früchte zu ernten, die er nicht gesät hatte: die Köstlichkeit des Schlafes nach dem Mittagessen. Der ist bekanntlich ein Juwel, das sich nur dem eigentlich erschließt, der normalerweise keine Zeit dazu hat. Ein Rentner, der schlafen kann, wann er will, schläft am Nachmittag und weiß nicht, was er davon hat. Nur wer das Schlafbedürfnis nach dem Mittagessen mit Kaffee oder übermenschlicher Willenskraft niederkämpfen muß, um zu seinem Schraubstock (im realen oder übertragenen Sinn) zurückkehren zu können, nur der weiß den Mittagsschlaf zu schätzen. Aber auch hier war Albin Kessel begnadet. Auch ohne jede vorangegangene Anstrengung, auch jetzt nach den geruhsamen Tagen von St. Mommul-sur-Mer und überhaupt, da er ja schon lange in keiner Fronarbeit mehr eingespannt war, konnte sich Albin Kessel in den kühlen, wohligen Schlaf am Nachmittag sinken lassen mit der Zufriedenheit des müden Kindes, in den segensreichen Nachmittagsschlaf, der so erfreulich ist, weil er nicht einen alten Tag begräbt und einen neuen herbeiführt, von dem man nicht weiß, was er Unangenehmes bringt, der vielmehr nur den lebendigen Tag unterbricht und zum besten Teil, dem sanften späten Nachmittag und frühen Abend, überleitet, den Schlaf, den man in dem Gedanken antreten kann, daß der Tag noch nicht zu Ende ist, wenn man aufwacht.

Auch ohne die *Veuve Cliquot* Dr. Wacholders hätte Albin Kessel geschlafen, obwohl er – danach gefragt – hätte zugeben müssen, daß die Champagnerperlen die etwas konfusen Gedanken, die Albin Kessels Kopf umschwirrten, in angenehmer Distanz hielten. Aber kaum war Kessel in seinem Bett – er durfte wieder in seinem Bett schlafen, da Schäfchen ja inzwischen alles wußte – die erste, die genüßlichste Handbreit unter die Grenze des Wachseins gesunken, war an der Klippe, um in die endgültige, samtweiche Dunkelheit hinabzugleiten, da riß Kerstin die Schlafzimmertür auf, brüllte »Mammaaa –«, schaute sich um, sah, daß Mamma nicht drin war und knallte die Tür wieder zu.

Wäre Kessel aufgesprungen und hätte er der Kröte, etwa bevor sie die Tür wieder zugeschlagen hätte, eine Ohrfeige gegeben, die ihr für derartige Rücksichtslosigkeit gebührte, zu der aber Kessel natürlich juristisch-erzieherisch nicht berechtigt gewesen wäre, hätte er das Argument der völligen Abwesenheit des Willens für sich gehabt. Aber selbstverständlich kam der entsprechende Reflex viel zu spät, außerdem pflegte Kessel nackt zu schlafen, und Renate hatte Kessel eindringlich gebeten, sich dem Kind, wenn es schon mit der zweiten Ehe der Mutter so schockartig konfrontiert worden war, wenigstens nicht im unbekleideten Zustand zu zeigen.

Als Kessel, wutgeladen, aber wieder angezogen, aus dem Schlafzimmer trat, erst im Wohnzimmer suchte und dann in

Schäfchens Zimmer (sein ehemaliges Arbeitszimmer) ging, saß Schäfchen, die Katze Blümchen im Arm, auf Kessels Schaukelstuhl und fauchte: »Pst – Blümchen ist grad am Einschlafen.« Renate saß verzückt daneben, legte den Finger auf den Mund, stand auf, faßte Kessel zärtlich unter den Arm und führte ihn hinaus. »Wolltest du nicht schlafen?« flüsterte Renate, und draußen etwas lauter: »Du mußt zugeben, daß sie versunken spielen kann wie ein kleines Kind. Soll ich dir einen Kaffee machen?«

Daß Schäfchen nicht oder zumindest noch nicht ins Internat zurückgekehrt, nicht mit dem Vater oder den Wünses nach Lüdenscheid gebracht, sondern in München bei der Mutter geblieben war, hatte Kessel schon aus Renates Brief entnommen, den sie ihm nach St-Mommul-sur-Mer geschrieben hatte. Nur ein Drittel des Briefes hatte von dem weiter oben schon Mitgeteilten gehandelt, die restlichen zwei Drittel handelten von Schäfchen und waren in einem Ton gehalten, als gäbe es nichts auf der Welt, was Kessel mehr interessiere. Renate schrieb, daß sich der Schluckauf als nicht so schwerwiegend herausgestellt habe, wie anfänglich befürchtet, daß sie aber dennoch im Krankenhaus in Arcachon behandelt habe werden müssen (mit Oma Wünse übrigens), und daß sie noch immer in medikamentöser Behandlung stehe. Im übrigen habe sie sich in Fürstenried ›hübsch‹ eingewöhnt, und sie bezeichne den Schaukelstuhl in Albins Zimmer, den sie sofort liebgewonnen habe, als Wackelstuhl. Renate schrieb das vom Wackelstuhl in ihrem Brief zweimal und mit einem Stolz, als sei diese Wortschöpfung eine Errungenschaft wie die Relativitätstheorie.

Daß Schäfchen, nachdem es durch den von Kessel ausgelösten Schock mit den neuen Familienverhältnissen konfrontiert und vertraut war, für immer bei der Mutter (und Kessel) in München bleiben sollte, schwante zwar Kessel aus dem, was zwischen den Zeilen des Briefes stand, gesagt wurde es ihm erst, als er daheim ankam. Er wollte seine Reisetasche in sein Arbeitszimmer tragen, als Renate sagte: »Nein. Du kannst ja jetzt wieder ins Schlafzimmer. Es ist dir doch recht, wenn Schäfchen bei uns bleibt?«

Das ehemalige Arbeitszimmer war völlig umgeräumt. »Den Büchern tut Schäfchen nichts, das hat sie mir versprochen.« Zum Teil waren neue Möbel angeschafft (»... das haben Oma und Kurti besorgt...«), Kessels Schreibtisch war in eine Ecke des Schlafzimmers gequetscht. Erst viel später bemerkte Kessel, daß die Seitenteile des Schreibtisches mit Filzstift verschmiert waren. »Ein kindliches Ornament, das hat Schäfchen gemacht. Der Hang zum Ornament ist Teil des Mitteilungsstaus, hat der Psychologe gesagt.« Schäfchen versah alles mit Ornamenten, namentlich auch ihre Hände und Knie. Die Möbel und Wände, auch die Tür und die Fensterscheiben des ehemaligen Arbeitszimmers waren bald mit Krakeleien und aufgeklebtem Papier überzogen. Alles, was sich irgendwie kleben ließ, klebte Schäfchen. Vielleicht hat der Psychologe nicht unrecht, dachte sich Kessel, auch wenn ich nicht an den Mitteilungsstau glaube. Wahrscheinlich ist sich der Wurm seiner Nichtigkeit dumpf bewußt und versucht im Akustischen durch das fortwährende Reden und im Optischen durch das Verschmieren aller Wände sich sozusagen zu verbreitern, zu vergrößern, aufzublasen, mehr Umwelt anzufüllen, als ihm an und für sich mit seiner Nichtigkeit gegeben ist.

Aus Paris, wo er einen längeren Zwischenaufenthalt hatte, rief Kessel Renate an.

»Ich bin froh, daß du kommst«, sagte Renate. »Wann kommst du an?«

»Vier Uhr achtzehn.«

»Nachmittags?«

»Ja. Holst du mich –«

»Schade. Um vier Uhr muß ich mit Schäfchen zum Arzt –.« Offenbar wollte Renate ansetzen, medizinische Einzelheiten zu erzählen, aber Kessel wollte dafür nicht so viel Geld opfern.

»Erzähl es mir später. Gut. Ich komme mit der Trambahn.«

»Vielleicht sind wir an der Haltestelle«, sagte Renate, »Schäfchen und ich.«

»Ja«, sagte Kessel, »auf Wieder –«

»Noch was«, sagte Renate, »stell' dir vor: Schäfchen sagt zum

Schaukelstuhl in ihrem Zimmer Wackelstuhl, ist das nicht niedlich?«

Kessel hängte ein.

Tatsächlich waren dann Renate und Schäfchen an der Haltestelle. Schäfchen war akustisch auf Neumond und grimassierte stumm. Sie schlurfte unwillig hinter Renate her, und als Renate sie fragte: »Onkel Albin möchte auch von dir einen Kuß –« (eine durch nichts gerechtfertigte Behauptung), hauchte Schäfchen: »Er darf Blümchen küssen« und hielt die Katze hin. »Sei nicht so eklig«, sagte Renate, »mach dem Kind die Freude.« Irgendwo, dachte Kessel, hat die Menschenwürde eine Grenze. Er lehnte es ab, Blümchen zu küssen, was einen kleinen Mißton in die Wiedersehensfreude Albins und Renates brachte.

Das eigentliche Unglück ereignete sich kurz darauf in der Wohnung.

»Was hast du denn da?« fragte Renate.

Die Kröte sagte nichts, versuchte aber ein Stück Würfelzucker zu verstecken.

»Du sollst doch nicht immer Würfelzucker essen, denke an deine hübschen Zähnchen, die machst du ja ganz kaputt. Gib den Würfelzucker her, sei ein liebes Schäfchen.«

Das Schäfchen setzte, was wegen ihrer Heiserkeit sehr schwierig war, zu Geheul an, worauf Renate sagte: »Also gut, dieses Zuckerstück darfst du noch essen, aber dann ist Schluß. Versprichst du es mir?«

Schäfchen nickte.

»Was sie verspricht, hält sie«, sagte Renate. »Wenn sie auch sonst schwierig ist, so ist sie doch zuverlässig.«

Ob Renate nicht bemerkte oder ob sie absichtlich übersah, daß die Kröte noch rasch ein zweites Zuckerstück aus der Dose nahm, konnte Albin Kessel nicht feststellen. Kurz darauf – Renate erzählte ihm, daß der Hals-Nasen-Ohren-Arzt, bei dem sie eben mit dem Kind wegen der Heiserkeit gewesen war, gesagt habe, man müsse verhindern, daß das Kind so viel rede; ». . . da hättest du keinen Hals-Nasen-Ohren-Arzt aufsuchen müssen, das hätte ich dir auch sagen können«, sagte Kessel – kurz darauf (Renate und Kessel standen im Schlafzimmer, Kessel zog sich aus, um in die Badewanne zu steigen) ertönte vom Flur her ein Geräusch, ein sehr lautes Geräusch, dessen Ursache Kessel im ersten Augenblick gar nicht ausmachen konnte. In der Badewanne dann, als zwar nicht alles vorüber, aber erste Hilfe geleistet war, versuchte Kessel seinen ersten Eindruck von dem Geräusch zu analysieren: Kessels Onkel, der Bruder der Mutter, ein etwas verschrobener Junggeselle, Arzt wie fast alle aus dieser Familie, hatte ein Pferd gehabt, Lilli hieß es, das war im Krieg gewesen, auf dem Land, wo die Familie der Mutter herstammte, und wo sich die Mutter mit Kessel und seinem jüngeren Bruder Leonhard aus Sicherheit vor den Bombenangriffen in den letzten beiden Kriegsjahren aufhielt (der ältere Bruder, Hermann Kessel, war schon eingezogen als Flakhelfer). Der Onkel, der auch Albin hieß und Kessels Taufpate war, war der einzige Arzt im Sprengel und deshalb vom Militärdienst freigestellt. Als es in den letzten Kriegsmonaten nicht einmal mehr Benzin für Onkel Albins Auto gab, machte er seine Visiten von größerer Entfernung zu Pferd. Kein Mensch fand das damals komisch. Lilli war ein sehr altes Pferd und wieherte nicht mehr, sondern gab ein langanhaltendes Gemisch von Röhren und Pfeifen von sich, ein Geräusch, das Elemente von Kettenrasseln, dem Durchzug von Wind durch rostige Ofenröhren und von Schweißgebläse enthielt. Das Röhren Lillis war weithin zu hören und im ganzen Bezirk bekannt, und manche Mutter eines kranken Kindes, die in einem entlegenen Weiler besorgt am Fenster stand und auf Onkel Albin wartete, wußte, wenn sie Lillis Röhren hörte, daß Hilfe nahe war.

An dieses Röhren, dachte Kessel in der Badewanne, hatte ihn das Geräusch im Flur erinnert. Schäfchen hatte sich beim Versuch, Kessels Tasche zu durchsuchen und sie nachher wieder zu schließen, den rechten Zeigefinger eingeklemmt. Sie wand sich in Krämpfen am Boden, und nachdem ihr die Kraft für durchgehendes Röhren ausgegangen war, röhrte sie in Stößen, die ihren ganzen Körper schüttelten.

»Was hat denn die Kröte an meiner Tasche zu suchen?« fragte Kessel, der halbbekleidet hinter Renate in den Flur gelaufen war.

»Was hast du gesagt?« fragte Renate, »hast du Kröte gesagt?«
»Sie soll sich doch nicht so haben«, sagte Kessel, »wegen eines eingeklemmten Fingers.«
Als die Kröte diese Äußerung Kessels hörte, steigerte sie ihr Röhren wieder etwas und artikulierte es zu »Au-Au-Au!«-Rufen. Dazu wand sie sich nach wie vor am Boden.
»Das ist doch lächerlich«, sagte Kessel. Selbst Renate schien Schäfchens Schmerzensaufwand unangemessen, und sie sagte: »Aber Schäfchen, so weh kann das doch nicht tun.«
»Doch«, krächzte die Kröte, »das tut sooo weh.«
»Wart«, sagte Renate, »wenn du aufstehst und nicht mehr schreist, bekommst du eine Schmerztablette.«
»Ja –«, hauchte Schäfchen, das Schmerzensröhren kam nur noch stoßweise.
»Bist du wahnsinnig, Renate?« sagte Kessel.
»Ich weiß, was ich tue«, sagte Renate, ». . . ich kenne mein Kind schließlich besser als du.« Sie kramte im Wandschrank im Badezimmer. »So was kann schon wehtun.«
»Lächerlich«, sagte Kessel, »außerdem ist sie selber schuld. Was hat sie in meiner Tasche zu suchen?«
»Ob sie etwas zu suchen gehabt hat oder nicht – das hat doch wohl mit der Verletzung nichts zu tun?«
So bekam Schäfchen eine Schmerztablette, der Finger bekam einen Verband (den Schäfchen alsbald mit Filzstiftornamenten verzierte), und dann gab Renate Schäfchen noch ein Stück Würfelzucker. »Ausnahmsweise«, sagte Renate, als sie sah, daß Kessel zuschaute.
Der trotz allem geruhsame Abend, dessen Geruhsamkeit einsetzte, nachdem Schäfchen mit Hilfe einiger Zuckerstücke dazu bewogen wurde, ins Bett zu gehen (». . . aber nur, weil du dir weh getan hast, morgen bekommst du keinen Zucker, und morgen putzt du dir auch die Zähne, versprichst du mir das?« – »Ja, Mutti«, hauchte Schäfchen und spielte das liebebedürftige Kind.), der alles in allem angenehme Abend wurde durch ein kurzes, grundsätzliches Gespräch über Schäfchen unterbrochen. Kessel wollte grad aufstehen und eine Schallplatte auflegen (das erste Klavierkonzert von Brahms), da fragte Renate:

»Was hast du von Kerstin gesagt?«
»Ich? Ich weiß nicht. Wahrscheinlich, daß du sie offenbar systematisch zur Wehleidigkeit erziehst. Wie die Großmutter.«
»Sie hat überhaupt nichts von der Wünse-Seite geerbt, fast nichts.«
»Also!« sagte Kessel. »Bist du blind? Das ist *ein* Gesicht, ihre Großmutter und sie.«
»Äußerlich vielleicht, aber sonst nicht.«
Mein Kind ist es nicht, dachte Kessel und ging mit der Schallplatte zum Grammophon.
»Kröte hast du gesagt«, sagte Renate. »Ich habe es genau gehört.«
»Kann sein«, sagte Kessel.
»Du magst sie nicht.«
Kessel drehte sich um und schaute Renate an.
»Ja. Ich mag sie nicht.«
»Warum eigentlich nicht?«
»Weil sie häßlich ist.«
»Aber sie kann doch nichts dafür, daß sie häßlich ist.«
»Und ich kann nichts dafür, daß ich häßliche Leute nicht mag.«
»Sie ist ein Kind.«
»Auch Kinder sind Leute.«
Kessel drehte sich wieder dem Grammophon zu, dann aber zögerte er doch noch und wendete sich nochmals an Renate: »Nein«, sagte er, »nicht, weil sie häßlich ist, sondern weil sie sentimental ist. Sie ist nicht irgendwo in einem Eck ihres Wesens sentimental, das ist jeder, sie ist ganz und gar sentimental. Sie hat eine Seele aus Sirup. Deswegen mag ich sie nicht.«
Renate bewahrte Haltung, was ihr dadurch erleichtert wurde, daß sie Kessels Argumente nicht ernst nahm. Sie konnte es sich nicht vorstellen, daß irgend jemand ihr – zugegeben schwieriges, ›aber doch auch so viel Freude bringendes‹ – Kind nicht niedlich finden konnte. Sie hielt Kessel einen langen Vortrag (den ganzen ersten Satz des Brahms-Konzertes hindurch) über Schäfchens frühe Jugendzeit, über ihr munteres Plaudern und darüber, wie aufgeweckt sie gewesen war.

Sie schilderte die harten Zeiten der entsetzlichen, schweren Schluckaufanfälle, wo monatelang sie und Kurti abwechselnd an dem Bettchen in der Nacht gewacht hatten (Kessel antwortete in diesem Stadium des Gespräches schon nichts mehr, dachte aber: so wie ich die Kröte kenne, hat sie das mit Genuß gemacht, um die Eltern auf Trab zu halten und das Gefühl zu haben, der Mittelpunkt zu sein), und am Ende des ersten Satzes von Brahms' Klavierkonzert in d-Moll hatte sich Renate in eine derartige Begeisterung über Schäfchen hineingeredet, daß sie meinte – auch dank Kessels Schweigen –, auch der andere müsse nun besiegt, überzeugt und begeistert sein.
Als die Plattenseite zu Ende war, sagte Renate: »Du sagst nie mehr Kröte von ihr?«
»Nein«, sagte Kessel.
»Du denkst es auch nicht mehr?«
»Nein«, sagte Kessel.
Die zweite Plattenseite mit dem zweiten und dritten Satz legte Kessel nicht mehr auf, denn – noch im Wohnzimmer – schlief Renate mit ihm, ohne allerdings mehr als das Unterhöschen dabei auszuziehen.

Dr. Wacholder betrachtete, als er die von Kregel unterschriebene Quittung in seinen schlanken Aktenkoffer steckte (den er dazu nur einen winzigen Spalt öffnete, offenbar um Kessel nicht Gelegenheit zu geben, in das überaus geheime Innere der Tasche zu schauen), die Werbung als beendet, seufzte noch einmal und sagte: »Ich pflege in solchen Fällen zu sagen: sodann bleibt mir nichts anderes übrig, Herr neuer Kollege, als herzliches Beileid zu wünschen. Die Rechnung des Mittagessens, habe ich schon gesagt, gestatten Sie mir zu übernehmen.«
»Ja, aber –«, sagte Kessel.
»Was, aber?«
»Was muß ich jetzt tun?«
»Fragen Sie mich nicht. Solange man Ihnen nichts sagt, brauchen Sie gar nichts zu tun.
»Das ist mir fast unangenehm, nachdem Sie mir zweitausend Mark –«

Dr. Wacholder lachte. »Wofür der Dienst alles unnütz Geld hinauswirft. Da brauchen Sie sich gar nichts denken. Einmal, vor ein paar Jahren, da sind die Unterlagen, also der Bericht usw., den ich geschrieben habe, durch einen unglücklichen – oder glücklichen, wie man es nimmt – Zufall in eine ganz andere, völlig falsche Akte geraten, die mit dem Betreffenden gar nichts zu tun hatte, und zwar ganz hinten in die Akte, wo kein Mensch nachschaut. Nur die Anweisung für die Kasse ist irgendwie den richtigen Weg gegangen. Der Mann hat jeden Monat pünktlich sein Geld bekommen und im übrigen nichts mehr von uns gehört. Er hat sich völlig korrekt verhalten, denn auch ihm hat man gesagt, daß er warten soll, bis er Anweisungen bekommt.«

»Und das Geld bezieht er heute noch?«

»Nein, nein«, sagte Dr. Wacholder, »aber da ist er selber schuld gewesen. Er *könnte* es heute noch beziehen. Nein: nach zwei Jahren, es können auch drei gewesen sein, ist dem Mann die Sache unheimlich geworden. Er hat erst einmal bei der offiziellen Nummer, die unter Bundesnachrichtendienst im Telephonbuch steht, angerufen, aber das hilft natürlich gar nichts. Das ist etwa so, als würden Sie die Nummer Vatican 1 anrufen und sagen: Bitte kann ich den Papst sprechen. Dann hat er sich gar nicht mehr zu helfen gewußt, hat einen Brief geschrieben, ist nach Pullach hinausgefahren und hat ihn über die Mauer geworfen.«

»Und?«

»Das hat einen Alarm ausgelöst, von dem manche Leute heute noch reden. Es heißt, einige Stäbe hätten sich in Richtung Frühlingsmüdigkeit abgesetzt.«

»Wie bitte?«

»Ach so – Sie werden die Ausdrücke noch lernen. Frühjahrsmüdigkeit ist der Deckname für – also dafür, daß die Russen kommen, kurz gesagt. Der Dienst, müssen Sie wissen, ist außer den Flüchtlingsverbänden meines Wissens das einzige Reservat der guten, alten Sitten, in Furcht und Panik auszubrechen, wenn einer sagt: die Russen kommen. Richtung Frühjahrsmüdigkeit heißt: in die Schweiz.«

»Und das hat man angenommen, als der arme Kerl den harm-

losen Brief über die Mauer geworfen hat?« fragte Kessel zweifelnd.
»Sehen Sie«, sagte Dr. Wacholder, »ich habe Ihnen ja abgeraten. Wollen Sie Ihre Quittung zurückhaben? Jetzt ist es noch nicht zu spät.«
Albin Kessel dachte an Schäfchen und sagte: »Nein.«
»Na ja«, sagte Dr. Wacholder, »es ist Ihr freier Wille.«
»Aber«, sagte Kessel, »ich hätte anstelle des Mannes, von dem Sie erzählt haben, einfach die Telephonnummer angerufen, die in dem Brief steht.«
»Der hatte keinen Brief. Normalerweise geben wir nichts Schriftliches aus der Hand. Bei Ihnen muß etwas ganz Eiliges dahinterstecken oder ein hohes Tier, daß man Ihnen sogar geschrieben hat. Sonst ruft höchstens einer an oder es steht plötzlich einer wie ein Vertreter vor Ihrer Tür.«
»Der Mensch, der sich da gemeldet hat, bei der Nummer, die Sie mir geschrieben haben, war aber nicht Ihr intelligentester Mitarbeiter.«
»Was war das für eine Nummer?«
Kessel gab Dr. Wacholder den Brief der Firma Siebenschuh, den er für alle Fälle mitgenommen hatte.
»Ach Gott«, lachte Dr. Wacholder. »Natürlich ist das ein Trottel. Wir geben in so unsicheren Fällen, wenn wir schon etwas schreiben, nicht unsere besten Schaltstellen an, nur solche, um die im Fall der Fälle nicht schade wäre.«
»Wenn ich *nein* gesagt hätte –«
»– wäre die Nummer gelöscht worden.«
»Heißt das –?«
»Nein, nein. Der Mann wäre nicht umgebracht worden. Er hätte eine neue Telephonnummer bekommen. Um Ihren weiteren Fragen zuvorzukommen: der Mann ist irgendein vertrottelter Rentner, der den ganzen Tag daheimsitzt. Er hat zwei Telephone: sein eigenes und eins vom Dienst. Ich kenne ihn ganz gut. Wenn das Diensttelephon läutet, erschrickt er immer fürchterlich. Ich glaube, er nimmt dann sogar militärische Haltung an –«
»Er muß, der Nummer nach, in Obersendling wohnen, in der Gegend vom Harras –«

Dr. Wacholder lachte. »So schlau sind wir auch. Diese Telephone, überhaupt alle unsere Telephone haben Nummern aus einem ganz anderen Bezirk.«
»Natürlich«, sagte Kessel, »das hätte ich mir denken können. Und was ist mit dem Mann passiert, der den Brief über die Mauer geworfen hat?«
»Der wurde selbstverständlich als Sicherheitsrisiko sofort abgeschaltet.«
»Abgeschaltet?«
»Heißt auch nicht umgebracht. Das heißt: entlassen, quasi. Ja. Sehen Sie. So hart ist der Dienst.«
Da das Lokal sehr vornehm war, brachte der Oberkellner die Rechnung in einem Kästchen. Dr. Wacholder prüfte die Rechnung, legte dann vor den Augen des Oberkellners zwei Hundertmarkscheine in das Kästchen und klappte es zu. Gleichzeitig zwinkerte er Kessel zu, um ihn auf etwas aufmerksam zu machen. Kessel wußte im Augenblick nicht, worauf er achten sollte, aber da verlor der Oberkellner, kaum, daß er zwei Schritte gegangen war, seine Hose.
Dr. Wacholder lachte. »Ein kleiner Scherz«, rief er dem Oberkellner zu, »Ihre Hosenträger sind in dem Kästchen.«
Der Oberkellner lächelte säuerlich und öffnete das Kästchen: tatsächlich. »Hier sind nochmals die zweihundert Mark. Der Rest ist für Sie, als Entschädigung. Aber bitte eine Rechnung über den gesamten Betrag.«
Als Kessel hinausging – Dr. Wacholder hatte ihn gebeten, vorauszugehen –, sah er, wie der Oberkellner im Gang zur Küche seine Hosenträger wieder anknöpfte und einem Piccolo, der ein wenig grinste, eine Ohrfeige gab.

Nach dem ersten Akt *Tristan,* gegen halb sechs Uhr, hatte es wieder zu regnen angefangen. Das Publikum drängelte aus dem Festspielhaus und gleich wieder in das Restaurant hinein, das in solchen Fällen, wenn draußen im Garten nicht serviert werden konnte, viel zu klein war. Jakob Schwalbe, der schon oft in Bayreuth war, hatte Kessel am Donnerstag außer den Karten auch den seiner Darstellung nach wichtigsten Rat mitgegeben: in den Pausen nicht in die allgemeinen Erfrischungsräume zu gehen, sondern in die Erfrischungsräume der Künstler. Die wirklichen Kenner, die Inhaber der Freikarten, die versierten Schnorrer, sagte Schwalbe, gingen in die Künstlererfrischungsräume, in denen er, Schwalbe, schon das Glück gehabt habe, hinter Hermann Prey, zum Beispiel, beim Selbstbedienungsbuffet um Würstel anzustehen, und einmal habe er den Rest Wein ausgetrunken, den Karl Böhm stehengelassen habe.

»Karl Böhm«, sagte Albin Kessel, der sich in der Musikwelt auch ein wenig auskannte, »läßt keinen Wein stehen, wenn er ihn schon bezahlt hat.«

»Doch«, sagte Schwalbe, »es war zwar nur noch wenig, aber er hat ihn stehenlassen. Nicht im Glas übrigens, soweit wäre ich nicht gegangen, das auszutrinken. In einem kleinen Steinkrug. Ich habe sofort den Krug genommen und habe mir ein neues Glas geholt.«

Aber das seien natürlich Sternstunden, war Schwalbe fortgefahren, darauf dürfe man nicht hoffen; mit Sicherheit aber treffe man Choristen an, Germanen mit Stierhörnern, beziehungsweise, da ja Kessel in den *Tristan* gehe, Kelten, das Jagdgefolge Markes. Sodann beschrieb Schwalbe den Weg. Die Künstlererfrischungsräume sind natürlich nicht öffentlich zugänglich, es gäbe aber einen, einen einzigen Durchschlupf, eine unscheinbare Tür im Korridor vor den Garderoben im (rechts oder links? Schwalbe hatte es genau erklärt, hatte es Kessel sogar wiederholen lassen, aber Kessel hatte es doch vergessen), dann müsse man verschiedene Treppen hinunter und wieder herauf, einmal durch eine Tür, auf der ›Zutritt verboten‹ steht und so weiter. Alles das schilderte Schwalbe ganz genau, aber als es dann soweit war, wußte Kessel nicht nur nicht mehr, ob der Durchschlupf links oder rechts war, sondern nur noch, daß man irgendwann einmal durch einen leicht abschüssigen, breiten Gang gehen mußte, in dem die Porträts alter Festspieldirigenten hängen. *Fragen* nach dem Weg, etwa einen Logenschließer, hatte Schwalbe gewarnt, dürfe man natürlich keinesfalls.

Nur eher aus einer Art Pflichtbewußtsein dem Jakob Schwalbe gegenüber hatte Kessel Cornelia hinter sich hergezogen und hatte – mit nicht viel Intensität – den geheimen Durchschlupf gesucht. Er hatte sogar an einer unscheinbaren Tür gerüttelt, die aber verschlossen war. Eine Garderobefrau hatte es gesehen und sofort mißtrauisch gefragt: »Was suchen Sie?« – »Nichts, nichts«, hatte Kessel geantwortet und war schnell, Cornelia hintennach, wieder weggegangen.

So suchten die beiden zum Schluß doch noch das offizielle Restaurant auf. An einem Tisch, der für zwei Personen gedeckt war, saßen vier Personen, aber wie durch ein Wunder waren dazwischen noch zwei leere Stühle. Kessel und Cornelia setzten sich. Die vier anderen am Tisch waren Herren, zwei davon brüteten in offenbar dumpfen Gedanken über je einem Bier vor sich hin, die zwei anderen brüteten auch vor sich hin, waren aber insofern auffallend, als sie – übereinstimmend – rote Smokings trugen, mit übereinstimmend rosaroten Hemden und roten Krawatten. Cornelia stieß Kessel an und deutete mit den Augen unter den Tisch: die beiden hatten auch rote Knöpfgamaschen an.

»Wenn ein Kellner kommt, trinken wir was«, sagte Kessel, »wenn nicht, eben nicht.«

Cornelia nickte.

Nach längerer Zeit kam tatsächlich ein unwilliger Kellner, nahm seufzend die Bestellung nach zwei Tassen Kaffee entgegen, brachte dann zwei Tee mit Zitrone und bat, gleich kassieren zu dürfen.

»Wie hat der geheißen«, sagte Cornelia, »an den ich mich erinnern soll, aus der Wohnung in der Wolfgangstraße?«

»Schwalbe«, sagte Kessel.

»War das der, der fast keine roten Haare gehabt hat?«

»Natürlich«, sagte Kessel. »Jakob Schwalbe.«

»Dann kann ich mich doch erinnern. Was ist denn übrigens aus der Herrenkommode geworden?«

Es gibt Wörter, die sind so mit schlimmen Assoziationen behaftet, daß es einem heraufkommt, als hätte man etwas Unverdauliches gegessen, und man muß tiefer Luft holen und erst ein paar Assoziationen niederkämpfen, um seine Gedanken wieder in die vorherige Ordnung zu bringen. Das Wort Herrenkommode war für Albin Kessel so ein Wort.

Die Wohnung in der Wolfgangstraße war eine sehr große Altbauwohnung, groß und doch billig. Ein prominentes Mitglied des SDS-Vorstandes, der die Genossen von der *Kommune Prinzregent Luitpold* einmal zu einer ideologischen Grundsatzdebatte besuchte (es ging darum, daß den Prinzregent-Luitpold-Kommunarden verboten werden sollte, sich immer mit ihren Loferln in die erste Reihe zu setzen und dadurch die Aufmerksamkeit der Pressephotographen ausschließlich auf sich zu ziehen), hatte sich darüber mokiert, daß es in dem Haus weder Lift noch Zentralheizung gab. »Wahrscheinlich«, sagte der SDS-Mann, »wollt ihr, daß den Genossen die Luft ausgeht, noch bevor sie zu euch in die Wohnung kommen. Wieweit das noch Solidarität ist, möchte ich dahingestellt bleiben lassen.«
Die Einrichtung war das, was man heute nostalgisch nennt. »Nostalgie«, sagt Albin Kessel, um hier einen seiner Aphorismen zu zitieren, »Nostalgie ist die Modernisierung des Sperrmülls auf ideologischer Basis.« Es war nicht sehr viel Sperrmüll in der Kommunen-Wohnung, oder anders gesagt: er verteilte sich unmerklich in den vielen und großen Räumen. Hinterher stellte sich dann doch heraus, daß es eine erstaunliche Menge von Sachen war. Offenbar hing das mit der Fluktuation der Kommune zusammen. Jeder, der kam und eine Zeitlang blieb, brachte einen Haufen Sachen. Zog er aus, nahm er nur die besten Stücke mit, ob er sie mitgebracht hatte oder nicht.
Als sich nach sechs Jahren Albin Kessel allein in der Wohnung fand, standen dann schon sehr viel Sachen herum. Es war rapide gegangen. Zum Schluß sprangen die Kommunarden von der *Prinzregent Luitpold* ab wie von einem sinkenden Schiff.
Die Kommune hatte auch einen Dackel gehabt. Die Genossen vom SDS und von den anderen, feineren Kommunen hatten auch darüber die Nase gerümpft. Ein Dackel sei doch wohl das Spießigste, was man sich denken könne, sagten sie. Daraufhin taufte Leonhard Kessel den Dackel auf den Namen Hegel. Auch *Hegel* war schon lange tot, als sich Kessel, fast möchte man sagen unversehens, in der von allen verlassenen

Kommunenwohnung sah. Hegel war bei einer der letzten Demonstrationen zertreten worden. »Das hätte es auch nicht mehr gebraucht«, hatte ein Polizist gesagt, der lustlos ein paar Demonstranten abführte. In der Regel ließ die Polizei die Genossen an der nächsten Ecke laufen. Es brauchte schon eine ganz schöne Portion revolutionären Eifers in diesen späten Jahren, um es dazu zu bringen, daß einem wenigstens die Fingerabdrücke abgenommen wurden.

»Von Aphorismen leben kann nur der, der von Aphorismen leben kann.« Auch das hat Albin Kessel geschrieben. Fünf Mark bekam er in der Regel, wenn eine Zeitung so einen Spruch abdruckte. Es ist klar, daß Albin Kessel die große Wohnung sehr bald zu teuer wurde. Er kündigte und zog aus. Eine Menge, ja fast das meiste von dem ehemaligen Sperrmüll ließ sich absetzen. Inzwischen gab es ja die Nostalgie. Ein paar Stücke, zum Beispiel eine grünlackierte Kochkiste, ein gußeiserner Waschbeckenhalter und ein scheußlicher Öldruck *Die Hinrichtung der Schill'schen Offiziere* erzielten Spitzenpreise. Um einen Volksempfänger, der noch ging, prügelten sich die Interessenten. Sogar für einen Nierentisch mit drei Beinen aus dem Jahr 1950 zahlte ein Chinese vierzig Mark, weil er ihn für Jugendstil hielt. (»Bitte«, sagte Albin Kessel, »das ist eben für den eine fremde Welt. Wir können die verschiedenen Pagodenstile auch nicht ohne weiteres unterscheiden.«)

Ein Stück allerdings blieb zurück, ein Stück wie ein Riff, an dem sich auch die Wellen der Nostalgie brachen, ein Monstrum, ein grauenvolles Ding, von dem Albin Kessel nicht wußte, wer es eingeschleppt hatte und vor allem, *wie* der Betreffende es geschafft hatte. »Der Teufel soll ihn holen«, sagte Albin Kessel in tiefem Ernst. Es war eine Mischung aus Dinosaurier und Kachelofen, eine Art gotischer Salonkathedrale mit maschinengeschnitzten Verzierungen, ein dunkles, unförmiges Ding mit Schubladen, die klemmten; zentnerschwer und nicht auseinanderzunehmen. Herrenkommode hatte Frau Kessel, die Bestie, zu dem Ding einmal gesagt. Als Albin Kessel alles verkauft hatte, was zu verkaufen war, stand allein noch die Herrenkommode in der Wohnung, fest, schwer und

gewaltig, wie für die Ewigkeit. Der Staub in den schräg einfallenden Strahlen der Abendsonne umspielte sie. Das Hohnlachen der Interessenten, die auf die Annonce ›Antike Herrenkommode zu verkaufen‹ gekommen waren, hallte durch die leeren Zimmerfluchten.
Der Termin, zu dem Albin Kessel die Wohnung endgültig räumen, zu dem also die Herrenkommode verschwinden mußte, rückte immer näher. Albin Kessel hieb mit einem Beil ein Stück von der Herrenkommode herunter. Er hatte mit aller Macht ausgeholt und auf eine Ecke gedroschen, aber nur ein kleiner Splitter brach ab, dafür hatte das Beil eine Scharte. Albin Kessel legte den Splitter in einen der Kanonenöfen in der Wohnung und versuchte ihn anzuzünden. Er brannte nicht. Es kostete den Erlös einer mit Schäfer und Schäferin bestickten, gepolsterten Fußbank und der Heliogravüre *Die Mutter nach dem Gemälde von Whistler*, die Herrenkommode in Albin Kessels neue Wohnung transportieren zu lassen. Dort füllte sie den größeren der beiden Räume derart aus, daß man nur noch seitwärts drumherumgehen konnte. Das Klavier, das Albin Kessel erworben und mit Silberbronze gestrichen hatte und auf dem er bereits mehrere Tonleitern spielen konnte, mußte er weit unter dem Preis wieder abgeben. Die Marktlage für silberbronzierte Klaviere war nicht gut damals.
So lebte Albin Kessel recht und mehr schlecht mit seiner Herrenkommode. Wie ein Moloch stand sie in der kleinen Wohnung, beraubte Albin Kessel des Schlafes, nahm ihm jeden Schwung, neue Aphorismen zu schaffen, drei Freundinnen hintereinander hatten schon nach kurzer Zeit den Anblick der Herrenkommode nicht mehr ertragen und waren geflohen.
Eines Tages, Albin Kessel wohnte schon mehr als ein halbes Jahr mit seiner Herrenkommode in der kleinen Wohnung, schaute er aus dem Fenster in einen trüben Spätherbsttag hinaus. Albin Kessel wartete darauf, daß ihm ein neuer Aphorismus einfalle. Es regnete, manchmal schien es, als fiele Schnee dazwischen. Ein kalter Wind wehte durch die Straße. Tiefe, dunkle Wolken erstickten jedes Licht. Kein Aphorismus wollte kommen. »Einen Vorteil hat es«, dachte Albin

Kessel, »wenn man Aphorismen schreibt: man kann sie der Redaktion durchtelephonieren. Einen Roman, sogar eine Kurzgeschichte, muß man bei so einem Wetter zur Redaktion tragen oder zumindest bis zur Post.«

Albin Kessel versuchte diesen Gedanken in aphoristisch-knappe Form zu bringen. »Aphoristiker sind wetterunabhängig.« Nein, das war zu knapp. »Es gibt Aphorismen, die sind so aphoristisch, daß man sie schon nicht mehr versteht.« War das ein Aphorismus? »Es gibt Aphorismen ...«, wiederholte Albin Kessel halblaut, dann stockte er. Auf der gegenüberliegenden Seite war ein Vorgang zu beobachten, ein alltäglicher Vorgang, den Albin Kessel bisher wohl wahrgenommen, aber in Gedanken nicht registriert hatte, und der jetzt eine Idee in ihm hochzucken ließ, eine einmalige Idee, eine Jahrhundertidee, besser als alle Aphorismen.

Gegenüber wurden Möbel verladen. Offensichtlich zog jemand um. Ein Möbelwagen stand vor der Tür, Möbelpacker trugen Stück um Stück einer Wohnungseinrichtung herunter und schoben sie in den Wagen.

Die Idee kam nicht gleich. Aber Albin Kessel fühlte sie in sich kommen, wie man am Geräusch eines Spielautomaten, wenn man geübt ist, merkt, daß da plötzlich mehr Räder ineinanderknirschen, schneller arbeiten, immer schneller, und dann prasseln die Zehnpfennigstücke ... es war ein Hauptgewinn, drei rote Mickey-Mäuse in einer Reihe oder so, vergleichsweise. Albin Kessel stürzte sofort zum Telephon und verständigte: seinen Freund Wermut Graef, Jakob Schwalbe (der war da schon Studienreferendar und auf dem Weg zur Bürgerlichkeit, aber als ehemaliger Mitkommunarde und womöglich Eigentümer der Herrenkommode zur Hilfe quasi verpflichtet) und den Journalisten Niklas F., den mit dem morschen Bauernhof am Chiemsee.

Jakob Schwalbe redete sich darauf heraus, daß er seine einzigen Schuhe, die ein derartiges Wetter aushalten würden, im Moment nicht finden könne. Der Graphiker Graef hatte zwar Schuhe, mit denen er dem Wetter trotzen konnte, mußte aber seinen Hund Strolchi ausführen. Niklas F. schützte allgemeine Unlust vor. Es bedurfte kategorischer Gegenvorstellungen, ja fast Befehle Albin Kessels, um die Freunde zu überzeugen, daß sofortiger Einsatz notwendig sei, um eine Chance, die vielleicht nicht so schnell wiederkehren würde, zu nutzen.

Nach einer guten halben Stunde waren die drei da. Zum Glück wohnte Albin nur im ersten Stock. Trotzdem war es schwer genug, die Herrenkommode hinunterzutragen, ging nur, weil Graef vorsorglich ein paar Ledergurte mitgebracht hatte. (Graef hatte immer alles, was zwar nicht ganz fachmännisch, aber praktisch war.) Das Hinunterschleppen war gar nicht das Schlimmste. Der zweite Teil des Transports war viel schwieriger. Erstens mußte es schnell gehen, zweitens durfte keiner von den Möbelpackern drüben stehen, und drittens mußte man auf den Straßenverkehr achten.

Beim vierten oder fünften Anlauf gelang es. Die vier schossen – soweit man mit so einer Herrenkommode von so schneller Bewegungsart sprechen kann – aus der Haustür hervor, eine Straßenbahn bremste kreischend, ein paar Autos wichen fontänenspritzend aus. Kein Möbelpacker war da. Rasch stellten die vier die Herrenkommode neben einigen anderen Möbelstücken unter die weit geöffneten Türen des Möbelwagens und rannten zurück ins andere Haus.

Aber noch war der Plan natürlich nicht geglückt.

Die vier stellten sich in Albin Kessels (nun erheblich größer wirkender) Wohnung ans Fenster und beobachteten. Ein Möbelpacker kam. Stutzte er? Es war nicht auszumachen. Ein zweiter Möbelpacker kam. Er schaute die Herrenkommode an. Sein Gesichtsausdruck war nicht zu erkennen, weil er eine Art Südwester trug. Aber dann stellte er, bevor er ein Regal in den Wagen schob, zwei Stühle auf die Herrenkommode. »Ein gutes Zeichen«, flüsterte Kessel.

Als ein dritter Möbelpacker herunterkam, räumten die drei zusammen einen großen Tisch wieder aus dem Möbelwagen heraus, hoben die Herrenkommode auf und schoben sie in den Wagen, dann schoben sie auch den Tisch wieder hinein.

»Jetzt kann nichts mehr passieren«, sagte Albin Kessel.

»Das Wetter hat dir geholfen«, sagte Wermut Graef, »da geben sie nicht obacht.«

Jakob Schwalbe schüttelte den Kopf. »Das war nicht gut, Kessel«, sagte er. »Wer so etwas tut, der bringt das Gefüge des Schicksals gegen sich auf. Man darf viel tun; aber so etwas darf man nicht tun.«

Am Nachmittag – der Möbelwagen war bereits abgefahren, Albin Kessel hatte kein Auge von ihm gewendet – rief Niklas F. an. Er habe, sagte Niklas F., mit den Möbelpackern gesprochen. Albin Kessel hatte das gesehen. Warum? fragte Kessel. Nur so, sagte Niklas F., ich rede gern mit so Leuten. Die Leute sind froh. Selbstverständlich habe ich von der Herrenkommode nichts gesagt. Nur, das wollte ich dir sagen: nach Kiel ziehen sie um. Vielleicht interessiert dich das.

Albin Kessel sonnte sich noch tagelang in der hämischen Vorstellung, wie die nun statt seiner mit der Herrenkommode geprüfte Familie in Kiel das ihnen völlig unbekannte Monstrum in ihrer Wohnung vorfinden würde. Ganze Dialoge malte sich Albin Kessel aus. »Sie – entschuldigen Sie ... was ist denn *das*?« – »*Das*? Weiß ich doch nicht. Müssen Sie wissen. Sind doch Ihre Möbel.« – »Das gehört nicht uns.« – »Wem denn sonst?« – »Nehmen Sie das wieder mit.« – »Das war in Ihrer Wohnung.« – »Das war nicht in unserer Wohnung ...« Ob es zu Tätlichkeiten gekommen war? Wie auch immer: ohne Zweifel hatten die Möbelpacker obsiegt. Gegen Möbelpacker kommt man nicht auf. Die Herrenkommode stand. In Kiel.

Dennoch wurde Albin Kessel nicht froh. »Wer so etwas tut, der bringt das Gefüge des Schicksals gegen sich auf«, hatte Jakob Schwalbe gesagt. »Was meinst du damit?« hatte Albin Kessel Jakob Schwalbe gefragt. »Die kommen doch drauf«, hatte Schwalbe gesagt, »wie das gemacht wird. Die sind doch auch nicht auf den Kopf gefallen. Was werden die mit der Herrenkommode machen? Sie lauern auch, bis einer in Kiel aus ihrer Nähe umzieht, und dann – dann zieht die Kommode, sagen wir, nach Köln, und dann nach Wetzlar, auch ein alter Kühlschrank, und drei abgefahrene Winterreifen, und ein Amboß ... und eines Tages –«

Das war vor drei Jahren gewesen, 1973. Kessel hatte nicht lang danach Wiltrud kennengelernt, die ihn – da sie keine

Herrenkommode mehr abschreckte – heiratete. Schon bei dem sehr bescheidenen Umzug in Wiltruds Wohnung in Schwabing wurde Kessel ein unangenehmes Gefühl nicht los, aber es ging alles gut. Als die Ehe mit Wiltrud das Jahr darauf auseinanderging, zog nicht Kessel, sondern Wiltrud aus der gemeinsamen Wohnung aus. Kessel hatte vorerst also nichts zu befürchten; aber als er dann 1975 Renate, geschiedene Wünse, heiratete und nach Fürstenried übersiedelte, war ihm richtig bang, und er war erleichtert, daß ihn die Herrenkommode nicht wieder erreichte.

»Du bist noch nicht das letzte Mal umgezogen«, sagte damals Studienrat Jakob Schwalbe, »zwei Jahre sind noch keine Zeit.«

»Statt der Herrenkommode«, gestand Albin Kessel an einem ›aufrichtigen Dienstag‹ Wermut Graef, »begleitet mich die Angst vor ihr. Ich weiß nicht, was schlimmer ist.«

»Warum schaust du so komisch?« fragte Cornelia.

»Ich? Ach so«, sagte Kessel, »die Herrenkommode. In Kiel ist sie, nehme ich an; *hoffe* ich – ich habe sie dorthin ... verschenkt, ja, verschenkt, kann man sagen.«

Die Posaunen, die den Beginn des zweiten Aktes *Tristan* ankündigten, ertönten vom Balkon des Festspielhauses.

Das Festspielhaus zu Bayreuth, hatte Albin Kessel in dem Büchlein gelesen, das er heute nachmittags gekauft, sei im Bau von bizarrer Architektur. Es vereinige den Charme eines Oktoberfest-Bierzeltes mit der Leichtigkeit eines Gründerzeitbahnhofs. Innen sehe es aus wie ein französisches Vaudeville-Theater von außen. Kessel hatte nie mit Bewußtsein ein französisches Vaudeville-Theater gesehen, obwohl er einmal in Paris gewesen war, nein: zweimal; einmal vorige Woche auf der Rückreise von St. Mommul, aber das zählte nicht, da war er ja nur umgestiegen und gar nicht in die eigentliche Stadt hineingekommen. Zählt Paris zu den südlichen Gegenden? Albin Kessel hatte zeit seines Lebens eine Abneigung gegen südliche Gegenden. Ob das echt oder nur ein Snobismus war, hat niemand je herausgebracht. »Italien lieben ist leicht«, pflegte Kessel zu sagen, »aber lieben Sie einmal Dänemark!« Jakob Schwalbe hielt Kessels Abneigung gegen südliche Gegenden für eingebildet und nur aus der Sucht entsprungen, anders zu sein als die anderen. Wermut Graef, der tolerantere Freund, meinte: »Was gibt es nicht alles. Ich habe einen gekannt, einen gewissen Potzrüssel, Schuster war er, der hat gern Mäusen den Kopf abgebissen; es war eine Sucht von ihm. Man ahnt gar nicht, was es alles gibt. Erst als der Mann, dieser Potzrüssel, den Bandwurm davon bekam, hat er – widerwillig – von seinen Mäusen abgelassen. Es gibt mehr Kuriositäten, als man glaubt. Warum soll nicht einer Dänemark lieben statt Italien.«

Die Fahrt in die Ägäis damals, auf der im Hafen von Kos die *St. Adelgund I* sich losriß und dann sank, war eher eine Geschäftsreise. Kessel hatte das Schiff gekauft (es hieß damals noch *Mon Ami*), als es in Smyrna vor Anker lag. Er wolle es selber nach Bremerhaven überführen, wo er schon einen Ankerplatz gemietet hatte. Sonst mied Albin Kessel südliche Gegenden, und er fuhr, wenn überhaupt, nach Norden in Urlaub. Eine Zeitlang behauptete Kessel, er habe mehrere Sommer auf Spitzbergen verbracht. Ob es war ist, weiß niemand. Daß sein Winter am Baikalsee eine Lüge war, hat später Albin Kessel selber zugegeben, auf Spitzbergen aber sei er gewesen, wirklich. Warum es dann keine Postkarte von ihm gäbe aus Spitzbergen? Niemand kennt irgend jemanden, der von Albin Kessel eine Postkarte aus Spitzbergen bekommen hätte. »Weil«, sagte Albin Kessel, »ich erstens überhaupt nie und an niemanden eine Postkarte schreibe, das kann sein, wer will. Zweitens gibt es in Spitzbergen keine Post. Da fährt nur alle vierzehn Tage ein Kutter um die Insel herum und legt die Briefe auf einen bestimmten Stein, den man vorher mit dem Kapitän des Kutters vereinbart hat, und der Kapitän beschwert den Brief auf dem Stein mit einem zweiten Stein, daß der Brief nicht wegfliegt; das ist schön und gut, aber meistens doch sinnlos, denn wenn man nach Wochen hinkommt, hat entweder ein Seelöwe den Brief gefressen oder eine Polargans, und wenn nicht, ist er so verwittert, daß ihn kein Mensch lesen kann. Theoretisch könnte man natürlich dem

Kapitän auch eine Postkarte mitgeben, aber ihr dürft euch die Sache nicht so vorstellen, daß der Kutter um 13 Uhr 15 kommt. Der Kutter kommt *nicht ungern* an jedem zweiten Dienstag. Vielleicht kommt er aber erst am Mittwoch, vielleicht war er schon am Sonntag da, je nachdem, wie die Strömung ist und so fort, und wieviel er in Reykjavik löschen mußte . . .«

»Reykjavik ist gar nicht auf Spitzbergen«, hatte Wermut Graef darauf gesagt, »jetzt hast du dich verraten.«

Albin Kessel bringt so ein Einwurf nicht aus der Fassung. »Ich weiß so gut wie du, daß Reykjavik nicht auf Spitzbergen ist. Ändert das etwas daran, daß der Kutter über Reykjavik nach Spitzbergen fährt? Um aber auf die Postkarte zurückzukommen: man müßte also womöglich fünf Tage an der Küste warten, um dem Kapitän die blöde Postkarte mitzugeben. Da habe ich wahrhaftig Besseres zu tun gehabt.«

»Was hast du denn in Spitzbergen getan?« fragte Wermut Graef. Aber auch so eine Frage bringt Albin Kessel nicht aus der Fassung. Er antwortet nicht darauf. Übrigens war Graef so taktvoll, derlei Fragen nie an ›aufrichtigen Dienstagen‹ an Kessel zu richten.

»Und drittens«, fuhr Albin Kessel fort, »gibt es auf ganz Spitzbergen keine Postkarte. Wozu auch.«

Man weiß nur von einer einzigen Italienreise Albin Kessels. (Es war jene Reise, auf der Kessel eine angeblich aus dem Besitz Garibaldis stammende Sänfte erwerben konnte, die beim Zoll so erhebliche Schwierigkeiten machte.) Die Italienreise ging auf einen Vorschlag, nein, man muß schon sagen, auf massives Drängen von Albin Kessels Bruder Hermann zurück (. . . mein bürgerlicher Bruder Hermann, pflegte Albin Kessel zu sagen), dessen Ehe damals gerade geschieden worden, und der, vielleicht deswegen, vielleicht aus irgendwelchen anderen Gründen, sehr melancholischer Stimmung war. Hermann Kessel führte damals ständig das Nestroy-Zitat im Mund: ›Man muß wo hingehen, wo Menschen leben, die noch keine Leut' sind.‹ Ob Italien für so eine Flucht geeignet ist, mag dahingestellt bleiben. Hermann Kessel war der Meinung: ja. Er war, im Gegensatz zu seinem Bruder, ein Italo-

mane und immer schon besserer Laune, wenn er einen richtig schwarzen Kaffee und Pasta asciutta bekam.
Wie Hermann Kessel ausgerechnet auf Isola del'Gran Sasso kam, weiß man nicht. Vielleicht hat er es von früheren Italienaufenthalten her gekannt, vielleicht hat er erwartet, daß in dem Abruzzennest die Menschen wirklich noch keine Leut' sind. Albin Kessel war an der Wahl unbeteiligt. »Wenn es schon Italien sein muß«, sagte er nach vehementen Versuchen, seinen Bruder von Finnland oder wenigstens Schleswig-Holstein zu überzeugen, »dann ist mir alles übrige Wurst. Ich fahre mit, weil ich dich in deinem Schmerz nicht allein lassen will.« Übrigens trug Hermann Kessel die finanziellen Lasten des Aufenthalts in Isola del'Gran Sasso. Wegen der Vermögensauseinandersetzung nach der Scheidung mußte Hermanns Bauernhaus am Ammersee verkauft werden. Nach Abzug der Scheidungskosten von seiner Hälfte des Erlöses blieb ihm genug für die vier Wochen in Italien. (Auch das Geld für die Sänfte Garibaldis streckte Hermann Albin vor.)
So saßen die beiden in Isola del'Gran Sasso.
Isola heißt Insel, aber das Städtchen Isola del'Gran Sasso ist mitnichten eine Insel, jedenfalls nicht im landläufigen Sinn. Isola del'Gran Sasso liegt ungefähr 400 bis 500 Meter hoch an einer Schlucht, die sich vom Gran Sasso, dem höchsten Berg des eigentlichen Italien, herunterzieht, und ungefähr 30 km vom Meer entfernt. Die Stadt liegt – ». . . wenn man sich nicht genieren würde, so ein Wort zu gebrauchen«, erzählte Albin Kessel, »so würde ich sagen: malerisch . . .« – an *beiden* Seiten der Schlucht, die die Stadt in zwei Teile trennt, aber ein paar Brücken überqueren die Schlucht. Die Schlucht ist dort oben schon recht eng, es ist nicht viel Platz da, und so schachteln sich die Häuser übereinander, manche Häuser sind halsbrecherisch über den Abgrund hinausgebaut und sehen von der anderen Seite aus wie tibetanische Klöster. Die Straßen sind schmal und unübersichtlich, verengen sich unvermutet hinter einer scharfen Kurve (schon mehr eine Ecke), enden an einer Treppe. Der Marktplatz ist ein langer, finsterer Schlauch, mit Katzenkopfsteinen gepflastert, hängt

durch wie eine ovale, flache Schale. »Man hat das Gefühl«, sagte Albin Kessel zu seinem Bruder, »man sitzt in einem Schwalbennest.« Die beiden saßen vor der Bar am Marktplatz, nicht einander gegenüber, sondern schon wie richtige Italiener, nebeneinander mit Blick zur Straße. »Hinter diesen Häusern« – Albin Kessel deutete auf die Häuserfront gegenüber – »gähnt ein Abgrund von hundert Metern. Die Apotheke, ich war gestern drin, ist vorn zweistöckig, und hinten hat sie einen sechsstöckigen Abort. Man fühlt sich irgendwie ausgesetzt hier oben, findest du nicht?«
»Ja«, sagte Hermann Kessel.
»Die Straße da drüben, die man zwischen der Apotheke und dem Haus daneben sieht, ist keine zweihundert Meter weit weg, und doch käme man nie hin, wenn nicht die kleine, alte Brücke wäre.«
»Unten ist noch eine Brücke«, sagte Hermann Kessel.
»So hingepickt auf diesen Mauervorsprung, das ist schon wie eine Insel, Isola del'Gran Sasso.«
Das Städtchen hat bescheidenen Fremdenverkehr. Ab und zu kommen Fremde aus Giulianova oder Roseto herauf, wenn ihnen das Baden langweilig geworden ist, oder es kommt ein Omnibus voll Schulkinder, die den Gran Sasso anstaunen. Meistens sind es italienische Touristen, richtige Fremde gibt es hier kaum.
»Das ist klar«, sagte Hermann Kessel; »ein Deutscher, zum Beispiel, hat einen Opel. Der erschrickt schon, wenn er die engen Gassen sieht. Er fürchtet, daß er steckenbleibt oder rückwärts wieder über die Brücke fahren muß. Der hat Angst, er kommt nie mehr hier heraus.«
»Ich wundere mich eh«, sagte Albin, »wie die Omnibusse umdrehen.«
»Ja«, sagte Hermann, »irgendwie müssen sie umdrehen.«
Auf dem Straßenstück drüben, jenseits der Schlucht, das von hier aus zwischen den Häusern durch zu sehen war, hatte sich ein Menschenauflauf gebildet.
»Was ist denn das?« fragte Albin Kessel.
»Woher soll ich das wissen«, sagte Hermann, reckte aber auch den Hals. Man konnte nichts Rechtes erkennen.

Hermann legte das Geld für die Zeche auf die Untertasse. Die Brüder gingen, die Hände in den Taschen, nicht zu schnell den Marktplatz hinauf, über die Brücke und drüben hinunter bis zum Menschenauflauf.

Ein deutscher Wagen, ein großer Opel, war aus dem Vomano-Tal heraufgekommen. Im Auto saßen drei Kinder und eine Frau. Der Mann war ausgestiegen.

Nachzutragen ist hier, daß Albin Kessel selbstverständlich kein Wort italienisch spricht, sein Bruder dafür recht gut. Hermann Kessel erkundigte sich bei den paar Männern, die herumstanden, was los sei, und berichtete dann Albin:

»Der Deutsche möchte eine Kapelle sehen ...«

Offenbar war es so gewesen, daß der Deutsche aus Angst vor der Brücke sein Auto hier vor dem Gasthaus am Anfang des Ortes geparkt und den Wirt nach einer gewissen Kapelle des Heiligen Sebastian gefragt hatte. Der Wirt hatte nie davon gehört, worauf sich der Deutsche mit einer Äußerung, die als »ist nicht so wichtig« gedeutet werden konnte, wieder entfernen wollte. Ein richtiger italienischer Wirt läßt aber natürlich eine Kapelle, die er nicht kennt, nicht so ohne weiteres auf sich beruhen. Er hielt den Deutschen fest, zerrte ihn sogar in sein Gasthaus, wo sich gerade eine Hochzeitsgesellschaft zum Essen niedersetzen wollte, und fragte seine Gäste, ob sie etwas von einer Kapelle des Heiligen Sebastian wüßten. Ratlosigkeit, Nervosität, Hektik, die sich bald in tumultartigem Schreien äußerte, erfaßte die Hochzeitsgesellschaft. Ein einbeiniger Photograph, der eben ein Brautbild machen wollte, ließ alles liegen und stehen, selbst seine Krücken, und hüpfte wie ein großer Vogel zum Nachbarhaus, um dort zu fragen. Dem Deutschen war es sichtlich peinlich, aber der Wirt hielt ihn fest.

Einige Mitglieder der Hochzeitsgesellschaft kamen heraus. Der Deutsche zeigte ihnen ein gelbes Schild, das laut Aufschrift von der Ente Provinciale per il Turismo errichtet worden war und unzweideutig in vier Sprachen auf eine Cona di San Sebastiano resp. San Sebastiano-Chapel, San Sebastiano-Kappele (sic!) und Chapelle de Saint Sebastiano hinwies, allerdings ohne nähere Ortsangabe. Neue Ratlosigkeit überkam die Damen und Herren. Noch nie war jemandem diese Tafel aufgefallen.

»Kennst du die Kapelle?« fragte Hermann.

»Ich habe mich noch nie für Kapellen interessiert«, sagte Albin, ohne das Geschehen aus den Augen zu lassen.

Der Deutsche machte neuerliche Versuche, die ganze Angelegenheit als unwichtig hinzustellen, machte Miene, wieder in sein Auto zu steigen, aber schon standen alle Hochzeitsgäste vor der Tür, der einbeinige Photograph hüpfte bereits zur Brücke und informierte die Leute, die aus dem Ort kamen.

»Sollen wir ihm nicht helfen?« fragte Hermann.

»Wieso? Ich weiß auch nicht, wo seine Kapelle ist.«

»Dolmetschen«, meinte Hermann Kessel.

»Soll er doch eine andere der hunderttausend Scheißkapellen in Italien besuchen.« Albin Kessel gebot Schweigen und beobachtete weiter.

Die ganze Hochzeitsgesellschaft hatte sich um das gelbe Schild versammelt, der hüpfende Photograph stand bereits jenseits der Brücke und gestikulierte mit den Händen. Vom Städtchen her näherte sich ein Leichenzug. Die Trauergemeinde war bereits informiert. Um es vorwegzunehmen: auch von ihr wußte niemand Näheres von der Kapelle des Heiligen Sebastian. Der Deutsche versuchte die neue Verwirrung auszunützen, die durch das Zusammenprallen des Leichenzuges mit der Hochzeitsgesellschaft entstand, und wollte heimlich davon. Es war natürlich aussichtslos, schon weil der Deutsche sein Auto hätte wenden müssen, was auf der engen Straße ohne größeres Aufsehen nicht möglich gewesen wäre.

»Einmal«, sagte Albin Kessel, »habe ich was Ähnliches erlebt. Es war auch lustig. Da ist ein Hochzeitsauto mit einem Auto, das zu einer Kindstaufe fuhr, zusammengestoßen –«

»Pst –«, sagte Hermann Kessel.

Einer der Sargträger, ein zahnloser alter Mann, dessen eine Gesichtshälfte dunkelblau war, sagte, er kenne die Kirche. Aber es begegnete ihm Skepsis, mit Recht, wie sich herausstellte, denn der Alte meinte die etwa eineinhalb Kilometer außerhalb gelegene Kirche San Giovanni di Mavone. *Die*

kannte man selbstverständlich (behauptete jetzt jeder), aber die meinte der Fremde nicht. Der Fremde meinte die Kapelle des Heiligen Sebastian, und die sei ohne jeden Zweifel in der Stadt, nicht außerhalb, denn bei genauerem Hinsehen entdeckte man auf der gelben Tafel einen Pfeil, der in Richtung Brücke zeigte.
Die Hochzeitsgesellschaft und der Trauerzug (der Sarg wurde am Straßenrand vor dem Auto des Deutschen abgestellt) wandten sich zur Brücke. Der Deutsche wurde mitgespült. Die Brüder Kessel gingen in vorsichtigem Abstand hinterher.
Kurz nach der Brücke stand seitlich ein Gebäude, das wie eine Kapelle aussah. Der Deutsche deutete fragend darauf. Daß das nicht die Cona di San Sebastiano war, wußten die Leute. Es war die Feuerwehrgarage.
Der einbeinige Photograph war in lebhaften Verhandlungen mit dem Inhaber eines Zeitungs- und Postkartenkioskes. Albin und Hermann Kessel konnten an dieser Stelle zwanglos beobachtend die sich stauende Menge überholen und sich wieder auf ihre Plätze vor der Bar setzen.
Der Kioskinhaber, ein grünhäutiger Buckliger, er hieß Nicolodi, der dem Vernehmen nach (Hermann Kessel kannte bereits die ganzen Geschichten, die man sich im Ort erzählte) drei Frauen ins Grab geärgert haben soll, hatte auch noch nie etwas von einer Kapelle des Heiligen Sebastian gehört. Aber er hatte eine Idee, die der Menge einen verhaltenen Hoffnungston entlockte: er überprüfte seine Postkarten. Mit angehaltenem Atem, »mit Gesichtern, als ginge es um die Ziehung der Lottozahlen«, erzählte Albin Kessel später, folgten die Leute der Prüfung. Der bucklige Nicolodi blätterte die Karten durch, der einbeinige Photograph schaute ihm über die Schulter und verkündete laut die Ergebnisse: »Totalansicht«, »Grüße aus Isola del'Gran Sasso«, »Die Mavone-Brücke« . . . keine Sebastiankapelle. Einmal war eine Kirche abgebildet, die Kirche nämlich, die gleich neben der Bar am Marktplatz stand: »Pfarrkiche Santissimi Apostoli«.
»St. Sebastian war kein Apostel«, sagte Hermann Kessel.
»Das weiß ich auch«, sagte Albin.

Mehrfach war der Gran Sasso abgebildet, einmal sogar die Feuerwehrgarage (»Isola del'Gran Sasso: Detail vor Alt-Statt«), keine Sebastiankapelle. Die Menge murmelte enttäuscht, der Deutsche wäre fast entkommen, wenn nicht der einbeinige Photograph die Flucht im letzten Moment vereitelt hätte. Der Deutsche war unbemerkt schon wieder bis zur Brücke gelangt.
Ein paar aus der Menge hatten inzwischen den Uhrmacher geholt. Der Uhrmacher war ein uralter, unheimlich dicker, kleiner Mann, der gegenüber Nicolodis Zeitungskiosk einen Uhrmacherladen hatte, der nicht viel größer war als er selber. Der Uhrmacher wußte es.
Die Kapelle des Heiligen Sebastian, italienisch: Cona di San Sebastiano, erbaut im 13. Jahrhundert, mit Fresken des bedeutendsten Malers der Abruzzen aus dem Cinquecento, Andrea Delitio oder del Litio, befand sich (und befindet sich vermutlich heute noch) genau gegenüber dem Uhrengeschäft unmittelbar hinter dem Kiosk. Die Rückwand des Kioskes lehnte an einer Wand der Kapelle.
Der grünhäutige Nicolodi schaute staunend an seinem Kiosk in die Höhe. So was; das war ihm bis jetzt glatt entgangen.
Der Gerechtigkeit halber muß man allerdings hinzufügen, daß die eine, die Straßenfront der Kapelle durch das Kriegerdenkmal der Gemeinde Isola del'Gran Sasso so gut wie gänzlich verdeckt war.
Ein erleichtertes Aufseufzen ging durch die Menge. Man erklärte sich vielfach gegenseitig, daß dies die Kapelle des Heiligen Sebastian sei. Langsam kehrte die Hochzeitsgesellschaft zu ihrer Tafel, der Leichenzug zu seinem Sarg zurück. Der einbeinige Photograph hüpfte wie ein Rabe hinterher.
Es ging auf Mittag. Der Uhrmacher ließ seinen Rolladen herunter, der bucklige Nicolodi sperrte seinen Kiosk zu. Die beiden Brüder Kessel waren bald die einzigen, die noch auf dem Marktplatz waren. Ein italienischer Marktplatz ist um zwölf Uhr mittags verlassener als um Mitternacht. Aber der Deutsche war noch da. Er ging, soweit das möglich war, um die Kapelle herum, fand aber nur einen Eingang, und der war verschlossen.

Der Deutsche rüttelte am Eingang. Dann schaute er unschlüssig um sich, erblickte die Brüder Kessel. Er trat näher. Hermann warf Albin einen raschen Blick zu. Der Deutsche fragte in gebrochenem Italienisch: »Wer hat den Schlüssel zur Kapelle?«

Hermann antwortete auf italienisch: Schlüssel? Er habe nie gehört, daß es für diese Kapelle einen Schlüssel gegeben habe.

Der Deutsche sagte, daß ihn die Kapelle an sich, also außen, gar nicht interessiere, ihn interessierten nur die Fresken *in* der Kapelle.

Hermann Kessel zuckte mit den Schultern.

Der Deutsche: »Hat der Pfarrer den Schlüssel?«

Hermann: »Der Pfarrer ist nur am Sonntag da. Seit der alte Pfarrer tot ist, verwaltet der Pfarrer von Montório die Pfarre Isola mit. Priestermangel.« (Das stimmte, Hermann wußte, wie gesagt, bereits über alles im Ort Bescheid.)

Der Deutsche: »Der Mesner?« (Für den Ausdruck Mesner – sagrestano – mußte der Deutsche in seinem kleinen Wörterbuch nachschauen.)

Hermann: »Der Sagrestano war beim Leichenzug dabei. Der hat auch nicht gewußt, wo die Kapelle ist. Selbst *wenn* er einen Schlüssel hätte, würde er ihn noch weniger finden als die Kapelle.«

Der Deutsche bedankte sich und ging.

»Der hat seine blöden Fresken nicht gesehen«, sagte Albin Kessel.

»Wenn er schlau ist«, sagte Hermann, »dann fährt er dem Leichenzug nach, denn am Friedhof muß zwangsläufig der Pfarrer für die Beerdigung sein.«

»Ob er schlau ist, weiß ich nicht«, sagte Albin. »Aber ich glaube nicht, daß der die Fresken noch sehen will; daß der irgendwelche Fresken noch sehen will.«

»Ich glaube, wir gehen auch mittagessen«, sagte Hermann.

Noch Wochen danach, jedenfalls solange die Brüder Kessel in Isola del'Gran Sasso waren, redeten die Leute von fast nichts anderem als der sozusagen wiedergefundenen Kapelle des Heiligen Sebastian.

»Und ich«, erzählte Albin Kessel später, »habe die Fresken

des Andrea Delitio oder del Litio sogar gesehen. Mein Bruder hat das nie erfahren, weil er nämlich immer so lang schläft, während ich ein Frühaufsteher bin.«
»Na, na, na!« sagte Jakob Schwalbe, der ja in der Kommune mit Albin Kessel zusammen gewohnt hatte.
»Wenn ich dir sage, daß ich ein Frühaufsteher bin! Nur unterdrücke ich es meistens. Manchmal stehe ich um sechs Uhr auf. Zum Beispiel in Isola del'Gran Sasso, und da habe ich entdeckt, daß jeden Sonntag in der Kapelle des Heiligen Sebastian eine Frühmesse gelesen wird. Der Pfarrer ist direkt erschrocken, wie er gesehen hat, daß jemand bei der Messe da war, nämlich ich.«
»Und wie sind die Fresken?«
»Wie eben Fresken so sind«, brummte Kessel.
In Kessels privater Geographie gab es genaue Abgrenzungen, was südlich ist und was nicht. Die Abgrenzungen waren nicht realer oder historischer Natur, sondern entsprangen dem Gefühl. Frankreich war für ihn ein südliches Land, und zwar selbst das nördliche Frankreich. Ein Land, das irgendwo südlich war, mit Palmen ›behaftet‹ (wie Albin Kessel sich ausdrückte), das mit irgendeinem Teil seines Landes in südliche Gegenden sich erstreckte, war insgesamt südlich im Auge Kessels. Eine Art geographische Sippenhaft. Paris war also eine südliche Stadt. Trotzdem hatte sie Kessel auch einmal ein paar Tage besucht, und auch das war eher zufällig oder sogar gezwungenermaßen: nach dem Schiffbruch in der Biscaya (»Ist die nicht südlich?« spottete Jakob Schwalbe. »Das habe ich nicht bemerkt, als wir hingefahren sind, bei *dem* Wetter!« antwortete Kessel.) hielt er sich auf der Rückfahrt von Bordeaux nach München eine gute Woche dort auf. Es waren Formalitäten wegen des Schiffbruches zu erledigen, unter anderem sogar im Marineministerium: »Es war, als hätte ich eigenhändig ein französisches Schlachtschiff versenkt«, sagte Kessel. Dennoch blieb Zeit, die hauptsächlichen Sehenswürdigkeiten zu besichtigen: Louvre, Chapelle Royal, Nôtre Dame – von all dem beeindruckt zu sein, weigerte sich Albin Kessel, weil es ja in einer südlichen Stadt war. Nur die Kirche Saint-Augustin gefiel ihm, weil sie wahrscheinlich die einzige

gußeiserne Kirche der Welt ist. »Das muß einem einfallen«, sagte Kessel später, »wirklich: eine Kirche quasi zu gießen statt zu bauen. Saint-Augustin . . . das muß man sich merken. Sieht aus wie eine gotische Metrostation . . . oder wie ein sehr großes Pissoir.«

Aus der Zeit dieses Aufenthaltes stammte auch die Abneigung Albin Kessels gegen die französische Küche und die Grundlage zu seinem Aufsatz darüber, der ihm soviel Schmähbriefe eingetragen hatte. Das Fleisch, hatte Albin Kessel sinngemäß geschrieben, das Fleisch nach der französischen Küche ist roh, und die Beilagen sind verkocht. Der Ehrgeiz der französischen Köche scheint zu sein, daß alles anders schmeckt, als man nach dem Aussehen annimmt. Das Ideal des französischen Kochs müßte ein Kartoffelpüree sein, das wie eine Forelle aussieht und nach Apfelgelee schmeckt, aber das ist fast schon zuviel: die Speisen sollen nach Möglichkeit nach allem schmecken, was in der Küche vorhanden ist, das nennt man dann abgerundeten Geschmack, das heißt, es schmeckt nach gar nichts, allenfalls nach Knoblauch. Eine Grundregel kann man allerdings aufstellen: wenn etwas nach nichts, aber schon nach gar nichts anderem schmeckt als nach Knoblauch, dann handelt es sich bei dem Servierten vermutlich um Schnecken. Im übrigen besteht der Zauber der französischen Küche in der schamlosen Augenwischerei der Kellner: da wird ein zum geschmacklichen Tod gestampfter Gemüsebrei mit Wasser verdünnt, dafür aber am Tisch mit einem archaischen Brimborium angezündet und mit einer Geste, die einer heiligen Handlung gleicht, mit einem Klecks ranziger Sahne verfeinert. Alles Humbug, sagte Kessel. Es sieht aus wie eine Erbswurstsuppe und schmeckt auch so. Das ist alles nur Hypnose: wenn schon flambiert wird, und die Erbswurstsuppe nicht aus einem Topf serviert, sondern vorher möglichst in drei verschiedenen Kupferkesselchen herumgeschüttet wird und dann noch irgendwie Crème St. Hyazinth heißt oder wie, und den horrenden Preis nicht zu vergessen, meinen alle schon, sie müßten erschüttert sein. Die französische Küche – bei Licht betrachtet – ist nichts als ein jahrhundertealter Reklameschwindel.

Im *Maxims* hatte Kessel die entscheidenden Erfahrungen gemacht – »man bekommt mehr Teller als zu essen« –, und in ein paar anderen Lokalen dieser Kategorie. Kessel war ja damit beschäftigt, die Reste seiner Millionärität zu verwirtschaften, weshalb er auch im *Ritz* an der Place Vendôme wohnte, was ihn in die Lage versetzte, täglich mindestens einmal Saint-Augustin zu besehen. Er brauchte nur an der Madeleine vorbei (»– ein Monstrum mit Säulen wie aus nachgedunkelten Weißwürsten –«) und den Boulevard Malesherbes hinaufgehen. Sowohl an die Saint-Augustin als auch an das *Maxims* mit seinen Kugellampen erinnerte Kessel das Innere von Wagners Festspielhaus. Hat jemals jemand untersucht, ob diese architektonischen Absonderlichkeiten nicht vielleicht eine versteckte Jugenderinnerung des Meisters war an seine Zeit in Paris? Aber wahrscheinlich kann man das heute nicht mehr nachprüfen.

Kessel wachte quasi auf. Er schaute auf die Seite zu seiner Tochter. Sie hörte aufmerksam zu oder tat wenigstens so. *Himmelhöchstes Weltentrücken! Mein! Tristan mein! Mein! Mein! Isolde mein! Mein und dein! Ewig, ewig ein!* Außer dem Büchlein über Bayreuth hatte Kessel auch das Reclam-Heft mit dem *Tristan*-Text gekauft. Er hatte es noch lesen wollen, aber es hatte nur noch zum Überfliegen gereicht; schon dabei fällt auf, daß Wagner, was den Text betrifft, zu den sogenannten Rufezeichen-Autoren gehört.

Wie lange fern!
Wie fern so lang!

sang Isolde. Das Duett ist ziemlich bekannt, auch sehr schön. Wagner hat gemeint, er habe mit dem Stück eine Art tragische Boulevard-Unterhaltung geschrieben, eine leichte Kammeroper. »Man fragt sich oft«, hatte Jakob Schwalbe gesagt, »ob Wagner überhaupt eine Ahnung von seiner eigenen Musik gehabt hat. Meine Theorie: nein.«

Tristan: *Wie weit so nah!*
Wie fern so lang!

Jakob Schwalbe hatte einmal einen Abend mit ein paar befreundeten Schauspielern veranstaltet, bei sich zu Hause, da hat er in vollem Ernst und mit sächsischem Akzent den Text zum *Lohengrin* lesen lassen; nichts sonst, keine Musik, nichts, keine ironischen Zwischenbemerkungen, nur den bloßen Text; es war umwerfend gewesen, und Wermut Graef hatte vor Lachen eine Olive verschluckt, woran er fast erstickt wäre. Ein paar Kernsätze hatte Kessel nach diesem Abend nachgelesen und sich gemerkt:

Alle Männer (in feierlichem Grauen):
Ha, schwerer Schuld zeiht Telramund!
Mit Grau'n werd' ich der Klage kund!

oder

Die Männer und Frauen (leise und gerührt):
Ich fühl' das Herze mir vergehen,
schau ich den hehren, wonnevollen Mann.
Friedrich (außer sich):
O Weib, das in der Nacht ich vor mir seh' –
betrügst du jetzt mich noch, dann weh' dir! Weh'!

Wagner zählt also nicht nur zu den Rufezeichen-, sondern auch zu den Apostroph-Autoren.

Elsa (nach großer Betroffenheit sich ermannend):
Du Lästerin! Ruchlose Frau!
Hör, ob ich Antwort mir getrau!
Lohengrin (während er Elsa, die keines Ausdruckes mächtig ist, wiederholt küßt):
Leb' wohl! Leb' wohl! mein süßes Weib!
Mir zürnt der Gral, wenn ich noch bleib'!

Und dann die beiden Perlen dieses Textbuches:

Alle Männer und Frauen:
Hör' ich so seine Art bewähren,
entbrennt mein Aug' in heil'gen Wonnezähren.

und

Die Männer:
Seht! Elsa naht, die Tugendreiche!
Wie ist ihr Antlitz trüb und bleiche!

und das auf Sächsisch. Jakob Schwalbe meinte, die Produktion müsse man als Cabaret-Nummer auf Platte pressen; aber er fand niemanden, der sich dafür interessierte, leider.
Wieder schreckte Albin Kessel auf. *Was dich umgliß mit hehrster Pracht ...*, sang Tristan. Das ist natürlich eine sehrende Musik, man wird versehrt, und schlichte Gemüter sind diesen ständigen Personnanzen, diesen Mitteldingen zwischen Konsonnanz und Dissonanz, hilflos ausgeliefert. Judith, Jakob Schwalbes Frau, die sehr musikalisch war, sagte einmal, als Kessel bei Schwalbes eben dieses Duett anhörte: »Das ist eine unanständige Musik.« Sie wurde ein wenig verlegen und fast sogar rot dabei. Kessel hatte angenommen, daß Judith Schwalbe das musikalisch meinte, aber – er kam Schwalbe gegenüber noch darauf zu sprechen, weil es ihn beschäftigte – Frau Schwalbe hatte das direkt, sozusagen körperlich gemeint. »In deiner Gegenwart hat sie das natürlich nicht so ausgesprochen. Aber mir hat sie es einmal gesagt: diese Musik löst bei Frauen Gefühle aus, die an einen sublimierten Orgasmus erinnern, grob gesprochen.«
»Was ist an einem Orgasmus unanständig?« hatte Kessel gefragt.
»Das ist eine andere Frage«, hatte Jakob Schwalbe geantwortet.

O sink hernieder,
Nacht der Liebe ...

Schon sehr schön, dachte Kessel und bemühte sich, endlich aufmerksam zu sein und nicht mit den Gedanken ständig abzuschweifen. Was hätte aber Puccini an dieser Stelle Herrliches geschrieben, und kürzer, vor allem.
Für eine seiner *Sendungen für die Katz*, erinnerte sich Kessel, hatte er eine Plauderei über den Liebestrank auf dem Theater und in der Oper geschrieben. Im Briefwechsel zwischen Richard Strauss und Hugo von Hofmannsthal, so hatte Kessel begonnen, in dem berühmten Briefwechsel findet sich im Zusammenhang mit den Diskussionen über die *Frau ohne Schatten*, kann auch sein *Die ägyptische Helena*, eine Stelle, in der Hofmannsthal den Liebestrank oder überhaupt Zauber-

tränke verteidigt: das seien lediglich Verkürzungen, quasi Symbole für psychologische Abläufe und also dramaturgische Vereinfachungen, als Herauskehrung nicht oder nicht so einfach darstellbarer innerer Vorgänge legitim. Im *Tristan* sei es so, daß sich Tristan und Isolde auf der damals unendlich langen Schiffsfahrt von Island nach Cornwall zwangsläufig ineinander verliebt haben, ohne Liebestrank und alles. Man darf sich die Schiffsreise nicht als Fahrt auf einem Luxusdampfer vorstellen. Die Bühnenbilder täuschen meistens unredlich darüber hinweg. Es waren in der damaligen grauen – oder lichten? – Vorzeit entsetzlich unbequeme und unsichere Kähne. Man war auf engstem Raum zusammengedrängt, von den hygienischen Verhältnissen ganz zu schweigen. Für Isolde dürfte auf dem zugigen Deck ein notdürftiger Verschlag, verhängt mit ein paar Teppichen, gezimmert worden sein. Das war dann schon die Luxusklasse für fürstliche Passagiere. Brangäne, Isoldes Zofe, mußte wahrscheinlich auf Deck schlafen, sich mit ihrem Mantel zudecken und froh sein, wenn sie ihren Kopf auf ein zusammengerolltes Tau legen konnte. Im übrigen dürfte sie beschäftigt gewesen sein, ihre Unschuld – sofern sie sie noch besaß – gegen die Matrosen zu verteidigen. Die Seefahrt galt damals mit Recht als höchst unsicheres Geschäft, und wer Matrose wurde, hatte meist nichts mehr zu verlieren und fast immer etwas auf dem Kerbholz. Nach wenigen Tagen schon waren Isoldes Kleider vom Salz des feuchten Windes starr, ihre Haare strähnig, die Augen tränten. Ob ihr der Kapitän genehmigte, hin und wieder mit dem kostbaren Süßwasser, das an Bord war, die goldenen Haare zu waschen? Kaum. Und das alles auf der Fahrt in eine ungewisse Zukunft, in ein fremdes, ungeliebtes Land, zu einem Mann, mit dem man zwangsweise verheiratet wird, einem alten Witwer, der vermutlich tonnendick, zahnlückig und blatternarbig war und sich nie wusch. Daß sich unter diesen Umständen Isolde in den einzig einigermaßen sauberen Mann ihrer Umgebung verliebte, ist klar. Bei Tristan war es ähnlich. Und als die Küste Cornwalls in Sicht kam, also das Ende der Fahrt und der Anfang des Unglücks für das restliche Leben, brauchte es gar keinen Liebestrank: die Liebenden erkannten mit einem Schlag, daß sie einander liebten; erkannten, daß es eben so weit gekommen war auf dieser Fahrt. Grenzsituation nennt man so etwas.

Das ist der psychologische Hintergrund der Sage, aber das kann man auf dem Theater nicht darstellen, denn die Hauptperson dieser Handlung ist die *Zeit.* Man kann nicht das Publikum drei Wochen im Theater sitzen lassen, Tag und Nacht. Sind schon die sieben Stunden, die einem Wagner zumutet, lang genug. Also greift Brangäne, respektive Wagner, zum Liebestrank.

Aber man kann so eine Fabel, schrieb Kessel damals in seiner *Sendung für die Katz,* auch wörtlich nehmen. Vielleicht ist das noch reizvoller. Zum Beispiel wäre interessant, was dabei herauskäme, wenn man alle antiken Erzählungen über Götter, Halbgötter und Heroen wie historische Quellen ernstnähme und versuchte, eine chronologische Göttergeschichte zu schreiben. Es gibt ja genug Orts- und Zeitangaben, und die Familienverhältnisse sind überraschend klar, wenn man die erstaunliche Götter-Genealogie betrachtet, die der alte Gustav Schwab seinen griechischen Sagen beigegeben hat. Alle sind miteinander verwandt, von Antigone bis Cassandra, von Herakles bis Pollux. (Nur Orpheus und Eurydike stehen außerhalb, sind mit niemandem der anderen legendären Gesellschaft verwandt. Hat schon jemand das bedacht, daß das vielleicht ein Hinweis auf die völlig fremde, womöglich nichtgriechische Herkunft der Sage sein könnte?)

Eine Zeitlang hatte sich Kessel mit dem Gedanken getragen, diese Göttergeschichte tatsächlich zu schreiben. Der Verleger Dr. Grodenberg hatte auch Interesse dafür gezeigt, aber erst wollte er die Völker-Bücher haben, und dann ist er in Konkurs gegangen.

Wenn man nun den Liebestrank im *Tristan* wörtlich nimmt, hatte Albin Kessel seinen Faden fortgesponnen, so ergibt sich zuallererst ein pharmakologisches Problem: wie wirkt dieser Trank genau? Im Textbuch Wagners findet sich kaum ein Anhaltspunkt dafür. Offenbar verliebt man sich sofort, nachdem man den Trank genommen hat. In wen? Es gibt mehrere Möglichkeiten: a) in den, in den man sich unbewußt

verlieben möchte (das nähert sich schon wieder der oben skizzierten psychologischen Erklärung, der Liebestrank könnte dann sogar ein Placebo sein); b) in den, an den man grad denkt; c) in den, den man grad sieht oder dem man als erstem begegnet; d) in den, von dem die Person, die einem den Liebestrank gibt, möchte, daß man sich verliebt; und e) in den, der mit einem gleichzeitig den Liebestrank trinkt.
Bei der Lösung e) erheben sich sogleich einige Fragen: wie lang darf der zeitliche Abstand sein, daß es noch als gleichzeitig gilt? Eine Stunde? Ein Tag? Was ist, wenn der andere zwar vorhat, den Trank zu trinken, es aber dann vergißt? Wirkt er dann beim einen überhaupt nicht? Oder nur einseitig? Was ist, wenn Tristan den Trank nicht ganz austrinkt und, zum Beispiel, ein Matrose, etwa der junge, anonyme Tenor, der am Anfang *Westwärts schweift der Blick* ... singt, schleckt den Becher aus? Verlieben sich beide in Isolde? Das wäre denkbar, aber: was geschieht dann mit Isolde? Verliebt sie sich in beide, in den einen mehr, in den anderen weniger, weil der nur geschleckt und nicht getrunken hat? Eine Tragödie ganz neuen Ausmaßes wäre so denkbar.
Die Lösung b) wie auch die Lösung c) könnten zu heillosen Verwicklungen führen. Wenn Isolde trinkt und denkt zufällig, aus irgendeinem Grund, an ihren Friseur (zum Beispiel, weil ihr der Kapitän mit dem Hinweis darauf, man sei eh gleich da, wieder einmal das Süßwasser zum Haarewaschen verweigert hat) – ist sie dann von Stund' an in den Friseur verliebt? Oder Tristan denkt an seine sehr alte Großmutter, die in der Bretagne lebt und schon enorm eigensinnig und so stocktaub geworden ist, daß sie, wenn der Blitz einschlägt, sagt: Herein!, oder an seinen Dackel Edy? Auch das gäbe ungeahnte Verwicklungen. Was bei der Lösung b) herauskommen könnte, ist ungefähr im *Sommernachtstraum* geschildert. Variationen, resümierte Albin Kessel, über ein Thema von Richard Wagner.
Kessel schreckte wiederum auf, als Brangäne ihren schrillen (›grellen‹ heißt es bei Wagner) Schrei ausstößt und Kurwenal herbeigelaufen kommt und singt: *Rette dich, Tristan!* ... Dann kommt schon König Marke.

Was, überlegt Kessel, hat Othello in einer Situation getan, die längst nicht so eindeutig war? Dritter Akt, achte Szene, im Angesicht seines Vorgesetzten und aller Leute packt er die Desdemona bei den Haaren und wirft sie zu Boden: *A terra! ... e piangi! ...* und viel hat nicht gefehlt, und er hätte sie da schon erwürgt. Was tut Marke? Er hält eine außerordentlich lange Rede, nicht viel anders, als hätte Tristan die Abrechnungen für die Armeefurage verschlampt. Nur Melot regt sich auf, als der ertappte Tristan in Gegenwart des Ehemannes die Isolde auch noch zu küssen die Stirn hat. Der Melot scheint überhaupt der einzige einigermaßen grade Charakter der ganzen Oper zu sein. Kein Wunder, daß die Italiener nur kopfschüttelnd nach dem zweiten Akt *Tristan* aus dem Theater gehen.

Um acht Uhr abends, überlegte Kessel, kann man anrufen; ohne weiteres, das ist sogar eine gute Zeit.
»Wir gehen Abendessen«, sagte Kessel zu Cornelia, »oder hast du keinen Hunger?«
»Doch«, sagte Cornelia.
»Wie gefällt es dir überhaupt?«
»Es geht«, sagte Cornelia.
»Wir suchen uns einen Platz«, sagte Kessel, »einen besseren, wenn möglich, als in der ersten Pause, und während du bestellst und den Platz besetzt, muß ich rasch einmal telephonieren.«
»Wen rufst du an?«
»Eine – Bekannte. Eine Bekannte, die in Bayreuth wohnt.«
»So«, sagte Cornelia.
Sie verloren diesmal keine Zeit mit der Suche nach dem geheimnisvollen Durchschlupf zum Künstlererfrischungsraum, sondern gingen gleich im Geschwindschritt in das öffentliche Restaurant. Sie bekamen einen passablen Platz an einem für vier Personen gedeckten Tisch.
»Ein Platz ist besetzt«, sagte ein nervöser Herr, ein etwa Fünfzigjähriger, der ständig seine Brille auf- und absetzte und versuchte, seine borstigen Haare zurückzustreichen. »Der Herr ist nur eben zum Telephonieren.«

»Aber die zwei anderen Plätze sind frei?«
»Ja«, sagte der nervöse Herr, setzte die Brille auf, nahm die Speisekarte, setzte die Brille wieder ab, steckte die Brille in die kleinere obere Tasche seines Smokings, legte die Speisekarte weg und setzte die Brille wieder auf.
»Bestelle mir ein Wiener Schnitzel«, sagte Kessel zu Cornelia, »oder wenn sie das nicht haben, ein Naturschnitzel. Mit Reis.«
»Suppe?« fragte Cornelia.
»Eine Bouillon mit Ei. Und bestell du dir, was du magst. Und eine halbe Flasche Sekt. Ich bin gleich wieder da, wenn nicht zuviel Leute anstehen.«
»Wie heißt denn deine Freundin?«
»Klipp«, sagte Kessel.
»Ich meine: mit Vornamen?«
»Julia«, sagte Kessel.
Als zusätzliches Zeichen, daß der Platz besetzt war, knüllte Kessel die vorher sorgfältig gefaltete Serviette zusammen und legte sie auf den noch leeren Suppenteller und warf das Programmheft auf den Sitz des Stuhles. Dann suchte er die Telephonzellen. Sie waren draußen, und da es inzwischen wieder stärker regnete, wollten nicht viele Leute telephonieren. Die vier Zellen waren besetzt, ein paar Leute warteten unter dem Vordach des Eingangs, um, wenn eine Zelle frei würde, schnell durch den Regen zu rennen. Nur ein Mann, ein eher kleiner, hagerer Herr, der sich zu dem Zweck offenbar den Schirm in der Garderobe hatte wiedergeben lassen, ging langsam vor den Zellen auf und ab. Der kleine, hagere, weißhaarige Herr fiel deshalb auf, weil er wie Kessel einer der wenigen ohne Smoking war. Er trug einen biederen, fast bäuerischen schwarzen Anzug mit engen Hosen, die zudem zu kurz waren, also etwa das, was aussieht, als trüge man aus Sparsamkeit seinen Erstkommunionanzug auf.
Wenn Herr Klipp am Telephon ist, sage ich einfach: Sie kennen meinen Namen nicht, aber Ihre Frau Gemahlin (nein – ich sage nur: Ihre Frau) kann sich vielleicht an mich erinnern. Wir waren in München Arbeitskollegen . . . wenn Julia selber am Telephon ist . . . aber: wenn sich Julia nicht erinnert?

Kann ich ihr so unvorbereitet am Telephon sagen: zwar nicht gerade jeden Tag, ich möchte nicht übertreiben, aber jeden zweiten Tag habe ich an Sie gedacht, zwölf Jahre lang . . . *Wer* sind Sie? Würde Julia vielleicht fragen. Man muß ihr zubilligen, daß sie mich vergessen hat. Warum sollte sie sich an mich erinnern? Ich bin Albin Kessel, Albin Kessel mit dem Messingherz.
In der vordersten, dem Vordach zunächst stehenden Zelle stand ein Mann, der so groß war, daß er praktisch die ganze Zelle ausfüllte. Die Ausmaße der Zelle mußten diesen Giganten von Mann, nachdem er mühsam die Tür zugezogen hatte, zu einem Quader, einem Quader im Smoking, gedrückt haben. Mit größter Mühe bediente der Mann den Apparat. Seine Stimmte tönte laut aus der Zelle:
»– ja, hier ist Vati – ja, sehr schön. Sehr, sehr schön. Wie geht es dir, Änne? – Ja? – Dann ist ja alles bestens. Regnet's in Mainz auch? – Ja, hier auch. – Was macht denn Karin? – Ja, sehr schön. – Hat Thomas seine Aufgaben gemacht? – Ja, gut. Sehr gut. – Schläft Sandra schon? – Bestens, bestens. – Was macht Bello? – Ha, ha – ja, sag' ihm ein schönes Wau-Wau – ja, also dann, macht's gut, Änne – ja, danke –«
Der Gigant hängte ein, man meinte, er müsse dabei die Zelle sprengen, würgte sich aus der Tür und hielt sie freundlich dem gegen ihn verschwindend winzigen weißhaarigen Herrn im Erstkommunionsanzug auf, der unter des Großen Arm hindurch in die Zelle schlüpfte und dabei gleichzeitig seinen Schirm schloß.
Der große Dicke war derjenige, für den der nervöse Herr den Platz an Kessels und Cornelias Tisch freigehalten hatte. Der Herr im Erstkommunionsanzug saß, wie sich später herausstellte, am Nebentisch.
Albin Kessel kam nicht dazu, anzurufen. Kaum daß der kleine, weißhaarige Herr die Zelle verlassen hatte, sprang eine äußerst resolute Wagnerianerin ohne Rücksicht auf ihren Brokatpanzer durch den Regen in die Zelle, obwohl sie unzweideutig erst nach Kessel unter dem Vordach erschienen war. Nach einiger Zeit setzte sich in Kessel immer mehr der Gedanke fest, daß sich Julia vielleicht auch nicht mehr an das

Messingherz erinnern könne und daß für das dann wohl umständlichere Gespräch die unwohnliche Telephonzelle wenig geeignet sei, daß er besser morgen vormittag vom Hotelzimmer aus anrufen sollte und daß er Cornelia nicht länger alleinlassen dürfte.

Kessel ging zurück ins Restaurant.

Die Suppe war schon da. Der große Dicke, der wegen seiner Fülle so weit vom Tisch weg sitzen mußte, daß er mit den Händen kaum den Teller erreichte, lächelte freundlich und grüßte Kessel. Mit äußerster Konzentration prüfte er dann den Bocksbeutel, den der Kellner inzwischen für ihn gebracht hatte, las das Etikett, roch, spülte den ersten Schluck im Mund hin und her, grunzte befriedigt und trank im Lauf des Essens drei von den Flaschen praktisch allein aus. Der Nervöse, der einmal fast den Löffel in seine Tasche gesteckt und mit der Brille gelöffelt hätte – Cornelia rief rechtzeitig: »Vorsicht!« –, trank höchstens zwei Gläser von dem Wein.

Um den Platz soweit wie möglich auszunützen, standen die Tische sehr eng.

Der große Dicke hatte ein Gesicht von monumentaler Ausdruckslosigkeit. Eine Fleisches-Leere, dachte Albin Kessel. Zwar war der Gigant so gut wie glatzköpfig, aber sonst war der Kopf durchaus nicht ohne die (teils nur bei Männern) übliche Behaarung: Augenbrauen waren vorhanden, sogar ein sehr kurz gehaltener, eher lächerlicher Oberlippenbart, bestehend aus zwei Dreiecken, eine Pfeilspitze, die zur Nase zeigte. Dennoch war der Eindruck des Gesichts: Nacktheit, fast schamlos. Dabei war der Mann nicht unfreundlich, nur war er unbeholfen, was bei der Masse, aus der er bestand, nicht verwunderte.

Er nahm nicht nur den größten Teil auf und am Tisch ein, an dem er und der Nervöse – offenbar ein Freund von ihm, sie duzten sich –, Cornelia und Kessel saßen, sondern auch von dem aus Geiz und Geschäftssinn vom Festspiel-Restaurations-Wirt so nahe wie möglich herangerückten Tisch hinter ihm. Auch der Tisch hinter ihm war für vier Personen gedeckt, aber die dort sitzenden vier Gäste mußten sich in drei Viertel des Tisches teilen, weil der Rest die Rückfront des

Dicken einnahm, nein: überwölbte. Dem Dicken fiel das ein paarmal in sozusagen lichten Momenten zwischen den vielen Gängen seines ausgedehnten Essens auf, und er entschuldigte sich jedesmal sehr höflich, wenn auch mit vollem Mund, bei dem Gast, der am Tisch hinter ihm zunächst saß – in Wirklichkeit richtiggehend neben ihm, nur reziprok –, und dieser Gast war der weißhaarige Herr im Erstkommunionsanzug, der inzwischen seinen Schirm wohl wieder in der Garderobe abgegeben hatte. Albin Kessel wußte da noch nicht, daß er dieser Konstellation eine der wichtigsten Bekanntschaften dieses Jahres verdankte.
Noch nie hatte Albin Kessel einen Menschen so fressen sehen wie den Dicken. Ein paarmal mußte Kessel seine Tochter unter dem Tisch anstoßen, um sie zu ermahnen, das Kichern zu lassen. Aber der Dicke war außerstande, irgend etwas zu bemerken, was nicht sein Essen und Trinken betraf. Der Kellner kam kaum nach. Selbst die Grillplatte für zwei Personen sah vor dem Dicken aus wie ein Appetithappen. Man hatte den Eindruck, derlei Grillplatten aß der Gigant, ohne zu schmecken, was es war, nur um den Grund seines Magens auszulegen. Erst später, nachdem er einige Gänge in sich hineingeschaufelt hatte, begann er langsamer zu essen, und jetzt schien es – er war bei Obst und Käse angelangt –, als ob er allmählich in der Lage wäre, zu bemerken, was er aß.
»So ein Mensch«, sagte Albin Kessel später zu Dr. Jacobi (das war der weißhaarige Herr im Erstkommunionsanzug), »dürfte eigentlich gar nicht in Wagner-Opern gehen. Daß der das vor sich selber verantworten kann? Bei der Länge selbst der einzelnen Akte muß der doch ständig Gefahr laufen, zu verhungern.«
»Auch der gute Appetit«, sagte Dr. Jacobi, »ist eine Gabe Gottes.«
»Und der Durst?« fragte Kessel.
»Der Durst erst recht.«
Aber die ganze geschilderte Konstellation hätte Kessel noch nicht die folgenschwere Bekanntschaft mit Dr. Jacobi beschert, wenn nicht Dr. Jacobi einen, wie Kessel später meinte, nicht ganz unbedenklichen Witz gemacht hätte.

Der Dicke war beim Kaffee angelangt. Es war förmlich lächerlich anzuschauen, wie der Gigant das in seiner Hand kaum wahrzunehmende Mokkatäßchen an den Mund führte. Dabei stieß er wieder den neben ihm reziprok sitzenden Dr. Jacobi an, bemerkte es, da sein Augenmerk sich auf andere Dinge zu wenden begann, und sagte:
»Oh, Pardong, ich stoße Sie dauernd an.«
»Bitte, bitte«, sagte Dr. Jacobi. »Ich liebe die schöne Stadt Mainz, wenn nicht gerade Karneval dort ist. Sie sind entschuldigt.«
Der Gigant ließ die mikrobische Mokkatasse sinken und schaute den Dr. Jacobi groß an: »Kennen wir uns, pardong – ich meine –«
»Nein, nein«, sagte Dr. Jacobi, »wir kennen uns nicht. Aber ich weiß, daß Sie aus Mainz sind.«
Ein deutliches Glitzern in Dr. Jacobis Augen signalisierte Kessel, daß da noch was kommen würde und daß Aufmerksamkeit am Platz war. Auch Kessel wußte ja vom Telephonhäuschen her, daß der Dicke in Mainz daheim war; aber offenbar war dem Dicken – wahrscheinlich weil er im Geist schon beim Essen war – völlig entgangen, daß er selber Jacobi die Tür zur Telephonzelle aufgehalten hatte. Vielleicht war er sich auch nur der Lautstärke seiner Stimme und der Schalldurchlässigkeit der Telephonzelle nicht bewußt.
»Ja –«, sagte der Dicke. »Ich spreche doch gar nicht mainzerisch. Ich wohne zwar in Mainz, das stimmt, aber ich stamme nicht aus Mainz, ich stamme aus Zerbst.«
»Zerbst?« fragte Dr. Jacobi, »ist das noch diesseits der Weichsel?«
Der Dicke nahm diese Frage, in Wirklichkeit eine geographische Injurie des offensichtlich und hörbaren Süddeutschen, der Dr. Jacobi war, ernst und sagte: »Zerbst liegt im Anhaltischen. Bei Magdeburg.«
»Ach so«, sagte Dr. Jacobi. »Aber wohnen tun Sie in Mainz.«
»Woher wissen Sie das?« fragte der Dicke.
»Ich habe Ihre Hände gesehen«, sagte Dr. Jacobi. »Ich kann aus der Hand lesen.«
Der Dicke schaute in seine Hände, wie um zu sehen, ob da

›Mainz‹ drinstand. »Ich kann auch«, unterbrach Dr. Jacobi die Betrachtung, »aus Ihrer Hand lesen, zum Beispiel, wie Ihre Frau heißt.«
Wie automatisch schob der Dicke, der sich dabei ein wenig umwälzte in Richtung zu Dr. Jacobi, daß der Stuhl in den Fugen knarzte, dem kleinen weißhaarigen Mann seine Hand hin.
»Anna«, sagte Dr. Jacobi, »aber gerufen wird sie Änne.«
Der Dicke wurde um eine Schattierung bleicher. Er machte aber gute Miene zum wenn nicht bösen, so doch mysteriösen Spiel und lachte in die Runde. Auch die Aufmerksamkeit anderer Tische war schon angezogen. »Stimmt«, sagte der Dikke, »stimmt genau. Unglaublich, unglaublich –«
»Und Sie haben drei Kinder«, sagte Dr. Jacobi, der die Hand des Dicken nicht losließ. Der Dicke klappte den Mund auf und zu, nickte nur. »Sie heißen«, las Dr. Jacobi in der Hand weiter, »Karin, Thomas und Sandra. Und –«
»Unglaublich«, ächzte der Dicke, »stimmt alles –«
»– und Ihr Hund heißt Bello.«
Da überzog etwas wie ein grünlicher Schleier die große, fleischige Leere des Giganten-Gesichtes, und wahrscheinlich, wenn Platz gewesen wäre, wäre er nach hinten umgesunken. Der nervöse Kleine neben ihm zahlte schnell die – selbstverständlich horrende – Rechnung, und kopfschüttelnd gingen die beiden körperlich so ungleichen Freunde hinaus.
Cornelia faßte sich als erste.
Sie hielt Dr. Jacobi ihre Hand hin und sagte: »Wissen Sie auch, wo ich herkomme und wie ich heiße?«
Dr. Jacobi lächelte und sagte: »Meine metaphysischen Kräfte sind durch diese Anstrengungen verbraucht. Ich muß ihnen eine halbe Stunde Zeit geben, damit sie sich regenerieren können.«
»Das glaube ich nicht«, sagte Cornelia.
Kessel stieß Cornelia an – inzwischen hatte auch er bezahlt, denn die Fanfaren für den dritten Akt waren eben das erste Mal erklungen – und sagte: »Ich erkläre dir gleich alles.«
Es ergab sich dann so, denn man brach allgemein auf das Signal hin auf, daß Kessel und Cornelia mit dem weißhaarigen

Herrn, der offenbar ohne Begleitung war, ein Stück des Rückweges zum Parkett gemeinsam gingen.

»Haben Sie das nicht für gefährlich gehalten?« fragte Albin Kessel, und die Frage war nicht nur scherzhaft gemeint. »Einen Menschen von solcher Fülle kann doch womöglich der Schlag treffen?«

»In der Regel überstehen es die Leute«, sagte Dr. Jacobi.

»Aber der arme Mann hat Ihnen doch nichts zuleide getan, und Sie stellen ihn für sein Leben vor ein Rätsel, das er nie lösen können wird.«

»Er hat mir schon was zuleide getan«, sagte Dr. Jacobi, »er sitzt nämlich genau vor mir. Ich könnte genausogut mit dem Rücken zur Bühne sitzen.«

»Was kann er dafür, daß er so dick ist?«

»Erstens kann er schon was dafür; wenn Sie ihn essen gesehen haben, wissen Sie, was. Und zweitens: was kann ich dafür, wenn ich in der Oper nicht nur was hören, sondern auch was sehen will, wenn ich schon achtzig Mark für die Karte zahle. Außerdem werde ich hernach den Sachverhalt richtigstellen. Aber während Isoldes Liebestod soll er nur über die Rätsel der Welt nachdenken.«

»Überhaupt –«, fuhr Dr. Jacobi nach einer kleinen Pause fort, »ist es ganz gut, die Seelen ab und zu aufzubrechen. Ich habe schon ein paarmal erlebt, daß das Licht in eine Seele eindringt, wenn man einmal ihren alltäglichen Panzer aufgebrochen hat. Das Werkzeug, mit dem man ihn aufbricht, ist schließlich gleichgültig.«

»Und woher wissen Sie, daß es das richtige Licht war?«

»Es gibt nur das richtige Licht«, sagte Dr. Jacobi.

In der Nacht nach der *Tristan*-Aufführung träumte Kessel, er führe mit der S-Bahn. Die S-Bahn war ganz wirklichkeitsgetreu, so wie sie in München aussieht und wie sie Kessel hie und da benutzte, aber die Gegend, durch die die S-Bahn fuhr, war völlig fremdartig. Es war eine Art Steppenlandschaft, und – nicht im Traum, erst nach dem Aufwachen, als Kessel den Traum rekapitulierte, fiel ihm das auf – die S-Bahn fuhr ohne Schienen. Eine Stimmung von gedrückter Angst herrschte in der S-Bahn, so, als ob die Menschen von einer bevorstehenden, unausweichlich gewordenen Katastrophe erfahren hätten; so, als ob das die letzte S-Bahn sei, die fuhr, und danach keine mehr. Wer es ihm sagte, wußte Kessel nicht – auch im Traum kannte er keinen der anderen Passagiere –, Wölfe seien in die Stadt eingefallen, eine große Zahl bisher unbekannter Art, gegen die man machtlos sei. Und noch auf der Fahrt, kurz nachdem er die Nachricht erfahren hatte, sah er aus der S-Bahn die ersten Wölfe – die Wölfe, mit denen die Bevölkerung würde in Zukunft leben müssen, solange sie die Bevölkerung am Leben läßt: es waren zwei. Die S-Bahn (in der man vorerst sicher war, aber man kann ja nicht ewig in der S-Bahn bleiben) fuhr durch den Tierpark: zwei Wölfe fielen eine Antilope an. Die Wölfe waren ungefähr so groß wie Pferde, konnten ihre Mäuler wie Krokodile weit aufreißen und hatten zu den übrigen spitzigen Zähnen noch zwei ungeheure Hauer.

Mit apokalyptischem Schauer wachte Albin Kessel auf und war froh, daß er doch sein Traumbuch mitgenommen hatte. Nach dem Schock von St. Mommul hatte er in wellenweise anbrandender Willensbildung sich halb und halb entschlossen, sich von dem Traumbuch zu trennen, sich von ihm zu emanzipieren. Als er seine kaum ausgepackten Sachen wieder zusammensuchte, um die Reisetasche für die Fahrt nach Bayreuth zu packen, war der Emanzipationsentschluß zwar noch da, aber vorerst suspendiert. Vorerst, sagte sich Kessel, gestatte ich mir, es noch einmal mitzunehmen. Es ist schon viel gewonnen, daß ich einmal – das erste Mal – den Entschluß gefaßt habe, mich von dem Traumbuch zu trennen. Niemand wird ernstlich verlangen, daß man auf den ersten Entschluß hin die Tat folgen lassen wird. Er wandelte den Entschluß in die Formel um: eines Tages werde ich ernsthaft den Entschluß fassen, mich von dem Plunder zu trennen. Er wagte es, was für die Ernsthaftigkeit seines Entschlusses sprach, das Traumbuch in Gedanken ausdrücklich als Plunder zu bezeichnen.

Kessel tappte nach der Nachttischlampe und machte Licht. (Draußen war es schon hell, aber die Vorhänge waren zuge-

zogen. Kessel konnte nur bei absoluter Dunkelheit schlafen.) Dann griff er nach dem Traumbuch:
Wolf: Glückliche Heimkehr naher Verwandter; Glückszahl: 10. Darunter stand *Wolfsrudel: Sie erreichen Gewünschtes bei gebührender Anspannung. Vorsicht vor dem späten Nachmittag (4 bis 6 Uhr).* Ein wenig wehte Kessel wieder der kalte Hauch von St. Mommul an; vielleicht, weil er noch unter dem Eindruck der gräßlichen Wölfe stand. Wollte das Traumbuch sich selber vernichten? Bei gebührender Anspannung sollte es ihm, Kessel, da gelingen, sich von dem Traumbuch zu trennen? Aber: war denn die Trennung vom Traumbuch etwas Gewünschtes? Eine Frage, die sich nicht so leicht beantworten ließ, jedenfalls nicht mit Ja oder Nein. Und dann eine vordergründigere Frage: sind zwei Wölfe ein Rudel? Wohl kaum. Zwei Wölfe, entschied Kessel, sind kein Rudel. Allenfalls kommen eben *zwei* nahe Verwandte glücklich heim. Cornelia und ich – wer sonst? *Wölfin* las er weiter: *Gelegenheiten zu günstigen Abschlüssen baldig.* Ob die beiden Tiere Wölfinnen waren, oder eines davon eine Wölfin war, konnte Kessel nicht sagen. War das aber nun so zu verstehen, daß das unter *Wolf* Gesagte nicht galt, wenn das Geschlecht der Tiere, gleichgültig, ob der Traum das dem Träumer mitgeteilt hat oder nicht, weiblich war? Es war nicht das erste Mal, daß sich Kessel über die Ungenauigkeit des Traumbuches ärgerte. Überhaupt: womöglich galten die Stichwörter *Wolf*, *Wolfsrudel* und *Wölfin* nur dem herkömmlichen Wolf (Canis Lupus L.) und nicht der geträumten, bisher unbekannten Abart. Sonst könnte sich ja die glückliche Heimkehr naher Verwandter auch dadurch ankündigen, zum Beispiel, daß man von einem träumt, der Wolf heißt. Vom Schriftsteller Ror Wolf etwa, den Kessel einmal bei einem Kongreß kennengelernt hatte.

Dennoch schaute er auch noch die anderen Stichwörter nach: Tierpark gab es nicht, aber *Zoologischer Garten: vor Hunger brauchen Sie sich nicht zu fürchten, jedenfalls nicht in nächster Zukunft.* Dazu gab es noch ein Unter-Stichwort: *eingesperrt sein im Z. G.: Sie werden sich an Gesprächen erfreuen.* – Was aber für diesen Traum nicht zutraf.

S-Bahn, auch U-Bahn, Straßenbahn oder Trambahn gab es nicht. *Lokomotive* schon *(Verfolgen Sie Ihre Gesundheit; Glückszahl: 44)*, aber nicht einmal Tramway. Das Buch war wohl so alt, daß man zur Zeit, als es abgefaßt wurde, noch nicht von S-Bahnen träumte, noch nicht einmal von Trambahnen. Aber Lokomotive traf ja nun wohl nicht zu auf die S-Bahn.

Kessel stand auf.

Als er nach einer halben Stunde, es war etwas nach halb neun, hinunterging, um zu frühstücken und im Vorbeigehen den Portier bat, durch das Telephon Cornelia zu wecken, war Dr. Jacobi schon da. Er hatte seinen kleinen, schwarzen Koffer bei sich.

»Ich bin ein bißchen früher gekommen«, sagte er (er hatte sich mit Kessel für neun Uhr verabredet), »ich habe mir gedacht: es kann Sie ja nicht gut stören, hier im Hotel.«

»Haben Sie schon gefrühstückt?«

»Ja, danke«, sagte Dr. Jacobi.

»Aber eine Tasse Kaffee trinken Sie vielleicht doch mit mir?«

»Doch, ja«, sagte Dr. Jacobi, »bitte.«

Es war schwer gewesen, nach dem *Tristan* ein Taxi zu bekommen. Die Leute hatten sich im Regen um die viel zu wenigen Wagen fast geprügelt. So war die vorgebliche Wahrsagerei des Dr. Jacobi im nachhinein förmlich als Glücksfall zu betrachten, denn der große, dicke Herr, den Dr. Jacobi nach dem dritten Akt über die wahre Natur seiner übersinnlichen Kräfte aufklärte, hatte ein sehr großes Auto dabei, und lachend (und vielleicht erleichtert) bot er Dr. Jacobi und auch Kessel und Cornelia an, sie in die Stadt zurückzuchauffieren. Der große Dicke und sein Freund, hatte sich auf der dann doch etwas mühsamen, aber zum Glück nur kurzen Unterhaltung im Auto herausgestellt, blieben noch den Rest der Woche in Bayreuth (Dienstag: *Siegfried*, Donnerstag: *Götterdämmerung*), aber Dr. Jacobi wollte wie Kessels morgen nach München zurückfahren.

Dr. Jacobi wohnte in einem, wie er sagte, äußerst bescheidenen Privatquartier, das aber in der Nähe vom *Bayerischen Hof* war, weshalb er bat, auch dort aussteigen zu dürfen. Er kam dann auf Einladung Kessels mit ins Hotel und blieb noch eine Stunde bei einem Glas Wein. (Cornelia ging schlafen.) Kessel fragte Dr. Jacobi, ob er nicht, da er mit der Bahn nach Bayreuth gefahren war, morgen mit nach München fahren wolle –

»– oder besser gesagt«, sagte Kessel, nachdem er auf die Uhr geschaut hatte, »heute ...« Es war schon nach Mitternacht.

»Ich mache solche naturwissenschaftlichen Spielereien nicht mit«, sagte Dr. Jacobi. »Solange ich auf bin, ist es heute. Aber ich fahre morgen mit Ihnen nach München.«

Als er aufbrach, gab er Kessel eine Visitenkarte: ›Dr. Nikolaus Jacobi, Stud. Dir. a. D.‹ stand drauf und eine Adresse in Neuhausen. Kessel entschuldigte sich, daß er nicht nur keine Visitenkarte bei sich, daß er überhaupt keine Visitenkarte habe.

»Wie ein König«, sagte Dr. Jacobi. »Nehme ich zumindest an. Können Sie sich vorstellen, daß ein König eine Visitenkarte hat? Ich nicht. Elizabeth II., Queen, London, Buckingham Palace, Tel. 01 ...? Glaube ich nicht. Das sind so die kleinen Probleme, über die ich nachdenke, weil ich ja sonst nichts mehr zu tun habe. Zum Beispiel auch: hat die Königin von England einen Paß? Den Paß des Kaisers von Österreich, des Weiland Franz Joseph habe ich einmal gesehen, in Wien in der Hofburg. Unter Beruf stand: Apostol. Majestät. – Aber: muß die Königin von England, wenn sie irgendwohin auf Staatsbesuch fährt, sie ist ja immerhin Ausländerin, ihren Paß vorzeigen? Wenn ja, wo? Ich habe im Fernsehen derlei Zeremonien immer genau verfolgt, wenn sie übertragen wurden; ich habe nie dergleichen gesehen. Wahrscheinlich werden diese Formalitäten diskret und heimlich erledigt.«

Die zwei Herren im weinroten Smoking sah Kessel nach der Vorstellung auch noch einmal. Sie bemühten sich gar nicht um ein Taxi, sondern holten in der Garderobe zwei weinrote Radmäntel ab und zwei weinrote Schirme, spannten sie auf und entschritten, einträchtig aber schweigend, in die regnerische Nacht den Grünen Hügel hinunter.

II

»Das Geburtsjahr«, sagte Herr Kurtzmann, »muß mit Ihrem wirklichen Geburtsjahr übereinstimmen, den Geburtstag können Sie wählen, wie Sie wollen. Und einen Vornamen, natürlich, Herr Kregel.«

Seit 1. Oktober hieß Kessel von ungefähr neun Uhr früh bis ziemlich genau sechzehn Uhr fünfundzwanzig Kregel, abgesehen natürlich an Samstagen und Sonntagen und den gesetzlichen Feiertagen, ihn außerdem, wenn aber – was nicht oft vorkam – Kurtzmann abends zu Hause anrief. Es sei üblich, erfuhr er bald, daß der Deckname den gleichen Anfangsbuchstaben habe wie der richtige Name (›Klarname‹ hieß das beim Geheimdienst). Ob das nicht den sonst so strengen Sicherheitsbestimmungen zuwiderlaufe, wollte Kessel wissen. Kurtzmann hatte Kessel – Deckname (= abgekürzt DN): Kregel – groß angeschaut, hatte die dunklen Augenbrauen weit über den oberen Rand der ebenfalls dunklen Hornbrille gehoben: daran habe er noch nie gedacht. Den Sicherheitsbestimmungen? Vielleicht hat da überhaupt noch niemand daran gedacht, eben weil es so üblich ist, seit ewigen Zeiten so üblich, und – notabene! – bei allen Geheimdiensten. Insofern sei das Sicherheitsrisiko nicht so groß, das heißt: zwar nicht größer und nicht kleiner, aber ausgeglichen, wenn alle Geheimdienste auf der Welt es so machten.

Vom 18. Oktober bis 6. November, also drei Wochen lang, hatte Kessel aber nicht Kregel geheißen, weil er auf einem Lehrgang war, auf einem Geheimdienstlehrgang.

Solange Kessel zurückdachte, konnte er sich nicht daran erinnern, sich jemals so gelangweilt zu haben wie auf diesem Lehrgang.

Dort hätte er eigentlich – nach den strengen Regeln der Überlieferung – auch einen Namen mit K führen müssen, einen Quasi-Deck-Decknamen, aber irgendwo in dem geheimen Papierkrieg hatte sich ein Tippfehler eingeschlichen und statt unter dem ihm eigentlich verpaßten Sonderdecknamen Kürzel firmierte Kessel im Geheimdienstseminar unter dem un-

schönen und fast schon ein wenig anrüchig klingenden Namen Pürzel.
Das Geheimdienstseminar hatte in einem Haus in Schwabing stattgefunden. Das ganze Haus, ein Bau aus der Jahrhundertwende in der Werneckstraße, gehörte dem Geheimdienst und lief intern unter dem Namen Ferienheim, nach außen unter dem Decknamen Fachschule für Unternehmensberatung e. V. Das Seminar galt als Dienst, und der wurde im Ferienheim strenger gehandhabt als im Gesangverein. (Gesangverein war der sozusagen umgangssprachliche interne Deckname für die kleine Dienststelle am Gärtnerplatz, deren Chef Kurtzmann war, und der Kessel mit Wirkung vom 1. Oktober 1976 zugeteilt wurde; die offizielle Bezeichnung der Dienststelle war allerdings: G 626. Kessel lernte bald diese Feinheiten kennen. Herr von Güldenberg, einer der Mitarbeiter der Dienststelle G 626, ein ganz alter geheimdienstlicher Hase, hatte es Kessel erklärt: das sei ungefähr so wie mit der dritten Symphonie von Beethoven. Sozusagen offiziell wird sie mit Symphonie No. 3 in Es-Dur opus 55 bezeichnet, aber im abkürzenden Sprachgebrauch *Eroica.* So sei das mit G 626 und Gesangverein.) Der Dienst im Gesangverein war eher leger. Der Chef, Herr Kurtzmann, der nicht viel älter als Kessel war, ein sportlicher, drahtiger Mensch, gutmütig und ein Phänomen insofern, als er ständig Torten mit Schlagsahne nicht nur aß, sondern fraß und dennoch keinerlei Probleme mit seinem Gewicht und seiner sportlichen Figur hatte, stand in der Früh nicht gern auf und kam in der Regel nicht vor neun Uhr. (Offizieller Dienstbeginn war acht Uhr.) Herr Kurtzmann war im Neben- oder, je nachdem, wie man es nimmt, Hauptberuf Rechtsanwalt. Er vertrat, außer daß er die Dienststelle Gesangverein leitete, den Geheimdienst in Prozessen. Irgendwo in der Stadt hatte er unter seinem Klarnamen eine Anwaltskanzlei. Wo, wußten Kessel und angeblich auch die anderen nicht, aus Sicherheitsgründen. Groß konnte die Anwaltspraxis Herrn Kurtzmanns nicht sein, weil er sich nur sehr selten dort aufhielt.
Herr von Güldenberg, der Stellvertreter des Chefs, ein alter, baltischer Baron, fast zwei Meter groß und mit einem Gesicht

wie für ein Monokel geschaffen, war ein disziplinierter Säufer, das heißt: er soff wie ein Loch, und man merkte ihm nie die geringste alkoholische Wirkung an, jedenfalls nicht, solange irgend jemand dabei war. Die einzige Auswirkung, die sein strenger, geregelter Alkoholverbrauch bei ihm zeitigte, war, daß auch er schwer aufstand. Trotzdem kam er meistens eine Viertelstunde oder zehn Minuten vor dem Chef, aber nur, damit er die Tageszeitungen als erster bekam. War der Chef ausnahmsweise früher da, saß der förmlich auf den Zeitungen bis Mittag, und Herr von Güldenberg mußte so lange warten.

Luitpold hieß das Faktotum der Dienststelle des Gesangvereins. Er war ein pensionierter Polizist, war ein echter, kerniger Münchner mit abgründigen Runzeln und unendlich langsam. Er besorgte alle Botengänge und überhaupt die niederen Dienste. Luitpold war immer als erster im Büro, immer schon längst vor Beginn der Dienstzeit. Er war das frühe Aufstehen aus seiner Polizeidienstzeit gewohnt. »Außerdem ist er Abstinenzler«, sagte Herr von Güldenberg, »sehen Sie, ich bin auch schon über Sechzig. Wenn ich nicht Alkoholiker wäre, würde ich auch schon an der greisenhaften Bettflucht leiden, wie der Luitpold. Ich weiß schon, warum ich trinke.« Daß Luitpold so früh zum Dienst kam, änderte natürlich nichts an der laschen Handhabung des Dienstbeginns, denn Luitpold war nur eine untergeordnete Charge und hatte niemandem etwas vorzuschreiben, nicht einmal dem Neuling Kregel. Übrigens litt Luitpold nicht nur an der greisenhaften Bettflucht, sondern auch an, wahrscheinlich durch jahrzehntelangen Polizeidienst eingebranntem Respektbedürfnis. Er gehorchte gern und redete sowohl Herrn Kurtzmann als auch – vom ersten Tag an – Albin Kessel mit Herr Doktor an. Zu Güldenberg sagte er Herr Baron.

Auch Frau Staude, die Sekretärin der Dienststelle, war immer überpünktlich, was aber bei ihrem Rang in der kleinen Hierarchie sowenig Einfluß auf die Dienstmoral hatte wie die Gewohnheit Luitpolds. Frau Staude war eine etwa fünfzigjährige Dame, war rundlich und gepflegt und so gut wie Witwe. Sie hatte einen an einer rätselhaften und geheimnisvollen

Krankheit seit Jahren hinsiechenden Mann, der weit älter war als sie, und den niemand je zu Gesicht bekommen hatte. Herr von Güldenberg hatte den Verdacht – »... es gibt keinen, der vierzehn Jahre lang, so lange kenne ich die Staude, ununterbrochen stirbt ...« –, den Mann gäbe es gar nicht; Frau Staude habe ihn nur erfunden wegen der günstigeren Steuerklasse. Frau Staude war eigentlich mit der Dienststelle verheiratet. Ihr Denken und Sinnen und all ihr Trachten war einzig der Gesangverein, den sie als einzige immer korrekt mit G 626 bezeichnete, selbst im Gespräch, und sie war in Herrn Kurtzmann verliebt, wovon er aber offensichtlich keinen Gebrauch machte.

Weder Luitpold noch Frau Staude lasen Zeitungen, die also unberührt bis zur Ankunft Güldenbergs liegenblieben. Kessel, der in den ersten Tagen glaubte, sich gewissenhaft an die Dienstzeiten halten zu müssen, nahm sich anfangs die Zeitungen, merkte aber gleich – ohne daß der etwas gesagt hätte –, daß er sich damit den Unwillen des alten Barons zuzog. So ließ Kessel das bleiben, und im übrigen gewöhnte er es sich an, dann auch erst um neun Uhr zu kommen.

Es gab auch eine Stechuhr in der Dienststelle. Sie wurde so gehandhabt: Luitpold nahm, wenn er kam, alle Stechkarten und stempelte sie um acht Uhr. Nur Frau Staude legte Wert darauf, ihre eigene Karte stets selbst zu stempeln.

So war es schon eine kleine, schmerzliche Umstellung, als Kessel-Kregel-Pürzel zum Seminar Ferienheim immer pünktlich um acht Uhr kommen mußte. Um acht Uhr fünfzehn begann der Unterricht.

Drei Mitarbeiter der Dienststelle wären nachzutragen: eine Putzfrau; sie hieß Frau Oberlindober, woraus, wenn man die Phantasielosigkeit der geheimdienstlichen Decknamen kennt, sofort erhellt, daß das ein Klarname war. Frau Oberlindober war nicht in den wahren Charakter der Dienststelle eingeweiht. Ihr gegenüber wurde, wie auch gegenüber Leuten, wie dem Briefträger, dem Stromableser, dem Kaminkehrer und ähnlichen, die ab und zu zwangsläufig in die Büroräume eingelassen werden mußten, und auch gegenüber den anderen Leuten in dem Haus behauptet, die G 626 sei eine

Firma für Industrie-Rationalisierung auf dem Knopf-Sektor. ›Legende‹ hieß so eine von oben verordnete Ausrede im Geheimdienstjargon. Zur Unterstützung dieser Legende waren im Flur und in den Zimmern große Papptafeln mit Knopfmustern aufgehängt: Hosenknöpfe, Jackenknöpfe, Mantelknöpfe, Hemdenknöpfe, Knöpfe mit zwei, mit drei und mit vier Löchern, Knöpfe aus Holz, aus Metall, aus Horn, aus Perlmutt, Knöpfe ohne Loch mit Wappen drauf, mit Stoff überzogene Knöpfe. Luitpold hatte eine Art Firmentafel in Form eines riesigen Knopfes angefertigt, auf dem der Tarnname der Dienststelle in Goldbuchstaben aufgemalt war, und das an der Außentür hing. Da Frau Oberlindober nicht befugt war, vor Dienstbeginn oder nach Dienstschluß allein im Büro zu bleiben und zu putzen, reinigte sie die Büros während der Mittagszeit. Das ist nicht üblich, und sogar Frau Oberlindober machte sich Gedanken darüber, hatte sie auch – noch vor Kessels Zeit – geäußert. Kurtzmann übertrug die Aufklärung Herrn von Güldenberg, der als stellvertretender Dienststellenleiter auch Sicherheitsbeauftragter von G 626 war.

»Sehen Sie, gute Frau«, sagte Güldenberg mit baltischem Akzent und legte die Zeitung weg, »wir beraten auch die Bundeswehr, was die Knöpfe anbetrifft. Ist Ihnen das klar? Und die Bundeswehr legt Wert darauf, daß ihre Knopfangelegenheiten vertraulich behandelt werden. Nicht, daß wir Ihnen nicht trauten, gute Frau, aber wir mußten, ehe uns die Bundeswehr diese Aufgabe anvertraute, einen Revers unterschreiben, daß sich nie jemand allein in den Geschäftsräumen aufhält. Ist Ihnen doch klar?«

»Jawohl, Herr Baron«, sagte Frau Oberlindober. (Sie benutzte die gleichen Anreden wie Luitpold.)

»Gut«, sagte der Baron und nahm wieder die Zeitung zur Hand. Ob Frau Oberlindober die Legende glaubte, war nicht auszumachen, aber jedenfalls fragte sie nicht mehr.

Ein weiterer Mitarbeiter war Frau Kurtzmann, die Frau des Chefs. Sie war eigentlich keine Mitarbeiterin, sondern ein Schwindel. Der Dienststelle standen nach dem Stellenplan eine ganze und eine halbe Schreibkraft zu. Abgesehen davon,

daß Frau Staude nie eine andere Sekretärin neben sich geduldet hätte, war gar nicht genug Arbeit für zwei Schreibkräfte da. Kurtzmann hatte deshalb schon vor Jahren seine eigene Frau als Halbtagskraft eingestellt. Sie erschien so gut wie nie, und Kurtzmann kassierte nur ihr Gehalt. Das ging, weil Herr von Güldenberg Junggeselle war und so nicht seinerseits auf eine ähnliche Gehaltsaufbesserung insistieren konnte. Zum Ausgleich allerdings kaufte Kurtzmann Güldenberg pünktlich einmal im Monat einen Karton Wacholdergeist, also zwölf Flaschen, was allerdings den monatlichen Bedarf Güldenbergs nicht deckte.
Kessel sah Frau Kurtzmann das erste Mal Mitte November. Da kam nämlich ein Herr Hiesel, ein höheres Tier aus Pullach, dem der Gesangverein unterstellt war. Zu erwähnen wäre in dem Zusammenhang, daß überraschende Revisionen von oben ausgeschlossen waren, weil es Besuche ohne Vorankündigung selbst seitens Vorgesetzten aus Sicherheitsgründen nicht gab.
Einmal, das war schon Ende November, kam Kurtzmann betont nebenher und nonchalant auf das Problem zu sprechen.
»Sie sind auch verheiratet, Herr Kregel?«
»Ja«, sagte Kessel.
»Na ja«, sagte Kurtzmann. »Aber Ihre Frau arbeitet ja, oder nicht?«
»Doch«, sagte Kessel, »sie ist Buchhändlerin.«
»Eben«, sagte Kurtzmann, »dann arbeitet sie ja eh. Ich meine: dann können wir sie ja gar nicht einstellen. Dann belassen wir es besser bei Frau Kurtzmann, oder?«
Kessel wußte um diese Zeit bereits, daß er am 1. Januar, spätestens am 1. Februar die neue Dienststelle in Berlin übernehmen sollte, daß er also nicht mehr lange beim Gesangverein bleiben würde, und war natürlich einverstanden. Am 1. Dezember bekam er von Kurtzmann eine Kiste mit zwölf Flaschen Sekt.
Und dann gab es noch Bruno: Bruno, das Walroß. Bruno war der Techniker der Dienststelle und hatte die Fernschreiber, das Photolabor und die beiden Dienstwagen unter sich. Bruno hieß mit Decknamen Sieber, aber alle sagten Bruno zu

ihm, selbst Luitpold nannte ihn nicht Doktor, sondern nur Herr Bruno. Bruno kam überhaupt nicht zum Dienst, Bruno mußte geholt werden. Das besorgte jeden Tag Luitpold, der von neun Uhr an die vielen Stammkneipen Brunos absuchte, bis er Bruno fand und mitnehmen konnte. Einmal gab es eine ernstliche Aufregung, als nämlich Bruno in keiner seiner Vormittags-Stammkneipen zu finden war. Herrn Kurtzmann verschlug es den Appetit auf eine frische Zuppa Romana, die Frau Staude eben geholt hatte, er hob die dunklen Augenbrauen weit über den dunklen Rand der Brille und schaute noch dümmer als üblich. Herr von Güldenberg ließ die *Neue Zürcher* sinken.
»Nirgends?« fragte Kurtzmann.
»Nirgends, Herr Doktor«, sagte Luitpold.
»Bis jetzt hat er immer –«, sagte Herr Kurtzmann.
»Ja, bis jetzt hat er immer –«, sagte Herr von Güldenberg.
Bis jetzt hatte sich Bruno immer an eine Regel gehalten. Bei seiner ganzen Unzuverlässigkeit und Unberechenbarkeit hatte er sich an eine Regel gehalten, an *eine* einzige Regel: wenn er eine neue Stammkneipe in seinen Kreis einbezog, hatte er immer unter genauer Angabe des Namens des Etablissements, der Adresse und (was nicht für den Geheimdienst wichtig war, aber so wichtig für Bruno, daß anders die Bezeichnung einer Gastwirtschaft unvollständig gewesen wäre) der Brauerei, deren Bier dort ausgeschenkt wurde, bei Kurtzmann Meldung davon gemacht.
Es blieb nichts anderes übrig, als daß sich Luitpold auf den Weg machte und alle Kneipen absuchte, die nicht – noch nicht – Brunos Stammkneipen waren. Um zwei Uhr nachmittags fiel Luitpold ein, in Brunos Wohnung nachzuschauen. Dort war Bruno. Er wäre, erzählte er, gegen sieben Uhr früh nach Hause gekommen und habe den Entschluß gefaßt, von allein um acht Uhr in den Dienst zu gehen. Er habe es fertiggebracht, bis dreiviertel acht in keinen Vormittagsstehausschank zu gehen, dann habe er sich auf den Weg ins Büro gemacht. Kaum sei er aber hundert Schritt gegangen (er wohnte ganz in der Nähe des Gärtnerplatzes, in der Erhardtstraße, schräg gegenüber der Maximilianskirche), sei er in die Nähe

der *Isarklause* gekommen – »... Postbräu Tannhausen; früher Greinbräu Wasserburg ...« –, und habe er fast die Herrschaft über sich verloren. Aber er sei doch nicht hineingegangen. Dann sei er an den Kiosk an der Brücke gekommen (»... Paulaner ...«), und dieser Versuchung habe er nur durch sofortigen Rückzug nach Hause entkommen können. Daheim habe er gewartet, bis ihn Luitpold hole, aber Luitpold sei nicht gekommen, erst um zwei Uhr nachmittags. Er sei, sagte Bruno, fast umgekommen vor Durst.

»Na ja«, sagte Kurtzmann, und nahm erleichtert ein gefülltes Schweinsohr mit Sahne zur Hand, »jetzt sind Sie ja da.«

»Es ist besser«, sagte Herr von Güldenberg, »Sie gehen in Zukunft wieder in die Kneipe, bis Luitpold Sie holt.«

»Jawohl«, sagte Bruno.

Albin Kessel erkannte Bruno, das Walroß mit Locken, selbstverständlich sofort wieder. Bruno Kessel nicht.

Die Vorlesungen, wie sie sich hochstaplerisch nannten, im Geheimdienstseminar waren höllisch langweilig. Es gab Tage, besonders Nachmittage, da glaubte Kessel vor Langeweile zu sterben, buchstäblich. Es fiel ihm nichts mehr ein, woran er denken konnte. Die Gesichter der anderen – etwa zwanzig – Kursteilnehmer kannte er schon bis ins Detail. Jede Unebenheit der Wand, jedes Blatt des Baumes vor dem Fenster war ausgelotet. Wieweit kann sich ein Mensch langweilen, bis er daran stirbt? dachte Kessel. Es gibt doch sicher auch bei der Langeweile sozusagen eine Schmerzgrenze, eine Öde-Grenze, jenseits derer etwas passieren muß ...

Kurtzmann hatte ihn gewarnt. Die Dummheit der Dozenten der Geheimdiensthochschule war selbst ihm seinerzeit, als er den Kurs machte, nicht entgangen. »Da muß man eben durch«, hatte Kurtzmann gesagt. »Am besten wäre es, Sie könnten im Sitzen schlafen.«

Es gibt begabte Seminar- und Tagungsteilnehmer – jeder, der jemals auf einer Tagung war, kennt sie –, die können tatsächlich im Sitzen schlafen. Es gibt noch genialere, die können mit offenen Augen schlafen und brauchen gar nicht die Hand über die Augen zu decken und scheinbar gespannt in die Tagungsunterlagen vertieft erscheinen, es gibt sogar ganz her-

vorragend begnadete Seminaristen, die schlafen nicht nur mit offenen Augen, die machen sogar ein aufmerksames Gesicht dabei. Sonst kommt es ja vor, daß einem, der mit offenen Augen schläft, sobald er tiefer in den Schlaf sinkt, die Kinnlade herunterfällt, und davon wacht der Arme auf, schreckt womöglich hoch, und der Vortragende merkt es.
Es ist merkwürdig, dachte sich Kessel, während ein abgedienter Geheimdienstdozent gleichmäßig moderierte Schallwellen durch den Raum verbreitete, Vorträge scheinen *an sich* langweilig zu sein. Kurzweilige Vorträge gibt es nicht. Gibt es nicht, ist vielleicht zu viel gesagt: gibt es selten, sehr selten. Hie und da hat man von einem wirklich kurzweiligen Vortrag gehört, aber das ist eine Ausnahme. Meistens war man nicht in solchen Vorträgen, meistens ist man in langweiligen Vorträgen. Anders ausgedrückt: die Vorträge, in denen man ist, sind immer langweilig. Das ist ein eherner Grundsatz. Vorträge, dachte Kessel, sind nach ehernem Grundsatz langweilig. Vortrag und Langeweile sind nahezu deckungsgleiche Begriffe. Ein eherner Grundsatz.
Kessel war es nicht gegeben, im Sitzen zu schlafen. Kessel konnte nur im Liegen schlafen. Einer der Kollegen unter den Geheimdienstseminaristen zündete sich eine Zigarette an. Ein aufregendes Ereignis: wie einer aus der Packung, einer roten Packung, eine Zigarette herauszieht, wie das Cellophan der Packung raschelt. Alle schauten hin, nur der Vortragende verbreitete weiter seine gemäßigten Schallwellen. Wenn er wenigstens was an die Tafel schreiben würde. Aber er schrieb nichts an die Tafel. An der Tafel stand immer noch eine geographische Faustskizze der Wirtschaftsbeziehungen zwischen den USA und der EG aus dem gestrigen Vortrag. Jeder Strich dieser Faustskizze war im Geist schon hundertmal nachgezogen.
Der Kollege steckte die Zigarette in den Mund. Er schaute in die Packung, wieviel Zigaretten noch drin waren. Dann suchte er sein Feuerzeug. Weiner hieß der Kollege; aus Hamburg sei er, hatte er in einer Mittagspause einmal erzählt. Einmal war Kessel mit DN Weiner in der Mittagspause im Englischen Garten spazierengegangen. Man war sich dabei

ein wenig nähergekommen, hatte kollegial geplaudert. DN Weiner hatte Kessel anvertraut, daß sein eigentlicher Deckname Wiener sei. Wenn niemand zuhöre, hatte Weiner/Wiener gesagt, könne Kollege Pürzel ruhig Wiener zu ihm sagen. Es war fast so, als habe ihm der Kollege das Du angeboten. Danke, hatte Kessel gesagt, ich heiße Kregel. »Kregel?« hatte Wiener gefragt. »Wie kommen Sie dann zu Pürzel?« – »Ein Tippfehler in Pullach. Sollte wohl Kürzel heißen.«
Weiner lachte den ganzen folgenden Nachmittag leise vor sich hin. Wie dankbar Menschen für den kleinsten Witz werden, wenn sie einem Meer von Langeweile ausgesetzt sind. Jeder der Kursteilnehmer hatte ein Namensschild vor sich, auf dem mit auswechselbaren Buchstaben der Seminar-Name eingesetzt war. Weiner deutete den ganzen Nachmittag verstohlen immer wieder auf Kessels ›Pürzel‹ und lachte in sich hinein.

Jetzt suchte Weiner sein Feuerzeug. Auch ein erregender Vorgang. Er suchte in der linken Hosentasche, dann in der rechten Hosentasche, dann in der linken Jackentasche, dann in der rechten Jackentasche. Der Kollege neben Weiner schreckte durch die Bewegungen Weiners aus seinem Dämmer auf, bemerkte nach einigen Augenblicken, daß Weiner sein Feuerzeug suchte und nicht fand, und reichte ihm seins. In dem Augenblick fand aber Weiner sein Feuerzeug. Es war doch in der rechten Hosentasche gewesen. Wie interessant so etwas sein konnte. Weiner zündete seine Zigarette an und dankte gleichzeitig dem Kollegen neben ihm mit einem freundlichen Kopfnicken.

Der Kollege neben Weiner sank in den Dämmer zurück. Der Rauch aus Weiners Zigarette ringelte sich in der Luft, verschränkte sich mit den flachen Schallwellen, die der Vortragende verbreitete. Kessel sah auf die Uhr: so unterhaltsam der Vorgang war, es waren dennoch keine zwei Minuten vergangen. Und der Vortrag dauerte eine Doppelstunde.

Ein anderer Kollege, ein kleiner rothaariger Sachse mit Brille, der immer sehr geschäftig tat und für das ganze Seminar von unschätzbarem Wert war, weil er in der Diskussion nach dem Vorträger immer als einziger etwas fragte, dieser Kollege hieß mit Decknamen Kessel. Als Albin Kessel am ersten Tag des Lehrgangs in den Schulungsraum kam und die Namensschilder sah, setzte er sich automatisch auf den Platz, wo das Schild ›Kessel‹ stand. Aber er merkte es selber rechtzeitig, bevor DN Kessel kam, und suchte dann den Platz, der dem *Spion in Ausbildung* Pürzel zugedacht war. (Spion in Ausbildung war kein offizieller Fachausdruck. Es war eine Eigenprägung Kessels. Einmal allerdings belebte er eine Diskussion dadurch, daß er den Ausdruck gebrauchte. Auch darüber lachte Kollege Weiner einen Nachmittag lang. Außerdem galt Kessel von diesem Moment an als geistreich; allerdings auch als nicht ganz ernst zu nehmen.)

Kollege DN Kessel gehörte nicht nur zur begnadeten Kategorie der Tagungsteilnehmer, er hatte die geradezu herausragende Fähigkeit, im Sitzschlaf nicht nur ein förmlich gespanntes Gesicht zu machen, sondern darüber hinaus in unregelmäßigen Abständen verstehend zu nicken.

Besonderen Respekt nötigte Kessel Herr von Bucher ab. Auch das selbstredend ein Deckname. Nebenbei gesagt: seit eh und je dürfen beim Bundesnachrichtendienst akademische und Adelstitel auch im Decknamen weitergeführt werden. Ob das auf die deutsche Titelsucht im allgemeinen, auf den Respekt des Geheimdienstes vor deklarierter Bildung, auf die im Geheimdienst verbreitete Herrenreitergesinnung oder auf eine kuriose Rücksichtnahme auf die Eitelkeit des einzelnen zurückzuführen ist, ist schwer zu entscheiden. Es ist eben so.

Herr von Bucher war der Kursleiter. Nur selten hielt er selber einen Vortrag. Meistens saß er nur neben den Vortragenden, die im übrigen häufig wechselten, aber so gut wie immer gleich langweilig waren. Es ist davon auszugehen, überlegte Kessel, daß Herr von Bucher die ganzen Vorträge seit Jahren kennt. Er leitet vielleicht zehn dieser Kurse im Jahr. Die Langweiligkeit dieser Vorträge muß sich für ihn nachgerade unmenschlich potenzieren, und er darf sich den Vortragenden gegenüber nicht die mindeste Unhöflichkeit zuschulden kommen lassen. Den Kursteilnehmern, obwohl sie alle längst erwachsene Menschen waren, billigt man den vorübergehenden Status der Schul- und Lausbuben für die Dauer des Kur-

ses zu. Dem Kursleiter natürlich nicht. Aber Herr von Bucher saß da, ungerührt, aufmerksam und hörte zu. Ein hartes Brot, dachte Kessel.
Die Sache mit den Adelstiteln brachte Kessel bei der Diskussion nach einem Vortrag über innere und äußere Sicherheit des Dienstes zur Sprache.
»Ist es nicht gefährlich«, fragte Kessel, »wenn Herr von Bucher einen Siegelring mit seinem Wappen trägt?«
Herr von Bucher ruckte erstaunt mit seinem Kopf und betrachtete seinen großen Ring. Kollege Weiner kicherte.
»Ich meine nur«, sagte Kessel, »wenn zum Beispiel ein feindlicher Agent zufällig in Heraldik firm ist, dann kann der doch mühelos anhand des Wappens Herrn von Bucher enttarnen?«
Sowohl Herr von Bucher als auch der Vortragende des Tages wußten nicht recht, wie ernst Kessel die Frage meinte.
»Ich schlage vor«, sagte Kessel, »daß für adelige Mitarbeiter des Geheimdienstes außer Decknamen auch Deckwappen ausgegeben werden.«
Alles lachte. Kessel galt nun als noch geistreicher. Auch Herr von Bucher lächelte. In der nächsten Kaffeepause klopfte Herr von Bucher Kessel auf die Schulter und nannte ihn eine erfrischende Bereicherung des Kurses. Aber seinen Wappenring trug er am nächsten Tag nicht mehr.
Auch andere Vorschläge machte Kessel in den Diskussionen: so zum Beispiel, daß wichtige Geheimdienst-Unterlagen auf Oblaten geschrieben werden sollten, damit man sie notfalls essen kann. Vielleicht, meinte Kessel, könne man sogar Oblaten-Filme herstellen. Er schlage vor, einen Geheimdienst-Konditor als Fachmann einzustellen.
Der Kurs lachte zwar, aber Kessel merkte, daß er mit dieser Frage an die Grenze von Herrn von Buchers Humor gestoßen war. Trotzdem brachte er später – bei der Diskussion nach dem Vortrag: Psychologische Führung – noch einmal die Frage der akademischen und der Adelstitel aufs Tapet.
Herr von Bucher wehrte ärgerlich ab, aber der psychologische Dozent – übrigens einer der wenigen, die einen Vortrag gehalten hatten, der nicht langweilig gewesen war; Dr. Feigenblatt hieß der Mann, schon dieser Deckname deutete dar-

auf hin, daß er kein tierisch ernster Mensch war wie die meisten anderen Referenten – der Dozent merkte Herrn von Buchers Verärgerung nicht und sagte: er habe auch oft darüber nachgedacht. Trotzdem könne er nicht sagen, warum das so sei. Er könne nur ein Kuriosum dazu beitragen: vor einigen Jahren sei ein Jesuit gastweise zum Bundesnachrichtendienst gestoßen. Der sei unter dem Decknamen Pater Dr. Hieronymus SJ geführt worden.

In der Mittagspause, die immer reichlich bemessen war und ein wenig für die Langweiligkeit der Vorträge entschädigte – sie dauerte von zwölf bis zwei Uhr –, setzte sich Dr. Feigenblatt neben Albin Kessel. Offenbar geschah das nicht ohne Absicht. Es waren unter den Geheimdienstkollegen, die Albin Kessel bis jetzt kennengelernt hatte, freundliche Menschen, nette Leute, originelle Typen, harmlose Gestalten, alle im Grunde genommen mehr oder weniger umgänglich, wenn man nicht zu hohe Anforderungen an ihren Geist stellte. Dr. Feigenblatt war der erste und bisher der einzige, in dem Kessel einen Mann seinesgleichen erkannte. Nicht, daß Kessel hochmütig gewesen wäre, sich etwas auf seine ohnedies eher bruchstückhafte Bildung, auf seinen mehr als dürftigen literarischen Ruhm eingebildet hätte; es waren andere Leute. Es war eine Schicht von Menschen, die andere Interessen hatten. Es war eine andere Meeresströmung im Seelenmeer, wo andere Fische lebten, keine besseren und keine schlechteren, aber eben andere, nicht einmal feindliche, aber eben solche, mit denen man im Grunde nicht zu tun hatte. Wenn in einer solchen fremden Strömung plötzlich ein Fisch der eigenen Gattung auftaucht, spürt man die bisherige Einsamkeit, und man schwimmt zusammen, solang es geht.

Auch Dr. Feigenblatt, ein älterer Mann, er war vielleicht fünfundfünfzig Jahre alt, hatte wohl ähnlich empfunden, als er Kessel sah.

»Unter Larven die einzige fühlende Brust«, sagte Dr. Feigenblatt leise zu Kessel, noch bevor die Suppe serviert wurde. Er hätte es auch laut sagen können, niemand von den Umsitzenden hätte verstanden, was er meinte.

Nach dem Mittagessen gingen Dr. Feigenblatt und Kessel

zum Kleinhesseloher See. Sie sprachen über Literatur, über einige Theateraufführungen in München, die sie beide gesehen hatten.
»Ich fresse einen Besen«, sagte dann Dr. Feigenblatt, »wenn Sie nicht Schriftsteller sind.«
Albin Kessel lachte. »Soll ich Ihnen meinen wirklichen Namen sagen? Meinen *Klar*namen –?«
»Kenne ich ihn?« fragte Dr. Feigenblatt.
»Na ja«, sagte Kessel, »es könnte schon sein. Es würde mir schmeicheln –« Er war im Moment nahe daran, seinen Namen zu nennen.
»Nein«, sagte Dr. Feigenblatt, »halten wir uns an die Spielregeln. Ich nehme an, Sie sind auch durch Irrtum zu dem Verein gekommen?«
»Wieso *auch* –?«
»Wenn Sie Schriftsteller sind, werden Sie nicht lange dabeibleiben, glaube ich.«
»Ich habe es doch vor«, lachte Kessel. »Sonst würde ich diesen entsetzlichen Kurs nicht über mich ergehen lassen. Das heißt«, fügte er schnell hinzu, »bis auf Ihren Vortrag –«
»Sie brauchen nichts zu sagen. Ich weiß, was Sie meinen. Ich kenne doch die Knaben. Herr von Bucher ist ein Trottel. Die anderen sind Flaschen. In so ein Institut wird nur abkommandiert, wer woanders nicht zu brauchen ist. Sie wollen dabeibleiben?«
»Ja, schon –«
»Dann ist es bei Ihnen umgekehrt wie bei mir. Sie wollen dabeibleiben, und in längstens zwei Jahren hängt Ihnen die Sache beim Hals heraus. *Ich* habe damals gedacht, das ist fünfundzwanzig Jahre her, es ist nur eine Übergangsstation für mich ..., aber – rien ne dure que le provisoire.«
»Das haben Sie gemeint mit dem Irrtum, mit *auch* –?«
»Ja.«
»Und warum kündigen Sie nicht?«
Dr. Feigenblatt lächelte schmerzlich. »Wie oft, glauben Sie, stelle ich mir diese Frage? Das ist nicht mehr so einfach in meinem Alter. Und die Familie ..., und letzten Endes muß ich mir sagen ..., es gibt welche, denen es schlechter geht.«

»Aber Sie sind doch nicht glücklich –?«
»Glücklich? Ich bin todunglücklich. Das heißt: wenn ich darüber nachdenke. Ich vermeide es natürlich, darüber nachzudenken. Glauben Sie, es hängt mir nicht zum Hals heraus, das ganze kindische Versteckspiel?«
»Aber Sie haben doch sicher eine hohe Position innerhalb des Dienstes. Wahrscheinlich stehen Sie im Rang eines leitenden Regierungsdirektors –«
»Hören Sie mir auf damit. Der ganze Saftladen ist überflüssig, das sage ich Ihnen. Was machen wir denn? Wir sammeln kümmerliche geheime Nachrichten, die immer geheimer werden, je weiter sie ins Innere des Geheimdienstes sickern, und zum Schluß sind sie so geheim, daß sie niemand wissen darf – da braucht man sie doch gar nicht zu sammeln. Der ganze Bundesnachrichtendienst ist eine große Lüge. Und abgesehen davon: je geheimer eine Nachricht ist, desto unsicherer ist sie. Wirklich gesichert ist eine solche Nachricht erst, wenn wir anhand der *Neuen Zürcher* nachprüfen können, daß sie stimmt. Die Bundesrepublik könnte sich den ganzen Krempel sparen, die vielen Millionen. Ein Jahresabonnement der *Neuen Zürcher* und einen Mann, der das Blatt sorgfältig auswertet – ich glaube: hundertvierundzwanzig Mark kostet so ein Jahresabonnement. Alles andere könnte man sich sparen.«
Das war ein Wort, an das Albin Kessel eines Tages denken sollte.
»Ich wünschte«, sagte Dr. Feigenblatt, »ich dürfte mich einmal, ein einziges Mal mit meinem ehrlichen Namen am Telephon melden. Manchmal meine ich schon, ich hätte ihn vergessen, nach fünfundzwanzig Jahren.«
Kessel erzählte dann die Sache mit dem Tippfehler bei seinem Deck-Decknamen. »Warum überhaupt dieser doppelte Deckname?«
»Der Geheimdienst ist nicht überall gleich geheim. Er ist wie ein Wasser, in dem klare und trübe, wärmere und kühlere, dunkle und helle Schichten übereinander ziehen, ständig in Bewegung, ständig schlierenhaft sich mischend und sich wieder trennend. Sie sinken oder steigen von mehr oder weniger

geheimen Strömungen in die andere, Sie verwandeln sich stets, je nachdem, wo Sie sind – ein trüber, unnützer Tümpel. Ab und zu, viel zu selten, steigt eine faulige Blase nach oben und platzt im Licht –«

»Aber doch ein poetisches Bild?«

»Ein poetisches Bild für eine banale Kinderei.«

Sie hatten den Kleinhesseloher See umrundet. Dr. Feigenblatt schaute auf die Uhr.

»Ist es Zeit?« fragte Kessel.

Dr. Feigenblatt nickte.

»Eine banale Kinderei«, wiederholte er.

Am Allerseelentag, am 2. November, einem Dienstag, dem ersten Tag der letzten Woche des Geheimdienstseminars, weil ja der Montag – Allerheiligen – ein Feiertag gewesen war, kam Herr von Bucher nach der Mittagspause eine Viertelstunde zu spät. Die Spione in Ausbildung scharrten schon die ganze Zeit mit den Stühlen in der Hoffnung auf etwas Unvorhergesehenes. Herr von Bucher war höchst aufgeregt: der Referent für den Nachmittagsvortrag habe eben abgesagt. Seine Mutter sei in der vergangenen Nacht verstorben. Das sei, sagte Herr von Bucher, natürlich nur zu verständlich, daß man da am Tag danach keinen Vortrag halten könne. Er sei auch weit davon entfernt, dem Herrn einen Vorwurf zu machen, nur sei es eben zu dumm, daß der andere Experte für dieses Sachgebiet, der als Ersatz in Frage käme, just verreist sei (er sagte wirklich »just verreist«, was ihm bei Kessel einige Pluspunkte eintrug) und somit für den Nachmittag keine Veranstaltung angeboten werden könne. Er habe zwei Vorschläge zu machen: entweder einen zusätzlichen Diskussionsnachmittag zur Vertiefung des bisher gehörten Stoffes oder aber – ja nun: oder aber die Herren gingen heim.

Es wurde abgestimmt. Alle stimmten fürs Heimgehen. Nur Kessel stimmte aus Jux dagegen, in der Gewißheit, damit keinen Schaden anzurichten. Herr von Bucher wußte nicht recht, wie er Kessels Eifer deuten sollte, entschloß sich für einen Mittelweg und sagte im Hinausgehen: »Unser Pürzel, immer mit originellen Ideen.«

Eine strenge Sicherheitsschrift besagte, daß die Kursmitglieder sich innerhalb des Hauses voneinander zu verabschieden und das Haus dann möglichst einzeln, höchstens zu zweit in kleineren zeitlichen Abständen zu verlassen hatten. (»Damit der russische Geheimdienst in Ruhe seine Kameras nachladen kann«, sagte Weiner.) Vor dem Haus herumzustehen, war strikt untersagt.

Kessel zog seinen Mantel an, setzte seine neue karierte Mütze auf, die er sich extra für den Dienstantritt beim Geheimdienst gekauft hatte, zündete sich eine Pfeife an und ließ allen anderen den Vortritt. Er ging als letzter aus dem Haus. Weiner hatte zwar gefragt, ob er nicht Lust habe, mit ihm ein Bier trinken zu gehen, aber Kessel hatte abgelehnt.

Die Werneckstraße war feucht. Vom Englischen Garten her zog ein Schleier von Nässe, der die Bäume im Park des Werneck-Schlößchens ganz leicht vernebelte, auch die Fronten der entfernteren Häuser, nur die Farbe etwas nahm, als wäre ein leichter Wasserpinsel über ein Aquarell gefahren. Der Himmel war schwarz, als ob es jeden Augenblick zu schneien beginnen könnte, aber dazu war es noch nicht kalt genug. Die gelben Blätter der Bäume aus dem Park lagen auch diesseits der Mauer, wirbelten aber nicht auf, auch nicht, wenn ein Auto vorbeifuhr. Die Blätter klebten am feuchten Boden. Man mußte aufpassen, daß man nicht ausrutschte auf ihnen.

Es war halb drei Uhr. Natürlich hätte Kessel heimfahren können, aber daheim war die Kröte. Am Samstag hatte es wieder einen größeren Krach gegeben. Es hatte sich um die Türklinken gehandelt. Schäfchen hatte eine Abneigung gegen alles, was sie für zu umständlich hielt. Dazu gehörte das Hochheben der Füße beim Gehen – weshalb sie immer schlurfte – und das Niederdrücken der Türklinken beim Schließen der Türen, weshalb sie die Türen ins Schloß warf oder drückte. In den zehn Wochen seit den Ferien bis Ende Oktober waren dadurch die Türschlösser soweit ausgeleiert, daß die Küchentür überhaupt nicht mehr, die Tür zum Wohnzimmer nur noch mittels eines Tricks schloß. (Nur die Tür zu ihrem eigenen Zimmer, Kessels ehemaligem Arbeitszimmer, schonte die Kröte.)

Am vergangenen Samstag hatte Kessel zu einem Vortrag über die Türklinken angesetzt. Das war beim Abendessen gewesen. Weil das Wochenende gekommen war und ein Sonntag und noch ein Feiertag gleich darauf bevorstanden, hatte Renate den Tisch mit einem weißen Tischtuch gedeckt. Ein Strauß mit Astern stand darauf und zwei Kerzen.
»Mußt du jetzt damit anfangen?« sagte Renate.
»Irgendwann muß es gesagt werden.«
Renate verbiß sich sichtlich eine Bemerkung und schaute auf ihren Teller. Kessel nahm seine Langmut zusammen, sagte sich: du bist der Erwachsene, und die Kröte ist ein Kind. Er versuchte dem Kind klarzulegen, daß man gewisse Rücksichten im Leben zu nehmen habe, daß es Dinge gebe, die eben umständlich zu handhaben sind ...
Nach vielleicht zehn Minuten wandte sich Kerstin an ihre Mutter, die immer noch beleidigt auf den Teller schaute, und sagte: »Du brauchst dir keine Sorgen zu machen, kleine Mutti, ich höre nicht zu.«
Da gab Kessel der Kröte eine Ohrfeige.
Sicher, sagte Kessel später zu Wermut Graef, das war nicht richtig. Erstens gibt man Kindern überhaupt keine Ohrfeigen, zweitens habe ich keine Erziehungsgewalt gegenüber der Kröte, drittens sind es nicht meine Türklinken, sondern die von Renates Wohnung, die Wohnung gehört ihr ..., aber erleichtert hat mich die Ohrfeige doch. Ich hatte irgendwie das Gefühl, es war Zeit dafür.
Die Ohrfeige hatte mehrere Auswirkungen. Erstens ließ sich Kerstin auf den Boden fallen, weinte, schrie und spielte die Nummer: zu Tode verwundetes kleines Rehlein. Renate bejammerte den verdorbenen Abend. Kessel versuchte zuerst, im Wohnzimmer eine Schallplatte aufzulegen. Das gelang ihm zwar, aber es gelang ihm nicht, die Musik zu hören, die auf der Schallplatte war (Bellini: *I Capuleti e i Montecchi*), weil das Schäfchen weiterhin brüllte.
Kessel stand wieder auf, drehte den Plattenspieler ab, ging hinaus und fragte – höhnisch, gab er später zu –: »Soll ich einen Arzt holen?«
Darauffhin fing auch Renate – allerdings still – zu weinen an,

und Kessel ging in das Maxhof-Casino, wo eben eine Sitzung der SPD-Sektion Fürstenried/Maxhof zu Ende war und die drei Teilnehmer einen vierten Mann zum Schafkopfen suchten.

»Natürlich war das blöd von mir, so höhnisch zu fragen«, gab Kessel später zu. »Ich weiß, daß es viel besser ist, zu den Unarten der Kröte zu schweigen. Im Grunde ist Renate dankbar, wenn ich mit der Kröte schimpfe. Sie weiß sehr genau, daß sie ein widerwärtiges Kind ist, daß sich die Kröte praktisch gar nicht wohl fühlt, wenn sie nicht ab und zu eins auf den Deckel bekommt. Wenn *ich* das besorge, so erspart Renate sich die notwendige Erziehungsmaßnahme und kann außerdem noch ihr Schäfchen liebend vor mir in Schutz nehmen. Ich habe es doch ausprobiert: ich brauche nur ein paar Tage nichts zur Kröte zu sagen, ihr nichts zu verbieten, nichts zu befehlen: unweigerlich zerkracht sie sich mit ihrer Mutter. Eigentlich brauche ich nur zu warten.«

»Dann warte doch«, sagte Wermut.

»Ja«, sagte Kessel, »wenn es mich aber doch so erleichtert hat.«

Und den Ausflug in die Wildschönau am Sonntag und am Montag machte Renate mit Schäfchen alleine. In der Wildschönau lag schon Schnee. Schäfchen hatte keine Stiefel eingepackt, weil es ihr zu umständlich war. Sie bekam einen Schnupfen, daß ihre ohnedies unförmige Nase zu einer glühend roten Kartoffel aufschwoll. Sie spielte von Montagabend an die Nummer: sieche, zerbrechliche Puppe und genoß die Sorge der Mutter.

Kessel lehnte am Dienstag früh das Ansinnen Renates, wegen Schäfchens Krankheit den Geheimdienstkurs zu schwänzen, ab. Daraufhin rief Renate in der Buchhandlung an, daß sie Grippe habe und heute nicht kommen könne.

Am Sonntag und am Montag hatte Kessel an der ›Buttlarschen Rotte‹ gearbeitet. Angefangen hatte er mit der Arbeit schon im September. Sie war ihm schwerer gefallen, als er angenommen hatte. Anfang Oktober warf er alles weg, was er bisher geschrieben hatte, und fing neu an: mit einem – er nannte es vor sich eben einen Umweg – Exposé für einen Bel-

lini-Film. Mitte Oktober war dieses Exposé fertig. Kessel verwahrte es, weil daheim nichts mehr sicher war, in einem der Stahlschränke im Gesangverein. Es waren viele Stahlschränke vorhanden, viel mehr, als sich durch eine auch noch so geheime Knopf-Beratung rechtfertigen ließ. Aber Frau Oberlindober fragte nicht mehr. Die Hälfte der Stahlschränke war leer. Bereitwillig räumte Herr Kurtzmann Kessel nicht nur ein Fach in einem Schrank – worum Kessel gebeten hatte –, sondern einen ganzen Schrank ein. Der Schrank hatte sieben waagrechte Fächer. Die oberen drei waren leer, die unteren drei waren leer. Im mittleren Fach lagen die vier Blätter des Exposés über einen Film betreffend das Leben Vincenzo Bellinis. Den Schlüssel zu dem Stahlschrank händigte Kurtzmann Kessel aus, und Kessel trug den Schlüssel immer an seinem Schlüsselbund. Er hatte das Gefühl, daß sich dadurch der Wert des Manuskriptes steigerte.
Nach Fertigstellung des Bellini-Exposés beschloß Kessel, sich dem endgültigen – fernen – Drehbuch für den Buttlarschen Rotten-Film weiterhin in Umwegen, in Spiralen zu nähern. Er arbeitete vorerst das Exposé in eine Kurzgeschichte von fünfzehn Seiten um.
Am 31. Oktober und 1. November arbeitete Kessel an dieser Fassung. Daß er daheim in der Wohnung in Fürstenried schrieb, war eine Ausnahme. Bald nach seinem Dienstantritt hatte er seine häusliche Misere, soweit erforderlich, dem Chef Kurtzmann geschildert: daß die Kröte sein Arbeitszimmer bewohnte und abends auch das Wohnzimmer blockierte, weil sie fernsehen mußte. »Also heute ausnahmsweise bis zehn Uhr«, sagte Renate jeden Abend zu Schäfchen, und zu Kessel sagte sie: »Natürlich ist es schlecht, wenn Schäfchen fernsieht, aber sonst kommt sie gegenüber den anderen Kindern hoffnungslos ins Hintertreffen. Das wäre nicht gut für das Kind. Sie geriete in eine Isolation.« Nicht nur, daß Kessel sohin im Wohnzimmer auch abends nicht arbeiten konnte (den Vorschlag Renates, Kessel solle, während Schäfchen fernsieht, in Schäfchens Zimmer – so hieß es schon – arbeiten, lehnte Schäfchen empört ab), er konnte nicht einmal seinerseits richtig fernsehen, weil Schäfchen während des Fernse-

hens ständig redete. Entweder kommentierte sie das Geschehen auf dem Bild, oder – weil sie wegen ihrer Kommentare nicht richtig hinhörte – sie verstand nicht, was vorging und mußte fragen. Durch die Antwort verstand man dann selber nicht, was inzwischen vorging, und so fort. Es war eine Qual.

»Daß Sie mir die Kröte nicht eines Tages umbringen«, hatte Kurtzmann gesagt, »das würde dem Dienst Schwierigkeiten machen.«

Renate hatte ja damals Kessels kleinen, fast damenhaften Schreibtisch (»Für Aphorismen braucht man keinen großen Schreibtisch«, lautete ein Aphorismus Kessels) im Schlafzimmer zwischen Schrank und Balkontür gezwängt. Kessel hätte nur schreiben können, wenn er schräg auf der Bettkante saß. Das lehnte Kessel ab. »Du bist schon schwierig«, sagte Renate.

Kessel hatte Kurtzmann gebeten, nach Dienstschluß jeden Tag eine Stunde oder zwei im Büro bleiben zu dürfen, um zu schreiben.

»Sind Sie wahnsinnig?« hatte Kurtzmann geantwortet. »Allein nach Dienstschluß im Büro? Und die Sicherheitsvorschriften? Unmöglich.«

»Schade«, sagte Kessel.

Kurtzmann hob seine dunklen Augenbrauen über den Rand seiner dunklen Brille und fragte ohne alle Ironie: »Warum schreiben Sie nicht während der Dienstzeit?«

So schrieb Kessel seine Buttlarsche Rotten-Erzählung *Der unmoralische Gott* im Büro. Nur eben am 31. Oktober und am 1. November schrieb er daheim und stellte sich zu dem Zweck sogar seinen Schreibtisch wieder mitten in sein ehemaliges Zimmer. Die Sachen Schäfchens räumte er – lieblos, sagte Renate später – beiseite. Er hätte es nicht getan, weder das Schreiben noch das Beiseiteräumen, wenn er nicht während der ganzen vierzehn Tage, die der Geheimdienstkurs bis dahin gedauert hatte, nicht zum Schreiben gekommen wäre. Er hatte zwar versucht, während der Vorträge an der Erzählung zu arbeiten, aber das war nicht gegangen.

Daheim – schon seit längerer Zeit hatte sich Kessel angewöhnt, nicht mehr von meiner Wohnung oder unserer Woh-

nung zu reden und zu denken, sondern von Renates Wohnung – daheim war die Kröte. Ihre Grippe würde sie nicht am Reden hindern, am Schlurfen noch weniger.
Daheim war die Kröte, überlegte Kessel, als er unschlüssig am Ende der Werneckstraße stand und noch nicht wußte, wohin er gehen sollte.
Er überlegte, da ihm einfiel, daß heute Dienstag war (den ganzen Tag hatte er das Montagsgefühl gehabt, weil ja gestern Feiertag gewesen war), ob er nicht Wermut Graef besuchen sollte. Der trübe Tag, fühlte er, machte ihn geneigt, eine ›aufrichtige Stunde‹ bei Graef zu bestreiten.
Graef wohnte nicht weit weg in der Isabellastraße. Kessel ging die Feilitzschstraße hinauf. Die Herbstluft verwandelt die Fassaden. Mag sein, das liegt an dem eigenartigen frühen Dämmerlicht, mag sein, es liegt an der unsichtbaren Feuchtigkeit in der Luft, an den Myriaden von Dunsttropfen. Die Farben der Häuser werden abweisend. Die Fassaden verhärten, die Häuser wirken wie nach innen gekehrt. Es ist schwerer im späteren Herbst, im November ein fremdes Haus zu betreten. Eine seidige Folie von Verschlossenheit umschließt es. Die Häuser sind eingeschweißt in eine Hülle von Fremdheit. Innen ist es warm und wohnlich, aber die Wohnlichkeit hat sich eine Handbreit nach innen hinter die Fassaden zurückgezogen. Im Sommer sieht man durch die Fenster der Häuser in die Räume hinein. Im Herbst nur heraus. Die Ornamente an den alten Gründerzeitbauten ragen schutzlos, von ihren Eigentümern verlassen, in die feuchte Luft hinaus. Es ist zu hoffen, daß diese Erker und Giebel, die Obelisken und Supraporten den Winter überleben.
Am Feilitzschplatz – für Kessel, so alt war er schon, überlegte er, hieß der Platz, dessen Name mehrere Metamorphosen erlebt hatte (in der Nazizeit: Danziger Freiheit, nach dem Krieg: Münchner Freiheit), immer noch Feilitzschplatz – am Feilitzschplatz, in der etwas geschmäcklerischen, um wirklich modern zu sein, etwas zu spät gebauten Fußgänger-Betonmulde, saßen noch die Gammler und Stadtstreicher. Es waren nicht mehr die langhaarigen, bezopften Blumen- und Hippiekinder, die im Sommer hier und im Englischen Garten

saßen und auf Flöten Musik pfiffen, die sie für indisch hielten, es war der Bodensatz. Auch unter den Unbehausten gibt es Schichten, vielleicht strenger getrennte als in der bürgerlichen Gesellschaft. Ob irgend jemand das einmal untersucht hatte? Es gab die Zugvögel mit den festen Routen, die in Ibiza überwintern oder in Afghanistan. Es gibt Strichvögel, die je nach Jahreszeit die wärmsten und günstigsten Plätze aufsuchen: im Sommer die Isarauen unter den Brücken, im Winter die Stachus-Unterführung, die in der Großmarkthalle gelegentlich helfen, einen Waggon Gemüse auszuladen oder, wenn sie Glück hatten, einen Lastwagen mit Wein, wobei vielleicht ein Karton mit sechs Flaschen mitläuft, die in der Pilgersheimer Straße schlafen und bei den ›Ochsen‹ – also den Franziskanern am Südlichen Friedhof – essen oder in der Sakristei von St. Bonifaz in der Karlstraße, was aber fast schon wieder eine bessere Schicht ist: das sind dann eher die gescheiterten Philosophen und die Weltverbesserer, die selbstgedichtete Verse auf Postkarten schreiben und in der Hypopassage oder in der Passage beim Loden-Frey verkaufen oder am Marienplatz stehen mit einer Stange und einer Tafel dran, auf der kaum leserlich, weil so klein geschrieben, stand, daß und warum die Welt sich bemühen müsse, sich zu bessern, und was passiert, wenn sie es nicht tut.
Einen solchen Postkartenverkäufer mit eigenen kalligraphischen Versen hatte Kessel gekannt. Der saß immer vor dem *Café Hippodrom.* Fünfundzwanzig Pfennig hatte die Karte gekostet. Obwohl Kessel fast jeden Tag zwei, drei Karten kaufte (und dann zum Entsetzen seiner Prokuristen millionärische Geschäftsmitteilungen darauf verschickte statt auf dem noblen *St.-Adelgund-*Geschäftspapier mit Briefkopf in Prägedruck), gelang es ihm nicht, mit dem Mann ins Gespräch zu kommen. Entweder hörte der Alte schlecht oder tat so, weil er mit niemandem reden wollte. Nicht einmal seinen Namen erfuhr Kessel. Eines Tages allerdings gelang ein kurzes Gespräch. Der Alte hatte sich eine aus Goldpapier gestanzte 25 mit Goldkranz drum ans Revers geheftet. »Firmenjubiläum«, sagte der Alte. Er sitze seit fünfundzwanzig Jahren hier.
Und dann gibt es die Schicht der armen, stationären Vögel.

Die bleiben, wo sie sind, und nehmen das Leben und das Wetter, wie es kommt. Im Sommer freuen sie sich, im Winter frieren sie.

Vier, fünf davon standen in die trockenste, wärmste Ecke der Feilitzsch-Unterführung gedrängt. Eine Vermouth-Flasche kreiste. Ihr größtes Problem ist, daß die Zeit so langsam vergeht. Auch die Zeit ist im November von einer zähen, abweisenden Schicht überzogen. Einer der Stadtstreicher war ganz in Schwarz gekleidet: er trug einen schwarzen, bodenlangen Mantel, der an den Ärmeln glänzte fast wie ein Spiegel, und einen breitkrempigen, schwarzen müden Hut. Mit seinen langen Haaren und seinem schwarzen Bart sah er aus wie die Karikatur eines Rabbiners; eines Rabbiners in Turnschuhen. Turnschuhe trugen sie alle. Ein anderer mit einem roten Gesicht und einem Mund wie eine Wunde, mit struppigen roten Haaren, trug zu den Turnschuhen einen viel zu weiten, an den Taschen ausgebeulten Salz- und Pfeffermantel und einen unglaublich langen Schal in Nebelgrau. Schlaffe, abgewetzte Rucksäcke standen zu ihren Füßen, Papiertüten und verschnürte Pakete. Unter den Armen hatten sie gerollte Dekken. Man kann die Einteilung dieser Unbehausten, der Zugvögel, Strichvögel und der Vögel, die bleiben, auch danach treffen, *was* sie jeweils von der bürgerlichen Gesellschaft trennt. Bei den Blumenkindern ist es vielleicht eine Überzeugung. Bei diesen hier ist es der Schmutz.

Einer jonglierte mit drei gefrorenen Kartoffeln. Die November-Zeit ist zäh, die läßt sich schwer vertreiben.

Als Kessel den Platz schon fast überquert hatte, erinnerte er sich daran, daß Wermut Graef die ganze, ohnedies durch den Allerheiligentag angeknackste Woche in Kitzbühel verbringen wollte, um seinen Hund Strolchi spazierenzuführen. Durch Zufall war Graef einmal vor Jahren im Sommer nach Kitzbühel gekommen und hatte sich mit einem Hotelier angefreundet. Seitdem fuhr er in allen Ferien und auch sonst, wenn es ging, nach Kitzbühel, sogar im Winter. ›Sogar im Winter‹ deswegen, weil früher der von Kurt Wilhelm tradierte Ausspruch Richard Strauss': »Skifahren ist eine Betätigung für norwegische Landbriefträger« eines der Lieblings-

zitate Graefs und ihm aus der Seele gesprochen war. Nun aber, seit ein paar Jahren, trug sich Graef sogar mit dem Gedanken, Langlaufski anzuschaffen.
»Grade, weil ich den Winter liebe«, hatte Kessel gesagt, »weil ich die Kälte liebe und den Schnee, halte ich nichts vom Skifahren.«
»Aber langlaufen . . .«, wollte Graef einwerfen.
»Ich halte Skifahren nicht einmal für eine Betätigung für norwegische Landbriefträger. Auch Norwegen ist schöner ohne Skifahren.«
»Aber Langlauf ist doch was anderes«, sagte Graef. »Langlauf ist doch nur eine Art Spazierengehen im Schnee.«
»Das ist eine modische Ausrede«, sagte Kessel, »das glaubst du selber nicht. Damit beschwichtigst du dein eigenes schlechtes Gewissen.«
Es war nicht zu verkennen, daß Graef verlegen wurde. Schon, daß ihm kein kluger Spruch dazu einfiel, mußte zu denken geben.
Dennoch war Graef, wie sich Kessel erinnerte, nach Kitzbühel gefahren. Ohne Langlaufski, noch –
Kessel ging wieder zurück in Richtung Englischer Garten. In einem kleinen Kino war die Nachmittagsvorstellung zu Ende. *Eine Sommerliebe* hieß der Film. Nur zwei alte Frauen kamen heraus. Sie schauten sich bös an, als ob sie einander die vergangene Sommerliebe nicht gönnten, und gingen in entgegengesetzten Richtungen weg.
Vor einer Woche, beim Spaziergang mit Dr. Feigenblatt, war der Herbst noch bunt gewesen, die Bäume voll oranger und goldener Blätter, der Himmel blau und klar. Jetzt hingen nur noch wenige fahle Blätter meist innen zwischen den finsteren Ästen, verlorene Hände zwischen schwarzen Netzen. Die modernden Blätter auf den Wegen waren keine goldenen Zierate mehr, waren zertreten, naß und eingerollt. Der schmale Grat zwischen Gold und Schmutz, dachte Kessel, zwischen Julias Augen und denen der Kröte.
Der Kleinhesseloher See lag da wie ein schwarz-graues, seidiges Tuch, ein gespanntes Wasser, in das schwer einzutauchen ist. Ein Schwan, den Kopf tief gebeugt, schob träge Wellen

auseinander. Der Nebel senkte sich. Die Gipfel der Bäume waren nicht zu sehen. Aus einem fernen Baum, der inmitten des über das freie Feld ziehenden Dunstes wie eine dunkle Insel in weißlicher Ungewißheit stand, flog eine Krähe auf. Man hörte keinen Laut. Nicht einmal die Krähe schrie.

Als Kessel den Kleinhesseloher See umrundet hatte, fiel ihm ein, daß er Jakob Schwalbe besuchen könnte. Er hatte schon ein paarmal daran gedacht, während der Mittagspause des Kurses hinzugehen, aber erstens war er meistens von der Langeweile der Vorträge zu erschöpft und zu faul, selbst für den kurzen Weg, und zweitens begann die Mittagspause immer um zwölf, und Schwalbe hatte, das wußte Kessel, meistens bis ein Uhr Schule und kam erst gegen halb zwei nach Hause. Und um zwei ging der Kurs weiter.

Kessel schaute auf die Uhr. Es war halb vier Uhr. Die Straßenlaternen um die St.-Sylvester-Kirche waren schon angeschaltet, verwandelten den Nebel und Dunst und den niedrigen, dunklen Himmel schon fast in Nacht. Zwei Frauen und ein Mann – der Mann in der Mitte, er hatte die beiden Frauen untergehakt – kamen Kessel entgegen. Es waren die einzigen Leute, denen Kessel auf dem Spaziergang begegnet war. Alle drei waren schwarz gekleidet. Der Mann trug – was schwierig war, weil er ja die Frauen untergehakt hatte – in der linken Hand einen Kranz und in der rechten Hand ein Einkaufsnetz, in dem ein Zylinder war. Offenbar erzählte der Mann Witze, denn in regelmäßigen Abständen blieben die drei stehen und krümmten sich – ohne einander loszulassen – vor Lachen.

Nichts ist so lustig wie eine Beerdigung. Kessel mußte an ein Erlebnis denken, das Jakob Schwalbe mit Vorliebe schilderte. Kessel hatte es mindestens fünfmal gehört: Schwalbe war – das war Jahre her – aus irgendeinem Grund über Land gefahren und kehrte in einem Dorfgasthof ein. Das Gasthaus hatte einen großen, getäfelten Hauptsaal (Kessel hatte die Geschichte so oft gehört, daß er die Einzelheiten schon vor sich sah) mit einer behäbigen Balkendecke und zwei getrennte Neben- oder Hinterzimmer. Es waren wenig Gäste im Hauptraum, aber die beiden Nebenräume waren offenbar gut besucht, jeder von einer geschlossenen Gesellschaft. Jedesmal, wenn die Kellnerin in einen der Nebenräume eilte, um frisches Bier oder Speisen zu servieren, und die Tür war für einen Moment offen, tönte Stimmengewirr daraus, und zwar aus dem *linken* Raum lautes Reden und Lachen, später sogar Singen, aus dem *rechten* Raum getragenes Sprechen, ernste Töne, eine Ansprache. Der neugierige Schwalbe fragte die Kellnerin nach einiger Zeit, was das für Gesellschaften seien. »Links«, sagte die Kellnerin, »eine Beerdigung, rechts der Karnevalsverein.«

Kessel nahm sich vor, seine Begegnung mit den drei Leuten mit dem Kranz und dem Zylinder im Einkaufsnetz, die offensichtlich auf dem Weg zu einer Beerdigung auf dem Nordfriedhof waren, Schwalbe zu erzählen.

Aber Schwalbe war nicht da.

Frau Schwalbe, Judith Schwalbe, machte Kessel auf.

Jakob sei nicht da, sagte Frau Schwalbe. »Aber wenn Sie hereinkommen wollen, dann können wir gemeinsam auf ihn warten.«

Das Wohnzimmer war groß und dunkel. An einer Seite zog sich bis weit hinauf ein Bücherregal hin mit Jakob Schwalbes vielen Partituren und Musikalien. In einer Ecke neben einem kleinen runden Tisch aus Glas brannte eine Lampe mit dunkelblauem Seidenschirm. Auch neben dem Flügel stand eine Stehlampe, die brannte. Frau Schwalbe löschte sie aus. Als sie danach hinausging, um das Teewasser aufzusetzen, schaute Kessel nach, was Frau Schwalbe gespielt hatte: Mendelssohn, *Präludien und Fugen op. 35*. Aufgeschlagen war die vierte, die schwermütige in As-Dur. Grün, sagte Schwalbe immer, der sich darauf etwas zugute hielt, daß er die Tonarten nach Farben auseinanderzuhalten imstande sei, auch ohne das absolute Gehör. As-Dur sei grün, ein herbes, dunkles Flaschengrün oder Jadegrün, so grün wie ein Bach bei kaltem, klarem Wetter. F-Moll dagegen sei eher moosgrün, sattes, etwas süßes Moosgrün ...

Kessel wußte von Schwalbe, daß Judith Klavier spielte, daß sie sogar ausgebildete Pianistin war. Schwalbe hatte seine Frau durch die Musik kennengelernt, bei irgendeinem Musikerkongreß. Spielen hatte Kessel sie aber nie gehört. Eigent-

lich hatte er, obwohl er sie oft sah, zumindest jedesmal, wenn er Schwalbe zum ›Schachspielen‹ abholte, auch kaum je mit ihr mehr als von sachlichen Mitteilungen geredet, und es war ihm jetzt, als sie ihn hereinbat, im ersten Augenblick etwas unbehaglich, weil er nicht wußte, was er mit der Dame reden solle und ob er überhaupt mit ihr reden könne.
Judith trug ein jadegrünes Kleid mit einem weißen Spitzenkragen und weißen Spitzenmanschetten. Bei der heutigen Mode weiß man nie, dachte Kessel, ob etwas, was Damen tragen, ganz besonders demodé oder ganz besonders chic ist. Judiths Kleid mit den vielen, seidenüberzogenen Knöpfen über dem – offenbar durchaus beachtlichen – Busen erinnerte Kessel an ein Bild der Annette von Droste-Hülshoff. Aber nur das Kleid hatte Ähnlichkeit. Judith selber erinnerte Kessel an *Die Gabe des Rates* in der Heilig-Geist-Kirche. Kessel, der sehr oft, seit er am Gärtnerplatz arbeitete, in der Stadt herumging und die Kirchen besichtigte, was er früher zur St.-Adelgund-Zeit auch schon immer getan hatte (ein heimliches Sühne-Zeichen?), war das Gemälde erst unlängst aufgefallen, obwohl er Dutzende Male schon in der Kirche gewesen war. Es hing, dem geschwungenen Rand nach, der darauf deutete, daß es einmal in einem Steckrahmen eingepaßt war, nicht an der Stelle, für die es eigentlich gemalt war, sondern sehr tief, in Augenhöhe neben einem Beichtstuhl. Wer das Bild gemalt hatte, war nie zu erfahren gewesen. *Die Gabe des Rates* stand auf einem Zettel neben dem Bild. Es war nicht einmal sicher, ob sich dieser Zettel auf das Bild bezog.
Es war ein erstaunlich weltliches Bild. Die abgebildete Dame hatte keinen Heiligenschein und war eher tief dekolletiert. Sie deutete auf verschiedene symbolische Instrumente, und auch im Hintergrund spielten sich symbolische Szenen ab.
Albin Kessel hätte keine Angst zu haben brauchen. Das Gespräch mit Frau Schwalbe ergab sich zwanglos. Sie fragte, nachdem sie den Tee gebracht hatte, woran er arbeite. Kessel fühlte sich durch die Frage geschmeichelt, aber die Frage Judith Schwalbes war echtes Interesse und keine Schmeichelei. Kessel erzählte von dem Auftrag für den Film über die Buttlarsche Rotte. Trotz dezenter Erzählweise, deren sich Kessel

befleißigte, ließ sich bei dem Stoff eine gewisse Pikanterie nicht vermeiden. Frau Schwalbe genierte das weder, noch berührte es sie. Sie wußte übrigens, daß der sächsische Komponist Franz Gottlob Kühlfuß eine Zeitlang mit der Rotte in Verbindung gestanden und sogar einige Lieder und Duette nach Gedichten Eva von Buttlars komponiert hatte. Kessel bat um ein Stück Papier, um sich das aufzuschreiben.
»Darf ich noch Tee nachgießen?«
Die Ähnlichkeit Judith Schwalbes mit der Dame auf dem Bild *Die Gabe des Rates* war erstaunlich. Judith war ein wenig älter, war vielleicht sogar zehn Jahre älter als ihre gemalte Schwester, ihre Haare, weichgewellte, nicht zu lang herabfallende Haare, in der Mitte gescheitelt, so daß die Stirn, die man früher vielleicht als hoch und klar bezeichnet hätte, frei blieb, ihre Haare waren mit grauen Strähnen durchzogen, während die auf dem Bild schwarz waren. Am deutlichsten war die Ähnlichkeit bei den übergroßen, dunklen Augen und der Nase. Bis heute, wo er – wie er merkte – Judith Schwalbe das erste Mal richtig anschaute, hatte er sie immer als ›etwas spitznasig‹ bezeichnet. Er hatte sie, er schämte sich fast, es sich jetzt einzugestehen, als eine, ja, es ist nicht anders zu sagen, als eine alte Frau angesehen. Aber sie war eine junge Frau, und die grauen Strähnen in ihrem dunklen Haar machten sie eher noch jünger. Die Nase war nur deutlich, nicht spitz. Frauen ohne Nasen, Frauen mit kleinen Stubsnasen, die man als niedlich bezeichnet, sind meist Sirupseelen. Die Kröte würde ohne Zweifel so eine werden.
Die Tür ging auf. Ganz leise kam das Kind herein. Es war ein Mädchen, das der Mutter sehr ähnlich sah. Kessel wußte von Jakob Schwalbe, daß Judith eine Tochter mit in die Ehe gebracht hatte, Schwalbe hatte das Kind adoptiert. Josepha hieß es. Vielleicht kein schöner, hatte Schwalbe damals gesagt, aber ein sanfter Name.
Josepha hatte eine Geige und einen Bogen in der einen Hand und in der anderen ein Heft mit Noten. Als sie Kessel sah, legte sie das Heft weg und gab Kessel mit einer Andeutung von Knicks die Hand. Vierzehn mochte das Kind sein oder zwölf, und es wirkte wie vierzehn, weil es so ernst schaute. Es

nahm das Notenblatt wieder zur Hand und fragte seine Mutter, weil es sich über die Phrasierung einer Stelle nicht sicher war. Die Mutter erklärte. Das Kind nickte Kessel zu und ging leise wieder hinaus.

»Sie spielt die *Regenlied-Sonate* von Brahms«, sagte Judith Schwalbe lächelnd. »Ihr Lehrer darf es gar nicht wissen, weil er meint, das sei noch viel zu früh. Sie übt freiwillig, stellen Sie sich vor. Wenn man nicht aufpaßt, übt sie den ganzen Tag. Jetzt wünscht sie sich eine Bratsche, und nächstes Jahr möchte sie anfangen, Klarinette zu spielen. Jakobs Lieblingsinstrument, weil es Mozarts Lieblingsinstrument war.«

»Dann wird man es ihr schwer abschlagen können«, sagte Kessel.

»Schwerlich«, sagte Judith. »Aber sie ist kein Wunderkind, gottlob, sie hat die normalen Schwierigkeiten mit der Technik, und die Harmonielehre gefällt ihr gar nicht. Aber sie übt freiwillig. Eine Kuriosität, oder? Ich habe die Musik zum Beruf gewählt, und trotzdem mußten mich meine Eltern zum Klavier prügeln. Aber Josepha –«

»Übt freiwillig –«, sagte Kessel.

»Sie hat wohl die Musikalität ihres Vaters.«

Kessel stutzte einen Moment. Judith merkte es.

»Ich meine Jakob«, sagte sie dann. »Nein«, fuhr sie fort, als sie merkte, daß Kessel verdutzt schaute, »sie ist nicht Jakobs biologische Tochter. Aber ich habe sie ihm geschenkt. Damals, als wir beschlossen, zusammenzubleiben. Geheiratet haben wir ja erst ein paar Jahre später. Ich habe sie Jakob geschenkt. Anders geht das nicht. Nicht für ihn, nicht für mich, auch nicht für das Kind.«

»Und –«, sagte Kessel, »– der ... biologische Vater?«

»Der hatte nicht viel dagegen. Jakob hat sie adoptiert. Sie heißt Josepha Schwalbe. Sie kennen doch Jakobs Namenstheorien. Schwalbe, sagt er, sei ein musikalischer Name. Wenn man Schwalbe heißt und immer Schwalbe genannt und gerufen wird, wird man musikalisch. Also kann man doch sagen, sie hat die Musikalität vom Vater?«

Der Tisch, an dem sie den Tee tranken, war ein kleiner runder Mahagonitisch mit Messingbeschlägen.

»Die Bratsche«, sagte Judith, »werden wir ihr erst nächstes Jahr kaufen. Noch sind ihre Hände zu klein. Sie ist dreizehn.«

So einen Tisch hatte Kessel in seiner Kajüte auf der *St. Adelgund* gehabt, auf jedem der beiden Schiffe. Beide Tische waren untergegangen, auf dem Weg jetzt, vielleicht, in die stille Tiefe des Sargasso-Meeres. Judith Schwalbe kannte die Geschichte vom Informationsdienst. Schwalbe hatte sie ihr erzählt. Daß das Messingherz mit der zweiten *St. Adelgund* untergegangen war, wußte Judith nicht. Kessel, sonst nicht geizig mit seinen Schilderungen aller Ereignisse, die mit dem Informationsdienst zusammenhingen, erzählte die Sache mit dem Messingherz selten. Heute erzählte er sie.

Er erzählte, wie er das Messingherz gefunden hatte; erzählte, wie er es fünfmal, vielleicht sogar sechsmal verlegt hatte trotz aller Achtsamkeit, mit der er es behandelte, aber er war nun eben einmal ein schlampiger Mensch, wie er es immer wiedergefunden hatte, immer, an den unmöglichsten Stellen. Einmal war es sogar in den Abfall geraten, vielleicht, weil er es – es war in der Kommunenzeit gewesen – neben den Teller gelegt hatte, und es hatte gebratene Hühner gegeben, und Linda hatte kurzerhand die papierne Tischdecke mit allen Abfällen in den Abfallkübel gestopft. Nie sonst hatte Kessel den Abfalleimer in den Hof hinuntergetragen, um ihn in die Abfalltonne zu leeren. Immer hatte er eine Ausrede, um sich vor dieser Arbeit zu drücken. An jenem Tag aber tat er es, und beim Hineinschütten blitzte das Messingherz auf.

»Das war aber gar nicht der erstaunlichste Vorfall«, erzählte Kessel. »Bei einem meiner Umzüge fiel das Messingherz in der neuen Wohnung aus einem zusammengerollten Teppich. Es ist mir überallhin gefolgt. Es hat mich nicht im Stich gelassen. Bis es mit der *St. Adelgund II* gesunken ist.«

Die Erzählung erinnerte Judith an eine eigene Geschichte. Auch sie hatte einen solchen Talisman, auch aus Messing, aber kein Messingherz, sondern eine kleine Hand aus Messing, eine flache kleine Hand, nicht größer als ein Daumennagel. Judith knöpfte zwei der mit jadegrüner Seide überzoge-

nen Knöpfe ihres Kleides auf der Brust auf und zog die Messinghand, die an einer Kette hing, unter dem Kleid hervor.
»Meine Großmutter, meine Großmutter mütterlicherseits hat die Hand in Ägypten gekauft. 1907, glaube ich. Sie war Vorleserin bei einer exzentrischen Gräfin namens Sprintzenstein, die viel reiste, so daß auch meine Großmutter in ihrer Jugend weiter herumkam als gemeinhin die Leute zu ihrer Zeit. 1907 fuhren sie nach Ägypten. Es gibt eine alte Photographie von einem Ausflug zu den Pyramiden von Gizeh. Meine Großmutter ritt auf einem Esel. Im übrigen beeindruckte sie am meisten, daß es im Januar 1907, als das Schiff in Alexandria anlegte, schneite. Seit hundertzehn Jahren zum ersten Mal, erfuhr meine Großmutter, schneite es in Ägypten. Und ausgerechnet an diesem Tag mußte sie in Ägypten ankommen.«
Auch bei Judith sei es so gewesen, daß sie die kleine Hand förmlich verfolgt habe. Sie hätte es zeitweise richtiggehend darauf angelegt, den Talisman zu verlegen oder zu verlieren. Aber er sei nicht zu verlieren gewesen, sei immer wiedergekommen, bis vor zwei Jahren, da sei er endgültig verschwunden, scheinbar, kurz nach ihrer Heirat mit Jakob Schwalbe. Sie habe schon gedacht, der Talisman sei eifersüchtig geworden und für immer fortgegangen.
»Aber vor zwei Wochen, am 15. Oktober, finde ich ihn wieder. In der großen chinesischen Vase, die dort steht, waren immer getrocknete Zweige. Am 15. Oktober habe ich die Zweige weggeworfen. Sie waren ganz verstaubt und fast zerfallen. Am Boden der Vase klirrte etwas. Es war die Messinghand.«
Judith Schwalbe erzählte noch mehr von ihrer Großmutter. In Wien habe die Gräfin Sprintzenstein gelebt, wenn sie nicht auf Reisen war. Zehn Jahre war ihre Großmutter Vorleserin bei der Gräfin, von 1898 bis zu ihrer Heirat 1908. Die Gräfin hatte eine Loge in der Oper, und da habe auch die Großmutter alle die Aufführungen jener großen musikalischen Zeit miterlebt, allerdings immer nur die dritten Akte. Die Großmutter mußte nämlich die Gräfin zum Heimfahren abholen. Auch den dritten Akt der Silvestervorstellung 1899 habe sie

miterlebt: *Die Fledermaus.* Sie erinnerte sich gut daran. Auch der Kaiser war in der Oper. Den Frosch spielte Alexander Girardi. Der Dirigent war Gustav Mahler.
Als es fünf Uhr geworden war, verabschiedete sich Albin Kessel. Judith begleitete ihn hinaus.
»Und viele Grüße an Schwalbe«, sagte Kessel.
»Danke«, sagte Judith. »Ich weiß auch nicht. Er wird wohl irgendwo aufgehalten worden sein.«
Geht er auch nachmittags zum ›Schachspielen‹? dachte Kessel.
»Sagen Sie«, fragte Judith schon unter der Tür, »wie hieß das Mädchen?«
»Welches Mädchen?«
»Das Mädchen mit dem Messingherz?«
»Julia«, sagte Kessel.
»Julia –«, sagte Frau Schwalbe.

»Auch der Anfangsbuchstabe des Vornamens«, sagte Kurtzmann, »sollte am besten mit dem Klarnamen übereinstimmen, also mit dem Vornamen des Klarnamens. Das ist zwar nicht direkt Vorschrift, aber es ist üblich. Daß die Initialen gleich sind, wegen dem Monogramm auf dem Koffer und den Taschentüchern, und damit dem Hotelpersonal nichts auffällt.«
»Ich habe keine Taschentücher, auf die ein Monogramm gestickt ist, und den Koffer nehme ich von meiner Frau.«
»Also mir ist es gleich«, sagte Kurtzmann, »dann nehmen Sie die Initialen von Ihrer Frau. Daß mir jedenfalls nichts passiert.«
Er gab Kessel ein Papier. Es war das Formular für den Antrag auf einen Deckpaß. – Deckpaß, hatte Kessel gesagt, kommt mir vor wie der Ausweis der Zeugungsfähigkeit für einen Beschälhengst.
»Einen was?« hatte Kurtzmann gefragt.
Baron von Güldenberg, als Balte, hatte natürlich gewußt, was ein Beschälhengst ist. Sie hatten selber einige gehabt, die Güldenbergs, im Baltenland, seinerzeit, wo, wie Güldenberg mit verschleierten wasserblauen Augen ab und zu erzählte, »wo

wir vormittachs auf de Jachd jegangen send, und nachmittachs hat der Vater det Jesinde jepäitscht.«
»Dann sagen Sie halt Reisepaß auf Decknamen«, sagte Kurtzmann, drückte das Formular Kessel in die Hand und wandte sich zwei Stücken Schwarzwälder Kirschtorte zu.
Der Deckpaßantrag war eine der Vorbereitungen für eine Fahrt nach Wien. Es sollte die erste ausländische Dienstreise Kessels werden. (Einige kleinere Dienstreisen im Inland hatte Kessel schon hinter sich.) Die Vorbereitungen waren aufregend, nicht wegen Kessels Deckpaß, sondern weil es eine förmliche Operation werden sollte, ein Großeinsatz. Ungefähr alle halbe Jahre, hatte Kurtzmann erklärt, fände so etwas statt. Man lasse Aufgaben, die nicht unbedingt termingebunden waren, zusammenkommen und erledigte sie dann in ein paar Tagen auf einmal. Gefahren würde im Dienstwagen. Mitkommen müßten außer ihm, Kurtzmann, Güldenberg, er – Kregel – und Luitpold; Bruno würde mit der Bahn fahren. Warum, würde Kregel noch erfahren. Am 8. Dezember, das war ein Mittwoch, würde man abfahren. Voraussichtlich käme man am Samstag, den 11., zurück.
Kessel ging in sein Zimmer. Der Antrag war ein normales Formular, wie es auf den Paßämtern verwendet wird, nur daß dieser Antrag natürlich an die Zentrale in Pullach geschickt werden mußte und dort auf geheimen Querwegen einem Vertrauensmann eines Paßamtes zugeleitet würde.
KREGEL schrieb Kessel in die Spalte *Familienname; Vorname:* da schrieb Kessel ANATOL STURMIUS RATBOD und fügte nach einigem Nachdenken JOHANNES hinzu. Anatol hatte er sich überlegt, als er in sein Zimmer zurückging, die anderen Vornamen entnahm er dem Jahreskalender der *Süddeutschen Zeitung*, der – noch von seinem Vorgänger her – unter der bräunlich-roten gummierten Schreibunterlage am Schreibtisch lag. Geburtstag: 29. OKTOBER 1930. Der 29. Oktober war ein Lieblingsdatum Kessels. Der 29. Oktober war der Geburtstag des fiktiven Komponisten Otto Jägermeier, den er vor ein paar Jahren zusammen mit Jakob Schwalbe zwar nicht erfunden, aber sozusagen aus- und aufgebaut hatte. Es gab ein kleines Büchlein, das Schwalbe einmal irgendwo antiquarisch

gekauft hatte, eine Sammlung zum Teil sehr geistreicher Aufsätze des späteren ersten Richard Strauss-Biographen Max Steinitzer. Eine der Arbeiten war eine gutmütige Richard Strauss-Parodie und hieß *Jägermeieriana.* Steinitzer tat in dem Aufsatz so, als habe es diesen Komponisten Otto Jägermeier wirklich gegeben, eine Art Über-Richard-Strauss. Jägermeier habe, referierte Steinitzer, einige nahezu überdimensionale Symphonische Dichtungen geschrieben, zum Beispiel *Die Titanenschlacht,* eine Symphonische Dichtung mit ungewissem Ausgang, der je nach Aufführung verschieden sein konnte. Außer dem normalen großen Symphonieorchester waren für diese Symphonische Dichtung zwei zusätzliche Bläserchöre erforderlich, einer davon auf der Empore postiert. Gegen Ende des Musikstückes mußten die unteren Bläser (die Titanen) gegen die oberen anblasen, dann sogar versuchen, hinaufzuklettern, die Empore quasi zu entern, während die oberen Bläser (die Götter) versuchen mußten, die Angreifer nicht heraufzulassen oder wieder hinunterzublasen. Die größere Blaskraft entschied den Ausgang des Kampfes und des Musikstückes. (Es waren sogar scheinheilige Notenbeispiele angegeben, von denen eins beim näheren Hinsehen als *Solang der Alte Peter* zu identifizieren war.) Weitere Symphonische Dichtungen hießen laut Steinitzer *Psychosen, Die Erdbeben des Jahres 1901* und *Grundzüge der transzendentalen Analytik nach Kant* für Großes Orchester, Soli, Chor, Orgel und obligatem Universitätsprofessor sowie *Meerestiefe,* ein Werk, das in bisher unbeackertem Grenzgebiet der Musik zur systematischen Zoologie angesiedelt war. Bei der Aufführung der *Meerestiefe* mußte der Dirigent bei jedem Motiv eine Tafel mit der genauen wissenschaftlichen Bezeichnung des musikalisch geschilderten Tieres in die Höhe halten, zum Beispiel (auch da gab es bei Steinitzer ein Notenzitat): *Zwei Seenadeln (Anguillus graziosus Hertwig)* und *Schwarzer Tiefseetintenfisch (Grandoculus Niger).*

Albin Kessel schlug Schwalbe, der damals für den Ergänzungsband von Riemanns Musiklexikon arbeitete, vor, diesen Jägermeier in das Lexikon zu schmuggeln. Es gelang. Die für einen Lexikonartikel erforderlichen Daten, soweit sie

nicht aus Steinitzers Parodie ersichtlich waren, erfand Kessel, ebenso die Literaturangaben. Heute steht Jägermeier im Riemann, jeder kann nachlesen. Den Geburtstag Jägermeiers setzte Schwalbe auf den 29. Oktober fest.
29. OKTOBER 1930 – das Geburtsjahr Kregels mußte ja laut unerfindlicher Vorschrift mit dem Kessels übereinstimmen. Geburtsort: REYKJAVIK, schrieb Kessel. Für einen Isländer wäre das nichts Besonderes, in Reykjavik geboren zu sein, aber wenn ein Deutscher so weit weg zur Welt gekommen ist, gibt ihm das von vornherein einen eleganten Anstrich. Kessel wäre gern in Reykjavik geboren, also sollte wenigstens Kregel dort geboren sein. Beruf: BESCHÄLMEISTER.
Kessel ging wieder hinüber zu Kurtzmann und brachte ihm das Formular. Kurtzmann hatte seine zwei Schwarzwälder Kirsch aufgegessen und wischte sich gerade den Mund ab.
»Lassen Sie sehen«, sagte Kurtzmann und las. »Vier Vornamen? Das sind ja unmögliche Vornamen. Johannes lasse ich mir eingehen, aber Anatol, Sturmius und Ratbod? Haben Sie die erfunden?«
Kessel holte den Kalender aus seinem Zimmer und zeigte auf die Namen.
»Hm«, sagte Kurtzmann, »trotzdem. Diese albernen Namen lassen die uns oben nicht durchgehen.« Kessel dachte an die lange zurückliegende Szene beim Standesamt und der Geburt seiner älteren Tochter und wollte sich innerlich zum Kampf um Anatol, Sturmius und Ratbod rüsten, da kam Herr von Güldenberg herein. Kurtzmann trug dem Sicherheitsreferenten das Problem vor. Güldenberg vermittelte. »Anatol«, sagte er, »kann man lassen. Mein zweitältester Bruder hat auch Anatol geheißen.« Das überzeugte Kurtzmann. »Sturmius und Ratbod, Herr Kregel, würde ich Ihnen nicht empfehlen. Vermeiden Sie alles, was auffällt. Sie tragen ja auch keine roten Hosen, zum Beispiel. Als Geheimdienstmitarbeiter trägt man keine roten Hosen.«
Kurtzmann strich also STURMIUS und RATBOD.
»Den Geburtstag«, fragte dann Kurtzmann, »können Sie sich den merken? Das ist wichtig. Mir ist da einmal eine saudumme Sache passiert. Ich hatte einen Deckpaß dabei und

gab ihn bei der Anmeldung dem Portier. Dann füllte der Portier den Anmeldezettel aus. Zum Glück wußte ich den Namen und Vornamen auswendig, aber das Geburtsdatum wußte ich nicht mehr. Wie wollen Sie einem Portier erklären, daß Sie Ihr Geburtsdatum vergessen haben? Der merkt doch sofort, daß da irgendwas nicht stimmt. Ich stellte mich schwerhörig, um Zeit zu gewinnen, um mich zu ihm über die Theke beugen zu können, aber der Kerl hatte seine Hand auf den aufgeschlagenen Paß gelegt, grad dorthin, wo das Geburtsdatum stand. Ich zermarterte mir das Hirn, während der Portier immer ungeduldiger wurde und ich mich weiter schwerhörig stellte. Aber es fiel mir nicht ein, was ich für ein Datum in diesem Deckpaß – ich hatte mehrere – eingetragen hatte. Endlich wußte ich mir nicht anders zu helfen und tat so, als hätte ich verstanden, der Portier habe nach der Paßnummer gefragt. Ich riß ihm förmlich den Paß wieder weg und sagte die Paßnummer, dabei schielte ich natürlich nach dem Geburtsdatum – ich sage Ihnen: ich habe Blut geschwitzt. Und die ganzen vierzehn Tage in dem Hotel mußte ich den Schwerhörigen weiterspielen ... also, damit Ihnen so etwas nicht passiert, nehmen Sie am besten den Geburtstag Ihrer Frau oder den Hochzeitstag oder sonst ein Datum, das Sie sich sicher merken können –«

»29. Oktober kann ich mir merken«, sagte Kessel.

»REYKJAVIK«, sagte Kurtzmann, »Sie spinnen, Kregel.«

»Reykjavik ist auch eine rote Hose«, sagte Güldenberg. Kessel ließ sich auf Kopenhagen herunterhandeln.

Bei BESCHÄLMEISTER lachte zwar Herr von Güldenberg, empfahl aber dringend, statt dessen ›kfm. Angest.‹ zu schreiben.

»Jetzt ist so viel durchgestrichen«, sagte Kurtzmann, »daß man ein neues Formular ausfüllen muß. Da.« Er zerriß das alte und gab Kessel ein neues. »Schauen Sie, daß es mit dem Mittagskurier noch nach Pullach geht. Erfahrungsgemäß dauert es acht Tage, bis der Paß kommt. Und heute ist schon der 29. Am 8. fahren wir.«

Aber da war noch eine Schwierigkeit: das Paßbild. Kessel hatte vorgeschlagen, daß er zu einem Photoautomaten gehen

würde, wo man die Bilder nach zwei Minuten bekommt. Aber Herr von Güldenberg hatte abgewunken: erstens sei das mit den Sicherheitsvorschriften nicht vereinbar, zweitens gälten solche Bilder bei den Paßstellen nicht und drittens: »– wollen Sie vielleicht die Paßphotos selber zahlen? Der Dienst zahlt Ihnen auch nichts Zusätzliches.« Bruno sollte die Photographien machen. Bruno, der Techniker, hatte ein komplettes Photolabor in der Dienststelle. Jede Dienststelle hat so ein Photoatelier, ob sie es brauchte oder nicht. Die Dienststelle Gesangverein brauchte es selten. Bruno war zwar kein gelernter Photograph, aber er war – wenn er nüchtern war – nicht ungeschickt und recht anstellig, was man dem großen, dicken Mann mit seinen Fingern, von denen jeder dick wie eine Regensburger war, gar nicht zugetraut hätte. Als Kessel das zweite Formular ausgefüllt hatte, ging er zu Bruno, der vor etwa einer halben Stunde von Luitpold zum Dienst geholt worden war. Bruno war zwar nüchtern (für seine Begriffe nüchtern), aber dennoch nicht bereit, das Paßphoto zu machen. Er saß breitbeinig und mit gequältem Ausdruck auf einem Stuhl in der Mitte seines Zimmers, das einzige Zimmer der Dienststelle – außer Küche und den anderen Nebenräumen –, das nach hinten zum Hof und auf eine große Brandmauer hinausging.
Bruno schüttelte auf die Anfrage Kessels hin, die immerhin, wenn man es genau nimmt, eine dienstliche Anfrage war, müde den Kopf und achtete auf gewisse Vorgänge in seinem Inneren.
»Es kann sein«, sagte er und ächzte, »daß ich in die nächsten zehn Minuten auf'n Abort muß. Kann sein. Hoffentlich«, quetschte er dann noch heraus.
Das bedeutete, daß man die Toilette etwa zwei Stunden nicht mehr benutzen konnte: eine halbe Stunde, weil so lange die Sitzungen Brunos dauerten, und weitere eineinhalb Stunden fürs Lüften. In dringenden Fällen war die Belegschaft so gezwungen, die Toiletten des gegenüberliegenden Gärtnerplatz-Theaters zu frequentieren, was allerdings nur möglich war, wenn die Vorverkaufskasse offen hatte. Sonst war das Theater zugesperrt, und beim Bühneneingang paßte ein Por-

tier auf. Kurtzmann hatte Bruno schon mehrmals angehalten, seine Verdauung nach den Vorverkaufszeiten des Gärtnerplatz-Theaters zu richten. Aber Bruno war schwer an Disziplin zu gewöhnen, selbst in einfacheren Dingen. Kessel sollte bald ein Lied davon singen können.
Das Paßbild war erst am Nachmittag fertig. Der Antrag auf den Deckpaß KREGEL, Anatol Johannes, kaufm. Angest., geb. 29. 10. 1930 in Kopenhagen, ging erst mit der Morgenkurierpost am nächsten Tag nach Pullach. Dennoch kam der Paß rechtzeitig, am 6. Dezember. Kessel beschloß, als er den Paß zum ersten Mal in der Hand hielt, in Zukunft nicht nur seinen eigenen, sondern auch Kregels Geburtstag zu feiern. Daß es dazu nur einmal kommen und wie traurig es enden sollte, konnte er damals natürlich nicht ahnen.

»Immer der Bruno«, sagte Herr Kurtzmann am 8. Dezember um halb zehn Uhr. »Es ist doch immer das gleiche. Jedesmal. Jedesmal! Frau Staude, holen Sie mir rasch noch eine Holländer Kirsch. Soviel Zeit ist noch, leider.«
Alles war in Reisevorbereitungen begriffen und in heller Aufregung. Herr von Güldenberg, der in einem, wie er allen Ernstes sagte, Reiseanzug erschienen war, der jeder Sicherheitsvorschrift spottete, weil er seinen Träger auffallen ließ wie einen bunten Hund – im Baltikum, vor dem Ersten Weltkrieg, war man vielleicht so gereist: in einem beigen Knickerbokker-Anzug mit fast knielangen Rockschößen, aufgenähten Taschen und Gürtel; Lord Whymper hat bei der Erstbesteigung des Matterhorns ungefähr so ausgesehen, dachte Kessel, sagte aber nichts –, Herr von Güldenberg mußte den ganzen Zorn Kurtzmanns über sich ergehen lassen und war, trotz aller Haltung, die der schuldbewußte Baron bewahrte, so zerknirscht, daß er die Zeitungen gar nicht las.
»Ich war nicht mehr in der Lage, Herr Kurtzmann«, verteidigte sich der Baron, »es ist über meine Kräfte gegangen.«
»Ach was –«, schrie Kurtzmann und hob die schwarzen Augenbrauen über die Ränder seiner schwarzen Hornbrille. »Sonst saufen Sie auch die ganze Nacht.«
»Nicht die ganze Nacht«, sagte Herr von Güldenberg.

»Ach was –«, schrie Kurtzmann, »einmal möchte ich erleben, daß wir pünktlich wegkommen. Wo ist die Holländer Kirsch? Staude! Staude!« brüllte er.
Kurtzmann hatte neulich angeordnet, daß Herr von Güldenberg Bruno begleiten solle. Sozusagen eine dienstliche Sauftour: da es aussichtslos war, Bruno durch irgendwelche Maßnahmen, nicht durch die flehentlichsten Bitten und nicht durch die strengsten Drohungen dazu zu bringen, von seinen nächtlichen Spaziergängen durch die Stehkneipen und sonstigen Wirtschaften abzusehen, war der Chef diesmal auf eine, wie er meinte, gute Idee verfallen. Güldenberg sollte am Abend vor der Reise nach Wien mit Bruno mitgehen und ihn gegen Morgen sanft in die Nähe der Dienststelle in einen bestimmten Stehausschank bugsieren (*Die Gondel* hieß das Lokal; es hatte zwar offiziell um vier Uhr Sperrstunde, aber Stammgäste wurden später trotzdem eingelassen), wo er dann wenigstens an diesem Tag um acht Uhr schon zur Verfügung stünde.
»Und ich habe Ihnen gestern extra noch einen freien Tag gegeben, ich Esel«, schrie Kurtzmann. »Weil Sie quasi Nachtdienst hatten. Und Brunos Zug geht um elf Uhr.«
»Elf Uhr vier«, sagte Herr von Güldenberg.
»Mit Ihren lächerlichen vier Minuten machen Sie das Kraut auch nicht mehr fett. Das schaffen wir nie. Wie spät ist es jetzt?«
»Dreiviertel zehn«, sagte Kessel.
»Das schaffen wir nie!« schrie Kurtzmann.
Es hatte sich ganz gut angelassen gestern abend. Der Baron war zwar in der Früh doch in die Dienststelle gekommen, trotz des freien Tages, aber nur, um die Zeitungen zu holen. Dann war er wieder nach Hause gefahren. Kurz vor Dienstschluß war er, wie vereinbart, wiedergekommen und hatte Bruno abgeholt.
Bruno war übrigens einverstanden gewesen mit der Regelung: im Grunde war es ihm gleichgültig, wo er soff.
Bis Mitternacht wäre es gutgegangen, erzählte der Baron in Kessels Zimmer, während Kurtzmann in dem seinen die Holländer Kirsch aß, dann aber, nach Mitternacht, habe sich

nicht nur Brunos Trinkgeschwindigkeit so rasant gesteigert, daß er, Güldenberg, nicht mehr habe mithalten können, sondern auch die Frequenz, mit der Bruno die Lokale wechselte. Bruno habe sich zwar redlich bemüht, den Baron hinter sich herzuziehen, zum Schluß habe er ihn sogar getragen – für den gewaltigen Bruno ein leichtes, namentlich angesichts des zwar langen, aber spindeldürren Güldenberg –, aber in einer Pinte mit dem Namen *Kristallgrotte* habe er dann Bruno doch verloren. Bruno saufe derart, daß selbst ein baltischer Baron seines Jahrgangs, und das sei kein schlechter Jahrgang, nicht mitkomme. Er müsse, sagte der Baron, in der *Kristallgrotte* auf einer Bank, auf die ihn Bruno abgesetzt habe, kurz eingenickt sein, und wie er wieder aufwachte, sei Bruno verschwunden gewesen. Wahrscheinlich sei es gar nicht böswillig von Bruno gewesen, wahrscheinlich habe er den Baron nur schlicht vergessen. Ein Uhr wäre es gewesen. Es sei Bruno ohnedies hoch anzurechnen, daß er sich den Baron bis ein Uhr gemerkt habe.
Es sei natürlich aussichtslos gewesen, danach Bruno zu suchen. »Wenn sich der Chef beruhigt, werde ich ihm sagen: das nächste Mal soll er selber versuchen, einen wie Bruno festzuhalten.«
Der Hauptleidtragende war aber Luitpold. Der raste von einem Lokal zum anderen. Kurtzmann hatte Luitpold gedroht, er würde ihn entlassen, wenn er Bruno nicht bis zehn Uhr fände; eine Drohung, die der alte, obrigkeitshörige Polizist ernst nahm.
Zehn Minuten nach zehn Uhr brachte Luitpold den Bruno. Es war keine Zeit mehr zum Schimpfen. Bruno verpackte das Funkgerät in einen Spezialkoffer. Bruno war wie in Trance, das heißt: in seinem normalen Vormittagszustand. Kurz nach halb elf Uhr war es soweit, daß Bruno und Luitpold den schweren Koffer in den Hof hinuntertragen konnten, wo das Auto stand. Kessel sollte Bruno zur Bahn fahren.
»Sie fahren am besten auch mit«, sagte Kurtzmann zu Güldenberg, »vielleicht bringen Sie es wenigstens fertig, ihn in den Zug zu verfrachten.«
Als Kessel, Güldenberg und Luitpold schon im Auto saßen,

der Spezialkoffer im Kofferraum verstaut war, blieb nur Bruno, ein Bein schon im Wagen, wie versteinert stehen. An seinem Gesicht war zu erkennen, daß er auf Vorgänge in seinem Inneren achtete.

»Auch das noch«, sagte Güldenberg.

Es war nichts zu machen. Bruno ging wieder hinauf, aber wenigstens beeilte er sich. Um dreiviertel elf saß er endlich und endgültig im Fond des Autos. Die Stoßdämpfer quietschten, als sich Bruno in den Sitz fallen ließ. Noch ehe Güldenberg, über Bruno weglangend, die Tür schloß, bog Kessel schon aus der Ausfahrt.

Kessel fuhr zweimal bei Gelb, einmal bei Rot über eine Kreuzung. Am Stachus bog er links ab, wo man nicht durfte. Ein Polizist pfiff. »Macht nichts«, sagte Güldenberg, »das Auto hat Deckkennzeichen.« Vor dem Bahnhof – es war zehn Uhr achtundunfünfzig – stellte Kessel das Auto im Halteverbot ab. Kessel und Güldenberg zerrten den Koffer, Luitpold den Bruno aus dem Wagen. Sie rannten zum Zug, wo der Fahrdienstbeamte bereits anfing, die Türen zuzuwerfen.

»Wir müssen ihn in einen Waggon schieben, der bis Salzburg fährt. Nicht in einen Kurswagen nach Berchtesgaden«, keuchte der Baron im Rennen. »Anders schafft es Bruno nicht.«

Die Salzburger Waggons waren natürlich ganz vorn.

Die Zugansage krächzte bereits ihr »Einsteigen und Türen schließen«.

Endlich fanden sie einen Waggon mit der Tafel »Salzburg«. Kessel riß die Tür auf. Sie schoben den Koffer hinein. Aber Bruno war nicht zu sehen. Der Zeiger der Bahnhofsuhr setzte an, auf elf Uhr vier zu springen, da sah Kessel Luitpold, der Bruno zog. Bruno hatte es geschafft, im Vorbeilaufen bei einem der Buffetwagen zwei Flaschen Bier zu kaufen.

Als der Zug schon anfuhr, schoben sie zu dritt Bruno dem Koffer nach und warfen hinter ihm die Tür zu.

»Hat er die Fahrkarte?« fragte Kessel.

»Ja«, sagte Herr von Güldenberg, »ich habe sie ihm unterwegs zugesteckt.«

Erschöpft gingen sie zum Auto zurück. Es war schon ein

Strafzettel dran. »Werfen Sie ihn weg«, sagte Güldenberg. »Das ist ein Dienstwagen. Das erledigt die Zentrale.«

Nachdem Dr. Wacholder – damals im August – trotz seiner unverhohlenen und wohl eher, wie Kessel im nachhinein immer sicherer war, echten Abneigung gegen den Bundesnachrichtendienst so geheimnisvoll getan und Kessel ausdrücklich verpflichtet hatte, niemandem etwas von dem Gespräch zu verraten, wie immer er sich entscheiden würde, hatte er auf Renates Frage: »Was wollte denn diese komische Firma Siebenschein oder wie?« geantwortet: »Ach, nichts.«
»Wegen nichts werden sie dir nicht geschrieben haben. Und dich zum Mittagessen einladen.«
»Ich soll in der Werbung mitarbeiten. Mit Texten und so.«
Das war, was Kessel damals noch nicht wußte, und wie er erst später im Geheimdienstlehrgang erfuhr, keine Lüge, sondern eine Legende. Er hatte damit – unbewußt – schon alles, was ein Spion braucht: einen Decknamen, eine Legende und zweitausend Mark Geheimgeld in der Tasche.
»Und?« fragte Renate.
»Ich werde es mir überlegen.«
Zu einem weiteren Gespräch kam es nicht, denn Kessel legte sich zu dem unseligen Nachmittagsschlaf nieder, aus dem ihn die Kröte so unsanft weckte.
Es war auch weiterhin nicht mehr von der Firma Siebenschuh die Rede. Kessel sagte nichts, und Renate vergaß die Sache wohl, bis am 15. September per Postanweisung weitere zweitausend Mark eintrafen. Renate hatte wegen der Schuleinschreibung der Kröte zwei freie Tage genommen und war also daheim, als der Briefträger mit dem Geld kam. Sie nahm sogar das Geld entgegen, weil Kessel um halb zehn noch im Bett lag.
Absender der Postanweisung war die Firma Siebenschuh.
»Die Firma Siebenschuh schickt dir Geld«, sagte Renate. »Zweitausend Mark. Die scheinen zu viel davon zu haben. Hast du denn irgendwas gearbeitet für die?«
»Zweitausend Mark?«
»Ist das ein Vorschuß?«

»Quasi«, sagte Kessel.
»Wie ich dich kenne, mußt du den Vorschuß eines Tages zurückzahlen. Bei deiner Trägheit.«
»Gar nichts muß ich zurückzahlen.«
»Hast du denn einen Vertrag gemacht, inzwischen, mit der Firma Siebenschuh?«
»Gewissermaßen.«
»Ich kann mir wirklich nicht vorstellen, was du für so eine Firma arbeiten sollst.«
»Aber die Firma Siebenschuh kann es sich vorstellen«, sagte Kessel etwas gereizt. »Sonst würden sie mir nicht das Geld schicken.«
Da Kessel gereizt geantwortet hatte, war Renate beleidigt. Sie ging fort, noch bevor Kessel dann aufstand. Zum Frühstück holte sich Kessel aus dem Supermarkt, der im übernächsten Häuserblock war, eine Flasche Sekt. Nicht einen Piccolo, sondern eine ganze Flasche, und auch nicht eine windige Supermarkt-Marke, sondern eine Flasche *Kessler Hochgewächs* für zweiundzwanzig Mark.
Am Montag darauf – nun war Kessel allein zu Hause, Renate war in ihrer Buchhandlung, die Kröte in der Schule – rief, das erste Mal seit dem Gespräch im August, Dr. Wacholder wieder an: ob Kessel morgen abend Zeit habe; ein hohes Tier der Firma (so seine wörtliche Formulierung) wolle ihn sprechen. Kessel sagte: ja, er habe Zeit. Dann, sagte Dr. Wacholder, solle er abends um halb acht am Turm der Maxburg sein.
So stand Albin Kessel um halb acht in der Dämmerung dieses späten Septembertages unter dem Turm der Maxburg und schaute abwechselnd aus den vier Gewölbebögen in die verschiedenen Richtungen. Da die Läden schon geschlossen hatten, waren wenig Leute unterwegs. Auf dem Parkplatz vor der Maxburg war noch die hölzerne Zuschauertribüne für den Oktoberfestzug vom vergangenen Sonntag aufgeschlagen. Kessel überlegte schon, ob er sich auf eine Bank dieser Tribüne setzen sollte, da kam Dr. Wacholder gerannt. Er schwenkte seine Aktentasche und war außer Atem.
»Verzeihen Sie«, sagte er, »warten Sie schon lange?«
»Fünf Minuten«, sagte Kessel.

»Dann werden wir uns gleich auf die Socken machen.«
Dr. Wacholder führte Kessel an der Maxburg vorbei zum Promenadeplatz bis zur Hartmannstraße, die eigentlich eine Hartmanngasse ist, und dann in diese Gasse hinein.
»*Schwarzwälder?*« fragte Kessel.
»Ja«, sagte Dr. Wacholder, »kennen Sie das Lokal?«
»Doch«, sagte Kessel. »In meiner Millionärszeit habe ich es öfter frequentiert. Später nicht mehr.«
Vor dem Lokal blieb Dr. Wacholder stehen, gab Kessel die Hand und sagte: »Alles Gute. Auf Wiedersehen kann ich nicht sagen, denn wahrscheinlich sehen wir uns nie wieder. Aber: alles Gute. Hoffentlich müssen Sie nie daran denken, was ich Ihnen alles gesagt habe.«
»Kommen Sie denn nicht mit herein?«
»Nein. Habe strikte Anweisungen.«
»Aber –«
»Drinnen sitzt er. Oder vielmehr: es. Das hohe Tier.«
»Ja – nur – wie soll ich wissen – es sitzen ja wohl mehr Leute im *Schwarzwälder* ...?«
»Sie brauchen nur den Oberkellner fragen, welcher Tisch für die Firma Siebenschuh reserviert ist. Abgesehen davon: ich kenne das hohe Tier auch nicht. Ich traue mir zwar zu, daß ich unter den hundert mehr oder weniger seriösen Herren, die da drin sitzen, mit tödlicher Sicherheit den Geheimdiensthengst herausrieche, aber –«, er machte eine bedauernde Geste, »Sie sollen allein hineingehen. Und: es hat geheißen: *Sie* kennen ihn. Beziehungsweise: es, das hohe Tier.«
»*Ich* kenne es?«
»Hat es geheißen. Also: alles Gute, Herr Kregel.«
»Alles Gute –«, sagte Kessel, und schon lief Dr. Wacholder wieder davon.
Mit Unbehagen ging Kessel in das Lokal. Erst gab er in der Garderobe seinen Mantel ab. »Haben Sie einen Tisch bestellt?« fragte die Garderobefrau. »Wir sind an und für sich komplett.«
»Firma Siebenschuh«, sagte Kessel.
Die Garderobefrau schaute auf einer Liste nach. »Ja«, sagte sie dann, »der zweite Tisch rechts.«

Dort saß Onkel Hans-Otto.
Im ersten Augenblick war Kessel verwirrt. Er habe im ersten Moment geglaubt – so analysierte er später Wermut Graef gegenüber die Gedanken, die ihm durch den Kopf schossen, als Onkel Hans-Otto Wünse sich erhob und mit seinem Kugelbauch fast den Tisch umwarf, weil er mit dem Rücken zur Wand saß und nicht der Stuhl nach hinten, sondern der Tisch nach vorn nachgab –, er habe im ersten Moment geglaubt, das sei nur ein Zufall, und zwar ein dummer Zufall, daß ausgerechnet Onkel Hans-Otto im *Schwarzwälder* saß, wo er sich mit einem hohen Tier vom Geheimdienst dort treffen sollte. Daß Onkel Hans-Otto das hohe Tier war, wäre ihm erst gekommen, als Onkel Hans-Otto gefragt habe: »Und, du hast's nicht geahnt?«
»Nein«, sagte Kessel, »ich hatte keine Ahnung –«
»Setz dich her«, sagte Onkel Hans-Otto, »da ist die Karte. Friß dich voll wie damals in Frankreich. Wie hat das Nest geheißen? Château-Sowieso . . . keine Ahnung mehr. Friß dich voll. Der Dienst zahlt alles«, fügte er leise hinzu.
»Einen Aperitif vorweg?« fragte der Kellner.
»Selbstverständlich«, sagte Onkel Hans-Otto. »Einen ordentlichen trockenen Sherry.«
»Dann bist du also das hohe Tier?« sagte Kessel leise, während er die Karte studierte.
»Deckname: Winterfeld«, flüsterte Onkel Hans-Otto, »also Deckname für den Verkehr mit den nachgeordneten Dienststellen. In Pullach heiße ich Walter. Wie heißt du?«
»Kregel«, sagte Kessel.
»Richtig«, sagte Onkel Hans-Otto, »ich erinnere mich wieder. Ich habe ja den Bericht gelesen.«
Der Kellner brachte den Sherry: »Sehr zum Wohl.«
Onkel Hans-Otto legte seine Speisekarte ungelesen weg und sagte zum Kellner: »Bleiben Sie gleich da.« Er drückte mit der ausgespreizten Wurstelfingerhand Kessels Speisekarte flach auf den Tisch. »Eine Speisekarte ist Firlefanz. Ein gutes Lokal hat alles, auf was man grad Lust hat.«
Der junge Kellner, der den Sherry gebracht hatte, lächelte geschmeichelt, auch der ältere Oberkellner, der hinter ihm an

den Tisch getreten war, lächelte geschmeichelt, aber auch ein Zug gastronomischer Besorgnis war in dessen Gesicht zu lesen in der Richtung: was wird denn da für eine Bestellung kommen.

»Darf ich für dich bestellen, junger Neffe?« sagte Onkel Hans-Otto. »Oder gibt es etwas, was dir heute absolut unwillkommen ist? Na, unterbrich mich, wenn's dir nicht recht ist. Also, Ober, aufgepaßt: ein Reh, klar? Also nicht ein ganzes Reh, aber einen Rehrücken.«

»Sehr wohl«, sagten beide Kellner erleichtert mit leichter Verbeugung.

»– mit Kroketten und Gemüse und pi-pa-po – klar?«

Die Kellner lächelten.

»Und vorher eine Lady Curzon, und als ersten Zwischengang ... Sie haben doch geräucherte Forellen? Sehr gut. Je zwei. Und dann noch vor dem Reh ein winzig kleines, ganz, ganz unanständiges Käseomelettchen, ja?«

»Und zu trinken –«

»Also!« sagte Onkel Hans-Otto, »jetzt lass' ich gleich den Herrn Geschäftsführer kommen. Als ob ich das erste Mal im Lokal wäre –«

»Eine Flasche *Dom Perignon?*« sagte der ältere Kellner.

»Du bist ein guter Junge«, sagte Onkel Hans-Otto und gab dem Kellner die ungelesenen Speisekarten zurück.

Onkel Hans-Otto rüttelte seinen Speck im Sessel zurecht, nippte am Sherry und sagte dann: »Es gibt Momente, da ist es eine Lust zu leben. Besonders, wenn man es nicht aus eigener Tasche bezahlen muß«, und lachte.

»Hier«, sagte er dann und reichte Kessel ein verschlossenes Kuvert. »Da ist die Adresse der Dienststelle drin, bei der du am Ersten anfangen sollst. Das ist also – heute ist Dienstag –«

»Am Freitag«, sagte Kessel.

»Ach«, sagte Onkel Hans-Otto. »Freitag anfangen ist blöd – fang am Montag an –«

»Es macht mir nichts«, sagte Kessel. »Ehrlich gesagt: ich bin sogar neugierig.«

»Dann fang am Freitag an. Es soll eine eher gemütliche Dienststelle sein, hat man mir gesagt.«

Die Suppe kam.
»M-m«, sagte Onkel Hans-Otto, »iß die Suppe. Herrlich. Es ist ökologisch unvertretbar, weil es schon so wenig Suppenschildkröten gibt. In ein paar Jahren gibt es Fangverbot. Iß, solange der Vorrat noch reicht. Ich sage immer: eßt, Kinder, eßt Schnitzel, ihr werdet noch früh genug auf Algensuppe gesetzt. Wenn Gott mir gnädig ist, habe ich mich vorher schon zu Tod gefressen, daß ich für mein Teil das nicht mehr erleben muß.«
Der Kellner schenkte den Sekt ein.
»Prost, alter Neffe. Es soll also eine gemütliche Dienststelle sein. Sie haben natürlich einen dezenten Tip bekommen, daß du irgendwie mit mir verwandt bist. Prost. Sie werden nichts sagen, aber sie werden dich gut behandeln.«
Nach den Forellen fragte dann Kessel, wie Onkel Hans-Otto, der ja in Wirklichkeit überhaupt nicht mit ihm verwandt war, dazu käme, ihm so behilflich zu sein.
»Mensch, Neffe!« sagte Onkel Hans-Otto. »Das hat doch ein Blinder zehn Schritt gegen den Wind gerochen, daß du in der Tinte sitzt. Mit diesem unmöglichen Kind. Wie heißt es?«
»Kerstin.«
»Kerstin«, wiederholte Onkel Hans-Otto und wandte sich dem Käseomelett zu, das gar nicht so klein war, und während jetzt insgesamt drei Kellner, sich gegenseitig umtanzend, begannen, den Rehrücken aufzubauen, zu zerschneiden und irgendwelche Dinge zu flambieren: »Kerstin, ein unmögliches Kind. Ich habe mir gesagt: der Junge, dieser Kessel, muß da raus, sonst geht er ein. Habe ich mir gesagt.«
Der Chef des Hauses kam nun an den Tisch und grüßte freundlich. Der Oberkellner zeigte Onkel Hans-Otto, nachdem die Kellner-Choreographie zu Ende getanzt war, den Rehrücken. »Sieht gut aus«, sagte Onkel Hans-Otto, »wenn Sie ihn uns nicht nur zeigen, wenn wir ihn auch essen dürfen, sind wir zufrieden.«
»Darf ich«, sagte Albin Kessel, »darf ich dir ein Geständnis machen?«
»Ja, was denn?«

»Du hast den Nagel auf den Kopf getroffen, und – ich hätte dir das gar nicht zugetraut.«

»Hö – hö –«, lachte Onkel Hans-Otto, »alles Tarnung. Kein Mensch traut mir irgendwas zu. Du müßtest einmal meine Frau Schwägerin über mich reden hören. ›Der Major a. D.‹, so redet sie von mir. ›Der Major a. D.‹ . . . Die Zimtziege.«

Onkel Hans-Otto biß in den Rehrücken, kaute, lehnte sich dann ein wenig zurück, verdrehte die Augen zur Balkendecke und seufzte nach einiger Zeit: »Was für ein Rehrücken! Neffe – sag selber, was ist eine Entjungferung gegen so einen Rehrücken.«

Am Nebentisch, in einer Nische, saßen vier Herren. Kessel war es schon vorhin vorgekommen, als kenne er den einen, der ganz in der Ecke saß. Onkel Hans-Otto bemerkte Kessels Blick.

»Der ausschaut wie ein englischer Offizier, der grade aus Indien kommt – wenn es so etwas noch gäbe –, das ist Herbert Asmodi. Der mit dem Rücken zu uns sitzt, der Bär, der so schön langsam redet, das ist Manfred Bieler. Der links von ihm, der mit der Glatze, der Virginia raucht, das ist, du siehst es ihm nicht an, das ist ein Geistlicher. Der Stadtpfarrer von Herz Jesu in Neuhausen. Betzwieser heißt er. Der einzige Pfarrer in München, der was von Kunst versteht. Er hat den Seewald dazu gebracht, seinen Pfarrsaal auszumalen. Man munkelt: umsonst. Den vierten, den kenne ich nicht.«

»Ich hätte mir Herbert Asmodi ganz anders vorgestellt«, sagte Kessel.

»Wie denn?«

»Irgendwie dämonischer.«

»Woher weißt du, daß ein Dämon nicht aussieht wie ein englischer Offizier, der grad aus Indien kommt?«

»Auch wieder wahr«, sagte Kessel.

Nach etwa einer Stunde war der Rehrücken aufgegessen. Die zweite Flasche *Dom Perignon* war zu dem Zeitpunkt auch schon halb geleert. Onkel Hans-Otto spießte eine einzelne Erbse von seinem Teller auf, führte sie langsam zum Mund, schmatzte sie hinein, wischte sich dann genüßlich mit der Serviette den Mund ab und sagte: »Weißt du, auf was ich mich

freue? Auf den Nachtisch. Ober! Zweimal Maronenpüree mit Schlagsahne.«
»Ich kann nicht mehr.«
»Das ist Dienst heute. Du wirst sehen: du kannst. Das Maronenpüree hier im Haus ist eine Spezialität. Iß, habe ich schon gesagt, solange du kriegst. Denk an die Algensuppe, die du einmal im Altersheim schlabbern darfst.«
Die Rede kam auch auf Dr. Wacholder. Kessel verpfiff zwar dessen unvorschriftsmäßige Werbemethode nicht, äußerte sich aber doch über dessen offensichtliche Unzufriedenheit.
»Kann man so einen Mann nicht seinen Fähigkeiten besser entsprechend einsetzen?«
Onkel Hans-Otto lachte. »Der soll froh sein, daß er *das* machen darf. Der Schlawiner.«
»Schlawiner?«
»Im Assessorexamen ist er durchgefallen. Nicht nur einmal, sondern zweimal. Das dritte Mal haben wir ihm hinten herum eine Sondergenehmigung verschafft, daß er nochmal antreten darf. Und da ist er erst recht durchgebrummt. Weil er faul ist. Ein ganz fauler Hund. Nur vier Kinder aus geschiedener Ehe hat er, und, aber nagle mich nicht auf die Zahl fest, zwei oder drei uneheliche ... und zweihundertfünfzigtausend Emm Schulden. Aus rückständigem Unterhalt. Und Prozesse am Hals. Der war kurz davor, sich aufzuhängen. Was soll der denn sonst machen? Der Dienst hat die Schulden bezahlt, und jetzt arbeitet er das Geld ab. Der soll reden –«
»Ach«, sagte Kessel, »ist der Mann dann nicht eine Gefahr? Man hört doch immer wieder von Doppelagenten –«
»Eben. Drum setzen wir ihn nur für untergeordnete Aufgaben ein. Wenn er doch endlich Doppelagent würde. Die Russen, wenn sie uns die zweihundertfünfzigtausend ersetzen, können ihn sofort haben. Lieber heute als morgen. Prost, Neffe! Du wirst noch ganz andere Typen kennenlernen. – Kaffee? Natürlich. Und – Ober – bringen Sie uns eine ›Sonate‹.«
»Sehr wohl«, sagte der Kellner.
»Kennst du die ›Sonate‹? Den gibt's nur hier. Ein ... ein ...«, Onkel Hans-Otto suchte nach einem Ausdruck,

»... . ein begnadeter Schnaps. Alkohol gewordenes Licht. Flüssiges Kristall. Eine Nachtigall an Duft, auf Flaschen gezogen. Ober – bringen Sie eine ganze Flasche. Ich kann es nicht sehen«, sagte er zu Kessel, »wenn der Kerl den Schnaps einschenkt und die Flasche wieder fortträgt.«

Gegen halb elf Uhr, nachdem Onkel Hans-Otto von einem jugoslawischen Zeitungsausträger eine *Abendzeitung*, von einem Italiener eine *tz*, von einem Sudanesen die *Süddeutsche Zeitung*, von einem Wesen, von dem man nicht erkennen konnte, ob es ein Mann oder eine Frau war, einen *Münchner Merkur* und von einem Pakistani die *Bild*-Zeitung gekauft hatte (jeweils die frische Nummer vom nächsten Tag), winkte der Onkel dem Oberkellner. Der brachte sogleich die Rechnung. Onkel Hans-Otto setzte seine Lesebrille auf, rechnete nach, unterschrieb dann und legte die Rechnung mit einem Zehnmarkschein zurück aufs Tablett. Der Kellner verbeugte sich.

»Also dann, lieber Neffe –«

»Hat euer Verein ein Konto hier im Haus, weil du die Rechnung nur unterschreibst?«

»Nein«, lachte der Onkel. »Nicht der Verein. Du hättest übrigens sagen müssen: *unser* Verein –«, er tippte auf das Kuvert, das Kessel neben sich liegen hatte, »– nicht *euer* Verein –«

»Pardon«, sagte Kessel, »ich bin es noch nicht gewöhnt.«

»Natürlich nicht der Dienst hat hier ein Konto. Eine Tarnfirma.«

»Siebenschuh?«

»Nein, nein. Eine sozusagen höhere Firma.«

Onkel Hans-Otto raffte seinen Stapel Zeitungen zusammen und klemmte ihn unter den Arm. »Also –!«

»Also!« erwiderte Kessel in der Annahme, daß das der Geheimdienstgruß sei.

»Und«, sagte der Onkel, »du wirst einen Lehrgang machen, demnächst. Das erfährst du alles dort –«, er tippte wieder auf das Kuvert. »Und danach, im Dezember, besuche ich dich einmal in der Dienststelle. Winterberg heiße ich dann. Klar?«

»Klar«, sagte Kessel.

»Also!« sagte der Onkel.
»Also!« sagte Kessel.
Noch eine Viertelstunde blieb Kessel sitzen, rauchte seine Zigarre zu Ende und grade, als er gehen wollte, kam der Empfehler.
Im ersten Augenblick glaubte Kessel, auch dieser Mann wollte eine Zeitung verkaufen oder vielmehr Postkarten wie jener Bettler vor dem *Café Hippodrom,* denn er ging von Tisch zu Tisch und verteilte Zettel. Die meisten Leute winkten ab, einige nahmen mehr oder weniger unachtsam die Zettel entgegen, nur Kessel schaute sich den Zettel näher an, was den Mann sichtlich freute.
Es war ein weißes Blatt Schreibpapier von Postkartengröße, und darauf war mit Schreibmaschine geschrieben: ›Ich empfehle Ihnen, nicht darüber nachzudenken, was es nicht gibt. Es ist sinnlos. Was es nicht gibt, gibt es nicht. Nur das Seiende ist (Parmenides).‹
Kessel schaute den Mann an. Er war das, was man früher ›ärmlich, aber sauber gekleidet‹ genannt hätte. Seine Kleidung war geflickt, aber nicht schmutzig. Kessel hatte vorher schon bemerkt, daß der Mann, bevor er ihm den Zettel gab, ihn taxierend angeschaut und dann einen aus dem Stoß Zettel in seiner Hand herausgesucht hatte, den er Kessel gab.
»Es hilft wahrscheinlich nicht viel«, sagte der Mann.
»Kostet ...«, fragte Kessel, »ich meine ... soll ich ...«
»Nein, nein«, sagte der Mann, »der Zettel kostet nichts. Ist ja auch nur eine Empfehlung. Es gibt so viel, was einem gesagt wird, daß man tun soll – ich empfehle nur.«
»Hm –«, sagte Kessel, »wollen Sie sich hersetzen?«
»Nein«, sagte der Mann, »ich stehe lieber. Die Kellner sehen es nicht gerne, wenn ich sitze.«
»Parmenides«, sagte Kessel, nachdem er den Zettel zum zweiten Mal gelesen hatte.
»Daß Sie mich nicht falsch verstehen: es ist nur eine Empfehlung. Ich möchte Sie mit dem Zettel zu nichts überreden. Ich glaube nicht, daß irgend jemand das Recht hat, einen anderen überreden zu dürfen, oder auch nur, es zu versuchen. Man

weiß ja nie, was wirklich stimmt. Man kann ja nicht vorsichtig genug sein mit seinen Überzeugungen.«
»Sie haben sich«, sagte Kessel, »da eine sehr schwere Aufgabe gestellt ...«
»Nicht der Rede wert«, sagte der Mann. »Ich schreibe sehr gern solche Zettel.«
»Haben Sie schon Erfolg gehabt? Ich meine –«
»Ob schon jemand eine meiner Empfehlungen befolgt hat? Wahrscheinlich nicht. Die meisten Leute werfen die Zettel weg.«
»Steht auf allen Zetteln das gleiche?«
»O nein«, sagte der Mann, »auf jedem Zettel steht etwas anderes. Wollen Sie noch einen?« Der Mann blätterte in seinem Blätterstapel. »Ich muß einen suchen, der für Sie paßt, so, wie ich Sie einschätze –«, er blätterte weiter. »Ja, hier –«
Auf dem zweiten Zettel stand: ›Ich empfehle Ihnen, eine Kränkung damit zu beantworten, daß Sie nichts sagen. Einmal pro Woche.‹
»Aber diese Empfehlung ist ein Durchschlag?« fragte Kessel.
»Ja«, sagte der Mann, »das ist auch eine möglicherweise wichtige Empfehlung. Die verteile ich öfter. Aber ich glaube –«, der Mann schaute sich ängstlich um, »– ich muß gehen, bevor die Kellner auf mich aufmerksam werden.«
»Ist es unbescheiden«, fragte Kessel, »wenn ich Sie noch um einen dritten Zettel bitte?«
»O nein –«, sagte der Mann und gab, da inzwischen tatsächlich ein Kellner auf den Mann aufmerksam wurde und argwöhnisch herüberäugte, ohne so sorgfältig auszuwählen wie vorher, Kessel noch rasch zwei Zettel und ging dann hinaus. ›Ich empfehle Ihnen, die Erzählung *Auf der Mantuleasa-Straße* von Mircea Eliade zu lesen‹, stand auf dem einen, ›Ich empfehle Ihnen, an Gott zu glauben, wenn es Ihnen möglich ist‹ auf dem anderen Zettel.
Als ob er dem Mann nachträglich eine Freude machen wollte, nahm Kessel seine Brieftasche heraus und legte die vier Zettel hinein. Dann ging auch Kessel. Draußen schaute er am Promenadeplatz hin und her, aber der Empfehler war nicht mehr zu sehen.

Später, schon in der Straßenbahn, fiel es Kessel ein, daß er vergessen hatte, Onkel Hans-Otto zu fragen, ob er Renate in seine neue Tätigkeit einweihen solle oder dürfe. Kessel beschloß also, seiner Frau vorerst nichts zu sagen, auch nicht, daß er heute abend mit Onkel Hans-Otto beim Essen war. Er würde sagen, überlegte er, daß er mit Jakob Schwalbe beim Schachspielen gewesen wäre. Aber Renate fragte gar nicht, konnte gar nicht, denn sie schlief schon.
Erst am Donnerstag beim Abendessen – es ergab sich günstig, daß Schäfchen an dem Tag wieder einmal auf dem Höhepunkt ihrer Heiserkeit angelangt war und nichts reden konnte – eröffnete Kessel Renate, daß er ab morgen eine feste Tätigkeit habe.
»Bei der Firma Siebenschuh?«
»Bei einem Tochterunternehmen der Firma«, sagte Kessel.
»Du und in ein Büro?«
»Warum nicht?« fragte Kessel.
»Da mußt du ja aufstehen«, sagte Renate.
»Ich stehe jeden Tag auf«, sagte Kessel.
»Ja. Aber ich glaube nicht, daß deine Firma Siebenschuh oder das Tochterunternehmen oder wer damit einverstanden ist, wenn du erst um elf Uhr kommst.«
»Ich fahre morgen mit dir hin, wenn es dir recht ist«, sagte Kessel, »dann bin ich um neun Uhr dort. Später wird man sehen.«
Am Freitag war bei G 626 schon um drei Uhr Dienstschluß. Die Stunden von neun Uhr bis dahin zogen sich für Kessel zäh hin, denn es war nicht zu verkennen, daß nicht nur keine angemessene, daß überhaupt keine Arbeit für ihn da war. Kurtzmann hatte ihn den anderen Mitarbeitern vorgestellt (mit Ausnahme von Bruno, der ja um neun Uhr noch nicht da war, und mit Ausnahme von Frau Kurtzmann) und dann einen Überblick über die Tätigkeit und Aufgaben der Dienststelle gegeben, den Kessel aber, weil sich Kurtzmann des Geheimdienstjargons bediente, nicht verstand. Nur soviel war Kessel klar, daß von irgendwoher irgendwelche Meldungen kamen, die in der Dienststelle auf spezielle Formulare geschrieben und dann nach Pullach weitergeschickt wurden.

Von Pullach kamen nach einigen Tagen Bewertungen der Meldungen zurück.
Der Überblick, den Kurtzmann gab, nahm auch nicht mehr als eine halbe Stunde in Anspruch.
»Und was soll ich jetzt tun?« fragte Kessel.
»Hm«, sagte Kurtzmann und schrie dann: »Staude! Bringen Sie dem Herrn Kregel den Ordner vom letzten Monat. Dann können Sie«, wandte er sich wieder an Kessel, »nachlesen, was so hereinkommt und wie das gemacht wird.«
Unterbrochen von der Vorstellung Brunos, den Luitpold um halb elf Uhr brachte – im ersten Augenblick glaubte Kessel, daß Bruno nur so tue, als erkenne er ihn nicht wieder, später aber war es ihm klar, daß es wirklich so war –, blätterte nun Kessel in dem Ordner, zunächst neugierig, dann, als er die ersten drei Dutzend der eher kärglichen und unzusammenhängenden Meldungen gelesen hatt, lustlos, bis die Mittagspause kam. Er ging zum Essen zum *Murr* ins Rosental und dann ins *Café Frech*, um Kaffee zu trinken. Als er um halb zwei zum Gesangverein zurückkehrte, erbarmte sich Herr von Güldenberg Kessels und gab ihm die Zeitungen, soweit er sie selber schon gelesen hatte.
Um drei Uhr war Kessel so müde, als habe er für den Geheimdienst Kohlen getragen.
Er schlenderte durch die Stadt.
»Jeder Freitagnachmittag ist ein kleiner Herbst in der Stadt«, hatte Wermut Graef einmal gesagt. Er meinte damit: das Leben weiche aus der Innenstadt. Der Freitagnachmittag in der Stadt ist eine Zeit für Genießer. Das Verkehrsgetümmel verlagert sich zusehends nach draußen. Alles flieht, als kämen feindliche Bomber. Die Cafés und Restaurants sind leer. Fast still ist es um diese Stunde am Marienplatz und am Stachus. Die Verkäufer langweilen sich in den Läden und warten nur, bis auch sie freigelassen werden, was dann gegen sechs Uhr zu einem zweiten Verkehrsgetümmel führen würde, das aber dann schon wieder langsam in den Vergnügungs- und Theaterrummel des Abends übergeht.
Kessel ging über den Marienplatz, dann am Dom vorbei zum Promenadeplatz. Im *Palaiskeller* aß er eine Frittatensuppe

und sechs Bratwürste mit Sauerkraut und trank zwei Pils. Der *Palaiskeller* war so gut wie leer. Es zog. Dennoch blieb Kessel fast zwei Stunden sitzen. Um halb sechs zahlte er und brach auf, um in die Buchhandlung zu gehen, wo Renate arbeitete. Er würde sich, überlegte er, noch ein wenig in der Buchhandlung umschauen, was es so Neues an Büchern gab, und dann um sechs mit Renate heimfahren.

Aber er machte noch einen Umweg. Dabei sah er in einem Schaufenster eines Ladens in der Maxburg den goldenen Anzug.

Er habe, sagte Kessel viel später an einem ›aufrichtigen Dienstag‹ zu Wermut Graef, viel später, als der goldene Anzug längst den ihm sicher nicht vorgezeichneten, merkwürdigen Weg gegangen war, an einem der ›aufrichtigen Dienstage‹, die nach zweijähriger Unterbrechung wiederaufgenommen wurden, nachdem Kessel aus Berlin wieder nach München zurückgekehrt war, er habe, erzählte da Kessel und blickte weit in sich hinein und zurück in eine fast schon ferne Vergangenheit, er habe damals, als er den goldenen Anzug im Schaufenster des Geschäftes in der Maxburg habe liegen sehen oder besser: hängen (halb hängen, halb liegen, genauer gesagt), da habe er irgendwie das Gefühl gehabt, wenn er Renate diesen Anzug kaufe, dann entschuldige er sich damit quasi dafür, daß er ihr nicht vom Geheimdienst erzähle. Zweihundertfünfzig habe der goldene Anzug gekostet, ein Sündengeld, selbstverständlich, exakt ein Achtel des Salärs vom Geheimdienst, also gut eine halbe Woche abgedienter Langeweile. Außerdem sei der Anzug das Geld wahrscheinlich nicht wert gewesen. Auch die anderen Sachen im Laden hätten ihm überteuert geschienen.

Der goldene Anzug war eigentlich kein Anzug, sondern eine Art durchgehende Hosen-Jacke, ein overall- oder monteuranzugähnliches Kleidungsstück, wie es im Jahr 1976 alta moda war, nur daß dieser Anzug aus weitmaschigem Netz war, aus Goldfäden gehäkelt, am Körper eng anliegend, um die Ärmel und die Hosenbeine weit.

Er habe nie im Leben, sagte Kessel zu Wermut Graef, ein Kleidungsstück gesehen, das so aufregend gewesen sei. Wenn

er damals richtig überlegt hätte, hätte er wissen müssen, daß das ganz und gar kein Kleidungsstück für Renate sei. Das heißt: eigentlich sei es schon ein Kleidungsstück für Renate gewesen, denn Renate habe eine blendende, eine förmlich brillante Figur, einen festen, nicht zu kleinen, aber sehr sehenswerten Busen, einen äußerst reizvollen Hintern, sehr hübsche Beine und so weiter ... leider zeige sie sich viel zu selten, höchstens für einen Moment im Schlafzimmer, bevor sie in ihr flanellenes Nachthemd schlüpfe, oder in der Badewanne, obwohl sie es auch da nicht arg gern sähe, wenn er, Kessel, dann ins Badezimmer gehe und sich die Zähne putze und dabei im Spiegel zu Renate hinschiele. Eigentlich also doch, recht besehen, ein Kleidungsstück für Renate, vielleicht ein Kleidungsstück wie geschaffen für Renate, nur eben leider kein Kleidungsstück nach dem Geschmack von Renate. Renate trage am liebsten immer das gleiche, und das so lang wie möglich, bis es so abgewetzt sei, daß man es beim besten Willen nicht mehr tragen könne, und dann kaufe sie sich ein möglichst ähnliches Stück und trage das, bis es zerfällt.
»Und Julia wäre anders?« fragte Wermut Graef.
Kessel sagte nichts, aber er wußte zu dieser Zeit schon, daß Julia anders war, nicht nur in diesem Punkt.
»Ich gebe zu«, sagte Kessel, »daß mich wahrscheinlich zwei Motive leiteten. Zwei ineinander steckende Motive, wie Schale und Kern ineinander steckend. Das innere Motiv war: der Anzug ist so aufregend, daß er selbst Renate hinreißt und sie gewissermaßen zu ihrer eigentlichen körperlichen Bestimmung (im optischen Sinn) hinführt. Dieses Motiv war durch die Schale verdeckt: daß er als Sühne für die Lüge gekauft würde. Vielleicht«, sagte Kessel, »war der Vorgang in mir noch komplizierter, vielleicht habe ich mich selber belogen, vielleicht zweimal in konträrer Richtung. Auch zwei Lügen können sich aufheben. Vielleicht war mein Entschluß sogar durchaus ehrenhaft, wer kann so was schon sagen ... eins jedenfalls war mir klar: während der goldene Anzug eher freudlos, wenngleich glitzernd da im Schaufenster halb hing, halb lag, während ich das sah, hatte ich schlagartig vor den inneren Augen Renate in diesem Anzug; Renates brillanten

Körper, in diesem Anzug, Renates Pfirsichhaut durch die Maschen dieses aufregenden Gitters schimmernd –«

»Nicht Julia –?« fragte Wermut Graef.

»Ja«, sagte Kessel, »das heißt: nein. Nicht Julia.«

»War Julia zu heilig?«

»Vielleicht«, sagte Kessel. Vielleicht sei Julia, der Gedanke an Julia zu heilig gewesen. Vielleicht aber sei der Anzug auch nur zu konkret gewesen, zu nahe da, als daß er mit Julia in Verbindung gebracht hätte werden können.

»Weil es Julia in Wirklichkeit nicht gibt«, sagte Graef.

»O ja«, sagte Kessel. »Julia gibt es.«

Albin Kessel hatte keine Scheu vor Läden, die etwa Jakob Schwalbe als Weiberläden bezeichnete. Jakob Schwalbe, sosehr er alles an Weiblichkeit, soweit sie hübsch war, schätzte, machten mehr als eine Frau unsicher. »Gleichzeitig«, betonte Schwalbe, »hintereinander nicht.« Es sei ihm unmöglich, erklärte Schwalbe oft, sich als Eigentümer eines Harems vorzustellen. Zwei Frauen um sich zu haben oder gar mehr, allein mit mehreren Frauen zu sein, der sprichwörtliche Hahn im Korb zu sein, sei ihm schlichtweg unerträglich. Läden, in denen auf weiblichen Kauf gerichtete Artikel geführt wurden und womöglich weibliches Personal bediente, Parfümerien, Boutiquen oder Wäschegeschäfte, zu betreten, mutete sich Schwalbe nicht zu. Oft mußte das Kessel besorgen, der sich da gar nichts dabei dachte, allein in einen solchen Laden zu gehen und angesichts mehrerer Verkäuferinnen und Kundinnen als einziger Mann für Schwalbes ›Schachabende‹ ein teures Parfum oder ein Paar exquisiter Damenstrümpfe oder gar ein erotisierendes Unterhöschen zu kaufen. So betrat er auch ohne Scheu den Laden in der Maxburg (er war der einzige Kunde), erkundigte sich versiert nach der Größe des Anzuges und versicherte sich, daß er gegebenenfalls umgetauscht werden könne. Die Verkäuferin fischte mit einem Besenstiel, an den vorn ein Haken eingeschlagen war, den Anzug aus dem Schaufenster. Kessel blätterte das Geld hin und bekam den Anzug in einer scharlachroten Papiertüte gereicht.

»Was hast du denn da gekauft?« fragte Renate und las die Aufschrift auf der Tüte.

Kessel hatte es eigentlich erst zu Hause zeigen wollen. Aber er war so voll von der Aufregung, die dieser Anzug ausstrahlte, daß er es nicht über sich brachte. Er öffnete, noch bevor sie in der Tiefgarage der Vereinsbank hinter der Salvatorkirche, wo ein paar bevorzugte Angestellte der Buchhandlung ihre Parkplätze hatten, die Tüte und zog den goldenen Anzug heraus.

»Für wen soll das sein?« fragte Renate.

»Für dich«, sagte Kessel.

»Für mich?« fragte Renate.

Kessel hielt den Anzug Renate hin. Sie nahm ihn aber nicht. Sie sagte nur: »Kannst du dir irgendeine Gelegenheit denken, wo man das tragen könnte?«

Kessels Laune sank, erst langsam, dann immer schneller, fiel von Etage zu Etage in die finstersten Gründe.

Während sie schon im Auto saßen und Renate aus der Tiefgarage nach oben chauffierte, während Kessel eigentlich schon wußte, daß er im finstersten Grund seiner Laune angelangt war, gab sein Hirn noch nicht ganz auf: »Doch«, sagte er, »ich wüßte schon Gelegenheiten –«

»Nicht einmal im Fasching«, sagte Renate. »Jedenfalls nicht ich.«

»Aber du könntest ihn wenigstens probieren«, sagte Kessel.

»Das sieht aus wie St. Pauli«, sagte Renate. »Aber gut, wenn es dir gefällt, kann ich es ja probieren. Nur, darf ich es vorher waschen? Erlaubst du doch? Es sieht ja richtig unappetitlich aus. Wie St. Pauli –«

Eine Woche, genau eine Woche lag der goldene Hosenanzug auf der Schlafzimmerkommode. Er glitzerte so, daß Renate ihn unmöglich übersehen konnte. Vielleicht verdrängte sie ihn, sagte Kessel später zu Wermut Graef. Mag sein . . . eine Woche habe er ihn dort liegengelassen. Als am Freitagabend danach der Anzug immer noch ungewaschen dort lag, räumte ihn Kessel weg.

Gestern, am Abend vor der Reise nach Wien, vor der ersten größeren Dienstreise, hatte Albin Kessel kurz noch einmal überlegt, ob er nicht doch Renate in den wahren Charakter seiner neuen Tätigkeit einweihen solle. Es war nach dem

Abendessen. Die Familie – wie Renate unter ständigem, allerdings seit einiger Zeit schon nur mehr innerem Protest Kessels sagte – saß im Wohnzimmer. Schäfchen hatte den Fernsehapparat sehr laut gedreht, weil sie neuestens über Ohrenschmerzen klagte und darüber, daß sie nicht richtig höre, wenn der Apparat nicht ganz laut gedreht war. Renate strickte einen Pullover für Schäfchen. Sie hatte, bevor sie damit anfing, Kessel einige Handarbeitszeitschriften mit Modellen vorgelegt, die für Schäfchen in Frage kamen. »Es muß eine kräftige Farbe sein bei ihrer blassen Haut. Was hältst du von diesem gestreiften Pullover in Rot und Blau?« Nichts auf der Welt war Kessel gleichgültiger als die Frage, ob die Kröte in Rot-Blau oder in irgendeine Farbe gekleidet würde. »Es gibt Leute, denen steht keine Farbe«, war Kessel nahe daran zu sagen, sagte es aber nicht, sondern nur: »Mm – ja«, und schrieb sich im Geist einen Pluspunkt gut.
Von neun Uhr an begann Renate mit der Kröte über das Schlafengehen zu verhandeln. Die Kröte tat, als höre sie nicht, und verfolgte einen Bericht über die Wiederwahl Kurt Waldheims zum Generalsekretär der Vereinten Nationen. Als Renates Verhandlungen gegen zehn Uhr endlich Erfolg hatten und Renate mit dem Kind in Kessels ehemaligem Arbeitszimmer verschwand, um das Schäfchenlied zu singen, war Kessel eigentlich schon zu müde für eine grundsätzliche Eröffnung über seine neue Tätigkeit, aber dennoch hielt er seinen Entschluß aufrecht. Aber als Renate zurück ins Wohnzimmer kam, fiel Kessel der goldene Anzug wieder ein, der jetzt zwischen seinen Socken und Taschentüchern versteckt in der unteren Schublade der Schlafzimmerkommode lag – Renate hatte nie auch nur mit einem Wort danach gefragt; vielleicht, meinte Kessel, hatte sie ihn so sehr verdrängt, daß sie ihn gar nicht vermißte –, und nun schien ihm, daß die Zeit für eine Beichte eigentlich schon vorüber sei. Die Frage, warum er das nicht früher gesagt habe, hätte er ihr nicht mehr beantworten können.
»Wir besuchen morgen die Außenstelle der Firma in Wien«, sagte Kessel.
»Wo?« fragte Renate.

»In Wien.«
»In Wien? Dann bist du zum Abendessen gar nicht da?«
»Am Samstag komme ich wieder«, sagte Kessel.
»Und das sagst du mir heute erst?«
»Der Chef hat mir erst heute nachmittag eröffnet, daß ich mitfahren muß«, log Kessel.
»Ihr seid eine wirklich komische Firma«, sagte Renate und strickte weiter am blau-roten Pullover für die Kröte.
Allem Anschein nach wäre Renate an dem Abend – vielleicht als eine Art Abschiedsgeste – bereit gewesen, mit Kessel zu schlafen. In Kessel regte sich aber keine Begierde. Er dachte an den abgewiesenen goldenen Hosenanzug und stellte sich so, als sei er sofort eingeschlafen. Auch dafür schrieb er sich einen Punkt gut. (›Ich empfehle Ihnen, eine Kränkung damit zu beantworten, daß Sie nichts sagen.‹)

Kurtzmann chauffierte. Er chauffierte fahrig und schlecht, schimpfte ständig auf andere Autofahrer und hatte zudem die Unsitte, auch während des Fahrens seine Schwarzwälder Kirsch- oder Sachertorten zu essen (er legte das Gebäck zu dem Zweck auf einen Pappteller auf seinen Schoß und löffelte mit der linken Hand), er könne es, sagte er, absolut nicht haben, daß ein anderer das Auto fahre, in dem er reise.
Luitpold saß vorn neben Kurtzmann und schlief. Kessel und Herr von Güldenberg saßen hinten.
Die Autobahn war fast leer. Ein blauer Föhnhimmel überspannte den Wintertag und arbeitete die Konturen der Berge mit einer Schärfe heraus, als sähe man die Schrunden und Schroffen durch ein Fernglas. In der Ebene lag noch kein Schnee, aber dort, wo vormittags die Sonne nicht hingekommen war, lag Rauhreif. Hie und da im Aiblinger Moos stand noch ein bunter Baum, die goldenen Blätter in silbernen Reif gefaßt, die letzte Erinnerung an den Herbst.
»Und was macht Ihre Wohnung?« fragte Kurtzmann, nachdem er die Holländer Kirsch gelöffelt und den Löffel und den Pappteller zu Luitpold hinübergereicht hatte, der kurz aus seinem Schlaf aufschreckte, aber sofort wieder einschlief.
»Meinen Sie mich?« fragte Güldenberg.

»Ja«, sagte Kurtzmann.

Herr von Güldenberg hatte vor einiger Zeit eine Lastenausgleichsnachzahlung bekommen und sich davon eine kleine Eigentumswohnung in Neu-Perlach gekauft.

»Was mich dran stört«, sagte Herr von Güldenberg, »ist die Adresse. Karl-Marx-Ring. Ich glaube nicht, daß es in Moskau einen Henry-Ford-Ring gibt. Aber in München müssen sie eine Straße Karl-Marx-Ring nennen.«

»Die sozialistische Stadtverwaltung«, seufzte Kurtzmann.

»Und dann der Müllschlucker –«

»Funktioniert er nicht?«

»Doch«, sagte Herr von Güldenberg. »Nur ist vorige Woche ein Schreiben der Hausverwaltung gekommen: leere Flaschen dürfen nicht in den Müllschlucker geworfen werden.«

»Ja«, sagte Kurtzmann, »und?«

Güldenberg verstand die Frage nicht.

»Ich meine«, sagte er dann, »daß man keine leeren Flaschen mehr in den Müllschlucker werfen darf. Ich frage Sie: wozu dann ein Müllschlucker?«

Als die Dienstfahrt nach dem Chiemsee für eine kurze Rast unterbrochen wurde, trübte sich das Wetter ein, aber es begann nicht zu schneien. In Salzburg regnete es in Strömen. Der Gasthof *Zum Blauen Bären* auf der jenseitigen Salzachseite, nahe der Andrä-Kirche und gegenüber dem Schloß Mirabell, war fast leer. Ein mürrischer Hausknecht in grüner Schürze trug das Gepäck hinauf. Kurtzmann, der sogleich einen ›Treff‹ hatte, nahm ein Taxi und fuhr davon. Die anderen sollten mit dem Dienstauto Bruno vom Bahnhof abholen.

Der Zug kam pünktlich um zehn nach eins, aber Bruno kam nicht. Weder Güldenberg noch Luitpold zeigten sich überrascht. Güldenberg ließ Luitpold und Kessel im Auto warten und rannte in den Bahnhof. Nach einer Viertelstunde kam er wieder heraus. Er hatte den Kellner des Buffetwagens ausgefragt. Bruno war ja nicht schwer zu beschreiben. Der Kellner erinnerte sich: der Herr habe schon in Rosenheim die Vorräte des Wagens ausgetrunken gehabt, habe dann verschiedene Lieder gesungen und sei in Prien ausgestiegen. Seinen Koffer habe er mitgenommen.

»Wenigstens das hat er nicht vergessen«, keuchte Güldenberg und ließ sich ins Auto fallen.
»Und jetzt?« fragte Luitpold, der nun chauffierte.
»Ins Hotel«, sagte Herr von Güldenberg. »Es hilft nichts anderes als warten.«

Herr von Güldenberg und Albin Kessel saßen in dem, was der eher billige Gasthof *Zum Blauen Bären* als Salon bezeichnete. (Luitpold hatte den Herrn Baron um Erlaubnis gebeten, spazierengehen zu dürfen. »Aber kommen Sie um vier Uhr wieder«, hatte Güldenberg gesagt. »Jawohl, Herr Baron.«) Außer den beiden saß niemand in den verschwitzten und speckigen Polstersesseln. In einer Ecke stand ein Fernsehapparat, der aber jetzt abgedreht war. Auf einem Tisch lag ein Stapel alter, zerfledderter Illustrierter. Draußen regnete es immer noch. Um diese Zeit, so außerhalb der Saison, sparte das Haus an Heizung. Der Baron saß in seinem abgetragenen grauen Tuchmantel da, sogar den Gürtel hatte er geschlossen. Ein Gummibaum rankte sich an das wohl selbst bei besserem Wetter spärliche Licht. Das einzige Fenster des Salons ging auf einen Treppenhausschacht hinaus.
Güldenberg hatte ein paarmal nach einem Kellner geschrien, aber es war niemand gekommen. »Wollen Sie auch einen Grog, Herr Kregel?« fragte er dann und stand auf. »Ja«, sagte Kessel. Güldenberg ging hinaus und verhandelte mit dem unwilligen Portier, der aber dann doch zwei Portionen lieblosen Grog brachte, das heißt: zwei Gläser mit heißem Wasser, zwei winzige Fläschchen Rum und zwei Zitronenschnitzel in vernickelten halbmondförmigen Pressen mit Griff.
»Für das, was diese Bestie unter Grog versteht«, sagte Herr von Güldenberg fröstelnd auf baltisch, »hätte ihn mein Vater verprügeln lassen, mein Großvater vielleicht noch köpfen.«
Er schüttete den Inhalt des Rumfläschchens ins heiße Wasser und rührte um. »Hoffentlich kommt Bruno, bevor der Chef zurück ist, sonst gibt es wieder einen Krach.«
»Warum in aller Welt«, sagte Kessel, »hat man den Bruno mit der Bahn fahren lassen? Warum haben nicht wir das Funkgerät mitgenommen?«

»Sie tun so, als hätten Sie noch nie etwas von den Sicherheitsbestimmungen gehört. Sie waren doch auf dem Kurs?«
»Ja, schon«, sagte Kessel, »aber es wäre doch viel sicherer gewesen, das Funkgerät im Auto mitzunehmen. Da schaut doch kein Grenzer nach?«
»Möglich«, sagte der Baron. »Möglich, daß das sicherer wäre, als diese Alkoholkugel mit Locken damit loszuschikken. Aber es entspricht eben nicht den Sicherheitsbestimmungen. Sehen Sie: wer ist unser Feind? Der Russe? Nein. Der Staatssicherheitsdienst der DDR? Nein. Das sind unsere Gegner, aber nicht unsere Feinde. Unsere Feinde sind in erster Linie unsere eigenen Behörden: die Post, vor der wir unsere Fernschreiber-Zerhacker verstecken müssen, das Finanzamt, vor dem wir hinter Legenden verstecken müssen, was wir unseren Quellen zahlen, der Briefträger, der Kaminkehrer . . . alle die sind unsere Feinde. Und die Grenzer, unsere eigenen Grenzer.«
»Aber dann verstehe ich immer noch nicht, warum ausgerechnet Bruno, der unzuverlässigste . . .«
»Ich glaube, Herr Kregel, Sie wissen nicht, daß Sie sich mitten in einer nachrichtendienstlichen Operation befinden?« sagte der Baron.
»Doch«, sagte Kessel.
»Eben. Es gibt einen deutschen Grenzer hier, der ist in die Operation eingeweiht, und einen österreichischen. Bruno kommt nur unangefochten mit seinem Funkgerät über die Grenze, wenn dieser deutsche Grenzer *und* dieser österreichische Grenzer gleichzeitig am Bahnhof Dienst haben. Das ist im ganzen Monat Dezember nur heute zwischen zwölf und zwei der Fall.«
Es war das erste Mal in seiner Geheimdienstzeit, daß Kessel angesichts dieser konspirativen Situation ein wenn auch bescheidener, nachrichtendienstlicher Schauer über den Rükken lief.
»Eine Zeit-Schleuse von zwei Stunden«, sagte der Baron und versuchte, noch ein paar Tropfen Rum aus dem Fläschchen in den Grog tropfen zu lassen. »Und nur Bruno kennt beide Grenzer. Es war alles genau geplant.«

»Ach so«, sagte Kessel, »darum war es so wichtig, daß Bruno den Elf-Uhr-Zug erwischte.«
»Genau«, sagte Güldenberg.
»Und jetzt ist der ganze Plan futsch«, sagte Kessel.
»Eben«, seufzte Güldenberg. »Und es ist nur zu hoffen, daß Bruno kommt, bevor der Chef zurück ist.«
»Aber wie kann Bruno das dann schaffen, mit dieser überaus auffallenden Kiste? Bei nicht eingeweihten Grenzern?«
»Bruno ist ein Rätsel«, sagte Güldenberg fast träumerisch. »Und je mehr man über ihn nachdenkt, desto rätselhafter wird er einem. Haben Sie schon einmal überlegt, wie er das schafft mit seiner Sauferei? Eben. Vollkommen rätselhaft. Man möchte meinen: kein Mensch hält das auf die Dauer aus. Dieses Leben. Wann schläft Bruno? Das weiß niemand. Ich vermute: er schläft, während er von einer Kneipe zur anderen geht. Niemand, möchte man meinen, hält das aus. Aber die Tatsache ist, Sie sehen's ja selbst: Bruno hält es aus.«
»Sie meinen, er bringt das Gerät auch über die Grenze?«
»Ohne Zweifel«, sagte Güldenberg, »nur hoffe ich, daß er vor dem Chef kommt. Sonst gnade Gott.«

Bruno war noch nicht da, als um drei Uhr der Chef zurückkam. Die Situation aber, wenigstens für den Augenblick, war dadurch gerettet, daß Kurtzmann, schon bevor er die Sache mit Bruno erfuhr, wütend war. Er warf ein papierenes Tragtäschchen mit der Aufschrift ›Conditorei Hofmüller‹ so unsanft auf den Couchtisch, wie er sonst Gebäck nicht behandelte, ließ sich schimpfend in einen der speckigen Clubsessel fallen, schrie nach dem Kellner und schimpfte weiter.
Daß Güldenberg ihm erzählte, Bruno sei nicht gekommen, nahm Kurtzmann offenbar gar nicht richtig wahr. Er sagte nur: »Das auch noch«, schrie noch einmal nach dem Kellner, und als der nicht kam, zerriß er grob das papierene Tragtäschchen und begann die drei Stück Sachertorte aus dem Papier mit den Fingern zu essen.
»Was sich dieser Verbrecher denkt«, schimpfte er.
»Rathard?« fragte Güldenberg.
»Natürlich Rathard, wer denn sonst.«

»Deckname oder Klarname?« fragte Kessel versiert.
»Deckname«, sagte Kurtzmann, »aber nicht mehr lange. Klarname Meier. Verbrecher.«
»Ist er nicht zum Treff gekommen?« fragte Güldenberg.
»Das ist das zweite Mal! Im Juni war es auch so. Da hat er dann behauptet, er habe Grippe bekommen. Ich möchte wissen, wer im Juni Grippe bekommt.«
»Jetzt ist Dezember«, sagte Kessel, »jetzt könnte –«
»Reden Sie doch keinen Schwachsinn«, fuhr Kurtzmann Kessel an. »Und im Frühjahr irgendwann hat er es mit Bruder genauso gemacht.« (Bruder war der Vorgänger Kessels in der Dienststelle Gesangverein gewesen. Er war im September in die Zentrale nach Pullach versetzt worden; Kessel kannte ihn nur aus Erzählungen.)
»Er weiß«, sagte Güldenberg, »wie wichtig er für uns ist. Und schließlich: er macht es gratis.«
»Gratis oder nicht«, schrie Kurtzmann, »wir werden den Verbrecher abschalten.«
Rathard, Klarname Meier – auch ihn kannte Kessel nur aus Erzählungen –, war im Krieg eine SS-Charge gewesen, der rätselhafterweise nie irgendwo wegen der Dinge, die er während der Nazi-Zeit angestellt hatte, zur Rechenschaft gezogen worden war. Er hatte sich nach 1945 ein paar Jahre in Salzburg versteckt. Danach, als sich die Verhältnisse wieder etwas gesetzt hatten, hatte er sich als Möbelgroßhändler hier niedergelassen. Seine Liebe aber galt nach wie vor dem ›Führer‹.
Erfolgreich als Möbelgroßhändler, konnte er es sich leisten, mit großzügigen Spenden alle irgendwie rechtsgerichteten Parteien in Österreich und in der Bundesrepublik zu unterstützen. Seine politische Überzeugung ist damit hinlänglich umrissen: die bayerische CSU war ihm zu links. Die unterstützte er nicht.
Rathard war Abonnent aller rechts-faschistischen Käsblätter, sein Hauptanliegen aber war die Arbeit für den Bundesnachrichtendienst. Schon in den frühen fünfziger Jahren war er mit der damaligen Geheimdienst-Organisation in Verbindung getreten und hatte seine Dienste angeboten. Die Dienste

waren sehr wertvoll, weil sie erstens unentgeltlich waren – Rathard/Meier arbeitete dafür aus reinem Idealismus – und weil die Möbeltransporte der Fa. Meier, Salzburg, eine unschätzbare Hilfe waren, Briefe, Pakete, ja ganze Funkgeräte und sogar Leute über die damals noch von den Besatzungen kontrollierten Grenzen zu schaffen.
Die eigentliche große Zeit Rathards aber kam nach 1955, als die Russen in Salzburg eine Handelsvertretung errichteten. Daß die Russen mit dem Land Salzburg wenig Handel trieben, sah auch ein Blinder. Was die personell unglaublich stark besetzte UdSSR-Handelsvertretung in Salzburg (zeitweilig waren dort an die hundert Russen beschäftigt) machte, war klar. Aber zur Tarnung mußten die Russen ab und zu doch so tun, als trieben sie Handel. Sie veranstalteten Ausstellungen von sowjetischer Volkskunst oder über den Chruschtschowschen Maisanbau und gaben jeden zweiten Monat einen Cocktail in den Räumen der Handelsvertretung.
Auch Meier/Rathard, dessen Vergangenheit die Russen entweder nicht erforscht hatten oder die ihnen gleichgültig war, wurde immer zu diesen Cocktails eingeladen, weil er Mitglied des deutsch-österreichischen Kaufmannscasinos war, sogar zeitweilig Präsident. Meier/Rathard schätzte nicht nur den hervorragenden Wodka und den Krimsekt, den die Russen bei solchen Gelegenheiten in Strömen fließen ließen, er schätzte auch – eine merkwürdige Übereinstimmung sonst gegensätzlicher, ja feindlicher Ansichten, die aber nicht nur bei Rathard/Meier zu beobachten ist – die Sauberkeit und Ordnung in der russischen Handelsvertretung und die Tatsache, daß die jungen Sowjetmenschen tip-top angezogen waren und ganz kurze Haare hatten, außerdem Respekt vor dem Alter, lauter Meier/Rathardsche Werte, die er in der Welt, die ihn sonst umgab, nirgends mehr fand. So sind es die merkwürdigsten Umwege, wie Meinungen zueinander finden, sozusagen hinten herum, so, wie Kolumbus meinte, Indien gefunden zu haben. Für Rathard/Meier waren seine Arbeit für den Bundesnachrichtendienst und die Cocktails in der russischen Handelsvertretung die einzigen Inseln einer heilen Ordnung in einer Zeit, die ihm nur noch als Sumpf erschien.

Daß er mit seinen Berichten über die Beobachtungen in der Handelsvertretung die eine dieser Inseln an die andere verriet, machte ihm offenbar kein Kopfzerbrechen, auch nicht, als er sich mit dem damaligen stellvertretenden Leiter der Vertretung, einem Herrn Wladimir Alexejewitsch Speranskij, richtiggehend anfreundete. Speranskij war nun – das war schon Anfang der sechziger Jahre – häufig Gast bei Meier/Rathard und trank dort Kalterer See und Williamsbirne, die nun Meier seinerseits in Strömen fließen ließ. Ob Speranskij, der offenbar wirkliche Sympathien für Meier empfand, seine nahen Kontakte mit dem Deutschen vor seinen eigenen Genossen geheimhielt oder ob auch er die eine Insel an die andere kleinweis verriet, ohne sich dabei Gedanken zu machen, war natürlich nie zu erfahren. Wahrscheinlicher ist wohl das zweite, und so dürfte das Innenleben der beiden Kumpane aus den Lagern von Feuer und Wasser mit der ihnen als alte Kommißköpfe wohl geläufigen Formulierung: ›Dienst ist Dienst und Schnaps ist Schnaps‹ auf dem kleinsten gemeinsamen Nenner gebracht sein, wobei der Begriff Schnaps wörtlich zu nehmen war.

Bei aller Dummheit Rathard/Meiers war er natürlich schlau genug (oder vorsichtig genug), nicht gerade ein bekränztes Hitlerbild in sein Wohnzimmer zu hängen. Aber Bismarck hing dort, ein Bild von Feldmarschall Rommel, der Alte Fritz, das Schlachtschiff *Scharnhorst* und so fort, vor allem aber Bilder des Hausherrn aus großer Zeit. Den Ehrenplatz nahm ein Ölgemälde ein, das Rathard/Meier nach einer Photographie hatte anfertigen lassen: es zeigte ihn, wie er in voller SS-Uniform auf einem Hügel stand, einen Fuß auf einen umgefallenen Baumstamm gestellt, mit beiden Fäusten hielt er ein großes Fernglas, blickte aber scharf und mit unbewaffnetem Auge in die Ferne. Dort brannten ein Dorf und ein russischer Panzer. Der Feldherr Meier; obwohl er nur Sturmführer (also im Leutnantsrang) gewesen war. Man fragte sich unwillkürlich angesichts dieses Bildes, wieso Hitler den Krieg verlieren konnte.

Genosse Wladimir Alexejewitsch betrachtete, als er das erste Mal in Meiers Wohnung kam, das Bild sehr aufmerksam, und Meier erschrak einen Moment und überlegte, ob er es nicht besser weghängen hätte sollen. Aber Speranskij sagte nur (er sprach natürlich fließend deutsch): »Ein schönes Bild. Sind das Sie?«

»Ja«, sagte Meier. »Mogilow, 1944.«

Speranskij war etwas jünger als Meier, etwa fünfundfünfzig damals. Auch er war Soldat gewesen. Er rechnete nach und kam drauf, daß auch er 1944 bei Mogilow gestanden hatte, auf der anderen Seite, versteht sich. Mit Tränen in den Augen tauschten sie sodann ihre konträren Kriegserinnerungen aus, duzten sich noch am gleichen Abend und nannten sich Kamerad. Nachdem Frau Meier – eine Salzburgerin, die Meier nach seinem Wiederauftauchen geheiratet hatte – schlafen gegangen war, holte Meier seine alten Kriegsalben, schob die Gläser und Flaschen beiseite, und legte sie auf den Tisch. Mit sichtbarer Fachkenntnis blätterte Speranskij darin, und die Stimmung wurde noch gerührter. Das nächste Mal, versprach Speranskij seinem Kameraden, werde er seine Alben mitbringen.

Als sich Speranskij sehr spät in der Nacht verabschiedete, umarmte er Meier und küßte ihn:

»Gut – gut ...«, sagte er, »wir chaben aufeinander geschossen ... gut, gut, daß wir nicht getroffen chaben!«

»Dem Himmel sei Dank«, sagte Meier und küßte die Backe des Sowjetmenschen.

Objektiv gesehen war die nachträgliche Befürchtung der beiden alten Kämpfer unbegründet. Weder der SS-Sturmführer Meier noch der Politoffizier Speranskij standen so nahe an der Front, daß eine ernsthafte Gefahr bestand, sie hätten sich gegenseitig erschießen können.

Nachdem Rathard/Meier als Quelle, die Zugang zur Sowjet-Handelsvertretung in Salzburg hatte, für den Bundesnachrichtendienst ein goldenes Ei geworden war und auch, weil nach der kühnen, wilden Anfangszeit nichts mehr so primitiv auf Möbeltransporten geschmuggelt wurde – was außerdem den Sicherheitsbestimmungen in keiner Weise mehr entsprochen hätte –, wurde Meier/Rathard nur noch als V-Mann für die Beschaffung geführt, nur hie und da übernahm er den Transport eines besonders heiklen Briefes von Salzburg nach Freilassing.

Als 1969 »ein Norweger« (wie Rathard sagte) Bundeskanzler und somit oberster Chef des Bundesnachrichtendienstes wurde, verlor Meier/Rathard das Interesse am Dienst. Es war damals schon Kurtzmann, der ihn seitens des Geheimdienstes betreute (führte, wie der Fachausdruck lautet). Kurtzmann mochte so viel reden, wie er wollte, daß erstens die SPD/FDP-Koalition gar nicht von langer Dauer sein *könne*, daß die wirklich wertvollen Erkenntnisse nie und nimmer einem Sozi weitergegeben würden und daß innerhalb des Dienstes politisch alles beim alten geblieben sei: Meier/Rathard hatte das Vertrauen verloren, arbeitete zwar nach wie vor, aber schikanierte Kurtzmann, so wie es nur ging. Er konnte sich launenhaft zeigen, soviel er wollte, weil er ja immer darauf zu verweisen vermochte, daß er unentgeltlich arbeite.

Als dann Meiers Freund Speranskij versetzt wurde (war seinen Vorgesetzten die Intimität des Genossen mit dem Klassenfeind zu weit gegangen?), machte Kurtzmann den Vorschlag nach oben, den alten Kommißkopf abzuschalten. Er schrieb einen flammenden Bericht, in dem er alle Untugenden des V-Mannes Rathard (DN) schilderte. Aber es half nichts. Von oben kam die Weisung, daß er weitergeführt werden müsse.

»Aber jetzt reicht es«, schimpfte Kurtzmann. »Ich werde einen neuen Bericht schreiben, daß dem Hiesel die Ohren wakkeln.« (Hiesel war der für Gesangverein G 626 zuständige Vorgesetzte in Pullach.) »Läßt mich geschlagene drei Stunden warten. Im Regen. Dieser Verbrecher. *Was* sagen Sie?« wandte er sich an Güldenberg, »der Bruno ist nicht mit seinem Zug gekommen?«

Güldenberg schüttelte den Kopf. Kurtzmann fauchte nur. Die Wut über Meier/Rathard hatte Kurtzmanns Wutfähigkeit erschöpft. Es war nicht zu verkennen, daß Herr von Güldenberg insgeheim seinem Schöpfer für die Unzuverlässigkeit des V-Mannes Rathard dankte.

»Und was schlagen Sie vor?« fragte Kurtzmann.
»Warten«, sagte Güldenberg.
Kurtzmann sprang auf. Er hatte seine drei Sachertorten gegessen, knickte die zerrissene Papiertasche zusammen und warf sie in eine leere Bodenvase. »Sie haben auch laufend geniale Ideen«, fauchte er.
»Was sollen wir sonst machen?« fragte Güldenberg.
Kurtzmann wandte sich zornig an Kessel: »Sie waren doch auf dem Kurs. Was schlagen Sie vor?«
»Warten«, sagte Kessel.
»Ich geh' ins Kino«, sagte Kurtzmann, nachdem er eine Weile, in der er wohl überlegt hatte, ob er explodieren solle, Kessel angeschaut hatte. »In das Kino in der Linzer Gasse. Um vier Uhr fängt eine Vorstellung an. Sie können ja warten.«
»Dann haben wir wenigstens zwei Stunden Ruhe«, sagte Güldenberg, als Kurtzmann gegangen war. »Bis dahin wird Bruno hoffentlich kommen.«
So war es dann auch. Gegen fünf Uhr hörte man draußen ein Poltern. Bruno, durchnäßt, schleppte den Koffer herein und sank in einen Sessel. Güldenberg musterte Bruno.
»Sie haben ja nur noch einen Schuh?« sagte er dann.
»Tatsächlich«, sagte Bruno und streckte den linken Fuß, der strumpfsockend war, in die Höhe.
»Haben Sie das denn nicht gemerkt?«
»Nein«, sagte Bruno. »Der muß im Dreck steckengeblieben sein. Ist ja ein unglaublicher Dreck auf dem Weg in das Fürstbistum Salzburg. Ein Lehm. So einen Lehm habe ich mein Lebtag nicht erlebt. Alles völlig durchweicht.«
»Sind Sie denn zu Fuß gegangen?«
»Eine hundsdreckige Gegend dieses Fürstbistum Salzburg, alles voll Lehm. Alles voll Baatz. Da ist es doch wirklich kein Wunder, daß einem ein Schuh steckenbleibt.«
»Sie haben doch noch ein anderes Paar dabei?«
»Ein was?« fragte Bruno.
»Noch ein anderes Paar Schuhe? Menschenskind«, sagte der Baron fast väterlich. »Sie können doch nicht so, nicht so mit nur einem Schuh nach Wien weiterfahren?«
»Hm«, sagte Bruno und betrachtete seinen linken Fuß, an

dem ein zerrissener, durchnäßter und lehmverkrusteter Socken mehr hing als saß, »dieser verfluchte Lehm, dieser aufgeweichte.«
»Haben Sie wenigstens ein anderes Paar Socken mit?«
»Ein was?« fragte Bruno.
»Haben Sie überhaupt irgend etwas sonst mit?«
»Nein«, sagte Bruno, »in dem Koffer hat doch nur das Funkgerät Platz. Ist doch ein Spezialkoffer.«
»Sie hätten doch einen zweiten Koffer mitnehmen können, für Ihre persönlichen Sachen?«
»Hab' ich ja, hab' ich ja – Moment ...«, Bruno dachte scharf nach. »Zweiter Koffer sagen Sie?«
»Wir haben ihn doch in München zur Bahn gebracht«, sagte Kessel, »da hatte er keinen zweiten Koffer dabei.«
»Immer dasselbe, immer dasselbe«, brummte Bruno dumpf.
»Haben Sie einen Koffer oder eine Tasche oder irgendwas von zu Hause mitgenommen?« fragte Güldenberg.
»Kann sein«, murmelte Bruno.
»Dann hat er ihn irgendwo in einer Kneipe stehenlassen. Das hilft jetzt auch nichts mehr. Ein Glück, daß der Chef ins Kino gegangen ist. Wir müssen ein Paar Schuhe für Sie kaufen und ein Paar Socken.« Güldenberg stand auf und rüttelte an Bruno. »Los. Wenn der Chef Sie so sieht und wir können Ihretwegen nicht rechtzeitig weiterfahren, ist der Teufel los. Wo er ohnedies schon wegen Rathard geladen ist.«
Bruno brummte, stand aber langsam auf.
»Und dieser verdammte Luitpold ist auch noch nicht gekommen, obwohl ich gesagt habe, daß er um vier Uhr da sein soll. Daß nie einer pünktlich sein kann. Herr Kregel – jetzt stellt sich das Problem: trauen Sie sich zu, allein Bruno an allen Kneipen vorbei in ein Schuhgeschäft zu bringen? Dann passe ich einstweilen hier auf den Koffer auf. *Ich* traue es mir nicht zu. Mir reicht es von gestern nacht.«
»Und wenn wir zu zweit gehen und den Koffer ins Zimmer einschließen?« schlug Kessel vor.
»Unter keinen Umständen«, sagte Güldenberg. »Denken Sie an die Sicherheitsbestimmungen. Es handelt sich um konspiratives Gut.«

Also mußte der Koffer mitgenommen werden. Der Regen war dabei, in Schnee überzugehen. Zwar spiegelten sich die Weihnachtsdekorationen an den Läden in den um diese Jahreszeit stillen Gassen um den Makartplatz, aber von Bruno Walters berühmtem, gemütlichem ›Salzburg im Hausrock‹ war infolge des naßkalten Windes nur eine schwache Ahnung vorhanden. Es war ein Wetter, bei dem einzig Grippebazillen sich wohl fühlen. Selbst Kessel, der ja angeblich Erfahrungen mit Kälte und schlechtem Wetter in Island und Spitzbergen gesammelt hatte, fröstelte beim Anblick Brunos, der den schweren Koffer schleppte, hinkte und mit seinem ungeschützten Socken in die schneeigen Pfützen trat. Eine Zeitlang trugen Güldenberg und Kessel gemeinsam den Koffer, aber der Baron schaffte es wegen seines Ischias und seines Rheumas nur für eine kurze Weile, dann nahm Bruno wieder den Koffer. Kessel faßte zwar mit an, aber das half nicht viel, denn Bruno war so viel größer als Kessel, daß das keine Hilfe für Bruno war. Eher war es dann so, daß Bruno Kessel auch noch halb trug.

»Ich wette«, sagte Herr von Güldenberg, »daß an jeder Ecke ein Schuhgeschäft wäre, wenn wir nicht eins suchen würden.«

Sie gingen dann über die große Brücke hinüber in die Altstadt. In der Getreidegasse, hatte Kessel vorgeschlagen, müsse doch ein Schuhgeschäft sein.

Bruno hielt sich sehr tapfer. Man sah ihm an, daß er mit zusammengebissenen Zähnen an den vielen Gasthäusern vorbeiging. Gasthäuser gab es genug auf den Gassen dieser Irrfahrt, nur Schuhgeschäfte gab es nicht.

Auch in der Getreidegasse gab es kein Schuhgeschäft. Durch eine ganz enge Gasse, eher einen Durchschlupf, zwei miteinander verbundene Höfe, gingen dann die drei in Richtung Kollegienkirche. »Dort sind viele Läden«, hatte Güldenberg gesagt. In dem Durchschlupf war ein kleines Café. Dort hätte es Bruno, weil er wegen der Enge gar so nahe vorbeigehen mußte, trotz seiner Tapferkeit fast hineingesogen, und Güldenberg und Kessel mußten aus Leibeskräften ziehen, um das Unglück zu verhindern. »Nachher, Bruno«, sagte Gülden-

berg, »erst die Schuhe. Es geht auf sechs Uhr. Die Läden machen sonst zu.«
Als endlich, nach weiteren Irrfahrten, auf dem Residenzplatz ein Schuhgeschäft aufleuchtete, glaubten Kessel und Güldenberg ein Gefühl der Erlösung zu spüren und ahnten nicht, daß die eigentlichen Schwierigkeiten jetzt erst anfingen.
Bruno hatte Schuhgröße 49.
»Die gibt es nur in Maßanfertigung«, sagte die Verkäuferin. Sandalen allerdings hatten sie bis Größe 47.
»Besser als nichts«, sagte Güldenberg und kaufte die Sandalen, obwohl Brunos Fersen hinten zwei Zentimeter überstanden.
»Und ein paar Socken, nein: zwei Paar«, sagte der Baron.
»Welche Farbe?« fragte die Verkäuferin.
»Gelb«, sagte Bruno, der bis jetzt alles Anprobieren schweigend über sich hatte ergehen lassen.
»Gelb?« fragte die Verkäuferin.
»Gelb«, sagte Bruno, »andere ziehe ich nicht an.«
»Ich glaube«, sagte die Verkäuferin, »daß wir Herrensocken in Gelb nicht auf Lager haben . . .«
»Aber Bruno«, sagte Kessel, »die Socken, die Sie jetzt anhaben, sind doch auch nicht gelb.«
»Aber ab sofort will ich gelbe Socken.«
Güldenberg blinzelte der Verkäuferin zu: sie solle irgendwelche Socken holen. Dann sagte er zu Bruno: »Wenn du die Socken anziehst, die ich kaufe, dann gehen wir nachher in die *Zipfer Bierstube.*« Der Ton war wieder väterlich. Drohend aber fügte er hinzu: *»Sonst nicht.«*
Die Verkäuferin brachte zwei Paar Socken in einem ganz widerwärtigen Weinrot. »Also Bruno?« fragte Güldenberg.
»Die gefallen mir auch«, sagte Bruno weinerlich. Er sah elend aus. Seine Locken klebten naß an seinem Walroßkopf.
»Brav«, sagte der Baron.
Die Verkäuferin wandte sich ab, als Bruno den einen Schuh auszog und die Socken wechselte. Mit spitzen Fingern nahm sie den einen Schuh und die zerrissenen Socken. »Soll ich das einpacken?« fragte sie.
»Werfen Sie's weg«, sagte Güldenberg nach kurzem Überle-

gen. Dann zahlte er, und gleich darauf gingen die drei in Richtung *Zipfer Bierstuben.* Bruno zog wie ein Pferd, das den Stall riecht.

»Im Vertrauen gesagt«, sagte Herr von Güldenberg zu Kessel, als Bruno grad einmal auf die Toilette gegangen war, »nicht, daß Sie meinen, Sie werden Bruno los, wenn Sie erst einmal in Berlin sind.«
Das war die Antwort auf einen Stoßseufzer Kessels gegen elf Uhr abends. Natürlich war man längst nicht mehr in den *Zipfer Bierstuben.* Dort hatte es Bruno nur bis halb sieben Uhr ausgehalten. Dann wollte er ins *Weinhaus Moser* nebenan, aber der Oberkellner hatte sich wie ein Wachtposten in die Tür gestellt, hatte den Koffer und vor allem Brunos inzwischen natürlich wieder durchweichte weinrote Socken und saisonunangemessene Sandalen gemustert und gesagt: »Bedaure. Ist alles besetzt«, obwohl höchstens drei Leute insgesamt an den vielen weiß gedeckten Tischen saßen, wie durch die Glastür zu sehen war. Es half auch nichts, daß Bruno einige Hoch-Rufe auf das Erzhaus Habsburg-Lothringen ausbrachte. So gingen die drei ins *Café Tomaselli,* dann ins *Sternbräu,* dann in einen Stehausschank ohne Namen, dann in die *Augustiner*-Bierschwemme, um zehn Uhr war man wieder in den *Zipfer Bierstuben.* Dort war inzwischen Musik, und Bruno, der sich langsam von den Strapazen des Schuhkaufs erholte, bestellte nacheinander: *La Paloma,* den *Kaiserjägermarsch,* den *Erzherzog-Johann-Jodler,* den er unter Beifall des Publikums mitsang, und die *Toselli-Serenade,* die Bruno sogar dirigierte, und zwar, da kein Taktstock vorhanden war, mit einer seiner neuen Sandalen.
Kessel, der nun wirklich kein Feind von Gastwirtschaften war und wohl gut und gern ein Viertel seiner Lebenszeit (abgerechnet den Schlaf) in Gaststätten, Cafés und ähnlichen Etablissements verbracht hatte, Kessel spürte langsam ein Gefühl der Ermüdung. Er wußte schon gar nicht mehr, was er nach all dem Bier, Wein, Kaffee, Cognac und Sekt trinken sollte, worauf er noch Lust habe, er war heiser von der rauchigen Luft, und der Lärm dröhnte in seinem Kopf.

»Bruno ist ja ein netter Kerl, im Grunde genommen«, hatte Kessel geseufzt, »ein Original. Aber auf die Dauer ...«
Darauf hatte der Baron das oben Zitierte geantwortet.
Vor drei Wochen war nämlich Onkel Hans-Otto – Herr Winterfeld – in den Gesangverein gekommen. Der Besuch war natürlich angekündigt worden, weshalb auch Frau Kurtzmann da war. Kessel wurde in den Tagen davor mit ausgesuchter Höflichkeit behandelt. Einmal bot ihm Kurtzmann sogar eine von zwei Käsesahnetorten an, die die Staude eben geholt hatte.
Onkel Hans-Otto inspizierte alles, zeigte sich sehr zufrieden, brachte auch ein paar lobende Berichte mit, die die Arbeit der Dienststelle G 626 betrafen. »G 626«, sagte Onkel Hans-Otto/Winterfeld, »ist mein bestes Pferd im Stall. Muß ich schon sagen.«
Dann schickte er Luitpold hinunter zu seinem Auto. Der Fahrer solle ihm den Karton mitgeben. Es war ein Karton mit sechs Flaschen *Krug*. Die Staude holte Gläser. Alle setzten sich in das Chefzimmer um den runden Tisch, der dort stand.
»Dann wolln'ma mal«, sagte Onkel Hans-Otto. Kessel öffnete die Champagnerflaschen und goß ein. Es wurden ein paar Toaste ausgebracht, und dann verkündete Onkel Hans-Otto, daß er für »Herrn Kregel, meinen lieben Neffen, wie Sie wissen« eine gute Nachricht habe. Mit Wirkung vom 1. Januar 1977 an sei Kessel zum Leiter einer neu zu errichtenden Dienststelle in Berlin ernannt; mit entsprechender Gehaltsaufbesserung.
»Das nenne ich eine Karriere«, kicherte Frau Staude, die den Champagner am Nachmittag nicht vertrug.
Das heißt, fuhr Onkel Hans-Otto fort, die Dienststelle sei eigentlich schon errichtet, insofern sie das Wichtigste schon habe: eine dienstliche Bezeichnung: G 626/1, Deckname Blumengarten. Die Dienststelle G 626/1 würde, wie aus dieser Bezeichnung klar hervorgehe, zunächst als Unter-Dienststelle, als Außenstelle von G 626 geführt, solle aber allmählich erweitert und zu einer Voll-Dienststelle ausgebaut werden.
Neuerliche Toasts wurden ausgebracht.

Die neue Dienststelle sei erstens als Anlaufstelle für zwei Quellen in Berlin vorgesehen, zwei österreichische Staatsangehörige, die in Berlin lebten und in letzter Zeit sehr brauchbare Nachrichten lieferten. Der eine sei ein Schriftsteller und Journalist, der andere ein pensionierter Diplomat. Außerdem solle die Dienststelle als Funkrelais dienen.
»Am 1. Januar?« fragte Kessel.
»Spätestens 1. Februar«, sagte Onkel Hans-Otto.
Was Kessel erst jetzt, drei Wochen später in den *Zipfer Bierstuben* in Salzburg erfuhr, war, daß Kurtzmann schon am Tag darauf heftig zu rotieren begann: er setzte alle Hebel in Bewegung, um zu bewirken, daß auch Bruno in die neue Außenstelle versetzt würde. Jetzt, vorgestern, am Montag, sei der Bescheid von der Zentrale gekommen, daß das bewilligt sei.
»Und mich fragt man nicht, den Leiter der Außenstelle?« fragte Kessel.
»Kurtzmann hat in seinen Berichten geschrieben, daß Sie einverstanden wären.«
»Und Bruno? Ist der gefragt worden?«
»Bruno ist es gleichgültig, wo er arbeitet. Solange es dort genug Pinten gibt. Und das dürfte in Berlin ja wohl der Fall sein. Aber sagen Sie dem Chef ja nicht, daß Sie das von mir haben. Er wird es Ihnen erst kurz vor Ihrer Abreise sagen. Er fürchtet, daß Sie es sonst noch im letzten Augenblick verhindern könnten.«
»Und warum sagen Sie es mir dann?«
»Damit Sie es verhindern können, wenn Sie wollen. Ich nehme an, daß Sie über Ihren Herrn Onkel die Möglichkeit dazu haben. Ohne zu verraten, daß ich es gesagt habe.«
»Aber wollen Sie, Sie selber, Herr von Güldenberg, denn nicht diesen Klotz am Bein loswerden?«
»Ich bin 64. Nächstes Jahr gehe ich in Pension. Mich stört kein Bruno mehr. Und die G 626 ... ich brauche Ihnen ja wohl nichts zu sagen über diesen Saftladen. Bestes Pferd im Stall, daß ich nicht lache. Schauen Sie, daß Sie in Berlin so bald wie möglich auf eigenen Füßen stehen. Daß Sie einen ordentlichen Laden aufziehen. Ohne Bruno. Und ohne Kurtzmann, wenn es geht ...«

Bruno kam von der Toilette zurück. Kessel spürte, daß er ihn nun mit anderen Augen anschaute. Aber er war zu müde, um einen Entschluß zu fassen, ob er etwas gegen diese personelle Beigabe unternehmen solle, die da seiner schönen neuen Außenstelle G 626/1 Blumengarten ins Haus stand.
Bruno brachte Toaste auf – sofern Kessel sich richtig erinnerte – an die Erzherzöge Leopold Salvator, Ferdinand Salvator, Karl Salvator, Hieronymus Salvator und etliche andere Salvator aus (alle aus seiner Lieblingsnebenlinie Habsburg–Toscana stammend) und hörte erst auf, als ein Einheimischer am Nebentisch sagte: »Leck mi am Arsch Salvator ...« Bruno sagte, die Salzburger hätten kein echtes Verhältnis zum Erzhaus, weil sie ja erst 1815 zu Österreich gekommen seien.

Als Albin Kessel am nächsten Tag mit schwirrendem Kopf, unter rauchigen, abgestanden-alkoholischen Gedanken den Wecker rasseln hörte (er hatte ihn auf 8 Uhr gestellt), wußte er erst dann, wo er war, als er von weither, aber deutlich Kurtzmann schreien hörte.
Kessel stand rasch auf, schaute zum Fenster hinaus. Es regnete immer noch, halb schneite es aber schon. Während er sich rasierte, wusch und anzog, versuchte er sich den Verlauf des Abends zu vergegenwärtigen. Am lebhaftesten war ihm in Erinnerung, daß Bruno vor einem Stehausschank in der Nähe des Mozartsteges stand und heftig an die Tür pochte, denn drinnen war noch Licht. Der Wirt schob den Vorhang hinter der Tür zurück und schüttelte den Kopf. In dem Augenblick schlug eine Kirchturmuhr halb zwei.
»Polizeistunde«, schrie der Wirt drinnen.
»Durst», schrie Bruno heraußen.
Herr von Güldenberg hatte sich mit der Begründung, er könne nicht mehr – habe ja gestern schon, gegen Mitternacht abgesetzt und war ins Hotel zurück. Kessel hatte versucht, auch Bruno dazu zu bewegen, schlafen zu gehen. Bruno schaute Kessel nur groß und ohne Verständnis an. Kessel redete mit Engelszungen, drohte, befahl, argumentierte, flehte. Es war, als wolle er einen Berg bewegen.

Gegen zwei Uhr mußte es passiert sein: Kessel nickte kurz ein, und als er wieder aufwachte (es war in einem Nachtcafé mit Namen *Rosa*), war Bruno weg. Kessel war in dem Moment alles gleichgültig. Nein: er war sogar froh, daß Bruno weg war. Übrigens war nicht alles von Bruno weg. Seine Sandalen waren noch da, zum Glück beide. Kessel nahm sie mit, hielt ein Taxi auf und ließ sich ins Hotel bringen.
Erst am Morgen, als er sich anzog, fiel ihm der Koffer ein. Kein Zweifel – Kurtzmanns Toben unten in der Halle konnte sich auf nichts anderes beziehen. War nicht schon im *Café Rosa* der Koffer nicht mehr dabeigewesen? Kessel wußte es nicht mehr.
Im Hinuntergehen – sie hatten Zimmer im ersten Stock des Hauses gehabt – überlegte Kessel, ob er den nun noch folgenden Anpfiff als nicht ganz unverdient männlich-aufrecht ertragen, ob er auf Ausreden (auf Kosten Brunos?) sinnen, ob er – was nicht ohne Aussicht auf Erfolg sein dürfte – Kurtzmann frech die Stirn bieten und (den Onkel im Hintergrund) den Chef angreifen solle, weil der, während die nachrichtendienstliche Operation in einer gefährlichen Situation schwebte, ins Kino gegangen war; wahrscheinlich sogar in einen schweinischen Film. Obwohl diese letzte Alternative die befriedigendste gewesen wäre, verwarf sie Kessel, weil es ihm als unangemessen erschien, sich hinter einem Onkel zu verstecken, der noch dazu gar nicht sein Onkel war. Schließlich, sagte sich Kessel, war er sechundvierzig Jahre alt. Er redete zwar, wenn er nicht auf seine Ausdrucksweise achtete, von allen anderen Leuten als von den Erwachsenen, aber das durfte ihn nicht darüber hinwegtäuschen, daß er das nächste Jahr siebenundvierzig würde; näher den Fünfzig als den Vierzig. Ob er, dachte Kessel, dem Kurtzmann schlicht: Lecken Sie mich am Arsch-Salvator entgegenhalten sollte?
Der Lärm war gar nicht in der Halle, wie Kessel oben im Zimmer angenommen. Kurtzmann tobte im Frühstückszimmer. Er tobte also noch lauter, als Kessel ursprünglich gemeint.
Kurtzmann saß am Tisch und hielt Bruno, der strumpfsokkend, durchnäßt und mit gesenktem Kopf vor ihm stand, eine

Predigt. Kurtzmann rückte nach jedem Argument, das er Bruno ins Gesicht schleuderte, ein Teil seines Frühstücksgeschirrs ruckartig und spielfigurenhaft auf dem Tisch herum: die Tasse hinter die Kanne – »Sie Schweinigel!« –, die Kanne vor die Butter – »was Sie sich eigentlich denken –«, die Butter hinter die Marmelade – »Und was ist . . .« – die Zuckerdose neben die Tasse –, ». . . wenn der Koffer zum Fundamt gebracht wird . . .« – die Tasse neben die Butter – ». . . und die Gendarmerie macht ihn auf?«

Luitpold saß zwei Tische weiter und rührte in seinem Kaffee. Offenbar hatte er als Frühaufsteher die erste und heftigste Anpfiff-Welle abbekommen.

»Und . . .«, fauchte Kurtzmann – rückte den Semmelkorb hinter die Marmelade –, ». . . wo haben Sie denn Ihre Schuhe?«

Bruno wandte den Kopf und schaute zu Kessel. Dadurch bemerkte ihn auch Kurtzmann, aber bevor er neuerdings den Mund aufmachen konnte, nahm Kessel die Sandalen Brunos aus seiner Reisetasche (er hatte alles schon zusammengepackt, trug den Mantel über dem Arm) und warf sie Bruno hin.

»Danke«, sagte Bruno und schlüpfte hinein.

»Und Sie –«, Kurtzmann holte tief Atem, »und Sie, Kregel . . .«

»Lecken Sie mich am Arsch«, sagte Kessel und setzte sich an den Tisch zu Luitpold. Mit einem leichten, unfreiwilligen Pfiff entwich angestauter Atem dem Mund des Chefs, eine Art Oral-Furz.

»So . . .«, sagte Kurtzmann dann tonlos, warf die Serviette auf den Tisch, und noch ein paarmal, »so . . .«, stand dann auf und ging in sein Zimmer hinauf.

Kessel bestellte zwei Eier im Glas.

Auf der Fahrt im Schnellzug von Salzburg nach Wien hatte Kessel Zeit, darüber nachzudenken, ob er sich bei Kurtzmann nicht vielleicht doch entschuldigen solle. Er saß im Speisewagen, der fast leer war, und schaute hinaus. Es hatte zu regnen und zu schneien aufgehört, und es war kälter geworden. Die Scheibe des Waggons war eiskalt, die Metallteile draußen waren mit Reif überzogen, der Zug wirbelte trockenen, feinpulvrigen Schnee auf, so viel, daß von der Landschaft fast nichts zu sehen war. YBBS las Kessel an einem Bahnhof, an dem der Zug vorbeidonnerte. Ein Name wie für eine Stadt, in der Wichtel wohnen, dachte Kessel. Aber der frierende Fahrdienstleiter, der mit roter Mütze vorschriftsmäßig aus dem Bahnhof getreten war, war, soweit Kessel das bei der Geschwindigkeit sehen konnte, normal groß. Er trug schwarze Ohrenschützer unter der roten Dienstmütze. Auch ein Kleidungsstück, dachte Kessel, wenn man es überhaupt als solches bezeichnen konnte, das im Aussterben begriffen ist. Hosenträger waren schon so gut wie weg, sind aber rätselhafterweise wiedergekommen: die Nostalgie? Vielleicht. Aber für Ärmelschoner, Sockenhalter und Ohrenschützer war die Nostalgie offenbar nicht stark genug. Kessel hatte Ohrenschützer gehabt, aus schwarzem Filz, innen weiß gefüttert, die oben mit einem verstellbaren Stahlband zusammengehalten wurden wie ein Kopfhörer. Später hatte es dann sozusagen selbsttragende Modelle gegeben, ohne Stahlband, Ohrenschützer, in die man die Ohren eindrehte. Man hörte sehr schlecht mit diesen Dingern auf dem Fahrrad. Es war fast eine Alternative – überfahren werden beim Abbiegen oder die Ohren abfrieren lassen. Einen dieser Ohrenschützer hatte Kessel beim Umzug in Wiltruds Wohnung gefunden, als er dort seine mitgebrachten Sachen sichtete. Offenbar hatte dieser Ohrenschützer, dieses halbe Paar Ohrenschützer, Kessel durch all die Jahrzehnte nicht verlassen wollen wie die Messinghand Judith Schwalbe. Wie das Messingherz ihn – fast. Ob das Wasser auf dem Weg in das Sargasso-Meer kalt ist im Winter? Ob das Messingherz in Kälte schwimmt? Oder ist dort der Golfstrom?

Ja – sollte er sich bei Kurtzmann entschuldigen oder nicht? Sollte er sagen: Herr Kurtzmann, ich bedauere meine Entgleisung . . .?

Es war am Vormittag nicht mehr die Rede davon gewesen. Herr von Güldenberg, der bald, nachdem Kurtzmann aufs Zimmer gegangen war, zum Frühstück herunterkam, hatte

den Spezialkoffer bei sich. Er hatte ihn, als er sich gegen Mitternacht verdrückt hatte, mitgenommen im Taxi: »Ich habe es Ihnen doch noch gesagt«, sagte Güldenberg zu Kessel. Kessel erinnerte sich nicht mehr.
Kurtzmann hatte dann durch den Kellner Güldenberg zu sich ins Zimmer rufen lassen und die Anweisung gegeben: Kessel solle auf Brunos Fahrkarte mit dem Zug weiter nach Wien fahren. Bruno und das Funkgerät würden im Auto mitgenommen. Das sei sicherer so, und die Grenze habe man ja hinter sich. Ohne Zweifel eine zweckmäßige Entscheidung.
Kessel ließ sich vom Portier einen Schnellzug nach Wien heraussuchen. Obwohl reichlich Zeit bis zur Abfahrt war und der Bahnhof gar nicht weit, bestand Luitpold darauf, Kessel mit dem Auto hinzufahren. Offenbar war Kessel in Luitpolds Achtung nicht unbeträchtlich gestiegen. (Auf dem Weg zum Bahnhof zählte Kessel acht Schuhgeschäfte, zwei davon in unmittelbarer Nähe des Gasthofs *Zum Blauen Bären.* »Die sind in der Nacht erst eröffnet worden«, sinnierte der Baron, als Kessel das Phänomen später erzählte.)
Ich werde es drauf ankommen lassen, sagte sich Kessel, ob ich mich entschuldige oder nicht. Ich werde es auf die Situation ankommen lassen. Er zahlte und ging zurück in sein Abteil. Er hatte Schlaf nachzuholen. Gefahr, das Aussteigen zu versäumen, bestand nicht, denn der Zug endete in Wien-Westbahnhof. Kessel – der das Abteil für sich hatte – zog den Sitz vor, auch den des gegenüberliegenden Platzes, schlüpfte aus den Schuhen und legte sich hin, verschränkte die Arme fest um sich und drückte den Kopf in seinen Mantel.
Der Traum bestand aus zwei Teilen: der erste Traum oder Traumteil handelte in einer kleinen Hafenstadt im Süden. Es war kein richtiger Hafen, es war eigentlich nur ein Dorf mit einer primitiven Mole für Fischerkähne. Ohne es erklären zu können warum, hatte Kessel im Traum und auch danach das Gefühl, daß das Fischerdorf auf Elba war. (Er war nie auf Elba gewesen.) Eine größere Menschenmenge drängte Kessel dazu, auf einem Esel zu reiten. Das Tier stand vor ihm: ein kleiner, aber sehr feister Esel. Als Kessel draufkletterte – das Tier trug keinen Sattel –, hatte er Mühe, den Körper des Esels

mit den Beinen zu umfassen. Der Esel trottete los, die Mole entlang. Kessel spürte die animalische Wärme des Tieres in sich hochsteigen. Es war – im Traum – ein äußerst angenehmes Gefühl ...

Vielleicht lag zwischen diesem Traumteil und dem zweiten ein verbindender Traum, den Kessel aber nicht mehr erinnerte. Im zweiten Traumteil kam Kessels jüngerer Bruder – Leonhard Kessel, der Maler – und brachte einen Abreißkalender. Das sei, sagte Leonhard, der Abreißkalender ihrer Mutter gewesen. So, wie er sei, habe ihn die Mutter hinterlassen. Er sei also sozusagen auf dem Todesdatum der Mutter stehengeblieben. Das oberste Blatt zeigte den 6. Oktober. (Es störte Kessel im Traum nicht, daß das gar nicht der wirkliche Todestag der Mutter war.) Der Anblick des Kalenderblattes mit dem 6. Oktober rührte Kessel dermaßen, daß er in Tränen ausbrach. Er weinte laut, er heulte richtig los. Auch Leonhard weinte, wie von Albin angesteckt. Noch im Traum und im Traum noch während des Weinens dachte sich Kessel: immer, wenn ich diesen Kalender sehe, heule ich los, und Leonhard auch. Wenn ein Fremder das beobachtet, sagt der sich: denen braucht man nur einen alten Kalender zu zeigen, und schon brechen sie in Tränen aus ...

Als Kessel aufwachte, fuhr der Zug durch die Dunkelheit, aber aus der Art der Lichter, die draußen vorbeizogen, des Verkehrs auf den Straßen, die neben der Bahn herführten, war zu schließen, daß man sich einer großen Stadt näherte. Kessel schaute auf die Uhr: es konnte nur Wien sein. Obwohl nur noch wenig Zeit war, öffnete Kessel seine Reisetasche und nahm das Traumbuch heraus. *Elba* schlug er nach, aber dieses Stichwort fehlte. *Hafen: Verschiebe den Entschluß bis auf den übernächsten Tag.*

Kessel, der, als er nach der Tasche griff und im Traumbuch nachschlug, noch nicht ganz wach war, was schon daraus erhellt, daß er das Stichwort *Elba* als erstes suchte, wo er doch bei wachem Bewußtsein wissen konnte, daß sein Traumbuch solche Stichwörter nicht verzeichnete, wachte jetzt endgültig auf.

Den Entschluß bis zum übernächsten Tag verschieben?

Übermorgen war Samstag, da wollte man heimfahren. Sollte das die Gelegenheit einer Versöhnung sein?
Kessel blättete weiter: *Fischerkahn: siehe Kahn. Kahn: Gewinn auf Jahrmärkten. Vermeide die Zahl 3.* Das war auch keine Hilfe. Aber eigentlich waren die Kähne gar nicht der Kern des Traumes gewesen. Kessel dachte nach: waren überhaupt Kähne vorgekommen im Traum? War nicht nur der Hafen vorgekommen, der kleine Fischerhafen, in dem malerische Fischerkähne liegen, die aber auch ausgefahren sein können? Er versuchte seinen Traum, den ersten Traumteil zu rekapitulieren, aber es gelang ihm nicht, festzustellen, ob wirklich in dem kleinen Hafen Fischerkähne gelegen hatten oder nicht.
Die anderen Passagiere des Zuges begannen, in Hut und Mantel ihre Geäcksstücke an Kessels Abteil vorbeizutragen. Eine dicke Dame in einem dottergelbkarierten Mantel schob schwer schnaubend eine viereckige Kiste vor sich her, weil sie sie in dem engen Gang nicht neben sich tragen konnte.
Man fuhr schon durch geschlossene, bebaute Gegenden, öde, verregnete Vororte, die Straßenlaternen flogen vorüber, an Schranken hielten Reihen wartender Autos. Die Vorortbahnhöfe folgten rasch hintereinander.
Aber Esel, dachte Kessel, Esel ist die Hauptperson des Traumes gewesen.
Esel: Tue deinen Gefühlen keinen Abbruch. Es lohnt dir niemand.
Auch dieser Ausspruch des geliebten Buches war trotz seiner erfrischenden Schlichtheit nicht ohne Mystik. *Was* lohnt einem niemand? Daß man den Gefühlen keinen Abbruch tut? Oder war es so gemeint, daß man sich täuscht, wenn man glaubt, es werde einem gelohnt, wenn man seinen Gefühlen Abbruch tut?
Jedenfalls werde ich mich vorerst nicht entschuldigen, beschloß Kessel und packte das Buch wieder ein, nicht sofort, nicht quasi als Begrüßung. Er zog sienen Mantel an, setzte die mütze auf und ging hinaus, weil der Zug schon an den ersten Stellwerken von Wien-Westbahnhof vorbeirollte. Beim Aussteigen trat ihm die dottergelbkarierte Dame zweimal auf den

Fuß, beide Male drehe sie sich um und lächelte – wie sie meinte – gewinnend. Das dritte Mal, dachte Kessel, gebe ich ihr einen Tritt.

Herr von Güldenberg und Luitpold warteten am Perron. Herrn Kurtzmann, sagten sie, gehe es leider schlecht. Eine ganz dumme Situation. Wahrscheinlich habe er Grippe. Er liege im Hotel im Bett.

»Kommen Sie ruhig herein, wenn es Sie nicht stört, daß ich mich wieder hinlege«, hatte Dr. Jacobi gesagt, »es gibt keine Krankheit. Krankheit ist nur Einbildung.«

In der ersten Woche nach dem Geheimdienstlehrgang, als Kessel wieder in der Dienststelle Gesangverein am Gärtnerplatz arbeitet, hatte er Dr. Jacobi besucht, jenen Dr. Jacobi, den er in Bayreuth kennengelernt und der dem dicken Mann aus Mainz so übel mitgespielt hatte, und der dann am nächsten Tag mit Kessel und seiner Tochter Cornelia zurück nach München gefahren war. Auf Vorschlag Dr. Jacobis waren sie nicht gradewegs auf der Autobahn nach München gefahren, sondern hatten einen Umweg gemacht: über Donndorf und Eckersdorf an Schloß Fantaisie vorbei nach Hollfeld und dann durch das Wiesenttal bis Bamberg.

Er liebe das Wiesenttal deswegen, sagte Dr. Jacobi, weil es eine so echt deutsche Landschaft sei, ohne daß man sich dessen gleich schämen müsse. Eigentlich haben wir es ja soweit gebracht, der Vollmundige da von Bayreuth hat sein Teil wahrlich dazu beigetragen, daß ›echt deutsch‹ ein Schimpfwort ist. Aber es gibt auch, wenngleich selten, das gute Deutsche, fast möchte ich sagen: das fromme Deutsche, das einfache, schlichte ... alles, was uns die Turnerriegen und Bismarck und Willy mit der Kopfprothese ...

»Wer?« fragte Kessel.

»Kaiser Wilhelm II. Wissen Sie nicht, daß der eine Kopfprothese getragen hat? Lesen Sie Ilsemanns Erinnerungen aus Doorn, daraus geht es klar hervor.«

Das Wiesenttal ist eine sozusagen allgemein deutsche Landschaft, die deutsche Landschaft schlechthin, nicht rebenglänzendes Rheintal, nicht tosende Nordsee, nicht weiß-blau überstrahlte bayerische Alpen, sondern schlichtes, unsensationelles Deutschland: ein breites, grünes Tal, nur gelegentlich fallen sanfte, bewaldete Hügel in steilen Sandsteinwänden zum Fluß hin ab, viel Wald, die Straße, eine Brücke, eine Mühle, ein Dorf. Hier, meinte Dr. Jacobi, ist das Volkslied zu Hause. Ich mag zwar Volkslieder nicht, denn meistens werden sie von Horden zur Klampfe gesungen, aber wir dürfen den Wert des Volksliedes für die Kunstmusik nicht vergessen.

Die Sensation, wenn es in diesem stillen Tal eine Sensation gab, war die Vielfalt an Grün. Es gab Grün in allen Abstufungen: von hellem, gelblichem Grün bis zum dunklen Blau- oder fast Schwarzgrün, fahles und sattes Grün, jedenfalls alle die hunderttausend Schattierungen zwischen Gelb und Blau, die diese gebrochene und doch so reine Farbe des Lebens ergeben.

»Robert Schumann«, sagte Dr. Jacobi, »der Komponist Robert Schumann, 1810 bis 1856 –«

»Ich weiß«, sagte Kessel.

»Robert Schumann ist ohne das Volkslied nicht denkbar, aber nicht deswegen ist er wichtig. Er gilt in der Musikwissenschaft nicht viel. Ich habe oft darüber nachgedacht: warum? Erstens ist Robert Schumann der Komponist für musikalische Menschen, für Menschen mit wirklich musikalischem Gehör. Die Mittelstimmen sind wichtig bei Schumann, wichtiger als die Außenstimmen. Und die Musikwissenschaftler haben selten ein wirklich musikalisches Gehör, sehr selten. Es gibt welche, aber selten. Schumann hat uns Schubert gerettet. Er ist nach Wien gefahren und hat gerettet, kopiert, verwahrt, aufgeführt, was von Schubert dort noch in Schubladen geehrt, aber verstaubt herumgelegen ist. Stellen Sie sich vor: die Große C-Dur-Symphonie lag unkopiert, unaufgeführt, von niemandem gehört, auf einem Speicher! Stellen Sie sich das vor – wie leicht hätte da etwas passieren können . . . nicht auszudenken . . . ein Brand . . . entsetzlich, ich darf gar nicht daran denken.«

»Aber es ist nichts passiert«, beruhigte Kessel.

»Ja. Doch auch Schumann selber: ein unglaublich sorgfältiger

Komponist, er hatte das untrügliche Gespür für Qualität. Das wirft man ihm oft vor. Aber er war doch kein Pedant. Er war sorgfältig in der Inspiration. Er war von sorgfältiger Inspiration ... und auch er ist *deutsch*, ohne daß man sich des Wortes zu schämen braucht. Schon weil er persönlich alles andere als deutsch war. Er hat alles gelten lassen. Sein Traum war das Weltreich der Musik. Nicht der Großsprecher da drüben in Bayreuth war der deutsche Meister ... Schumann war es, Schumann. Aber Wagner war eben ein Genie – ein Genie der Administration. Seine größte Erfindung waren die Festspiele. Wenn er die nicht erfunden hätte, würden seine Opern heute so häufig gespielt wie die Opern Schumanns. Aber das ist ja ein alter Hut, daß Wagner nicht in erster Linie ein musikalisches Phänomen ist ...«

In Bamberg besuchten sie, auch auf Anregung Dr. Jacobis, nicht nur den Dom, sondern auch das kleine E. T. A.-Hoffmann-Museum, das von einer Gesellschaft unterhalten wurde, deren Mitglied Dr. Jacobi war. An der Kasse des Museums kaufte Dr. Jacobi ein grünes Heft, wandte sich ein wenig auf die Seite, setzte seine Brille auf und schrieb etwas in das Heft.

»Für Sie«, sagte er dann zu Kessel.

Das Heft war der 22. Jahrgang der Mitteilungen der E. T. A.-Hoffmann-Gesellschaft e. V., und Dr. Jacobi hatte darin einen Beitrag veröffentlicht: *E. T. A. Hoffmann und Italien. Geschichte einer phantastischen Liebe.* Jetzt hatte er oben links auf die erste Seite des Beitrags geschrieben: ›Für Herrn Kessel zur Erinnerung an eine Fahrt in die kleine deutsche Welt, Nikolaus Jacobi‹ und das Datum.

»Der Aufsatz ist weiter nichts Besonderes«, sagte Dr. Jacobi, als sie später wieder im Auto saßen und auf der Autobahn nach München fuhren, »E. T. A. Hoffmann war ja nie in Italien. Das Südlichste, was er je erreicht hat, war hier Bamberg. Aber wenn Sie nachdenken, wie viele seiner Erzählungen in Italien spielen ... und mit welchen glühenden Farben er Italien schildert. Es war natürlich die deutsche romantische Sehnsucht. Ich habe in dem Aufsatz nur alles zusammengetragen, was auf Italien Bezug hat in seinen Briefen ... habe

versucht, mir zu vergegenwärtigen, wie das Bild Italiens vor der brennenden Phantasie dieses schon fast unfaßbar begabten Mannes gestanden haben muß. Aber es ist schwer. Er läßt einen ja nicht an sich heran. Er baut ja seine Arbeiten wie einen Wall um sich auf. Als ob er die Interpreten und die Deuter und die Seelenforscher der Literatur foppen wollte. Recht hat er. Ich habe einmal einen Vortrag in der Akademie der Schönen Künste in München gehört – ich bekomme ab und zu die Einladungen – ein Vortrag über die Musik von E. T. A. Hoffmann von einem Herrn, der Müller geheißen hat oder Meier. Er war fassungslos, wie wenig sich da interpretieren ließ, suchte in den Schriften Hoffmanns herum, glaubte zu finden, daß das, was Hoffmann über Musik schrieb und das, was er an Musik komponierte, nicht übereinstimmte – da stand der hilflose Herr Müller draußen, und ich dachte mir: bist du nicht dümmer? Mit so wenig Witz läßt sich *dieses* Genie nicht erfassen, du Esel. Hoffe nur eins, daß der Kammergerichtsrat drüben grad was anderes zu tun hat und nicht zuhört, sonst lacht er dich aus.«
Daß Dr. Jacobi pensionierter Studiendirektor war, ging aus der Visitenkarte hervor. Nach allem, was Dr. Jacobi auf der Fahrt erzählt hatte, nahm Kessel an, daß entweder Musik oder Deutsch seine Fächer gewesen waren. Bei einer Gelegenheit, die passend erschien, fragte Kessel danach.
»Nein«, sagte Dr. Jacobi, »weder noch.«
»Sport nicht«, sagte Cornelia.
Dr. Jacobi lachte.
»Religion«, sagte er dann. »Ich war katholischer Religionslehrer. Ich bin Geistlicher.«
Kessel fuhr ihn dann bis vor seine Wohnung in der Gerner Straße nördlich des Nymphenburger Kanals und versprach, ihn bald zu besuchen, ein Versprechen, das er aber erst im November einlöste.
»Kommen Sie ruhig herein«, hatte Dr. Jacobi gesagt, »wenn es Sie nicht stört, daß ich mich wieder hinlege.« Er trug einen dunkelgrünen Samtmorgenmantel und Hausschuhe. »Es gibt keine Krankheit. Krankheit ist nur Einbildung.«
Dr. Jacobi legte sich im Wohnzimmer, das rundum an allen

Wänden voll Bücher war, ohne den Schlafrock auszuziehen, auf ein kleines Sofa und deckte sich mit einem dicken, wollenen Plaid zu.

»Gut, daß ich so klein bin«, sagte Dr. Jacobi, streckte sich aus, »sonst würde ich in dieses winzige Sofa gar nicht hineinpassen. Es ist schön, daß Sie kommen. Darf ich Ihnen etwas anbieten? Nein, nein – ich stehe schon nicht auf; Sie müssen es sich selber holen. Dort in dem Glasschrank steht eine Karaffe mit Sherry. Ich trinke nur noch Tee.«

Auf dem Tischchen vor Dr. Jacobi standen eine Kanne und eine Tasse und einige Medikamente, dazwischen, aufgeschlagen und mit dem Gesicht nach unten, ein Buch: *Brahms,* die Biographie von Neunzig.

»Das beste Buch über Brahms. Der ist ja auch schwer zu fassen, dieser späte Klassiker. Wenn es *einen* Komponisten gegeben hat, der keine einzige Note geschrieben hat, deren er nicht sicher war, dann Brahms. Ich glaube, Brahms hat sein ganzes Leben lang seinem Talent nicht getraut. Er hat immer gegen sein Talent angeschrieben. Und dabei so schöne Sachen geschrieben, denken Sie an das erste Streichsextett. Wie unbegreiflich groß muß ein Genie sein, damit so etwas dabei herauskommt, selbst wenn man *gegen* das Genie schreibt. Der wahre Brahms, der unverhüllte Brahms, der Brahms, den niemand kennt, den nur er selber gekannt hat, dieser Urwelt-Dämon Brahms muß unerträglich gewesen sein. Brahms – ein Gott mit Maske.«

»Heißt so das Buch?«

»Nein«, sagte Dr. Jacobi, »das Buch heißt anders: *Brahms. Der Komponist des deutschen Bürgertums.* Das heißt aber: der Gott mit der Maske.«

Kessel erkundigte sich höflich nach der Krankheit Dr. Jacobis und wie es, da er ja allein lebe, mit seiner Pflege gehe.

»Danke, danke«, sagte Dr. Jacobi, »einmal am Tag kommt die Haushälterin und versorgt mich für die restlichen vierundzwanzig Stunden. Was mir fehlt? Keine Ahnung. Ich habe einen ehrlichen Arzt. Er ist gekommen, nachdem er mir Blut abgezapft und es untersucht hat, und hat gesagt: Schlagen Sie mich nicht, ich weiß es nicht. Nur eins kann ich Ihnen sagen, sagte er mir: auch kein anderer Arzt wüßte es. Ist auch gleichgültig, Herr Kessel, es gibt keine Krankheiten. Waren Sie schon einmal krank? Nein. Sehen Sie, weil Sie nicht krank sein *wollen* –

Nein: das ist mein voller Ernst. Ich hatte letzte Woche hohes Fieber, und ich konnte nicht lesen, und Musik hören konnte ich auch nicht, weil das Blut so in den Ohren getobt hat. Da war ich oft stundenlang dagelegen. Da hatte ich viel Zeit, nachzudenken. Krank ist, wer krank sein will. Ich spreche natürlich nicht von Simulanten oder von Hypochondern, ich spreche von wirklich physisch Kranken. Sie haben alle irgendeinen Grund, krank zu sein. Auch die Heilung ist Einbildung, selbstverständlich. So viele eingebildete Kranke es gibt, so viele eingebildete Doktoren gibt es, in dem Sinn: daß sie sich die Heilung einbilden. Nicht *sie* haben den Patienten geheilt, der Patient wollte nur wieder gesund werden. Sehen Sie doch: es schwirrt doch überall vor Viren und Bakterien und wie das Zeug alles heißt, und wie unsauber sind die Menschen. Wie oft geben Sie einem die Hand, der vorher auf dem Klo war und hat sich nicht gewaschen. Und was essen Sie alles, ist doch alles vergiftet, die Kleidung, die wir tragen, und das Klima ... wir müßten dauernd krank sein, wir schwimmen doch in einem Meer von Krankheitserregern, von Krankheitsmöglichkeiten, tragen doch die ganzen Keime dazu ständig in uns, wir müßten dauernd krank sein, wenn die Krankheiten physische Ursachen hätten. Nein: wenn einer wirklich nicht krank sein will, ist er nicht krank, so wenig wie er einen Unfall mit dem Auto hat, auch keinen unverschuldeten, wenn er keinen haben will. Natürlich ist dieser Wille nicht immer lenkbar, und der Wille, krank zu sein, oder vielmehr: nicht gesund zu sein, ist oft gar nicht erkennbar. Meistens ist dieser Wille auch sehr komplex. Die psychosomatische Ursache der Krankheiten – was erzähle ich Ihnen: ein alter Hut. Das weiß man längst. Selbst Krebs *will* man haben, selbst Beinbrüche – die Victimologie, die Lehre von den Leuten, die Opfer sind, die dafür bestimmt sind, Opfer zu sein, die Opfer sein wollen.

Ich habe lange nachgedacht darüber: entweder will man

durch die Krankheit irgend jemandem ein Zeichen geben, jemandem zeigen, daß einem etwas fehlt; oder man will nur allgemein auffallen, wird zu lieblos von den Menschen behandelt, will endlich, daß sich jemand um einen kümmert; oder aber man will Entscheidungen entfliehen, unangenehmen, etwa beruflichen Belastungen entkommen. Oder alles auf einmal. Meist wohl alles oder zumindest mehreres auf einmal. Mit *einem* Schlamassel wird der Mensch von normaler Konstitution fertig. Die Konstellationen sind es, das Zusammentreffen mehrerer Schlamassel. Wenn die Situation nicht mehr zu bewältigen ist, wählt der Mensch den Weg des geringsten Widerstandes und wird zum Patienten. Niemand kann ihm einen Vorwurf machen. Es wäre nicht Aufgabe des Arztes, dem Patienten Tropfen und Pulver zu geben, die beruhigen alle ohnedies eher die Angehörigen und den Arzt als den Patienten, der Arzt müßte das Schlamassel beseitigen. Solange der Patient dumpf ahnend in seinem Fieberwahn weiß, daß ihm, wenn er gesund ist, die gleichen Schwierigkeiten wieder im Weg stehen werden, sieht er keinen Sinn darin, gesund werden zu wollen. Schon allein, daß Probleme durch den bloßen Zeitablauf während der Krankheit ein anderes Aussehen bekommen, kann hilfreich sein. Welche Probleme das im einzelnen sind, ist oft schwer zu erkennen. Das sind oft verdrängte und versteckte Nöte. Da müßte sich der Patient selber an die Brust klopfen.

Das ist schwer einzusehen und ist schwer, schwer zu erkennen. Man muß sich genau überlegen, wo die Steine des Anstoßes liegen: was einem im Weg steht, *nicht* gesund zu werden, nicht gesund werden zu *wollen*. Und wenn man sich nicht im klaren ist, daß es nur eingebildete Krankheiten gibt, ist es unmöglich. Unmöglich.«

»Aber es gibt doch Leute, die wirklich nicht gern krank sind –«

»Das sage ich ja alles nicht . . .«

»Dann könnte Krebs eine Analyse heilen –«

»Wahrscheinlich nicht –«

»Warum nicht?«

»Weil es so schwierig ist«, sagte Dr. Jacobi fast ärgerlich.

»Sehen Sie: einen so simplen seelischen Vorgang wie das Lachen, den Witz. Versuchen Sie zu erklären, warum Sie lachen . . . Ja. Sie kennen das berühmte Buch von Freud. Aber schon einen etwas komplizierteren Seelenmechanismus: die Freundschaft, oder die Liebe. Warum empfinden Sie für einen Menschen Freundschaft? Für A. ja, für B. nicht? Das ist doch kein Zufall? Das sind doch zweifellos genau bestimmbare Vorgänge? Sie werden diese Vorgänge nicht ergründen können. Und wie wollen Sie dann den wahrscheinlich noch viel komplexeren Seelenvorgängen nachforschen, die Sie krank machen, die machen, daß Sie nicht gesund sein wollen? Die Ursachen kommen von wer weiß woher, aus Ihrer Jugend, aus allen Lebensbereichen, sind ein Bündel von Ursachen. Das ist ganz aussichtslos. Es hilft nur die feste Überzeugung: jede Krankheit ist Einbildung. Krank ist nur, wer krank sein will. Aber jetzt erzählen Sie – was macht Ihre hübsche Tochter?«

»Und Bruno?« fragte Kessel, während sie vom Westbahnhof zum Hotel fuhren.
Güldenberg seufzte. »Kurtzmanns Krankheit bringt alles durcheinander. Außerdem dürfen wir im Hotel nicht sagen, daß er krank ist. Sonst holen sie einen Arzt. Sie sind, glaube ich, sogar verpflichtet, einen Arzt zu holen, wegen der Ansteckung und wegen der anderen Gäste.«
»Aber es wäre vielleicht doch ganz gut, einen Arzt zu holen?« fragte Kessel.
»Denken Sie an die Sicherheitsbestimmungen. Wir sind mit Deckpässen hier. Die Krankenkasse, der Krankenschein . . . nicht auszudenken. Nein, nein, unmöglich.«
»Und Bruno?«
»In Salzburg konnten wir auf ihn warten. Hier können wir nur noch *hoffen.* In Salzburg wußte Bruno das Hotel.«
»Ist Bruno wieder –?«
Der Baron nickte düster.
»Und Bruno weiß das Hotel nicht?«
»Aus Sicherheitsgründen haben wir nicht vorbestellt.«
Güldenberg erzählte, daß Herr Kurtzmann schon kurz nach

der Abfahrt aus Salzburg zu niesen und zu husten angefangen und bald hinter Wels eine rote Nase und Ohrensausen bekommen habe, so stark, daß er – was schon ein alarmierendes Zeichen sei – bald darauf das Steuer Luitpold übergeben habe. Er habe sich dann sogar nach hinten gesetzt. Man habe ihm aus einer Apotheke ein Schnupfenmittel geholt, habe ihn in Decken eingewickelt und, so gut es ging, hingelegt. Leider habe er, Güldenberg, auf Kurtzmanns Füßen sitzen müssen. Kurtzmann habe immer wieder geächzt: daß man ja auf Bruno aufpassen solle, bis das Funkgerät dem Hofrat übergeben sei. Denn nur Bruno könne dem Hofrat die Funktion erklären. Güldenberg habe Kurtzmann die ganze Fahrt über beruhigt. Es sei auch gutgegangen bis Wien. An der ersten Ampel aber, die Rot zeigte und an der Luitpold das Auto anhalten mußte, habe Bruno »Einen Moment« gesagt, sei ausgestiegen und im Regen verschwunden. Kurtzmann habe im Fieber aufgeschrien: »Ihm nach –!«, aber inzwischen sei Grün gekommen, die anderen Autos hätten gehupt, Luitpold habe weiterfahren müssen.
Man sei dann zwar umgedreht, nochmals zurückgefahren, habe auch einen Stehausschank gefunden und noch einen zweiten, wo man sich an Bruno erinnerte, aber dann habe sich die Spur verloren.
»Man kann nur hoffen«, sagte Güldenberg, »daß Bruno eines Tages in der Hotelbar vom Hotel *Jasomirgott* auftaucht. Man kann nur hoffen.«
Kurtzmanns Hotelzimmer roch nach heißem Tee und Medikamenten. Kurtzmann lag im Bett und schimpfte heiser über Rathard: »Die drei Stunden im Regen, das konnte nicht ohne Folgen bleiben. Das hält kein Mensch aus.«
»Beruhigen Sie sich«, sagte Güldenberg.
»Beruhigen auch noch«, keuchte Kurtzmann. »Ist der Kregel wenigstens gekommen.«
»Ja, ich bin hier –«, sagte Kessel.
»Hat der Portier was gemerkt? Daß ich krank bin?«
»Nein«, sagte Güldenberg. »Ich habe ihm gesagt, Sie sind besoffen.«
»Was?«

»Hätten Sie einen anderen Vorschlag gehabt?«
»Krankheit«, holte Kessel aus und schaute Kurtzmann möglichst mitfühlend an, »ist Einbildung ...«
»*Was*?« keuchte Kurtzmann und fuhr aus seinem Bett auf.
»Ich meine nur«, sagte Kessel, »ein alter Priester hat mir gesagt ...«
»Und der junge Priester hat Ihnen nichts gesagt?« schrie Kurtzmann. Er trug auch im Bett seine Hornbrille, über deren Rand sich nun die dunklen Augenbrauen erhoben. »Oder vielleicht eine junge Nonne? Die hat Ihnen nichts gesagt?«
»Ich habe es nicht so gemeint, daß Sie ...«, sagte Kessel.
»So, so. Nicht so gemeint. Wie hat es dann Ihr Bischof gemeint, Ihr Herr Bischof –«
»Entschuldigen Sie, ich wollte Ihnen nur eine Theorie –«
»Wenn Sie glauben, Sie können sich mir gegenüber alles erlauben, nur weil Sie einen Onkel haben –«, Kurtzmann sank in sein Kissen zurück, »– dann, dann täuschen Sie sich –«
Güldenberg griff ein. »Luitpold, kommen Sie, wir machen Herrn Kurtzmann einen kalten Wadenwickel.«
»Nein, nein«, heulte Kurtzmann auf.
»Doch«, sagte Güldenberg, »das senkt das Fieber.«
»Ich habe kein Fieber«, schrie Kurtzmann.
»Natürlich haben Sie Fieber. Los, Luitpold, ist noch Eis da?«
In einem Sektkühler schwammen noch Eisstücke. Den Sekt habe er, sagte Güldenberg, vorhin bestellt, aber nur wegen der Eisstücke für den Wadenwickel. Zur Tarnung habe er dann den Sekt natürlich austrinken müssen.
»Die hätten die gleichen Eisstücke gebracht«, ächzte Kurtzmann, der jetzt von Luitpold zur Vorbereitung des Wadenwickels wie eine Puppe im Bett hin und her gedreht wurde, »die gleichen Eisstücke gebracht, wenn Sie nicht gleich eine *Veuve Cliquot* bestellt hätten, sondern einen *Hochriegel*. Siebenhundertfünfzig Schilling«, stöhnte Kurtzmann. »Da erfinden Sie aber was, wie wir das verrechnen. Aaah – aaah –«, schrie Kurtzmann. Güldenberg hatte die restlichen Eisstücke in ein Handtuch eingewollt und wickelte es um Kurtzmanns magere, haarige Beine.

»Strampeln Sie nicht so«, rief Güldenberg. »Kregel, halten Sie Herrn Kurtzmanns Beine fest.«
»Der Kregel soll mich nicht anfassen«, fauchte Kurtzmann. Da fiel der Sektkühler um. Das Eiswasser ergoß sich in Kurtzmanns Bett. Kurtzmann heulte wieder auf.
»Das kommt, weil Sie so strampeln«, sagte Güldenberg. »Sie müssen ruhig liegen und schwitzen.«
»Mich friert's aber«, jammerte Kurtzmann, »das Bett ist so kalt.«
»Das trocknet schon wieder«, sagte Herr von Güldenberg. »Seien Sie nicht so ungeduldig.«
»Das hält kein Mensch aus«, keuchte Kurtzmann.
Da trat Luitpold ganz langsam an Kurtzmanns Bett heran, legte seine lederne, schwere, schwielige Hand auf die Brust Kurtzmanns und sagte in tiefem Baß: »Lassen S' nur, es wird schon wieder, Herr Doktor.«
Dann wandte er sich ab und ging hinaus. Güldenberg zog die Vorhänge zu und fragte: »Soll ich das Licht auslöschen?«
»Nein«, sagte Kurtzmann. Dann gab Güldenberg Kessel einen Wink, und sie traten aus dem Zimmer auf den Hotelflur.
»Was machen wir jetzt?« fragte Kessel.
»Hm«, sagte Güldenberg.
»Hat denn Bruno keine Ahnung, wo wir sein könnten? In welchem Hotel?«
»Eine Ahnung haben könnte er schon. Aber das erste Problem sind Sie.«
»Ich?«
»Die Quellen, die Ihnen hier vorgestellt werden sollen, V-2022 und V-2411 kennt nur Kurtzmann. Er ist morgen mit dem einen im *Café Central* verabredet, mit dem anderen im *Sacher.* Dort sollten zur bestimmten Zeit auch Sie hinkommen. Es werden Ihre wichtigsten Verbindungen Ihrer neuen Dienststelle in Berlin sein. Aber es geht nicht, wenn Kurtzmann Fieber hat. Hoffentlich hilft der Wadenwickel.«
»Wann sollten die Treffs sein?«
»Der mit 2022 im *Central* um halb zehn, der mit 2411 im *Sacher* nachmittags um drei«, sagte Güldenberg.

»Das beste wäre«, sagte Luitpold ganz langsam, »wir würden wieder heimfahren.«
»Ohne Bruno?« fragte Güldenberg.
Sie beschlossen dann, die Nacht in drei Teile zu teilen, in quasi drei Nachtwachen. Die Bar des Hotels *Jasomirgott* hatte bis fünf Uhr geöffnet. Von halb zehn bis zwölf Uhr sollte Luitpold dort aufpassen, bis halb drei Uhr der Baron und danach bis zur Sperrstunde Kessel. »Vor halb zehn Uhr«, sagte Güldenberg, »ist keine Gefahr, daß er kommt. Und *wenn* er kommt, festhalten und unbedingt ins Bett bringen. Ich hole ihn morgen um acht Uhr aus seinem Zimmer, und wir fahren dann sofort zum Hofrat.«
Kessel ging zum Portier, ließ sich gegen unverschämtes Aufgeld eine Karte für das Burgtheater besorgen – Raimund *Der Verschwender* –, ging in den *Weißen Rauchfangkehrer*, um einen Tafelspitz zu essen, kam kurz ins Hotel, um sich umzuziehen und ging dann ins Theater.
Es regnete immer noch, aber wieder einmal war der Regen auf der Kippe zum Schnee. Kessel genoß, es nicht eilig zu haben, spazierte mit hochgestelltem Kragen, die Pfeife im Mund, gemächlich durch die Gassen, über den Graben, durch die Hofburg und den Hofgarten bis zum Theater. Noch bevor er zum Graben gekommen war, in einer der Gassen ganz in der Nähe vom Hotel *Jasomirgott*, entdeckte er einen Laden – einen sehr merkwürdigen Laden. Er war zu um die Zeit, aber Kessel beschloß sogleich, morgen hierherzugehen und weder Kurtzmann noch Güldenberg etwas davon zu sagen.

»Wollen der Herr geweckt werden?« fragte der Portier.
»Ja«, sagte Kessel, »um Viertel nach zwei.«
»Wann, g'horsamster Diener? Ich hab' nicht recht verstanden?«
»Sie haben schon richtig verstanden: Viertel nach zwei. Ich möchte um halb drei in die Bar.«
»Ah – ja, sehr wohl.« Der Portier schrieb etwas in das große Journal auf seinem Pult und schaute kopfschüttelnd Kessel an, hörte allerdings sofort mit dem Kopfschütteln auf, als er bemerkte, daß Kessel ihn ansah.

»Der fünfte Herr ist noch nicht eingetroffen?« fragte Kessel.
»Wie heißt der Herr?« fragte der Portier.
Wie hieß Bruno mit Decknamen?
»Der fünfte Herr, der zu uns gehört«, sagte Kessel. »So ein großer. Ein Walroß mit Locken. In Sandalen.«
»Bedaure«, sagte der Portier. »Kann nicht dienen. Sind keine Herrschaften in Sandalen eingetroffen.«
Kessel ging gähnend hinauf und legte sich ins Bett.
Um Viertel nach zwei schellte das Telephon.
»Guten Mo – guten Ab – guten ... Sie wollten geweckt werden. Zwei Uhr fünfzehn.«
»Danke«, sagte Kessel und stand auf.
In der Bar war wenig Betrieb. Die meisten Gäste – fast alles Amerikaner – saßen am Tresen. An den Tischen saß fast niemand. Der Barkeeper rieb lustlos Gläser sauber.
Herr von Güldenberg faltete die *Neue Zürcher,* sein Lieblingsblatt, zusammen, als er Kessel hereinkommen sah, sagte zum Barkeeper, daß die vierzehn Martinis auf seine Zimmernummer geschrieben werden sollten, und rutschte vom Barhocker.
»Was Neues?« fragte Kessel.
»Nein«, sagte Güldenberg. »Gute Nacht. Wenn Bruno kommt, schieben Sie mir bitte einen Zettel unter der Tür durch. Wie war das Stück?«
»Bitte?«
»Sie waren doch im Theater?«
»Ach so«, sagte Kessel. »Ganz gut. *Der Verschwender.*«
Herr von Güldenberg lachte, klopfte Kessel auf die Schultern: »Wollen Sie die *Neue Zürcher* dabehalten, damit es Ihnen nicht zu langweilig wird? Gute Nacht.«
Zweieinhalb Stunden sind lang in einer fast leeren Bar in der Nacht zwischen halb drei und fünf.
»Auch einen Martini?« fragte der Barkeeper mit angeödetem Blick.
Kessel nickte.
Kurz vor halb vier hatte er alles, was ihn auch nur einigermaßen interessierte, in der *Neuen Zürcher* gelesen, sogar die Wirtschaftsberichte und die Schachecke.

»Warten Sie auf jemand?« fragte ihn um halb vier der Barkeeper.
»Ich?« sagte Kessel, »nein.«
»Ich hab' nur g'meint.«
Ein paarmal erhob sich ein Lärm draußen auf der engen Gasse oder weiter vorn am Stephansplatz. Kessel schöpfte schon Hoffnung, aber Bruno kam nicht. Einmal, es war schon zehn nach vier, ging Kessel die ganz still gewordene Gasse auf und ab, ging vor bis zum Platz und schaute in alle Richtungen. Es schneite jetzt richtig, alles lag voll frisch gefallenem Schnee. Kein Mensch war unterwegs, kein Bruno zu sehen. Um halb fünf gingen die letzten beiden Amerikaner schlafen. Kessel reagierte blitzschnell: er bestellte, um den Barkeeper daran zu hindern, die Bar zu schließen, eine Gulaschsuppe.
»Muß das sein?« fragte der Barkeeper.
»Es muß sein«, sagte Kessel, obwohl er vor Müdigkeit fast vom Barhocker fiel.
Die Suppe war scheußlich, noch scheußlicher als üblicherweise Gulaschsuppen in Bars. Sie bestand aus saurer Brühe und Flachsen, aber sie ließ sich – mit zwei Pils – strecken bis fünf Uhr.
Der Dienst des Spions ist schwer, sagte er zu sich, als er vom Hocker kroch und dem Barkeeper den Schlüssel hinhielt, damit der für die Rechnung die Zimmernummer abschreiben konnte.
Aber Kessel machte es sich nicht leicht. Er ging nicht gleich aufs Zimmer, sondern noch einmal vors Hotel. Dicke Flokken fielen. Die gelblichen Laternen verbreiteten wattiges Licht. Vorn an der Ecke zum Stephansplatz standen zwei Gestalten, ein sehr großer Mann mit Locken und ein kleiner. Der Große redete auf den Kleinen ein: ». . . ist die Nebenlinie Habsburg-Este damit ausgestorben . . .«
Kessel erkannte sofort Brunos Stimme.

»Es ist immer das gleiche«, sagte Herr von Güldenberg und lehnte sich wohlig in den Beifahrersitz zurück. Bruno saß hinten und schaute mißmutig zum Fenster hinaus. Kessel chauffierte. Es war Samstag, der 11. Dezember, ein klarer, sonniger und kalter Tag. Man fuhr westwärts auf der Autobahn durch die verschneite Wachau.

»Es war noch jedesmal so«, sagte Herr von Güldenberg, »und ich kann es mir nicht erklären. Ich glaube, das läßt sich auch mit vernünftigen Überlegungen gar nicht erklären. Manchmal sage ich zu Herrn Kurtzmann: das macht Bruno.«

»Ja, bitte?« fragte Bruno.

»Nein, nichts«, sagte Herr von Güldenberg, »ich habe nur von Ihnen gesprochen.«

»Ach so«, sagte Bruno und lehnte sich mürrisch zurück.

»Solange Bruno zur Dienststelle gehört, sage ich oft zu Herrn Kurtzmann, gelingt alles. Wem das Glück lacht, der kann auch im Stehen kacken, hat meine Mutter immer gesagt. Am Donnerstagabend hätte doch keiner einen Pfennig für unsere Operation gegeben.«

»Ich jedenfalls nicht«, sagte Kessel.

»Und alles wie am Schnürchen. Wissen Sie, wie mir das manchmal vorkommt? Der Kurtzmann wirft eine Hand voll Scherben in die Höhe, und herunter kommt eine Vase. So kommt mir das vor.«

Kurtzmann war auch unterwegs nach München, im Zug, in Decken gewickelt, einen Karton Sachertorten im Gepäck, in Begleitung des langsamen, aber treuen Luitpold. Schon am Freitagvormittag war es Kurtzmann nach einem weiteren Wadenwickel besser gegangen. Luitpold hatte dann in der Hotelküche eine Biersuppe kochen lassen, ein angeblich unfehlbares Hausmittel nach dem Rezept seiner niederbayerischen Großmutter. Die Biersuppe bestand in der Hauptsache aus Bier, Schlagrahm und Essig. Luitpold bestand darauf, daß sie unter seiner unmittelbaren Leitung gekocht würde. Eine Intervention Herrn von Güldenbergs bei der Geschäftsführung und ein Trinkgeld für den Küchenchef ermöglichten es. Lediglich bei der Menge verschätzte sich Luitpold. Er ließ wie für eine kriegsstarke Kompanie kochen: einen ganzen großen Kessel voll. Obwohl Kurtzmann bis zur Abreise ständig von der Biersuppe aß, die immer wieder aufgewärmt werden mußte, und auch Luitpold gelegentlich ein, zwei Teller (Bruno, Güldenberg und Kessel lehnten trotz guten Zu-

redens von Luitpold ab), war am Samstag vor der Abreise noch die Hälfte der Suppe übrig.
Am Freitagvormittag, auf die Biersuppe hin und auch auf die Nachricht, daß es gelungen war, Brunos habhaft zu werden und noch, bevor er wieder entkam, das Funkgerät dem Hofrat zu übergeben, wurde Kurtzmann schon wieder munterer. Er konnte, in Decken gewickelt, ins *Café Central* und später ins *Sacher* gebracht werden, wo ihn Luitpold und Güldenberg in eine geschützte Ecke setzten. Ob es mit den Sicherheitsbestimmungen in Einklang stand, daß Kurtzmann in Hut und Mantel im Café saß und mit Handschuhen seine Holländer Kirsch-, Schoko-Sahne- und Sachertorten aß, mag dahingestellt bleiben. Die Übergabe – die Umschaltung – der beiden V-Leute 2022 (DN: Hirt) und 2411 (DN: von Primus) auf Kessel vollzog sich jedenfalls reibungslos.
Hirt war ein relativ junger Mann, ein Journalist und lyrischer Schriftsteller, ein etwas dicklicher, weißhäutiger Wiener mit breitestem Dialekt und Schnauzbart, der seit einigen Jahren in Berlin lebte, weil das unter österreichischen Intellektuellen seit einiger Zeit Mode geworden war. Als Angehöriger eines neutralen Staates konnte Hirt von Westberlin so oft er wollte nach Ostberlin und in die DDR reisen, fuhr auch regelmäßig durch die DDR und die Tschechoslowakei nach Wien. Für welche Blätter Herr Hirt arbeitete, konnte Kessel nicht erfahren. »Hie und da für dieses und jenes«, sagte Hirt, »und hie und da für den Rundfunk.«
Ob von seinen lyrischen Produktionen irgend etwas einmal erschienen sei, wollte Kessel wissen.
»Hie und da«, sagte Hirt, »in mehr progressiven Anthologien, hie und da. Ich bin mehr progressiver Lyriker, müssen S' wissen.«
In Buchform?
»Na, in Buchform net.«
Der andere Mitarbeiter, Herr von Primus, war ein alter Herr, sehr klein, schmal und tadellos gescheitelt. Er zeigte vorzügliche Manieren, und Kessel erkannte sofort, daß man so einen in keinem Lokal außer im *Sacher* treffen durfte. Herr von Primus sprach jenes kosmopolitische Alt-Österreichisch,

dessen Akzent dem Kenner verrät, daß der Betreffende fließend Tschechisch, Ungarisch, Kroatisch und Italienisch spricht. Herr von Primus lächelte stets verbindlich, rieb seine langen, bleichen Hände und drehte an seinem Wappenring. Herr von Primus war, wie nicht anders zu erwarten, Diplomat gewesen, zuletzt im Dienst des Königreichs Kroatien als Generalkonsul in Prag. »Aber praktisch ohne Geschäftsbereich«, sagte Herr von Primus. »Im März 1945. Da war nicht mehr viel ›Kgl. kroatischer Generalkonsul in Prag‹. Meine einzige Aufgabe bestand eigentlich darin, unversehrt von Zagreb nach Prag zu kommen, mit der Urkunde.«

Aber sein Generalkonsulsrang war insofern von Bedeutung, als es Herrn von Primus im April 1945 gelang, mit dem Diplomatenpaß in die Schweiz zu kommen. Die schlimmste Zeit übertauchte er in Vaduz, denn er war mit der Fürstin von Liechtenstein irgendwie weitschichtig verwandt. Nach 1955 wurde er auf Grund alter Anrechte österreichischer Staatsbürger und gnadenweise zwar nicht in den Dienst des Außenministeriums übernommen, aber, »– was natürlich noch viel besser war –«, als Generalkonsul pensioniert.

Auch Herr von Primus pendelte zwischen Berlin und Wien hin und her (in Berlin lebte seine uralte Tante), fuhr im übrigen sehr oft nach Prag, Budapest oder Zagreb, wo er überall Verwandte oder alte Freunde hatte.

Nicht wenige dieser alten Freunde saßen in gehobenen Funktionen. »Was heißt *frei*«, sagte er Kessel später einmal, »schauen Sie, mein Freund Konstantinescu, Professor für Archäologie, Sie wissen, das ist quasi die rumänische Staatswissenschaft. Die Rumänen sind ja ständig damit beschäftigt, nachzuweisen, daß sie Römer sind. Mein Freund Konstantinescu, Mitglied der Akademie, Träger des was weiß ich Ordens ... was heißt *frei*, hat er mir einmal gesagt. Bin ich frei? No na, natürlich bin ich frei. Ich war frei unterm König, ich war frei unterm Antonescu, ich bin frei unter die Kommunisten. Natürlich werd' ich nicht blöd sein, sagt mein Freund, der Professor Konstantinescu, und dem Ceausescu in Öffentlichkeit einen Trottel heißen. Ich hab' ja auch nicht den König seinerzeit einen Trottel geheißen oder dann den Antonescu.

Bin ich nicht frei, nur weil ich den Ceausescu keinen Trottel heißen darf? Eben – und sonst mach' ich, was ich will. Freiheit ist in solchen Staaten wie Rumänien eine Frage vom Rang. Immer gewesen.«

Der Laden am Trattnerhof, den Kessel entdeckt hatte, war eine merkwürdige Buchhandlung. Sie hieß *Das internationale Buch* und war sichtlich spezialisiert auf Bücher und Schallplatten aus den kommunistischen Ländern. Eine Auslage war voll mit Schallplattenkassetten von ganz raren Opern: Rubinsteins *Dämon*, Erkels *Bank Ban*, *Rusalka* nicht nur die von Dvořak, sondern auch die von Dargomyshkij, *Mozart und Salieri* von Rimskij-Korssakow und *Der geizige Ritter* von Rachmaninow.

Insgesamt waren die Auslagen nicht gerade reißerisch aufgemacht und erinnerten Kessel nicht nur wegen der ausgestellten Waren an Läden im Ostblock, sondern an der daran abzulesenden Haltung der Verkäufer: je weniger Kunden kommen, desto weniger belästigt fühlt sich das Personal.

Was aber Kessel faszinierte, lag nicht in einer Auslage, sondern hing in der Tür. Eine der Hauptaufgaben der Dienststelle G 626 war die regelmäßige Beschaffung des *Neuen Deutschland*. Das ging über ein Westberliner SED-Mitglied, also einen V-Mann, der in die Westberliner SED eingeschmuggelt worden war, was nicht schwer war, denn die Westberliner SED hat nicht gerade über stürmischen Mitgliederzulauf zu klagen. Der V-Mann war ein junger Schlossergehilfe, einer der wenigen Arbeiter, die jemals der West-SED beitraten. Die West-SED konnte es sich gar nicht leisten, diesen kostbaren Werktätigen abzulehnen. Dieser SED-Schlosser abonnierte das *Neue Deutschland* und schickte es, nachdem er es flüchtig gelesen hatte, nach München an ein Schließfach weiter, das von Luitpold geleert wurde. Am Tag danach ging es mit Kurier nach Pullach. Da der Schlosser das *Neue Deutschland* mit einem Tag Verzögerung bekam, es am Tag danach erst wegschickte, es einen Tag nach München unterwegs war und dann zwei Tage über G 626 nach Pullach, war es gut eine Woche alt. »An und für sich«, sagte Herr von Güldenberg, »macht das gar nichts. Das Alter dieses Käseblattes erkennt man ohnedies nur am Datum.« Es sprach gegen das *Neue Deutschland,* daß Herr von Güldenberg, der sonst alles las, alles, was irgendwie Zeitungs- oder Zeitschriftenformat hatte, das *Neue Deutschland* ablehnte. »Es steht nichts drin«, sagte er. »Es hat so viel Information wie ein Pfarrbrief – nein, ich möchte dem Pfarrbrief nicht zu nahetreten. Der Pfarrbrief, beide Pfarrbriefe, die ich bekomme – der protestantische und der katholische –, sind die reinsten Revolverblätter gegen das *Neue Deutschland.* Es ist erstaunlich. Die Redaktion ist zu bewundern: sie bringt das Blatt heraus unter Umgehung praktisch jeder Information. Ich glaube, die haben sogar Angst, über das Wetter irgend etwas Konkretes zu schreiben.«

Dennoch war dieses *Neue Deutschland* irgendeiner geheimnisvollen Stelle oben in Pullach offenbar sehr wichtig. Als es einer kühnen organisatorischen Neuerung Herrn von Güldenbergs gelang, die Lieferung des *Neuen Deutschland* um einen Tag zu beschleunigen, bekam die Dienststelle eine ausdrückliche schriftliche Belobigung. (Die Neuerung bestand darin, daß Güldenberg darauf verzichtete, das Blatt unter seinen anderen Zeitungen einen Tag auf seinem Schreibtisch liegenzulassen, und daß Luitpold das Blatt vom Schließfach aus direkt dem Kurier übergab.)

In der schriftlichen Arbeits- und Aufgabenanweisung für G 626, die Kurtzmann Kessel einmal zu lesen gab, stand auch unter irgendeinem Punkt 26 oder 36: ›Beschaffung *Neues Deutschland.*‹

Und dieses *Neue Deutschland,* und zwar das neueste Exemplar, die Ausgabe von heute, hing an zwei Wäscheklammern hinter der Scheibe der Firma *Das internationale Buch* am Trattnerhof. Am Freitag kaufte Kessel die Freitagausgabe, am Samstag, nach dem Frühstück, ging Kessel noch einmal hinüber, kaufte die 8. Symphonie von Bruckner unter Konwitschny für umgerechnet ein paar Pfennige und (das war für Jakob Schwalbe als Weihnachtsgeschenk gedacht) die Symphonie No. 18 über abchasische Themen von Wenedikt Alexejewitsch Ferkelman in Cis-Dur opus 88, und das *Neue Deutschland* vom Samstag.

Unzufrieden mit der Reise war nur Bruno. Er hatte sich am Samstag gegen halb acht Uhr freiwillig im Hotel *Jasomirgott* eingefunden in der Gewißheit, die Fahrkarte nach München ausgehändigt zu bekommen. Kurtzmann hatte ihn absichtlich im unklaren gelassen und sagte ihm erst jetzt, daß er, Bruno, wiederum mit dem Auto fahren müsse. Bruno bettelte, rückte sogar mit der Begründung heraus, warum er so unbedingt mit dem Zug fahren müsse: in Linz wolle er kurz, nur ganz kurz Station machen. Da gäbe es in der Straße, die vom Bahnhof in die Stadt führe, einen Bierkeller mit gelben Flügeltüren, da habe er immer so schöne Erlebnisse gehabt ... Kurtzmann blieb hart. Bruno setzte sich in die Bar, trank acht Pils, wartete dumpf, bis Kurtzmann und Luitpold zur Bahn gebracht waren, dann das Gepäck verstaut und das Auto startbereit war, und starrte seine durchweichten, schon verschlissenen Sandalen und die weinroten Socken an.

Als sie gegen Mittag an Linz vorbeifuhren (weit draußen auf der Autobahn), seufzte und ächzte Bruno, aber Güldenberg entschied: das kostet uns zwei Stunden, und außerdem ist es viel zu gefährlich für Bruno.

Am Montag diktierte Kurtzmann, zwar noch immer etwas verschnupft, aber sonst heiter und gelöst, Frau Staude den Bericht über die erfolgreiche Reise nach Wien. Selbstverständlich enthielt sich Kurtzmann der Schilderung unwesentlicher Nebenumstände und konzentrierte sich auf das Wesentliche. Der Teil II des Berichts, die Reisekostenabrechnung, mußte geschönt werden. Hier wurde Kurtzmanns Laune vorübergehend etwas trüber. »Wenn Sie mir nur sagen«, sagte er zu Herrn von Güldenberg, »wie wir die *Veuve Cliquot* unterbringen sollen. Siebenhundertfünfzig Schilling, das sind über hundert Mark.«

»Sagen wir«, sagte Herr von Güldenberg. »Herr von Primus habe darauf bestanden –«

»Unsinn«, sagte Kurtzmann, »wir sagen – zeigen Sie die Rechnung her, Staude, das kann man eh' nicht lesen ... *Veuve Cliquot* ... könnten Sie das lesen, Herr von Güldenberg? Wenn Sie es nicht wüßten? Das kann genausogut Nachtkastenlämpchen heißen. Schreiben Sie, Staude;

V-40101 DN Sieber hat versehentlich ein Nachtkastenlämpchen beschädigt, S 750,–. Wurde gerügt.«
»Warum ausgerechnet Bruno?« fragte Kessel. »Warum nicht Sie selber?«
Kurtzmann hob die schwarzen Augenbrauen hoch über die Ränder seiner Brille. »Warum nicht ich? Ich kann mich doch nicht selber rügen.«
Auf Kurtzmanns Tisch lagen die Exemplare *Neues Deutschland* von voriger Woche. Durch Luitpolds Abwesenheit war die Weiterexpedition ins Stocken geraten. Frau Staude machte sie nebenbei fertig, damit Luitpold sie dem Mittagskurier mitgeben konnte. Kessel legte sein Exemplar des *Neuen Deutschland* auf den Stapel.
»Was ist das?« fragte Kurtzmann.
»Das *Neue Deutschland* vom Samstag.«
»Jetzt? Vom vorigen Samstag.«
»Ja«, sagte Kessel.
»Das gibt's doch nicht«, sagte Kurtzmann und schaute das Blatt an, »tatsächlich. Wo haben Sie denn *die* her?«
»Man muß die Augen offenhalten«, sagte Kessel, »brauchen Sie mich noch, oder kann ich zum Mittagessen gehen?«
Kurtzmann nickte nur mit weit aufgerissenen Augen. Später fand Kessel das *Neue Deutschland* vom Samstag in Kurtzmanns Papierkorb.
»So was dürfen Sie nicht machen«, sagte Herr von Güldenberg später, als er und Kessel allein waren. »Sie müssen sich an die Regeln halten. Alles hat seine Regeln. Ich halte es auch nicht für gut, daß Kurtzmann Bruno weggibt. Zu Ihnen nach Berlin.«
Kessel nickte.
»Ich bin zwar nicht abergläubisch, und die Horoskope sind das einzige, was ich in der Zeitung nicht lese – aber ... ich habe es Ihnen ja gesagt ... solange Bruno dabei ist, gelingt alles. Kurtzmann wirft eine Hand voll Scherben in die Luft und eine Vase fällt herunter.«

Dritter Teil

I

Es gibt einen Moment, einen bestimmten Augenblick beim Abheben eines Flugzeuges, der einen von der Erde trennt. Der Pilot bemerkt das wahrscheinlich gar nicht, der ist konzentriert und beschäftigt, aber der Passagier bemerkt es, wenn er darauf achtet. Erst donnert und rast das Flugzeug mit aufgedrehten Motoren dahin, aber es ist nicht anders wie in einem Schnellzug, dann hört das Rattern der Räder auf, das Flugzeug schwebt bereits, es kippt leicht nach oben. Immer noch ist die Erde und alles, was man sieht, so nah wie sonst. Erst nach einigen Augenblicken wird man von der Erde getrennt. Man sieht die Welt anders. Eine andere Perspektive schiebt sich wie eine große Glasscheibe ein. Man wird größer als die Welt, die Welt wird Schauspiel, Panorama, Sandkasten.

Kessel, der nicht so oft in seinem Leben geflogen war, daß solche kleinen Beobachtungen für ihn verlorengegangen wären, war wieder fasziniert von diesem Reißen des Bandes zwischen ihm und der Erde. (Den umgekehrten Vorgang beim Landen: meist, wenn der Zaun des Flugplatzes auftauchte, stellte sich die normale Perspektive her, zog sich die Glasscheibe der Vogelperspektive zurück, kippte die Menschenperspektive wieder herüber.) Dieses Reißen des Bandes, dieses Gefühl, daß sich eine neue Perspektive einschob, wurde nicht einmal dadurch verdrängt, daß Kessel genau darauf achtete. Es muß also, dachte Kessel, eine objektive und nicht nur eine subjektive Empfindung sein.

In der linken Hand hielt er das Messingherz, drehte es in der geschlossenen Hand hin und her.

Montag, der 31. Januar 1977. Was ein neuer Lebensabschnitt ist, ist eine Frage der Bewertung. Wenn man keine zu großen Anforderungen an die Neuheit und Abwechslung stellt, kann man bald einmal irgend etwas als neuen Lebensabschnitt betrachten: wenn man zu rauchen aufhört, oder zu trinken, oder beschließt, keine Kopfwehtabletten mehr zu nehmen; wenn man beschließt, der außerehelichen Freundin nicht

mehr zu schreiben. Ja: was war das für eine Erleichterung, als er damals Linda nicht mehr schrieb, obwohl Linda von allen Julia am meisten ähnlich gesehen hatte. Ähnlicher sogar als Renate? Daß es in Wirklichkeit kein neuer Lebensabschnitt war, daß er es nicht durchhielt, Linda dann doch wieder traf, das wußte er zu dem Zeitpunkt natürlich noch nicht.
»Einen Tomatensaft«, sagte Kessel auf die Frage der Stewardess.
Ein neuer Lebensabschnitt war es sicher, jetzt die kommende Zeit in Berlin. War es auch ein neues Leben? Hatte ein neues Leben begonnen, als vorhin sein Blick aus dem dahinrasenden Flugzeug *hinaus* auf das Flughafengelände in den Blick *hinunter* auf das Land um den Osten Münchens, die Dörfer Riem und Feldkirchen, umgekippt war? Ein neues Leben? Das Ende der Ehe mit Renate?
Albin Kessel hauchte das Messingherz an, polierte es mit seinem linken Ärmel und steckte es dann in die Hosentasche. Die Stewardess brachte den Tomatensaft in einem Plastikbecher mit einem komischen Plastiklöffel zum Umrühren, einer Papierserviette, noch einer Papierserviette in einer Plastiktüte, wo ein weiterer, etwas andersartiger, aber noch komischerer Plastiklöffel steckte und zwei Beutelchen mit Salz und Pfeffer. Viel Aufwand für einen Tomatensaft. Kessel schaute der geschniegelten Stewardess nach und dachte: was machen die mit ihren Salz- und Pfeffertütchen, wenn es in ein paar Jahren kein Erdöl mehr geben wird und sich der ökologisch ohnedies unverantwortliche Unsinn der Luftfahrt aufgehört haben wird? Soll er die geleckte Stewardess, der die Schönheit und Notwendigkeit des Fliegens in Stewardessenkursen eingebleut worden ist, soll er sie fragen: was machen Sie, wenn es kein Erdöl mehr gibt?
Kessel trank seinen Tomatensaft. Warum sie Eisstücke in den Tomatensaft tun? Kessel spuckte die Eisstücke in die Plastiktüte zum Salz und Pfeffer. Die Stewardess würde antworten – was würde sie antworten? Kessel schaute die Stewardess an, sie bediente in der anderen Reihe und bückte sich. Sie hatte einen hübschen Hintern. Er versuchte, sich den Hintern nackt vorzustellen. Sie würde antworten: Ich kann es mir

nicht vorstellen, daß es kein Erdöl mehr gibt. Kessel: Aber es ist Tatsache, es ist unabänderliche, durch nichts hinwegzuleugnende oder wegzudiskutierende, es ist eisern feststehende Tatsache, es ist schlichtweg *Tatsache,* daß in wenigen Jahren das Erdöl *aus* ist. Aus, es gibt keins mehr. Das kann ich mir nicht vorstellen, würde die Stewardess antworten. Die Menschen mögen sich Katastrophen nicht vorstellen. Camus *Die Pest:* der Mensch ist außerstande, an Heimsuchungen zu glauben.

Und Sie selber fliegen ja schließlich auch, würde die Stewardess schnippisch hinzufügen. Nicht zu leugnen. Der Flugplan München–Berlin würde in Zukunft – in den nächsten Jahren? – zu seinem ständigen Wissensgepäck gehören. Am Wochenende, hatte er Renate versprochen, würde er immer kommen, und hatte hinzugefügt: mindestens jedes zweite. Und zweimal im Monat mußte er dienstlich nach München. Sein Blumengarten G 626/1 unterstand ja – vorerst noch – dem Gesangverein und damit Kurtzmann.

»Dann ist es wohl zu Ende«, sagte Renate. Sie war den Tränen nahe.

»Komm doch mit nach Berlin«, sagte Kessel. »In Berlin gibt es auch Buchhandlungen.«

»Jetzt? Mitten im Schuljahr?«

»Wieso? Gehst du in die Schule?«

»Ich weiß«, sagte Renate, »daß dir Schäfchen gleichgültig ist. Aber *ich* tu' ihr das nicht an. Den zweiten Schulwechsel in so kurzer Zeit. Wo sie sich ohnedies eher schwertut.«

»Weil sie zu faul ist«, sagte Kessel.

»Reden wir nicht darüber, ich weiß, daß du sie nicht magst.«

»Weil sie sich für nichts interessiert, außer für ...«

»Ich will das nicht hören«, schrie Renate, hielt ihr Taschentuch vor die Augen und rannte ins Schlafzimmer.

»Auch wenn du es nicht hören willst, ist es so«, rief Kessel, aber Renate hörte es nicht mehr.

Als Kessel gegen Abend am 11. Dezember aus Wien heimgekommen war, so gegen halb acht Uhr, saß Renate allein im Wohnzimmer, und es war ganz ruhig. Der Fernsehapparat lief nicht.

»Wo ist Schäfchen?« fragte Kessel.
»Sie schläft schon«, sagte Renate.
»Ach«, sagte Kessel, »jetzt, um halb acht?«
»Sie ist nicht so, wie du immer sagst«, sagte Renate.
Sie aßen dann, Kessel erzählte von Wien, soweit es ging, ohne den wahren Charakter der Reise zu enthüllen, erzählte von Bruno, vom Schuhkauf in Salzburg. Renate lachte sogar. Dann spielte Kessel einen Satz der 8. Symphonie von Bruckner, die er im *Internationalen Buch* gekauft hatte, danach holte Renate eine Flasche Sekt aus dem Eisschrank. Kessel war guter Laune, aber Renate wurde gegen zehn Uhr sehr unruhig und drängte danach, schlafen zu gehen.
»Du bist auf einmal so hektisch«, sagte Kessel.
»Ich bin überhaupt nicht hektisch. Wir müssen ja nicht sofort *schlafen*«, sagte sie.
Es klang verkrampft, nicht nach wirklichem körperlichem Bedürfnis, sondern so, als ob Renate ihren Körper in die Bresche werfe.
»Du brauchst nicht . . .«, sagte Kessel, »nicht, wenn du nur glaubst, verpflichtet zu sein. Du weißt, solche Pflichtübungen . . . und du liegst nur da wie ein Stück Holz . . .«
»Wenn du es wieder zerredest, habe ich erst recht keine Freude.« Renate räumte die Gläser und die noch halbvolle Flasche Sekt in die Küche und drängte Kessel ins Schlafzimmer. Sie selber ging ins Bad.
Während Kessel sich auszog – er stand in Unterhemd und Unterhose da –, hörte er, wie leise der Schlüssel ins Schloß der Wohnungstür gesteckt wurde. Renate, im Morgenmantel, schoß aus dem Bad und wollte Kessel ins Schlafzimmer zurückdrängen. Aber Kessel war schneller an der Wohnungstür.
Die Kröte, in Schuhen mit hohen Absätzen (Kessel erkannte sie: die Schuhe waren sein Geburtstagsgeschenk an Renate voriges Jahr. Renate trug sie so gut wie nie, weil ihr die Absätze zu hoch waren), in Perlonstrümpfen, die um ihre zu dünnen Waden Falten schlugen, grell geschminkt, die Pickel dick überpudert, mit einer großen Handtasche (auch die gehörte Renate) stand vor der Tür. Hinter ihr stand ein Herr,

etwa im Alter Kessels. Als Kessel in Unterhemd und Unterhose die Tür aufriß, glitt der Kröte der Schlüssel aus der Hand, worauf sie heiser quäkte: »Au, du tust mir weh –.« Der Herr entfernte sich sehr rasch. Er benutzte nicht einmal den Lift, sondern rannte die Stiege hinunter.

Renate brach wieder in Tränen aus, schrie Kessel an: »Warum bist du nicht schlafen gegangen?« und führte Schäfchen in ihr Zimmer.

Kessel legte sich ins Bett, versuchte zu lesen, konnte aber nicht, weil er merkte, daß seine Augen ohne Verständnis über die Zeilen glitten, und daß er in Wirklichkeit ins andere Zimmer hinüberlauschte. Er hörte aber nichts, keine laute Diskussion, keine Ohrfeige.

Nach einer halben Stunde ging Renate ins Bad. Nach einer weiteren Viertelstunde kam sie ins Schlafzimmer und legte sich ins Bett.

Kessel schaute von seinem Buch auf. »Mich würden jetzt einige Detailfragen interessieren«, sagte er.

»Ich weiß schon, was dich interessiert«, sagte Renate, »du kannst sie nicht leiden, ganz einfach.«

»Hat sie jetzt dieser Galan nach Hause gebracht? Oder wollte sie ihn mitbringen? Das heißt: hat sie bei ihm oder wollte sie hier?«

»Ich will nicht, daß du so gemein redest.«

»Ist sie so dumm, daß sie meint, wir merken nichts, wenn sie einen Kerl in die Wohnung schleppt –«

»Ich will nichts hören –«

»– oder hält sie uns für zu blöd, etwas zu bemerken?«

Renate setzte sich im Bett auf, wickelte aber ihr Leintuch um sich: »Ich war auch die erste in meiner Klasse, die einen festen Freund gehabt hat.«

»Mit dreizehn?«

»Ungefähr.«

»Mit *dreizehn*?«

»Mit fünfzehn. Aber heute sind die Kinder früher dran. Das hat sie eben von mir. Sie ist mir ähnlich. Du brauchst dich nicht aufzuregen.«

»Was hat sie denn von dem Kerl genommen?«

»Du bist ein ... du bist ein ... ich kann dir gar nicht sagen, wie gemein du bist.«
»Ihre Tante, Kurtis Schwester Ulla, nimmt fünfzig Mark.«
Renate begann zu schluchzen.
»Also hat sie doch Geld genommen.«
Renate sagte nichts.
»Weißt du, und wenn du es gar nicht gern hören willst«, sagte Kessel, »die Kröte hat überhaupt nichts von dir. Sie sieht dir nicht im mindesten ähnlich, und sie *ist* nicht so wie du, nicht innen und nicht außen. Weißt du, was sie ist? Eine Wünse. Ihre Tante ist sie, schau doch hin, sie ist ihr wie aus dem Gesicht geschnitten –«
»Woher willst du wissen, daß Ulla ... daß Ulla fünfzig Mark ...«
»Wenn du es ganz genau wissen willst, erzähle ich es dir einmal. *Von ihr selbst* weiß ich es, von Ulla selber ...«
»Aber Schäfchen –«
»*Ein* Gesicht, sie und ihre Tante ... und die Großmutter –«
»Aber die Oma hat doch nicht –«
»Eine alte Nutte. Das merkt eine Frau nicht, aber ein Mann. Eine widerwärtige alte Nutte. Nur daß sie keine Gelegenheit mehr hat. Vielleicht nie richtig Gelegenheit hatte, weil sie so fein ist. Aber Ulla ist sich nicht zu fein. Und dein Schäfchen auch nicht. Und wenn du ihr was Gutes tun willst und dir, dann hämmere dir ein: wie die Ulla, *ein* Gesicht, wie die Ulla.«
»Ich will das nicht hören.«
»Du hast ihr doch hoffentlich eine heruntergehauen?«
»Als ob das was helfen würde.«
»Was hast du ihr dann gesagt?«
»Ich strafe sie mit Schweigen. Das ist ihr das Unangenehmste.«
»Wer muß schweigen? Sie oder du?«
»Wieso? *Ich* rede nicht mit ihr.«
»Und das, meinst du, ist für sie eine Strafe?«
»Ich kenne mein Kind besser als du.«
Kessel sagte eine Weile gar nichts und starrte in die Luft. Dann nahm er das Buch wieder hoch und las ein paar Seiten.

Bevor er das Licht auslöschte, sagte er: »Zumindest möchte ich, daß du ihr verbietest, das von deinen Sachen anzuziehen, was ich dir geschenkt habe.«
Renate antwortete nicht. Kessel konnte nicht erkennen, ob sie nicht antworten wollte oder schon schlief.
Am nächsten Vormittag stand Kerstin gegen elf Uhr auf und schnatterte los, als wäre nichts gewesen. Renate redete mit ihr wie immer. »Ich denke«, sagte Kessel, »du strafst sie mit Schweigen?«
»Ich kann das dem Kind doch nicht ewig nachtragen. Das macht die Sache auch nicht besser.«

Kessel schaute zum Fenster hinaus. Eine dichte Wolkendecke trennte das Flugzeug von der Erde. Die Wolken, ein schmutzigweißer, flockiger Teppich, reichten, soweit man sehen konnte. Hoch oben, viele hundert, vielleicht tausend Meter über der unteren Wolkendecke, türmten sich andere, violette und goldene Wolkengebilde, hinter denen, am Strahlenkranz kenntlich, der sie umgab, die Sonne verborgen war. Verschwendung der Natur an Formen und Farben, dachte Kessel. Wenn nicht zufällig der Mensch Flugzeuge erfunden hätte, und eins davon flöge nicht da vorüber, und ich schaute nicht da hinaus, würde niemand diese Wolkentürme in Violett und Gold sehen.
Humanchauvinismus, hielt Kessel sich selber entgegen. Der Mensch tut so, als wäre alles das für nichts, was nicht für ihn ist.
Am ersten Weihnachstfeiertag, am 25. Dezember, hatte Kessel Renate gesagt, daß er nach Berlin versetzt würde. Aus irgendwelchen steuerlichen Gründen, hatte er gesagt, und um gewisse Berlin-Vorteile auszunützen, verlege die Firma Siebenschuh einen Teil des Unternehmens nach Berlin. Es bedeute für ihn, Kessel, eine Gehaltsaufbesserung.
»Wenn Schäfchen nicht wäre, würdest du nicht gehen?« hatte Renate ganz zum Schluß gefragt.
Kessel hatte nicht geantwortet.
Das war am ersten Weihnachtstag vormittags gewesen. Kurz darauf fuhr Kessel mit der Straßenbahn in die Stadt und aß im

Schwarzwälder zu Mittag. Schon für den Heiligen Abend hatte Renate ursprünglich den Herrn Dr. Kurti Wünse eingeladen, der eigens aus Lüdenscheid nach München gekommen war.

»Wenn der am Heiligen Abend kommt und hier unter unserem Christbaum herumsitzt und womöglich singt –«

»Er hat eine sehr schöne Stimme. Außerdem hat er sogar Gesangsstunden genommen.«

»– dann bekommt er von mir als Christkindl eine Erzählung. Die Erzählung, was eure Tochter Schäfchen am 11. Dezember gemacht hat.«

Es gab eine Szene, aber Kessel blieb hart. Er erklärte sich lediglich zu dem Kompromiß bereit, daß Dr. Wünse am ersten Feiertag zum Mittagessen käme. Trotzdem wurde der Heilige Abend gestört: dreimal rief Dr. Wünse an, einmal, um zu sagen, daß nun bald das Christkind kommen würde, einmal, um zu fragen, ob das Christkind schon gekommen sei, und das dritte Mal, um am Telephon dem Schäfchen ein Weihnachtslied vorzusingen. Unter Tränen krächzte die Kröte ihrerseits am Telephon das Lied mit und schluchzte: »Es wäre sooo schön, wenn Papa auch da wäre.«

Im übrigen spielte sie die Nummer: seliges Rehlein im Winterwald, als sie die Geschenke auspackte. »Hast du nichts für sie?« flüsterte Renate.

»Hat Dr. Wünse für Johanna und Cornelia was geschickt?« flüsterte Kessel zurück.

»Aber die sind doch gar nicht da ..., die kennt er doch gar nicht?«

Als dann gegen zehn Uhr die alte Wünse aus Lüdenscheid anrief, um Schäfchen zu fragen, was das Christkind gebracht habe, war Kessel nahe daran, in die Christmette auszuweichen, wie damals in der Kommune, als die Sache mit dem Christbaumständer war. Das mußte 1972 gewesen sein. Die Diskussion war am Vormittag des 23. Dezember ausgebrochen, und Linda schloß die Debatte mit dem autoritären Satz ab: »Also gut, wegen der Kinder. Wir schaffen uns einen Weihnachtsbaum an.«

Sie bewohnten damals das dritte Jahr jene große Altbauwohnung östlich der Isar, in der Gegend der Stadt, die vor nicht ganz hundert Jahren in der städteplanerischen Hoffnung erschlossen worden war, es würde sich hier eine bürgerliche Bevölkerung ansiedeln. Die Hoffnung hatte sich nicht erfüllt. Aber die Gegend wurde auch nie eigentlich proletarisch. Soweit die unkomfortablen Wohnungen in den großen Häusern den Krieg überstanden hatten, waren sie unbeliebt und billig. In den Jahren nach 1968, als es chic zu sein anfing, nicht chic zu sein, hatten die einen oder anderen sich in solche Wohnungen eingemietet. Wenn man die Zwischentüren weit öffnete, ergaben sich lange Fluchten von Räumen. Die Wände boten reichlich Platz für Plakate oder Wandmalereien. Auf dem Boden lagen Kissen. In einem Raum stand ein Wasserbett. Ganz hinten im Eckzimmer fertigte Leonhard Kessel, Albin Kessels Bruder, seine Objekte. Leonhard Kessel hatte eine Möglichkeit aufgetan, die Caritas-Altkleider-Sammlung anzuzapfen. Er vernähte alte Anzüge zu einem Stück, das heißt: er nähte die Hose an die Jacke und die Knöpfe und Taschen und alles zu, tränkte es mit einer von ihm erfundenen geheimgehaltenen Mischung, die unter anderem Kreide enthielt. Die Anzüge wurden weiß und bocksteif, und wenn sie gelungen waren, konnten sie von alleine stehen. Leonhard Kessel hatte schon vier von diesen Objekten verkauft.

Leonhard Kessel war in der Debatte *für* einen richtigen, schönen Heiligen Abend. Linda – die sich damals schon seit längerer Zeit Edmund widmete – war strikt dagegen. Albin Kessel, der eigentlich schon nicht mehr recht hier wohnte und nur mehr ein-, zweimal in der Woche kam, hatte – wie so oft, sagte Linda – keine Meinung. Frau Kessel (Kessels ehemalige Bestie), die von einer Überzeugung ganz tiefinnerlich überzeugt war, von einer einzigen Überzeugung: daß sie immer recht hatte, sagte, daß man wegen der Kinder einen Christbaum brauche. (Die Kinder: das waren die zwei Töchter Albin Kessels und der Bub, den Linda mitgebracht hatte.) Es ging lange hin und her. Auf die Idee, die Kinder zu fragen, kam Edmund. Die Kinder wollten einen Christbaum. Also mußte Linda nachgeben.

Albin Kessel, der ein paar Tage vor Weihnachten erklärt hatte, er werde über die Feiertage und vielleicht bis Neujahr wieder hierbleiben, wurde beauftragt, den Christbaum zu holen. Es war schon recht spät und die Auswahl nicht mehr sehr gut. Albin brachte einen Baum, der unten relativ viele und dichte kurze, in der Mitte auf etwa einen halben Meter überhaupt keine und oben drei unregelmäßige sehr lange Äste hatte. Linda bekam einen Lachanfall, als sie den Baum sah. Leonhard Kessel dagegen fand den Baum gefällig. Die Wohnung hatte zum Hof hin einen sogenannten Küchenbalkon. Dort wurde der Baum bis zum Heiligen Abend gelagert.

Eine Menge Geld kostete der Christbaumschmuck. Frau Kessel, die sich auch in Geschmacksfragen für unfehlbar hielt, kaufte ohne Rücksicht auf die Haushaltslage ein: Kugeln, Kerzen, Kerzenhalter, kleine geschnitzte Volkskunst aus Sizilien, Persien, Andalusien und Mexico; kleines gegossenes Zinn. Es gab da einen beliebten Laden in der Stadt, der so Sachen zu wackeren Preisen führte. Als Frau Kessel mit dem Schmuck heimkam, gab es eine neue Diskussion – Diskussion ist zart ausgedrückt –, aber die Tatsache, daß Leonhard Kessel in Verhandlungen über den Verkauf seines fünften Kreideanzuges stand, beruhigte die Gemüter wieder.

Zum Glück ging man bereits am späten Vormittag des 24. Dezember daran, den Baum zu schmücken. Der Baum hatte etwas durch die offenbar zu sorglose Lagerung auf dem Küchenbalkon gelitten. Er sah aus wie einer mit fettigen Haaren, der in der Nacht nur auf einer Seite geschlafen hat. Edmund versuchte, die Äste wieder zurechtzubiegen. Aber das war nicht das entscheidende Problem, das auftauchte. Das entscheidende Problem war, daß man vergessen hatte, einen Christbaumständer zu besorgen. Linda schlug vor, ihn in eine Schüssel mit Leonhard Kessels geheimer Kreidemasse zu stellen, aber Leonhard sagte, daß die Masse mindestens drei Tage brauche, um hart zu werden. Zum Glück war es aber erst später Vormittag, und so ging Albin Kessel einen Christbaumständer kaufen. Er hatte damals gerade den Vorschuß für eine *Sendung für die Katz* vom Fernsehen bekommen. (Typisch, daß er uns nichts davon erzählt hat, sagte Frau Kessel, die ehemalige Bestie.) Die Auswahl an Christbaumständern war noch geringer als die von Bäumen am Vortag. Albin Kessel hatte auch gar nicht mehr Zeit, bis zum Ladenschluß in mehr als drei oder vier Läden zu fragen. Die einfachen Christbaumständer waren alle schon ausverkauft. So brachte Albin einen mit Zwergen verzierten Luxusständer mit, in den man Wasser gießen konnte, damit der Baum frisch blieb, der sich mitsamt dem Baum drehte und dabei *Stille Nacht, heilige Nacht* spielte. Er hatte ein kleines Vermögen gekostet. Leonhard Kessel schrie auf, als er das Gerät sah. Frau Kessel sagte, sie werde den Raum nicht betreten, wo dieses Ding stehe. Nur Edmund war begeistert, was Linda verwerflich fand. Daß der Weihnachtsabend letzten Endes ein Fiasko wurde, lag nicht an dem Christbaumständer. Linda hatte für den Abend Leute eingeladen.

»Wenn wir schon Weihnachten feiern«, sagte sie, »dann ganz anders.« Wer Linda kennt, weiß, was sie darunter alles verstand. Auch Albin hatte ein paar Leute eingeladen. Als sich der mit geschmackvoller Klein-Folklore geschmückte eigenwillige Baum zum Klang des Liedes *Stille Nacht, heilige Nacht* drehte – nun war auch Leonhard Kessel begeistert –, fragte Linda nebenbei: »Albin, du hast doch hoffentlich nicht den Söhl eingeladen?«

»Doch«, sagte Albin, »der Söhl kann jetzt Okarina blasen, und seine zwei Freundinnen tanzen dazu.«

»Um Himmels willen«, sagte Linda.

»Vielleicht«, sagte Albin, »kann man ihn bitten, nicht zu spielen. Aber du hast ihn ja noch nicht gehört –«

»Nicht wegen der Okarina, aber es kommen doch die beiden Geyer.«

»Der Söhl und die beiden Geyer?« sagte Edmund. Man muß wissen, daß das damals eine Zeitlang wie Wasser und Feuer war, mehr noch: wie Weißglut und Eis, das war so, daß schon die Luft im Zimmer knisterte, wenn man, wie eben Edmund, die Namen in einem Satz nannte. Bernd Söhl war der Chefideologe der trotzkistischen Paolikaner (sogenannte VII. Internationale, auch als Anarcho-Monarchisten bekannt), die Brüder Willi und Hartmuth Geyer hatten sich vor etwa zwei

Monaten abgespalten und eine Alt-marxistische-mystische Meditationsbewegung gegründet, deren Anhänger von ihren Gegnern Polit-Fakire genannt wurden.

»Es ist nicht, weil sie sofort übereinander herfallen und sich womöglich verprügeln«, sagte Linda, »aber wenn es jetzt herauskommt, daß wir mit beiden verkehren, sind wir geliefert. Wir sind unmöglich, wir werden nirgends mehr eingeladen, wir sind weg vom Fenster. Wir sind die längste Zeit progressiv gewesen.«

Der Christbaumständer wurde abgestellt, die Kerzen – trotz des Protestes der Kinder – gelöscht. Albin Kessel rief bei Söhl an, um unter einem Vorwand die Einladung rückgängig zu machen. Söhl würde zwar die Lüge merken und beleidigt sein, aber das wäre das kleinere Übel. Aber es meldete sich niemand. Dann rief Linda bei den Geyers an. Auch hier meldete sich niemand. Das Entsetzen stand, wie man so sagt, im Raum: sie sind schon unterwegs. Blitzschnell wurden alle Möglichkeiten durchgespielt – es half nur eins: die Flucht. Zwar waren dann alle Gäste beleidigt, aber es gab immerhin die Hoffnung, daß die Geyers und Söhl nicht gleichzeitig eintrafen und fluchend wieder gingen, sondern in einem so großen zeitlichen Abstand, daß sie einander nicht begegneten.

Die Kinder wurden – sie protestierten wieder, wurden geohrfeigt: »Die Notlage rechtfertigt diesen letzten Schritt durch den Sumpf der Autorität«, sagte Edmund – angezogen, alle Lichter wurden ausgelöscht. Man kam grad rechtzeitig hinunter in die dunkle Toreinfahrt, um vor den ersten Gästen in den Hof zu fliehen. Man ließ die Gäste die Stiege hinaufsteigen, als sie außer Sichtweite waren, huschte man hinaus in die winterliche Weihnacht.

Ja, und dann waren alle Kinos geschlossen, alle Theater, keine Gastwirtschaft, keine Kneipe, keine Bar war geöffnet. Was blieb Linda und den Kessels, Edmund und den Kindern? Sie mußten wohl oder übel mit der einzigen öffentlichen Veranstaltung vorlieb nehmen, die an dem Abend geboten wurde. Sie gingen in St. Wolfgang in die Christmette.

Das Weihnachtsfest führte übrigens mittelbar zur Auflösung

der Wohngemeinschaft, denn Leonhard Kessel fand großes Gefallen an dem Christbaumständer: im Frühjahr, zu Ostern, noch im Hochsommer steckte er einen Besen in das Loch und ließ ihn und die Zwerge zu den Klängen von *Stille Nacht, heilige Nacht* tanzen. Das hielten die anderen am 24. Juni nicht mehr aus und zogen fort.
Na ja, ob es genau der 24. Juni war, ist natürlich nicht sicher. Aber um diese Zeit herum war es gewesen, um die Mitte des Jahres 1973, daß die Kommune zu zerfallen begann. Es ging sehr rasch. Zurück blieben die Herrenkommode und Albin Kessel, ausgerechnet er, obwohl er sich eigentlich gar nicht mehr zur Kommune rechnete. War auch die Auflösung der Kommunardenwohnung der Beginn eines neuen Lebens gewesen? Kessel rechnete nach: zum 1. September 1973 hatte er die Altbauwohnung in der Straße hinter dem Rosenheimer Platz gekündigt. Morgen war der 1. Februar 1977. Vier Jahre, nein: dreieinhalb Jahre, genauer: drei Jahre und fünf Monate, eine sehr krumme Zahl. Das Dezimalsystem paßt nicht in den Kalender. Fünf Monate sind ein sperriger, ein unharmonischer Zeitraum. Alle drei Jahre und fünf Monate der Beginn eines neuen Lebens?
Morgen ist der 1. Februar 1977, plus fünf Monate ist: 1. Juli 1977, plus drei Jahre: der 1. Juli 1980.
Wenn der Zyklus stimmt, so würde also am 1. Juli 1980 ein weiteres neues Leben beginnen. Kessel nahm das Messingherz aus der Hosentasche und legte es vor sich auf das kleine Klapptischchen neben den Becher mit dem ausgetrunkenen Tomatensaft und der Plastiktüte, in der die tomatenroten Eiswürfel langsam schmolzen.
Fünfzig Jahre würde er dann alt sein. Beginnt für einen, der fünfzig Jahre alt geworden ist, jemals noch ein neues Leben?
In manchen Dingen war Albin Kessel ein rationell handelnder Mensch. Da Renate am ersten Weihnachtsfeiertag ohnedies beleidigt war, weil Kessel gesagt hatte, er lege keinen Wert darauf, mit Herrn Kurti Wünse aus Lüdenscheid zusammenzutreffen, weshalb er es vorziehe, außer Haus zu essen, kam es auf eins hinaus, dachte Kessel, und er sagte auch gleich, daß er am 1. Februar nach Berlin übersiedeln würde.

Er aß im *Schwarzwälder:* eine Fasanensuppe, ein geräuchertes Forellenfilet, Rehnüßchen und zum Schluß das Maronenpüree. Dann trank er noch einen Kaffee, und um halb drei machte er sich auf den Weg zu Jakob Schwalbe.
Josepha machte auf. Sie trug ein schwarzes Kleid mit einem weißen Spitzenkragen.
»Ach«, sagte das Kind, »Sie sind, glaube ich, Herr Kessel?«
»Ja«, sagte Kessel, »ist dein Vater da?«
»Kommen Sie bitte herein«, sagte das Kind. »Wollen Sie Ihren Mantel ablegen?« Josepha reichte ihm einen Kleiderbügel und führte ihn dann ins Wohnzimmer.
»Nehmen Sie einen Augenblick Platz?« sagte Josepha.
Kessel setzte sich in einen Sessel und schlug die Beine übereinander. Das Kind ging hinaus und schloß die Tür.
Die Wohnung war still.
Es hatte schon vorhin, als Kessel das *Schwarzwälder* verlassen hatte, zu schneien begonnen. Vor die zwei großen, hohen Fenster von Jakob Schwalbes Wohnzimmer waren bodenlange, weiße Stores gezogen. Ein ähnlicher, aber bewegter, kreiselnder Store hing draußen: die dichten Schneeflocken. Das Zimmer war schneedunkel, mehr als dämmerig, in dunkelbraune, cognacfarbene Schatten getaucht.
Judith Schwalbe kam herein. Auch sie trug ein schwarzes, sehr einfaches Kleid ohne allen Schmuck, nur einen – ebenfalls schwarzen – Armreif. Kessel stand auf: »Ich hoffe, ich störe nicht –«
»Aber nein«, sagte Judith, »bitte bleiben Sie sitzen. Sie trinken einen Tee?«
»Jakob ist leider nicht da«, sagte sie später, als Josepha auf einem schwarzen Lacktablett die weiße Teekanne, die Tassen und das übrige Zubehör gebracht hatte und wieder hinausgegangen war.
»Ach so«, sagte Kessel. »Wo ist er denn? Ich habe ihm nämlich etwas mitgebracht. Zu Weihnachten. Ein eher komisches Weihnachtsgeschenk. Ich habe es neulich in Wien gekauft. Eine Symphonie, ich glaube, es ist die achtzehnte, von einem Komponisten, den selbst Jakob –« (in Gegenwart von Frau Schwalbe redete Kessel von seinem Freund, indem er den

Vornamen verwendete, im direkten Umgang sagte er zu ihm: du, Schwalbe) »– nicht kennen dürfte: Wenedikt Alexejewitsch Ferkelman.«
Judith lachte.
»Er heißt wirklich so. Ich habe die Platte in Weihnachtspapier eingewickelt, sonst könnten Sie es lesen. Er heißt Ferkelman, Symphonie Nr. 18 in Cis-Dur über abchasische Themen. Ferkelman, das habe ich der englischen Version des Plattentextes entnommen, ist der Vorsitzende der Leningrader Sektion des Sowjetischen Komponistenverbandes. Muß also ein bedeutender Mann sein.«
Judith lachte noch einmal. »Das wird Jakob amüsieren. Er hat ja eine Vorliebe für solche Abstrusitäten – abchasische Themen. Es kann leicht sein, daß er die Platte eine Woche lang jeden Tag dreimal spielt.«
»Schrecklich«, sagte Kessel, »hoffentlich verfluchen Sie mich dann nicht.«
Judith nahm die eingepackte Platte und legte sie hinüber auf den Flügel. »Wollen Sie warten, bis Jakob kommt?«
»Gern«, sagte Kessel, »wenn ich nicht störe.«
»Nein«, sagte Judith sehr ernst, und fast als wolle sie betonen, daß das keine Höflichkeitsfloskel sei, »nein, keineswegs.«
Frau Schwalbe erkundigte sich dann nach Kessels Arbeit an dem Fernsehfilm über die Buttlarsche Rotte. Kessel erzählte, daß er das Drehbuch einige Tage vor Weihnachten zu Frau Marschalik gebracht hatte, die versprochen habe, es über die stillen Tage zwischen Weihnachten und Neujahr zu lesen. Dann erkundigte sich Kessel nach Josephas Fortschritten auf der Violine. Frau Schwalbe äußerte sich zufrieden. Josepha habe einen Satz der *Regenlied-Sonate* im Weihnachtskonzert ihrer Schule gespielt.
»Nein«, sagte sie dann auf die Frage Kessels, »nein, es ist nicht Jakobs Schule. Wir haben sie absichtlich nicht an diese Schule getan, obwohl das ein musisches Gymnasium ist und eigentlich genau das Richtige für Josepha. Nein, wir meinen: es ist nicht gut für das Kind, wenn es in die Schule geht, in der der Vater unterrichtet. Es ist nicht gut für das Kind, es ist

nicht gut für den Vater, und es ist nicht gut für die anderen Lehrer. Ihre Tochter geht auch schon aufs Gymnasium?«
»Ja«, sagte Kessel, »Cornelia, die jüngere, in die sechste oder siebte Klasse, also nach alter Zählung, jetzt zählt man ja anders –«
»Nein«, sagte Judith, »ich meine Ihre Jüngste –«
»Das ist etwas anders als bei Ihnen und Jakob. Sie meinen Kerstin? Kerstin ist nicht meine Tochter. Ich wollte, sie wäre es. Aber meine Frau hat sie mir *nicht* geschenkt.«
»Vielleicht – es muß ja nicht –«
»Doch«, sagte Kessel, »es muß. Sie haben es selber gesagt. Es müßte sein. Es geht nicht anders. Das heißt: es geht schon anders, aber es geht nicht gut.«
»Es geht nicht gut?«
»Nein«, sagte Kessel, »es geht nicht gut.«
»Das kann ich schon verstehen«, sagte Judith. »Das ganze ist zwar nur ein Spiel, wenn Jakob und ich sagen: unsere Tochter, oder wenn gar ich sage: da schau, deine Tochter, oder: von wem sie das wohl hat, und ich meine ihn. Es ist ein Spiel, aber ein sehr ernstes Spiel. Auch Josepha weiß, daß Jakob nicht ihr biologischer Vater ist, aber sie macht das Spiel mit. Manchmal ist ein Spiel ernster als der Ernst. Ja, ich habe Jakob das Kind geschenkt.« Judith senkte die Augen. »Ich habe sie ihm geschenkt, als wir das erste Mal –«
Judith machte eine kleine Pause. Kessel sagte nichts und senkte auch den Kopf.
»– es war an einem 27. April. Als ob Jakob meinen Gedanken erraten hätte, sagte er nachher, als er neben mir lag: jetzt ist Josepha meine Tochter.«
Nach einer weiteren kleinen Pause schaute Judith wieder auf und lachte: »Und seither hat sie zwei Geburtstage: ihren biologischen am 13. Dezember und den wirklichen am 27. April.«
»Weiß sie es?« fragte Kessel.
»Natürlich«, sagte Judith, »sie bekommt ja an beiden Geburtstagen Geschenke.«
Als um halb sechs Uhr Schwalbe immer noch nicht gekommen war, sagte Kessel, er müsse gehen.

»Ja«, sagte Judith, »ich weiß auch nicht, wo er so lange bleibt. Aber er hat schon gleich gesagt, bevor er fortgegangen ist, es könne länger dauern. Vielleicht kommen Sie Anfang des Jahres noch einmal, bevor die Ferien vorbei sind?«
Kessel hatte es versprochen, war aber dann doch nicht dazu gekommen. Ein zweiter Kurs, ein Verfeinerungskurs im Geheimdienstseminar, hatte ihm viel Zeit weggenommen (der zweite Kurs war noch langweiliger als der erste gewesen, weil die Verfeinerung darin bestand, daß der Stoff aus dem ersten Kurs nochmals durchgekaut wurde) und dann auch die Vorbereitungen für die Einrichtung der neuen Dienststelle in Berlin.
»Und vielen Dank für die Schallplatte«, sagte Judith, als sie Kessel hinausbegleitete.
»Aber bitte«, sagte Kessel, »es ist mehr ein Scherz.«
»Ich fürchte«, sagte Judith, »Jakob hat seinerseits kein Geschenk für Sie.«
»Wenn ich nicht zufällig auf diese komische Platte gestoßen wäre, hätte ich auch keins«, sagte Kessel.
Wenn ich das erste Mal zurückfliege, nahm sich Kessel vor, besuche ich Schwalbe. Vielleicht schon am nächsten Wochenende.
»Gestatten Sie?« fragte die Stewardess. Fast hätte sie mit dem Plastikbecher, der Tüte mit dem zerlaufenden Eis und den beiden Servietten das Messingherz weggeräumt. Kessel griff schnell danach. »O Pardon«, sagte die Stewardess, »und darf ich einszehn kassieren?«
Kessel stutzte.
»Tomatensaft«, sagte die Stewardess, »eins-zehn.«
»Sie sind auch nicht großzügiger geworden«, sagte Kessel und klaubte eine Mark und ein Fünfzigpfennigstück aus seiner Geldbörse. »Früher hat man eine ganze Mahlzeit umsonst bekommen.«
»Das muß schon länger her sein«, sagte die Stewardess schnippisch.
Bekommt eine Stewardess Trinkgeld? Wermut Graef hatte einmal den prägnanten Lebensleitsatz geprägt: was Uniform trägt, bekommt Trinkgeld. Aber galt das auch für einen so

feinen und heiklen Berufsstand wie Stewardess? Kessel gab der Stewardess die eine Mark und die fünfzig Pfennig. Ich belohne mit dem Trinkgeld ihren schönen, runden Hintern. »Danke«, sagte die Stewardess, warf die zwei Münzen in ihr Blechschächtelchen und ging zum nächsten Passagier.

Dr. Jacobi hatte das Kleiderpaket natürlich nicht aufgemacht und gemustert.
»Legen Sie es hierher«, sagte er zu Kessel und deutete auf eine Ecke im Flur, »ich telephoniere dann gleich, und ich nehme an, daß mein Freund, der Stadtpfarrer Betzwieser, noch heute jemand schickt, der es abholt. Haben Sie keine Sorge: der weiß immer jemand, der so was brauchen kann.«
Am Samstagvormittag hatte Kessel begonnen, die Sachen zusammenzurichten, die er nach Berlin mitnehmen wollte. Er hatte nicht vor, viele Sachen mitzunehmen. Erstens war Kessel, was Kleidung anbetraf, sehr anspruchslos, und zweitens fuhr er ja vorerst nur für eine Woche. Es sollte ja keine Übersiedlung sein. Dennoch kam Kessel beim Packen ins Ausmisten.
Überhaupt: er hatte Renate gesagt, das ganze sei nur für ein halbes Jahr. War das eine Lüge? Es war keine eindeutige Lüge, es war ein kompliziertes Geflecht an Lüge und Wahrheit oder zumindest an Lüge und dem, was Kessel selber glauben wollte. Objektiv gesehen war es eine Lüge, denn Kessel/Kregel war mit Wirkung vom 1. 2. 1977 definitiv nach Berlin als Leiter der Dienststelle G 626/1 versetzt. Eine Lüge: weil Kessel sehr wohl wußte, was Renate ausgesprochen hatte, wenngleich in eine traurige Frage gekleidet, daß das das Ende ihrer Ehe sei. Und weil Kessel nicht den Mut hatte, dem Abschied vom 31. Januar Auge in Auge seiner Frau gegenüber das Gewicht des Endgültigen zu geben, das diesem Abschied gebührte, auch wenn Renate sagte: »– und die schmutzige Wäsche kannst du am Wochenende, oder wenn du kommst, ohne weiteres mitbringen –.« Eine Lüge, weil sich Kessel sagte: so ein stummer, tränenloser, streitloser Abschied für immer ist zu schwer, und das mit dem halben Jahr sagt sich jetzt leicht, und sie glaubt es, und alles ist nicht so

tragisch, und in einem halben Jahr sieht man weiter, da will sie vielleicht gar nicht mehr, daß ich zurückkomme.
Nicht ganz: als Kessel jene Samstagausgabe des *Neuen Deutschland* im Papierkorb fand, hatte er – und nicht das erste Mal – an all das denken müssen, was Dr. Wacholder beim allerersten Gespräch über den Geheimdienst gesagt hatte. Kessel hatte die Zeitung im Papierkorb betrachtet und hatte sich gedacht: bei dem Verein bleibe ich doch nicht lang. Glaubte Kessel sogar an das halbe Jahr? Glaubte er daran, um nicht lügen zu müssen?
Er mistete aus: einige einzelne Socken, deren Pendants irgendwann bei der Wäsche verlorengegangen waren, und die Renate doch in der Hoffnung aufgehoben hatte, daß sich der jeweils fehlende Socken wiederfinden würde. Die Socken warf Kessel auf einen Haufen, auch das Oberteil eines Schlafanzuges, dessen Hosen ebenfalls verschwunden waren, und ein ganz zerrissenes Hemd. Auf einen anderen Haufen – den Kessel später mit Spagat bündelte und zu Dr. Jacobi brachte – warf er einen blaßblauen Pullover, der mit der Zeit zu groß geworden war, drei tadellose, aber stark taillierte Hemden, die zu tragen Kessels Taille seit einigen Jahren schon verbot, einen alten Morgenmantel, einen alten Trenchcoat mit Gürtel, den Kessel nicht mehr mochte, einen zwar abgewetzten, aber sonst noch guten Glencheck-Anzug mit unmodisch schmalen Hosenbeinen und einen ebensolchen Smoking. Der Smoking stammte aus der St.-Adelgund-Millionärszeit. Damals hatte man so schmale, enge Hosen. Kessel konnte sich zwar erinnern, daß er bei allen seinen Umzügen auch diesen Smoking eingepackt hatte, und daß er jedesmal überlegt hatte, ob er ihn nicht wegwerfen solle, aber daran, wann er ihn zum letzten Mal getragen hatte, daran erinnerte er sich nicht.
Dann ziehe ich ihn jetzt an. Das letzte Mal. Abschied von einem Smoking, dachte Kessel. Er paßte nicht mehr richtig, zwickte überall. In der linken Westentasche trug etwas auf. Kessel faßte hinein.
Das Messingherz.
Kessel setzte sich aufs Bett. Der Smoking krachte in den Nähten. Frau Julia Klipp, Julia mit den goldenen Augen. Julia,

die schönste Frau der Welt. Julia, die Frau, an die er zwar nicht jeden Tag dachte, aber zwei Tage hintereinander waren nie vergangen, in den ganzen Jahren nicht, daß er nicht an sie gedacht hätte. Julia, an die ihn Linda erinnert hatte, als sie damals in sein Chefzimmer trat; Julia, an die ihn Wiltrud erinnert hatte, was eine Täuschung gewesen war; Julia, nach deren Bild er Renate ausgesucht hatte, ganz bewußt und zielstrebig. Natürlich hatte er es Renate nie gesagt, und natürlich war es nicht so, daß er in Renate nur das Bild Julias geliebt hatte; so einfach sind die Wege der Seele nicht, aber dennoch: Renate war die Frau, die Julia am ähnlichsten war von allen, die Kessel je begegnet waren. Frau Julia Klipp. Als er damals aus der Firma ausschied, hatte er eine Rose gekauft, eine einzelne, lange, tiefrote Rose. Er hatte sich am letzten Nachmittag von allen verabschiedet, von seinem Chef, vom noch höheren Chef, von den Mitarbeitern, zum Schluß von Julia. Julia war in sein Zimmer gekommen. Er gab ihr die Rose. Er hatte überlegt, was er sagen solle: »Ich habe Sie sehr gern gemocht –« oder: »Ich werde Sie nicht vergessen –«

Er kam nicht dazu, etwas zu sagen, denn Julia nahm die Rose, sagte: »Danke« und ging sehr schnell hinaus. Sie fürchtete wohl eine rührselige Szene, eine Beteuerung Kessels, die sie nicht zu erwidern vermocht hätte.

Kessel war sich ganz sicher gewesen, daß er das Messingherz auf der letzten Fahrt der *St. Adelgund II* dabeigehabt hatte. War er am Tag, bevor er damals nach Bremerhaven abreiste, in der Oper gewesen? Im Smoking? Kessel zergrübelte sein Gehirn, aber es dämmerte ihm nichts. Er hatte kein gutes Gedächtnis für solche Sachen.

Der Samstag, an dem Albin Kessel zu Dr. Jacobi ging, war ein Föhntag. Die Wolken wuchsen in geradezu unnatürlich regelmäßigen Streifen über den Himmel nach Norden. Es tropfte von den Bäumen, überall roch es – viel zu früh: Ende Januar – nach Erde, und am Nymphenburger Kanal war das Eis daran, zu brechen. Das Schloß lag in der Föhnluft in einer Pracht da, jeder Risalit war wie vom Licht herausgemeißelt, wie auf einer architektonischen Zeichnung. Der unwirkliche Wind verwandelte die Luft in Glas. Kessel knöpfte den Mantel auf, als er von der Haltestelle Waisenhausstraße die Auffahrtsallee hinauf ging. Er schwitzte fast, weil er das schwere Paket mit den alten Kleidern trug. Die Funkstreife war gerade dabei, ein paar Buben vom Eis zu treiben, das an den Rändern schon ausgefranst, von Wasser überspült war.

Den goldenen Netzanzug hatte Kessel ganz innen in das Paket gerollt. Renate war nie mehr darauf zu sprechen gekommen. Mitte Januar hatte die Buchhandlung, in der Renate arbeitete, einen Personal-Faschingsball veranstaltet. Kessel und Renate waren hingegangen. Kessel hatte sich daran erinnert, daß Renate gesagt hatte: höchstens im Fasching könne man so ein Ding anziehen – oder hatte sie gesagt: nicht einmal im Fasching . . .? Kessel sagte jedenfalls nichts und wartete. Renate zog den Goldanzug nicht an. Daraufhin räumte ihn Kessel weg, mischte ihn unter seine Socken. Die Caritas wird Augen machen, dachte sich Kessel.

Dr. Jacobi war wieder recht munter und auf den Beinen. Aus dem Hause, sagte er, gehe er aber doch nur selten. Bei so einem Wetter wie heute gar nicht.

Nachdem Kessel das Kleiderbündel (mit dem goldenen Anzug innen) in eine Ecke des Flurs gelegt hatte, führte Dr. Jacobi seinen Gast ins Wohnzimmer.

»Ich muß aufarbeiten«, sagte Dr. Jacobi und deutete auf einen Stapel von Zeitungen. »Ich konnte, während ich krank war, nicht viel lesen.« Es war ein Stapel *Neuer Zürcher.* »Neben dem Papst die einzige unfehlbare Institution«, sagte Dr. Jacobi.

Kessel mußte lachen. Herr von Güldenberg, dessen Leibblatt auch die *Neue Zürcher* war, hatte mehrfach ähnlich gesprochen. »Ich habe den Verdacht«, hatte Herr von Güldenberg gesagt, »daß da oben, bei der Zentrale in Pullach, erst dann eine geheimdienstliche Meldung akzeptiert wird, wenn es auch in der *Neuen Zürcher* steht.«

»Sie lachen?« fragte Dr. Jacobi, »doch – bestimmt. Die Deutschen meinen zwar, der *Spiegel* sei das unfehlbare Blatt, aber das stimmt nicht. Das redet der *Spiegel* seinen Lesern nur ein. Das wäre nicht schlimm. Schlimm ist: die Leute vom *Spiegel* haben das mit ihrer Unfehlbarkeit ihren Lesern so lang einge-

redet, daß sie – die Redakteure – es inzwischen selber glauben. Kann sein: in der *Bild*-Zeitung wird der meiste Blödsinn geschrieben, mag sein, aber gleich danach kommt der *Spiegel*. Die *Gartenlaube* des ambitionierten Kleinbürgers.«
Dr. Jacobi bot Kessel einen Platz auf dem Sofa an, auf dem er selber damals gelegen hatte, und räumte den Stapel Zeitungen beiseite.
»Lesen Sie sie von A bis Z?« fragte Kessel.
»Nein«, sagte Dr. Jacobi, »das nicht. Von der Wirtschaft und von den Börsenberichten verstehe ich zuwenig, die Todesanzeigen und den Zürcher Lokalteil lese ich nur ab und zu, dann aber laut in Schwyzerdütsch, zu meiner Erheiterung.«
»Können Sie Schwyzerdütsch?«
»Ich war während des Krieges in Einsiedeln«, sagte Dr. Jacobi, aber so knapp und in einem so anderen Ton, daß Kessel merkte, der alte Mann wollte nicht über die näheren Umstände gefragt werden. »Ja – aber das Übrige lese ich. Das Feuilleton, um mich in höhere geistige Welten zu erheben oder auch, um zu staunen, wie wenig ich weiß und wieviel die anderen. Nein: das ist eigentlich nicht richtig. Das Feuilleton ist nie herablassend, vielleicht ist das das Geheimnis dieser Zeitung. Wenn Sie die Feuilletons der *Süddeutschen* oder der *Frankfurter* oder der *Zeit* lesen, haben Sie immer das Gefühl, ein Experte streut Ihnen aus schwindelnder Höhe ein paar Brosamen auf den Kopf. Dabei dürfen Sie nicht hinter die Kulissen sehen. Das sind nämlich gar keine Experten. Das Gegenteil von Experten. Wissen Sie, was das Gegenteil von einem Experten ist? Der Journalist. Beim Feuilleton der *Neuen Zürcher* hat man zwar auch das Gefühl, man weiß gar nichts, aber gleichzeitig hat man das Gefühl: man sitzt mit Leuten, die wirklich etwas von dem verstehen, was sie schreiben, an einem Tisch. Gepflegte Allgemeinverständlichkeit. Die deutschen Feuilletonisten glauben offenbar immer, sie vergeben sich etwas, wenn man sie versteht.«
»Und den politischen Teil?« fragte Kessel.
»Den lese ich natürlich am genauesten«, sagte Dr. Jacobi. »Obwohl ich ein unpolitischer Mensch bin. Ja. Was sollte ich in meinem Alter noch politisch sein. Ich beobachte nur. Ich

habe mich in die uneinnehmbare Festung des bloßen Registrierens zurückgezogen.«
»Dann wählen Sie auch nicht?«
»Doch. Zähneknirschend. Das kleinste Übel. Ich habe schon vor zehn Jahren gesagt: die Fünfprozentklausel ist die Wurzel allen Übels. Vor zehn Jahren ist Benno Ohnesorg erschossen worden. Oder vor neun. Ein Opfer der Fünfprozentklausel. Natürlich ist das, was man damals und später die Studentenbewegung nannte, ins Querulatorische pervertiert. Aber wie alle Querulanten hatten die Leute in einem kleinen Kern recht: die Fünfprozentklausel hat ihnen die Möglichkeit genommen, sich legal zu manifestieren. Es ist eigentlich eine Ungeheuerlichkeit – nein: ich will keine solchen Kraftausdrücke verwenden, ich registriere ja nur noch: da gehen die großen Protzparteien her und eignen sich die Stimmen der Andersdenkenden an. Meinungsdiebe.«
»Und unterscheiden sich kaum noch voneinander, die Protzparteien –«
»O doch«, sagte Dr. Jacobi. »Die Roten sind dumm und ehrlich, und die Schwarzen sind dumm und korrupt. Und die Roten sind außerdem überflüssig. Sehen Sie doch: vor hundert Jahren, oder sogar noch vor achtzig Jahren, wären doch Sie und ich glühende Sozialdemokraten gewesen, oder? Lesen Sie nach, wie schlecht es den kleinen Leuten damals gegangen ist. Die Sozialdemokratie und ihr alter ego, die Gewerkschaften, waren eine Notwendigkeit, waren eine Erlösungsbewegung, waren der Silberstreif am Horizont für die ganzen armen Teufel, die einzige Hoffnung. Aber: inzwischen *sind* die armen Teufel erlöst. Was will denn die Sozialdemokratie heute? Wen will sie denn noch erlösen? Wessen Lage will sie denn verbessern? Sie hat ihre Aufgabe gelöst, sie hat sie sogar gut gelöst. Die Sozialdemokratie war ein notwendiges Werkzeug der Geschichte, aber jetzt wird es nicht mehr gebraucht. Lichtputzschere – wer braucht heute noch eine Lichtputzschere? Nostalgiker. Oder Schuhknöpfler. Wissen Sie, was ein Schuhknöpfler ist? Eine Art Drahtlöffelchen, mit dem wir als Kinder die Knöpfstiefeletten zumachen konnten. Lichtputzschere und Schuhknöpfler ... das ist heute die Sozial-

demokratie. Und, glauben Sie mir: sie weiß es. Die Klügeren dort wissen es. Deswegen sind sie so hilflos, in sich zerrissen. Keine vaterlandslosen Gesellen, nein: ziellose Gesellen.«
»Auch ich war ein Linker –«, warf Kessel ein.
»Jeder war irgendwann im Leben einmal ein Linker.«
»Sie meinen: so wie man Mumps gehabt hat?«
»Nein«, lachte Dr. Jacobi. »Ich halte es nicht für eine Krankheit, trotz dem, was ich vorhin gesagt habe. Nein: jeder hat sich einmal im Leben, mindestens einmal, über die dort oben geärgert und war *dagegen.* Obwohl das natürlich schon ein gefährlicher Umkehrschluß ist: wer *dagegen* ist, sei ein Linker.«
»Ein weitverbreiteter Umkehrschluß«, sagte Kessel.
»Sicher. Vor allem bei den Linken selber. Wenn einer gegen etwas ist, hält er sich schon für einen Linken. Nein, nein: so richtige, saubere, klare Anarchisten gibt es nicht mehr. Wissen Sie, warum ich für die Wiedereinführung der Monarchie bin?«
»Sind Sie das?«
»Im Ernst: ja. Und zwar, weil ich liebend gern ein Republikaner in einer Monarchie wäre. Gewesen wäre, natürlich gewesen wäre ... ich registriere ja nur noch ...«
»Ein Freund von mir, Jakob Schwalbe, ein Musiker, hat einmal eine anarcho-monarchistische Partei gegründet –«
»Kein schlechter Gedanke«, sagte Dr. Jacobi, »kein schlechter Gedanke. Mögen Sie noch einen Tee?«
Kessel hielt Dr. Jacobi seine Tasse hin, rührte dann in Gedanken und sagte nach einer Weile: »Ich war nicht nur ein Linker, ich wäre gern immer noch einer.«
»Aber?« fragte Dr. Jacobi.
»Eben. Wenn ich wüßte, *wofür* ich Linker sein sollte. Nur wegen der Schwarzen?«
»Sie dürfen nicht das Personal mit dem Unternehmen verwechseln«, sagte Dr. Jacobi.
»Wie habe ich gejubelt, als Willy Brandt Bundeskanzler geworden ist –«, sagte Kessel traurig.
»Ich habe ihn auch gewählt«, sagte Dr. Jacobi leise, »aber nur einmal. Dann – nein, dann nicht wieder.«

»Aber er hat den kalten Krieg beendet.«
»Sie meinen die neue Ostpolitik – hm. Der kalte Krieg. Laut darf man es ja heutzutage nicht sagen, ohne in falschen Verdacht zu kommen: der kalte Krieg. Was ist Ihnen lieber: ein ehrlicher kalter Krieg oder eine verlogene lauwarme Anbiederung? Glauben Sie, der Ostblock hätte den kalten Krieg gewonnen? Ich nicht. Glauben Sie, daß, wenn der Ostblock oder etwas unscharf gesagt: die Russen eine Aussicht gesehen hätten, den kalten Krieg zu gewinnen, glauben Sie, daß die Russen dann einverstanden gewesen wären, ihn zu beenden? Ich glaube es nicht.«
»Kann man einen kalten Krieg überhaupt gewinnen?«
»Vielleicht kann man nur noch kalte Kriege gewinnen. Der Ostblock hätte doch keine Chance gehabt. Bei allem Schauder vor der brutalen Mafia der Banken und Konzerne: der schlechteste Kapitalismus scheint immer noch besser zu sein als der beste Sozialismus. Im Kapitalismus können Sie alles mit Geld bezahlen, wenn Sie es haben, natürlich. Aber im Sozialismus ist *Gesinnung* die Münze, mit der die Leute dort bezahlen müssen. Was geben Sie lieber her? Ihr Geld oder Ihre Gesinnung? Eben. Der Sozialismus, der alle Hände voll zu tun hat, mit Hilfe einer aufgeblähten Bürokratie die Gesinnung seiner Untertanen einzukassieren, hätte, wirtschaftlich gesehen, keine Chance gegen den Kapitalismus gehabt. Ich glaube, das könnte man ausrechnen. Wenn die ernsthafte Rohstoffkrise kommt, hätten sie klein beigeben müssen.«
»Das sind doch alles Theorien. Theorien eines –«
»– eines Registrators.«
»– eines Antikommunisten?«
Dr. Jacobi dachte einen Moment nach.
»Ja. Ich bin gegen den Kommunismus.«
»Weil Sie Priester sind.«
»Nein. Als Priester müßte ich für den Kommunismus sein. Er hilft der Kirche auf. Nirgends sind die Gottesdienste so gut besucht wie in sozialistischen Ländern. Sie müssen einmal den Großen Frauentag in Krakau miterlebt haben – nein: ich bin gegen den Kommunismus, weil seine Theorie abwegig ist. Ich bin gegen den Kommunismus, weil er faschistisch ist.«

»Das ist das abgegriffene Schlagwort vom Linksfaschismus.« »Ob abgegriffen oder nicht: was heißt faschistisch? Ich habe lange darüber nachgedacht, auch wenn ich jetzt schnell darüber rede: das Wesen, der entscheidende Kern faschistischen Denkens ist das Postolat der ausschließlichen Richtigkeit der eigenen Theorie. Aber man darf sich ja heute keinen Antikommunisten nennen, ohne Gefahr zu laufen, ein Paria zu werden. Merkwürdig: sich einen Antikapitalisten zu nennen, ist ungefährlich. Aber zurück zum kalten Krieg –«

»Ein Schlagwort, das ich ungern unterschreiben würde.«

Dr. Jacobi lachte. »Ich meine es nicht als Schlagwort. Ich meine: reden wir noch einmal vom kalten Krieg. Man vergißt bei uns eigenartigerweise, daß ja auch der Ostblock den kalten Krieg geführt hat. Auch zum kalten Krieg gehören zwei. Und: wer führt denn heute noch einen kalten Krieg, wenn nicht die Sowjetunion und China? Sie ärgern und schikanieren sich gegenseitig, soweit es irgend geht, ohne daß einer zu schießen anfängt –«

»Obwohl sie sogar das getan haben.«

»Ja. Haarscharf aneinander vorbei«, sagte Dr. Jacobi und nahm einen Schluck Tee. »Wenn Sie die Ereignisse vergleichen: zwischen Rußland und China wiederholt sich in diesen Jahren fast genau das gleiche, wie zwischen Amerika und Rußland in den fünfziger Jahren. Vietnam ist Korea.«

»Dann müßten wir nichts so sehr fürchten wie das Ende des kalten Krieges in Asien?«

»Ich glaube, dieses Ende wird es nicht geben ...«

»Sie registrieren nicht nur, Sie prophezeien auch?«

»Nein. Ich rechne hoch.«

»Und wie sieht Ihre Hochrechnung aus?«

»Alle Theorien, ob kapitalistisch oder sozialistisch, alle Ideologien sind heute schon obsolet. Vielleicht geht es noch zehn Jahre so, wie es heute geht, vielleicht zwanzig. Ich erlebe es nicht mehr, aber Sie erleben es. Daß die bereits irreparable Übervölkerung der Erde und die zu Ende gehenden Kraftstoffreserven ein Problem sind, hat selbst der dümmste Politiker – und das will was heißen – schon erkannt. Aber daß es kein Problem mehr gibt außer *diesem* Problem – das haben die noch nicht begriffen. Kennen Sie den Schriftsteller Wolfgang Hädecke? Nein?«

»Doch«, sagte Kessel, »ich habe ein paar Gedichte von ihm gelesen und einen Bericht über eine Rußland-Reise.«

»Ein einsamer Rufer in der Wüste. Er hat einen Aufsatz geschrieben, wenn Sie wollen, suche ich ihn, er muß irgendwo hier unter dem Berg von Papieren sein: *Die Große Abblendung*. Der Mensch, sagt Hädecke, ist außerstande, sich eine echte Katastrophe vorzustellen. Deshalb blendet er ab. Mag sein . . . der eine oder andere Politiker, glauben Sie: ich ärgere mich oft grün und blau, wenn ich daran denke, daß eine so edle Staatsform wie die Demokratie es zuwege gebracht hat, daß die Begriffe Politiker und Schwachkopf identisch geworden sind. Wenn man sie schon reden hört, denen die sozusagen himmelblaue Inkompetenz bei jedem Wort aus dem Munde leuchtet . . . und das sind dann eher noch die Besseren. Von den andern, denen die mattweiße Dummheit von der Halbglatze leuchtet, von denen rede ich gar nicht –«

»Gerät man so in Rage? Als Registrator?« fragte Kessel.

»Ich schäme mich«, sagte Dr. Jacobi. »Sie haben recht. Es mag sein, wollte ich sagen, der eine oder andere Politiker erkennt das einzige und zentrale Problem. Aber dann darf er es nicht sagen.«

»Sie wollten aber Ihre Prophezeiung –«

»Nein: meine Prognosen. Ich sagte: mag es zehn Jahre weitergehen, mag es zwanzig Jahre weitergehen wie heute. Eher nur zehn Jahre, meine ich, dann ist keine große Abblendung mehr möglich. Dann beginnt das Rennen um die rettende Insel. Natürlich werden die wirtschaftlich Schwächeren als erste auf der Strecke bleiben: die Afrikaner, Südamerika, alles das, was man Entwicklungsländer nennt. Wahrscheinlich auch die Chinesen, denn auch sie haben keine Zeit mehr, den Vorsprung der Industrieländer aufzuholen. Es ist ja alles schon gelaufen, heute, wir merken es nur nicht.«

»Und übrig bleiben die Amerikaner und die Russen?«

»Ich gebe dem wendigeren Kapitalismus die größeren Chancen vor den Sozialisten mit ihrer schwerfälligen Ideologie, ihrer aufgeblähten Bürokratie und ihren unwilligen Sklaven.

Die Amerikaner könnten – ich verbürge mich nicht dafür, aber es wäre wohl denkbar – den Russen Getreide liefern und Schlachtvieh, aber nicht gegen Geld: gegen Waffen. Es ist doch ein nicht sehr abwegiger Gedanke: bevor der Feind verhungert, liefert er doch seine Rüstung ab, wenn man ihm eine Salami hinhält?«
»Und wenn er die Rüstung abgeliefert hat?«
»Die Amerikaner sind eine humane Nation. Sie lassen die Russen noch die Salami essen, bevor sie sie liquidieren. Ist es nicht menschlicher, wird sich die Generalität sagen, wir werfen die große Bombe, als daß wir zusehen, wie die armen Teufel qualvoll und langsam verhungern?«
»Düstere Aussichten. Und wo sind wir?«
»Wir sind schon vorher weg vom Fenster.«
»Düstere Aussichten.«
»Die Zeit«, sagte Dr. Jacobi, »die Zeit für Optimismus ist vorbei.«

Bitte Anschnallen und das Rauchen einstellen, kam es durch den Bordlautsprecher, wir landen in wenigen Minuten in Berlin-Tegel.
Kessel schnallte sich an.
In der ersten Januarwoche, während Kessel auf dem Verfeinerungskurs war, war Bruno nach Berlin vorausgeschickt worden, um den Aufbau der neuen Dienststelle vorzubereiten. Außer der Nachricht aber, daß er in einer Pension *Aurora* am Kurfürstendamm, Ecke Leibnizstraße, Wohnung genommen hatte, war von Bruno nichts mehr zu hören gewesen. Kessel hatte ihm in der vorigen Woche ein Telegramm geschickt mit der Ankunftszeit, und daß Bruno ihn in Tegel abholen solle.
Als Kessel, nachdem er seinen Koffer abgeholt hatte, auf den großen Korridor hinaustrat, wo die Leute warten durften, die keine Fluggäste waren, schaute er sich um.
Das Walroß mit Locken stand weiter hinten in der Gruppe der Wartenden und lächelte verlegen.
»Bruno?« sagte Kessel. »Sie sind ja tatsächlich gekommen?«
»Wieso, Herr Kregel?« sagte Bruno, »Sie haben doch telegra-

phiert. Ich habe Ihnen auch ein Zimmer in meiner Pension reserviert. Ich hoffe, es ist Ihnen recht.«

»Gut«, sagte Kessel. »Natürlich ist es mir recht. Nur: was machen die Kneipen in Berlin? Haben Sie sich schon akklimatisiert?«

Bruno machte ein finsteres Gesicht. Er nahm Kessel den Koffer aus der Hand und trug ihn zum Taxi. Im Taxi sagte dann Bruno: »Nein, Herr Kregel, denn: ich habe mich geändert. Ehrlich.«

II

Im Grunde genommen war es, zumindest das erste halbe Jahr, ja länger noch, bis in den Herbst hinein, eine Idylle. Das änderte sich eigentlich erst an jenem Tag im späten Oktober, einem Samstag, als Kessel seine Gäste verließ, um Bruno suchen zu gehen. Natürlich war es nicht so, daß schlagartig die Idylle untergegangen wäre an dem Tag – obwohl von einem Schlag, der Kessel traf, schon die Rede sein konnte, von einem schweren Schlag. Rückblickend aber, in Kenntnis der Ereignisse nach jenem Tag, war nicht zu verkennen, daß dieser Tag, der Geburtstag Kregels (und Jägermeiers!) ein Wendepunkt gewesen war, ein trotz des schweren Schlages vorerst unmerklicher Wendepunkt.

Später erst fiel Kessel eine Äußerung des – inzwischen pensionierten – Herrn von Güldenberg wieder ein, die er im Zusammenhang mit Bruno gemacht hatte. Aber da war es zu spät. »Aber was heißt: zu spät?« sagte Kessel, der da schon einige Zeit nicht mehr den Decknamen Kregel führte, der überhaupt keinen Decknamen mehr führte (höchstens in der schwarzen Liste der Bundesnachrichtendienst-Zentrale) zu Wermut Graef an einem ›aufrichtigen Dienstag‹, »was heißt: zu spät? Hätte ich etwas ändern können? Sag mir, Wermut, hätte ich irgend etwas ändern können?«

»Ich glaube nicht«, sagte Wermut Graef und zeichnete weiter an seinem großen Blatt auf dem schrägen Tisch.

Zunächst aber war es eine Idylle gewesen. Es gab Wochen, da kam Kessel überhaupt nicht aus Neukölln hinaus in irgendeinen anderen Bezirk Berlins, und noch weniger: Neukölln ist nicht klein. Kessel kam nicht aus dem Straßengeviert hinaus, wochenlang, das im Osten von der Mauer, im Westen von der großen Karl-Marx-Straße begrenzt wurde, im Süden von der S-Bahn-Linie. Nur die Grenze nach Norden war fließend, aber verlief etwa auf Höhe des Landwehrkanal-Knies zur Karl-Marx-Straße.

Das war Kessels Welt geworden. Fuhr er einmal mit seinem Fahrrad in den Volkspark Hasenheide, kam er sich vor, als führe er in die Fremde. Alle vierzehn Tage flog er nach München, meistens am Freitag nachmittag, am Montag abend zurück, dann nahm er ein Taxi von und zum Flughafen Tegel, und auf der Fahrt stellte er immer wieder fest: diese große Stadt würde ihm nie geläufig werden. Aber Neukölln, sein Geviert, kannte er. Warum auch mehr? Hier hatte er alles, was er brauchte: seine kleine Wohnung in der Weserstraße, die Dienststelle in der Elsenstraße, einen Bäcker, einen Metzger, sogar ein Kino, ein paar Gastwirtschaften, die Post an der Ecke Anzengruberstraße; und wenn er über den kleinen Neuköllner Kanal radelte, in der Früh gegen neun Uhr oder abends um sechs, über den Wildenbruchplatz oder das Kiehlufer den Neuköllner Kanal entlang, kam es ihm vor, als wäre das ein Dorfbach, obwohl die ganze Gegend, besonders hier, nahe an der Mauer, eher trostlos war.

Es sah hier aus wie es in München, in Obersendling, fünf Jahre nach dem Krieg ausgesehen hatte: es gab noch Bombenruinen, angeschlagene Fassaden, alles grau in grau. Nur daß damals in Obersendling oder in Giesing die verbliebenen, oft notdürftig hergerichteten Wohnungen überquollen vor Menschen, und hier war alles leer, besonders jenseits des Neuköllner Kanals, in den paar öden Straßen zwischen Kanal und Mauer. Weiter unten, an der Karl-Marx-Straße und selbst an der traurigen, großen Straße, die widersinnigerweise Sonnenallee heißt, war es etwas belebter, aber wenn Kessel am Morgen das Kiehlufer entlangradelte, konnte es passieren, daß er überhaupt niemandem begegnete oder höchstens einer Rentnerin in Kittelschürze, die ihren Hund ausführte. Es gab keine Kinder. Das fiel Kessel eigentlich erst auf, als er, vielleicht zwei Monate, nachdem er die Wohnung in der Weserstraße bezogen hatte, ein Kind, einen Buben von etwa sieben Jahren, auf einem Ruinengrundstück mit sich selber Fußballspielen sah. Der Bub schoß den Ball gegen die Brandmauer eines Hauses, auf dem die abgeblätterte Reklame für Persil – dem Stil der Malerei nach aus den frühen dreißiger Jahren stammend – kaum noch zu sehen war.

Vielleicht ist diese gemalte Reklame grad so alt wie ich, dachte Kessel.

Der Bub schoß den Ball gegen die Brandmauer und versuchte, den zurückspringenden Ball zu erwischen, so als ob er von einem Gegner käme.

Da fiel Kessel auf, daß dies das erste Kind war, das er in diesem Geviert Neuköllns sah. Kessel blieb stehen und fragte den Buben, wie er heiße.

»Geht Sie das was an?« fragte der Bub.

Beschämt war Kessel weitergefahren. Der Bub war zwar nicht das einzige Kind geblieben, das ihm in Neukölln begegnete, aber von da an registrierte er jedes Kind, das er auf der Straße sah. Es waren wenige.

Auch an die Gegend an der Wolfgangstraße, wo die *Kommune Prinzregent Luitpold* gewohnt hatte, hatte ihn Neukölln erinnert. Mitte Februar war Kessel das erste Mal hingekommen. Auf eine Annonce hin hatte sich eine Dame gemeldet, die hieß Semmelrock.

Herr von Güldenberg war entsetzt gewesen, als Kessel es ihm erzählte. »Ich denke«, sagte er, »Sie waren auf dem Lehrgang? Was haben Sie denn dort gemacht?«

»Geschlafen«, sagte Kessel, »auf Empfehlung von Herrn Kurtzmann.«

»Hm – na ja, und wie war das alles?«

Kessel/Kregel erzählte: wie ihn der sozusagen neugeborene Bruno abgeholt habe, wie er sich in einer Etagenpension am Kurfürstendamm einquartiert habe, von den ersten Treffs mit Hirt und Herrn von Primus, und wie er zusammen mit Bruno versucht habe, geeignete Räume für G 626/1 zu finden.

Kessel graste in den ersten Fabruartagen – es war schneidend kalt, ein eisiger Wind ging, wahrscheinlich kam der, da es ja im Osten so gut wie keine Gebirge mehr gibt bis zum Ural, direkt aus Rußland –, frierend, in seinen Mantel gehüllt mit aufgestelltem Kragen, manchmal sehnsüchtig an die Ohrenschützer seiner Jugendzeit denkend, graste Kessel alle Immobilienbüros ab und studierte die Inserate in den Zeitungen. Es gab viel, aber nichts Geeignetes. Vor allem sollten ja die Räume in der Nähe der Mauer sein, so nahe wie möglich. Das war Kessel/Kregel bei der letzten Dienstbesprechung – Hiesel aus der Zentrale war dagewesen – eingeschärft worden: so

nahe wie möglich an der Mauer, denn es sollten in den Räumen Funkgeräte aufgestellt werden. (Mit den technischen Dingen sollte Kregel nichts zu tun haben, ihm unterstand lediglich quasi die Administration und – notabene! – die Legende.)
So nahm also Kessel den Stadtplan von Berlin zur Hand und fuhr an der Mauer – einer dicken, roten Linie – mit dem Finger entlang. In Neukölln blieb sein Finger stehen: dort bildete Westberlin eine Ausbuchtung, fast eine Halbinsel nach Ostberlin, zur Spree.
Kessel gab eine Annonce, eine ganz billige Annonce in einem Reklameblättchen auf, das in Neukölln erschien und dort verteilt wurde.

Renomm. Firma sucht Büroräume
(evtl. Laden) in günstiger Lage.

»Das war gegen jede Sicherheitsregel«, sagte der Baron. Aber es hatte sich Frau Semmelrock gemeldet.
Als Kessel den Namen las, stellte er sich vor: das müsse eine große, alte, dicke Frau sein mit semmelblonden Haaren, und zwar mit einer unmäßig aufgetürmten Frisur, eine Art ältliche Walküre.
Es war aber dann eine zwar ältliche, aber blasse Frau mit grauen Haaren, über die ein Haarnetz gezogen war, eine kleine Frau mit dicker Brille, die sich die Hände in der Schürze abwischte und Kessel in ihre Wohnküche führte.
»Setzen Sie sich. Mögen Sie einen Kaffee bei der Kälte, daß Sie sich ein wenig aufwärmen, junger Mann?«
Siebenundvierzig, dachte Kessel, junger Mann – ob die Leute, oder mindestens manche Leute doch merken, daß ich eigentlich nicht erwachsen geworden bin? Den Kaffee nahm er dankend an.
»Also – wie heißen Sie –?«
»Kregel –«
»Also, Meister Kregel, ich habe den Laden selber betrieben,

bis vorigen Herbst. Ein Milchladen. Aber die Augen machen nicht mehr mit, und dann das Stehen. Und in einem Milchladen dürfen Sie nicht einheizen, klar, sonst wird Ihnen die Butter ranzig. Und dann: es war ja praktisch kein Umsatz mehr, sage ich Ihnen. Ist immer weniger geworden. Die Butter ranzig geworden, auch ohne Heizen. Wohnt ja kein Mensch mehr hier, und die noch da wohnen, kaufen nicht in einem Laden, der die Mauer vor der Nase hat. Die kaufen im Supermarkt vorn in der Karl-Marx-Straße. Ja. Und wo ich dann Rente bekommen habe, nachdem mein Gustav gestorben ist – ich bin nämlich Witwe –, da habe ich den Laden zugemacht. Also: einen Milchladen sollten Sie dort nicht aufmachen, das lohnt nicht, ein Milchladen nicht –«

»Ich möchte . . .«, sagte Kessel.

»Mir ist vollständig egal, Meister, was Sie da aufmachen. Für zweihundert Mark im Monat sind Sie dabei. Aber wahrscheinlich ist das nichts für Sie. Wenn Sie den Laden gesehen haben – aber daß Sie mir trotzdem die Schlüssel wiederbringen, junger Mann. Abends. Ich geh' nich mit, nee. Mir isses zu kalt.«

Es war der alten Frau auch zu weit, um mitzugehen. Sie wohnte nicht mehr in Neukölln, sondern in Britz.

Elsenstraße 74. Der Laden war, schlicht gesagt, ideal. Er war wie für den Zweck gemacht, den Kessel anstrebte.

Die Elsenstraße lag nicht dort, wo Kessels Finger auf der Landkarte stehengeblieben war, sondern etwas weiter südlich, an einer Stelle, wo sich die Obstberliner Grenze in einem eckigen Vorsprung nach Westen ausbeulte. Der Laden war wie ein Fuchsbau: vorn der eigentliche Ladenraum, ein schmales Handtuch im Grundriß, so breit wie die kleine Ladentür und das einzige winzige Schaufenster. Nach hinten gingen zwei Stufen zu einer blaßgrünen Tür. Hinter der Tür war eine geräumige Wohnung mit fünf Zimmern. Sogar ein Bad war da. Der Hinterausgang ging über den Hof auf eine kleine Grünfläche hinaus, wo nach ein paar Schritten eine Laubenkolonie begann, die Kolonie Harztal.

Kessel gab noch am Vormittag die Adresse des Ladens, der Nachbarn und die Adresse der Alten per Eilboten nach Mün-

chen durch (telephonieren und telegraphieren durfte er aus Sicherheitsgründen nicht, weil die Kabel ja durch die DDR laufen), beschrieb den Laden, legte eine Skizze bei, die er angefertigt hatte, und fügte hinzu: eine bessere Gelegenheit könne man wohl kaum finden.
Abends brachte er dann der Alten die Schlüssel vorerst zurück.
»Aber wahrscheinlich nehme ich den Laden«, sagte er.
»Ist das Ihr Ernst, Meister?« sagte die Alte. »Was wollen Sie denn für einen Laden aufmachen?«
Die Legende hatte sich Kessel noch nicht überlegt, das heißt: er hatte viel darüber nachgedacht, hatte auch mit dem neunüchternen Bruno darüber gesprochen, aber zu einem Schluß war er noch nicht gekommen. Jetzt, wie ihn die Alte fragte, schoß ihm die Idee durch den Kopf, und er sagte es auch sofort: »Einen Andenkenladen.«
»Na ja«, sagte die Alte, »es ist ja Ihre Sache. Und zwei Monate Kaution, also vierhundert Mark, oder?«
Die Idee zur Legende erschien Kessel ideal wie die Lage und der Zuschnitt des Ladens. Daß diese Legende das Verhängnis in sich barg, war nicht abzusehen.
»Einverstanden«, sagte Kessel. »Wie gesagt: wahrscheinlich nehme ich den Laden. Höchstwahrscheinlich. Ich komme nächste Woche wieder.«
Am Donnerstag, es war der 10. Februar, flog Kessel nach München, am Freitag traf er sich mit Güldenberg, um Bericht zu erstatten und zu hören, was die Zentrale zu dem Laden in der Elsenstraße gesagt habe, und ob irgend etwas Verdächtiges gegen die alte Frau Semmelrock vorliege.
Daß das Treffen mit Güldenberg so kompliziert sein würde, nämlich unter konspirativen Gesichtspunkten stattfinden mußte, irritierte Kessel trotz seiner inzwischen halbjährigen Geheimdiensterfahrung und seiner Kurse. Kessel hatte sich vorgestellt, daß er ganz einfach am Freitag – nicht zu früh – in den Gesangverein fahren würde, um mit Kurtzmann zu reden.
»Sind Sie wahnsinnig?« hatte Güldenberg freundlich, aber baltisch und nachdrücklich gesagt, »haben Sie nie was vom

Schottensystem gehört? Wir treffen uns im *Schwarzwälder* zum Mittagessen.« Auch der Baron wußte, wo man gut essen konnte.

Das Schottensystem war eine der Erfindungen des legendären, inzwischen pensionierten Generals Gehlen, auf die er – dem Vernehmen aus unterrichteten Kreisen nach – am meisten stolz war. Das System hatte nichts mit Schottland zu tun, sondern war vom seemännischen Begriff Schott auf das System übertragen worden, das aber eigentlich auch kein System war, sondern nur die nicht sehr neue Erkenntnis: es ist keinem zu trauen, jeder kann ein Lump sein. Man muß also darauf achten, hatte damals der geniale General Gehlen gedacht, als er das Schottensystem erfand, daß jeder der präsumptiven Lumpen so wenig wie möglich andere Lumpen kennt. Je weniger er kennt, desto weniger kann er – im Fall der Fälle – verraten.

Eines der obersten Prinzipien war also das Schottensystem, die Abschottung. Wo Pullach war und die große Gehlen-Mauer, wußte nun zwar jeder, das war eine Zeitlang sogar eine Art Sehenswürdigkeit, und Reiseunternehmen hatten bei Stadtrundfahrten einen Abstecher dorthin gemacht. Da war also nichts abzuschotten. Aber *hinein* in die Zentrale durften bei weitem nicht alle Mitarbeiter. Weder Kurtzmann noch Güldenberg waren jemals in der Zentrale in Pullach gewesen. Die einzelnen Außendienststellen, von denen es nicht nur in München, sondern in der ganzen Bundesrepublik eine Menge gab, durften voneinander nichts wissen, nicht, wo sie waren, nicht, wer dort arbeitete. Auch Kurtzmann etwa, hatte keine Ahnung, wo G 625 oder G 627 war. Es mochte sein: so eine andere Dienststelle befand sich gleich um die Ecke, getarnt als Versicherungsagentur, als Industrievertretung für Ölbrenner oder als Bestattungsinstitut in der nächsten Querstraße ... G 626 durfte nichts davon ahnen. (Ahnte aber doch: Güldenberg, durch jahrzehntelange Geheimdienstluft gegerbt, kannte, wie er sagte, seine Pappenheimer zehn Schritte gegen den Wind. Er brauche, sagte er Kessel einmal, nur aufmerksam durch die Straßen zu gehen und ein bißchen zu beobachten, wer in Häusern mit in gewisser Weise auffällig-unauffälligen Firmenschildern aus und ein gehe, und er würde an den Köpfen erkennen, wo eine andere Außenstelle war. Er fresse seinen Hut, wenn nicht, zum Beispiel, wenn nicht die Firma ›E. Görlitz. Schuhgroßhandel‹ in der Rumfordstraße eine Außenstelle sei.)

Zum Schottensystem gehörte auch, daß die Mitarbeiter die Klarnamen der anderen Mitarbeiter nicht kannten. Da spaltete sich aber in der Regel Theorie und Praxis. Kein Mensch hält so eine Anonymität durch, wenn man jahrelang zusammenarbeitet. Schließlich gab es – obwohl offiziell verboten – Betriebsausflüge, Faschingsfeste, Oktoberfestbesuche. Die Geheimdienstleute sind auch keine Übermenschen. Es gab Verbrüderungen und private Besuche von Haus zu Haus. Jeder kannte also in der Regel mit der Zeit die Klarnamen aller Leute seiner dienstlichen Umgebung. Das war die Praxis. In der Theorie allerdings wurde das Schottensystem gewahrt: alle Monate mußte eine Liste ausgefüllt werden über die Kenntnis von Personen und Objekten. Auch Kessel mußte natürlich diese Liste ausfüllen. Da mußte man hinschreiben welche V-Nummern, welche Decknamen, welche Klarnamen, welche Autonummern und welche Adressen von Dienststellen man kannte.

Kurtzmann hatte einmal in Gegenwart Kessels etwas aus der Brieftasche genommen. Ohne es zu wollen, sah Kessel dabei einen offenbar privaten Brief: an Herrn Rechtsanwalt Guido Klister.

Die genannten monatlichen Listen teilte – als Sicherheitsbeauftragter der Dienststelle – Baron von Güldenberg aus, sammelte sie auch wieder ein. Kessel, trotz allem immer noch von einer gewissen Scheu, ja fast Ehrfurcht des Neulings gegenüber solchen Dingen behaftet, gestand Güldenberg, daß er dieses Kuvert gesehen habe. »Unsinn«, sagte Güldenberg, »in die Liste schreiben Sie nur, daß Sie den Decknamen kennen. Wo kämen wir denn da hin. Natürlich weiß ich auch, daß Kurtzmann mit Klarnamen Klister heißt. Ich weiß auch, daß Sie Albin Kessel heißen –« (soviel Ehrfurcht vor den düsteren Geheimnissen war in Kessel noch vorhanden, daß er hier ein wenig erschrak), »– aber das schreibe ich doch nicht in die Liste. Das gäbe ja ewige Rückfragen. Wichtig ist die Theorie. Daß die da oben beruhigt sind.«

Zum Schottensystem gehörte es auch – es gab sehr detaillierte schriftliche Dienstvorschriften dafür –, daß ein Mitarbeiter, der nicht unmittelbar zur Dienststelle gehörte, auch dann nicht mehr die Diensträume betreten durfte, wenn er vorher dort gearbeitet hatte. Der betreffende Mitarbeiter war sogar gehalten, tunlichst die Adresse zu vergessen.

Dabei aber ging es Kessel wie mit dem Spiegelbild. Die Adresse des Gesangvereins, sogar die Telephonnummer hielt sich in seinem Gedächtnis bis ans Ende seines Lebens, wie das Wort Spiegelbild. Vor vielen, vielen Jahren hatte Kessel einmal einen Volkshochschulkurs Russisch mitgemacht, zwei Semester lang. In der Lektüre war einmal das Wort отражéние (otraschenije) vorgekommen, was Spiegelbild, im übertragenen Sinn Abwehr, bedeutete. Der Lehrer hatte gesagt: »Dieses Wort brauchen Sie sich nicht zu merken.« Alles hatte Kessel vergessen aus dem Russischkurs, nur das Wort отражéние war ihm geblieben.

Diese Bestimmung nahm, wie man sieht, Baron von Güldenberg sehr ernst. Er bestellte Kessel in den *Schwarzwälder.* (Das Essen, ein Segen des Schottensystems, ging damit als Treffkosten auf Spesen.)

So saß Kessel am Freitag um zwölf Uhr dienstlich im *Schwarzwälder.* Er las in der *Neuen Zürcher,* und zwar in der eigenen. Es vermittelte ihm ein Chefgefühl: als allererste Diensthandlung in Berlin hatte er für die Dienststelle Blumengarten die *Neue Zürcher* abonniert. Die Ausgaben vom Mittwoch und Donnerstag hatte er als Reiselektüre mitgenommen, aber, um einen Ausdruck Dr. Jacobis zu gebrauchen, noch nicht ganz aufgearbeitet. Kessel las einen Bericht über die enorme Kältewelle im Nordwesten der USA und eine Schilderung, wie Chicago im meterhohen Schnee versunken war, als – pünktlich wie vereinbart – um halb eins Güldenberg ins Lokal trat.

Kurtzmann lasse sich entschuldigen, sagte Güldenberg, der sei unterwegs. Eigentlich habe er natürlich selber kommen wollen, um den ersten Bericht der neuen Außenstelle entgegenzunehmen, aber heute früh sei etwas sehr Dummes passiert. Kennen Sie V-3003? Nein? Deckname Carus. Eine dumme Sache. Kurtzmann habe sofort nach Köln fahren müssen. Eine ganz, ganz dumme Sache, von der man nicht wisse, was da nicht noch alles an Zündstoff liege ... »also müssen Sie mit mir vorlieb nehmen, lieber Herr Kregel.« Kregel sagte nicht, daß ihm Güldenberg viel lieber war als Kurtzmann.

»Erkenntnisse«, sagte Herr von Güldenberg, »über die Dame Gerda Semmelrock liegen nicht vor.« Nach den Ermittlungen und Nachfragen, die alle blitzartig getätigt worden waren, stimmte alles, was sie Kessel gesagt hat. Sie hat tatsächlich seit 1938 das Milchgeschäft in der Elsenstraße 74 betrieben. Das Haus hat sie 1947 von ihrer Mutter, Berta Weißmann, geborene Dönnerjahn, geerbt. Gustav Semmelrock war von Beruf Elektroinstallateur gewesen, hat zuletzt von Frau Gerda getrennt gelebt – in Wiesbaden, bei einer Freundin – und war am 4. Oktober 1976 verstorben. Alles in Ordnung, keine Ostkontakte ersichtlich; kleine, harmlose Leute –

»Nur«, sagte Güldenberg, »daß Sie den Laden auf Annonce gefunden haben, also auf Annonce von *Ihnen* – das gefällt dem Hiesel gar nicht. Grundsätzlich nehmen wir ja nichts und niemanden, der sich freiwillig meldet oder irgend etwas anbietet. Zu dumm.«

»Aber der Laden ist doch ideal?«

»Natürlich. Sie haben einen sehr schönen Plan gezeichnet. Der Laden ist ideal. Der Laden ist – sagt Hiesel – fast auffallend ideal. Zu dumm.«

»Wenn Sie die alte Semmelrock gesehen hätten –«

»Das hilft alles nichts. Sie dürfen den Laden nicht mieten ... es sei denn –«, Güldenberg schaute Kessel mit seinen kleinen baltischen Augen an und zwickte das eine zu, in das, wenn die Welt in Ordnung wäre, ein Monokel gehört hätte, »– es sei denn, Sie *haben* ihn schon gemietet.«

»Natürlich«, sagte Kessel. »So gut wie gemietet.«

»Hiesel meint: wenn der Mietvertrag schon abgeschlossen ist; schriftlich.«

»Natürlich«, sagte Kessel.

So wurde der ehemalige Milchladen der verwitweten Frau Gerda Semmelrock, geborene Weißmann, gegen die keine geheimdienstlichen Erkenntnisse vorlagen, zu den Diensträumen der Außenstelle Blumengarten G 626/1. Kessel mietete den Laden zum 1. März, zahlte die Kaution sofort in bar. Frau Semmelrock hatte nichts dagegen, daß Kessel auch schon vorher mit dem Renovieren der Räume anfing. Sie hatte auch nichts dagegen, daß der Mietvertrag auf 7. Februar zurückdatiert wurde.

»Und was für eine Legende haben Sie?« fragte Güldenberg.

»Ich habe mir gedacht«, sagte Kessel, »ich kann ja nicht gut einen Milchladen betreiben. Stellen Sie sich Bruno in einem Milchladen vor. Außerdem: es ist der Milchladen von der Semmelrock zuletzt schon nicht mehr gegangen, wegen der miserablen Geschäftslage. Wenn man dort wieder einen Milchladen aufmacht, das würde doch ziemlich auffallen. Das wäre doch quasi –«, Kessel zitierte Güldenbergs eigenes Wort, »– eine rote Hose.«

»Hm«, sagte Güldenberg.

»Ein Milchladen geht nicht –«

»Ein ...«, sagte Güldenberg langsam und fast ein wenig verträumt, »ein ... Spirituosengeschäft?«

»Daran habe ich auch gedacht. Aber überlegen Sie die Gefahr für Bruno. Wo er sich doch geändert hat. Und er bemüht sich so, nicht in Versuchung zu kommen.«

»Eine Buchhandlung?«

»Das wäre fast ein Witz an der Stelle. Nein: einen Andenkenladen. Das ist, habe ich mir gedacht, etwas Unauffälliges, etwas Unscheinbares, Neutrales. Andenken, Zigaretten, Zeitungen.«

»Berliner Bären und so«, nickte Güldenberg.

»Ja. Und Freiheitsglocken und Biergläser mit Bundesligaemblemen, und so weiter. Das kann gar nicht auffallen, denn in der Nähe, am Ende der Elsenstraße, wo die Mauer sie quer abschneidet, ist so ein Podest, so ein Podium, daß man über die Mauer schauen kann. Da werden ab und zu Fremde hingeführt in Omnibussen bei Stadtrundfahrten. Ich habe es am Montag selber gesehen. Japaner waren es.«

»Gut«, sagte Herr von Güldenberg, »die Legende ist gut. Und das Gewerbe erfordert keine spezielle Sachkenntnis. Das ist auch gut. Das wird Hiesel vielleicht versöhnen, daß Sie den Mietvertrag so voreilig ... ja ... und da brauchen Sie natürlich einen Ausgleich.«
»Was für einen Ausgleich?«
»Verlustausgleich, für Ihren Andenkenladen. Glauben Sie, daß Sie mit fünfzehnhundert im Monat hinkommen?«
»Ich denke, das reicht.«
Es half Kessel später nichts, daß er darauf verwies, auch – der dann längst pensionierte – Sicherheitsbeauftragte von Güldenberg (DN) habe nicht erkannt, welcher Sprengsatz in dieser Legende gesteckt habe.

Was Albin Kessel Herrn von Güldenberg nicht erzählt hatte, war sein beispiellos sicherheitswidriges Verhalten gleich am ersten Tag seines Aufenthalts in Berlin.
Bruno wohnte – unter dem Decknamen Sieber – in einer der zahllosen Etagenpensionen am Kurfürstendamm. Die Pension hieß *Pension König* und befand sich im zweiten Stock eines alten Gründerzeithauses an der Ecke Schlüterstraße. Eine Frau König, die Wert darauf legte, ihre Gäste wissen zu lassen, daß sie Majorswitwe war, betrieb die Pension mit Hilfe eines nudeldicken jungen Mädchens, das einen leicht imbezilen Gesichtsausdruck hatte und Emma gerufen wurde. Die Majorin König legte auch Wert darauf, daß Emma ein Häubchen trug, aber Emmas Kopf war so rund, ihr Haar so glatt, daß das Häubchen immer rutschte.
»Emma«, sagte die Majorin, »schieben Sie sich doch das Häubchen aus der Stirn. Sie sehen *so* schon beschränkt genug aus.« Dann wandte sie sich wieder Kessel und Bruno zu.
»Das ist also Ihr Chef«, sagte sie zu Bruno, und dann sagte sie zu Kessel, »freut mich, Herr Kregel.«
»N-nein«, sagte Bruno.
Schon auf der Fahrt im Taxi hatte Kessel überlegt: da er Renate ja immer noch nichts vom wahren Charakter seiner Tätigkeit gesagt hatte, und da er ihr ja eine Adresse geben muß-

te, wo sie ihn in Berlin erreichen konnte, war es besser, unter Klarnamen in der Pension abzusteigen. (Kessel erklärte es Bruno im dunkelgekachelten Hauseingang; im Taxi konnte er ja nicht darüber reden, weil der Taxifahrer mitgehört hätte.) Nun aber hatte Bruno in neu erworbener Zuverlässigkeit schon ein Zimmer für seinen Chef, Herrn Kregel, in der *Pension König* reservieren lassen. Kessel hätte natürlich in eine andere Pension gehen können, aber das hätte Bruno und seine neue Zuverlässigkeit vor der Majorin und vor allem vor Bruno selber wieder in Frage gestellt.

»N-nein«, sagte deshalb Bruno dann zur Majorin König, »ich habe zwei Chefs, das ist Herr –«

»Kessel«, fiel Kessel schnell ein. Nicht das Schottensystem hatte bei Bruno die Kenntnis von Kessels Klarnamen verhindert, sondern das bisherige ausschließlich anderweitige Interesse Brunos. (Bruno hatte – hatte gehabt, muß man jetzt sagen – das, was Güldenberg das absolute sowohl aktive wie passive Bierkneipengedächtnis nannte. Passives Gedächtnis hieß: Bruno wußte, wenn man ihn zum Beispiel fragte, was für ein Bier die Gaststätte *Wolfgangeiche* in der Rosenheimer Straße führe, sofort: Maierbräu Altomünster. Und das wußte er bei jeder Münchner Gastwirtschaft bis herunter zum kleinsten Stehausschank. Aktives Gedächtnis hieß: Bruno konnte im Schlaf und lückenlos auf die Frage etwa »welche Bierwirtschaften führen Grandauerbräu Grafing«? alle Wirtschaften herzählen.)

»Albin Kessel.«

Die Majorin verzog keine Miene. Sie trug Kessels Namen in ihr Buch ein und gab Kessel den Zimmerschlüssel. »Ich bin Frau König«, sagte sie dann. »Ich zeige Ihnen Ihr Zimmer. Emma, nimm den Koffer. Ich bin wie eine Mutter zu meinen Gästen«, kicherte sie, »Herr Sieber wird es Ihnen schon bestätigen können. Nicht, Herr Sieber?«

»Doch«, sagte Bruno.

»Ich bin die Witwe von Major König. Aber das wird Ihnen Herr Sieber schon gesagt haben.«

»Gewiß«, sagte Kessel.

»Dann wünsche ich Ihnen einen angenehmen Aufenthalt«,

sagte die Majorin, kicherte nochmals kurz und ging. Emma machte einen Knicks.
»Na ja«, sagte Kessel, schaute sich in dem Zimmer um – es war ein großes Zimmer mit einer staubverhangenen Stuckdecke und kunterbunt gemischten Möbeln, »na ja, Bruno. Also: dann gehen wir's an.«

Nachdem Kessel mit der alten Frau Semmelrock den auf 7. Februar zurückdatierten Mietvertrag ›über die gewerblichen Räume Elsenstraße 74, Erdgeschoß‹ abgeschlossen hatte (als Mieter: *Fa. Anatol Kregel*), begann Bruno hektisch tätig zu werden. (Übrigens fuhr Kessel sofort am Montag, als er wieder in Berlin war, zu der Alten nach Britz hinaus, um den Mietvertrag abzuschließen, in der wahrscheinlich völlig unbegründeten Sorge, jemand anderer könne ihm den herrlichen Laden wegschnappen.) Schon für Ende der Woche hatte Bruno eine Malerpartie bestellt, die den Laden und die Wohnung dahinter neu anstrich, und zwar alles, einschließlich Klosett und Bad. Bruno bestellte eine neue Badewanne, die in der darauffolgenden Woche ein Installateur anstatt der alten Wanne montierte, die vor lauter Sprüngen kaum noch Emaille aufwies. Nicht genug damit: die Maler mußten auch die Tür- und Fensterstöcke streichen, sogar außen. Auch der Keller, der zum Laden gehörte, wurde getüncht. Soweit Parkett in den Räumen war, wurde es auf Brunos Geheiß abgezogen und neu versiegelt. In den anderen Räumen ließ Bruno Teppichböden legen, vorn im Laden Stragula.
Kessel ließ Bruno freie Hand, auch in Fragen des Geschmacks, was er dann später hie und da bereute, denn Bruno ließ dunkelweinrote Teppichböden verlegen (in unbewußter Erinnerung an die Salzburger Socken?) und zwei der Zimmer kanariengelb tapezieren. Aber offenbar hatte Bruno Gefallen an dieser Tätigkeit gefunden. Er telephonierte ständig, kommandierte die Handwerker hin und her, war den ganzen Tag draußen in Neukölln und überwachte alles. Zum Schluß, als alles schon fast fertig war, fiel ihm ein, daß ihm die Fliesen im Bad nicht gefielen. Er ließ sie herunterreißen und durch neue in einem zarten Violett ersetzen.

Es kostete ein Heidengeld, überstieg sogar den Etat, den Kessel für die Einrichtung der Dienststelle bewilligt bekommen hatte.
»Macht nichts«, sagte Bruno. »Das bekommen wir schon wieder herein.«
»Aber wie denn?« fragte Kessel.
»Ich denke, Sie wollen Berliner Bären und Freiheitsglocken verkaufen?«
»Ja schon, aber davon ...«
»Sie glauben, daß das kein Geschäft wird?«
»Die Zentrale hat mir fünfzehnhundert Mark bewilligt zur Abdeckung der Verluste.«
»Dann zahlen wir die Handwerker nach und nach von diesen fünfzehnhundert. Müssen wir eben die Abrechnung etwas schönen.«
Aber das Wichtigste fand immer abends statt, nach dem Feierabend der Handwerker. Da fuhr Bruno – manchmal auch Kessel – mit speziellen Herren, die aus Pullach extra deswegen nach Berlin kamen, in die Elsenstraße hinaus und führte sie leise durch den Hintereingang, von der Laubenkolonie her, in den Laden. Die speziellen Herren klopften alle Wände ab, überprüften die Steckdosen, die elektrischen Leitungen und alles, blieben oft die ganze Nacht.
In den ersten Tagen fühlte sich Kessel – als Chef – verpflichtet, dazubleiben, wenn diese Spezialisten kamen, wenigstens ein paar Stunden, bis zehn Uhr. Er saß dann in dem langsam wohnlicher werdenden ›Guten Zimmer‹ hinter dem Laden und las entweder die *Neue Zürcher* oder – eine Neuentdekkung für ihn – die *Deutsche Zeitung*, ein Wochenblatt, auf das ihn Dr. Jacobi hingewiesen hatte. Das sei eine so ordentliche Zeitung, hatte Dr. Jacobi gesagt, daß sie schon fast das Prädikat gediegen, den Orden liberal verdiene. Kessel, der auch diese Zeitung für seine Dienststelle abonnierte, fand die schmückenden Ausdrücke des überstrengen Abbate Jacobi (wie er sich manchmal selber titulierte) gerechtfertigt, ja war nicht abgeneigt, die Einschränkung *fast* in der Beurteilung Dr. Jacobis für seine Person fallenzulassen.
Da man nicht fünf Stunden lang sitzen und Zeitung lesen

kann (außer man hat eine ausgesprochene Begabung dafür), spürte Kessel das Bedürfnis, sich ab und zu die Füße zu vertreten. Er ging dann – manchmal mit Bruno, manchmal sogar mit den Spezialisten – zum Essen. Hie und da ging er allein, vertrat sich nur die Füße, ging um den Block – nein, das ging nicht, denn der Block grenzte an die Mauer –, schlenderte die Elsenstraße auf und ab, die Harzer Straße, die Sülzhayner Straße. Hie und da stieg er auf das – wie sich herausstellen sollte – für Kessels Geheimdienstweg schicksalhafte Gerüst und schaute nach Ostberlin hinüber.

Das Gerüst stand eigentlich auf Ostberliner Boden, streng genommen. Rechtwinklig zur Elsenstraße, die übrigens jenseits der Mauer in gerader Linie weiterging, lag die Heidelberger Straße; die ehemalige Heidelberger Straße, war Kessel versucht zu sagen, angesichts der leeren Häuser drüben. Die Sektorengrenze bildete die diesseitige Häuserfront der Heidelberger Straße. Wahrscheinlich kamen sich die verantwortlichen Beamten in der DDR unheimlich human vor, daß sie in solchen Fällen wie der Heidelberger Straße die Grenze zu ihren Ungunsten und, damit die Westberliner Anwohner der Straße noch aus den Haustüren konnten, um einige Meter – nämlich um die Breite des Trottoirs – zurücknahmen, und somit auf Terrain verzichteten. Oder hatten sie damals Angst, daß der Bogen überspannt wäre, wenn sie die Mauer direkt an die Westberliner Häuser drangebaut, die Leute in der Heidelberger Straße in ihren Häusern sozusagen eingemauert hätten? Auf den unbestreitbaren genauen Grenzverlauf verweisend und darauf, daß die Leute dann eben hinten aus ihren Häusern hinausklettern und über die Hofmauer steigen sollten? Was wäre passiert, wenn das damals gemacht worden wäre? Gar nichts wäre passiert, wahrscheinlich nicht mehr und nicht weniger als wegen der Mauer überhaupt passiert ist.

Oder, sinnierte Kessel, hat das mit dem hergeschenkten Trottoir in der Heidelberger Straße eine andere Bewandtnis? Ist dieses Trottoir eine ständige stumme Anklage gegen den Kapitalismus? Die Mauer wird ja von der DDR damit gerechtfertigt, daß westliche Infiltranten abgewehrt werden müßten.

Wenn man nun die Mauer direkt an die Häuser drangebaut hätte, wären die westlichen Fenster über eine ganze Straßenfront entlang direkt über der Mauer gewesen. Kapitalistische Infiltranten, also Leute wie Kessel etwa, Saboteure und Spione hätten sich aus diesen Fenstern nur abzuseilen brauchen ... Die Mauer die ganze Fassadenhöhe hochziehen? Wahrscheinlich wäre das auf technische Schwierigkeiten gestoßen. Also riß sich die DDR einen Streifen gut sozialistischen, ein sozusagen bereits vom Schweiß der arbeitenden Klasse getränktes Trottoir vom Herzen und warf es in die kalte, kapitalistische Welt.

Die Häuser jenseits der Mauer, große, heruntergekommene Wohnblocks wohl aus den zwanziger, dreißiger Jahren, waren finster, die Fenster leer. Die Häuser waren im Lauf der Jahre, seit die Mauer stand, zwangsweise geräumt worden. Aber auch die Häuser diesseits der Mauer waren trostlos. Hier räumte man natürlich nicht zwangsweise, hier verrann die Bevölkerung infolge des Gefälles, das – Kessel wurde das schon in den ersten Tagen deutlich, in denen er hier wohnte – von der Mauer wegführte. Eine Wasserscheide für Menschen: drüben rinnen sie nach Osten, herüben nach Westen ... immer schneller.

Einem Angehörigen des Bundesnachrichtendienstes ist es untersagt, Länder des Ostblocks zu bereisen. Nicht einmal nach Jugoslawien darf er. Kessel mußte seinerzeit eine dementsprechende Erklärung unterschreiben. Selbstverständlich hielten sich die Leute vom BND daran, nicht wegen der unterschriebenen Erklärung, sondern in ihrem eigenen Interesse. Trotz aller Tarnung und trotz des Schottensystems ging jeder BND-Angehörige – wahrscheinlich mit Recht – davon aus, daß man drüben seinen Namen kannte. Mit einem Federstrich hatte also Kessel damals darauf verzichtet, jemals in seinem Leben Ostblockländer zu bereisen, einschließlich Jugoslawien. Er war schon ein wenig zurückgezuckt, aber Dr. Wacholder hatte ihn beschwichtigt: es sei eh schon gleich jetzt, hatte er gesagt, denn allein die Tatsache, daß er, Kessel, mit ihm, Dr. Wacholder, zwei Stunden gesprochen hatte, reiche aus, um Kessel in die Archive der östlichen Geheimdienste eingehen zu lassen. Man solle sich da keine falschen Hoffnungen machen ...

Jugoslawien reizte Kessel nicht, darauf verzichtete er leichten Herzens, das war ja ein südliches Land; auch Albanien und Bulgarien. War Rumänien ein südliches Land in Kessels Geographie? Sicher, selbst noch Ungarn, die Tschechoslowakei und Polen zählten zu den südlichen Ländern. Warum Polen? Kessel hatte darüber nachgedacht, hatte in sich hineingehorcht, woher das ›südliche‹ Gefühl bei Polen kam: wahrscheinlich, weil die Polen katholisch waren. Die gehörten zu Rom, also südwärts. Aber Sibirien – ja, der Verzicht auf Sibirien, auf die Mongolei, auf Nowaja Semlja und auf Franz-Josephs-Land kam Kessel hart an, besonders auf Franz-Josephs-Land, das unverständlicherweise ganz offiziell immer noch Semlja Franza Josifa heißt. Man muß wohl davon ausgehen, daß den Russen die Herkunft des Namens geläufig ist: die Insel – vielmehr: die Inselgruppe – wurde am 30. August 1873 von einer österreichisch-ungarischen Expedition unter Payer und Weyprecht entdeckt und später nach Kaiser Franz Joseph benannt. Nicht genug damit: die einzelnen Inseln haben heute noch ihre imperialistisch-reaktionären Namen: *Semlja Alexandry* nach der damaligen Prinzessin von Wales, *Ostrow Rudolfa* nach dem österreichischen Kronprinzen und *Semlja Wilscheka* nach dem böhmischen Grafen Johann Nepomuk Wilczek, der zwar ein Förderer der Polarforschung war, aber auch einer der reichsten Edelleute der Monarchie – damit zweifellos Unterdrücker –, k. k. Wirklicher Geheimer Rat und Kämmerer und Mitglied des Herrenhauses. Die Bolschewiken, hatte Kessel immer wieder gestaunt, die ihre schöne Stadt St. Petersburg in Leningrad umbenannten, hielten in Semlja Franza Josifa das Andenken an den reaktionärsten Kaiser des 19. Jahrhunderts, an diverse Angehörige des europäischen Hochadels und an einen böhmischen Großgrundbesitzer aufrecht.

Franz-Josephs-Land hatte seinerzeit übrigens niemandem gehört, vor der Entdeckung sowieso nicht, weil nur Eisbären und Pinguine dort lebten, und auch danach nicht, denn Kaiser Franz Joseph hatte davon abgesehen – aus wohl nahegelegenen Gründen –, die nach ihm benannten Inseln kolonial zu verwerten. Sie wurden von Österreich-Ungarn nicht einmal in Besitz genommen. Erst 1928 erklärten die Russen: nunmehr gehöre Franz-Josephs-Land ihnen. (Von einem Protest von österreichischer Seite ist nichts bekannt geworden.) 1929 errichteten die Russen eine Wetterstation.

Übrigens gelang den offenbar von altösterreichisch-herzmanovskyschem Geist begnadeten Forschern Payer und Weyprecht etwas, was nie einer anderen Expedition, solange die Welt steht, gelungen ist. Es hat Forscher gegeben, die haben ungeahnte Länder entdeckt, haben keine Ahnung von ihren eigenen Entdeckungen gehabt, haben Entdeckungen gemacht, deren Tragweite erst Generationen nach ihnen erkannt wurde – die österreichisch-ungarische Expedition hat zusätzlich zu der Inselgruppe Franz-Josephs-Land zwei weitere Inseln entdeckt, *die es nicht gibt:* Petermannland und König-Oskar-Land. Es waren optische Täuschungen. Erst die Expedition des Prinzen Ludwig Amadeus von Savoyen 1899/1900 brachte die Gewißheit, daß es die beiden – von den Österreichern quasi irrtümlich entdeckten – Länder nicht gab. Insofern ist auch diese Expedition, die auszog, neu zu erforschen, daß es zwei Inseln *nicht* gibt, ein Unikum. Übrigens hinderte das die Russen 1928 nicht, auch von den nicht vorhandenen Inseln Petermannland und König-Oskar-Land offiziell Besitz zu ergreifen. Noch 1955 beim Staatsvertrag mit Österreich hat Chruschtschow versucht, von Österreich Petermannland und König-Oskar-Land herauszuverlangen. Das österreichische Kabinett sah sich außerstande dazu. Aber Chruschtschow traute den Kapitalisten nicht. Erst als sich der Bundeskanzler Figl in einem geheimen Zusatzprotokoll eidlich verpflichtete, daß Österreich niemals Ansprüche auf die beiden Inseln erheben würde, ging der Staatsvertrag über die Bühne.

Um so verwunderlicher also, daß ein anderer sozialistischer Staat so klaglos auf das Trottoir der Heidelberger Straße verzichtete, der so die einzige Möglichkeit für einen Bundesnachrichtendienstmitarbeiter bot, seinen Fuß auf Ostblockboden zu setzen.

Ein paar dieser Spezialisten, von denen oben die Rede war, kamen in der ersten Märzwoche, nachdem der Laden offiziell Kessel gehörte, und installierten in einem der hinteren Zimmer einige komplizierte und Kessel völlig unverständliche Geräte. Zwar arbeiteten jetzt die Spezialisten aus Pullach tagsüber, angeliefert wurden aber die Geräte – wie auch die drei Panzerschränke – in der Nacht. Die Panzerschränke sind innerhalb des Dienstes eine Art Statussymbol. Je mehr Panzerschränke eine Dienststelle hat, desto mehr gilt sie. Die meisten Panzerschränke standen, soweit Kessel das beurteilen konnte, leer. Kurtzmann hatte Kessel zwei Panzerschränke zubilligen wollen. Kessel hatte auf vier bestanden. Herr Hiesel von der Zentrale hatte ihn dann auf drei heruntergehandelt.

Der Oktober war mild und sonnig. Vor neun ging Kessel selten aus dem Haus. Es rentierte sich nicht, vor halb zehn den Laden aufzumachen. Eigentlich war halb zehn noch zu früh. Um elf Uhr kamen – in der Regel – die ersten Omnibusse. Die Funkgeräte tickten von alleine, abgesehen davon war Bruno – hoffentlich – im Laden. Und dann müßte eigentlich Fräulein Eugenie seit acht Uhr da sein.
Kessel trat in die Sonne hinaus. Ab 1. November, hatte er sich vorgenommen, würde er das Fahrrad in den Keller stellen. Der Hausmeister, ein alter Berliner – der zu Kessel gesagt hatte: »Nenn' Se mir Justav, oder wenn Se jantz höflich sein wolln, nenn' Se mir Herr Justav. Mein' Familjennam' könn' Se sich ja doch nich merken.« Strelohersky hieß er. Aber Kessel sagte doch: Herr Gustav – Herr Gustav hatte schon ein paarmal, ob tadelnd oder besorgt konnte Kessel nicht recht ausmachen, darauf hingewiesen, daß das Fahrrad doch nicht immer vor dem Haus, dem Haus Weserstraße 34, stehen könne. »Wer soll denn das stehlen«, sagte Kessel, »das verrostete Vehikel.«
Herr Gustav kniff die Augen zusammen.
»Im Winter«, beeilte sich Kessel hinzuzufügen, »stelle ich es in den Keller. »Ab wann ist denn Winter?«
»Ab 1. November«, sagte Herr Gustav.

»Dann stell ich's ab 1. November in den Keller, Herr Gustav«, sagte Kessel.
»Ach ja«, seufzte Herr Gustav, »so is' es mal.« (Eine allgemein sibyllinische Bemerkung, die sich auf nichts bezog, am allerwenigsten auf den vorausgegangenen Dialog.)
Ab 1. November, dachte Kessel, obwohl es nicht im mindesten nach Winter aussah.
Kein Mensch war unterwegs. Kessel schloß das Fahrrad von einem alten Fußkratzer los, an dem er es abends immer festmachte. Der Morgen war herbstlich kühl, aber klar, und man spürte, daß es mittags ein paar milde oder sogar warme Stunden geben würde. Ab 1. November: wieviel Tage noch? Kessel zählte, und da fiel ihm ein, daß heute ja der 29. Oktober war, Anatol Kregels Geburtstag und Otto Jägermeiers Geburtstag, und es fiel ihm ein, daß er damals beschlossen hatte, auch Kregels Geburtstag zu feiern.
Er soll auch nicht, sagte Kessel und schwang sich aufs Fahrrad –, auch nicht leben wie ein Hund, der Kregel. Wir feiern seinen Geburtstag.
Es gab zwei Stellen, an denen sich Kessel in Kregel verwandelte. Mit der Zeit glaubte Kessel, diese Verwandlung körperlich zu spüren. Es gab sogar Zeiten, da fürchtete Kessel, in sich mit diesem Firlefanz, der ihm dienstlich auferlegt war, eine Schizophrenie zu züchten. Er tröstete sich dann damit, daß er sich sagte: es ist ungefährlich, wenn man sich des Vorgangs bewußt ist. Es gab zwei Verwandlungsstellen, je nachdem, ob Kessel den einen oder den anderen Weg nahm. Was die Entfernung betraf, war es gehupft wie gesprungen. Vielleicht war das, was Kessel den ›oberen‹ Weg nannte, eine Idee länger: die Strecke über den Weichselplatz, über den schmalen Steg, der keinen Namen hatte und jetzt die beiden Ufer des Neuköllner Kanals anstatt der durch die Mauer versperrten Lohrsmühlenbrücke verband, dann das Kiehlufer entlang, durch die Bouché- und Harzer bis zur Elsenstraße. Hier verwandelte sich Kessel genau an einem am nördlichen Rand angerosteten Kanaldeckel am Ende des Weichselplatzes in Kregel. Kessel mußte dazu den Kanaldeckel überfahren, der dabei leicht wankte, einen satten, kehligen, hohlen Betonton

von sich gab, einen unverwechselbaren Ton. Zum Glück war immer wenig Verkehr an dieser Ecke, denn um den Kanaldeckel zu überfahren, mußte Kessel/Kregel mit seinem Fahrrad in die Mitte der Straße schwenken.

Der ›untere‹ Weg, der Weg, den Kessel aus ihm selber unergründlichen Motiven lieber fuhr, führte durch die Weserstraße über den Wildenbruchplatz und den Elsensteg. Hier vollzog sich die Verwandlung nicht ganz so schnittglatt.

Der Elsensteg war für Fußgänger gedacht und hatte Stufen an beiden Enden. Kessel mußte absteigen und das Fahrrad hinauf- und wieder hinuntertragen. Der Steg selber war so kurz, daß sich das Aufsteigen nicht lohnte, weshalb Kessel das Fahrrad immer schob. Auf dem Steg vollzog sich die Verwandlung. Manchmal schien es Kessel, als werde er *auf* dem Steg namen- oder sogar wesenlos und materialisiere sich mit dem Verlassen des Stegs in Kregel. Alles in allem: eine Idylle. Abends, selbstverständlich, vollzog sich der Vorgang, ob nun der ›obere‹ oder der ›untere‹ Weg gewählt wurde, in umgekehrter Richtung.

In seiner Wohnung war Kessel Kessel. Das hatte er schon in der Pension der Majorin König so gehalten, in der er mit Bruno bis 28. Februar und ohne Bruno bis 31. März gewohnt hatte. So mietete er auch die Wohnung in der Weserstraße. Kurtzmann – der am 7. März das erste und auch das einzige Mal die neue Dienststelle in Berlin besucht hatte – wäre es lieber gewesen, wenn Kessel auch seine Wohnung unter Decknamen gemietet hätte. »Dann müssen Sie eben Ihre Frau einweihen«, hatte Kurtzmann gesagt, »früher oder später werden Sie da wohl ohnedies nicht darum herumkommen.«

Kessel verwies auf seine schriftstellerische Tätigkeit, daß er da Korrespondenz führen müsse usw.

»Es wäre besser, Sie würden das lassen«, sagte Kurtzmann. »Schriftsteller. Das ist nicht gut. Stellen Sie sich vor: der Teufel will es, und Sie werden berühmt. Nicht auszudenken. Ihr Bild im *Spiegel,* und jeder erkennt sie.«

»Noch ist es nicht soweit«, sagte Kessel.

Bruno hatte am 1. März die Pension der Majorin König geräumt und die beiden kanariengelb tapezierten Zimmer hinter dem ehemaligen Milchladen bezogen. Die Möbel – es handelte sich um keine anspruchsvolle Möblierung – hatte Bruno aus dem Etat für die Renovierung der Dienststelle dadurch herausgeschlagen, daß er mit dem Gewicht seiner Erscheinung und seiner unverrückbaren Verhandlungsruhe bei den Handwerkern nicht unerhebliche Skonti herauswrang. (Ein paar Tage hielt Kessel den Atem an, als die Möbel Brunos angeliefert wurden: aber die Herrenkommode war nicht dabei.) Bruno war es dann auch, der für Kessel die Wohnung in der Weserstraße fand. Es war eine möblierte Wohnung. Die Möbel waren häßlich. Aber Kessel war froh: erstens mußte er sich keine eigenen Möbel kaufen, und zweitens konnte ihn so die Herrenkommode nicht ereilen.

Nur ein Möbelstück, wenn man es so nennen kann, gehörte in der neuen Wohnung Kessel: eine Trommel. Es war eine alte, schwarzweiß lackierte Militärtrommel, die ihm Bruno zum Einzug in die Wohnung geschenkt hatte.

»Ja, danke«, hatte Kessel gesagt, »was mache ich mit einer Trommel?«

»Ich habe gedacht«, sagte Bruno, »als Nachtkästchen.«

Kessel drückte, nachdem er das Fahrrad vom Fußkratzer losgeschlossen hatte, auf die Reifen seiner Räder. Eigentlich, sagte er sich, müßte ich aufpumpen. Er schaute Daumen und Zeigefinger an: schwarz und fettig von der Berührung mit dem Reifen. Kessel gehörte zu den Leuten, die es nicht leiden können, wenn sie schmutzige Hände haben. Nicht nur das: es war ihm völlig unerträglich, er wurde nervös, unfreundlich und streitsüchtig, bis er sich nicht in so einem Fall die Hände gewaschen hatte. Dabei waren Finger – Fingerkuppen – nicht so schlimm. Schlimmer war es, wenn die Handflächen innen schmutzig waren. Ich könnte, hatte Albin Kessel zu seinem Bruder Leonhard immer gesagt, der eine Zeitlang ein begeisterter Bergsteiger war und auch Albin dazu animieren wollte, einmal mitzuklettern, ich könnte keine Freude am Bergsteigen haben. Man muß doch da zwangsläufig ständig den Berg anfassen. Nichts gegen Berge, aber sauber sind sie nicht. Und auf Berggipfeln gibt es keine Wasserhähne. Es wäre mir unerträglich, sagte Kessel, ich hätte kein Vergnügen daran. Es könnte die schönste Aussicht sein, man könnte über neblig verhangene Fichtenwälder schauen, in grünkristallne Seen, man könnte mir Ausblicke über Felsberge und Täler bieten, flammende Sonnenauf- oder -untergänge in Farbspielen, die ein Sterblicher, der nie auf Gipfeln war, nicht ahnt – es ist mir verwehrt, sagte Albin. Ich würde nur an meine Hände denken und dem nächsten Wasserhahn entgegenfiebern, der nach dem Abstieg drunten zu erreichen ist. Ich wäre zu keiner Empfindung fähig, weil mein Hirn ausschließlich auf den Staub und Schmutz an den Händen und namentlich an den Innenflächen der Hand gerichtet wäre, starr, unbeweglich darauf gerichtet wäre.

»Du kannst ja so ein riechendes Erfrischungstüchlein mitnehmen, wie man sie in mittelmäßigen Lokalen bekommen, wenn man ein Huhn ißt«, sagte Leonhard.

»Ich brauche in so einem Fall kein Erfrischungstüchlein, sondern Wasser. Einen Wasserhahn. Fließendes Wasser. Seife. Und ein Handtuch.«

»Das verstehe ich nicht«, sagte Leonhard.

»Es ist, entschuldige«, sagte Kessel, »als ob du der schönsten Frau der Welt gegenübersäßest, und du bemerktest, daß sie bereit wäre, sich von dir verführen zu lassen, aber du mußt aufs Klo. Ist es dir dann klar? Du müßtest aufs Klo, und es ist keins da. Nicht die schönste Frau der Welt –«

»Na ja«, sagte Leonhard, »theoretisch sehe ich das schon ein. Aber –«

»So ist es eben«, sagte Kessel.

Kessel schaute immer noch Daumen und Zeigefinger an. Nachdem er sich schon schmutziggemacht und zu der Erkenntnis durchgerungen hatte, daß es notwendig sei, nochmals hinaufzugehen und die Hände zu waschen, prüfte er ein zweites Mal den Luftdruck in den Reifen. Ohne Zweifel: sie müßten aufgepumpt werden. Das hieß: hinaufgehen, Hände waschen, die Luftpumpe holen, aufpumpen, wieder hinaufgehen, wieder Hände waschen –

Man könnte natürlich, überlegte Kessel, auch nur die Luftpumpe holen und aufpumpen, das Händewaschen verschieben, bis man in dem Laden in der Elsenstraße war, in Kauf nehmen, daß man sie zehn Minuten Radfahrt mit der enormen, alle Gedanken und Empfindungen an sich zerrenden Hypothek der ungewaschenen Hände belastet zurücklegte. Aber es wäre da schade um den schönen, milden Oktobermorgen. Langsam begann die Sonne den Pfahl nachtkühler Luft zu erwärmen, der in der Weserstraße lag. Es durchwärmte Kessel, als ob er davor eine kalte Dusche genommen hätte: so ein Gefühl, so eine Empfindung, dachte Kessel, so eine gesunde, fast möchte ich sagen, kernige Erfrischung wie dieser Oktobermorgen – das kann mit den berühmtesten Berggipfeln konkurrieren; vorausgesetzt, man hat die Hände gewaschen.

Kessel ging hinauf und beschloß eine neue Dienstanweisung: er würde sein Fahrrad zum Dienstfahrzeug erklären und Bruno verpflichten, es jeden Tag aufzupumpen, oder zumindest nachzuprüfen, ob genug Luft in den Reifen ist. Bruno scherte sich nichts um gewaschene oder ungewaschene Hände. Ihm war es nicht wichtig – schon seit geraumer Zeit wieder –, wo in den Kneipen die Wasserhähne, nur wichtig, wo die Bierhähne waren. Oder Eugenie (DN Eugenie, deutsch ausgesprochen; manchmal sagte Kessel Eugení mit langgezogenem I, ärgerte sich aber selber sofort danach über die Albernheit – Eugenie tat auch immer so, als bemerke sie es nicht; Herr von Primus sprach den Namen immer französisch aus). Eugenie war zwar eine Dame, aber auch Untergebene. Warum sollte Eugenie nicht auch gelegentlich das Dienstfahrzeug warten – aber in erster Linie natürlich Bruno.

Als Kessel mit gewaschenen Händen und der Luftpumpe wieder herunterkam, stand Herr Gustav da und lächelte in die Sonne. »Tach, Herr Kessel«, sagte Herr Gustav, »Se ham' ja keene Luft gar nicht mehr in ihre Reifen jehabt.« Er hatte sich erlaubt, die Reifen aufzupumpen.

Herr Gustav tippte mit seiner Luftpumpe – ein altes, gußeisernes Modell – salutierend an seine blaue Leinenkappe und ging wieder ins Haus.

Kessel dankte, zwängte seine Luftpumpe in die beiden Rahmenzapfen, die dafür vorgesehen waren (er nahm die Pumpe am Abend immer mit in die Wohnung, damit sie nicht gestohlen würde; ab heute aber würde er sie im Laden lassen; als Brunos weiteres Arbeitsgerät), schwang sich aufs Fahrrad und fuhr die Weserstraße hinunter, nahm also den ›unteren‹ Weg.

Fahrradfahren – zumindest bei trockenem Wetter und auf ebenen Straßen – ist eine Fortbewegungsart, die mit nichts zu vergleichen ist. Fliegen, zum Beispiel, ist rein nichts dagegen: in so einer Blechkabine sitzen, wo es laut ist und doch immer leicht nach Öl stinkt; vom Autofahren nicht zu reden. Fahrradfahren ist ein Schweben, das kommt davon, daß man selber schwerer ist als das Rad. Wenn man so richtig in die Pedale tritt – das Ganze ist doch wirklich ein eher zierlicher, fast filigranhafter Apparat – und man schießt dahin, dann trennt einen etwas von der Erde, was nicht durch Benzin, Öl und Gestank erkauft ist, sondern durch die *Balance*; der Schwerkraft wird nicht Gewalt angetan, die Schwerkraft wird überlistet. Es ist schon klar, dachte Kessel, warum die Radfahrer immer pfeifen – jedenfalls unter günstigen Umständen. Und wenn man gewaschene Hände hat.

Trotzdem legte Kessel, als ein ganz anderer Gedanke durch seinen Kopf schoß, den Rücktritt ein, so plötzlich, daß sich das Rad querstellte und Kessel einen Fuß auf die Straße stellen mußte; kurz vor der Kreuzung Elbestraße. Er dachte kurz nach, drehte dann um und fuhr zurück, am Haus vorbei, durch die Tellstraße (wegen des kuriosen Namens eine Lieblingsstraße Kessels, obwohl er nie erfahren hatte können, ob diese Straße nach Wilhelm Tell genannt war; er hatte sogar einmal eine Frau, die offenbar in der Straße wohnte, weil sie einen Fußabstreifer vor einer Haustür ausklopfte, gefragt, aber die Frau hatte ihn nur groß angeschaut, als verstehe sie nicht Deutsch) bis zur Post in der Hobrechtstraße, dem kleinen, schäbigen, nach Amtsbohnerwachs riechenden Postamt Berlin 440.

Dort gab Kessel ein Schmuckblatt-Telegramm auf: an Jakob Schwalbe mit einer Gratulation zu Otto Jägermeiers Geburtstag.

Nach und nach hatte Kessel seine Schallplatten aus München

mit nach Berlin genommen. Fast heimlich hatte er immer fünf oder sechs eingepackt, denn er fürchtete, daß Renate, wenn sie das merkte, fragen würde, ob es nun doch zu Ende sei: es – die Ehe, namentlich, als das halbe Jahr vorbei war. Einmal hatte Kessel angefangen zu erklären, daß es ihm in Berlin so gut gefiele, daß es nachgerade eine Idylle sei –
»Und hier ist es keine Idylle?« hatte Renate gefragt, ein wenig vorwurfsvoll, hauptsächlich aber traurig.
Kessel hatte versucht, die Idylle in Berlin zu schildern, in gutartigen, wahren Sätzen: die fast dörflichen Umstände in Neukölln, seinen Weg mit dem Fahrrad den ruhigen Neuköllner Kanal entlang, der träg dalag wie ein Dorfbach ... Renate wurde eher trauriger und hatte gesagt: »Ich weiß schon, daß es für dich keine Idylle hier ist, weil du Schäfchen nicht magst.«
Den Plattenspieler unter diesen Umständen nach Berlin mitzunehmen, war natürlich nicht möglich. Das wäre die manifestierte Endgültigkeit gewesen, hätte mindestens so geschienen. Aber Kessel brauchte diesen Plattenspieler in seiner Wohnung auch gar nicht, denn Bruno hatte eine sehr aufwendige und teure Stereoanlage angeschafft, schon im März. Es fiel gar nicht weiter auf unter der Abrechnung für all die teuren Geräte. Die Anlage blieb dann nur so lange im Laden, also in der Dienststelle, bis Kurtzmann dagewesen war und der Herr Hiesel und noch ein anderer Mensch aus der Zentrale in Pullach und alles kontrolliert und die Einrichtung gutgeheißen hatten. Aber selbst diese Vorsicht wäre nicht notwendig gewesen, denn keinem der drei wäre eine fehlende Stereoanlage aufgefallen. Nach dem Besuch schaffte Bruno die Anlage in Kessels Wohnung.
Ende August, nach dem Urlaub, hatte Kessel die letzten sechs seiner Schallplatten nach Berlin mitgenommen, darunter den *Don Giovanni. Don Giovanni* war eine der Lieblingsopern Jakob Schwalbes, vielleicht sogar überhaupt seine liebste. Er konnte sehr schön über den *Don Giovanni* erzählen, wußte alles, was mit der Entstehung des Textes, der Oper, mit der Uraufführung zusammenhing. Er hatte sogar einmal etwas darüber geschrieben. Vor allem lag Schwalbe viel an der Ver-

teidigung Don Ottavios, der ja – seit E. T. A. Hoffmann – wenig geachtet wird. Sicher, räumte Schwalbe ein, Don Ottavio ist ein Tenor und steht daher von vornherein im Verdacht, von schwachem Verstande zu sein. Daß er dem Komtur, seinem künftigen Schwiegervater, so spät, das heißt: zu spät, also überhaupt nicht mehr zu Hilfe kommt, mag vielleicht darauf zurückzuführen sein, daß er sich erst schönmachen mußte. Dagegen darf man aber nicht übersehen, daß Don Ottavio am Ende des ersten Aktes praktisch allein (denn die beiden Weiber – eine traurige Ziege und eine hysterische Schachtel – zählen nicht) auf das Fest des Don Giovanni geht: in dessen Palast, mitten unter dessen Freunde und Diener, in die Höhle des Löwen. Das war eine mutige Haltung. Und wer am Ende des ersten Aktes feig den Schwanz einzieht, das ist der feine Don Giovanni.

Schwalbes Begeisterung für den *Don Giovanni* hatte schon vor Jahren auf Kessel abgefärbt. Auch er mochte dieses Werk am liebsten von allen Opern Mozarts. Daß er trotzdem den *Don Giovanni* zuallerletzt mit nach Berlin nahm, lag daran, daß er zwar das Werk, nicht aber diese Schallplattenaufnahme mochte: sie war eins der – eher wenigen – Geburtstagsgeschenke gewesen, die er von Waltraud bekommen hatte.

Aber er hörte dann am Abend, als er damals Ende August nach dem Urlaub wieder nach Berlin geflogen war, sofort die ganze Oper, las auch das Textheft und stellte fest, daß die Oper am 29. Oktober 1787 uraufgeführt worden war. Daher, dachte Kessel, kam der 29. Oktober als erfundener (von Jakob Schwalbe erfundener) Geburtstag Otto Jägermeiers. Also verdankte Anatol Kregel seinen Geburtstag der Uraufführung des *Don Giovanni.*

Das konnte Kessel freilich Schwalbe nicht telegraphieren. Kessel krempelte vor der Post das eine Hosenbein wieder hoch und fuhr in Richtung Weichselplatz, nahm also den ›oberen‹ Weg. Schwalbe wußte nicht, noch nicht, wer Anatol Kregel war. Man verschiebt oft nicht nur Dinge, die man ungern tut, man verschiebt oft Dinge, die man an und für sich gern tut: aus Trägheit, aus dem Gefühl heraus, das sei an kei-

nen Termin gebunden, und man könne es bei der nächsten Gelegenheit auch noch tun. So hatte Kessel das ganze Frühjahr über und bis in den Sommer hinein einen Besuch bei Schwalbe vor sich hergeschoben. Nicht einmal für die merkwürdigen Namenstagsgeschenke hatte er sich bedankt.
In allen Einzelheiten hatte sich Kessel das Gespräch mit Schwalbe ausgemalt, in dem er ihm seine neue Tätigkeit eröffnen würde. Er sprach in Gedanken oft mit Schwalbe, sehr oft, namentlich, wenn er bei nicht so gutem Wetter (nicht die Morgenluft oder den Feierabendfrieden gedankenunbeschwert genießend und womöglich pfeifend) auf dem Fahrrad zum Laden oder nach Hause fuhr.
Schwalbe, würde er sagen, ich bin jetzt Spion.
Was bist du?
Spion.
Spione gibt es nicht, würde Schwalbe sagen, nur im Fernsehen oder im Kino.
Ich bin Mitarbeiter des Bundesnachrichtendienstes, würde Kessel seinen nicht zu stechenden Trumpf ausspielen.
Kessel wußte auch Schwalbes Antwort; er hätte gewagt, darauf zu wetten. Schwalbe würde sagen: Und du schämst dich nicht?
Dann würde – obwohl das natürlich verboten wäre – Kessel Schwalbe seinen Deckpaß Anatol Kregel zeigen. Schwalbe würde unglaublich staunen, da einen Paß, einen echten Paß in der Hand zu haben mit unverkennbar Kessels Paßbild, Kessels eckigem Kopf mit den schon spärlichen Haaren und dem Schnauzer, und alles unter dem Namen Anatol Kregel. Schwalbe würde in den Paß schauen, würde Kessel anschauen, würde wieder in den Paß schauen, den Kopf schütteln . . .
Sagt dir das Geburtsdatum nichts? würde Kessel fragen.
29. Oktober, würde Schwalbe sagen, Uraufführung des *Don Giovanni . . .*
Und Geburtstag Jägermeiers!
Wenn Kessel so mit Schwalbe in Gedanken redete, hatte er oft richtige Sehnsucht nach dem Freund. Das nächste Mal, beschloß Kessel – er näherte sich dem Kanaldeckel am Weichselplatz –, wenn ich in München bin, besuche ich ihn. Da

fliege ich am Freitag mittag und fahre gleich, gleich vom Flughafen zu Schwalbe.
Der Kanaldeckel klapperte. Kessel verwandelte sich in Kregel. Als er in den Laden kam, war Bruno nicht da und Eugenie in Tränen aufgelöst.

»Er wirft eine Handvoll Scherben in die Luft«, hatte Herr von Güldenberg gesagt, »und es fällt eine Vase wieder herunter.« Es war klar, daß Herr von Güldenberg gemeint hatte: Kurtzmann warf zwar die Scherben in die Luft – so einer wie Kurtzmann kann ohnedies nichts anderes als Scherben in die Luft werfen, allenfalls noch Torten essen und die schwarzen Augenbrauen über den oberen Brillenrand heben –, und Bruno bewirkte, daß das, was herunterkam, eine Vase war.
Wie das Bruno bewirkte, konnte natürlich niemand jemals sagen, am wenigsten Bruno selber, der von den Vorgängen ja meistens keine Ahnung hatte.
Als Kessel – das war schon im April – wieder einmal mit Herrn von Güldenberg in München darüber sprach (bei einer der Dienstbesprechungen im *Schwarzwälder*), sagte Güldenberg: »Bruno ist unzuverlässig –.« Da Kessel mit dem erhobenen Finger verneinend wackelte, fügte er hinzu: »– *war* unzuverlässig, schlampig, unpünktlich. Über seine technischen Fähigkeiten kann ich nichts sagen, aber ich vermute, daß es mit denen auch nicht sehr weit her ist. Sehen Sie sich das Paßbild an, das er noch zuletzt für einen neuen Deckpaß für mich gemacht hat.« Herr von Güldenberg zeigte Kessel den Paß. Der Baron war auf dem Bild schon zu erkennen, schaute aber nicht aus wie ein baltischer Aristokrat, sondern eher wie ein magerer Kannibalenhäuptling mit Gesichtslähmung.
»Es ist überbelichtet und unscharf, und außerdem mußte ich mich soweit zurückbeugen, daß mich der Kragen drückte und mir die Augen herausquollen. Nein: ich vermute, Bruno ist nur ein Katalysator. Ich vermute es nicht nur, ich weiß es inzwischen.«
Schlagartig war das Unheil über die Dienststelle Gesangverein hereingebrochen, nachdem Bruno nach Berlin versetzt worden war. Die Staude war krank geworden. Dann war man

bei der Zentrale hinter den Schwindel mit Frau Kurtzmann gekommen. Der Hauseigentümer hatte das Büro am Gärtnerplatz gekündigt, am 1. Oktober spätestens müsse man umziehen. Ein Wasserrohrbruch in dem darüberliegenden Büro habe in der Dienststelle alles überschwemmt, die Installateure seien gekommen, auch in die Dienststelle. Man habe zwar schnell alles Geheime weggeschlossen, aber die Papierkörbe habe man vergessen. Ein achtzehnjähriger Lehrling, noch dazu Sohn von Flüchtlingen aus der DDR, der in dem Büro oben gearbeitet habe, habe sich bei der Katastrophe wichtig gemacht und die Papierkörbe ›gerettet‹. Die Papiere – zum Teil nur Zeitungen, zum Glück, zum Teil aber Konzepte, überzählige Durchschläge, sogar Personalsachen – habe er getrocknet und fein säuberlich gebündelt wiedergebracht. Er habe gegrinst. Der Ober-Sicherheitschef in der Zentrale sei fast gestorben. Es sei nichts anderes übriggeblieben, als den Lehrling, einen strohdummen und dazu noch frechen Kerl, in den Dienst zu übernehmen. So dumm sei der Kerl – aber möglicherweise steckte der Vater dahinter, ein Hausmeister – sei der Kerl doch nicht gewesen, um nicht seine Chance zu wittern. Er habe unverschämte Forderungen gestellt. Zum Einstand: eine Informationsreise nach Mexico. Selbstverständlich habe man die Forderung des Hausmeistersprößlings erfüllen müssen.

An die für Mai fällige Reise nach Wien, sagte Herr von Güldenberg, wage er nicht zu denken.

Das Schlimmste aber sei Carus: V-3003, Deckname Carus. Carus war die wichtigste Quelle von G 626, Kurtzmann führte ihn selber, wachte eifersüchtig, daß niemand an ihn herankam. Carus war ein Goldkerl. Carus war unfehlbar. Carus Meldungen waren immer hundertprozentig. Carus war praktisch das Rückgrat der Dienststelle G 626. Ohne Carus war die Dienststelle nichts. Ohne Carus war Kurtzmann nichts. Wenn einer von der Zentrale, einer von den Schwellköpfen, die keine Ahnung von Arbeit haben, herunterkam und irgend etwas bemängelte, an irgendeiner Abrechnung herummäkelte oder gar am Etat von G 626 zu schnipseln anfangen wollte, hob Kurtzmann nur immer drohend die

Handflächen nach außen und sagte: Carus! Das war ein Zauberwort.

»Und dann –«, sagte der Baron.

»Ist er gestorben, der Carus?« fragte Kessel.

»Gestorben? Viel schlimmer.«

Angefangen hatte die Sache im Februar. Vorauszuschicken wäre, daß Carus Journalist war und viel auf Reisen. Fast alle Quellen des Bundesnachrichtendienstes sind Journalisten, eine Tatsache, die schon für sich allein gegen den Dienst spricht. Carus war ein fetter Schweißbrocken – erzählte Kurtzmann, gesehen hat ihn ja sonst nie jemand – und redete gern und ölig. Eines Tages nun, Ende Februar, flatterte ein Zettel mit dem Morgenkurier in die Dienststelle, auf dem stand, daß ein Mitarbeiter einer ganz anderen Dienststelle am 17. Februar von Köln nach Paris gefahren sei und die Bekanntschaft eines Herrn gemacht habe, der sich in politischen Dingen, die die Tschechoslowakei und Ungarn beträfen, auffallend beschlagen gezeigt habe.

Der andere Mitarbeiter – ohne sich selber zu enttarnen, versteht sich – verwickelte den Mann, in der Hoffnung, eine interessante Quelle für den Dienst aufgespürt zu haben, in ein längeres Gespräch, ging mit ihm in den Speisewagen, wo der Dicke Weißwein mit Tomatensaft gemischt trank –

»Das ist Carus!« schrie Kurtzmann auf, als er das las.

– die Herren seien sich nähergekommen, und der Dicke – worauf es der andere Mitarbeiter angelegt hatte – schlug vor, die Adressen auszutauschen. Er, der Dicke, habe erzählt, daß er regelmäßig alle vierzehn Tage nach Paris fahre. (Der Mitarbeiter gab selbstredend seinen Decknamen und eine Deckadresse an.)

Bei der nachfolgenden Überprüfung stellte man dann in der Zentrale unschwer fest, daß der interessante Mann bereits Mitarbeiter des Dienstes war: V-3003, DN Carus. Nur: was tut Carus regelmäßig alle vierzehn Tage in Paris? Aus den Abrechnungen, die in der Zentrale vorlagen, ergab sich keine einzige Reise nach Paris.

Kurtzmann war in einer Zwickmühle. Es war zu vermuten, daß hier irgend etwas nicht in Ordnung war. Aber Carus wollte er nicht verlieren. Er beschönigte die Sache, gab einen Bericht nach oben, daß Carus als Journalist auch außerhalb der Aufgaben für den Dienst viel reise ...

Die Zentrale ließ nicht locker. Das Netz zog sich – unmerklich für Carus, unmerklich selbst für Kurtzmann – zusammen. Carus wurde auf seinen Fahrten nach Paris beschattet. Gleichzeitig sollte Kurtzmann bei Carus vorsichtig auf den Busch klopfen.

»Natürlich ließen sie Kurtzmann nicht mehr allein nach Tutzing fahren«, erzählte Herr von Güldenberg unverkennbar genüßlich (in Tutzing wohnte Carus), »das Gespräch und alle folgenden Gespräche sollten mitgeschnitten werden. Weiß man denn, was Kurtzmann sonst Carus sagen würde? Ob er ihn nicht quasi warnen würde? Nicht, daß man Kurtzmann ein Doppelspiel zutrauen würde, nein, da hält man auch dort oben Kurtzmann für zu –«, der Baron räusperte sich, »– für zu gerade, zu schlicht.«

Kurtzmann wurde also angewiesen – das Herz blutete ihm bei dem Befehl, denn es war klar, daß das jedenfalls sein Niedergang war – Carus anzukündigen, daß er ›möglicherweise umgeschaltet‹ würde auf einen anderen V-Mann-Führer, ›aus innerdienstlichen Gründen‹. Kurtzmann, so hieß es, könne und solle sogar durchblicken lassen, daß er, Kurtzmann, befördert werden und also in höhere, dem einfachen V-Mann unzugängliche Höhen entschweben würde.

»Und Kurtzmann, stellen Sie sich vor, Kregel«, sagte Güldenberg, »ist so –«

»– so gerade, so schlicht –«, sagte Kessel.

»– daß er in dem Moment wieder Hoffnung faßt, im stillen glaubt, das mit der Beförderung stimme wirklich. War aber natürlich keine Rede davon.«

Kurtzmann mußte also den neuen angeblichen V-Mann-Führer, einen ziemlich jungen Mann, der bei dieser Operation den Decknamen Hamann führte, bei Carus einführen und vorstellen. Hamann hatte in seiner Spezialaktentasche ein Tonbandgerät laufen, mit dem er das ganze Gespräch mitschnitt. Das Gespräch war uninteressant, schon deswegen, weil die Gedankenfallen, die Kurtzmann stellte, viel zu gerade und schlicht waren. Aber immerhin war Kurtzmann nicht so dumm, daß er mit dem Gespräch in Carus einen Verdacht erregte. Weit interessanter war eine Entdeckung, die der offenbar sehr vife Hamann machte: eine Bowle.

»Woher wissen Sie das alles?« fragte Kessel. »Hat Kurtzmann Ihnen das erzählt?«

»Bewahre«, sagte der Baron, »Kurtzmann wird mir nicht seine eigene Schande erzählen. Hiesel hat mir das alles erzählt. Sie kennen doch die Aversion Hiesels gegen Kurtzmann.«

»Aber daß er das dann Ihnen erzählt?«

»Mir kann man alles erzählen. Ich gehe heuer in Pension. Ich bin sozusagen harmlos geworden. Aber hören Sie weiter: Carus war ein Ästhet. Sein Haus in Tutzing war in astreinem Jugendstil eingerichtet zur einen Hälfte, zur anderen japanisch. Alles paßte zu allem: die Lampen, die Teppiche, die Bilder ohnedies. Es sei fast schon, habe Hamann gesagt, eine Idee *zu* ästhetisch gewesen, nicht mehr geschmackvoll, sondern geschmäcklerisch. Und dann diese Bowle. Ob die schon immer dagestanden habe, habe er danach Kurtzmann gefragt. Kurtzmann habe es nicht gewußt.

Die Bowle, also ein Bowlenkrug aus Steingut mit Bowlengläsern auf einem Tablett, sei ihm, Hamann, sofort ins Auge gefallen. An und für sich schon sei dieser Bowlenkrug aus Steingut in nachgemacht bäuerlichem Stil eine absolute Scheußlichkeit und passe allenfalls in die kleinbürgerliche Wohnung eines Verwaltungsoberinspektors, aber in *diesem* Rahmen, in *dieser* Wohnung, in Carus' überästhetischer Einrichtung wirke diese Bowle doch wie eine optische Explosion. Ob Kurtzmann das nie bemerkt habe? Nein, Kurtzmann habe das nie bemerkt. Kurtzmann konnte den kleinbürgerlichen Oberinspektoren-Wohnstil nicht vom Wohnstil eines Jugendstilisten vom Zuschnitt Carus' unterscheiden. Das lernt man nicht auf der Spionageschule Ferienheim in der Werneckstraße und auch in keinem anderen Fortbildungskurs.

Inzwischen wurde, wie gesagt, Carus auf seinen Reisen nach Paris beschattet. Dreimal fuhr ein Observationsteam mit. Carus bemerkte offenbar nichts. Er stieg in Paris im *George V.* ab. Ein anderes Hotel hätte wahrscheinlich sein ästhetisches Auge gekränkt. Im Hotel traf er einen Herrn, Carus tauschte mit ihm die Aktentasche. Der Herr ging dann – was schon das erste Mal festgestellt wurde – in die tschechische Botschaft. Carus: ein Doppelagent.

Kurtzmann bekam Magenkrämpfe, konnte keine Torte mehr essen und legte sich zehn Tage ins Bett.

Selbstverständlich wurde der tschechische Mittelsmann Carus' heimlich photographiert. Die Zentrale in Pullach schaltete den französischen Geheimdienst ein, der nicht sehr lange brauchte, um festzustellen, daß es sich bei dem Mittelsmann um den Botschaftssekretär III. Klasse František Žabník handelte. Aus anderen Zusammenhängen hatte der französische Geheimdienst schon länger den Verdacht, daß dieser Žabník kein Diplomat, sondern Geheimdienstmann war. Dennoch genoß Žabník selbstverständlich Diplomatenstatus.

Es ging dann Schlag auf Schlag. Die Franzosen sind nicht so zimperlich wie wir«, sagte Herr von Güldenberg. »Wir stehen uns immer mit der Rechtsstaatlichkeit im Wege – na ja, ich werde pensioniert. Ich zerbreche mir über nichts mehr den Kopf.

Nach dem dritten Treff Carus' mit Žabník klärte der französische Dienst den Fall. Das heißt: die französischen Kollegen sagten sich, dem Žabník passiert natürlich gar nichts, er wird, wenn alles aufkommt, wenn man also alles offiziell macht, mit großem Geschrei in der Presse und so, vom Außenministerium zur Persona non grata erklärt und fliegt zurück nach Prag.

Also machte man es anders. Wie gesagt, die französischen Kollegen sind da weniger zimperlich.

Žabník stieg an der Ecke Champs Elysées/Rue George V in ein Taxi. Immer stieg er dort in ein Taxi. Schon das ein Fehler. Ein Spion darf nie immer an der gleichen Stelle in ein Taxi steigen. Das Taxi war diesmal kein Taxi, sondern ein Sonderfahrzeug des französischen Geheimdienstes. Žabník wurde genußvoll verprügelt, dann wurde ihm die Aktentasche weggenommen. Dann wurden ihm die Schrammen verpflastert,

das blaue Auge eingekremt, danach wurde er in einem echten Taxi zur tschechischen Botschaft gefahren.
In der Aktentasche waren Meldungen Carus' an den tschechischen Geheimdienst. Auch eine Reiseabrechnung, sogar auf Formular, sauber in dreifacher Ausfertigung. Carus war nicht nur ein Ästhet, sondern auch ein Pedant.«
»Aber warum um alles in der Welt haben die Franzosen den armen Žabník verprügelt?« fragte Kessel.
»Aus Jux. Weil es in einem Aufwaschen geht. Das waren die Späne, die fallen, wo gehobelt wird. Und außerdem haben – habe ich von Hiesel gehört – die Albaner unlängst einen französischen Agenten verprügelt. In Rom.«
»Aber ein Tscheche ist doch kein Albaner –?«
»Wahrscheinlich verprügeln jetzt dann die Tschechen in Prag einen albanischen Kollegen. So schließt sich der Kreis. Und alles bleibt quasi entre nous. Der Žabník wird sich hüten, das an die große Glocke zu hängen. Die Tschechen auch. Auch ohne daß er zu einer Persona non grata erklärt wird, wird Žabník, wenn sein blaues Auge verheilt ist, von der Pariser Bildfläche verschwinden, und alles ist wieder in Ordnung.
Bevor Carus gewarnt sein konnte, unmittelbar nach seiner Rückkehr nach Tutzing, suchten Hamann und noch ein anderer Mitarbeiter (der nur stille Zeugenfunktion hatte) Carus auf. Das heißt: Hamann wartete schon in Carus' Haus. Er stellte Carus zur Rede, sagte, daß man Beweise für Unredlichkeiten Carus' in Händen habe. Carus habe erst empört getan, dann sei Hamann nur zur Bowle gegangen – Carus sei wie eine Katze dazwischengesprungen, aber der offenbar nicht nur schlaue und in Geschmacksfragen firme, sondern auch sportive Hamann habe Carus mit einem Handkantenschlag bedient, der Carus veranlaßte, stark nach Luft ringend auf eine stilreine Art-nouveaux-Chaiselongue von Guimard/Nancy aus dem Jahr 1901 zu sinken.
In der stillosen Steingut-Bowle war ein Empfänger eingebaut. Carus, nachdem er auf der Guimard-Chaiselongue wieder zu Luft gekommen war, begann zu wimmern, bat Hamann an Carus' Frau und seine unschuldigen Kinder zu denken und versprach, alles zu beichten.

Nun setzte sich auch Hamann auf die Guimard-Chaiselongue und sagte: bitte.
Der Pedant und Ästhet Carus öffnete daraufhin einen Wandschrank (Talwin Morris, Glasgow 1895, Kirschholz mit Messingverzierung, darstellend eine langgezogene Jugendstildame, die eine übergroße Rose küßt) und nahm drei Ordner heraus. Die Ordner gab er Hamann, und dann setzte er sich tief seufzend auf einen Thonet-Armsessel aus dem Jahr 1910 und goß sich ein Glas Portwein ein (in ein mundgeblasenes, farbiges Glas; Karl Koepping, 1895/96).
›Wollen Sie auch –?‹ fragte er schüchtern.
›Nein‹, sagte Hamann kalt.
Die drei Ordner enthielten, sauber in Durchschlägen chronologisch geordnet, die Meldungen, die Carus dem ägyptischen Geheimdienst zukommen hatte lassen.
›Ist das alles?‹ fragte Hamann.
›Ja‹, seufzte Carus.
›Dann geben Sie mir nur noch die Durchschläge der Meldungen für Herrn Žabník.‹
Da sei Carus zusammengebrochen.
Kurtzmann, kaum erholt von seiner zehntägigen Bettlägrigkeit, sei auch zusammengebrochen, als er das hörte. Carus war kein Doppel-, sondern ein Tripelagent.«
»Und?« fragte Kessel.
»Er liegt wieder. Vorerst ist er für vierzehn Tage krankgeschrieben. Wegen Überarbeitung.«
»Ich meine nicht Kurtzmann, ich meine den Carus?«
»Das war der letzte Stand der Dinge. Ich weiß nicht, ob ich erfahre, was weiter mit Carus geschieht. Vielleicht lesen Sie es in der Zeitung. Aber eins, da bin ich ganz sicher: das wäre nie passiert, wenn Kurtzmann Bruno behalten hätte. Diesmal hat Kurtzmann eine Vase in die Luft geworfen –«
»– eine Jugendstilvase –«
»– und, wie nicht anders zu erwarten, sind Scherben heruntergekommen.«
»Aber das ist doch eher – ich meine«, sagte Kessel, »das ist doch ein Glück, daß dieser Tripelagent Carus entlarvt worden ist?«

»Beim Geheimdienst weiß man nie, was Glück und was Unglück ist«, sagte Herr von Güldenberg.

Herrn von Güldenbergs Theorie über Brunos glückliche Hand – oder über die glückliche Hand dessen, dem Bruno dienstbar war – bewahrheitete sich in Berlin. Nein: die Theorie triumphierte, allerdings in sich, und darin wieder die andere Theorie, daß man beim Geheimdienst nie wisse, was Glück und was Unglück sei. In Berlin warf niemand Scherben in die Luft, damit eine Vase herunterkäme. In Berlin warf Albin Kessel eine Handvoll getrockneter Erbsen in die Luft und Gold kam herunter, nicht eine Handvoll Gold, sondern ein Sack voll Gold, und nicht ein Sack voll Gold, sondern Säcke voll Gold, soviel, daß Kessel zum Schluß davon begraben wurde.
»Habe ich irgendwie eine kapitalistische Goldhand?« fragte viel später Albin Kessel, der die Kregelhülle abgestreift hatte und wie in alten Zeiten – nur viel trauriger – bei Wermut Graef an einem ›aufrichtigen Dienstag‹ saß.
»Hm«, sagte Graef. »Wenn man so an St. Adelgund denkt ...«
»Eben. Und wie schwer ist es mir geworden, die St.-Adelgund-Millionen loszuwerden –«
»Ich denke, das war sehr leicht, die sind untergegangen?«
»Ja – nein«, sagte Kessel, »wie schwer war es für mich, den Informationsdienst loszuwerden, das meine ich, wie schwer zu verhindern, daß ich noch mehr Millionen bekomme. Aber das war ein Kinderspiel gegen das da in Berlin –«
Dabei ging es da gar nicht um Millionen, sondern nur um sechsundachtzigtausend Mark.
»Aber *was für* sechsundachtzigtausend Mark!« sagte Albin Kessel.
Es fing an, noch bevor Kessel in die Wohnung in der Weserstraße zog, die Gold-Bruno für Kessel gefunden hatte. Es fing exakt am 7. März an, einem Montag um halb elf Uhr vormittags.
Die Blumen, die Frau Semmelrock zur Geschäftseröffnung geschickt hatte – einen Stock mit Alpenveilchen, dennoch

eine nette Geste, sagte Kessel –, stellte Bruno in die Auslage in die Mitte zwischen Berliner Bären verschiedener Größe, Freiheitsglocken, Schöneberger Rathäuser, Luftbrückendenkmäler, Funktürme, Biergläser mit der Aufschrift ›Hertha BSC‹ und Mauerstücken mit zehn Zentimeter Stacheldraht. Bruno, der die Ware eingekauft hatte, ließ es sich nicht nehmen, die Auslage selber zu dekorieren. Das Alpenveilchen hatte Frau Semmelrock schon am 1. März geschickt (es kam ein Lehrling von einem Blumengeschäft vom Hermannplatz) mit einer vorgedruckten Glückwunschkarte. Frau Semmelrock hatte wohl angenommen, Kessel (Kregel) würde den Laden gleich am Ersten aufmachen. Kessel hatte aber zu Bruno gesagt: »Wir lassen uns Zeit. Am nächsten Montag ist auch noch früh genug.«
Er sagte zum Lehrling: »Stell die Blumen aufs Regal.« Der Lehrling wartete auf ein Trinkgeld. Kessel nahm die Glückwunschkarte aus dem Kuvert. Bruno schaute ihm über die Schulter und las mit.
»Zum 25jährigen Geschäftsjubiläum.«
»Hm?« fragte Bruno.
»Is' was nicht in Ordnung?« fragte der Lehrling, und dann: »Pardong. Eine Verwechslung. Sollte die Karte ›Zur Geschäftseröffnung‹ sein. Geben Sie her. Ich bring Ihnen die richtige nachmittags rüber.«
»Nicht nötig«, sagte Kessel, gab dem Lehrling eine Mark und steckte die Karte hinter die Kasse. Er war dann sehr nachdenklich den ganzen Tag.
»Würden Sie gern fünfundzwanzig Jahre in Berlin leben?« fragte Kessel Bruno, der, gerade vorsichtig über die noch unfertige Dekoration im Schaufenster steigend, ein selbstgefertigtes Transparent: NEUERÖFFNUNG 7. MÄRZ an der Scheibe befestigte.
»Hä?«
»Ob Sie gern fünfundzwanzig Jahre in Berlin leben würden?«
»Brrr«, sagte Bruno und schüttelte sich. »Wie kommen Sie da drauf? Ach, wegen der Karte von der Alten – denken Sie sich was dabei? Ich nicht.«
Die Idee mit dem Freibier hatte nicht Bruno, sondern Kessel.

Man müsse doch wohl, hatte Kessel gesagt, eine Art Festlichkeit veranstalten, einen Einstand. Ob das nicht die Leute der umgrenzenden Häuser erwarteten?
»Die kaufen doch keine Andenken.«
»Niemand wird die Andenken kaufen«, sagte Kessel, »aber zur Tarnung? Wir müssen doch so tun, als wären wir echte Geschäftsleute?«
Eigentlich war Bruno dagegen. Trotzdem besorgte er einen Korb voll Würste, ein großes Glas Essiggurken, einen Karton mit Semmeln und ein Faß Bier. Außerdem brachte er – »für mich, und für die Kinder, wenn welche kommen« – eine Kiste mit Limonade. (Bruno besuchte, seit er sein Leben geändert hatte, nicht nur keine Kneipen mehr, er lebte überhaupt abstinent.) Darüber hinaus kündigte er das Fest sogar auf einem weiteren Transparent an, das er am Freitag in die Tür des Ladens hing.
Um es vorwegzunehmen: Kinder kamen überhaupt keine.
Um halb neun Uhr schloß Kessel den Laden auf. Er hatte Bruno die Schlüssel geben wollen, damit er aufsperren solle, aber Bruno hatte gesagt: »Nein, das müssen Sie schon selber machen. Sie sind der Chef.«
So schloß Kessel auf. Es war ein trüber Vorfrühlingstag. Gelbliche Wolken verdunkelten den Himmel und ließen befürchten, daß es noch einmal schneien würde. Kein Mensch war auf der Straße.
»Kommt keiner?« schrie Bruno von hinten.
Kessel erschrak, als er eine finstere, graue Gestalt direkt neben sich auftauchen sah, buchstäblich auftauchen, wie aus der Erde wachsen. Es war ein Mann in einem bodenlangen Fischgrätenmantel, der offenbar eingerollt im Schacht des Kellerfensters neben der Tür gewartet hatte.
Der Mann hatte so gut wie keine Zähne mehr, drahtartige rote Haare und trug zum Fischgrätenmantel kein Hemd, so daß der nackte, faltige Hals aus dem Kragen ragte. Er sprach einen Dialekt, der – vielleicht auch infolge der fehlenden Zähne – so unverständlich war, daß Kessel und Bruno im Lauf der folgenden Stunden nur herausbekamen, daß der Mann Egon hieß, obwohl er anfangs immerfort redete.

Egon blieb der einzige Gast der Eröffnungsparty, und auch er war eine Enttäuschung: er aß gar nichts, trank nur zwei Gläser Bier und war danach so betrunken, daß er einschlief.
»Ich glaube, den können wir trotz Sicherheitsvorschriften nach hinten auf ein Sofa legen«, sagte Kessel.
»Ja«, brummte Bruno. »Wenn das ein Agent ist, dann ist er hervorragend getarnt.«
»Und was machen wir mit dem Bier?« fragte Bruno, als er wieder nach vorn kam, in jeder Hand ein Paar Würste, von denen er abwechselnd abbiß.
»Es wird schon noch jemand kommen«, sagte Kessel.
Es kam aber niemand.
Das heißt: es kam schon jemand, aber keine Gäste. Es kamen Kunden. Es kamen viele Kunden.
Um halb elf fuhr ein Omnibus vor und hielt nicht viel weiter als dreißig Meter von Kessels Laden entfernt. Etwa fünfzig Japaner stiegen aus, wurden von einer Dame die Elsenstraße nach vorn zur Mauer geführt, wo sie auf ein Gerüst stiegen und photographierten. Dann gingen die Japaner zum Omnibus zurück, schauten sich um, sahen Kessels Andenkenladen und stürzten darauf zu. Binnen weniger Augenblicke standen zehn Japaner im Laden (mehr hatten nicht Platz), vierzig warteten diszipliniert in Schlange davor.

Vier große Freiheitsglocken à DM 23,–
Acht kleine Freiheitsglocken à DM 9,80
Zwölf große Bären à DM 18,50
Ein mittlerer Bär à DM 12,50
Sechzehn kleine Bären à DM 7,50
Zwei ganz kleine Bären à DM 4,50
Sechs Funktürme à DM 12,80
Sieben Kugelschreiber in Form von Funktürmen à DM 2,60
Drei Büsten von Willy Brandt (mehr waren nicht da, Kessel hätte mindestens zehn verkaufen können) à DM 11,20
Eine Büste von Ulbricht DM 11,20
Hundertvierunddreißig Postkarten à DM 0,40

Nur einer trank ein Freibier.
Umsatz: achthundertachtzig Mark und neunzig Pfennig. Kessel ließ sich in seinen Stuhl hinter der Kasse fallen. Er war bleich geworden.
»Wieviel?« fragte Bruno.
»Achthundertachtzig – neunzig.«
»Hm«, sagte Bruno. »Wenn ich bedenke, daß wir mit hundert Prozent kalkulieren, dann ist das ein Reingewinn vor Steuern von gut dreihundert Mark. Und jetzt ist es –«, Bruno schaute auf seine Armbanduhr –, »noch nicht einmal halb zwölf.«
»Mal den Teufel nicht an die Wand«, sagte Kessel heiser.
Es kamen vier Omnibusse. (Es war, wie Kessel später wußte, ein eher schwacher Tag.) Noch einer vormittags gegen dreiviertel zwölf, zwei nachmittags. Ein Omnibus mit Amerikanern, ein gemischter und noch einer mit Japanern. Der zweite Japaner-Bus konnte schon gar nicht mehr befriedigt werden. Nachdem die Hälfte der Japaner bedient war, war der Laden leer. Einer der Japaner, der nichts mehr sonst bekommen konnte, wollte Frau Semmelrocks Alpenveilchen kaufen. Aber Kessel gab es nicht her.
Die Tageseinnahme belief sich auf zweitausendfünfhundertfünfundvierzig Mark und zwanzig Pfennig.
Die Frage, was man mit dem Geld machen solle, wurde fürs erste verdrängt von der anderen Frage: wie kommt man so schnell wie möglich an neue Ware.
Kessel hatte Bruno vorgeschlagen, morgen dann eben nichts zu verkaufen, und wenn es sein muß, übermorgen auch nicht oder die ganze restliche Woche, und in Ruhe Nachschub zu bestellen.
»Wo denken Sie hin«, sagte Bruno. »Das ist doch unmöglich. Einen Tag nach der Geschäftseröffnung zusperren –«
»Betriebsurlaub«, sagte Kessel, »geht ja schließlich niemanden was an.«
»Unmöglich!« sagte Bruno, »das wäre ja praktisch, praktisch eine Enttarnung wäre das. Unsere ganze Legende wäre futsch. Sie müssen kaufmännisch denken – als Tarnung, verstehen Sie?«

Klar, dachte Kessel, ein echter Andenkenhändler würde diese Goldsträhne nicht fahren lassen, wer weiß, wie lange sie anhielt. Kessel stülpte sich also noch am Abend tarnweise die Andenkenhändlermentalität über, nahm zweitausend Mark aus der Kasse und fuhr mit dem Firmenauto (auch das hatte Bruno gekauft, einen Opel-Lieferwagen) zum Großhändler.

Bruno trank inzwischen das Bier aus. Es war das erste Bier, der erste Alkohol überhaupt, den Bruno in Berlin trank. Nachdem Egon nur zwei Glas, ein einziger Japaner ein Glas und Kessel selber vier Glas Bier getrunken hatte, war das Fünfzigliterfaß der Brauerei Schultheiß immer noch so gut wie voll.

»Vielleicht kommen morgen welche?« meinte Kessel.

»Morgen ist das Bier nicht mehr zu trinken. Viel zu warm und abgestanden, wenn das Faß einmal offen ist.«

»Ob es die Brauerei zurücknimmt?«

»Ein offenes Faß nicht«, sagte Bruno.

»Was machen wir dann? Wegschütten? Einem Altersheim bringen?«

Bruno wälzte sich herum auf seinem Stuhl; auch in seinem Inneren, sah man seinem kleinen Walroßgesicht an, wälzte sich der Abstinenz-Vorsatz hin und her. Es ging eine Zeitlang, dann hob sich Bruno ächzend vom Stuhl – der Abstinenz-Vorsatz in ihm war in einen tiefen Abgrund gefallen. Bruno nahm ein großes Bierglas, schlurfte zum Faß, füllte das Glas voll, setzte es an die Lippen – nein: trank noch nicht. Er drehte sich, das Glas an den Lippen, zu Kessel um und schaute ihn mit Augen an ... »– mit Augen«, sagte Kessel später, »mit Augen, die ich nicht vergesse –« – mit den Augen des Selbstmörders, bevor er springt. Auch Augen des Vorwurfs waren es: die Augen dessen, den man in die Antarktis schickt, um dort einen Forscher zu retten; mit den Augen dessen, der zwar bereit ist, seine Pflicht zu tun, der aber nicht weiß, ob er wiederkommt.

Einen Moment lang schaute Bruno über den Rand des Bierglases hinweg von seiner Zweimeterhöhe auf Kessel herunter. Kessel zuckte mit den Schultern. Da wandte sich Bruno ab und trank das Glas aus.

Als Kessel um sechs Uhr den Laden zusperrte und nach hinten ging, um mit dem Auto zum Großhändler zu fahren (Kessel hatte vorher telephonisch geordert; der Großhändler hatte nicht schlecht gestaunt: für zweitausend Mark Ware – hatte versprochen, die Kartons herzurichten und bis halb sieben Uhr zu warten), als Kessel wegfuhr, war das Faß leer.
»Wenn Sie dann zurückkommen«, sagte Bruno, »wir müssen ja die Ware auspacken, in die Regale stellen und die Auslage dekorieren –«
»Sollen wir das nicht morgen früh machen ...?«
»Nichts da, wer weiß, ob morgen nicht der erste Bus schon früher kommt. Wenn Sie zurück sind, und ich bin nicht hier: dann bin ich im *Sporteck* an der Brücke.«
Um halb acht kam Kessel zurück. Er verfuhr sich ein paar Mal, kannte sich in Berlin ja noch nicht aus; der Großhändler hatte sein Lager weit im Norden der Stadt, in Wittenau. Da Kessel sofort bar bezahlte, drängte ihm der Großhändler 2 % Skonto auf: vierzig Mark.
Bruno war im *Sporteck* und sang *La Paloma,* ging aber sofort mit, als ihn Kessel rief.
So packten sie aus, räumten ein, dekorierten. Als sie gegen zehn Uhr fertig waren, fragte Kessel: »Übrigens – wo ist denn Egon?«
»Egon hat immer noch geschlafen. Bevor ich ins *Sporteck* gegangen bin, habe ich ihn wieder in seinen Kellerfensterschacht geschraubt.«
Kessel wohnte ja zu der Zeit noch in der Pension der Majorswitwe König am Kurfürstendamm. Weil es dort schwierig zum Parken ist, und weil Kessel befürchtete, sich anderntags wieder zu verfahren, nahm er trotz der späten Stunden am Hermannplatz die U-Bahn.
Bruno begleitete ihn bis zum *Sporteck.*
Kessel schaute Bruno an.
»Nur heute«, sagte Bruno.
»Ich weiß nicht, ob das richtig ist«, brummte Kessel, zog die 2 % Skonto des Souvenirgroßhändlers aus der Tasche und gab Bruno das Geld.

Kessel versuchte alles Erdenkliche. Zunächst verkaufte er die Ware billig, kalkulierte statt mit hundert nur mit zehn Prozent. Das hieß: ein mittlerer Berliner Bär kostete bei ihm statt zwölf Mark fünfzig nur noch sechs Mark achtzig. Der Umsatz stieg derart, daß Kessel und Bruno kaum noch mit dem Heranschaffen der neuen Ware nachkamen. Der Gewinn war pro Einzelstück gering, stieg aber insgesamt. »Das spricht sich herum«, keuchte Bruno und trug eine Kiste mit Ernst-Reuter-Büsten in das Lager. (Im Keller hatten sie das Lager einrichten müssen.)

Kessel, der eine Kiste mit Aschenbechern mit dem Bild John F. Kennedys und der Aufschrift ›Ich bin ein Berliner‹ trug, stellte die Kiste ab.

»Was ist?« keuchte Bruno.

»Sie haben recht, Bruno. Wir machen es falsch. Genau umgekehrt hätten wir es machen sollen. Ab morgen kalkulieren wir mit 200 %. Wir müssen eine Apotheke werden.«

Also kostete von da ab – das war Ende März – ein mittlerer Bär statt sechs Mark achtig: achtzehn Mark fünfundsiebzig. Der Umsatz ging zurück, aber nur leicht. Der Reingewinn stieg infolge der horrenden Gewinnspanne.

»Wir verkaufen unter Preis«, sagte in der Karwoche, als die Mauer-Touristen sich pausenlos von morgens bis abends die Türklinke des Ladens in die Hand gaben. »Nur so schaffen wir es.«

»Das geht nicht«, sagte Bruno. »Da würden wir doch sofort auffallen. Da wüßte doch sofort das Gewerbeamt . . . und das Finanzamt –«

»Aber was sollen wir denn dann machen?«

Bruno hob seine mächtigen Schultern und bediente weiter. Ein paar Tage später glaubte Kessel einen Trick gefunden zu haben: er legte nur noch betont häßliche Andenken auf Lager. Er legte einen ganz strengen Maßstab des Ungeschmakkes an. Postkarten mit Hunden, die beteten; Kuhglocken an gestickten Bändern (»Je weniger das Zeug mit Berlin zu tun hat, um so besser«, sagte Kessel.); Kerzen in Form kleiner Grammophone; mauerfarbene Aschenbecher mit Stacheldraht; den Papst, geschnitzt (roh in Holz, bemalt oder ver-

goldet); das halbplastische Bild eines Mannes, der den einen bloßen Fuß dem Betrachter entgegenstreckte, auf dem Fuß Champignons, Umschrift: ›Hallo, Fußpilz!‹; U-Boote ›Gruß aus Kiel‹; die Hände von Dürers Mutter in Messing getrieben.
Auf Umwegen erfuhr Kessel wenig später (Herr von Primus erzählte das), daß die Omnibusse daraufhin zum Teil nur deswegen zum Gerüst an die Elsenstraße fuhren, weil die Leute in Kessels Andenkenladen kaufen wollten.
»Diese Blödiane«, seufzte Kessel, »ich glaube, die würden sogar *Destenne* kaufen. Vom Patron in St-Mommul-sur-Mer.«
Er gab auf, machte keine Extravaganzen im Sortiment mehr und kalkulierte wie alle anderen mit hundert Prozent. So gelang es mit der Zeit, den Umsatz monatlich auf acht- bis zehntausend Mark einzupendeln und einigermaßen unauffällig zu bleiben. Nur eins leistete sich Kessel regelmäßig; wenn mehr als zwei Omnibusse gleichzeitig kamen, sperrte er den Laden zu und hängte ein Schild hinaus: »Komme gleich wieder.«
Oft warteten die Leute geduldig eine geschlagene halbe Stunde vor dem Laden. Der eine oder andere weniger Geduldige rüttelte an der Klinke.
Aber Kessel verhielt sich selbstverständlich still.
»Sind sie schon weg?« fragte er Bruno.
Bruno schob ganz vorsichtig den Vorhang an der blaßgrün lackierten Tür zur Seite, einer Tür mit Glasfüllung, die den Laden von der Wohnung dahinter trennte.
»Nein, sie sind noch da.«
»Dann geben Sie mir bitte noch eine Tasse Kaffee«, sagte daraufhin Kessel zu Eugenie.

Auch Eugenie hatte Bruno mit der Goldhand gefunden.
Eugenie war eine trotz ihrer Jugend (sie war 22 Jahre alt) schon zweimal geschiedene Frau. Das erstemal hatte sie geheiratet, als sie sechzehn war, und zwar einen siebzehnjährigen Banklehrling. Die Ehe ging natürlich nicht gut und wurde geschieden, als Eugenie neunzehn war. Die zweite Ehe – mit einem sechzigjährigen Reitpferdezüchter aus dem Westfäli-

schen – dauerte nur ein Jahr. Der Reitpferdezüchter zahlte eine größere Abfindung, die Eugenie in kurzer Zeit durchbrachte; dann übersiedelte sie nach Berlin, weil sie da irgendeine Berlin-Überbrückung und -Unterstützung bekam, sich dafür lediglich verpflichten mußte, mindestens fünf Jahre in Berlin zu bleiben.

Bruno lernte Eugenie kennen, als sie eben die letzte Mark von der Berlin-Überbrückung verpulverte, das heißt: Eugenie gab in ihrer (noch vom Reitpferdezüchter eingerichteten) Wohnung in Wilmersdorf eine Party zur Feier des Endes der Berlin-Überbrückung. Sowohl Eugenie als auch ihre Feste hatten in gewissen Kreisen Berliner Herren einen guten Ruf. Viele Leute wußten von dem Fest, unter anderem zwei der genannten Herren (Gerd hießen sie und Helmut, sofern sich Bruno richtig erinnerte), die sich mit Bruno im Stehausschank *Kaktus* in der Nähe des S-Bahnhofs Feuerbachstraße eine Zeitlang unterhielten. Da Bruno so schön den in Berlin ja nahezu gänzlich unbekannten *Erzherzog-Johann-Jodler* sang, schlug Gerd (vielleicht auch Helmut) vor, den Bruno zu Eugenie mitzunehmen, wo, wie Gerd (oder Helmut) wußte, das Fest in vollem Gang war.

Bruno riß in Eugenies Wohnung durch nochmaliges Absingen des *Erzherzog-Johann-Jodlers* das Festgeschehen sogleich an sich und ließ es – bildlich gesprochen – nicht mehr los, bis der letzte Gast gegangen war. Das war um acht Uhr früh.

Die ganze Nacht hatte laute Musik durch die Wohnung gedröhnt (und durch das Haus, aber das kümmerte Eugenie wenig), ölige, quallige, gleichförmige Öd-Musik von Schallplatten, auf denen surrealistische Schmetterlinge, nackte Mädchen, gesplitterte Fensterscheiben oder bärtige Männer abgebildet waren, die auf einem Klo saßen, Musik, die Bruno nur als Lärm empfand, da sein Ohr sich allen Klängen außer dem *Erzherzog-Johann-Jodler, La Paloma* und der *Toselli-Serenade* verschloß.

Gläser standen überall herum, leer und halbvoll, überquellende Aschenbecher, zertretene Partybrezeln lagen am Boden. Als Eugenie, nachdem sie den vorletzten Gast zur Tür

gebracht hatte, den dröhnenden Plattenspieler abstellte, war es, als sinke die Wohnung mit einem Ruck in eine etwas tiefere, stillere Lage. Das ferne Rauschen des morgendlichen Verkehrs war zu hören, sonst nichts.
Als Eugenie nun auch die Vorhänge zurückzog und die Fenster aufmachte, so daß das Licht des Märzmorgens ins Zimmer drang und auch die letzten Schatten des vorangegangenen Lärms verdrängte, bemerkte sie Bruno, der auf der Ecke eines Diwans saß und sie anschaute.
Eugenie hatte fünf Gläser in jeder Hand, blieb stehen und sagte: »Wer sind Sie?«
»Ich bin Bruno«, sagte Bruno, stand auf und nahm auch fünf Gläser in jede Hand.
Sie trugen die Gläser in die Küche. Eugenie begann abzuspülen. Bruno nahm einen Papierkorb, sammelte die Servietten ein, die leeren Zigarettenschachteln und die angegessenen Semmeln. Dann warf er die leeren Flaschen – soweit sie nicht Pfandflaschen waren – in einen leeren Karton.
Als er mit dem geleerten Korb wieder nach oben kam, hatte Eugenie die übrigen Fenster geöffnet. Der Qualm begann abzuziehen. Bruno rückte – Eugenie gab kurze Anweisungen – die Möbel wieder zurecht. Eugenie wischte sich die Hände an ihrer Schürze ab, ging zum Plattenspieler, nahm Frank Zappa herunter und suchte aus einem anderen Stapel eine Platte. Vivaldi, Flötenkonzert in g-Moll, genannt *Il Cardellino.* Obwohl Bruno mit dem Namen Vivaldi nichts anfangen hätte können, gefiel ihm die Musik.
»Was ist das?« fragte Bruno.
»Il Cardellino«, sagte Eugenie.
Es war ihm – das hätte er aber nicht artikulieren können –, als führe dieser *Cardellino* mit einer sanften, aber unüberwindlichen Gewalt in das eine Ohr und verdränge die nächtliche Öd- und Ölmusik (die Plastik-Musik, wie Jakob Schwalbe zu sagen pflegte) und schiebe sie aus dem Kopf durch das andere Ohr hinaus. Ein wenig sperrte sich die Plastik-Musik, verkrallte sich im Ohr, aber gegen den *Cardellino* ist sie letzten Endes machtlos und mit einem kleinen, prallen Stöpselgeräusch verschwand sie endlich.

»Möchten Sie hierbleiben?« fragte Eugenie.
»Ja«, sagte Bruno freudig.
»So habe ich das nicht gemeint«, sagte Eugenie, »ich habe gemeint: ob Sie nicht auch heimgehen wollen?«
»Doch«, sagte Bruno folgsam, aber so traurig, daß Eugenie gleich hinzufügte:
»Sie brauchen nicht gleich zu gehen. Wir können noch einen Kaffee trinken.«
Es war aber kein Kaffee mehr da. Eugenie suchte. Es war überhaupt nichts mehr da, kein Kaffee, kein Tee, kein Brot, nichts mehr; nur eine halbe Flasche sauer gewordene Milch.
»Die brauche ich auch nicht aufzuheben«, sagte Eugenie und schüttete sie in den Ausguß.
So erfuhr Bruno, was Eugenie eigentlich gefeiert hatte: ihr Abbrennen, das Ende des Berlin-Darlehens, sozusagen den letzten Heller.
»Und –«, fragte Bruno und dachte scharf nach, »und was machen Sie jetzt dann?«
»Eigentlich wollte ich mich ins Bett legen«, sagte Eugenie. »Und schlafen.«
»Und – nach dem Schlafen?«
Eugenie zuckte die Schultern. »Wahrscheinlich hätte ich mir das früher überlegen müssen.«
»Ich werde mit Herrn Kregel sprechen«, sagte Bruno und machte ein scharfsinniges Gesicht.
»Wer ist Herr Kregel?«
»Herr Kregel ist der Chef.«
Da Bruno noch nicht lang genug wieder trank, wußte er in Berlin keine geeignete Kneipe, die um diese Zeit schon oder noch offen hatte. So nahm er Eugenie mit in die Elsenstraße.
»Haben Sie hier einen Laden?« fragte Eugenie.
»Psst –«, sagte Bruno geheimnisvoll. »Erst muß ich mit Herrn Kregel sprechen. Der kommt um neun.«
Bruno kochte für Eugenie Kaffee. Er selber holte sich zwei Flaschen Bier aus dem Keller, riß – auch eine Spezialität von Bruno – den Blechverschluß mit den bloßen Fingern ab und goß das Bier genüßlich ein. So wie der Schaum im Glas sank, so stieg der Durst in Bruno, bis er die Kehle erreichte, und

genau in dem Moment (Güldenberg hatte einmal gesagt: an Bruno könne man erkennen, daß auch Trinken gelernt sein will) schüttete Bruno sachte das Bier in den Mund – hielt das in seiner Hand winzige Halbliterglas mit zwei Fingern und streckte den kleinen Finger weg. »Ahh –«, sagte Bruno und setzte das leere Glas wieder ab, »der erste Schluck ist immer der beste.«

Als Kessel/Kregel kam, blieb eigentlich nichts mehr anderes übrig, als Eugenie einzustellen. Wer sich ein wenig aufmerksam in der Wohnung hinter dem Laden umschaute, wußte alles. Eugenie hatte sich umgeschaut.

»Ich habe gedacht«, sagte Bruno, »weil wir ja eh eine Sekretärin brauchen. Und die Dame wäre zur Zeit frei.«

Kessel gab ihr dann den Decknamen Eugenie. Bis sie aus Pullach das offizielle V-26761 bekam, dauerte es allerdings noch eine Weile, und so mußte einiges beschönigt werden. Brunos eigenwillige Art der Anwerbung wurde von Kessel umfrisiert: er schrieb, daß er auf eine Annonce Eugenies geantwortet habe, berichtete von Ermittlungen und dergleichen, schickte Unterlagen, und als Eugenie längst schon fest in der Elsenstraße arbeitete – nein, das wäre nicht richtig gesagt: als sie längst fest zum Personalbestand des Ladens in der Elsenstraße gehörte, kam die Genehmigung aus Pullach.

Eugenie hatte Julias goldene Augen. Das sah Kessel auf den ersten Blick. Eugenie war etwa so groß wie Julia, hatte Julias schwarze Haare und ihre hohe, weiße Stirn. Eugenie hatte sogar fast Julias schmale, edel gebogene Nase. Nur Julias Stimme hatte sie nicht, die dunkle, weiche Klarinettenstimme hatte sie nicht, und – auch das sah Kessel auf den ersten Blick oder mindestens auf den zweiten – ein wenig zu dünne Beine hatte Eugenie. Dennoch erkannte Kessel sofort, daß Eugenie eine gewisse Gefahr war. Er rief sich sogleich innerlich zur Ordnung und sagte sich: Extra muros! Extra muros! Das war ein Grundsatz Jakob Schwalbes. Extra muros! hatte Schwalbe einmal gesagt, als ihn Kessel gefragt hatte, ob Schwalbe nicht hin und wieder zu einer der zum Teil hübschen Lehrer-Kolleginnen zum ›Schachspielen‹ gehen wolle. Extra muros! – hatte Schwalbe gesagt, daran halte er sich, obwohl er sich da manchmal scharf am Riemen reißen müsse. Extra muros!

Eugenie entpuppte sich als Juwel. Nicht daß sie lebte und starb für den Dienst wie Frau Staude bei G 626, aber sie machte alles in einer vernünftigen und natürlichen Weise richtig, daß für den Chef Kregel/Kessel kein Raum für Anordnungen blieb.

»Es geht ein Bruch durch Ihr Leben, Eugenie«, sagte Kessel oft.

Im Privaten unpünktlich, unzuverlässig und fast schlampig, war sie im Dienst sorgfältig, pünktlich und genau. »Ich weiß auch nicht, wie das geht«, sagte Eugenie. »Wahrscheinlich, weil ich dafür bezahlt werde. Ich weiß nicht –«

Im Privaten halsbrecherisch mit Geld umgehend, verwaltete sie die beiden Kassen der Dienststelle (die eigentliche Dienststellenkasse und die Kasse des Tarnladens) ganz korrekt und sogar pedantisch.

Auch ihr zeitweilig stürmisches Privatleben trennte sie sauber vom Dienst. Nie kam einer ihrer häufig wechselnden Freunde in die Elsenstraße, das gab es überhaupt nicht, nie rief einer an; höchstens, daß *sie* vom Dienst aus anrief, wenn irgendwelche Herzensangelegenheiten zu dramatischen Situationen kulminierten, was oft vorkam. Dann sagte sie: »Bruno, geh hinaus, das mußt du nicht hören«, worauf Bruno brav hinausging, meist nach vorn zu Kessel in den Laden, und den Tränen nahe war.

»Aber Bruno«, sagte dann Kessel, »ein Kerl wie Sie, von zwei Meter Größe, der weint doch nicht, weil eine Person von einem Meter sechzig telephoniert –«

»Ich weine gar nicht«, sagte Bruno und schluckte, »das macht nur das Bier.«

Eugenie war keine Nutte, nicht einmal eine Gelegenheitsdirne wie Ulla Wünse, obwohl sie sich, zumindest zeitweilig, von irgendwelchen Männern aushalten ließ, meist in der zweiten Hälfte des Monats, wo ihr das Gehalt nicht mehr reichte. Es kam aber auch vor, daß sie einen Kerl in ihre Wohnung aufnahm und ihn ihrerseits aushielt. Eine Nutte aber war sie nicht. Bei allen Affären war auch ihr Herz mit im

Spiel. Und keiner der Herren, ob ein heimliches oder offenes Verhältnis Eugenies, ob ledig oder verheiratet, ob er sie aushielt oder sie ihn, erfuhr, wo und bei wem Eugenie arbeitete, erfuhr nicht einmal die Telephonnummer. Kessel rechnete es ihr hoch an, denn es versteht sich, daß sich oft die Lösung der Herzensverwirrnisse erschwerte, weil man Eugenie untertags telephonisch nicht erreichen konnte.

Die Arbeit der Dienststelle G 626/1 gliederte sich in zwei Teile: a) die eigentliche nachrichtendienstliche Arbeit und b) die Arbeit, die die nachrichtendienstliche Arbeit tarnte oder tarnen sollte, also der Betrieb des Ladens. Teil a) zerfiel wiederum in zwei Teile: 1. die Funkangelegenheit und 2. die Führung der beiden zu G 626/1 geschalteten Quellen, also die Herren V-2022 und V-2411, vulgo Hirt und von Primus.

Die Funkangelegenheiten berührten Kessel kaum. Da kam alle drei oder vier Tage ein Kurier aus München und brachte Rollen mit Lochstreifen, die Bruno zu bestimmten Zeiten in einen Apparat einlegen und durchlaufen lassen mußte. Rollen, die Bruno aus anderen Apparaten entnahm, nahmen die Kuriere wieder mit. Alles in allem ein Buch mit sieben Siegeln für Kessel. Aber Eugenie interessierte sich dafür und wurde von Bruno nach und nach angelernt. »Das ist gut«, sagte Kessel, »daß jemand da ist, der das machen kann, wenn Sie einmal krank wären, zum Beispiel.«

»*Ich* krank?« fragte Bruno.

»Oder im Urlaub«, sagte Kessel.

Bruno brummte.

Im September wollte Kessel Bruno in Urlaub schicken, aber Bruno wollte nicht. Kessel malte Bruno aus: er könne doch zum Beispiel eine Kneipenreise machen. Jeden Stehausschank von Schleswig angefangen bis Füssen besuchen; drei Wochen lang, ununterbrochen. Bruno wollte nicht. »Ich geh' lieber ins *Sporteck*«, sagte er.

Die Führung der beiden V-Männer oblag Kessel. Herr Hirt machte nicht sehr viel Arbeit. Der war etwa alle vier bis sechs Wochen in Berlin, kam mit dem Zug über Prag nach Ostberlin und schilderte in einem mageren Bericht, was er auf der

Fahrt durch die ČSSR und die DDR gesehen hatte. Meist beschränkte sich das auf die Nummern der Lokomotiven, die den Zug gezogen hatten, Verspätungen auf den Strecken, ob ein Engpaß an Würstchen in Bahnhofskiosken zu bemerken gewesen war, nur hie und da konnte Hirt berichten, daß er auf diesem oder jenem Bahnhof ein paar verladene Panzer oder einen Truppentransport beobachtet hatte.

Kessel fertigte dann immer im Schweiß seines Angesichtes möglichst kernige Meldungen aus diesen eher vagen Berichten. Lob erntete er selten dafür, wohl aber für Provinzzeitungen, die Hirt weisungsgemäß auf kleinen Bahnhöfen kaufte. Offenbar gab es in der Zentrale einen, der aus diesen meist nur vierseitigen, schlecht gedruckten Blättern wichtige nachrichtendienstliche Erkenntnisse zog.

Herr von Primus machte noch weniger Arbeit. Er war zu ganz unregelmäßigen Zeiten in Berlin, traf sich mit Kessel im *Coq d'Or* oder in den *Tessiner Stuben,* kassierte das monatliche Honorar und erzählte Witze aus dem alten Österreich.

Das Hauptaugenmerk Kessels richtete sich also auf den Laden, und der florierte. Eugenie hatte – inoffiziell – am 21. März ihre Arbeit angefangen. Deswegen verzögerte sich die Abrechnung für März bis nach Ostern, weil weder Kessel noch Bruno auf die Idee gekommen waren, Buch über Ausgaben und Einnahmen zu führen. Eugenie mußte das im nachhinein machen und war damit erst am 13. April fertig. Kessel schickte die Abrechnung nebst Angaben über Mehrwertsteuer und dergleichen und nebst achttausend Mark in bar per Kurier an die Dienststelle G 626.

Postwendend kam das Geld mit dem Vermerk zurück: die achttausend Mark könnten nicht verbucht werden. Der Tarnladen G 626/1 Blumengarten würde als Verlustunternehmen mit Zuschuß von tausendfünfhundert Mark monatlich geführt. Ein Titel für Einnahmen aus dem Tarnladen sei nicht vorgesehen. Es würde empfohlen, in Zukunft keinen Umsatz zu erzielen.

Kessels Anfrage, wie man sich vorstelle, daß das zu machen sei, wurde nicht, Kessels Bitte, wenigstens die Unterstützungszahlung einzustellen, wurde mit der Überweisung der fünfzehnhundert Mark für Mai beantwortet.

Egon, der erste und einzige Gast des Eröffnungsfestes, kam am Tag nach dem Fest wieder und fragte, ob es heute auch Freibier gäbe. Er kam dann etwa eine Woche lang jeden Tag fragen, dann nur noch jeden zweiten Tag und schließlich in unregelmäßigen Abständen. Ganz gab er die Hoffnung auf weiteres Freibier nie auf, zumal ihm Bruno hier und da eine Flasche zukommen ließ. Egon saß dann in einer Ecke der Küche, barfuß in seinen zerlatschten, aufgesprungenen Schuhen, im knöchellangen Fischgrätenmantel mit ausgebeulten Taschen, aus dem aufgestellten, speckigen Kragen ragte der bloße faltige Hals. Er trank stumm und freundlich sein Bier und betrachtete stumpfen Auges, was Bruno so alles an den ihm offensichtlich völlig unverständlichen Apparaten tat. Wenn er sein Bier ausgetrunken hatte, wartete er eine Viertelstunde, ob ihm Bruno nicht noch eins gäbe – aber Bruno gab ihm nie ein zweites, weil er danach ja immer einschlief –, und dann ging er, eine starke, säuerlich-dumpfe Geruchsfahne hinter sich herziehend. Eugenie hielt sich immer die Nase zu.
»Es ist Ihnen schon klar«, sagte Kessel zu Bruno, »daß das allen Sicherheitsvorschriften nicht nur zuwiderläuft, sondern hohnlacht.«
»Was?« fragte Bruno.
»Hohnlacht«, betonte Kessel.
»Irgendwie«, sagte Bruno, »ist mir Egon ans Herz gewachsen. Er ist auch so einer.«
»Was für einer?«
»Einer von den Eremiten.«
»Einen Eremiten stelle ich mir anders vor«, sagte Kessel.
»Was weiß man schon von Eremiten«, sagte Bruno, stellte die Kiste hin, die er grad getragen hatte, und schaute zur Decke.
»Das ist wieder einer von Ihren tiefsinnigen Sätzen«, sagte Kessel. »Aber vielleicht haben Sie recht. Nur: wieso *auch* so ein Eremit? Wer ist denn noch Eremit?«
Darauf antwortete Bruno nicht.

»Aber das alles«, sagte dann Kessel, »ändert nichts daran, daß wir ständig einen wildfremden Egon, von dem wir nicht das geringste wissen, in die Dienststelle lassen –«

»Egon ein Agent?« lachte Bruno.

»Immerhin ist es auffällig, daß er exakt zur Eröffnung da war.«

»Herr Kregel«, sagte Bruno, »Sie sind der Chef, und ich möchte nicht, also nicht, daß Sie meinen – aber: weil ich doch schon länger dabei bin. Also: daß einer, ein Agent also, sich so verkleidet wie Egon, das ist schon unwahrscheinlich. Aber gut – vielleicht ist es möglich. Aber – der *Geruch,* Chef, der Geruch ist absolut echt, das können Sie mir glauben. In den Geruch kann sich niemand – also ich meine: das ist keine Verkleidung. Das kann man überhaupt nicht. *Den* Geruch nicht –«

»Das glaube ich auch«, warf Eugenie von ihrer Schreibmaschine aus dazwischen.

»– *der* Geruch ist sozusagen Natur. Nein, nein, Chef, da können Sie ganz beruhigt sein.«

»Hm«, sagte Kessel, »nur eben: die Sicherheitsvorschriften. Er gehört eben nicht zur Dienststelle.«

»Melden wir ihn an«, sagte Bruno, »als Bote? So wie Luitpold in München?«

»Ich glaube«, sagte Kessel, »das kriegen wir nicht durch.«

Die Ladentür klingelte. Ein Omnibus mit Neuseeländern war gekommen. Kessel ging nach vorn. Bruno machte den Kühlschrank auf und angelte sich eine Flasche Bier heraus.

Seit der Eröffnung des Ladens trank Bruno wieder, aber dennoch war es nicht so, daß er seine früheren Lebensgewohnheiten in vollem Umfang aufs neue aufgenommen hätte. Er kannte nur wenige Kneipen in Berlin. Sein hauptsächlicher Aufenthalt außerhalb der Dienstzeit war im *Sporteck* am Landwehrkanal. Das *Sporteck* hatte praktisch immer, jedenfalls für Bruno, offen, auch in der Früh, und es hatte den Vorteil, daß Bruno gegen acht Uhr von seinem Lieblingsplatz an der Theke aus den kleinen Fiat die Weichselstraße heraufkommen sehen konnte, in dem Eugenie in die Elsenstraße fuhr. Kaum war der Fiat aufgetaucht, rutschte Bruno von seinem Hocker herunter, trank das letzte Bier aus, zahlte und machte sich auf den Weg in die Dienststelle.

Es kam nie vor, daß Kessel Bruno suchen gehen mußte, wie Luitpold ihn in München immer hatte suchen müssen. Selbst an jenem Tag nicht, als Eugenie freinahm, weil ihre Mutter aus Westfalen zu Besuch nach Berlin gekommen war. An diesem Tag ging Bruno gar nicht ins *Sporteck*. Er lag – ein singuläres Ereignis – im Bett, als Kessel um neun Uhr kam.

»Sind Sie krank?« fragte Kessel.

»Wie bitte?« fragte Bruno und wälzte seine drei Zentner aus dem Bett, daß es knarrte und stöhnte. Später sagte er: »Wenn wenigstens Egon käme, heute.« Aber grad an diesem Tag kam Egon nicht.

Man weiß, daß das eigentliche, zentrale Problem aller Geheimdienste auf der ganzen Welt nicht die Nachrichtenbeschaffung, nicht die Anwerbung und Führung der Agenten und V-Männer, nicht die Abschirmung und Tarnung, nicht einmal die Abwehr feindlicher nachrichtendienstlicher Angriffe ist, sondern: die Abfallbeseitigung. Die Beseitigung verschriebener Seiten, überzähliger Durchschläge, verbrauchten Kohlepapiers, überholter Anweisungen, verjährter Meldungsdurchschläge, Konzepte, Notizen, und was eben so alles in dem enormen Bürobetrieb abfällt, in den Papierkorb fällt.

In dem Geheimdienstseminar hatte Kessel/Kregel/Pürzel einen ganzen, nahezu abendfüllenden Film (richtiger: vormittagfüllenden Film) gesehen, der ausschließlich von den verschiedenen Möglichkeiten der nachrichtendienstlichen Abfallbeseitigung handelte.

Selbstverständlich kann man nachrichtendienstliche Papiere nicht einfach in die Mülltonne werfen. Jedes Papier – sogar das Klopapier, pflegte Herr von Güldenberg bei der halbjährlich zu wiederholenden Sicherheitsbelehrung zu sagen – jedes Papier innerhalb des Bundesnachrichtendienstes fällt unter die Sicherheitskategorie: ›VS-Vertraulich‹, auch wenn das nicht ausdrücklich draufsteht auf dem Papier. Viele Papiere fallen sogar in die Kategorie ›Geheim‹, wenn nicht sogar ›Streng geheim‹.

Was da der Unterschied sei, hatte Kessel seinerzeit gefragt. »›VS-Vertraulich‹, hatte Herr von Güldenberg geantwortet, darf *nicht* verraten werden. ›Geheim‹ darf *gar nicht* verraten werden, ›Streng geheim‹ darf *ganz und gar nicht* verraten werden.«

In Wirklichkeit sind die drei Geheimhaltungsstufen Statussymbole wie die Qualität der Vorhänge im Büro, die Anzahl der Sekretärinnen und der Teppiche. Der Zugang zu ›Geheim‹ und ›Streng geheim‹ wird verliehen, gleichsam als Beförderung, in einem fast weihevollen Akt.

Es sei, seit er beim Dienst sei, hatte Hiesel Ende Januar gesagt, als er, bevor Kessel nach Berlin fuhr, an Kessel die ›Geheim‹-Weihe vornahm, das sei das erste Mal, daß ein Mitarbeiter, der erst so kurze Zeit dabei sei, auf ›Geheim‹ verpflichtet würde. Aber es war unumgänglich, da ja Kessel Leiter der neuen Außenstelle wurde.

Kessel fragte, ob er niederknien und/oder etwas singen müsse. Nein, hatte Hiesel gesagt, das sei nicht nötig.

Onkel Hans-Otto aber hatte immerhin ein handschriftliches Gratulationsschreiben geschickt, und natürlich eine Kiste mit sechs Flaschen *Pommery*.

Die Methoden zur Beseitigung des geheimdienstlichen Büroabfalls sind so zahlreich wie die Geheimdienste selber. Es gibt Geheimdienste, die verbrennen diese Abfälle (alles das hatte Kessel in dem erwähnten Film vorgeführt bekommen). Das hat zwei Nachteile: erstens entwickelt sich Rauch, das heißt, es fällt auf. Zweitens taucht das Problem auf: wohin mit der Asche. Kein Geheimdienst der Welt traut dem anderen nicht zu, daß er nicht womöglich aus der Asche noch irgend etwas herausliest. Dann gibt es Geheimdienste, die vergraben den Abfall und bestreuen ihn mit Kalk. Das hat den Nachteil des enormen Grundstücksbedarfes. Weiter gibt es Geheimdienste, die lösen das Abfallproblem dadurch, daß sie nichts wegwerfen, sondern alles aufheben. Auch da ist der Raumbedarf groß. Die Engländer – erfuhr Kessel aus dem Film – machen es so, daß die Papierabfälle zerkocht werden. Essen sie die auch? fragte Kessel. Bei der englischen Küche fällt das vielleicht nicht auf? Kessel entwickelte dann – ›unser geistreicher Schalk!‹ sagte Herr von Bucher säuerlich lächelnd – in der Diskussion im Anschluß an den Film aus der englischen Methode einen Lösungsvorschlag: alles Geheimdienstliche auf Oblaten zu schreiben, mit verdaulicher Tinte –

Beim Bundesnachrichtendienst wird mit dem System der zwei Papierkörbe gearbeitet. (»Wenn man also in ein Büro kommt, in dem neben jedem Schreibtisch *zwei* Papierkörbe stehen, weiß man, daß man sich in einer Dienststelle des Bundesnachrichtendienstes befindet!« wandte Kessel aufsässig ein, »– hat man soweit noch nicht gedacht?« – »Es ist eben kein System vollkommen«, sagte Herr von Bucher ärgerlich.) In den einen Papierkorb werden die unverfänglichen, nichtdienstlichen Abfälle geworfen, also: Butterbrotpapiere, die schokoladebeschmierten Pappendeckel, auf denen – im Fall Kurtzmann – die Holländer Kirsch geholt worden waren, leere Zigarettenschachteln, Reklamewurfsendungen (nach genauer Prüfung), Bananenschalen und dergleichen. Es wird ein strenger Maßstab angelegt: schon Zeitungen, sofern es sich nicht um die lokal gängigen Blätter handelt, müssen in den anderen Papierkorb geworfen werden und selbstredend aller im engeren Sinn geheimdienstlicher Abfall.

Der Abfall aus dem Geheimpapierkorb wird jeden Abend vor Dienstschluß durch einen elektrischen Zerreißwolf gedreht, der alles Papier zu unregelmäßig gezackten dünnen Papierschlangen zerkleinert. Ein eigener, an den Zerreißwolf angeschlossener Zerwuzler zerknüllt und vermischt dann die Papierschlangen zu wirren Knäueln und füllt sie in Säcke. Die Säcke werden versiegelt und in die Zentrale nach Pullach geliefert, wo sie vereidigten Altpapierhändlern überantwortet werden.

Nur: in Berlin war es natürlich anders. Kessels neue Dienststelle bekam zwar einen Zerreißwolf und einen Zerwuzler, aber der Transport der Abfallsäcke – per Luftpost – nach München erschien offenbar höheren Ortes als doch unangemessen kostspielig, so daß Kessel angewiesen wurde, selber einen zur Vereidigung geeigneten Altpapierhändler zu finden.

Kessel schob dieses Problem lange vor sich her, den ganzen

März, den ganzen April, bis Anfang Mai. Es ging, weil zunächst so wenig Abfall produziert wurde – bevor Eugenie kam und anfing, auf der Schreibmaschine zu schreiben, eigentlich gar keiner –, daß der erste Sack erst im Mai voll wurde.

»Egon«, sagte Eugenie.

»Wie meinen Sie?« fragte Kessel.

»Ich habe Egon schon nach seinem Familiennamen gefragt. Er heißt Griemberg. Er geht heute aufs Meldeamt und besorgt sich einen Ausweis. Wir vereidigen ihn als Altpapierhändler. Schließlich bekommt er ja immer Bier bei uns.«

»Und was soll er mit den Säcken machen?«

»Das ist doch seine Sache?« sagte Eugenie.

»Das ist keineswegs seine Sache«, sagte Kessel, »das ist das Um und Auf der ganzen Angelegenheit.«

»So«, sagte Eugenie. »Was machen denn die anderen vereidigten Altpapierhändler mit dem Abfall?«

»Die mischen unseren Abfall in anderen Abfall und liefern ihn an ebenfalls vereidigte Papiermühlen. Da wird dann wieder Papier daraus gemacht. Ich glaube nicht, daß Egon Zugang zu einer Papiermühle hat.«

»Den muß er sich eben beschaffen«, sagte Eugenie.

»Wie *ich* Egon beurteile«, sagte Kessel, »wirft der den Abfall vorn in den Landwehrkanal.«

»Ja, und?« sagte Eugenie.

»Menschenskind!« rief Kessel. »Und der schwimmt dann schnurstracks nach Treptow hinüber. Wo denken Sie hin! Da bräuchten ihn die Kollegen vom Staatssicherheitsdienst nur aus der Spree zu fischen.«

»Hm –«, sagte Eugenie. »Man könnte ja den Kollegen vom Staatssicherheitsdienst vorschlagen: wir geben Ihnen unseren Abfall, sie Ihren uns. Da ist beiden geholfen, es ist fair, und die drüben brauchen sich nicht naßzumachen.«

Der Gedanke – in abgewandelter Form – sollte erst später bei Kessel auf fruchtbaren Boden fallen. Vorerst nahm er ihn als das, wie ihn Eugenie gemeint hatte, als Scherz. Aber auf die Idee mit Egon als Abfallbeseitiger kam Kessel nach ein paar Tagen zurück.

»Wir könnten«, sagte er zu Eugenie und Bruno, die gerade im sogenannten Guten Zimmer (dort standen keine Funkgeräte und auch kein Schreibtisch) Kaffee tranken, »wir könnten Egon natürlich zum Bier ein paar Mark dazuzahlen –«
Es sah lächerlich aus, den gewaltigen Berg Bruno auf dem Stuhl sitzen und eine Kaffeetasse in seiner riesigen Hand halten zu sehen. Überhaupt: daß Bruno Kaffee statt Bier trank. Aber aus Eugenies Hand nahm er ihn an.
»Dem reicht das Bier«, sagte Bruno.
»Nein«, sagte Kessel. »Man könnte ihm ein paar Mark geben, und er müßte versprechen – sagen Sie, Bruno, haben Sie nicht neulich gesagt, daß Sie ihn in Mülltonnen haben kramen sehen?«
»Ja«, sagte Bruno, »vorn am Maybachufer.«
»Da könnte er ja – es würde wohl nicht auffallen, wenn er einen Sack dabei hat – verteilt auf verschiedene Straßenzüge, vielleicht sogar Stadtteile, die Papierwolle in Mülltonnen werfen, immer eine Handvoll – und er bekomme ein paar Mark dafür von uns? Ist das keine Idee?«
»Das ist eine großartige Idee, Chef«, sagte Bruno.
So wurde aus Egon der vereidigte Altpapierhändler Egon Griemberg, bekam – da er nicht voll eingeweiht werden durfte – die V-Nummer Brunos mit ›Komma eins‹ dahinter und beseitigte den Müll. Das heißt: so schnell ging es nicht. Es waren schon zwei Säcke voll Papierwolle da, als Ende Mai von der Zentrale die Genehmigung für dieses Verfahren eintraf, mit der Auflage allerdings, Herrn Griemberg zu vereidigen.
»Wie geht denn das?« fragte Kessel.
»Kriegen wir schon«, sagte Bruno.
Am Dienstag nach Pfingsten, am 31. Mai, fand die Vereidigung statt, ebenfalls im Guten Zimmer. Bruno hatte es übernommen, Egon in seine künftigen Pflichten einzuweisen. Dennoch hatte Kessel das Gefühl, Egon wußte nicht so recht, was mit ihm geschah. (Nur, daß er für Juni im voraus hundertfünfzig Mark bekam, das begriff er.)
Bruno hatte Egon für nachmittags in die Dienststelle bestellt, für halb drei. (Um diese Zeit kam selten ein Omnibus, so daß

zu erwarten war, daß niemand die feierliche Handlung stören würde.) Egon kam schon um eins, bekam aber kein Bier. »Erst nachher«, sagte Bruno.

Im Guten Zimmer hatte Bruno den Fernseher mit einem weißen Tischtuch (aus Eugenies Aussteuer, oder vielmehr: aus einer ihrer beiden Aussteuern) zugedeckt, darauf hatte er einen Funkturm aus dem Warenbestand des Ladens gestellt und zwei Kerzen.

»Eigentlich müßte das ein Kruzifix sein, logisch«, sagte Bruno, »aber ich weiß nicht, wo ich eins hätte bekommen sollen.«

»Der Funkturm«, sagte Kessel, »ist fast noch sinnvoller. Vielleicht stellen wir noch einen Willy Brandt davor.«

»Egon wird den Unterschied nicht merken«, sagte Eugenie.

Seitlich vom Fernseher hatte Bruno zwei ziemlich große Buchsbäume in Kübeln aufgestellt. »Die habe ich bei der Verwaltung vom St.-Thomas-Friedhof ausgeliehen. Hat gar nichts gekostet, ich muß sie nur wieder zurückbringen.«

Mit einer Freiheitsglocke zu fünfzehn Mark achtzig läutete Kessel um halb drei. Es war wie bei der Bescherung. (Eugenie hatte ein schwarzes Kostüm angezogen.) »Halt«, sagte aber Bruno zu Egon, »erst wäschst du dir die Hände.« Folgsam tat Egon alles, was im Bruno sagte.

»– wie Weihnachten«, sagte Kessel.

»Oder wie eine Hinrichtung«, sagte Eugenie.

Bruno zündete die Kerzen an, dann sang er *La Paloma.* »Das ist letzten Endes ein ernstes Lied«, begründete er es, »bei der Erschießung von Kaiser Maximilian von Mexico –«

»Ich weiß«, sagte Kessel.

»Habe ich Ihnen das schon einmal erzählt?«

»Ja«, sagte Kessel.

»So, kann ich mich gar nicht mehr erinnern. Und bei der Beerdigung von Ringelnatz haben sie es gespielt. Das hat sich Herr Ringelnatz ausdrücklich gewünscht. Also ein ernstes Lied.«

»Jedenfalls ernster als der *Erzherzog Johann* oder die *Toselli-Serenade*«, sagte Kessel.

»Genau«, sagte Bruno.

So sang Bruno, den Blick auf den, wenn man so sagen kann, Altar gerichtet, *La Paloma;* ernst und würdig und alle Strophen. Egon hielt er schraubstockfest an der Hand, aber dessen hätte es gar nicht bedurft, denn zusehends erstarrte Egon vor Ehrfurcht.

Als Bruno geendet hatte, ging Kessel auf Egon zu und sagte – ein besserer und eventuell längerer Text war Kessel nicht eingefallen: »Herr Egon Griemberg, heben Sie die rechte Hand und sprechen Sie mir nach –«

Egon hob die linke Hand, weil Bruno die rechte festhielt. –

»Die *rechte*«, soufflierte Eugenie.

Egon schaute verlegen um sich.

»Du hältst seine rechte Hand fest«, flüsterte Eugenie.

»Die rechte?« Bruno schaute verwirrt. »Ach so, das ist die rechte Hand.« Er ließ Egons Hand los, trat aber hinter ihn und legte ihm seine Pranken auf die Schultern wie ein Pate dem Firmling.

»– heben Sie die rechte Hand und sprechen Sie mir nach:«

Egon hob die rechte Hand.

»Ich schwöre –«

Egon räusperte sich, krächzte, dann hustete er, danach sagte er: »Ich schwöre.«

»Ich danke Ihnen, Herr Griemberg«, sagte Kessel.

Bruno drehte Egon um, daß er mit dem Gesicht ihm zugewandt war, packte ihn beim speckigen Mantelkragen, zog ihn ein wenig zu sich herauf, so daß seine bloßen Füße aus den zerlatschten Schuhen rutschten, und sagte: »Und laß dich nicht erwischen, daß du auch nur einen einzigen Papierfetzen woanders hinwirfst als in eine Mülltonne. Hast du das verstanden?«

Egon nickte gequält.

»Klar?«

Egon nickte noch einmal.

»Sonst schlage ich dir alle Knochen auseinander.«

Egon nickte zum drittenmal. Bruno stellte ihn zurück in seine Schuhe.

»So«, sagte dann Bruno. »Dann können wir ja jetzt das Bier holen.« Egon trank zwei Gläser, dann schlief er ein.

Am Montag der vorletzten Juniwoche bekam Kessel in seiner Privatwohnung ein Telegramm: ›Ankomme Tegel Dienstag 10 Uhr Gruß Oma.‹ Das war der vereinbarte Code, wenn Herr von Güldenberg kommen würde. Opa hätte bedeutet, es käme Kurtzmann. Ein Telegramm dieser Art bedeutete weiter, daß irgend etwas passiert war, daß es sich um einen außerordentlichen Besuch handelte. Ein normaler Routinebesuch – der ja einige Zeit vorher eingeplant werden konnte – wäre mit der laufenden Kurierpost angekündigt worden.
Kessel nahm das Firmenauto und fuhr nach Tegel. Mit sehr ernstem Gesicht kam der Baron – eine uralte Ledertasche in der Hand, wohl noch baltischen Ursprungs, den leichten, grauen Tuchmantel über dem Arm – durch den Abfertigungsschalter.
»Fahren wir in den Blumengarten oder soll ich Sie ins Hotel bringen?« fragte Kessel nach einer kurzen Begrüßung. (Übrigens gab, was Kessel in den nächsten Jahren übernahm, der Baron, soweit es sich irgendwie vermeiden ließ, nie jemandem die Hand. Ich bin Vizepräsident der IAHSL, pflegte er sich zu entschuldigen, Sie wissen nicht, was das ist? die ›International-Anti-Handshaking-League‹.)
»Ich fliege mit dem nächsten Flugzeug zurück«, sagte Herr von Güldenberg, legte seine altbaltische Ledertasche auf den Stuhl neben sich, faltete sorgfältig seinen Tuchmantel darüber und legte die *Neue Zürcher* (in der er die neuesten Nachrichten über den Konflikt in Ogaden studiert hatte) darauf.
»Ich werde«, sagte Güldenberg dann, »am ersten pensioniert.«
Soll ich gratulieren, überlegte Kessel, oder kondolieren?
»Die Urkunde ist mir schon ausgehändigt worden«, fuhr der Baron fort, »am 30. Juni, also übermorgen in einer Woche, ist mein letzter Tag im Dienst.« Er sagte es mit völlig ungerührtem Gesicht, was aber bei Baron von Güldenberg nichts über eine mögliche innerliche Rührung besagte. Leise und mehr wie für sich selber fügte er hinzu: »Ab 1. Juli habe ich ein Abonnement der *Neuen Zürcher* privat.« Er wandte sich wieder an Kessel, richtete sich auf und sagte: »Ja, wie soll ich Ihnen das alles sagen. Sie wissen noch nichts?«

»Ist etwas passiert?«
»Frau Staude ist tot.«
»Ach –«, sagte Kessel, »wie ist das –«
»Sie hat übrigens tatsächlich einen Mann gehabt, der seit Jahren krank ist, gelähmt. Für den muß der Dienst jetzt irgendwie sorgen. Bleibt nichts anderes übrig, ist ja auch nur recht und billig, wo die Staude praktisch –«, der Baron suchte nach einem passenden Ausdruck – »praktisch in Ausübung ihres Dienstes gestorben ist. Sie hat sich aufgehängt. In der Dienststelle, am Fensterkreuz. Ich habe mir die zwei letzten Wochen im Dienst auch anders vorgestellt.«
»Sie hat sich aufgehängt?«
»An der Vorhangschnur. Aber die Dienststelle wird sowieso aufgelöst. Der Staatsanwalt und die Polizisten, die gekommen sind, haben selbstverständlich gemerkt, was für Büros das sind – also hat man über unseren Verbindungsmann zur Justiz die Karten auf den Tisch gelegt – ja, am 16. – wahrscheinlich schon am Abend vorher. Luitpold ist um sieben gekommen, und da war sie schon gehangen.«
»Und was geschieht mit dem gelähmten Mann der Frau Staude?«
»Ich werde mich darum kümmern.«
»Wer hat es ihm denn gesagt?«
Der Baron schluckte eine Sekunde lang, dann sagte er: »Ich.«
»Und was machen Sie jetzt mit ihm?«
»Der Dienst stellt eine gewisse Summe zur Verfügung. Ich werde sehen, daß ich ihn in einem Pflegeheim unterbringe. Vorerst habe ich eine Pflegerin engagieren können. Ich gehe jeden Tag hin. Ich habe ja sonst nichts mehr zu tun, fast nichts mehr.«
»Und Kurtzmann?«
»Kurtzmann ist seit 15. Juni in Singapore.«
»Wo?«
»In Singapore. Sie haben richtig gehört.«
»Wieso in Singapore?«
»Als Resident unseres Dienstes.«
»Ja –«, sagte Kessel, »– das ist aber alles sehr schnell gegangen?«

»Nicht so schnell, wie Sie meinen. Kurtzmann hat sich schon lange dafür gemeldet. Aber jetzt ist es genehmigt worden. Von Carus.«

»Von wem?«

»Von Carus.«

»Vom Tripelagenten Carus?«

»Ich würde an Ihrer Stelle diesen Ausdruck nicht mehr gebrauchen. Also mir gegenüber können Sie das ohne weiteres sagen. Ich bin ja praktisch schon Pensionist. Aber sonst nicht. Carus ist Nachfolger Hiesels.«

»Und Hiesel?«

»Keine Ahnung. Verschwunden in den unerforschlichen Höhen des Dienstes. Also: für unsereiner unerforschliche Höhen –«

»Jetzt verstehe ich aber gar nichts mehr: wie kann Carus, nachdem er als Tripelagent entlarvt worden ist –«

»Ich habe Ihnen damals schon gesagt: niemand kann jemals mit Sicherheit sagen, was Glück und was Pech im Dienst ist. Carus hat Reue gezeigt, hat Bußfertigkeit geübt, hat insgesamt, wenn ich die Zahl recht mitbekommen habe, sechsundzwanzig tschechische und achtzehn ägyptische Agenten verraten, die entweder verhaftet sind oder bei denen man versucht, sie umzudrehen – na ja ... und schließlich: einen treueren Mitarbeiter als den neuen Carus kann sich der Dienst wohl nicht denken, und einen loyaleren. Wo er jederzeit ans Messer geliefert werden könnte.«

Kessel mußte an dies und jenes denken, was ihm die Doktores Wacholder und Feigenblatt gesagt hatten. Er schwieg eine Weile und rührte in seinem Kaffee. Der Flug, mit dem Herr von Güldenberg nach München zurückwollte, wurde aufgerufen.

»Da ist also Carus die Stiege hinaufgefallen«, sagte Kessel.

»So kann man sagen«, sagte Güldenberg.

»Und als erstes hat er Kurtzmann nach Singapore versetzen lassen. Wahrscheinlich aus Dankbarkeit –«

»Aus Dankbarkeit? Aus Rache. Kurtzmann hat doch den Carus jahrelang unter seinem Daumen gehalten und geärgert und geschurigelt, wo er nur konnte –«

»Aber ich denke, sie sagten: Kurtzmann *wollte* nach Singapore?«
»Schon. Nur nicht so. Kurtzmann wollte eine Dienststelle in Singapore, wollte so etwas wie Botschafter des Bundesnachrichtendienstes in Singapore werden. Nicht Hausknecht. Der wird sich umschauen in Singapore. Carus hat nicht einmal gestattet, daß Kurtzmann die Staude mitnimmt.«
Herr von Güldenberg stand auf und schaute sich nach dem Kellner um. »Lassen Sie, Herr von Güldenberg, das mache ich. Ich begleite Sie zur Abfertigung.« Herr von Güldenberg nahm seine Ledertasche und die *Neue Zürcher* und legte den grauen Tuchmantel wieder über den Arm.
»Und was wird aus mir? Ich meine: aus dem Blumengarten?« fragte Kessel.
»Da die Dienststelle G 626 aufgelöst ist oder per 30. Juni aufgelöst wird, kann es G 626/1 nicht mehr geben. Es wird wohl irgendwie anders strukturiert. Ich weiß es nicht. Carus wird sich wohl bald bei Ihnen melden oder zumindest jemanden schicken.«
Kessel zahlte die Rechnung. Herr von Güldenberg ging mit weitausgreifenden, baltischen Schritten voraus zur Abfertigung. Kessel kam nach.
»Vorerst«, sagte Herr von Güldenberg, als sie schon an der Sperre standen, »machen Sie natürlich weiter wie bisher. Und: Sie sind doch sicher in Verbindung mit Ihrem Onkel?«
»Ja – nein«, sagte Kessel, »ich habe nichts mehr von ihm gehört, seit ich in Berlin bin.«
»Dann würde ich mich mit Ihrem Onkel in Verbindung setzen. Bald. Ihr Onkel – nun ja – ich möchte nicht sagen, daß ich Genaueres weiß, aber: Ihr Herr Onkel ist . . .«, wieder suchte Herr von Güldenberg nach einem geeigneten Ausdruck, ». . . ist von . . . oder besser gesagt: die Stellung Ihres Herrn Onkel ist durch diese ganze überraschende Entwicklung nicht ganz unberührt geblieben. Carus und Ihr Herr Onkel – es heißt, da habe es auch eine alte Rechnung gegeben, die sich Carus anschickt, jetzt zu begleichen. Carus scheint einen noch höheren . . . einen noch höheren Mäzen zu haben, der gewissermaßen einer anderen Fraktion angehört als Ihr

Herr Onkel. Aber natürlich ist Ihr Herr Onkel immer noch ein mächtiger Mann.«
»Das ist alles sehr verwirrend für mich«, sagte Kessel.
»Und, Herr Kregel«, sagte Herr von Güldenberg, »ich habe zwar keine Veranlassung mehr, vorsichtig zu sein, als praktisch schon pensionierter Mitarbeiter, aber vielleicht ist es in Ihrem Interesse, daß Sie alles, was ich Ihnen gesagt habe – als quasi privat betrachten.«
»Ach so –«, sagte Kessel.
»Daß Sie überhaupt meinen ganzen Besuch heute als privat betrachten.«
»Ich verstehe«, sagte Kessel.
»Und letzten Endes: *Sie,* Herr Kregel, brauchen ja nichts zu befürchten. Sie haben ja Ihren Bruno. Werfen Sie Scherben in die Luft. Es kommt eine Vase herunter.«
»Vielen Dank, Herr von Güldenberg«, sagte Kessel.
»Ja, nichts zu danken, und« – Herr von Güldenberg gab sich einen Ruck und streckte Kessel die Hand hin – »leben Sie wohl, Herr Kessel« *(Kessel,* sagte Güldenberg, nicht *Kregel),* »und alles Gute.«
Güldenberg drückte rasch Kessels Hand, drehte sich um und ging durch die Sperre.

Die offiziellen Mitteilungen über die neue Lage ließen nicht lange auf sich warten. Schon mit der nächsten Kurierpost kam ein Schreiben (›Geheim. Nur für den Leiter der Dienststelle.‹), in dem die Auflösung der Dienststelle G 626 mitgeteilt wurde. Die Dienststelle G 626/1 werde vorerst unter der gleichen Chiffre weitergeführt, aber direkt der Zentrale – also wohl Carus – unterstellt. Kessel heftete das Schreiben in seinem ›Geheim‹-Ordner ab und sperrte ihn wieder in den einen Panzerschrank, in dem dieser Ordner und Kessels Manuskripte lagen. Den einzigen Schlüssel dazu trug Kessel an seinem Schlüsselbund.
Dann ließ Kessel Eugenie sein Urlaubsgesuch für den Monat August schreiben. Am 27. Juli hatte die Kröte ihren letzten Schultag. Vom 1. August bis zum 27. bekam Renate Urlaub, und Kessel hatte versprochen, in der gleichen Zeit Urlaub zu

nehmen. Da der 17. Juni, ein Freitag, Feiertag gewesen war, hatte Kessel drei Tage, bis Sonntag, in München verbracht. Oma Wünse, hatte er erfahren, sei zur Zeit mit ihrem Sohn verfeindet und fahre auf Kur nach Bad Salzschlirf mit einer Freundin; möglicherweise allerdings fahre sie aber auch mit ihrer Schwester, mit der sie zwar zur Zeit nicht spreche, mit der sie sich aber bis August möglicherweise versöhne. Opa Wünse sei auf Geschäftsreise in Amerika und kehre erst im Herbst zurück. Ein Familienurlaub komme also dieses Jahr nicht in Frage.

»Es wird dir recht sein«, hatte Renate gesagt, »daß wir *allein* in Urlaub fahren.«

»Allein?«

»Wir und Schäfchen.«

»Ach so«, sagte Kessel.

Aber immerhin setzte Kessel durch, daß nicht Italien ins Auge gefaßt wurde oder Spanien oder Griechenland, sondern die Nordsee. Nach Spiekeroog, hatte Kessel vorgeschlagen. Das ist eine Insel, auf der Hunde verboten sind. Renate war es recht.

Der Traum in der Nacht auf Kregels Geburtstag (die Nacht auf Jägermeiers Geburtstag), der Nacht vom 28. auf den 29. Oktober 1977, von einem Freitag auf einen Samstag, war außerordentlich merkwürdig und warf eine Menge Probleme auf. Kessel, dem der Traum – vielleicht im Zusammenhang mit den aufregenden Ereignissen dieses Tages – lange in Erinnerung blieb, nannte ihn: den Traum von der Suppenschüssel. Unter *Suppenschüssel* stand im Traumbuch der eher sibyllinische Satz: *Ehre ist Erfolg und Charakter* und die Glückszahl: *102*. Aber eigentlich war es gar keine Suppenschüssel, es war fast eine Badewanne, allerdings gefüllt mit Suppe oder eher mit Sauce. Es war alles sehr verwirrend, und Kessel erinnerte sich in erster Linie daran, daß er völlig nackt war und baden wollte. Es war, als hätte er – als hätten wir, war eher das Gefühl, das Kessel empfand, wenn er genau in seine Traumerinnerung hineinhörte, obwohl ihm nicht klar war, wer unter *wir* hier zu verstehen war: Kessel selber natürlich, aber wer sonst? Renate sicher nicht, auch Julia nicht – es war, als hätten Kessel und noch jemand ein großes, fremdes Haus gemietet, ein sehr großes Haus, ein palastartiges Haus. Kessel erinnerte sich an Einzelheiten der kostbaren Einrichtung: Kirschholzmöbel, Teppiche und Silber. Eine oder mehrere Personen saßen nicht an einem Tisch, sondern an einer festlich gedeckten Tafel – nein, nicht Personen: Damen, junge Damen; Kessel dachte genauer nach: zwei Damen, höchstens drei, aber wohl eher nur zwei. Eine der Damen war hellblond. Eine der Damen war wohl diejenige, mit der zusammen Kessel das fürstliche Haus gemietet hatte. Ob das die hellblonde Dame war, war nicht klar. (Noch nie hatte Kessel eine Neigung zu hellblonden Damen gehabt. Aber im Traum ist ja alles möglich.)

Kessel wollte, wie gesagt, baden. Er stieg nackt auf den Tisch. Er erinnerte sich genau an die Perspektive von oben. Er genierte sich kaum vor den Damen, die offenbar auch wenig dabei fanden, den nackten Kessel zu sehen. Auch sonst hätte Kessel, hatte er das Gefühl, sich nicht geniert, vielmehr beherrschte ihn etwa der – unausgesprochene – Gedanke: ich habe für viel Geld dieses Haus gemietet, und daher kann ich darin machen, was ich will.

Auf der Tafel – Kessel erinnerte sich genau an das weiße damastene Tischtuch – stand eine Suppenschüssel, eine übertrieben, überdimensional große Suppenschüssel (oder Saucière?), etwa so groß wie eine kleine, eine eher sehr kleine Badewanne. Dennoch wollte Kessel in dieser Schüssel oder Wanne oder Riesensaucière baden. Nein: Kessel war selber erstaunt, daß er in diesem Gefäß oder Behältnis baden sollte, daß es da – hier? jetzt? – keine andere Möglichkeit gab, zu baden. Möglich, daß der Vorgang noch anders abgelaufen ist, oder vielmehr, daß Kessel im Traum glaubte, der Vorgang sei ganz anders gewesen: irrtümlich sei um die kleine Badewanne herum der Tisch gedeckt, seien die Damen an die Tafel geführt worden, während er, Kessel, sich nebenan auszog und herüberkam, um frohgemut in die Wanne zu springen. Nein: von springen konnte keine Rede sein, denn er mußte ja erst auf den Tisch steigen.

Ein schwarzgekleideter Diener, ein Butler, war plötzlich da, als Kessel schon auf dem Tisch stand. Der Butler öffnete die Saucière (um ihm, Kessel, zu ermöglichen, ins Bad zu steigen, wie er glaubte), und Kessel sah, daß in der Saucière eine braune, schaumige Flüssigkeit war, nicht schokoladebraun, sondern fleichsaucen-braun, leicht-braun, nicht unappetitlich braun, wohlriechend braun. Kessel stutzte. Der Butler rügte äußerst sanft, ungemein dezent, wie nur ein Butler, ein sehr, sehr guter Butler eine Unkorrektheit seines Herrn rügen kann: ohne ein Wort, nur mit kaum wahrnehmbaren, aber dennoch unmißverständlichen Gesten (die Damen bemerkten sie wohl kaum), wies der Butler Kessel darauf hin, daß er eben im Begriff sei, in der Saucenschüssel zu baden.
Gut, daß wir den Butler mitgemietet haben, schoß es Kessel – im Traum – durch den Kopf.
Die Fortsetzung des Traumes spielte im Theater. Wie Kessel dahin kam, ob das ein Sprung der Traumhandlung war oder ob er den verbindenden Traumteil vergessen hatte, erinnerte Kessel nicht. *Don Giovanni* wurde gegeben. Die Damen, die hellblonde und die andere (oder die anderen) waren auch im Theater. Nun war Kessel bekleidet, dafür die Hellblonde nackt oder so gut wie nackt: sie war dekorativ verschnürt, sparsam mit Schnüren (mit Perlenschnüren?) umwickelt, allerdings, was weniger schön anzusehen war, sehr fest umwikkelt, eingezurrt, Wülste traten zwischen den Perlenschnüren hervor, wulstförmig traten die Brüste hervor, unnatürlich, aber die Dame fühlte sich offenbar wohl in dem eigenartigen Aufzug, den sie, schien es, für ein Kleid hielt. Nein: es waren keine Perlenschnüre, es waren dünne, bunt bemalte oder bestickte Riemen. Die Riemen hatten etwas Indianisches, was ja eigentlich zu der hellblonden Dame überhaupt nicht paßte.
Die Dame lehnte an der Wand eines finsteren, breiten und weitläufigen Ganges und wartete. Kessel und die anderen (jetzt waren es sicher mehrere, vielleicht waren auch Herren dabei) kamen und holten die Dame ab. Man begab sich in eine Art Loge. Der Theaterbau erinnerte an die Felsenreitschule in Salzburg, was ja bei *Don Giovanni* nicht abwegig ist.
(Weder *Don Giovanni* noch *Felsenreitschule* waren im

Traumbuch verzeichnet. Worunter Kessel bei dem Kleid der Dame nachschauen hätte sollen, hätte er nicht zu sagen gewußt.)

»Seit dem Traum mit der Suppenschüssel«, sagte Kessel später Wermut Graef, »weiß ich, wie der *Don Giovanni* inszeniert gehört. Vielleicht bin ich der einzige, der wirklich weiß, wie man *Don Giovanni* inszeniert, zumindest, was die letzte Szene anbetrifft. Es war eine grandiose und einleuchtende Inszenierung.«

Leporello un' altra cena ... sang Don Giovanni. Die drohenden Bässe begannen zu rasen, der Höllenchor sang, Leporello wimmerte sein ... *Ah, Padron, siamo tutti morti* ... unter dem Tisch hervor, der Komtur, schon durch sein monotones Beharren auf dem *A*, dann auf dem *H*, endlich auf dem *D* anzeigend, daß aus dem Spaß nun Ernst geworden war, ergriff Don Giovannis Hand ... Die ganze Bühne war dunkel, nur der Hintergrund von Don Giovannis Speisesaal war beleuchtet: eine barocke Dekoration, die fast die ganze Höhe der Felsenreitschule einnahm. Und nun, in dem Moment, in dem der Komtur Don Giovannis Hand ergriff, fiel diese Dekoration, diese scheinbare Marmorwand, die vielgestaltete, grabkammerähnliche barocke Wand in sich zusammen, aber so kunstvoll, daß sich sogleich eine neue barocke Dekoration bildete, und auch diese fiel in sich und eine neue Dekoration zusammen, immer schneller – *Tu m'invitasti a cena ... verrai tu a cena meco?* ... – eine rote Wand folgte einer blauen, eine schwarze, eine goldene, immer rascher, immer atemberaubender, ein *Feuerwerk* an scheinbarer Architektur, ein Rausch an Dekoration, alles sekundenschnell wechselnd, die Zuschauer hielten den Atem an: wie oft kann das noch gehen, wie oft noch wechseln, es wechselte, stürzte, erneuerte sich. Staunend fragte man sich: wie kann so etwas erdacht und gemacht werden. Und es ging immer weiter. Ungerührt standen der Komtur und Don Giovanni – *Pentiti! – Nò!* ... (der Komtur ist inzwischen beim stereotypen *Es* angelangt) ... *Si! ... Nò! ... Si! ... Nò!* ... – standen ungerührt inmitten dieser wie ein Wasserfall an Farben und Formen ineinanderstürzenden, aber nie zu Boden stürzenden Dekoration, und

erst mit dem letzten ... *che terror!* Don Giovannis versanken er und der Komtur unter einem roten Vorhang, der wie von einem Höllenwind – aber in dekorativen Falten – herabwehte und die nun beruhigte, in Weiß erstrahlende Dekoration freigab, worauf das vergebens Rache heischende Quintett (*con ministri di giustitia* heißt es in der Partitur) in hellem G-Dur eintrat und Leoporello unter seinem Tisch hervorkroch ...
»Nicht, daß ich die Oper notengetreu geträumt hätte«, sagte Albin Kessel, »ich erzähle das nur so genau mit den Zitaten, damit man einen Eindruck hat, was ich geträumt habe. Es war die Oper, es war *Don Giovanni,* und so, und nur so gehört die Oper inszeniert.«
»Sehr aufwendig«, brummte Wermut Graef. »Aber – nicht schlecht –«, Graef hatte früher viel fürs Theater gearbeitet und Bühnenbilder entworfen. »Nicht schlecht, aber kaum zu realisieren.« Nach einiger Zeit, in der Kessel, seinem so lange zurückliegenden Traum nachsinnend, geschwiegen hatte, sagte Graef dann doch ein wenig neidvoll: »Ich hätte schon auch gern einmal so einen Traum.«
»Ich weiß«, sagte Kessel, »ich bin gut im Träumen.«
Der 29. Oktober ist der Tag der Uraufführung des *Don Giovanni,* fiel Kessel dann ein, als er aufwachte. (Da fiel ihm auch ein, daß das auch Kregels Geburtstag war.) Das konnte der Anlaß für den Traum gewesen sein. Eine Erklärung fand Kessel aber nicht, und sein Traumbuch versagte fast ganz.

Das Auffallendste an Carus war sein roter Anzug. Hätte Albin Kessel von Anfang an gewußt, daß ihm Herr Carus in einem roten oder zumindest so gut wie roten Anzug entgegentreten würde, so wäre ihm viel Nachdenken erspart geblieben. Aber da kann man Herrn Carus, was man auch sonst über den nun die Stiege hinaufgefallenen ehemaligen Tripelagenten denken mag, keinen Vorwurf machen. Der Anzug ist seine Sache. Aber auch Kessel kann man keinen Vorwurf machen: wer rechnet schon damit, daß jemand, mit dem man ein unangenehmes oder jedenfalls ein mit Sicherheit nicht angenehmes Gespräch wird führen müssen, einen roten Anzug trägt. Niemand rechnet damit.

Albin Kessel dachte an Herrn von Güldenberg: was der seinerzeit im Zusammenhang mit Kregels zunächst vorgesehenen Geburtsort Reykjavik von der roten Hose gesagt hatte. Und nun trug Carus nicht nur eine rote Hose, sondern einen ganzen roten Anzug.

Natürlich hätte man sich darüber streiten können, ob dieser Anzug, ein eher sportlicher, für Kessels Geschmack absolut scheußlich geschnittener Anzug mit Raglanärmeln und geknöpften Taschenpatten, aus rotem Stoff war, oder ob die Farbe des Stoffes eher rotbraun oder rostbraun genannt hätte werden müssen. Für empfindliche Augen, für Augen mit dem absoluten Farbsinn (den es analog dem absoluten Gehör gibt; Kessel nahm diesen absoluten Farbsinn für sich in Anspruch) war der Stoff rot.

Nachzutragen wäre, daß ein falscher Eindruck entstehen könnte, wenn man die obige Äußerung: ›Carus trat Kessel in einem roten Anzug entgegen‹ zu wörtlich nimmt. Carus trat nicht entgegen; wenn jemand entgegentrat, war es Kessel. Carus saß an einem Tisch des Flughafenrestaurants Tegel, hatte den *Spiegel* von voriger Woche vor sich liegen und blinzelte ärgerlich und nervös. Er stand zur Begrüßung nicht eigentlich auf, lüpfte nur ein wenig seinen rotumtuchten Hintern und setzte sich dann gleich wieder.

Kessel sagte später zu Eugenie, er habe sofort unter dem Tisch nachschauen müssen, ob dieser enorm geschmacklose Anzug nicht etwa in Knickerbockers auslaufe. Nein, das sei nicht der Fall gewesen, sagte Kessel, »– aber wenn ich den Schnitt des roten Anzuges in einem verächtlichen Wort zusammenfassen sollte, würde ich sagen: ein Anzug, bei dem nicht viel zu Knickerbockers fehlte.«

»Was schauen Sie unterm Tisch nach«, fragte Carus ärgerlich.

»Ich schaue immer unterm Tisch nach«, sagte Kessel, »kennen Sie die Sicherheitsbestimmungen nicht?«

Carus war ärgerlich, weil er hatte warten müssen. Kessel hatte ihn absichtlich warten lassen, eine volle Stunde. Freilich, äußerte Kessel später zu Eugenie, wenn ich gewußt hätte, daß er einen roten Anzug trägt, wäre das nicht notwendig gewesen.

Vom ersten Augenblick an, als mit Kurierpost die Mitteilung kam, daß DN Carus, dem nunmehr G 626/1 direkt unterstellt sei, die Dienststelle in Berlin besuchen wolle, und daß dieser Besuch am Dienstag, den 12. Juli, stattfinden würde, hatte Kessel über die Frage nachgedacht, wie er Carus begegnen solle. Er versuchte, die Frage mit Bruno und Eugenie zu diskutieren. Bruno war keine Hilfe. »Ja, und?« fragte Bruno, »Hiesel oder Carus, ist das ein Unterschied? Tripelagent hin oder her, er ist der Chef, und die Hauptsache ist, daß er weit weg ist und wir hier machen, was wir wollen.«

Auch Eugenie, noch wenig erfahren in Geheimdienstdingen, war unsicher und kannte sich in den Feinheiten der Subordination nicht aus.

Carus war jetzt Chef; andererseits war er Verbrecher. Carus wußte nicht, daß Kessel das wußte. Kessels ›Onkel‹ war ein großes Tier in Pullach, ein so großes Tier, daß unzweifelhaft auch Carus Respekt vor Onkel Hans-Otto haben mußte. Aus den ersten Anweisungen, Anfragen und Hinweisen, die unter der neuen Ägide Carus nach Berlin kamen, war unschwer, wenngleich nur zwischen den Zeilen, zu entnehmen, daß Carus bestrebt war, einen neuen Wind wehen zu lassen. War die Idylle in Berlin in Gefahr? Kessel überlegte, ob man sozusagen sofort zum Angriff übergehen solle, sofort frontal gegen Carus anrennen, ihn aus dem Sattel heben, ihm die Schneid abkaufen, indem man ihm schlicht und höflich ins Gesicht sagte: »Ich weiß, was in der Steingut-Bowle war, die so gar nicht zu Ihrer sonstigen Wohnungseinrichtung gepaßt hat.«

Dabei war natürlich die Frage, die andere Frage: saß Kessel selber fest genug im Sattel, um so einen Ritt zu wagen? Carus mußte hohe Gönner haben, wenn er aus der Tiefe seines Falls, wo niemand mehr einen Pfennig für Carus gegeben hätte, in derartige Höhen aufsteigen konnte. War Kessels Gönner – Onkel Hans-Otto – mächtiger als Carus Gönner?

Oder sollte Kessel zwar nicht direkt sagen, aber irgendwie durchblicken lassen (». . . na ja, es liegen ja wohl gewisse Belastungen vor . . .«), daß er von Carus Vergangenheit wußte? Oder sollte er gar nichts sagen; tun, als ob er von nichts wisse? Sein Wissen entweder für einen anderen Zeitpunkt oder für eine Intrige aufsparen? Oder sollte er alles aus seinem Gedächtnis wischen? – Schluß, das ist denen ihre Sache, wen sie für diese Position nehmen, er ist der Chef, ich bin der Untergebene? Den Weg des (vorerst?) geringsten Widerstandes gehen?

Kessel war sich bis zuletzt nicht schlüssig, wie er sich verhalten sollte. »Vielleicht ist alles gar nicht so viel Kopfzerbrechen wert«, sagte Eugenie. »Er kommt halt, muß es wohl: und dann fährt er wieder, und alles bleibt beim alten.«

»Nein«, sagte Kessel, »sehen Sie, Eugenie, wenn einer eine Position übertragen bekommt wie die, die bisher Hiesel eingenommen hat, dann hat er in den ersten zwei Wochen, ja: in den ersten zwei *Monaten* ganz andere Dinge zu tun, als eine winzige Außenstelle in Berlin zu besuchen.«

»Vielleicht sind wir gar nicht so unwichtig?«

»Natürlich sind wir unwichtig. Sonst wäre nicht ich hier der Chef. Das ist nicht Bescheidenheit, das ist klare Erkenntnis der Verhältnisse. Nein, nein: das bedeutet etwas. Das ist gegen uns gerichtet, vielleicht gegen Kurtzmann, aber jedenfalls auch gegen uns.«

Carus hatte mitteilen lassen: erfahrungsgemäß hätten fünfundsiebzig Prozent der Flugreisenden den *Spiegel* der laufenden Woche bei sich. Also sei das kein Erkennungszeichen. Somit lege er den *Spiegel* der vorangegangenen Woche vor sich auf den Tisch. Und er warte im Flughafenrestaurant Tegel – vierzehn Uhr fünfzehn – bis er abgeholt würde.

So kaufte Kessel in der Woche davor den *Spiegel* (mit Wehners weinerlichem Gesicht vorn drauf: bekümmerter Frosch mit Pfeife), und, weil er ihn schon einmal gekauft hatte, las er ihn. Dr. Jacobi hat recht, dachte er immer wieder. Die Kunst des *Spiegels* besteht offenbar darin, Ungenauigkeiten so von oben herab darzustellen, daß sie präzise wirken. Kein Vergleich zur *Neuen Zürcher* – kein Vergleich; darf man gar nicht in einem Atem nennen . . .

Wenn Carus statt seinem dummen *Spiegel* gesagt hätte: ich trage einen roten Anzug, dann hätte ich mir die zwei Mark fünfzig für den *Spiegel* gespart.

Noch bevor Kessel den *Spiegel* von vergangener Woche vor

Carus auf dem Tisch liegen sah, wußte er, daß nur dieser kleine, dicke Glatzkopf Carus sein konnte. Nur der saß allein an einem Tisch; überhaupt war wieder wenig los im Flughafenrestaurant in Tegel.
Kessel ging zu Carus hin, sagte: »Herr Carus? Mein Name ist Kregel.« Carus lüpfte seinen Hintern, streckte die Hand hin und setzte sich gleich wieder mit ausgestreckter Hand, bevor Kessel die Hand ergreifen hätte können.
Als Kessel den roten Anzug sah, fiel ihm nicht nur die Geschichte aus Ischl ein, es war ihm auch schlagartig klar, wie er sich Carus gegenüber verhalten mußte.

Vor vielen Jahren hatte Kessel mit seinen beiden Töchtern – die waren damals zwölf und sechs Jahre alt ungefähr, es war während Kessels St.-Adelgund-Millionärszeit – einen Ausflug ins Salzkammergut und unter anderem nach Bad Ischl gemacht. Dort hatten sie die berühmte Kaiservilla besichtigt. Die Besichtigung war nur innerhalb einer Führung möglich, weshalb sich Kessel und seine Töchter einer Touristengruppe anschließen mußten, die schafherdenartig durch die relativ engen Gänge und kleinen Räume getrieben wurden.
Der Mann, der die Führung leitete, war ein sicher fast zwei Meter großer, dünner Greis mit schlecht gefärbten schwarzen Haaren. »Wahrscheinlich benutzt er einen billigen Haarfärbekamm«, flüsterte Johanna, die ältere Tochter. Der Greis hielt sich übertrieben, förmlich militärisch gerade und sprach nicht nur von den kaiserlichen und königlichen Herrschaften, die hier gewohnt hatten, sondern auch von den Besuchern aus alter Zeit mit dem allerhöchsten Respekt und fügte stets die korrekte Anrede bei. Ein vorlauter Besucher, der etwas fragte und dabei sagte: »– ist der Franz Joseph auch hier gestorben«, wurde vom aufrechten Greis mit einem förmlich geschoßartigen Blick aufgespießt (sichtlich tat es dem Greis leid, den Kerl nicht sofort aus dem Schloß eliminieren, wenn schon nicht defenestrieren zu dürfen) und mit der Antwort abgefertigt: »Wenn Sie vorhin aufgepaßt hätten, hätten Sie gehört, daß ich gesagt habe: Weiland Seine apostolische Majestät sind in Schönbrunn verstorben.«

Kessel betrachtete während der ganzen Führung mehr den Führer als die Interieurs der Villa. Je mehr er ihn betrachtete, desto stärker wurde er in der Gewißheit, daß es sich bei dem Mann um einen illegitimen Sproß des Allerhöchsten Hauses handeln müsse. Nicht nur gewisse Gesichtsformen – die Unterlippe zum Beispiel –, auch ein ständig leicht absent wirkendes Händewedeln deuteten auf edle Abkunft hin, sondern vor allem die außerordentlich geschliffene, ja abgeschliffene, höchst aristokratische Art, in der er die Titulaturen aussprach. Die Wortfolge: Seine kaiserliche und königliche Hoheit Erzherzog ... vermochte der Mann praktisch einsilbig auszusprechen: – Skns'lkg'l'heit rzrzog ... Eine Zungenfertigkeit, die nicht erworben, die nur angeboren sein kann, offensichtlich kann sie aber auch illegitim vererbt werden.
Die Freundin der späteren Jahre Kaiser Franz Josephs – manche sagen, sie sei sogar seine heimliche, morganatische Frau gewesen – bezeichnete der Greis nicht als ›Kathi Schratt‹, auch nicht als ›die Gnädige Frau‹ (wie von ihr in der Monarchie etwas suffisant gesprochen wurde), sondern korrekt: Ihre Freiherrliche Gnaden, die Frau Baronin von Kisch, respektive die Frau Burgschauspielerin Katharina Schratt. Den ebenfalls längst verblichenen General Beck titulierte er: Seine Exzellenz, weiland der Herr Generalstabschef Freiherr von Beck, und dies, obwohl er eine Anekdote erzählte, in der der General eine alles andere als günstige Figur abgab.
Kaiser Franz Joseph war schon in relativ jungen Jahren von einem ausgeprägten Altersstarrsinn befallen. Er regierte nicht nach Konsultierung der Vernunft, nicht einmal des Gefühls oder irgendeiner administrativ-inspiratorischen Instanz, er regierte nach einigen strengen Regeln, nach einigen feststehenden Verhaltensmustern, deren Gültigkeit in Frage zu stellen ihm im Traum nicht einfiel, je weniger, desto älter er wurde. Der österreichisch-ungarische Staat, dieser Mythos an staats- und völkerrechtlicher Kompliziertheit, ist zu denken als – beginnend etwa 1848 – sich immer mehr in Luft auflösend, fest stand nur das eherne Gerüst dessen, was der Kaiser für richtig fand oder besser: einmal für richtig befunden hatte. Je schneller alles das, was einst dieses Gerüst umgeben hatte,

weggeweht wurde, desto fester klammerte sich – man versteht das ja wieder, was blieb einem so inferioren Geist, den ein Unstern auf den Thron gehoben hatte, übrig – der Kaiser, dieser gekrönte Buchhalter, an sein Gerüst. (Ein gnädiges Buchhaltergeschick berief ihn dann 1916 von der Welt ab, ehe er erleben hätte müssen, daß auch das Gerüst zusammenbrach.) Da Franz Joseph wie alle einfachen Charaktere die Welt als total verstand, übertrug er die Gerüst-Haltung auch auf sein Privatleben, das so gut wie nur aus einem bestand: aus der Jagd.

Es gab daher – speziell in Ischl – eine ausgeprägte Jagd-Etikette, zu der gehörte unter anderem, daß alle Jagdgäste nach dem Vorbild des Kaisers gekleidet sein mußten. Diese quasi klassisch-franzisco-josephinische Jagdkleidung bestand in knielangen Lederhosen (aber nicht Bundhosen, sondern unten offen), aus einem braunen, grün passepoilierten Rock mit grünen Aufschlägen und mit Hirschhornknöpfen, Wollsokken und einem Hut aus braunem Filz in Form etwa eines steifen, sogenannten Halbzylinders, einem Homburg ähnlich, aber auch grün passepoiliert und sowohl mit einer Spielhahnfeder als auch mit einem Gamsbart; ›dépouilles stiriennes‹ hieß diese Adjustierung, und wenn sie nicht klassisch, wäre sie komisch gewesen. Im Zusammenhang mit der General-von-Beck-Anekdote sind aber die Schuhe wichtig: zu Franz Josephs Jagdkleidung gehörten, obwohl alles andere braun war, halbhohe Schnürstiefel in Schwarz.

(Selbstverständlich erzählte der hohe Greis die Anekdote nicht mit dieser despektierlichen Einleitung. Er verwies – mit Ehrfurcht – auf eine Vitrine, in der an einer Schneiderpuppe dies Original-Jagdkostüm des Kaisers ausgestellt ist.)

Der Generalstabschef, Exzellenz Friedrich Freiherr von Beck, wagte es eines Tages beim Aufbruch zur Jagd, in neuen, eben aus England eingetroffenen, hellen, nicht-geschnürten Kalbslederstiefeletten zu erscheinen, was in England der letzte Chic war.

Der Kaiser, dem zwar mehr und mehr entging, was auf der Welt geschah, nicht aber, was seine Jagdgäste für Schuhe trugen, warf sein von Zeitgenossen stets als streng, aber väterlich geschildertes Auge auf die hellen Zugstiefeletten des unseligen Generalstabschefs. Die übrige Jagdgesellschaft hielt den Atem an. Sie erwartete ein Donnerwetter. Aber Franz Joseph vernichtete den General weit tückischer. (Der Greis erzählte die Anekdote natürlich mit bewunderndem Unterton.) ›Sehr schön, diese gelben Schuhe‹, sagte der Kaiser. Nicht nur also, daß er den Stiefeletten durch die Bezeichnung ›Schuhe‹ jede Stiefeleigenschaft absprach, er qualifizierte den hellen Ton des Leders durch die Wahl des ganz und gar unjagdlichen Wortes gelb in Grund und Boden. ›Sehr schön, diese gelben Schuhe‹, wiederholte der Kaiser, drehte sich um und schritt voraus in den Wald am Jainzen. Der Generalstabschef stand begossen und wahrscheinlich schamrot bis hinunter zu den in den *gelben Schuhen* steckenden Zehenspitzen und wußte, woran er war.

»Ich bin«, sagte Kessel, »Zweiter Vizepräsident der IAHSL. Der International Anti-Handshaking-League.«
»Der was?« fragte Carus.
»Der Liga gegen das Händeschütteln.«
Carus blinzelte (offenbar war er stark kurzsichtig) und zog seine ausgestreckte Hand zurück.
»Ich hoffe«, sagte Kessel, »Sie haben nicht zu lange gewartet?«
»Nicht der Rede wert«, sagte Carus mit unüberhörbar ärgerlichem Ton.
Kessel musterte Carus Anzug unverhohlen. Der Anzug hatte Quetschfalten an allen Taschen und Knöpfe aus geflochtenem Leder. Achselklappen hatte er nicht. Aber auch dazu hätte nicht viel gefehlt. Carus bemerkte Kessels Blick und schaute nervös an sich herunter.
»Ich konnte leider nicht früher kommen«, sagte Kessel, »aus Sicherheitsgründen.«
»Ja, ach so, ja dann –«, stotterte Carus. Es war klar, daß Kessel ein entscheidendes Übergewicht gegen Carus errungen hatte. Noch aber holte Kessel nicht zum tödlichen Stoß aus.
Auf dem Weg vom Flughafen Tegel erholte sich Carus etwas. Mit stark geröteter Glatze und ebenso gerunzelter Stirn erläu-

terte er Kessel die Pläne für die Zukunft der Dienststelle Blumengarten G 626/1. Die Dienststelle wollte mit anderen Dienststellen in Berlin (von denen Kessel natürlich infolge des Schottensystems keine Ahnung hatte) zu einer ›wirklich effektiv arbeitenden Sache‹, wie sich Carus ausdrückte, zusammengefaßt werden. (Ich werde es dir dann schon geben, von wegen ›wirklich effektiv‹ . . ., dachte Kessel.) Carus redete eine Menge von Straffung, Konzentrierung, Effektuierung, ließ durchblicken, daß er es für falsch halte, ». . . einem so relativ neuen Mitarbeiter wie Ihnen hier die ganze Verantwortung aufzuhalsen« und kündigte an, daß ein »sehr guter Mann« in naher Zukunft »den Laden in die Hand nehmen werde«.

Mißmutig schaute dann Carus den Laden und die dahinter liegenden Räume an, musterte Eugenie blinzelnd und blinzelte die zwei Meter zu Bruno hinauf. »Irgendwie«, sagte Carus dann zu Kessel, »wirkt alles irgendwie dilettantisch, was dieser Kurtzmann angefangen hat.« (Ich werde dir schon helfen, dachte Kessel.)

Dann chauffierte Kessel Carus zum Kurfürstendamm zurück, wo er im *Sylter Hof* wohnte.

Kessel parkte das Auto und stieg auch aus. Carus blinzelte, war nahe daran, die Hand auszustrecken, erinnerte sich aber in dem Augenblick daran, daß Kessel ›zweiter Vizepräsident der JAHSL war, zog die Hand zurück und sagte: »Hmm – ja – wollen Sie – kommen Sie noch mit herein, einen Drink nehmen?«

Kessel trat nicht einen Schritt, aber eine Idee zurück wie um Anlauf für den endgültigen Stoß zu nehmen, musterte Carus von oben bis unten und sagte: »Sehr ein schöner roter Anzug.«

Carus zuckte zusammen.

»Sehr ein schöner roter Anzug«, wiederholte Kessel.

Carus fauchte leise durch die Nase, nicht drohend, sondern verlegen, schaute wieder an sich hinunter, kam nicht mehr auf den Drink zu sprechen, sondern sagte: »Also dann, Herr Kregel, bis zum nächsten Mal –«, und lief so schnell ins Hotel hinein, als habe er plötzlich bemerkt, daß er nackt ist.

Sehr befriedigt fuhr Kessel nach Neukölln zurück.
Ganz war es natürlich nicht so wie bei den gelben Schuhen, dem Kaiser Franz Joseph und dem Generalbstabschef Beck. Die Subordinationsverhältnisse waren anders, sogar umgekehrt (mit der Einschränkung, daß hinter Kessel der Onkel Hans-Otto stand), aber ›abserviert‹ (so der Ausdruck des gefärbten Greises aus Ischl) hatte Kessel den Carus. Es war klar, daß der jetzt sein Todfeind war. Aber – dachte Kessel – dem Carus ist nun auch klar, daß er *mich* nicht einfach abservieren kann.
Als Albin Kessel Ende August (am 29., einem Montag) direkt aus Spiekeroog – wo es doch Hunde gegeben hatte, allerdings nicht am Strand, dort waren sie verboten – nach Berlin zurückkehrte, sagte Bruno als allerserstes, noch bevor er den Chef begrüßte: »Gut, daß Sie wieder da sind, da ist was Komisches passiert –«
»Carus?« fragte Kessel; er nahm einen Augenblick lang an, Carus habe seine Abwesenheit ausgenützt, um irgendwelche ›Straffungen‹ anzuordnen.
»Nein, Carus hat sich die ganze Zeit nicht gemeldet. *Egon.* «
»Was ist mit Egon?«
»Ich habe ihm gesagt, er solle heute früh gleich kommen, weil er es Ihnen erzählen soll. Außerdem können wir ihm dann auch gleich das Geld für September geben. Und ich habe ihm gesagt, er soll sich gefälligst vorher waschen, wenigstens die Füße.«
»Ist es was Unangenehmes?«
»Ich weiß nicht«, sagte Bruno, »hören Sie sich's selber an.«
Kessel ging nach hinten, begrüßte Eugenie, die ihm einen Stoß Papiere gab, der im August gekommen war, schaute die Papiere lustlos durch – es war eh immer das gleiche, und dachte mit einiger Sorge an die Sache mit Egon.
»Wissen Sie etwas davon, Eugenie?« fragte Kessel.
»Nur soviel, daß ihn offenbar jemand angesprochen hat. Wir sind auch nicht schlau daraus geworden.«
»Hm«, sagte Kessel.
»Übrigens stinkt Egon wirklich nicht mehr so, seit –«, sagte Eugenie.

»Seit –?«
»Ich weiß nicht, ob ich das sagen soll. Weil es vielleicht gegen die Sicherheitsbestimmungen ist. Seit ihn Bruno –«, Eugenie stockte.
»Also was ist jetzt – seit ihn Bruno?«
»Bruno hat gesagt, nachdem Sie weg waren, hat zu Egon gesagt: wenn er weiter so stinkt, badet er ihn.«
»Und?«
»Er hat ihn gebadet. Es war drei oder vier Tage, nachdem Sie weg waren. Da ist Egon wieder einmal gekommen und hat gestunken wie immer, und Bruno hat gesagt: Egon, habe ich dir nicht gesagt, du sollst nicht mehr stinken – sonst – ja, und dann hat er ihn gebadet.«
Kessel lachte laut. »Bruno hat Egon gebadet? Und solche Lustbarkeiten macht ihr, wenn ich nicht da bin?«
»Sie können leicht lachen. Jetzt. Aber ich sage Ihnen: es war furchtbar. Geschrien hat Egon – geschrien –, daß die Leute sogar aus den Häusern von der Harzer Straße gelaufen gekommen sind und durch das Schaufenster hereingeschaut haben. Ich glaube, ich sollte Ihnen das besser nicht erzählen. Und wie dann Egon – na ja, Bruno hat gesagt, weil Egon schon eingeseift war, ist er ihm ausgeglitten und unter dem Arm durch hinaus.«
»Eingeseift?«
»Ja. Aus dem Laden hinaus auf die Straße. Ja: nackt. Splitternackt. Zum Glück war er wenigstens einigermaßen voll Seifenschaum.«
»Auf die Straße?« sagte Kessel.
»Eben. Das ist doch sicher gegen alle Sicherheitsbestimmungen.«
»Wahrscheinlich«, sagte Kessel.
»Aber Bruno hat ihn wieder eingefangen. Da hat Egon natürlich erst recht geschrien. Es wundert mich, daß keiner die Polizei gerufen hat. Ja: vielleicht, weil Bruno gerufen hat: keine Aufregung, Leute! Wir drehen nur einen Film.«
»Und dann?«
»Dann hat Bruno gesagt, ich soll das Bad von außen zusperren und erst wieder aufmachen, wenn er es sagt. *Ausgeschaut*

hat das Bad nachher, sage ich Ihnen, Herr Kregel, Sie machen sich keinen Begriff. Und das Wasser ist schwarz gewesen, hat Bruno gesagt.«

»Und Egon?«

»Wenn ich nicht gewußt hätte, daß es nur Egon sein kann, hätte ich ihn nicht wiedererkannt. Übrigens hat Bruno auch die Kleider von Egon durch den Zerreißwolf gedreht.«

»Und?«

»Vorher hat er neue gekauft gehabt. Nur haben die Egon nicht richtig gepaßt. Bruno hat im Laden gesagt: für einen, der kleiner ist als ich. Aber die Kleider waren immer noch zu groß.«

»Und seitdem wäscht sich Egon freiwillig?«

»Wahrscheinlich. Jedenfalls stinkt er nicht mehr. Oder noch nicht wieder. Die neuen Kleider hat er übrigens gleich verkauft. Jetzt trägt er wieder welche aus den Mülltonnen.«

Es klopfte. Es war Egon. Kessel ging mit ihm ins Gute Zimmer und sagte zu Eugenie, sie solle für Egon ein Bier, für ihn, Kessel, einen Kaffee bringen.

»Ick schwör's Ihn', Ha Krejel«, sagte Egon, »ick kann nischt davor. Ick hab' jar nie ssu irgend jemandn wat jesacht von de Säcke un so, nie. Aba det war ehmt so'n Typ.« Was das für ein Typ war, war aus Egon nicht herauszubekommen. Offenbar überstieg diese Erscheinung die Beschreibungsgabe Egons. »So'n Typ ehmt, mit'n jrün' Hut. Ick kann Ihn' jenau saren, wo et war: det war an de Mülltonne Ecke Johannisthaler Schossee un Beifußweech. Ha'ick ma jenau jemerkt. Ecke Johannisthaler Schossee und Beifußweech, vort Haus Numma zwee. De Mülltonn' standn draußn, weil da dienstachs jeleert wird. Da is der Typ jekomm'. Ob ick –«, sagte Egon und rückte sich aus Wichtigkeit der nun folgenden Mitteilung in seinem Sessel zurück, »– ob ick ihm den Sack mit de Papierwolle nich vakoofen will. Fuffßich Emm, hatta jesacht. Ick ha 'n bloß jroß angekiekt, da hatta jesacht: hundat Emm. Also: hundat Emm sind 'ne Masse Jeld vor mia, Ha Krejel.«

»Da haben Sie den Sack verkauft?«

»War denkn Se denn von mia, Ha Krejel? Wo ick doch vaeidicht bin, nee. Mann, ha'ick jesacht, rolln Se weita, ha'ick jesacht, rolln Se weiter, sonst könn' Se ma kennenlern'. Denn hatta sein' jrün' Hut jezoren und is jejangn. Det heeßt, ick hab' natürlich jesacht: wat wolln Se denn mit'n Müll? Da hatta jesacht, Lumpenhändler issa. Un ob ick nich doch den Sack vakoofen will. Zweehundat Emm. Ja. Un da ha'ick mia jedacht, ha'ick mir: ob det nich den Herrn Krejel intressiern tut. Ha'ick je*dacht* – je*sacht* natürlich nich! Un da ha'ick jesacht: *den* Sack da kriejen Se nich, aba villeicht überleg ick's ma späta ewentwell. Und eea soll in' Septemba, ha'ick jesacht – weil ick jedacht hab': in' Septemba issa wieda da, also det heeßt sind Sie wieda da, ha'ick jedacht, aber natürlich nich jesacht, in' Septemba, wenn da de Mülltonn' wieda jeleert wer'n, solla wiederkomm'. Dienstachs wer'n se jeleert, leicht zu merk'n, imma dienstachs.«

»Wenn wir das an die Zentrale melden«, sagte Bruno danach, als Kessel mit ihm die Sache beredete, »dann schalten sie uns den Egon ab. Und wohin dann mit dem Müll?«
»Da haben Sie wahrscheinlich recht«, sagte Kessel.
»Wir machen auf eigene Faust eine Operation«, sagte Bruno. »Ich werde den Kerl mit dem grünen Hut abservieren.«
»Sie?« sagte Kessel und schaute an Brunos zwei Meter hinauf bis zu dem kleinen Walroßkopf mit Locken.
»Ich setze mir dann eben einen Hut auf«, sagte Bruno.
»Nein«, sagte Kessel, »wir machen das anders. Eugenie!« rief er hinüber ins andere Zimmer.
Eugenie kam mit den Kaffeetassen herüber.
»Nein«, sagte Kessel, »das habe ich jetzt nicht gemeint.«
»Ach so«, sagte Eugenie, »Sekt?«
»Auch nicht. Sagen Sie: könnten Sie bis Dienstag, nein, bis Montag abend einen Sack voll Müll schreiben? Ich sehe, Sie verstehen nicht. Also: kaufen Sie alle Zeitungen, die Sie bekommen können –«
»Alle?«
»Ich meine: eine von jeder, und schreiben Sie ab, mit möglichst vielen Durchschlägen, was Ihnen unter die Finger kommt. Ganz gleich was. Wichtig ist nicht, was Sie schreiben, wichtig ist nur, daß irgend etwas auf dem Papier steht.

Und dann jagen Sie alles durch den Zerreißwolf. Wenn es geht, machen Sie am Wochenende Überstunden. Bis Montagabend muß ein Sack voll sein.«

»Und die andere Arbeit?«

»Diese Operation hat Vorrang.«

»Operation ›Grüner Hut‹«, sagte Bruno.

»Gut«, sagte Eugenie. »Soll ich jetzt gleich –? Den *Tagesspiegel* habe ich ja da?«

»Sofort«, sagte Kessel.

Eugenie schrieb, was das Zeug hielt. Sie schrieb Artikel aus dem *Tagesspiegel,* aus der *FAZ,* aus der *Zeit,* aber auch aus *Nicole, Für Sie* und aus dem *Goldenen Blatt* ab. Der Zerreißwolf lief dauernd. Eugenie schrieb, wenn sie eine Seite geschrieben hatte, rief sie Bruno; Bruno nahm die Seite samt Durchschlägen und Kohlepapier und warf sie in den Wolf.

Aber ein Sack Papier ist viel. Am Freitag war er erst zu einem Drittel voll. Bruno hatte die Idee, Egon auszuschicken. Egon brachte aus einer Mülltonne aus Steglitz einen Arm voll Computerblätter (es war die Mülltonne einer Versicherung), große, endlos gefaltete, blaßgrün-gestreifte Blätter mit unübersehbaren Zahlenreihen. »Sehr gut«, sagte Kessel zu Egon: »Weiter so ...« Er und Bruno krempelten die Ärmel auf und trieben den Versicherungsabfall durch die Maschine.

»Sollen auch ihre Freude haben«, sagte Bruno, »die Kameraden vom Staatssicherheitsdienst.«

Egon brachte neue Blätter. Eugenie schrieb, zum Schluß trieben sie auch noch ein paar Zeitungen und die bunten Prospekte durch, die während der Woche gekommen waren. Ganz zum Schluß, als die Papierwolle schon in den Sack gestampft war, am Montagabend (Eugenie hatte am Sonntag tatsächlich Überstunden machen müssen. Es sei sein schönstes Wochenende gewesen, sagte Bruno treuherzig, nicht zu Eugenie sagte er es, aber zu Kessel) rührte Bruno eine ganze Dose Pelikanol in Wasser auf und schüttete die klebrige, milchige Flüssigkeit in den Sack.

»Was für eine Schweinerei«, sagte Kessel.

»Daß auch die Kameraden von der Abteilung Chemie drüben was zu tun haben«, lachte Buno.

Natürlich wurde Egon, soweit nötig, eingeweiht. Er ging mit dem Sack – der stellenweise nach außen etwas klebte – am Dienstag früh zur Ecke Johannisthaler Chaussee/Beifußweg, setzte sich auf eine der Mülltonnen (rückte sie vorher in die Sonne), stellte den klebrigen Sack neben sich und wartete.
Auch Kessel wartete, sein Fahrrad lehnte neben ihm, in einem Hausgang schräg gegenüber, wo er durch einen Spalt der offenen Tür auf Egon hinüberschauen konnte. Bruno hatte – mit Kamera und Teleobjektiv – im Auto sitzend auf der anderen Seite, gegen ein Wasserreservoir zu, Posten bezogen. Bruno trug einen karierten Hut. Eugenie ging die Straße ganz langsam hinauf und wieder herunter und las alle Klingelschilder, als ob sie etwas suche. (Der Laden war heute zu. Bruno hatte ein handgemaltes Schild hinausgehängt: Wegen Trauerfalles geschlossen.)
Der Mann mit dem grünen Hut war pünktlich da. Entweder war er besonders schlau oder besonders unvorsichtig. Er schaute sich nicht einmal um, trat ohne weiteres auf Egon zu und redete ihn an. Kessel konnte nicht hören, was der Mann mit Egon redete, aber es war ja ohnedies klar: Egon war angewiesen, den Mann mit dem grünen Hut auf dreihundert Mark hinaufzuhandeln und ihm in Aussicht zu stellen, daß er in der nächsten Woche – hier an dieser Mülltonne, am Dienstag – zwei weitere Säcke bringen würde.
Die Verhandlung war kurz, der Mann mit dem grünen Hut sträubte sich, soweit Kessel sehen konnte, nicht lange, rückte drei Hundertmarkscheine heraus, schob – ein Mittelding zwischen Grüßen und Salutieren – mit dem Zeigefinger der rechten Hand von unten gegen die vordere Krempe tippend den grünen Hut ein wenig nach hinten, nahm den Sack unter den Arm und ging.
Kessel schob, laut pfeifend (die Arie *Caro nome* aus *Rigoletto* von Verdi) sein Fahrrad aus dem Hausflur auf die Straße und radelte gemächlich und harmlos tuend dem Mann mit dem grünen Hut nach. Um besonders harmlos zu erscheinen, rempelte er den Mann, als der die Johannisthaler Straße überquerte, fast an, klingelte und schrie: »Mensch, können Se nich aufpassen mit Ihrer Tüte!«

Der Mann sprang zur Seite und murmelte eine Entschuldigung.
Gegenüber der Einmündung der Johannisthaler Straße in die größere, verkehrsreichere Rudower Straße ist das Postamt Berlin 472. Dort ging Kessel hinein. (Er hatte am Wochenende, während die beiden anderen schrieben und zerrissen, die Gegend und alle Gegebenheiten genau ausgekundschaftet. Am Samstagvormittag hatte er sich mit den Örtlichkeiten des Postamtes vertraut gemacht.) Es war niemand im Postamt, das heißt: kein Kunde. Das war unangenehm, denn die beiden Schalterbeamten schauten – der eine von einem Kreuzworträtsel, der andere von einer Brotzeit – auf und hefteten ihren trägen Blick auf Kessel. Aber auch diese Konstellation hatte Kessel einkalkuliert. (Obwohl ihn so Dinge auf der Geheimdienstschule nicht gelehrt worden waren.) Er murmelte etwas und zeigte auf die Telephonbücher, die zur Benützung des Publikums in einem schwenkbaren Gestell hingen. Über das Gestell weg konnte Kessel auf die Kreuzung hinausschauen und die Einmündung der Johannisthaler Chaussee überblicken.
Die Postbeamten senkten wieder ihre Blicke auf das Kreuzworträtsel respektive einen sauren Hering in Gelee, wie Kessel nicht nur sehen, sondern auch riechen konnte. Im übrigen roch es nach öligem, postamtlichem Bohnerwachs und nach Leim.
Kessel schlug ein Telephonbuch auf und tat so, als ob er etwas drin suche. Dabei beobachtete er die Kreuzung.
Nach fünf Minuten vielleicht sah er den Mann mit dem grünen Hut kommen. Er trat auf die Rudower Straße heraus und schaute um sich. Wohin wird er gehen, fragte sich Kessel, nach rechts oder nach links? Aber der Mann ging weder nach rechts noch nach links, sondern stellte den – nun: seinen – Sack ab und blieb stehen.
Er blieb, kam es Kessel vor, eine Ewigkeit stehen. Wahrscheinlich vergewissert er sich dadurch, daß niemand ihm folgt, dachte Kessel. Hoffentlich machen Bruno und Eugenie oder Egon nichts Unbedachtes und Auffälliges. Egon war übrigens angewiesen, eine Stunde bei der Mülltonne zu warten

und nachmittags in den Laden zur Lagebesprechung zu kommen.
Kessel blätterte in einem Telephonbuch nach dem anderen. Offenbar hatte der eine der Postbeamten, der mit dem Hering, seine Nervosität bemerkt. Der Postbeamte schaute auf, wischte sich mit einem zusammengeknüllten Formular den Mund ab, packte den Rest des Herings (wohl für die Nachmittagsjause) wieder ein und steckte ihn in die Schublade vor sich. Dann sagte er zu Kessel: »Kann ich Ihnen was helfen?«
»Nein, danke«, sagte Kessel und dachte: wenn doch ein Kunde käme. Kann denn keiner aus dem ganzen Postbezirk Berlin 472 eine Briefmarke kaufen kommen?
»Suchen Sie was?« fragte der Beamte.
»Ja«, sagte Kessel, »aber –«
»Finden Se's nich?« fragte der Beamte.
Ein Geistesblitz durchfuhr Kessel. »Ja – ich suche – das heißt«, sagte er, ohne den Blick von dem Mann draußen zu lassen, der immer noch, sichtlich nun auch nervös, um sich schaute, »das heißt, ich suche. Ich muß mir eine Menge notieren. Verschiedene Telephonnummern. Fünfzig. Ich gebe eine Party. Fünfzig Leute. Alle meine Freunde, ich muß sie nachher der Reihe nach anrufen.«
»Tolle Party«, sagte der Beamte, »fünfzig Mann.«
»Auch Damen«, sagte Kessel.
»Das denke ich mir«, sagte der Beamte. »Respekt. Eine ganz schöne Menge. Da brauchen Sie ja einen Saal.«
»Es kommen erfahrungsgemäß nicht alle«, sagte Kessel.
Er begann wahllos Telephonnummern zu notieren. Nachdem er zehn Nummern hatte, hob der Mann draußen die Hand. Ein Taxi bremste und hielt, fast fuhr ein anderes Auto auf. Der Mann wollte einsteigen, aber der Taxifahrer winkte ab und deutete auf den Sack. Der Sack mußte in den Kofferraum. Dann stieg der Mann ein, und das Taxi fuhr ab.
»Ich habe es mir anders überlegt«, sagte Kessel zum Postbeamten, »Sie haben recht. Zehn Leute genügen.« Er klappte das Telephonbuch zu und lief hinaus.
Da sah er, daß Bruno – Bruno, Gold-Bruno hatte offenbar den Vorgang richtig beobachtet – mit dem Auto aus der Jo-

hannisthaler Chaussee herauspreschte, auf der Rudower Straße Gas gab und dem Taxi nachjagte.
Kessel überlegte kurz, ob er Eugenie suchen solle. Aber sie, in ihrem schwarzen Kostüm, würde ja ohnedies nicht auf den Gepäckträger aufsitzen. So setzte sich Kessel aufs Rad und strampelte in Richtung Neukölln.

»Dreimal bin ich bei Rot über die Kreuzung gefahren«, sagte Bruno, als die drei dann nachmittags in Kessels Büro hinter dem Laden saßen. (Egon war noch nicht da.) »Aber am Bahnhof Zoo habe ich ihn doch verloren. Da war zuviel Verkehr. Ich konnte nicht mehr bei Rot drüber. Das Taxi ist bei Gelb durch. Grad noch.«
»Kann man nichts machen«, sagte Kessel.
»Er kommt ja wieder«, sagte Eugenie.
»Ich bin nicht sicher«, sagte Kessel. »Wenn der wirklich von den Genossen von drüben war –«
»Logisch«, sagte Bruno. »Da gibt es doch gar nichts anderes. Wer zahlt denn für einen Sack Altpapier dreihundert Mark. Logisch ist der von drüben.«
»Ich hätte gedacht«, sagte Kessel, »er würde von einem Auto abgeholt und direkt zu einem Checkpoint gefahren.«
»Nein«, sagte Bruno, »ich nehme eher an, er fährt zu einem Genossen von der SED-West.«
»Wo ist die denn? Schauen Sie einmal nach, Eugenie.«
Eugenie blätterte im Telephonbuch: »SED-Westberlin, Wilmersdorfer Straße 165. Brauchen Sie gleich die Telephonnummer? 3 41 30 26.«
»Wilmersdorfer Straße, hm«, sagte Kessel.
»Nein«, sagte Bruno. »Dann wäre das Taxi in die Kantstraße hineingefahren. Ist aber Richtung Hardenbergstraße.«
»Dann ist vielleicht der Grüne selber ein Genosse von der West-SED?« fragte Kessel.
»Der Grüne ist Soldat«, sagte Bruno. »Haben Sie nicht gesehen, wie er salutiert hat, fast?«
»Möglich«, sagte Kessel.
»Hier«, sagte Bruno, »habe ich die Nummer vom Taxi aufgeschrieben.«

»Und was machen wir damit?«
»Das Taxi suchen«, sagte Bruno.
Als Egon kam, war es halb vier. Der Laden war voll von Australiern, die Berliner Bären kauften. Kessel schickte Bruno hinaus zum Bedienen.
Egon konnte nichts Nennenswertes berichten, nur, daß der Mann gesagt habe, er nehme noch weitere Säcke, und er komme nächste Woche wieder.
»Also *ich* mache den Zirkus nicht mehr mit«, sagte Eugenie. »Noch eine Woche Stumpfsinn schreiben. Außerdem bleibt die Arbeit hier liegen. Geben Sie mir die dreihundert Mark. Ich kenne ein Mädchen, die hat eine Schreibmaschine und nichts zu tun.«
»Gut«, sagte Kessel, »aber nicht dreihundert. Zweihundertsiebzig.« Dreißig gab er Egon.
»Danke«, sagte Egon. »Und ein Bier?«

Nachdem Eugenie heimgegangen (sie hatte normale Bürostunden, ging also um halb fünf) und der Laden um sechs geschlossen worden war, rief Kessel die Taxizentrale an.
»Mein Name ist Kregel«, sagte er, »ich habe in einem Taxi eine von meinen Haftschalen verloren.«
Das war Brunos Idee gewesen. Kessel wollte einen angeblich liegengelassenen Regenschirm als Vorwand nehmen, aber Bruno hat richtig gesagt: da rufen sie höchstens durch den Funk den betreffenden Taxifahrer, der schaut in seinem Taxi nach, findet natürlich nichts, und wir bekommen nur die Auskunft, daß wir den Schirm woanders verloren haben müssen. Sie müssen, hatte Bruno gesagt, etwas verloren haben, was nur *Sie* wieder finden können.
Eine wertvolle Mikrobe, schlug Kessel vor, eine wissenschaftliche Züchtung ...? Bruno hatte Kessel fragend angeschaut, und er wußte nicht, ob Kessel das ernst meinte. Dann aber war Bruno die Haftschale eingefallen. Haftschale ist sehr gut, hatte Kessel gesagt.
»Was haben Sie verloren?« fragte die Dame von der Taxizentrale. Ihre Stimmlage verriet, daß sie wenig Zeit hatte. Im Hintergrund herrschte Betrieb. Es pfiff und klingelte.

»Meine Haftschale, eine meiner Haftschalen. Aus den Augen. Die linke. Kregel ist mein Name«, sagte Kessel.
»Eine Haftschale? Das ist ja aussichtslos –«
»Ich habe zufällig die Nummer vom Taxi – von der Quittung«, sagte Kessel und gab die Nummer durch.
»Glaube nicht, daß der das findet, aber ich werde es versuchen. Bleiben Sie am Apparat –«
»Nein«, sagte Kessel, »nein –«
Aber die Dame hatte den Hörer offenbar bereits weggelegt. Man hörte sie hinten rufen. Sie rief die Taxinummer und einiges Unverständliche. Dann war eine Weile außer den hektischen Hintergrundgeräuschen nichts mehr zu hören, danach kam die Stimme der Dame wieder: »Hören Sie noch?«
»Ja«, sagte Kessel, »ich wollte sagen –«
»Der Wagen fährt im Moment nicht.«
»Ich wollte sagen: ich suche selber. Ich zahle es, also ich zahle den Ausfall et cetera.«
»Das ist nicht das Problem«, sagte die Dame. »Das Problem ist, daß der Wagen im Moment nicht fährt. Ich erwische ihn nicht. Eigentlich müßte er doch fahren –«, die Stimme der Dame entfernte sich, sie rief in den Raum hinter sich: »– der Kern müßte doch fahren, oder?«
Die Antwort war nicht zu verstehen.
Bruno, der am separaten Kopfhörer mithörte, erkannte die Lage schlagartig und flüsterte Kessel zu: »Fragen Sie, in welcher Kneipe er sitzt.«
»Also«, sagte die Dame dann, »wie gesagt –«
»In welcher Kneipe sitzt er denn?«
»Beim *Apfelbeck* natürlich«, fuhr es der Dame heraus.
Bruno nickte heftig und winkte: ist mir geläufig.
»Und Kern heißt der Fahrer?«
»Ja«, sagte die Dame.
»Danke«, sagte Kessel.

Der *Apfelbeck* war eine Gaststätte in Steglitz, ziemlich nahe am Botanischen Garten, in der hauptsächlich Taxifahrer verkehrten und die dementsprechend war. In dem einzigen, sehr großen Gastraum saßen Dutzende von Männern in Leder-

oder Wollwesten. Rauchschwaden dämpften das Licht bis zum Halbdunkel. Ein Fernsehapparat, der ziemlich hoch stand, flimmerte, aber durch den Rauch war fast nicht zu erkennen, was auf der Mattscheibe ablief. Es herrschte ein ohrenbetäubender Lärm. Im Hintergrund wurde amerikanisches Billard gespielt.

»Oje –«, sagte Kessel.

»Wir finden ihn schon«, sagte Bruno. Er zwängte sich durch die schmalen freien Räume zwischen den Tischen bis zur Theke. »Kennen Sie einen, der Kern heißt?«

Der Wirt deutete auf einen der Tische: »– mit dem gelben Pullover.«

Kessel hatte sich, während sie hierhergefahren waren, eine Legende ausgedacht. Die Legende war einigermaßen gut – meinte Bruno –, aber womit Kessel nicht gerechnet hatte, war der Lärm. Er wollte dem Taxifahrer gegenüber betont höflich sein, aber das geht schlecht, wenn man brüllen muß, um sich zu verständigen.

»Wer sind Sie?« brüllte Kern.

»Kregel ist mein Name«, brüllte Kessel.

»Meinetwegen Arsch«, sagte Kern. Die anderen am Tisch lachten.

»Es dreht sich um etwas Geschäftliches«, sagte Kessel.

»Um ein Arschgeschäft«, brüllte Kern und lachte nun selber, hörte gar nicht mehr auf zu lachen.

»Es springt was für Sie heraus!« rief Kessel.

»Es springt was aus meinem Arsch heraus«, brüllte Kern. Die anderen Taxifahrer am Tisch bogen sich vor Lachen.

Kessel schaute hilflos zu Bruno hinauf.

»Ich sag' Ihnen was«, brüllte Kern und beugte sich scheinbar vertraulich zu Kessel her, »mein Name ist auch Arsch –.« Das letzte Wort mündete ohne Übergang in ein langanhaltendes, lautes Gelächter, in das die anderen Taxifahrer wieder einstimmten. Damit ja der Witz von allen verstanden werde, wiederholte Kern: »– mein Name ist auch Arsch –«, brüllte vor Lachen und wischte sich die Augen. Dann wandte er sich an einen Taxifahrer am Nachbartisch und sagte zum dritten Mal: »– mein Name ist auch Arsch!« und lachte wieder.

Bruno griff in die Tasche seines Anoraks, zog einen Hundertmarkschein heraus, entfaltete ihn und hielt ihn mit beiden Händen – als ob er ein Kunstblatt einem Kenner zeige – vor Kern hin. Es war, als würde Kerns Brüll-Lachen mitten entzweigeschnitten. Der Taxifahrer starrte auf den Schein, schaute dann zu Bruno hinauf, zu Kessel hinüber und wieder zu Bruno hinauf.
Bruno machte eine Kopfbewegung: nach draußen.
Kern schaute noch ein paarmal zwischen Kessel und Bruno hin und her, dann stand er auf und ging mit hinaus.
»Also eins –«, sagte Kern, »wenn ihr von der Polente seid, dann könnt ihr verduften. Daß das klar ist –«
»Wir sind nicht von der Polente«, sagte Kessel.
»Weil mit diesen Verbrechern«, schrie Kern, »mit diesen Verbrechern –«
»Schreien Sie nicht so«, sagte Kessel, »wir sind nicht von der Polizei –«
»Weil, mit diesen Verbrechern will ich nichts zu tun haben. Die haben nichts Besseres zu tun –«
»Wir sind –«, sagte Kessel.
»Mit Negern und Polizisten will ich nichts zu tun haben. Absolut nichts. Wenn ihr von der Polente –«
»Wenn wir von der Polente wären«, sagte Bruno, »dann hätten wir dir doch einen Ausweis gezeigt, oder? Logisch. Haben wir dir einen Ausweis gezeigt? Nein. Also sind wir nicht von der Polente, du Arsch.«
»Ach so – richtig«, sagte Kern.
»Also«, sagte Bruno. »Der Hunderter gehört dir, wenn du uns sagst, wo du den Mann mit dem grünen Hut heute vormittag hingefahren hast.«
»Mann mit dem grünen Hut?«
»Der einen Sack dabeigehabt hat. So einen Sack – so groß.«
»Ach!« sagte Kern. »Jaa – warum wollt ihr das wissen? Seid ihr doch von der Polente?«
»Mensch«, sagte Bruno, »sei doch kein Arsch. Der Mann ist doch – der Herr da, mein Chef –«, Bruno zeigte auf Kessel, »– mit dem seiner Frau hat dieser Kerl – verstehst du?«
»Verstehe«, sagte Kern. »Und was –«

»Und der Herr da will natürlich wissen, wo der Hurenbock hin ist, der Arsch.«
»Verstehe«, sagte Kern. »Also: nach Tegel.«
»Zum Flughafen?«
»Nach Tegel zum Flughafen«, sagte Kern und griff nach dem Hunderter.
»Einen Moment«, sagte Bruno. »Und hat er was gesagt, wo er hinfliegt?«
»Nee –«, sagte Kern. »Er hat überhaupt nichts geredet.«
Bruno gab Kern das Geld. Der nahm es, drehte sich ohne ein weiteres Wort um und verschwand wieder in der Wirtschaft.

Am späten Dienstag wartete Kessel am Flughafen Tegel dort, wo die Taxis ankommen. Der Mann im grünen Hut kam mit zwei Säcken (soviel hatte die Freundin Eugenies geschrieben), gab die Säcke als Luftfracht auf und flog mit dem Zwei-Uhr-Flugzeug nach München.
Nun schaltete Kessel Herrn von Primus ein.
Am Dienstag drauf – das war der 20. September – warteten Kessel und Primus, bis der Mann (diesmal ohne grünen Hut) mit den vier Säcken kam. Zur Vorsicht hielten sich Kessel und Primus getrennt. Kessel machte ein verabredetes Zeichen, als der Mann (›der Grüne‹ hieß er inzwischen im Blumengarten) die Halle betrat, obwohl es das gar nicht gebraucht hätte, denn die vier Säcke wären Herrn von Primus auch ohnedies aufgefallen.
Kessel ging. Herr von Primus flog mit dem Grünen nach München. »Soll ich versuchen, mit ihm ins Gespräch zu kommen?« hatte Primus gefragt. »Vorerst noch nicht«, hatte Kessel gesagt.
Um Herrn von Primus Gelegenheit zu geben, in München-Riem unauffällig am Luftfrachtschalter herumzustehen, hatte Bruno vorsorglich noch ein Gepäckstück auf Herrn von Primus Namen per Luftfracht aufgegeben. Bruno wählte eine Kiste mit hundert mittelgroßen Ernst-Reuter-Büsten. Kessel führte es auf Gold-Brunos Glückshand zurück, daß das Frachtgut des Herrn von Primus ausgerechnet mit dem des Grünen verwechselt wurde, so daß Herr von Primus doch

mit dem Grünen ins Gespräch kam und zwanglos erfuhr, daß der mit dem Auto abgeholt würde.

»Ich würde Ihnen ja anbieten, Sie mitzunehmen«, sagte der Grüne zu Herrn von Primus, »aber ich fahre nicht nach München hinein.«

Der Grüne wurde von einem Volvo mit österreichischem Kennzeichen abgeholt. Herr von Primus notierte die Nummer. Noch am Dienstagabend flog Herr von Primus nach Berlin zurück und erstattete Bericht.

»Dann«, sagte Kessel, diesmal hatte er die Idee, die sich als richtig erwies, »überspringen wir eine Station, und Sie, Herr von Primus, fliegen am nächsten Montag nach München, fahren gleich nach Salzburg weiter und warten vor der russischen Handelsvertretung.«

Dort, hinter einer Zeitung mit Loch getarnt – die billigsten Tricks sind immer noch die besten, hatte Herr von Primus gesagt – beobachtete Herr von Primus am 27. September den Volvo und den Grünen und daß einige Leute aus der Handelsvertretung acht Säcke aus dem Auto ausluden und ins Haus trugen.

Der weiteren Ausweitung des Unternehmens waren Grenzen gesetzt, die aber nicht in der Kauflust des Grünen lagen. Der Grüne, hatte Egon gesagt, würde auch hundert Säcke kaufen, aber mehr als zehn, höchstens elf Säcke hatten auf dem Handwagen nicht Platz, den nun Egon immer am Dienstag früh durch Britz nach Buckow zog (aus Sicherheitsgründen transportierte ihn und die Fracht Bruno immer nur bis Britz, jedesmal an eine andere Stelle), und außerdem war es nicht so einfach, das Material zu beschaffen. Kessel konnte ja nicht gut – obwohl es sich finanziell schon rentiert hätte – ein Bürohaus einrichten und hundert Sekretärinnen anstellen, die pausenlos Zeitungsartikel abschrieben und das Abgeschriebene durch Zerreißwölfe jagten.

»Ich habe das ungute Gefühl«, sagte Herr von Primus, da der ja so gut wie eingeweiht werden mußte und dem Kessel nun alles erzählte, »daß Sie da sozusagen im Detailhandel stekkenbleiben, wo Sie ein En-gros-Geschäft machen könnten. Lassen Sie uns doch nachdenken –«

Aber Kessel winkte ab. Auch er hatte ein ungutes Gefühl: daß sich hier ein neues St. Adelgund abzuzeichnen begann.
»Aber Sie können doch damit«, sagte Herr von Primus, »den ganzen russischen Geheimdienst lahmlegen. Oder den ostdeutschen, je nachdem, wo der Grüne die Säcke letzten Endes hinliefert. Schon allein, wer alles mit dem Transport beschäftigt ist. Wenn Sie sich vorstellen –«, Herr von Primus wälzte sich genüßlich in seinem Sessel hin und her, »– daß die Normannenstraße, dort ist ja doch der ostdeutsche Geheimdienst, keine zehn Kilometer von hier entfernt ist; und die schleppen den Abfall per Flugzeug via München nach Salzburg und wahrscheinlich über Wien und Prag und dann zurück nach Ostberlin, statt der halben Stunde – allein das, verehrter Herr Kregel, ist eine so subtile Ironie unserer politischen Zeitläufte, daß Sie unbedingt die Sache weitertreiben müssen. Ganze Legionen von Chemikern und anderen Fachleuten sind da drüben beschäftigt, den Abfall aufzubereiten, auseinanderzuklauben, zusammenzustellen, aufzukleben, wieder lesbar zu machen. Stellen Sie sich nur die Mühe vor, Herr Kregel, und den Aufwand. Die müssen anbauen, unweigerlich, die müssen anbauen, neue Leute einstellen –«
»Aber früher oder später kommen sie drauf«, sagte Kessel, »daß es nur Zeitungsartikel sind.«
»Macht nichts, macht nichts«, sagte Herr von Primus, »und wenn sie hundertmal draufkommen, daß es nur Mist ist, was sie kaufen. Sie *müssen* ihn kaufen. Und selbst wenn sie *wüßten,* ja grad, wenn sie wüßten, daß Sie sie ausschmieren wollen, müssen sie kaufen. Denn es *könnte* ja wirklich Geheimes dabeisein. Es wäre von ihrem Standpunkt aus unverantwortlich, wenn sie nicht kauften –«
»Aber wenn sie es *wüßten,* doch nicht –«, wandte Kessel ein.
»Selbstverständlich«, sagte Herr von Primus. »Ich würde es ihnen sogar sagen, irgendwie zuspielen. Dann halten sie das für eine Falle oder Finte und kaufen erst recht. Herr Kregel: Sie müssen dieses unglaubliche, ja ich wage zu sagen *gewaltige* Symbol für die Arbeit der Nachrichtendienste weiterbetreiben. Sie sind der Ironie des Weltgeistes verpflichtet, Herr

Kregel. Und außerdem zahlen die da drüben es ja selber. Und das Schönste wird sein –«, Herr von Primus rückte näher an Kessel heran, »im Vertrauen gesagt: wir dürfen natürlich nicht annehmen, daß das Trottel sind da drüben, das ist ja klar. Und eines Tages werden sie draufkommen, daß man den Spieß umdrehen kann. Und sie verkaufen auch Altpapier. Und ihr müßt es kaufen wie sie eures –«, tief im Inneren kochte ein Lachen in Herrn von Primus, war nach außen nicht hörbar, aber verschluckte die Stimme. Herr von Primus krümmte sich vor Vergnügen, bis er sich mit Hilfe eines leichten, leicht in die Länge gezogenen Hüstelns befreite, »– und ihr müßt kaufen, obwohl ihr wißt . . . und den anderen hilft es auch nichts, daß sie den Spieß umgedreht haben; sie haben den Spieß eigentlich auch gar nicht umgedreht, sie haben nur einen zweiten Spieß angeschafft, und sie müssen doch kaufen.«

Herr von Primus faltete die Hände vorm Mund und richtete die Augen gegen den Plafond: »Und eine immer größer werdende Masse an Papier, immer wieder zerkaut und verdaut und zusammengesetzt und wieder zerkaut, wälzt sich von Ost nach West und von West nach Ost, und allmählich werden auch alle anderen Geheimdienste ihren Ehrgeiz darein setzen, an diesen sinnlosen Zirkel angeschlossen zu werden, und es wälzt sich und wälzt sich – herrlich, Herr Kregel, herrlich –, und ich bin sicher, das letzte, bevor die Welt untergeht, wird sein, daß ein Spion einen Sack Papierwolle über eine Grenze bringt – nein, anders: wenn der letzte Mensch von der Erde verschwunden sein wird, werden die Papiermassen, als lange gewöhnt, noch eine Weile hin und her quellen, ganz von allein, wie Gezeiten, und erst langsam, nach Jahrtausenden, wird Ihr Werk, Herr Kregel, nach und nach abebben, ein wenig nachschwappen, bis endlich das letzte Papier unter den kalt gewordenen Sonnen zur karstigen Erde flattert, ist die Menschheit vergangen – Herr Kregel! Sie müssen das Projekt weiterverfolgen!«

Kessel lachte. »Sie wissen, daß unsere Möglichkeiten hier verbieten, die Sache auszuweiten.«

»Dann schalten Sie doch Pullach ein!«

»Die würden nur eins tun: die Hände über dem Kopf zusammenschlagen und schleunigst das Projekt abblasen.«
»Aber es wird doch *einer* in Pullach sein, der genug Phantasie und Humor hat, die Bedeutung der Sache zu erkennen?«
»Ich glaube: nein.«
»Keiner?« fragte Herr von Primus.
»Keiner«, antwortete Albin Kessel.

III

Wie Kregels – und Jägermeiers – Geburtstag gefeiert werden sollte, war zunächst nicht ganz klar. Die Idee, eine Feier oder ein Fest zu veranstalten, kam Kessel am Dienstag, nachdem Egon die dreitausenddreihundert Mark ›Sackgeld‹ (so nannte es Kessel) abgeliefert und seine dreihundertdreißig Mark Trinkgeld kassiert hatte. Egon verfügte also seit Anfang September über ein nicht unbeträchtliches Einkommen. Was er mit dem Geld anfing, war nicht aus ihm herauszubekommen. Seinen Lebensstil jedenfalls änderte er nicht. Nur roch er nicht mehr so stark; offenbar wusch er sich nun ab und zu, was aber wohl nicht mit dem höheren Einkommen zusammenhing, sondern damit, daß er Angst vor einem neuerlichen Bad durch Bruno hatte. Das Angebot Kessels, für Egon ein Sparbuch einzurichten, lehnte Egon ängstlich, ja flehentlich ab.
Daß der kommende Samstag, der 29. Oktober, auch Jägermeiers Geburtstag war, berichtete Kessel seiner Mannschaft nicht, denn er nahm an, daß selbst der musikalischen Eugenie dieser Name nichts sagen würde. Daß der Tag auch der Jahrestag der Uraufführung des *Don Giovanni* war, sagte Bruno und Egon wenig, Eugenie meinte zwar: »Aha –«, aber einen Einfall, wie man den Tag dann feiern könnte, hatte sie auch damit nicht.
Klar war nur, daß das keine gewöhnliche Party sein dürfe, daß das vielmehr etwas Besonderes werden müsse. »Etwas«, sagte Kessel, »das – in gewisser Weise – *bleibt*.« Wie stark der Tag dann in Kessels Erinnerung bleiben sollte, konnte er da natürlich noch nicht ahnen. »Irgendwas, das nicht nur so vorüberhuscht –«, sagte Kessel. »Es ist schließlich Kregels erster Geburtstag. Darf ich um Vorschläge bitten?«
Sie waren im Guten Zimmer hinter dem Laden versammelt. Auch Herr von Primus war da, obwohl er eigentlich als reine Quelle und V-Mann keine Dienststelle, auch keine Außenstelle betreten durfte. Treffs mit Primus hatte Kessel früher in der Innenstadt abgewickelt, aber seit dem ›Papierkrieg‹ (so

das dienststelleninterne Wort für den Verkauf der Schnipsel an den Grünen), und da auch Herr von Primus hier eingeschaltet war, war es ein paarmal zwar nicht notwendig, aber einfacher und bequemer gewesen, Primus in den Laden zu bestellen. Und nachdem er einmal den Laden (aus Sicherheitsgründen durch den Hintereingang von der Laubenkolonie Harztal her) betreten hatte, beließ es Kessel auch für die Zukunft dabei. »Melden dürfen wir es natürlich nicht«, sagte Kessel. Herrn von Primus war es recht, ja sogar lieb, denn Eugenie konnte richtigen türkischen Kaffee – turska kawa, sagte Herr von Primus – kochen, der den alten Herrn an seine Jugend erinnerte, als er in Banjaluka lebte, wo sein Vater Civiladlatus des k. u. k. Militärgouvernements war.
»Darf ich also um Vorschläge bitten?« fragte Kessel.
Als erster meldete sich Egon. Er sagte: »Also, ick meene, also, wenn Se mir fraren«, und griff in die Luft, als ob er Wolken gestalten wollte, unterstrich mit schweren Gesten Wörter, die er gar nicht sagte, und schloß dann (ohne daß er eigentlich angefangen hatte): »– un'n Faß Bier, würd'ick saren.«
Er setzte sich.
»Ich kann mich«, sagte Herr von Primus träumerisch, »an ein Fest erinnern, das ein Vetter meiner Mutter, Felix Logothetti«, er wachte kurz aus der Erinnerung auf, um den anderen in der Runde den Namen näher zu erklären, »Felix Friedrich Graf Logothetti, der Sohn von Hugo Logothetti, dem seinerzeitigen k. u. k. Gesandten in Teheran, und der Frida Zwiedineck-Südenhorst. Mein Gott«, er versank wieder in seinen Traum, »– sind auch alle schon lange gestorben. Nach dem Tod der alten Gräfin hat der Gesandte beim Vatikan um Dispens eingegeben, ob er nicht seine Lieblingsstute heiraten darf. Aurora hat sie geheißen, ein hübsches Pferd . . . wenigstens zur linken Hand, ob er sie nicht heiraten darf. Aber der Vatikan hat abgelehnt. Über die Herzmanovskys sind wir mit ihnen verwandt – was wollte ich sagen? Ach ja, das Fest. Auf Schloß Bilowitz in Mähren. Es muß 1925 oder 1926 gewesen sein. Das war schon nach dem Krieg, ja, ja, nach dem ersten Krieg; aber Sie dürfen nicht denken, daß die alte Monarchie

so mir nichts dir nichts untergegangen ist – mihi nihil, tibi nihil, wie der alte Generaloberst von Scheuchenstuel zu sagen pflegte, auch ein Onkel, ein entfernter – mihi nihil, tibi nihil untergegangen ... nein, die alte Monarchie ist erstorben, abgestorben, ganz langsam. Mit dem ungarischen Ausgleich hat sie angefangen, 1867, hat mein Vater selig immer gesagt, die tödliche Krankheit. Manche meinen, 1899 wäre sie zu Ende gewesen, wie der große Johann Strauß gestorben ist; aber das stimmt nicht. Es war zwar nicht mehr viel danach, aber gelebt hat sie schon noch. Siech – ja, aber gelebt hat sie noch, die Monarchie. Auch noch wie 1916 im Spätherbst der alte Kaiser hingegangen ist ... sogar 1918 ..., da war zwar die letzte Hoffnung auf Heilung vorbei, die Ärzte haben sie sozusagen aufgegeben, aber tot war sie noch nicht. Eigentlich fast ... ja, es war merkwürdig: wie sie sich nicht mehr verteidigen hat müssen, wie die Last dieser jahrelangen, schmerzhaften Behandlung von ihr gewichen war, wie alle Kinder und Verwandten sie verlassen oder sogar verraten haben, allein gelassen, hat sie sogar ganz heimlich noch einmal aufgeatmet. Aber dann im Lauf der Jahre ist sie natürlich dahingedämmert, immer tiefer in den Tod hinein. Aber eigentlich ... solange zum Beispiel meine Tante Spannochi noch lebt, in Aigen bei Salzburg, die letzte Stern-Kranz-Ordensdame ... vierundneunzig wird sie heuer im Dezember, am 2. Dezember, ja vierundneunzig, 1883 ist sie geboren ..., so lange ist eigentlich auch die Monarchie noch nicht ... was wollte ich sagen? Ach ja, das Fest. 1925 oder 1926 – in Bilowitz in Mähren. Wissen Sie: der Masaryk war nicht so – die böhmischen Herren haben ihre Güter behalten, es war nicht so wie 45 ... ja, auf Schloß Bilowitz ... also, wenn ich sagen müßte, *warum* der Felix Logothetti das Fest gefeiert hat, ich wüßte es nicht mehr – vielleicht – nur so. Ohne Anlaß ... kann ja sein. Oder die Firmung von einem Patenkind. Irgendwas – irgendeinen Anlaß wird es gehabt haben. Im Sommer war es, im Frühsommer, so im Juni, vielleicht Ende Mai ... drei Tage hat es gedauert: Samstag, Sonntag und Montag. Am Sonntag in der Kirche haben sie eine sehr schöne, förmlich eine wunderschöne Messe gesungen. Also fragen Sie mich nicht, was das war, Mozart, kann auch sein Schubert, fragen Sie mich nicht. Aber herrlich war es. Die Pauken mußten sie – es war ja nur eine kleine Dorfkirche –, weil die Stiegen zum Chor, eine Wendeltreppe, zu eng war, vom Schiff aus mit einem Strick zum Chor hinaufziehen. Eine herrliche Messe. Und den Leutnant Schosulan, einen Freund vom Felix Logothetti, ich sag' Ihnen: am Montagabend, da hat grad die Dorfjugend gejodelt für die Herrschaften und so getanzt, et cetera – da sagt plötzlich der Felix: sagt's einmal, wo ist denn der Schosulan? Hat sich doch herausgestellt, daß quasi zwei Tag lang niemand den Schosulan mehr gesehen hat, also: eineinhalb Tag, seit dem Gabelfrühstück nach der Messe. Da war er noch da, hat man sich erinnern können, weil er einen Toast ausgebracht hat, obwohl er stottert. Ja – wo ist der Schosulan? Hoffentlich, hat der Verwalter gesagt, ist er uns nicht in die salva venia Versitzgruben gefallen; wo nämlich im Moment keine Bretter drüber sind. Wenn er in die Versitzgruben gefallen ist, hat der Verwalter gesagt, dann finden wir ihn nimmermehr. Ja – man war ja schon leicht angeheitert, nach drei Tag, natürlich – ich seh's noch wie heut ... geht der Hugo Logothetti, der jüngere Bruder, zur Versitzgruben, macht den Deckel auf und schreit hinunter: Schosulan, bist du da unten?« Herr von Primus lachte lautlos in sich hinein, »– Schosulan, bist du da unten? Zum Lachen, ja – das heißt, wenn er wirklich unten gewesen wäre, wäre es natürlich nicht zum Lachen gewesen. Plötzlich ist jemand drauf gekommen, in seinem Zimmer nachschauen: ist er auch nicht. Ein Rätsel. Überall hat man gesucht, nirgends nichts, kein Schosulan. Endlich hat man *noch einmal* in seinem Zimmer nachgeschaut, und siehe da: ist er doch in seinem Zimmer. War die ganze Zeit, die eineinhalb Tag stockbesoffen in seinem Zimmer, und sogar in seinem Bett, und zwar so flach, sage ich Ihnen, daß wir ihn nicht bemerkt haben; die Decke übers G'sicht gezogen und absolut flach. War nicht zu sehen, so flach. Meiner Lebtag hab ich nie mehr einen Menschen gesehen, wo so flach dagelegen hat, meiner Seel, wie der Leutnant Schosulan. Na ja. Wir haben ihn natürlich weiterschlafen lassen ...«

Bruno – wie immer, wenn Herr von Primus von der alten Zeit erzählte – hatte atemlos gelauscht.
»Hm«, sagte Kessel nach einer Pause.
»Wie bitte?« sagte Herr von Primus, »was wollte ich sagen? Ach so, ja – das war also das Fest beim Felix Logothetti, 1925 oder 1926, in Bilowitz ... in Mähren ... dem Sohn von Hugo Logothetti, dem k. und k. Botschafter in Persien ...«
»Ich weiß nicht«, sagte Kessel, »ob wir eine Messe singen lassen sollen –«
»Nein, nein«, sagte Herr von Primus, »ich habe nur gemeint, als Anregung.«
»Bulgakow«, sagte Kessel, »beschreibt in *Meister und Margarita* ein Fest ... da sind die Herren alle im Frack gekommen, alle, korrekt schwarzweiß im Frack, und die Damen alle nackt.«
»Splitternackt?« fragte Eugenie.
»Splitternackt«, sagte Kessel, »also: Schuhe werden sie vielleicht angehabt haben und Schmuck – und schön frisiert waren sie.«
»Aber wo bekommen wir für Bruno einen Frack her?« sagte Eugenie nachdenklich. »Ich glaube nicht, daß ein Kostümverleih diese Größe hat.«
»Ein ...«, sagte Bruno, fast so träumerisch wie Herr von Primus vorhin, »ein Kirschblütenfest.«
»Ein Kirschblütenfest?« sagte Kessel. »Jetzt im Oktober?«
»Mit Kirschblüten und Lampions«, sagte Bruno.
»Lampions, ja«, sagte Kessel, »aber Kirschblüten –?«
»Ich wüßte schon –«, sagte Eugenie, »– nur ...«
»Was: nur?« fragte Kessel.
Es war ein milder, fast warmer Oktobernachmittag. Eugenie trug ein dünnes, gelbes Sommerkleid. Wenn man sie gegen das Licht ansah, konnte man durch den feinen Stoff die Brüste sehen. Daß sie nichts unter dem Kleid trug, hatte man spätestens dann bemerkt, als sie Herrn von Primus den Kaffee brachte, sich zum Tisch hinunterbeugte, und als dabei der lange, schmale Ausschnitt des Kleides klaffte. Durch den dünnen Stoff war jetzt zu sehen, daß sich beide Knospen ihrer Brüste strafften, auf den größeren, sauber getrennten Wöl-

bungen kleine Spitzen bildeten. »Ja –«, sagte Eugenie, »dafür eignen sich nicht alle Mädchen, die ich kenne –«

»Wofür?« fragte Bruno.

Eugenie kicherte ein wenig, nahm das Telephon von der Anrichte und stand auf. »Aber Sigi und Anni ... würden sich vielleicht eignen ...« Sie kicherte wieder. Immer noch spannten die Spitzen ihrer Brüste unter dem Kleid, mehr noch jetzt, wo sie stand.

»Ich werde einmal anrufen ...«, sagte sie, zog das Telephon an der langen Schnur ins Nebenzimmer und machte die Tür hinter sich zu. Man hörte sie telephonieren und am Telephon lachen, aber man verstand nicht, was sie sagte.

So nahm Eugenie die Planung des Festes in die Hand. Offenbar hatte Kessel hier ein Talent ungenutzt gelassen, daß er nicht schon früher Feste von Eugenie veranstalten hatte lassen. Vielleicht, sagte er sich, wäre auch das Einweihungsfest des Ladens in der Elsenstraße nicht so kläglich verlaufen, wenn man Eugenie übertragen hätte, es auszurichten. Aber Eugenie gab es ja damals noch nicht, nur ein Fräulein Putz, das man aber nicht kannte.

»Putz«, hatte Eugenie Bruno zu Herrn von Primus und Egon gesagt, »das ist mein Klarname. Den müßt ihr euch merken. Bei ›Putz‹ läuten –«, und sie sagte noch die Adresse. Nach einigen Beratungen hatte sich als klar herausgestellt, daß Eugenies Wohnung der – vom Sicherheits- und Nachrichtendienststandpunkt aus – zwar nicht geeignetste, aber der am wenigsten ungeeignete Schauplatz für das Fest sei. Ein öffentliches Lokal, selbst ein Nebenzimmer, hatte Eugenie sofort rundweg abgelehnt. Dort lasse sich das, was sie, Sigi und Anni vorhatten, nicht gestalten, wie sie sagte. Der Laden und Brunos Wohnung darin kamen nicht in Frage, weil das ja ein Dienstraum war und womöglich, ›wenn es richtig losgeht‹ (Eugenie), die teuren Funkapparate nicht mehr sicher seien. Kessel wohnte in Untermiete und möbliert, schied auch aus, Herr von Primus wohnte, wenn er in Berlin war, im Hotel, Egon hatte keine Wohnung. Also blieb nur Eugenie. »Dann nehmen wir eben in Kauf, daß ihr meinen Klarnamen erfahrt, das ist das kleinste Übel.« Kessel und Bruno wußten den

Namen ohnedies. Herr Hirt, die andere ›Quelle‹ der Dienststelle Blumengarten war – obwohl er um die Zeit in Berlin war – nicht eingeladen. Kessel riet davon ab. Das sei ein griesgrämiger Lyriker, jung und fad, sicher keine Bereicherung des Festes. Eugenie schmollte zwar ein bißchen, als Kessel das sagte, denn sie war längst scharf darauf, auch Hirt, dessen Berichte sie immer schrieb, kennenzulernen. »Sie versäumen nichts«, hatte Kessel schon oft auf Eugenies Fragen geantwortet, »ein Mensch, der unverständliche Gedichte absondert und zudem alles klein schreibt.«

»Wie sieht er denn aus?«

»Wie die Imitation eines Zigeunerprimas auf einer Bühne, die die Charge eigentlich nicht besetzen kann.«

»Trotzdem«, murrte Eugenie. »Männer verstehen ja nichts von Männern.«

Erst als Kessel erklärte, daß sich Hirt darin erschöpfen würde, am Essen, an den Getränken, an der Musik und selbst an den Mädchen herumzunörgeln, lenkte Eugenie ein. »Aber Sie wissen doch noch gar nicht, was wir vorhaben – oder wissen Sie es, Herr Kregel?«

Kessel verneinte wahrheitsgemäß und fügte hinzu, daß die Mädchen vorhaben könnten, was immer sie wollten. Hirt würde nörgeln.

»Also gut«, sagte Eugenie, »dann ohne Hirt. Aber wehe, wenn ich ihn später einmal sehe, und er würde mir doch gefallen.«

Da das Fest, jedenfalls was den ersten Geburtstag Kregels anbetraf, ein quasi dienstlicher Anlaß war, wurde keine Umlage gemacht – wie bei einem allerdings vergleichsweise bescheidenen Betriebsausflug an den Wannsee im Juni. Kessel verfügte, daß die Kosten des Festes aus dem Etat der Dienststelle finanziert würden. Das heißt: nicht direkt aus dem offiziellen Etat der Dienststelle. Durch diese Kasse lief alles, was zum eigentlichen Betrieb von G 626/1 gehörte, einschließlich der Miete, der Gelder für Primus und Hirt, der Gehälter für Kessel, Bruno und Eugenie und der Remuneration für Egon. Daneben gab es die schwarze Kasse, die Kessel allein verwaltete. Kessel hatte sie angelegt, als im April der Reingewinn vom März aus dem Andenkenladen aus Pullach mit dem Vermerk zurückgeschickt wurde: ›Mangels Einnahme-Titel keine Verbuchung möglich.‹ In einem der Safes war ein kleiner Innen-Safe, und in diesem Innen-Safe eine exakt passende Kassette. Kessel legte das Geld in diese Kassette, überwies es – mit einem Bericht und zusammen mit dem Gewinn vom April–Anfang Mai neuerlich nach Pullach. Ohne daß auf den Bericht weiter eingegangen wurde, kam das ganze Geld wieder zurück. Im Juni schickte Kessel einen Bericht, in dem er die glänzende Ertragslage des Tarn-Ladens schilderte, nochmals die Überweisung der Gelder anbot und nochmals vorschlug, wenigstens die monatlichen Subsidien von tausendfünfhundert Mark zu streichen.

Der Bericht wurde nicht einmal beantwortet.

So füllte sich die Kassette. Wenn ich es auf die Bank lege, hatte Kessel überlegt, wird es nur noch wieder mehr durch die Zinsen.

Er führte genau Buch, entnahm der Kassette das Geld für den Einkauf der Ware, legte die monatliche Subsidie hinein. Als dann der ›Papierkrieg‹ begann, verwahrte Kessel auch die Überschüsse aus diesem Geschäft, das ›Sackgeld‹, in der Kassette. Ende Oktober waren es alles in allem nahezu neunzigtausend Mark.

Aus diesem Reptilienfonds, hatte Kessel beschlossen, würde er das Fest finanzieren. »Kommen Sie, Eugenie«, sagte er noch am Dienstag, nachdem alles besprochen war und bevor Eugenie um halb fünf Uhr ging. Er nahm den Safeschlüssel, öffnete, nestelte den Kassettenschlüssel von seinem Schlüsselbund, sperrte die Kassette auf, hob den Deckel, überlegte kurz und nahm einen Tausendmarkschein heraus.

»Da«, sagte er und gab ihn Eugenie. »Das wird fürs erste reichen?«

»Dick!« sagte Eugenie und steckte den Schein ein.

Kessel entfaltete den von Eugenie mit vielen kleinen Zahlen bedeckten Zettel (die Buchhaltung des Reptilienfonds) und vermerkte die Entnahme. Es war das erstemal, daß er Geld entnahm, ohne sozusagen geschäftlichen Anlaß. Er hatte ein eigenartiges Gefühl dabei. Er hatte, sagte er später, ein Jahr später zu Wermut Graef an einem der wiederaufgenommenen ›aufrichtigen Dienstage‹, das Gefühl, in die Kasse gegriffen zu haben. Komischerweise, fügte er hinzu, hatte er kein solches Gefühl, als er knapp drei Wochen danach das ganze Geld aus der Kassette nahm.

Am Freitagnachmittag – am 28. Oktober – war Eugenie noch munter, lachte und telephonierte mit Sigi und Anni, um vorerst noch geheime Dinge mit den beiden ›geeigneten Mädchen‹ zu besprechen. Es war immer alles wie sonst, Bruno werkelte an seinen Apparaten. Der Tagesumsatz war nicht aufregend – die Saison ging dem Ende zu –, aber zufriedenstellend. Auffallend war höchstens, daß an diesem Tag kein einziger Berliner Bär, dafür aber drei bemalte Holzteller mit der eingebrannten Schrift: ›Gruß aus den Alpen‹ verkauft wurden. Daß diese Teller – insgesamt dreißig Stück, sie stammten von einem Souvenirfabrikanten aus Kitzbühel – auf Lager gelegt wurden, beruhte auf einer Wette zwischen Bruno und Kessel. Kessel wettete, daß diese Teller Ladenhüter bleiben würden. Bruno wettete, daß die Japaner selbst diese Teller kaufen würden. Bruno gewann die Wette. Kessel meinte allerdings, die Japaner hätten nur die Inschrift nicht lesen können. Wenn ›Gruß aus den Alpen‹ auf Japanisch in die Teller gebrannt wäre, würden die Käufer zurückschrekken. Nein, meinte Bruno. Die Wette wurde erneuert, und es wurde beschlossen, bei dem Kitzbüheler Souvenirfabrikanten Holzteller mit japanischer Umschrift in Auftrag zu geben. Der Ausgang der Wette sollte offenbleiben.
Egon hatte am Freitag, kurz vor vier, auch noch einmal hereingeschaut, hatte ein Bier getrunken und war wieder gegangen.
»Entweder«, hatte Kessel zu Eugenie gesagt, »besorgen wir für Egon ein Sakko und eine Hose, oder wir deklarieren das Fest als Maskenfest und Egons Aufzug als Maske – überhaupt: was zieht man an? Gedeckter Anzug?«
Eugenie kicherte.
»Was ziehen Sie an? Und die anderen Damen?«
»Das werden Sie früh genug sehen«, sagte Eugenie.

Es war ein Tag wie jeder andere im Ablauf dieser nun eben mehr als ein halbes Jahr währenden Idylle in Neukölln, mit einigen kleinen Einschränkungen: Bruno mußte vormittags einmal in die Stadt hinein um fünfzig – ja, sage und schreibe fünfzig – Meter hauchdünnen, durchsichtigen, türkisfarbenen Stoff zu besorgen. Es war ein ganzer Ballen. Auch insofern war es nicht ganz ein Tag wie jeder andere, weil Eugenie fast nichts schrieb und tippte, keine Berichte fertig machte und keine Post für den Kurier am Montag herrichtete. »Der soll die Zeitungen mitnehmen, und das übrige, sagen wir eben, ist erst später gekommen als üblich«, sagte Eugenie. Im übrigen war sie mit Festvorbereitungen beschäftigt.

Die Dienstzeiten Eugenies – an die sie sich mit ziemlicher Pünktlichkeit hielt – waren anders als die Öffnungszeiten des Ladens, die sozusagen die Dienstzeiten Kessels waren. Eugenie kam um acht, ging um halb fünf und hatte eine Stunde Mittagspause, die sie allerdings fast immer im Blumengarten verbrachte. Oft aßen alle drei, Kessel, Bruno und Eugenie, zu Mittag. Bruno kochte. Ab und zu lud Kessel die beiden zum Essen in eine Gastwirtschaft ein; sie fuhren nach Kreuzberg hinüber dazu, weil es dort die besseren Lokale gab. Nie gelang es Bruno, Eugenie dazu zu bewegen, mit ins *Sporteck* zu kommen. »Bruno«, sagte Eugenie auf diese vergeblichen Einladungen hin stets, »du vergißt, daß ich unter anderem auch eine Dame bin.«

»Bezieht sich das auf Bruno?« hatte Kessel einmal gefragt, als er den Dialog hörte.

»Nein«, hatte Eugenie gesagt, »auf das *Sporteck*.«

Am Samstag hatte Eugenie an und für sich frei. Ab und zu aber bat sie Kessel, tauschen zu dürfen: einen anderen halben Tag unter der Woche gegen den Samstagvormittag. Obwohl Kessel nicht danach fragte, begründete es Eugenie immer. Entweder wollte sie zum Friseur oder sonst Erledigungen machen, oder sie mußte eine Schwester, die Mutter oder ihren Stiefbruder vom Flughafen abholen. Kessel hätte Eugenie die Zeit auch ohne Kompensation freigegeben, aber Bruno war immer traurig, wenn Eugenie unter der Woche, und sei es einen halben Tag, nicht da war, und so fröhlich, wenn sie außer der Reihe am Samstag kam, daß Kessel Bruno das nicht antun wollte, zumal Bruno einmal durchblicken ließ: »Glauben Sie an die Schwester vom Flughafen?« – »Ich habe nicht weiter darüber nachgedacht«, sagte Kessel. »*Ich* glaube nicht daran«, sagte Bruno.

Auch in der Woche vor dem Festtag hatte Eugenie einen halben Tag freigenommen: den Mittwochnachmittag, für den Friseur. Bruno war heiter, als am Donnerstag angesichts der plötzlich roten und gewellten Haare Eugenies klar war, daß die Begründung gestimmt hatte. So war also Eugenie am Samstag da, Bruno aber nicht.

Kessel, der immer zum Hintereingang des Ladens fuhr, weil er nicht den ganzen Tag das Fahrrad vor dem Laden stehenlassen wollte, stellte sein Fahrrad ab, krempelte die Hosenbeine hinunter und ging hinein. Der Fernschreiber und zwei von den Funkgeräten tickten wie wütend. Papierschlangen quollen aus den Apparaten, bildeten Arabesken in der Luft, die langsam zu Boden sanken und Knäuel bildeten. Niemand kümmerte sich um sie. Bruno war nicht da. Kessel ging zum Fernschreiber. Die Nachrichten waren noch verschlüsselt. Das ist postalisch gesehen unzulässig, hatte Kessel auf dem Geheimdienstlehrgang erfahren. Das Gerät, das die Fernschreiben entschlüsselte und hinausgehende Schreiben zerhackte, ein Kasten, genauso groß und ähnlich wie der Fernschreiber selber, mußte deshalb immer, wenn der Gebührenableser oder der Wartungsbeamte der Post kam, versteckt werden, obwohl das im Fall des Blumengartens großer Unsinn war. Der Beamte – es war immer derselbe Mann – fragte zwar nichts, aber man konnte ihm ja nicht gut verbieten, sich seine Gedanken darüber zu machen, wofür ein Andenkenladen in Neukölln im Hinterzimmer einen Fernschreiber braucht.

Den Fernschreiber bediente Bruno. Das heißt: er riß die Fernschreiben von der Rolle (lange, weiße Streifen mit vielen Löchern), ließ sie durch den Entschlüsselungsapparat laufen und legte den Klartext auf Kessels Schreibtisch. Meistens war das Zeug uninteressant. Es waren allgemeinere Anweisungen, Rundschreiben und solches Zeug, Lageberichte, meist

längst durch das überholt, was in der Zeitung stand. Die wichtigere Post kam immer mit Kurier.
Die sozusagen vorwurfsvollen Knäuel durchlöcherter Papierstreifen auf dem Boden zeigten Kessel, daß Bruno heute überhaupt noch nicht die Apparate bedient hatte. Die Funkgeräte ließ Kessel weitertippen. Das Band aus dem Fernschreiber riß er an einer Leerstelle ab und steckte es – soweit hatte ihn Bruno angelernt, daß der technisch unbegabte Kessel wußte, wie das zu machen war – in die Entschlüsselungsmaschine. Nun begann auch die zu ticken. Kessel ging nach vorn.
Eugenie saß in ihrem Zimmer und weinte.
»Was ist denn los?« fragte Kessel.
Eugenie wischte die Tränen ab. »Nichts«, sagte sie.
Kessel nahm einen Anlauf, witzig zu sein: »Heute ist der 29. Oktober. Wollen Sie Kregel nicht zum Geburtstag gratulieren?«
Eugenie ging nicht darauf ein. »Bruno ist nicht da«, sagte sie.
»Wo ist er denn?«
»Er war nicht da, wie ich gekommen bin.«
»Aber das –«, sagte Kessel, »vielleicht – vielleicht ist er den Abfall für den ›Papierkrieg‹ einsammeln gefahren?«
»Das macht er doch immer am Montag.«
»Vielleicht macht er das aus irgendeinem Grund schon heute?«
»Nein. Ich habe alle die Schreiberinnen schon angerufen. Außerdem steht ja das Auto draußen.«
»Ich sperre jetzt einmal den Laden auf. Bedienen Sie bitte, wenn jemand kommt. Ich gehe ins *Sporteck,* nachschauen. Vielleicht ist er ...«, aber Kessel glaubte selber nicht daran, »... im Stehen eingeschlafen?« Er konnte sich nicht vorstellen, daß Bruno in einer Kneipe, ob im Stehen oder im Liegen, eingeschlafen war.
Während Kessel – er machte sich nicht die Mühe, das Fahrrad aufzuschließen und die Hosen aufzukrempeln, wählte den kurzen Weg über die kleine Brücke ohne Namen zu Fuß, es waren ja nur hundert Schritte oder zweihundert – aus dem Laden trat und sich Richtung *Sporteck* wandte, dachte er:

wenn mir ein Mensch entgegenkommt bis dahin, dann finde ich Bruno in der Kneipe.
Er rannte fast. Es kam aber niemand. Da ging er langsamer. Es kam immer noch niemand. Weit und breit, die ganze Elsenstraße hinauf und hinunter war kein Mensch zu sehen. Dieses verfluchte, ausgestorbene Berlin, dachte Kessel, Rentner und Hunde. Aber nicht einmal ein Rentner kommt. Sofort tat er Abbitte: auch Rentner sind Menschen, sagte er. Immer noch war niemand zu sehen. Wenn ich stehenbleibe, gilt es nicht, schoß es Kessel durch den Kopf. Aber er ging jetzt ganz langsam. Die stille Abbitte den Rentnern gegenüber schien ihm nun nicht genug. Nicht, daß ich gestraft werde, weil ich über alte Leute etwas Schlechtes gedacht habe ... ich muß *laut* Abbitte tun. Kessel schaute sich um. Einen Moment lang war er froh, daß niemand auf der Straße war, als er murmelte: »Auch Rentner sind Menschen!« Lauter, sagte eine Stimme in ihm.
»Auch Rentner sind Menschen!« sagte Kesel ganz laut.
Er schaute sich um. Niemand konnte es gehört haben, weil immer noch niemand da war.
Er erreichte den Steg. Drüben sah er schon das *Sporteck.* Der ganze Weichselplatz lag verlassen da.
Kessel setzte, als ginge er nach einem Trauermarsch, bedächtig Schritt vor Schritt.
Es fiel ihm auf, daß er nie in irgendeinem sozusagen dienstlichen Zusammenhang das Bedürfnis gehabt hatte, ein Orakel zu fragen. Offenbar war es ihm immer gleichgültig gewesen, ganz im Grunde seiner Seele, ob ihm in seinem Beruf etwas gelang oder nicht.
Die Tür des *Sportecks* lag im Licht der Vormittagssonne, eine rot gestrichene Tür mit häßlichen goldbraunen Butzenscheiben. Nur noch die Straße war zu überqueren. Kessel überquerte die Straße ganz langsam, schaute vorsichtig nach links und rechts, überquerte die Straße streng im rechten Winkel, wie es – hatte er einmal irgendwo gelesen – nach der Straßenverkehrsordnung eigentlich für Fußgänger Vorschrift war. Damit verlängerte er den Weg um gut zehn Meter.
Er schaute wieder um sich. Dort drüben lag der Kanaldeckel,

dessen Klappern – wenn Kessel diesen Weg nahm – Kessel in Kregel verwandelte. Eben, drei Schritt vor der *Sporteck*-Tür, war Kessel daran, sich innerlich zu schütteln, sich frei zu machen und das Orakel zu widerrufen, da trat eine junge Frau mit einer Einkaufstasche aus der Haustür neben der Tür der Kneipe. Unwillkürlich grüßte Kessel die junge Frau, die erstaunt stehenblieb, und sprang dann mit zwei Sätzen ins *Sporteck*.

Das Lokal war voll von kaltem Rauch. Die meisten Stühle standen auf den Tischen. Hinter der Bar stand ein dicker Mann in einer blau-weiß gestreiften Schürze und briet auf einem Bratrost eine sogenannte Brühpolnische. Es stank nach billigem Fett. Der Mann wendete die Brühpolnische mit einer abgegriffenen hölzernen Zange um und schaute nur kurz auf, als Kessel das Lokal betrat.

Kessel schaute sich um.

»Eh?« sagte dann der Mann hinter der Bar.

»Ist Bruno da?« fragte Kessel.

Der Mann sagte gar nichts. Offenbar hielt er eine Antwort für überflüssig, wo jeder flüchtige Blick zeigte, daß kein Mensch außer ihm und Kessel im Lokal war.

»Bruno ist nicht da?« wiederholte Kessel.

»Wenn er sich nich unterm Tisch versteckt, nich«, sagte der Mann.

»*War* Bruno da?«

»Wer?«

»Bruno – so einer, der aussieht wie ein Walroß mit Locken?«

»Ach so –«, sagte der Mann, »nee.«

»War er heute überhaupt noch nicht da?«

»Wenn ich Ihnen sage: nee.«

»Wann war er das letzte Mal da? Gestern?«

»Gestern? Ja, kann sein, gestern. Ja – glaube schon. Glaube schon, gestern.«

»So –«, sagte Kessel und stand unschlüssig.

»Sonst noch was?« fragte der Mann. »Soll ich ihm was ausrichten, wenn er kommt?«

»Nein«, sagte Kessel, »das heißt: ja, doch. Sagen Sie ihm, ich hätte nach ihm gefragt. *Kregel.*«

»Kregel«, rekapitulierte der Mann und wandte sich wieder seiner Brühpolnischen zu.
Kessel ging wieder hinaus. Wahrscheinlich, dachte er, hat das Mädchen für das Orakel nicht gegolten, weil ich absichtlich langsam gegangen bin.
Eugenie weinte nicht mehr, als Kessel zurückkam. Sie hatte die Tür von der Wohnung in den Laden offen, stand im Bad vor dem Spiegel und retuschierte ihr Augen-Make-up. Sie schaute kurz um und sagte, als sie Kessel allein kommen sah, nichts.
Kessel ging aus Verlegenheit nach hinten zum Fernschreiber. Die Geräte tickten immer noch. Der Entschlüsseler hatte das Fernschreiben vorhin eingegeben, inzwischen entschlüsselt und einen langen, briefbogenbreiten Streifen ausgespuckt. Kessel riß den Streifen ab, der sich aufrollte, und begann ihn ohne Gedanken zu lesen.

> »bericht zur tätigkeit der exilbewegung.
> russische exilvereinigungen.
> der vorsitzende der vereinigung zaristischer offiziere mit sitz in ottawa, oberstleutnant a. d. iwan ferdinandowitsch baron von nordenflycht ist im alter von 85 jahren verstorben. der vorstand der exilantengruppe wählte daraufhin den 79jährigen marineleutnant a. d. graf sergej michailowitsch kutusow zum neuen vorsitzenden, wonach 22 mitglieder aus protest wegen der wahl eines so jungen offiziers ihren austritt erklärten.
> . . .«

»Er war nicht im *Sporteck*?« rief Eugenie nach hinten.
»Nein«, sagte Kessel. »Machen Sie mir bitte einen Kaffee?«
Als Kessel bei seinem Kaffee saß – Eugenie mochte keinen, setzte sich aber zu Kessel –, sagte er: »Warum sollte das ein Grund zur Aufregung sein?«
»Doch«, sagte Eugenie und erzählte, was vorgefallen war. Gestern abend – das wußte Kessel – war Bruno gegen halb sechs mit dem Auto in die Stadt hinein gefahren, um ›noch etwas‹ (er hatte nicht gesagt, was, hatte geheimnisvoll getan) für das Fest zu besorgen. Was Kessel nicht wußte, war, daß er sich mit Eugenie verabredet hatte.

»Wir haben die Blumen gekauft«, sagte Eugenie.
»Was für Blumen?«
»Na, fürs Fest.«
»Ach so«, sagte Kessel, »als Schmuck für die Wohnung.«
»Nicht für die Wohnung!« sagte Eugenie, »als Schmuck für ganz was anderes ...«
Die Blumen hatten sie dann auch gekauft – es mußten eine ganze Menge sein, die Rechnung belief sich auf über 200 Mark; das Geld hatte Eugenie vom zweiten Tausender genommen, den ihr Kessel aus dem Reptilienfonds gegeben hatte – und in Eugenies Wohnung gebracht. Danach hatte Bruno Eugenie wieder einmal ins *Sporteck* eingeladen, wieder hatte Eugenie abgelehnt, hatte aber vorgeschlagen, statt dessen in einem hübschen Lokal am Kurfürstendamm, das sie kannte, zu Abend zu essen.
Widerwillig habe Bruno zugesagt. Er fühle sich in solchen Lokalen nicht wohl. In Lokalen, in denen man sich wohl fühle, hatte Bruno gesagt, fühle *er* sich nicht wohl. Dennoch sei er mitgegangen.
Das Auto hatte Bruno in einer Seitenstraße geparkt, weil auf dem Kurfürstendamm selber alles voll gewesen sei, natürlich, am Freitagabend. Vielleicht sei das der entscheidende Fehler gewesen: als sie vom Auto zum Lokal gegangen seien, nur wenige hundert Meter, habe ihr Bruno, wie er so unglücklich neben ihr hertrottete, leid getan, sie habe, ohne daß Bruno sie dazu aufgefordert habe, ihren Arm unter Brunos Arm geschoben, habe sich bei ihm eingehängt.
»Ja, und?« sagte Kessel.
»Nichts. Aber irgendwie ist mir vorgekommen, er war von dem Moment an verändert.«
»Hm«, sagte Kessel.
»Dann sind wir ins Lokal und haben gegessen. Also: *ich* habe gegessen. Bruno hat nur eine Suppe bestellt, und die hat er dann kaum angerührt. Und dann haben wir geredet, bis zwölf Uhr.«
»Was habt ihr geredet?«
»Alles mögliche. Bruno hat mir aus seinem Leben erzählt.«
»Das ist allerdings sonderbar. Was hat er denn erzählt?«

»Von vielen Gastwirtschaften in München. Auch, daß er Gastwirtschaften in Wien kennt –«
»– und eine in Linz mit gelb gestrichenen Türen –«
»Ja, und in Zürich auch; aber die schönsten seien in seiner Heimat, in Amberg in der Oberpfalz.«
»Ich habe gar nicht gewußt, daß er von dorther stammt.«
»Er war viele Jahre lang nicht dort. Ja, und dann – dann hat er mich gefragt –«
»– ob Sie seine Frau werden wollen?«
Eugenie schwieg eine kurze Zeit.
»Nicht direkt. Jedenfalls habe ich es nicht so verstanden. Er hat mich gefragt, ob es möglich ist . . . ja, ob es möglich ist, hat er mich gefragt, daß ich mich verlieben könnte. Da habe ich gelacht und gesagt, daß ich so was, etwas sehr Heftiges, eben hinter mir habe –«
»Haben Sie?«
»Ja, natürlich. Haben Sie das nicht gemerkt? Ich war doch wahnsinnig in den Dietrich verliebt. Ich war ja förmlich rasend. Ich habe doch noch im September gemeint, ich werde wahnsinnig, wenn der Dietrich nicht mit mir schläft –«
»Wer ist Dietrich?«
»Ach, den kennen Sie nicht. Aber ich hätte gedacht, ich habe davon erzählt.«
»Mir nicht.«
»Macht auch nichts. Jedenfalls habe ich doch gar nicht mehr gewußt, wo ich hin soll mit meinen ganzen Gefühlen. Geht Ihnen das nie so? Wahrscheinlich sind Männer da ganz anders. Ich habe doch schlichtweg gekocht – hat man das nicht gemerkt?«
»Ich nicht«, sagte Kessel.
»Aber jetzt ist es ja vorbei, zum Glück.«
»Haben Sie . . .?« fragte Kessel. »Ich meine . . .«
»Ob ich mit Dietrich geschlafen habe? Also, hören Sie – ich *mußte* einfach. Wenn man so nah am Überschnappen ist, wie ich war, da *muß* man –«
»– ob *er* wollte oder nicht . . .«, sagte Kessel.
»Er wollte dann schon, Ende September. Aber es war eine Pleite. Dietrich war eine Pleite. Nicht so, wie Sie vielleicht

meinen, sondern überhaupt, allgemein – ja, und dann bin ich langsam wieder normal geworden. Und wenn man das grad erst hinter sich hat, dann hat man kein Bedürfnis, daß sich das mit einem anderen wiederholt, jedenfalls nicht so schnell. Eines Tages, natürlich, so schlau bin ich auch, aber im Moment – nein. Können Sie sich nicht vorstellen, daß man da total ausgelaugt ist? Wenn man *so* gesponnen hat?«
»Und das haben Sie Bruno erzählt?«
»Ja.«
»Und was hat er gesagt?«
»Er versteht es vollkommen, hat er gesagt.«
»Ein Gentleman«, sagte Kessel.
»Ich habe ihm gesagt – ich habe es ihm ja viel genauer erzählt als jetzt Ihnen –, daß ich, habe ich gesagt, ihm das alles nur erzählen kann, weil ich irgendwas wie für einen Bruder für ihn empfinde. Das stimmt.«
»Aber das war wohl nicht, was er erwartet hat.«
»Das vermute ich jetzt auch. Aber wissen Sie: wenn er mich gefragt hätte, ob ich mit ihm schlafe . . . gut. Ich hätte mich über das Gefühl von wegen Bruder und so schon hinweggesetzt . . . aber daß ich mich in ihn *verlieben* soll . . .«
Kessel trank seinen Kaffee aus.
»Und dann?«
»Dann hat er mich nach Hause gefahren, hat mich zur Tür gebracht und hat –«
»– und hat?«
»– und hat noch einmal gefragt: ob ich mich nie mehr verlieben könnte. Ich Gans habe nein gesagt. Natürlich war ich eine Gans. Aber, Herr Kregel, wenn Sie grade recht viel gegessen haben, so richtig satt sind, richtig voll sind und sich nicht mehr rühren können vor lauter Sattsein, dann können Sie sich auch nicht vorstellen, im Moment, daß Sie jemals wieder hungrig sein könnten . . . oder ist das auch anders bei Männern?«
»Und dann ist er gegangen?«
Eugenie nickte.
»Wissen Sie was, Eugenie«, sagte Kessel, »er wird zum Fest kommen. Ich bin ganz sicher, daß er heute abend kommt.«

»Meinen Sie?«
»Ich bin sicher«, sagte Kessel. Aber das stimmte nicht.

Um zwölf Uhr ging Eugenie heim. Bruno war immer noch nicht da, aber Kessel hatte den Eindruck, daß Eugenie fürs erste beruhigt war. Noch ein paarmal hatten sie von Bruno gesprochen. Kessel hatte immer wieder betont, daß sich Bruno das Fest nicht entgehen lassen werde. Bruno schmolle ein wenig, hatte er gesagt, das müsse man verstehen, er wolle es ganz besonders spannend machen, aber *kommen* werde er.
»Wenn er kommt«, sagte Eugenie und seufzte tief, »dann . . .«
»Was – dann?«
»Schon gut«, sagte Eugenie.
Kurz nachdem Eugenie gegangen war, sperrte Kessel den Laden zu, warf, wie er es gewohnt war, einen Blick über die Geräte, schaute nach, ob die Panzerschränke verschlossen waren und verließ das Haus durch den Hinterausgang.
In seiner Wohnung fand er zwei Briefe vor, die inzwischen mit der Post gekommen waren: einer trug seine eigene Handschrift, der andere war von Renate. Es war ein dicker Brief.
Kessel wog Renates Brief in der Hand. Am vorletzten Sonntag war Kessel zuletzt in München gewesen. Dabei hatte er erfahren, daß die Kröte letztes Schuljahr durchgefallen war und die Klasse wiederholen mußte. Er hatte nicht danach gefragt, warum man das bis jetzt vor ihm verschwiegen hatte, weil die Antwort klargewesen wäre. Renate hätte gesagt: das interessiert dich doch nicht, du magst sie ja nicht, du bist ja höchstens schadenfroh. Außerdem: juristisch gesehen ging es Kessel nichts an, ob und wie oft die Kröte durchfiel in der Schule. Kessel benützte aber den Anlaß, um eine Sache zur Sprache zu bringen, die ihn, meinte er, wohl etwas anging.
»Wie ist es denn sonst mit ihr?«
»Wie meinst du das?«
Das Gespräch fand im Schlafzimmer statt. Renate lag schon im Bett, Kessel zog sich, auf seinem Bett sitzend, aus. Solche Gespräche waren nur im Schlafzimmer möglich, weil die Kröte sonst immer dabei war.

»Ich meine: ob sie noch öfter ... ob sie noch öfter ausgegangen ist?«
»Ausgegangen? Ja, doch. Sie hat jetzt eine Freundin. Ein sehr nettes Kind. Es heißt Silvia. Es wohnt auf Nummer 24. Ich kenne die Eltern. Dort geht sie oft nachmittags hin.«
»Das meine ich nicht; ob sie noch öfter abends ausgegangen ist?«
»Abends? Abends geht sie nie aus.«
»Nie stimmt nicht. *Einmal* ist sie ja doch wohl *ausgegangen.*«
»Du redest in Rätseln.«
»Wie sie den Kerl mitbringen wollte. Im Dezember, im vorigen Jahr. Wie sie die Schuhe angehabt hat, die hohen Schuhe, die ich dir geschenkt habe.«
»Mit den Schuhen könnte sie überhaupt nicht gehen.«
»Sie *ist* aber gegangen.«
»Mit hohen Schuhen kann das Kind doch gar nicht gehen. Ich habe ihr zwar, bevor die Schule angefangen hat, Mädchenschuhe mit *etwas* höherem Absatz gekauft, weil sie ja schließlich vierzehn ist –«
»Die Schuhe habe ich gesehen –«
»Immerhin«, sagte Renate spitzig, »du schaust sie also immerhin an, wenn du schon nicht mit ihr redest.«
»Erstens kann man nicht mit ihr reden, weil sie in einem fort selber redet, und zweitens –«
»Das Argument ist doch wohl etwas abgegriffen.«
»– und zweitens meine ich das nicht. Du weißt genau, wovon ich rede –«
»Ich habe keine Ahnung, wovon du redest.«
»Ich rede davon, daß sie voriges Jahr im Dezember –«
»Ich stelle fest«, sagte Renate schrill, »daß du die seltenen Besuche, die du mir die Ehre ... denen du mir die Ehre ...«, sie verhedderte sich in dem Satz.
»Du wirst mir doch nicht weismachen wollen, daß du nicht weißt, daß die ... daß Kerstin im Dezember –«
»Ich stelle fest, daß du deine seltenen Besuche benutzt, um Streit vom Zaun zu brechen.«
»Hat sie damals deine roten Schuhe angehabt, die mit den ho-

hen Absätzen, die ich dir 1976 zum Geburtstag geschenkt habe, oder nicht?«

»Das hätte ich ja wohl merken müssen«, sagte Renate, »wenn sie meine Schuhe angezogen hätte. Gute Nacht.«

Renate knipste mit einem harten Schlag auf den Schalterknopf ihre Nachttischlampe aus und drehte sich weg. Kessel legte sich ins Bett, ließ seine Nachttischlampe brennen und betrachtete den Plafond.

Nach einer Weile schaute Renate herüber und sagte: »Wenn du nicht liest, kannst du dann vielleicht das Licht auslöschen?«

Kessel sagte nichts und knipste seine Lampe aus.

Das war am Samstagabend gewesen. Eigentlich hätte Kessel erst am Montag zurück nach Berlin fliegen wollen. Als Renate am Sonntagnachmittag kurze Zeit nicht da war, weil sie die Kröte von ihrer Freundin abholte, rief Kessel die Fluggesellschaft an, buchte um und flog schon am Sonntagabend. Er war sich nicht sicher, ob Renate nicht doch bemerkt hatte, daß er früher wieder wegfuhr, als er es vorgehabt hatte, und wenn sie es bemerkt hatte, wußte sie natürlich, warum. War der dicke Brief eine Antwort darauf? Renate und Kessel hatten keine Briefe gewechselt, seit Kessel in Berlin war. Wenn etwas Wichtiges war, wenn Kessel ankündigte, wann er nach München kam, oder wenn sich die Abreise verzögerte, hatte er angerufen. Was bedeutete ein so dicker Brief? Kessel wog ihn in der Hand. Das waren dem Gewicht nach bestimmt drei Blätter. Ob die drei Blätter auf beiden Seiten vollgeschrieben waren oder nur einseitig?

Will ich, fragte sich Kessel, daß Renate mich verläßt? Eines ist sicher: meine Eitelkeit wäre nicht gekränkt, das nicht. Über das Alter bin ich hinaus. Meint sie, ich hätte in Berlin eine andere, eine Freundin, eine Neue? Ein so dicker Brief enthält eher Vorwürfe, wahrscheinlich dreimal das gleiche, nur in anderen Formulierungen. Aber ich habe ein gutes Gewissen. Ich habe in Berlin in den ganzen Monaten keine andere angerührt, nicht einmal Eugenie – das soll Eugenie nicht kränken, wenn ich sage: nicht einmal sie; ich meine nur: nicht einmal Eugenie, wo sich das förmlich angeboten hätte, und wo Eu-

genie möglicherweise ... oder sogar mit einiger Sicherheit nicht abgeneigt gewesen wäre ...
Aber das war kein Beweis der Treue für Renate. Erstens hatte sich Kessel bei Eugenie nur an Jakob Schwalbes Grundsatz ›extra muros‹ gehalten, zweitens – ja, zweitens: auch Brunos wegen und drittens ... wegen des Messingherzens. Das Messingherz hatte er, seit er es im Januar wiedergefunden, nie mehr verlegt oder verloren. Er hatte es stets bei sich getragen, in der linken Hosentasche; immer in der linken Hosentasche, hatte nie vergessen, das Messingherz einzustecken, wenn er die Hose wechselte. Bei den Kontrollen auf den Flughäfen hatte der Apparat des Polizisten immer gepfiffen, und immer mußte Kessel das Messingherz vorzeigen. Ab und zu hatte ein Polizist weltmännisch mit den Augen gezwinkert.
Hatte Renate einmal, ohne daß Kessel es bemerkte und ohne daß sie – vorerst – etwas gesagt hatte, das Messingherz gefunden? Aufgemacht, das Plättchen mit *I love you* entdeckt? Hatte sie es das letzte Mal gesehen? Hatte sie da nicht die eine Hose ausgebürstet? Ja, sie hatte die Hose ausgebürstet, aber Kessel hatte vorher das Herz schnell in seiner Jackentasche versteckt. Aber Renate konnte es bei einer anderen Gelegenheit gesehen haben ... oder die Kröte, wahrscheinlich die Kröte, die ja überall herumschnüffelte.
Vielleicht hätte ich Renate die Geschichte vom Messingherzen erzählen sollen, dachte Kessel, wo es doch eine so gut wie harmlose Geschichte ist, die sich noch dazu zu einer Zeit abgespielt hatte, als ich Renate noch längst nicht kannte. Sie hätte die Geschichte nicht geglaubt. Hätte ich ihr eine andere Geschichte vorlügen sollen? Hat nicht Jakob Schwalbe einmal gesagt: Frauen glauben an Dinge, die nicht wahr sind? Hätte ich ihr sagen sollen: höre, du brauchst keine Angst zu haben, da gibt es ein Mädchen in Berlin, aber das bedeutet gar nichts. Sexuelle Notverpflegung ... oder besser: drei Mädchen. Drei Rivalen sind weniger als einer, hat, glaube ich, Hofmannsthal an Richard Strauss geschrieben, als Strauss von den drei Verehrern der Arabella zwei gestrichen haben wollte. Graf Elemer, Graf Dominik und Graf ... wie heißt der dritte? Ich weiß es nicht mehr.

Kessel hielt den Brief immer noch in der Hand. Wenn das ein Abschiedsbrief wäre, wäre er nicht so dick. Dann wäre es ein Blatt, wahrscheinlich eine einzige Zeile.
Kessel legte den Brief weg. Ich lese ihn *nach* dem Fest. Der Brief könnte genausogut erst mit der Post vom Montag kommen. Oder ich wäre – ich wäre zum Beispiel heute nachmittag nicht in die Wohnung zurückgekommen, hätte noch in der Dienststelle zu tun gehabt und wäre von dort aus direkt zum Fest gegangen ...
Der andere Brief war an Jakob Schwalbe gerichtet. Vor etwa zwei Wochen hatte Kessel an Jakob Schwalbe geschrieben, daß am Montag abend, um Viertel nach acht Uhr, die *Buttlarsche Rotte* gesendet würde, Drehbuch von Albin Kessel, Regie: Axel Corti. »An Herrn Oberstudienrat J. Schwalbe, c/o Pestalozzi-Gymnasium, 8 München 9, Eduard-Schmidt-Straße 1 – persönlich/privat« hatte er als Adresse geschrieben. Der Brief war zurückgekommen, auf der Rückseite war ein Stempel und irgendein Gekritzel von der Post.
Am 1. März hatte Judith Schwalbe im Auftrag Jakobs – auch mit Grüßen von Josepha – zum Namenstag gratuliert. Kessel hatte keine Ahnung davon gehabt, daß er am 1. März Namenstag hatte. Offenbar war Schwalbe irgendwie draufgekommen, was ja typisch für Schwalbe war, der Sinn für solche Absonderheiten hatte. Ein Paket war damals gekommen. (Judith Schwalbe hatte Renate angerufen und nach der Adresse gefragt.) Ein Kalender war in dem Paket, einer von den altmodischen Kalendern mit Heiligennamen. Am 1. März war unterstrichen: *Albinus.* Dabei war die Fotokopie aus einem speziellen Lexikon:

> »*Albinus* (frz. Aubin), Hl. Bf. v. Angers, † nach 549, stammte aus der Gegend von Vannes (Bretagne) und war zunächst Mönch und Abt im monasterium Tincillacense (nicht identifiziert). Zwei Jahrzehnte wirkte er als Bf. von Angers und nahm an den Synoden von Orléans 538, 541 und (durch einen Vertreter) 549 teil. Er starb achtzigjährig an einem 1. März (Festtag). Venantius Fortunatus verfaßte eine Vita, die er dem Nachfolger des A., Domitianus (zuerst bezeugt 567), widmete (MGH AA 4/2, 27ff.). Schon bei

Gregor v. Tours ist von einer basilica beati Albini in Angers und von Miracula am Grab die Rede (Hist. Fr. VI, 16; liber in gloria confess. c. 94). Erwähnung im Martyrolog. Hieronymianum (zum 1. März), weitere Feste am 30. Juni (Translation von 556?) und 1. Juli. Sein Kult verbreitete sich über ganz Frankreich, Deutschland, bis nach Polen. G. O. Oexle Lit: DUCHESNG, FE 2, 357f. – Catholicisme I, 1948, 1012f. – DHGE I, 1696 – LThK² I, 289.«

Dann war ein alter, vergilbter Klavierauszug dabei, sicher eine Rarität, die Schwalbe irgendwo gefunden hatte, ein Klavierauszug der Oper *Albin oder Der Müller von Meran* von Friedrich von Flotow. Der Umschlag war offenbar in neuerer Zeit (vielleicht von Schwalbe?) auf Karton aufgezogen, das ganze neu gebunden worden. Auf der Titelseite waren einige Besitzvermerke angebracht: einmal hatte der Klavierauszug einem Herrn Mosenthal, dann einer Frau Dr. med. Lydia Runkel aus Hanau gehört, einige Schriftzüge waren nicht zu entziffern, ein Stempel besagte, daß ein Vorbesitzer Herr (oder Frau?) Dr. B. Bardi-Poswiansky aus Königsberg gewesen war.

Dann war ein winziges Kästchen in dem Paket, in dem – auf einem Seidenkissen mit Einschnitt – ein blaßrosa Stein lag. Klein zusammengefaltet lag ein Zettel dabei mit Maschinenschrift: »*Apophyllit* (Ichthyophtalm, Fischaugenstein [wegen des Perlmutterglanzes], auch *Albin* genannt. Silikat aus der Zeolith-Gruppe. Kieselsaurer Kalk mit Fluorkalium 4 ($H_2CaSi_2O_6$) 8 KFl. Galt im Altertum als wundertätig gegen Rauschzustände aller Art.«

Und eine Schallplatte war dabei: Mozarts Streichquintette in C-Dur und g-Moll KV 515 und 516.

Kessel hatte daraufhin – nachdem der Plattenspieler in seine Wohnung transportiert worden war – die beiden Quintette, namentlich aber das KV 515, oft gespielt (»... der Höhepunkt in Bratschers Erdenwallen«, erinnerte sich Kessel an eine Äußerung Schwalbes), aber bedankt hatte er sich schändlicherweise nie für die Geschenke. Natürlich hätte er sofort schreiben sollen, aber um den 1. März herum war ja mit der Einrichtung der neuen Dienststelle soviel zu tun gewesen ...

wie es eben so ist, dann hatte sich Kessel vorgenommen, in München an einem Wochenende einmal anzurufen. Aber entweder vergaß er es in München, dachte erst wieder daran, wenn er schon wieder im Flugzeug nach Berlin saß, oder er sagte sich: jetzt ist schon soviel Zeit vergangen, daß ein bloßer Anruf unhöflich ist. Ich gehe hin. Dazu war oft keine Zeit. Auch hätte Renate wahrscheinlich gesagt: ›Wenn du schon so selten hier bist, mußt du dann auch noch den Schwalbe besuchen?‹

Erst im Juli fuhr Kessel an einem Samstagvormittag nach Schwabing hinunter. Renate war mit Schäfchen in die Stadt gefahren, um ihr ein Paar Hosen und Turnschuhe zu kaufen. Er hatte sich die Bemerkung ›. . . wenn ich schon so selten in München bin, mußt du dann ausgerechnet mit dem Fräulein in die Stadt fahren Turnschuhe kaufen?‹ verbissen, war bis zur Stadtmitte mitgefahren und dann in die Straßenbahn umgestiegen.

Es war ein heißer Tag, schon der Vormittag war heiß. Schäfchen lamentierte, daß die Luft im Auto so schlecht war. »Warum hast du das Auto nicht in den Schatten gestellt?« zeterte sie ihre Mutter an. »Ich wußte doch nicht, daß es so heiß wird«, sagte Renate. Die Kröte sagte, daß ihr sicher schlecht würde, wenn sie hinten sitzen müsse. So mußte sich Kessel auf den engen Rücksitz des Autos quetschen. Schäfchen schwitzte. Sie wollte das Fenster aufmachen. »Nicht zu weit!« sagte Renate, »denke an deinen Hals.« – »Wenn sie nicht so viel reden würde«, sagte Kessel, »würde sie vielleicht nicht so viel schwitzen.« Renate warf daraufhin nur einen tränenvollen Blick nach hinten zu Kessel.

Die Stadt und auch die nördlichen Viertel um den Feilitzschplatz waren voll Geschäftigkeit. Die Leute schwitzten, rannten aber wie wild hin und her, um die unnötigen Dinge zu besorgen, die sie für unnötige Ausflüge am Nachmittag brauchten oder zu brauchen glaubten. Aber auch Kessel besorgte etwas: in einem kleinen Schreibwarenladen zwischen der Straßenbahnhaltestelle und Schwalbes Wohnung kaufte Kessel ein Gläschen Tinte. Es kostete eine Mark und fünfzehn Pfennige, dabei war es schon die teuerste Sorte. Die Verkäu-

ferin, eine alte Frau, wickelte das Tintenfaß in einen halben Bogen Zeitungsmakulatur und sagte: »Danke, beehren Sie mich bald wieder.«
Kessel beschloß, diese höfliche Wendung in Zukunft auch in seinem Laden in Berlin zu verwenden, obwohl keiner der Neuseeländer oder Kanadier, die bei ihm Berliner Bären kauften, je wiederkommen würde.
Kessel steckte das Tintenfaß in seine Jackentasche. Die beulte unschön aus. Wovon werden Tintenfabrikanten reich, dachte Kessel. Ein Fäßchen der Luxusklasse kostet eine Mark fünfzehn, und ich habe, seit ich schreibe, erst eins verbraucht. Gut, Heinrich Böll hat mehr geschrieben als ich, sagen wir, er hat – sofern er nicht seine Manuskripte auf der Maschine tippt oder einen Kugelschreiber verwendet – sechs Fäßchen Tinte verschrieben. Nein – Kessel rechnete nach, was Heinrich Böll alles geschrieben hatte – nein: acht. Acht mal eins fünfzehn. Kessel war, seit er Souvenirhändler in Berlin war, geübt im Kopfrechnen. Zehn Mark zwanzig.
Die Geschäftigkeit, das Hin- und Herrennen der Leute, hörte bald hinter dem Feilitzschplatz auf. Es wurde ruhiger. In der kleinen Grünanlage, die er in der Nähe von Schwalbes Haus überquerte (dort, neben dem Telephonhäuschen, hatte die Türkin auf ihrem Motorrad gewartet), waren kaum noch Leute. Es war, als legte sich Schale um Schale von Stille um Schwalbes Wohnung, und als er das gekachelte Stiegenhaus betrat, war ihm, als stünde er in einer Gruft.
Es öffnete niemand. Zweimal läutete Kessel. Es rührte sich nichts. Alle Schulen in München haben die gleiche Regelung für die Samstage, ob da ein Unterricht stattfindet oder nicht. Schwalbe hatte ihm das einmal erklärt: es war ein sehr kompliziertes System. Es gab sogenannte Huber- und sogenannte Maier-Samstage, die frei waren, an anderen Samstagen war Schule. Die Huber-Samstage waren, wenn Kessel sich recht erinnerte, dem Andenken des ehemaligen Kultusministers Huber geweiht, die Maier-Samstage waren eine Art Stiftung des gegenwärtigen Kultusministers. Da die Kröte heute, sei es dank eines Huber-, sei es eines Maier-Samstages, schulfrei hatte, mußte auch Schwalbe frei haben.

Aber es rührte sich nichts. Er läutete zum dritten Mal. Die Glocke schrillte innen, aber dann blieb es wieder still. Es war Kessel, als ersticke der Kokon aus Stille, der sich um dieses Haus gewoben hatte, jede Bewegung. Erst als sich Kessel – fast mühsam – wegwandte, um wieder hinunterzugehen, fiel ihm auf, daß das Messingschild mit Schwalbes Namen nicht mehr an der Tür war. Waren Schwalbes ausgezogen? Sofort stellte sich eine Assoziation ein: Jakob Schwalbe hatte ein Schloß gekauft, nein: ein Schloß geschenkt bekommen. Schwalbe gehörte zu den auserwählten Menschen, denen andere Menschen Schlösser schenkten. Josepha spielte vor verhangenen, großen, oben runden Fenstern die *Regenlied-Sonate,* und nachmittags ritt sie auf einem weißen, sanften Pferd durch den Park. Eine alte, kinderlose Gräfin hatte Schwalbe das Schloß geschenkt; mit einem Teich, in dem sich die verwitterten Statuen nackter Göttinnen spiegelten. Wahrscheinlich hatte Schwalbe schon ein albernes Doppelporträt – vielleicht: mit Ritterhelm und herausgestreckter Zunge – von sich und Judith malen lassen und in der Ahnengalerie hinten aufgehängt; oder ein Kniestück: Augen zum Himmel, Hand auf dem Klavier. Aber vielleicht war er so pietätvoll, daß er damit wartete, bis die alte Gräfin gestorben war, die ihm das Schloß geschenkt hatte. Zephyrau hieß das Schloß. ›Jakob Schwalbe, Herr auf Zephyrau‹, firmierte er seitdem.
Einen Hausmeister gab es im Haus. Er wohnte im Parterre und hieß – las Kessel an der Tür – Schwuier. Kessel läutete, um zu erfahren, wo Schloß Zephyrau liegt, aber auch bei Schwuier machte niemand auf. Wahrscheinlich waren Hausmeisters schon auf ihrem Samstagausflug ins Grüne begriffen. Alle Hausmeister fahren am Samstag ins Grüne. Die seltenen Fälle, in denen Kessel mit Renate ins Grüne fuhr, und wo Kessel den Ausflugsverkehr beobachten konnte und die Leute in den Ausflugsgaststätten, gaben ihm Anlaß zur Vermutung, daß so gut wie *nur* Hausmeister an Wochenenden ins Grüne fuhren. Kessel schränkte ein: nicht Hausmeister im engeren Sinn, nicht Hausmeister als Berufsstand, sondern Hausmeister im Geiste, Gesinnungs-Hausmeister.
Kessel trat in die heiße Stille der schmalen Straße hinaus. Die

Zeitungsmakulatur, in die das Tintenfaß eingewickelt war, knisterte. Er schrieb seit zwanzig Jahren: hatte *ein* Tintenfaß aufgebraucht. Das jetzt war das zweite. Ob er je in seinem Leben ein drittes Tintenfaß kaufen würde? In weiteren zwanzig Jahren? 1997? Siebenundsechzig Jahre würde er da alt sein. Ob es 1997 überhaupt noch Tinte gab?
Das erste, was Kessel mit der neuen Tinte schrieb, war ein Exposé zu einem Film über das Leben Bellinis. Nachdem das Drehbuch zur *Buttlarschen Rotte* abgenommen war, nachdem die Besprechungen mit dem Regisseur Corti beendet waren, und nachdem der Rundfunk angefangen hatte, den Film zu drehen, hatte Kessel Frau Marschalik von dem Leben Bellinis erzählt. Frau Marschalik hatte sich sogleich dafür interessiert und hatte ihm einen Vertrag für ein Exposé geschickt. Im August würde Frau Marschalik im Urlaub sein. Auf Spiekeroog würde Kessel, hatte er sich vorgenommen, das Exposé ausfeilen, im September zu Frau Marschalik nach Freimann bringen.
Der Brief an Schwalbe per Adresse seiner Schule war also zurückgekommen. Kessel legte ihn weg, warf ihn auf den anderen Brief, den Brief von Renate. Hatte sich Schwalbe versetzen lassen? Wenn Schloß Zephyrau weit im tiefen Niederbayern lag oder wer weiß wo, in den sanften Weinhügeln am Main womöglich – dem Glück Schwalbes war ja alles zuzutrauen –, so war es naheliegend, daß sich Schwalbe an das Gymnasium der nächsten Kreisstadt hatte versetzen lassen. Womöglich fuhr er mit einem leichten Jagdwagen in der Schule vor, wenn es nicht regnete.

Es war halb zwei Uhr. Kessel hatte nichts gegessen, nur einen Kaffee getrunken, und danach war er müde geworden. Es ist ein Irrtum anzunehmen, Kaffee mache immer munter. Kaffee fördert nur die Stimmung, in der man ist. Ist man müde, macht der Kaffee noch schläfriger. Kessel war nicht aus gehabten Anstrengungen müde, sondern quasi – am Samstagmittag – aus Gewohnheit. Seit er in Berlin war, schlief er immer am Samstag- und Sonntagnachmittag; ungestört durch jegliche Kröte.

Er zog die Schuhe aus und legte sich aufs Bett. Die Nacht würde lang werden ...

Als er aufwachte, war es fünf Uhr vorbei. Der vormittags strahlende Herbsttag war trüb geworden. Einige ungeordnete Windstöße rollten am Fenster vorbei, und die Blätter draußen raschelten so, als würde es bald Regen geben.

Kessel hatte von seiner Großmutter geträumt. Sie waren in einem Hotel, nicht nur die Großmutter und er, sondern die ganze große weitere Familie. Die Großmutter, bei der Kessel mit seinen Brüdern eine Zeitlang während des Krieges auf dem Land lebte, war kurz nach dem Krieg gestorben, als Albin sechzehn Jahre alt war. Im Traum aber war Kessel erwachsen. Es herrschte Aufbruchsstimmung. Es wurde nicht gesagt, aber offenbar war man dabei, aus dem Hotel abzureisen. Kessel hatte im Traum auf die Uhr geschaut: es war halb acht Uhr, genau halb acht Uhr. Kessel wußte, daß er eigentlich früher hätte aufstehen müssen, trotzdem blieb er liegen, konnte sich nicht aufraffen. Alle anderen – die offenbar mit ihm im Zimmer geschlafen hatten – waren schon auf. Rundum standen zerwühlte Betten.

Dann stand Kessel doch auf ... nein: an dieses Traumdetail konnte Kessel sich nicht erinnern, er erinnerte sich nur, daß er dann aufgestanden war. Überall stolperte er über halb gepackte Koffer. Er suchte seinen Rasierapparat, fand ihn aber nicht. Die Zeit drängte schon. Die Großmutter saß, merkwürdigerweise in einem leichten, weiten lindgrünen Sommermantel, beim Frühstück (Kessel erinnerte sich nicht, je bei seiner Großmutter so einen Mantel gesehen zu haben) und war ärgerlich, wohl weil Albin so spät aufgestanden und vor allem, weil er immer noch nicht fertig war. Die übrige Familie war nicht zu sehen, aber Kessel hatte irgendwie das Gefühl, daß man den leichten Jagdwagen draußen belud. Kessel wagte nicht zu sagen: ich finde meinen Rasierapparat nicht, obwohl er sicher war, daß die Großmutter selber, ohne daran zu denken, daß Kessel sich ja noch rasieren mußte, den Apparat in irgendeinen der Koffer verpackt hatte.

Nur eine andere alte Frau war da, eine sentimentale Alte, eine von der ondulierten Sorte, die herumspringen und immer sa-

gen: das Wichtigste ist, daß man im Herzen jung bleibt. Es war eine Freundin der Großmutter (aber auch an eine solche wirkliche Freundin der Großmutter konnte sich Kessel nicht erinnern), und sie hatte zwei Hunde, einen sehr großen, schwarzen, zottigen Hund und einen Foxel. Die Hunde tollten zwischen den Gepäckstücken umher, spielten um Kessels Beine, als er – unrasiert? – bei der Großmutter am Frühstückstisch saß und, erinnerte sich Kessel mit Deutlichkeit, Ham and Eggs aß. Müssen sich diese Stinker ausgerechnet, wenn ich frühstücke, hier herumwälzen, dachte sich Kessel, wagte aber auch deswegen nichts zu sagen, weil die Hunde ja einer Freundin der Großmutter gehörten, und weil die Großmutter immer noch ärgerlich war.
Das Spielen der Hunde artete in eine offenbar ernsthafte Auseinandersetzung aus. Der große Hund knurrte böse, der Foxel keifte. Vielleicht, dachte Kessel, bringt der große den kleinen Hund um. Kaum hatte er das gedacht, so biß der große Hund dem Foxel den Kopf ab. Kessel schob angeekelt seine Ham and Eggs beiseite. Der große Hund trottete, den abgerissenen, blutigen Kopf des Foxels im Maul, hinaus. Der Foxel, ohne Kopf, trottete langsam hinterher – Lebensreflexe, dachte Kessel im Traum –, torkelte, trottete immer langsamer. Kessel schaute trotz seines Ekels fasziniert hin: wie weit der geköpfte Foxel wohl noch trotten werde; er erreichte fast die Tür – und dann wachte Kessel auf.
Foxel stand nicht im Traumbuch, wohl aber *Hund.* Das Stichwort war untergliedert:
Hund – selber einer sein (das traf ja nicht zu); *Hund – bellend* (auch das traf nicht zu, nur gestunken hatten die Hunde, gebellt nicht); *Hund – toter: Kein Argwohn ist ganz unbegründet. Achten auf die Abendstunde.*
Großmutter: Schließe die Fenster sorgsam, wenn du das Haus verläßt. Glückszahl: 74, Glücksfarbe: lichtblau.
Kessel war überrascht, daß sogar *Ham and Eggs* (allerdings *Hammandex* geschrieben) verzeichnet war: *Auch scheinbar unnötige Ausgaben rentieren; aber Vorsicht vor Verschwendung. Vertraue, wenn du allein bist.*
Vertraue, dachte Kessel, wenn du allein bist. Ein sibyllini-

scher Satz. Vertraue auf wen? Auf Gott? Auf sich selber? Warum nur, wenn ich allein bin?
Kessel schlug das Traumbuch zu, stand auf, rasierte sich (!), zog seinen blauen Anzug an, den er hier in Berlin gekauft hatte, und stellte dann fest, daß es erst sechs Uhr war. Das Fest sollte um sieben Uhr anfangen. Es war noch zu früh, um zu Eugenies Wohnung zu fahren. Kessel zog also die Jacke wieder aus, legte Mozarts Quintett in C-Dur – ›den Höhepunkt in Bratschers Erdenwallen‹ – auf, schenkte sich ein Gläschen Portwein ein und hörte zu. Die ersten Tropfen klatschten gegen die Scheibe.
Macht nichts, dachte Kessel, es ist ja kein Gartenfest.

Schon das Stiegenhaus vor Eugenies Wohnung roch nach süßen Räucherstäbchen. Die Wohnung war nahezu ausgeräumt, die Einrichtung völlig umgekrempelt. Eine langsame, dahinklimpernde, pentatonische Musik durchzog die Räume. Herr von Primus lagerte auf einigen Kissen und lächelte. Egon saß im Schneidersitz in einer Ecke und war offenbar schon nahe am Einschlafen. Eine Menge junger Männer, die Kessel alle nicht kannte, lagen oder standen herum.
»Die Mädchen sind noch hinten im Bad und richten sich her«, sagte Eugenie.
Eugenie war noch in Hosen und Pullover, aber barfuß. Wieder kämpfte sie gegen die Tränen.
»Ziehen Sie sich nicht um?« fragte Kessel.
»*Um?* Ja, so kann man auch sagen«, sagte Eugenie. »Wenn nicht schon alles vorbereitet wäre, würde ich am liebsten das Fest absagen.«
»Bruno ist nicht gekommen?«
Eugenie schüttelte den Kopf.
»Wer sind die Leute da?«
»Bekannte«, sagte Eugenie.
»Dietrich auch?«
»Wo denken Sie hin, Herr Kregel, Bekannte und Freunde von den anderen Mädchen.«
»Gundi-i!!« schrie ein Mann von hinten. Gundi, so hieß Eugenie wirklich.

»Das ist der Maler«, sagte Eugenie. »Wahrscheinlich komm' ich jetzt dran.« Sie nahm Kessel bei der Hand und nahm ihn mit in ein kleines Zimmer, den einzigen Raum, der nicht dekoriert war. Er stand voll von Möbeln aus den anderen Räumen. Eugenie zog sich schnell aus. »Was machen wir?« fragte sie.
»Mit Bruno?«
»Müssen wir ihn nicht suchen?«
»Gundi-i!!« schrie der Maler wieder.
Eugenie schaute, schon ausgezogen, zu Kessel auf: »Vielleicht finden Sie ihn?«
»Wo?«
»Nehmen Sie mein Auto.« Sie kramte in ihrer Hose, die sie auf ein Bett geworfen hatte. »Das ist der Schlüssel.«
»Gut –«, sagte Kessel.
»Gundi-i-i!!«
»Ja!!« schrie Eugenie, und zu Kessel sagte sie: »Es steht gleich in der nächsten Straße, vor dem Milchladen.« Sie drückte Kessel den Schlüssel in die Hand und sprang über den Flur ins Bad, aus dem lautes Lachen drang.
»Gehen Sie schon wieder?« fragte Herr von Primus.
»Ich komme gleich zurück«, sagte Kessel, »es ist wegen Bruno.«

Um halb zehn fuhr Kessel das dritte Mal in diesen zwei Stunden am Weichselplatz vor dem *Sporteck* vor. Es regnete inzwischen in Strömen. Böiger Wind trieb einem die Schauer gegen die Füße. Kessels blauer Anzug war bis an die Knie naß. Einen Vorteil hat diese öde Gegend hier an der Mauer, dachte Kessel. Man bekommt immer einen Parkplatz. Er stellte Eugenies Auto direkt vor der Tür des *Sportecks* ab, dennoch knöpfte er noch im Auto mühsam im Sitzen seinen Mantel zu und drückte seine rotkarierte Mütze fest in die Stirn.
Als er das erste Mal, kurz nach halb acht, ins *Sporteck* gekommen war, war das Lokal noch leer gewesen. Der dicke Wirt war an der Theke gestanden, hatte jetzt allerdings keine Schürze mehr an. Er hatte Kessel wiedererkannt und gleich

gesagt: »War nich' da.« Darauf hatte Kessel mehrere andere Lokale abgesucht, von denen er wußte, daß Bruno in ihnen verkehrte oder die Bruno irgendwann beiläufig erwähnt hatte. Nirgends war eine Spur zu finden. Nach einer Stunde fuhr Kessel wieder ins *Sporteck.* Jetzt war Betrieb. Die Musikbox brüllte. Einige Männer spielten Billard. Eine häßliche Alte, eine dürre Person mit riesig-hochtoupierten, rotgefärbten Haaren, mit kurzem Rock und hohen Stiefeln saß verkehrt herum an der Bar und unterhielt sich mit ein paar jungen Leuten in Turnschuhen, die an einem Tisch neben dem Eingang saßen. Die Alte gab offenbar Gratisunterricht in Erotik. Als sie Kessel eintreten sah, unterbrach sie ihren Unterricht und kreischte: »Da kommt er ja!« Aber Kessel hatte die Alte noch nie in seinem Leben gesehen. Er kümmerte sich nicht um sie. Die Alte schrie: »Setz dich her, Liebling.« Kessel trat an die Bar.

Der Wirt schaute auf und schüttelte nur den Kopf.

»Gehst du schon wieder?« schrie die rothaarige Alte Kessel nach.

Im Auto versuchte Kessel, sich an weitere Lokale zu erinnern, die Bruno erwähnt hatte. Ihm fiel die Gastwirtschaft ein, in der er damals mit Bruno den Taxifahrer gesucht hatte, der den Grünen zum Flughafen Tegel gefahren hatte. Aber auch dort war Bruno nicht. Dann fuhr Kessel zum Flughafen Tegel und suchte im Flughafen-Restaurant, suchte alle Snack-Bars und Schnellimbisse im Flughafenkomplex ab, vergeblich. Auf dem Weg zurück zur Stadt sagte ihm, als er in Höhe des S-Bahnhofes Wedding an einem Stehausschank vorbeifuhr, eine innere Stimme ganz deutlich: da ist Bruno.

Kessel bremste. Das Auto, das hinter ihm fuhr, mußte auch bremsen, rutschte auf der nassen Straße und wäre beinahe mit einem dritten Auto zusammengestoßen. Der Fahrer des Autos hielt, während Kessel zurückstieß und an den Straßenrand fuhr, kurbelte das Fenster herunter und wollte eben anfangen zu schimpfen. Da fuhr mit hoher Geschwindigkeit ein Lastwagen zwischen ihnen durch, spritzte eine große Pfütze auf, und ein kräftiger Schwall ergoß sich durch das offene Fenster in das fremde Auto. Der Mann, der schimpfen wollte, hatte vorher schön gewellte Haare gehabt. Jetzt hingen ihm begossene Strähnen herab. Auch schluckte er heftig. Kessel kümmerte sich nicht um ihn, schloß Eugenies Auto ab und ging in den Stehausschank. Er hieß *Grüner Frosch;* Bruno war nicht drin. Kessel trank einen kleinen Mokka und fuhr dann in Richtung Neukölln. Er wollte in der Dienststelle nachschauen, ob Bruno vielleicht – woran er überhaupt nicht gedacht – dort war. Als er am Weichselplatz am *Sporteck* vorbeifuhr, hielt er. Die innere Stimme sagte zwar nichts, aber Kessel sagte sich: schaden kann es nicht, wenn ich nochmals hineinschaue.

Der dicke Wirt zog, als er Kessel eintreten sah, die Augenbrauen hoch (fast wie Kurtzmann) und deutete ans Fenster. Dort saß Bruno.

Bruno hatte die Augen geschlossen. Er saß auf einer Bank, vor der der dazugehörige Tisch weggeräumt war, weil ihn die Billardspieler brauchten, um ihr Bier draufzustellen. (Die rothaarige Alte war nicht mehr da.)

Bruno saß angelehnt, rutschte fast von der Bank, hielt sich mit beiden Händen am Sitz der Bank fest, in der linken Hand hielt er außerdem ein Bierglas. Er hielt es so schräg, daß es ausgelaufen wäre, aber es war leer.

Bruno machte die Augen nicht auf, sagte aber leise: »Herr Kregel ...«

»Was ist denn mit Ihnen, Bruno?« fragte Kessel.

Bruno sagte etwas, aber es war so leise, daß Kessel es in dem Lärm des Lokals nicht verstand. Er beugte sich zu Bruno hinunter und fragte: »Wie bitte?«

Bruno zog – ohne das Glas loszulassen, auch ohne die Augen zu öffnen – mit der einen Hand Kessel zu sich auf die Bank.

»Ich –«, flüsterte Bruno, »– ich werde jetzt ein neues Leben anfangen, Herr Kregel, ein ganz neues Leben.«

Sollte Bruno das erste Mal betrunken sein?

»Wo waren Sie die ganze Zeit, Bruno«, sagte Kessel, »wir haben Sie seit heute vormittag gesucht?«

»Ich fange jetzt endgültig ein neues Leben an.«

»Wann?« fragte Kessel, »jetzt?«

»Ja, jetzt sofort, jetzt, augenblicklich. Ich habe nur gewar-

tet –«, Bruno stockte. Er schlug die Augen auf. Nein, dachte Kessel, er ist nicht betrunken.
»Worauf haben Sie gewartet?«
»– daß Sie kommen.«
»Daß *ich* komme?«
»Es kann mir niemand verbieten, ein neues Leben anzufangen. Haben Sie es nicht bemerkt?«
»Was soll ich bemerkt haben?«
»Daß ich in letzter Zeit immer rechts und links verwechsle?«
»Sind Sie krank, Bruno?«
»Ich verwechsle so oft rechts und links. Und ich fange jetzt ein neues Leben an. Endgültig. Sie wissen, Herr Kregel, daß ich schon wie ich nach Berlin gekommen bin, ein neues Leben angefangen habe. *Wollte.* Wenn nicht die blöde Eröffnungsparty gewesen wäre, wo keiner gekommen ist . . .«, Bruno hatte Mühe zu sprechen, ». . . ja, ich weiß, es war meine eigene Idee. Ich sage ja nichts, aber jetzt – jetzt fange ich endgültig ein neues Leben an.«
Bruno reichte Kessel das leere Glas.
»Noch ein Bier?« fragte Kessel.
»Könnten Sie mich bitte«, sagte Bruno, »auf die Toilette führen? Die ist da hinten.«
Kessel stellte das Glas auf die Theke, dann zog er an Brunos Arm. Bruno atmete schwer, stand auf, stützte sich auf Kessel. Kessel hatte einen Augenblick lang das Gefühl, er würde erdrückt, stemmte sich aber dann dagegen und machte einen Schritt. Bruno fiel zu Boden.
Die Leute in der Kneipe schauten auf.
Kessel beugte sich zu Bruno nieder, nahm Brunos Kopf in den Arm und näherte sein Gesicht dem Brunos.
»Bruno«, rief Kessel.
Die Leute standen auf und kamen her.
Bruno schnappte einmal, ein einziges Mal nach Luft, stieß einen Schrei aus, nicht einen Schrei eigentlich, sondern einen lauten, gräßlichen Seufzer. Das sei, erzählte Kessel viel später Wermut Graef, gar nicht Brunos Stimme gewesen. Das sei gewesen, als habe eine Urstimme, fast eine tierische Stimme aus Brunos Kehle geschrien.

Dann erschlaffte Bruno. Kessel – es war wie ein Reflex, eine Handlung ohne vorherigen Entschluß – zog die Augenlider Brunos in die Höhe. Die Augen waren gebrochen.

Die Leute wichen zurück.

Der Wirt stellte die Musikbox ab und ging zum Telephon.

Vierter Teil

I

Am 31. Januar 1978, einem Dienstag, sperrte Albin Kessel den Laden in der Elsenstraße zu, verließ ihn diesmal, das letzte Mal, durch den Vorderausgang.

Es war ein klirrend kalter Tag. Der Schnee knirschte unter jedem Tritt. Die Schaufenster des Tarnladens waren gefroren, aber es standen ohnedies keine Berliner Bären, keine Funktürme, keine Freiheitsglocken mehr drin.

»Wenn wir den Laden überhaupt behalten«, hatte Dr. Ajax (das war natürlich ein Deckname) gesagt, »was ich bezweifle, müssen wir zumindest die Scheiben milchig streichen lassen oder so etwas.«

Kessel hatte einen Koffer, eine Aktentasche und ein Paket dabei, in dem seine Schallplatten waren. Sein sperrigstes Privatgut, die große schwarzweiße Trommel – das Nachtkästchen, Brunos Geschenk –, hatte Kessel schon am Tag vorher per Luftfracht aufgegeben. Es kostete viel Geld, aber das bezahlte der Dienst. »Selbstverständlich haben Sie Anspruch auf Umzugskosten«, hatte Dr. Ajax gesagt, ». . . trotz allem«, war ihm dazu noch herausgerutscht, wofür er sich sofort durch einen treuen Blick zu entschuldigen suchte. Aber Kessel tat, als habe er die beiden Wörter nicht gehört. Kessel mußte wegen der *Kosten des dienstlich angeordneten Umzuges* ein – selbstverständlich mit VS-Vertraulich gestempeltes – Formular ausfüllen: Das Formular hatte zahllose Rubriken für ›Tische: . . .‹, ›Betten: . . .‹, ›Stühle . . .‹ usw. Dahinter sollte jeweils die Anzahl eingetragen werden. Kessel schrieb einige dutzendmal: 0. Bei ›Nachtschränkchen: . . .‹ zögerte er, schrieb aber dann auch 0. Erst ganz unten, bei ›Sonstiges: . . .‹ schrieb er: 1 Trommel/schwarzweiß. Vielleicht, dachte er dabei, ist das das letzte Mal, daß ich die Leute von der Zentrale irritieren kann.

Bevor er den Laden in der Elsenstraße zum letzten Mal betrat, ging Kessel nach hinten zur Mauer und stieg auf das Gerüst. Es war noch früh, keine Touristen waren da. Irgendwie hatte sich Kessel gedrängt, ja verpflichtet gefühlt, auch von dieser

Stelle, von diesem merkwürdigen Angelpunkt seines Lebens, Abschied zu nehmen.
Die Mauer, weiß getüncht auf dieser Seite – eine vergebliche Geste des Senats, den Anblick weniger häßlich zu gestalten –, zog sich lang und gerade hin. Ob sie drüben auch getüncht war, konnte man vom Westen aus nicht sehen. Herüben klebten drei verblaßte Plakate, die ein Popmusik-Konzert ankündigten, das am 22. Oktober stattgefunden hatte.
22. Oktober, dachte Kessel. Am 22. Oktober hat Bruno noch gelebt.
Das obere Ende der Mauer war ein Wulst aus Beton. Es war fast so, als ob ein Kanalrohr oben an der Mauer entlangliefe. Darüber war Stacheldraht, an eisernen, gebogenen Stangen, die den Drahtverhau nach Westen herüberwölbten.
Welchen staats- und völkerrechtlichen Status dieses Trottoir der Heidelberger Straße hat, dachte Kessel. Im Geheimdienstlehrgang hatten sie einmal einen Vortrag über die rechtliche Stellung Berlins gehört: Potsdamer Konferenz, Vier-Mächte-Status, die Ansprüche und Propositionen der DDR ... Kessel hatte wenig von den juristischen Ausführungen verstanden, nur soviel, daß der Status Berlins rechtlich hoffnungslos verschleimt war. Eigentlich, das hatte Kessel aus dem Vortrag mitgenommen, weiß niemand, im Westen nicht und nicht im Osten, was Berlin und namentlich Westberlin rechtlich ist. Es ist sogar zu vermuten, daß es nie mehr jemand herausbekommen wird.
Und wenn schon der Status Berlins so kompliziert ist, wie kompliziert muß erst der Status des Trottoirs der Heidelberger Straße sein?
Drüben war es noch trostloser als herüben. Durch die Elsenstraße war früher eine Straßenbahnlinie gegangen. Drüben sah man noch die Schienen. Sie verliefen sich nach hinten im harten Licht des frostigen Tages, verloren sich unter einem Eisenbahn- oder S-Bahn-Viadukt, der die Elsenstraße querte.
Es gibt auch anderswo Grenzen, die durch Städte verlaufen oder durch stadtähnliche Gegenden: in Konstanz, zum Beispiel, wo der eine Pflasterstein noch zu Deutschland, der andere schon zur Schweiz gehört. Aber dort waren diese Gren-

zen gewachsen. Hier war ein juristischer Kordon durch vielbewohnte, lebhafte Stadtviertel gezogen worden, was – abgesehen sogar von der Mauer – ehemals zentrale Gegenden zu Randgebieten machte. Daher das so unsäglich Heruntergekommene, das Unpassende. Stadtviertel waren gezwungen, ihren Charakter zu ändern. Vielleicht war das der springende Punkt – die Viertel verödeten, drüben zwangsweise, herüben zwangsläufig. Die Grenze draußen, in Gatow etwa oder im Grunewald, wo sie durchs Grüne lief, war trotz Stacheldraht und Wachttürme viel weniger unheimlich.
War das Unheimliche, dachte Kessel, das Weg-gerückt-sein? Daß drüben die Häuser, keine fünfzig Meter weit, weggerückt waren in eine dünnluftige Ferne? So weit weg wie Semlja Franza Josifa?
Kessel stieg herunter vom Gerüst. Das Geländer der hölzernen Stiege war mit Reif bedeckt. Kessels Hand wurde naß und rußig. Er würde sich im Laden – das letzte Mal – die Hände waschen müssen.

Er steckte die Schlüssel ein, nahm sein Gepäck auf und ging vor zum Steg ohne Namen. Das grünliche Wasser wälzte sich träg dahin, als wäre es nahe daran, zu gerinnen. Kessel ging über den Weichselplatz, schaute zur Tür des *Sporteck* hinüber, ging dann auf die Straße und trat auf den Kanaldeckel. Er dröhnte nicht. Wahrscheinlich war er eingefroren.
An der Karl-Marx-Straße winkte Kessel einem Taxi. »Flughafen«, sagte Kessel.
Kessel gab sein Gepäck auf, dann suchte er Dr. Ajax. Der saß, wie verabredet, im Restaurant. Es war wegen der ›Grünen Woche‹ voll.
»Tach, Kregel«, sagte Dr. Ajax und stand auf. »Auch ein Gläschen?«
Kessel setzte sich, zog aber seinen Mantel nicht aus. Dr. Ajax bestellte zwei Schnäpse. Kessel griff in die Tasche, zog die Schlüssel heraus – einen großen Bund Schlüssel: es waren alle Schlüssel dran, seiner, der, den Bruno gehabt hatte, Eugenies, die zum Jahresende gekündigt hatte – und gab den Bund Dr. Ajax.

»Danke«, sagte Dr. Ajax, »Sie dürfen – wie soll ich das sagen –, nicht, daß Sie glauben, Herr Kregel –«
»Schon gut«, sagte Kessel.
»Nein: ich habe mich nicht darum beworben –«
»Ich weiß«, sagte Kessel.
»Ich wollte niemand verdrängen –«
»Ich weiß«, sagte Kessel.
Der Schnaps kam. Sie tranken.
»Aah«, grunzte Dr. Ajax. »Und – nur der Ordnung halber –«
»Es ist alles abgesperrt –«
»Im Safe ...? Ich meine, in dem bestimmten Safe ...?«
»In dem bestimmten Safe ist nichts mehr«, sagte Kessel.
Dr. Ajax nickte.
Eine weibliche Stimme aus dem Lautsprecher rief die Maschine nach München auf.
»Ja, dann –«, sagte Dr. Ajax.
»Ja«, sagte Kessel.
Sie gaben einander die Hand. Dr. Ajax schaute Kessel an. Kessel glaubte in dem Blick zu lesen: in Ihrer Haut möchte ich nicht stecken.

Am Tag der Beerdigung Brunos auf dem St.-Thomas-Friedhof (dort, wo er die beiden Buchsbäume für die Vereidigung Egons ausgeliehen hatte) – das war am Allerheiligentag, der in Berlin kein Feiertag ist – wurden von Egon, der deswegen nicht zur Beerdigung mitkommen konnte, nur drei Säcke verkauft. Die Vorbereitungen für das unselige Fest hatten verhindert, daß mehr Abfall produziert wurde. Der Grüne war nicht recht zufrieden. Egon sagte: »Et is wejen een Trauerfall. Det nechste Ma isset wieda meea.«
Beim Transport dieser drei Säcke über die Grenze nach Salzburg wurde der Grüne kontrolliert. Sei es, daß dem Zöllner die Papierabfälle verdächtig vorkamen, sei es, daß ihm die Herkunft der Säcke (Luftfracht aus Berlin) auffiel, sei es, daß der Grüne nervös wurde und eine unlogische Antwort gab – Kessel erfuhr es nie: der Grenzer verständigte seinen Chef. Der Chef verständigte den höheren Chef in München, der informierte den Verbindungsmann der Zollfahndung zum

Bundesnachrichtendienst. Am Dienstag darauf wurden der Grüne und Egon beschattet, was keiner von den beiden merkte, und am Mittwoch, das war der 9. November, war die Sache aufgeflogen.
Kessel wurde zum Rapport nach München bestellt. Vorher schon war ein Befehl mit Extrakurier gekommen, daß jede Tätigkeit der Dienststelle G 626/1 ab sofort einzustellen sei. Die Funkapparate seien stillzulegen.
Kessel schickte Eugenie nach Hause. »Ihnen kann ja nicht gut etwas passieren.« Dann nahm er die sechundachtzigtausend Mark aus dem Safe und flog nach München.
»Gefällt Ihnen heute mein Anzug?« fragte Carus. »Oder habe ich Ihren Geschmack wieder nicht getroffen?«
Die Unterredung fand in einer sogenannten konspirativen Wohnung statt, also einer Wohnung, die ein Strohmann für den Bundesnachrichtendienst gemietet hatte, und die für heiklere Unterredungen, namentlich solche, die nicht gut in Restaurants oder Hotels abgehalten werden konnten, verwendet wurden.
Kessel sagte gar nichts. Er wußte, daß im Nebenzimmer ein Mann saß und ein Tonband mitlaufen ließ.
»Haben Sie mir nichts zu sagen?« fragte Carus und ging im Zimmer auf und ab.
»Doch«, sagte Kessel, »hier in der Tasche habe ich das Geld.«
»Was für Geld?«
»Das Geld, das wir fürs Papier bekommen haben; und der Reingewinn aus dem Laden. Sechsundachtzigtausend Mark. Die Abrechnung ist auch dabei.«
»Wissen Sie eigentlich –«
»Ja«, sagte Kessel. Er hatte bis jetzt geschwankt, was für eine Haltung er einnehmen sollte. Immerhin hatte er sich eines schwerwiegenden Verstoßes gegen die Sicherheitsbestimmungen schuldig gemacht, grober Insubordination, Anmaßung einer Entscheidung, zu der er nicht befugt war – kurzum: ernster Verletzungen der Dienstpflicht. Eine Zeitlang war Kessel nahe daran, klein beizugeben, zu Kreuze zu kriechen, um Entschuldigung und um die Chance zu bitten, noch einmal neu anfangen zu dürfen. Aber jetzt, wo er Carus sah

(der heute einen beigen Anzug trug), sagte er sich, daß das Kleinbeigeben das Falscheste wäre, was er machen konnte. Offenbar gelang ihm das Ja in einem so frechen Ton, daß Carus stehenblieb und zusammenzuckte.
»Was: ja?« schrie er.
»Ich weiß, daß Sie für die Tschechen und für die Ägypter gearbeitet haben, daß man Sie in Paris erwischt hat und daß man Sie jederzeit hinter schwedische Gardinen bringen kann –«
Carus rannte hinüber ins Nebenzimmer.
»– und Ihr durchfallfarbener Anzug gefällt mir auch nicht«, schrie Kessel hinterher.
Kessel hörte einen etwas erregten Wortwechsel, dann verließ jemand die Wohnung. Carus kam zurück. Er setzte sich.
»Woher wissen Sie denn das? Ich habe den da drüben weggeschickt. Das Tonband ist abgeschaltet. Wollen Sie sehen?«
»Danke«, sagte Kessel.
»An sich eine glänzende Idee«, sagte Carus, »das mit dem Papier, Menschenskind: warum haben Sie das nicht mit mir abgesprochen? Das hätten wir doch ganz groß aufgezogen –«
»Dann wäre es nicht genehmigt worden«, sagte Kessel.
»Und – was machen wir jetzt?« fragte Carus, bemüht, seiner Stimme einen kameradschaftlichen Ton zu geben. (Aber: Vorsicht! sagte eine innere Stimme zu Kessel. Diesmal sollte sie recht haben.)
»Ich weiß nicht«, sagte Kessel. »Ich wäre Ihnen dankbar, wenn Sie die sechsundachtzigtausend Mark nehmen würden.«
Carus überlegte.
»– und quittieren«, sagte Kessel.
»Lieber Kregel –« (Vorsicht! sagte Kessels innere Stimme wieder), »– kein Mensch weiß, wem dieses Geld eigentlich gehört. Nehmen Sie es wieder mit nach Berlin.«
»Und was soll ich dort damit tun?«
»Dem Dienst gehört das Geld jedenfalls nicht.«
»Gehört es mir?«
»Ja –«, sagte Carus, »ja – kann sein.«
»Dann kann ich ja wohl gehen?«
»Ja«, sagte Carus. »Danke.«

»Bitte«, sagte Kessel, obwohl er nicht recht wußte, wofür Carus gedankt hatte.

So stand Kessel, einen Aktenkoffer mit sechsundachtzigtausend Mark in der Hand, sonst ohne Gepäck, auf der äußeren Prinzregentenstraße. Es war Freitag, der 11. November. Renate wußte nicht, daß er in München war. Es war alles so schnell gegangen, daß er ganz vergessen hatte, zu telephonieren.
Gegenüber war die St.-Gabriel-Kirche: »– eine der weitaus zweitschönsten Kirchen Münchens«, hatte Jakob Schwalbe einmal gesagt.
Kessel überlegte, ob er nicht in diese Kirche gehen und das Geld in einen Opferstock werfen solle. Kessel ging in die Kirche hinein. Es war eine große, kahle Kirche. Sie war leer. Das Ewige Licht flackerte vorn in der dämmerigen Apsis. Die Aufschriften an den Opferstöcken waren kaum zu lesen, da nur wenige matte Lampen den Kirchenraum erhellten. Ein großer Opferstock stand gleich neben dem Haupteingang. ›Für die neue Orgel‹. Kessel hatte nichts gegen Orgeln oder dagegen, daß St. Gabriel eine neue Orgel bekäme, aber der auffallende Opferstock, sagte sich Kessel, sollte die Spende nicht bekommen. Wenn er – das war lange her – mit seinen Töchtern in den Nymphenburger Park gegangen war, und sie hatten die Schwäne und Enten gefüttert, hatte Kessel auch immer drauf geachtet, daß die kleineren und schüchternen Tiere etwas bekamen.
Er ging leise um die Schwäne herum. In einer Nische war ein winziger, versteckter Opferstock. Ein schüchternes Entlein. ›Antoniusbrot für die Armen‹ stand auf dem Opferstock. Der sollte die Gabe bekommen, damit der St. Antonius auch einmal etwas anderes als Brot verteilen kann. Antonius-Hummer für die Armen; Antonius-Kaviar ...
Aber man war offenbar davon ausgegangen, daß nie jemand die Absicht haben würde, den Antonius-Armen Kaviar zukommen zu lassen. Der Opferstock hatte nur einen ganz schmalen Schlitz für Münzen. Also doch die Orgel, sagte sich Kessel. Es war kalt in der Kirche. Kessel fror. Der Opfer-

stock für die Orgel war schon für größere Spenden zugeschnitten. Neben dem Schlitz für Münzen war ein rundes Loch, in das man Geldscheine werfen konnte, wenn man sie vorher zusammendrehte.
Seit 1974 sammle man für die Orgel, las Kessel. ›Stand der Sammlung am 31. Oktober 1976: 54 281,44.‹ Kessel rechnete: plus 86 000. Stand 11. November 1976: 140 281,44.
Wieviel kostet überhaupt eine Orgel? Vielleicht kriegen sie den Rest vom Ordinariat dazu, wenn sie nachweisen können, daß die Gemeinde durch Spenden über hundertvierzigtausend Mark aufgebracht hat.
Eine Tür knarrte, nicht hinten, sondern ganz vorn, neben dem Altar. Ein alter Mann in einem grauen Arbeitskittel kam herein, bekreuzigte sich geschäftsmäßig und begann, die Buchsbaumkübel vor dem Altar nach hinten zu ziehen. Das kostete St. Gabriel sechsundachtzigtausend Mark. Es würde seine Zeit dauern, bis Kessel die sechsundachtzig Tausendmarkscheine einzeln zusammengedreht und in den Opferstock geworfen hätte. Wahrscheinlich hätte er bei jedem Schein nachstochern müssen, damit er auch ganz hineinfiel, oder hinterherblasen. Was machen Sie da, hätte wahrscheinlich der Alte gefragt, der da ganz unheilig mit den Buchsbaumkübeln schepperte. Hätte der geglaubt, daß Kessel sechsundachtzigtausend Mark opfern wollte? Entweder hätte ihn der Alte für einen Opferstockdieb gehalten, oder er hätte angenommen, die sechsundachtzigtausend Mark wären gestohlen.
Kessel bekreuzigte sich und ging hinaus. Lieber in der kleinen Dreifaltigkeitskirche; dort, erinnerte sich Kessel, ist der Opferstock mit der merkwürdigsten Aufschrift. Auch das hatte ihm Schwalbe einmal gesagt. Es war ein schmiedeeiserner Opferstock mit einem alten, bemalten Eisenschild darüber. In geschweiftem Ornament stand in altertümlicher Schrift ZUR UNENTGELTLICHEN PFLEGE ALTER KRANKEN. Das heißt, das war ursprünglich auf das Schild gemalt gewesen. Dann hatte wohl jemand grammatikalische Zweifel bekommen und hatte das R in ›Alter‹ mit Leukoplast überklebt und ein N daraus gemacht.

Er nahm ein Taxi. Mit der Entfernung von der Kirche aber entfernte er sich auch vom Opfergedanken. Als er zehn Minuten gefahren war, sagte er zum Taxifahrer: »Nein, doch nicht Pacellistraße. Fahren Sie zum Pestalozzi-Gymnasium. Eduard-Schmidt-Straße.«

Ein paar Schüler in Turnschuhen kamen aus dem Gebäude. »Die Schweißfuß-Generation«, hatte Jakob Schwalbe gesagt, »sie tragen immer alle Turnschuhe.«

Kessel ging in den ersten Stock hinauf. An einer Tür stand ›Sekretariat. Frau Granner.‹ Kessel klopfte. »Herein«, sagte eine weibliche Stimme. Kessel war erstaunt, eine junge, hübsche Frau am Schreibtisch sitzen zu sehen. Aus seiner Schulzeit erinnerte er sich, daß die Schulsekretärinnen immer alt und böse waren.

»Bitte?« sagte Frau Granner.

Frau Granner war auffallend hübsch. Ob Jakob Schwalbe auch mit ihr–? Nein. Da war ja Schwalbes eherner Grundsatz: ›extra muros‹.

»Mein Name ist Albin Kessel«, sagte Kessel, »ich bin ein Freund von Herrn Oberstudienrat Schwalbe–«

Frau Granner riß die Augen auf.

Jakob Schwalbe war tot, erfuhr Kessel. Schon lange, schon über ein Jahr.

»Warten Sie, ich kann es Ihnen genau sagen–«, Frau Granner blätterte in einer Kartei. »Wußten Sie das nicht–?«

Wußte es Kessel nicht?

Frau Granner blätterte, fand nichts mehr, ging zu einem Aktenschrank und nahm einen Ordner heraus, schlug ihn auf.

»Am 15. Oktober«, sagte sie dann, »1976.«

Kessel fragte, ob man wisse, wo Frau Schwalbe hingezogen sei.

»Sie kennen auch Frau Schwalbe? Ja – die Witwe . . . Ich weiß nicht, wo sie hingezogen ist.«

»Aber sie bekommt doch sicher eine Pension, und so–?«

»Schon«, sagte Frau Granner, »aber das läuft nicht über uns. Übrigens – der Chef hat es gesagt, er hat sie einmal besucht, kurz danach . . . er sagt, die Frau Schwalbe soll sehr merkwürdig geworden sein.«

Wieder stand Kessel mit seinem Aktenkoffer, in dem die sechsundachtzigtausend Mark waren, im Freien, schaute nach rechts und links und wußte nicht recht, wohin.
Zur Theatinerkirche? Das Geld mitsamt dem Aktenkoffer auf den Altar legen?
Kessel ging über die Straße und unter den Bäumen, die von einem eben vergangenen Regen tropften, in Richtung Corneliusbrücke. Am liebsten würde ich zu Judith Schwalbe gehen ... Aber er verwarf den Gedanken sofort wieder. Erstens wußte er nicht, wo sie jetzt wohnte, und zweitens wäre es schwierig, mit ihr zu reden. Entweder müßte er durchblikken lassen, daß er ihren Selbstbetrug – den Selbstbetrug, daß sie so tat, als lebe Schwalbe noch – nicht mehr glaubte, über die Tatsachen informiert sei, oder aber: er müßte den Betrug mitspielen. Beides gleich schwer. Kessel neigte eher zur zweiten Möglichkeit. Aber das war ja eine fruchtlose Debatte mit sich selber: woher wollte er jetzt, am späten Freitagnachmittag, die neue Adresse Judith Schwalbes erfahren.
In die Theatinerkirche!
Ein Taxi fuhr vorbei. Die Leuchtschrift zeigte, daß es frei war. Kessel machte einen Satz auf die Fahrbahn und winkte, aber der Taxifahrer sah es nicht und fuhr weiter.
So soll ich also das Geld behalten, sagte sich Kessel. Vorerst, fügte er schnell hinzu; vielleicht, um den Himmel nicht zu erzürnen.
Wermut Graef wäre in Frage gekommen. Aber erstens war nicht Dienstag, und seit Jahren hatte Kessel mit Graef immer nur an Dienstagen geredet, und zweitens hatte Kessel das Bedürfnis, mit jemandem zu reden, der mit dem Nachrichtendienst zu tun hatte. Herr von Güldenberg fiel ihm ein.
Es war kein November-, es war das reinste Aprilwetter. Eben hatte es noch geregnet. Jetzt war der Schauer verzogen, ein harter, blauer Himmel strahlte. Nur im Westen, von der untergehenden Sonne am Rand hell gefärbt, wölbte sich eine streifige Wolkenwand.
Kessel trat in eine Telephonzelle. Er schaute im Telephonbuch unter Herrn von Güldenbergs Klarnamen nach. Dann wählte er. Es meldete sich niemand.

Dann rief er Onkel Hans-Otto an. Es meldete sich eine weibliche Stimme mit »bei Wünse«. Das war also diejenige der Begleiterinnen, der Damen Norma und Bella, die nicht Onkel Hans-Ottos Frau war. Die Dame war sehr unfreundlich, gab aber immerhin die Auskunft, daß Onkel Hans-Otto schon seit mehreren Wochen in Kur war: in Bad Meisentrum, *Kurhotel Elisabeth.*
Kessel dankte und hängte auf. Als er auf die Straße trat, hielt an der Ampel bei Rot ein freies Taxi. Kessel ging hin und setzte sich hinein. »Zum Hauptbahnhof.«
Der Taxifahrer drehte am Taxameter und fuhr nach rechts.
»Wissen Sie«, fragte Kessel, »wo Bad Meisentrum ist?«
»Wie?«
»Bad Meisentrum.«
»Nie gehört«, sagte der Taxifahrer. »Soll das bei München sein?«
»Ich weiß es nicht«, sagte Kessel.
Am Bahnhof stellte sich Kessel an einer Schlange vor einem Schalter an. Es ging nur sehr langsam vorwärts. Kessel zählte. Zwölf Leute waren vor ihm. Eine alte Frau wußte offenbar nicht genau, wo sie hinwollte und welchen Zug sie nehmen sollte. Es stellte sich dann heraus, daß die Dame mit einem Zug fahren wollte, den es nicht gab, der aus dem Fahrplan gestrichen war. Die Dame lamentierte. Sie führte ins Feld, daß sie viele Jahre lang mit diesem Zug gefahren sei. Der Schalterbeamte zeigte Engelsgeduld. Vielleicht war es ihm aber nur gleichgültig, daß die anderen Leute hinter der rechthaberischen Schachtel sich die Füße in den Bauch standen. Endlich kaufte die Alte doch eine Fahrkarte. Dann waren es nur noch elf. Bei den elf ging es, zumindest zum Teil, etwas schneller. Die zwei vor Kessel gehörten sogar zusammen, kauften die gleichen Fahrkarten, zählten eigentlich also nur als einer.
»Wissen Sie«, fragte Kessel, »wo Bad Meisentrum ist?«
»Was?« sagte der Beamte.
»Wo Bad Meisentrum ist?«
»Wo wollen Sie hinfahren?«
»Das weiß ich eben nicht, das heißt: nach Bad Meisentrum –«
»Bad Was?«

»Meisentrum.«
»Gibt es nicht.«
»Doch«, sagte Kessel, »mein Onkel ... also nicht direkt mein Onkel, der Onkel meiner Frau, Herr Wünse – nein: der Onkel des Mannes meiner Frau –«
Dem Beamten fiel die Kinnlade herunter.
»– des *ehemaligen* Mannes meiner Frau, mit dem sie also früher verheiratet war, also mit dem Mann, nicht dem Onkel –«
»Dort –«, sagte der Beamte leise und zeigte in einen Quergang der Schalterhalle, »dort ist die Informationsstelle.«
Auch dort war eine Schlange von Wartenden. Kessel stellte sich wieder hinten an. Er zählte. Vierzehn waren vor ihm. Dann würden also, überlegte er, wenn er mit der Auskunft des Informationsbeamten, wo Bad Meisentrum sei, wieder zu einem Fahrkartenschalter treten würde, sechzehn Leute vor ihm stehen. Immer zwei mehr. Vielleicht ging heute gar kein Zug mehr nach Bad Meisentrum. Vielleicht liegt das an einer der vielen stillgelegten Strecken.
Kessel betrachtete seine rechte Hand. Er hatte, weil die Bahnhofshalle ziemlich überheizt war, den Mantel ausgezogen und über den Arm geworfen. In der linken Hand trug er seine rotkarierte Mütze. In der rechten Hand trug er nichts.
Der Aktenkoffer.
In der Telephonzelle ... von wo aus er Norma (oder Bella) angerufen hatte.
Kessel raste hinaus, sprang in ein Taxi und sagte: »An die Ecke Cornelius/Erhardt-Straße. Dort ist eine Telephonzelle. Dort muß ich hin.«
Das Taxi quälte sich durch den Freitagabendverkehr der Innenstadt. Es hatte wieder zu regnen begonnen. Kessel befragte zahllose Orakel: Wenn wir beim nächsten Grün noch durchkommen ... wenn uns der Omnibus nicht überholt ... wenn bis zur nächsten Ampel ein rotes Auto entgegenkommt ...
Es dauerte eine knappe halbe Stunde, bis das Taxi an der Telephonzelle war. Von weitem schon sah Kessel, daß der Aktenkoffer noch in der Zelle stand, hell erleuchtet in der schon langsam zur Nacht sinkenden Dämmerung. Er stand wie in

einer Vitrine. »Einen Moment«, sagte Kessel, »ich komme sofort – wir fahren dann zurück –«

»Halt!« schrie der Taxifahrer, der, scheint's, Kessel nicht traute, aber Kessel war schon hinausgesprungen und mit ein paar Sätzen über der Straße am Telephonhäuschen. Er öffnete die Tasche. Das Geld war noch drinnen.

Es war *sein* Geld. Keine Rede von Theatinerkirche. Keine Rede davon, daß er das Geld je irgend jemandem geben würde – also: geben, ohne etwas dafür zu bekommen. Es war *sein* Geld. In den zähen fünfundzwanzig Minuten der Taxifahrt war es ihm klargeworden: es war sein Geld. Es war Geld, das ihm, *ihm,* Albin Kessel, zugeflogen war. Geld, mit dem er machen durfte, was er wollte.

»Das geht fei' nicht«, schimpfte der Taxifahrer, »daß Sie da aus dem Wagen springen, und nicht zahlen –«

»Bin ich wiedergekommen oder nicht?« sagte Kessel stark.

»Ja, schon – aber ...«, maulte der Taxifahrer.

»Machen Sie sich nicht an«, sagte Kessel, »und schauen Sie lieber, daß Sie mich wieder zum Bahnhof bringen, und zwar schnell. Ich habe genug Zeit verloren!« Ein scharfer Vorwurf. Der Taxifahrer zog den Kopf ein, als träfe er ihn zu Recht, und fuhr los. In weniger als einer Viertelstunde waren sie am Bahnhof. Kessel gab dem Taxifahrer ein großzügiges Trinkgeld und schritt zum Fahrkartenschalter. Es gibt zwei Dutzend Fahrkartenschalter im Hauptbahnhof. Davon sind – unter fadenscheinigen Ausreden – die meisten nicht besetzt. Aber ein halbes Dutzend bleibt doch übrig, das offen ist. Kessel ging nicht zu irgendeinem Schalter, sondern genau zu jenem, an dem er vorhin gefragt hatte.

Es standen nicht sechzehn Leute vor dem Schalter, sondern nur eine alte Dame, die in ihrer Handtasche kramte und ihre Brille suchte.

Nicht unhöflich, aber entschieden drängte sich Kessel vor die Dame, sagte zu ihr: »Pardon, bis Sie Ihre Brille gefunden haben, bin ich fertig«, und den Schalterbeamten herrschte er an: »Bad Meisentrum. Erster Klasse. Hin und zurück. Dalli.«

»Wie bitte?« sagte der Beamte.

»Dalli!« sagte Kessel.

»Bad Mei-?« fragte der Beamte.
»Mei-sen-trum –«
Der Beamte suchte in einem Büchlein, drückte dann auf einen Apparat, schob rasselnde Fahrkartenpressen, grünlich lakkiert, auf Schienen hin und her und brachte endlich eine winzige Fahrkarte zutage. Sie kostete sechsundzwanzig Mark. Es konnte also nicht weit sein. ›Über Rosenheim‹ stand auf der Fahrkarte.
Kessel vergewisserte sich, daß er seinen Aktenkoffer noch in der Hand hielt, steckte dann die Karte ein und sagte zur alten Dame, die immer noch suchte: »Pardon.«
»Vielen Dank«, sagte die Dame. Kessel glaubte, daß sie sogar eine Andeutung von Knicks machte.
Es war, als ob, seit er das Geld wiedergefunden, nein, eigentlich seit er gemerkt, daß er das Geld verloren hatte – große Klarheit in sein Leben getreten sei; jedenfalls für den Augenblick.

»Essen?« sagte Onkel Hans-Otto höhnisch, »mit dem Essen ist es auch aus. Sagt dir der Name Bad Meisentrum nichts? Na ja, du bist zu jung dazu. Du bist noch nicht im Kuralter. Aber wenn du in die Jahre kommst, da wirst du auch feinere Ohren bekommen für die Namen der Bäder. Bad Meisentrum –«, sagte Onkel Hans-Otto verächtlich, »– das hat einen ganz schlechten Klang. Das verordnet der Arzt nur, wenn er einem nicht glaubt, daß man krank ist.«
Sie spazierten durch den Kurpark. Ab und zu grüßte Onkel Hans-Otto nach links oder nach rechts eine – meist ältere – Dame.
»Lauter alte Schatullen«, sagte Onkel Hans-Otto. »Pfui Deibel.«
»Na ja, ein Jüngling bist du auch nicht mehr.«
»Aber ich selber will mich nicht sehen! Ich begegne mir nicht auf der Kurpromenade. Aber den alten Schatullen begegne ich. Und ich will nicht immer nur Alte anschauen. Die Jüngste, die ich hier zu Gesicht bekommen habe, ist die Sekretärin vom Kurhotel. Die ist fünfzig. Ein Elend! Ja: zwei Küchenhilfen. Jugoslawinnen. Nichts gegen Jugoslawinnen –«, On-

kel Hans-Otto schnalzte mit der Zunge, blieb kurz stehen, zog die Augenbrauen hoch und legte die Hand auf Kessels Arm, als ob Kessel etwas gegen Jugoslawinnen gesagt hätte, »– überhaupt der Balkan. Ich war ja schließlich im Krieg dort – aber: *diese* Jugoslawinnen. Die reinsten Maden. Feist und bleich. Und dick. Nicht einmal *nackt* möchte ich die sehen, ehrlich. In dem Fall bin ich direkt froh um die Kleider. Die eine schielt noch dazu. Bad Meisentrum.« Onkel Hans-Otto schloß das wie ein verächtliches Siegel auf seine Rede, umriß mit dem Namen noch einmal die traurige Situation.
Die trostlose Kurpromenade war zu Ende. Onkel Hans-Otto und Kessel kehrten um.
Gestern abend war Kessel nicht mehr bis nach Bad Meisentrum gekommen; nicht, weil es an einer aufgelassenen Strecke gelegen wäre, sondern weil es keinen Anschluß mehr gab. Kessel hatte in Rosenheim übernachten müssen, in einem Gasthof, der groß und ungeheizt war. Kessel hatte das Gefühl gehabt, daß er der einzige Gast sei. Dennoch hatte ihn ein sehr großer, hinkender Zimmerkellner in grünem Schurz durch einen Gang an vielen, vielen Türen vorbeigeführt, bis er ihm sein Zimmer aufschloß. Kessel fragte sich, warum ihm der Portier nicht das erste, nächste Zimmer gegeben hatte. Außer dem Zimmerkellner, dem Portier und einem eher schemenhaften, nur flüchtig sichtbaren weiblichen Wesen in Gummistrümpfen sah Kessel den ganzen Abend und auch beim Frühstück niemand. Warum hatte Kessel unter den Umständen das allerhinterste Zimmer bekommen?
Am nächsten Tag gegen Mittag fuhr Kessel mit einem Postomnibus nach Bad Meisentrum weiter.
»Essen?« sagte Onkel Hans-Otto wieder, »essen is' nich'. Salz.«
»Salz?« fragte Kessel.
»Klar«, sagte Onkel Hans-Otto, »Bad Meisentrum. Salzkur.«
»Ißt man da nur Salz?«
»Du sagst es.«
»Entsetzlich!«
»Entsetzlich? Eine Strafe ist es. Ich bin zwar noch nie gerä-

dert worden, aber ich kann mir vorstellen, daß das das reinste Vergnügen dagegen ist.«

»Ja, und warum machst du das?«

»Weil es mir der Arzt verschrieben hat.«

»Aber du sagst doch–«

»Natürlich glaubt der Arzt nicht, daß ich krank bin. Er hat ja auch recht. Drum hat er mir Bad Salztrum verschrieben, wollte sagen Bad Meisentrum.«

»Aber warum –«

»Damit sie nichts machen können. Verstehst du nicht? Solange ich in Kur bin, können sie nichts machen. Solange ich in Kur bin, bleibt meine Stelle blockiert, in Pullach. Klar.«

»Aber es kann doch allerhand –«

»Passieren kann allerhand. Es kann passieren, was will. Aber meinen Stuhl müssen sie stehenlassen. Schreibtisch auch. Sie können nicht –«, Onkel Hans-Otto blieb stehen, »– sie können doch nicht ... das wäre ja der reinste Fall fürs Arbeitsgericht ... sie können doch nicht einem Mitarbeiter, der *krank* ist, den Stuhl unter dem Hintern wegziehen.« Onkel Hans-Otto faßte wieder Tritt, grüßte eine Dame in rosa Lodenmantel und marschierte weiter. »Tun sie auch nicht. Solang ich hier bin, bin ich sicher. Und hier bleibe ich, bis einigermaßen Gras über die Sache gewachsen ist.«

»Verschreibt denn der Arzt so lange –?«

»Bad Meisentrum verschreibt der Arzt solang du willst.«

»Und alles nur wegen Kurtzmann?«

»So kann man das nicht sagen. Im Dienst ist alles viel, viel komplizierter. Ja: *auch* wegen Kurtzmann. Wo soll ich anfangen, dir das zu erzählen ... das war in Wien, 1953 ... hast du schon einmal von dem berühmten Bellener was gehört? Nein? Ja, dann weißt du auch nicht – kannst du ja auch nicht wissen ... das sind so alte Geschichten – man hat Freunde und man hat Feinde ... es ist eben ...«, Onkel Hans-Otto suchte nach dem richtigen Wort, »... verflochten. Zu verflochten.«

Er schwieg eine Weile.

»Kurtzmann haben sie mir natürlich auch angelastet.«

»Auch mich?«

»Dich? Ja. Natürlich, dich auch. Obwohl sie ja das dicke Ei noch gar nicht gekannt haben, das du ihnen gelegt hast, das mit dem ›Papierkrieg‹.« Onkel Hans-Otto lachte höhnisch auf: er gönnte es *denen* offenbar, das Ei. Kessel hatte, gleich nachdem er Onkel Hans-Otto gefunden, alles erzählt.
»Und was hat denn Kurtzmann so Schlimmes getan?«
»Das weißt du nicht?«
»Nein – woher sollte ich es wissen?«
»Er ist nach Singapore . . .«
»Das schon, das hat mir der alte Güldenberg erzählt. Aber da ist er doch hingeschickt worden? Ist das was Schlimmes?«
»Er hat sich doch eine Legende aufgebaut: Industrievertreter. Schon seit Jahren. Hat man auch gewußt, alles schön und gut. Was man nicht gewußt hat, war: wie *gut* er die Legende aufgebaut hat. Das war schon keine Legende mehr, das war echt. Du hast ja selber gesehen, wie fließend da die Grenze sein kann. Ja, und dann hat der Kurtzmann sich ein Büro einrichten lassen in Singapore, und alles mögliche nachschicken, und den Umzug bezahlen, und zum Schluß hat er noch geschrieben: jetzt möchte er noch eine elektrische Schreibmaschine. Die hat er dann auch noch bekommen. Und dann hat er geschrieben – wörtlich, ich habe das Fernschreiben selber gesehen: Ich verbitte mir in Zukunft jeden Kontakt seitens des BND. Ich bin nicht mehr Mitarbeiter – Punkt. Nachdem er noch die elektrische Schreibmaschine bekommen hatte.«
»Die feine englische Art ist das nicht.«
»Die feine englische Art? Sehr schlau war das von dem Kurtzmann. Ich hätte es ihm gar nicht zugetraut, nur – aber du sagst es niemandem weiter?«
»Nein –«, sagte Kessel etwas betroffen.
»Sie haben natürlich einen hingeschickt, das heißt: das war noch ich, der das angeordnet hat. Einen hingeschickt, der ist extra nach Singapore gefahren; er sollte nachfragen, ob das stimmt, sollte mit Kurtzmann reden . . . er hat den Mann hinausgeworfen. Das war natürlich infam. ›Was?‹ hat er gefragt –«, (Kessel stellte sich die Szene vor: Kurtzmann im Tropenanzug, eine malaysische Süßspeise verzehrend, die Augenbrauen hoch über die Brillenränder ziehend), »›Woher

kommen Sie? Vom BND? Was ist das? Nie gehört.‹ Hat ihn hinausgeworfen. Und die elektrische Schreibmaschine war dort gestanden. Unser Mann, den wir hingeschickt haben, hat sie erkannt.«

»Köstlich«, sagte Kessel, aber er wußte nicht recht, ob das das richtige Wort war.

»Köstlich?« fragte Onkel Hans-Otto, »kann man auch sagen. Und dann ist er gestorben.«

»Wer?«

»Kurtzmann.«

»Kurtzmann ist tot?«

»Ja. Vorige Woche. Oder vorletzte Woche.«

»Ach –«, sagte Kessel.

»Ja, ja«, sagte Onkel Hans-Otto.

»– und woran ist er gestorben?«

»Woran? Na ja. Herzschlag. Oder?«

»Man prüft in Singapore nicht sehr genau nach, woran einer stirbt?« fragte Kessel.

»Ich war nie in Singapore«, sagte Onkel Hans-Otto.

»Hat . . . habt ihr . . .?«

»Was –?«

»Es ist merkwürdig. Daß er so schnell gestorben ist, nachdem er –«

»Du glaubst, daß . . .?« Onkel Hans-Otto blieb stehen – »Nö – da sind wir doch viel zu rechtsstaatlich denkend.«

»Aber es hat ihm doch nichts gefehlt. Nicht daß ich wüßte. Er war immer gesund –«

»Man hat oft keine Ahnung, was einem Menschen alles fehlt, der ausschaut wie das blühende Leben.«

»– einmal, ja, da hat er eine Grippe gehabt.«

»Eben. Wer weiß, was für eine Krankheit das in Wirklichkeit war.«

»Onkel Hans-Otto, ich weiß nicht, ob du jetzt im Ernst redest oder wie –«

»Ich rede in vollem Ernst.«

»– der Mann hat euch beschissen, auf deutsch gesagt, in Singapore, und ein paar Tage danach –«

»– sechs Wochen –«

»– fällt er um und ist tot. In Singapore!«
»Was du immer mit deinem Singapore hast. Du wirst doch nicht im Ernst annehmen, daß der Dienst so etwas macht?«
»Wenn er *so* geprellt wird?«
»Das wäre ja ... das würde ja gar nicht genehmigt.« Onkel Hans-Otto dachte nach. Eine Erleuchtung kam ihm: »Da ist ja gar kein Etat dafür da. Und das müßte ja dann irgendwo festgehalten werden. Nein, nein.«
»Ich weiß immer noch nicht recht, was du wirklich meinst?«
»Ich meine, was ich sage.«
»Ob es nicht doch eine Stelle gibt, die auch einen Etat hat, die sagt: jetzt machen wir's wie in den guten, alten Zeiten ... und dieser Kerl hat unsere elektrische Schreibmaschine einkassiert, und das soll er nicht umsonst getan haben? Noch dazu, wo man in Singapore nicht so genau nachschaut, woran einer gestorben ist.«
»Mit dem Essen ist es Sense«, sagte Onkel Hans-Otto, »du wirst alleine essen gehen müssen. Denn daß ich dir zuschaue, das wirst du wohl nicht verlangen.«
Kessel war fürs erste der Appetit vergangen.
»Hast du mir das erzählt, weil du damit sagen willst, daß auch mir ... daß auch ich Gefahr laufe ...?«
»Ich? Ich habe gar nichts gesagt.«
»Weil ich das dicke Ei gelegt habe?«
»Ach so. Nein. Außerdem lebst du ja in Deutschland, nicht in Singapore. Wenn du allerdings in Singapore lebtest ... da würde ich zur Vorsicht nur noch kleine Beträge auf dich wetten.«
»Dabei war meine Idee doch gut. Das mit dem ›Papierkrieg‹.«
»Die Idee war ganz schlecht.«
»Wieso? Man könnte –«
»Man könnte gar nichts ... es gibt einen eisernen Grundsatz, der steht –«, Onkel Hans-Otto holte mit seinen Ärmchen aus und markierte ein Riesentransparent, »– sooo groß über ganz Pullach. *Ärgere deinen Gegner nicht. Wer weiß, wie du ihn noch brauchst.* Du hast die Spielregeln verletzt. Das ist bei uns, ich meine: im Dienst, das Schlimmste. Je unnötiger eine Sache ist, desto strenger sind die Spielregeln zu beachten.

Denk an die Studentenverbindungen, denk an den Fußball, an die Diplomaten. Es gibt Systeme, die werden nur noch durch die Spielregeln zusammengehalten.«

»Der Geheimdienst.«

»Nicht *der* Geheimdienst. *Die* Geheimdienste«, sagte Onkel Hans-Otto.

»Und was soll ich jetzt tun mit dem Geld?«

»Hm –«, sagte Onkel Hans-Otto. »Du hast ja selber gesagt, du hast das Gefühl gehabt, daß es dein Geld ist, wie du es fast verloren gehabt hast.«

»Ja«, sagte Kessel.

»Also *ich*«, sagte Onkel Hans-Otto, »wenn du *mich* fragst, wenn du deinen alten, verrosteten und nunmehr auch versalzenen Onkel Hans-Otto fragst ...«, Onkel Hans-Otto kniff die Lippen zusammen und nickte ein paarmal mit dem Kopf, wie um dem im voraus zuzustimmen, was er jetzt sagen wird, »– *ich* würde ... also, ich wäre nur noch nicht sicher, ob ich das Geld in Spanien oder in Griechenland auf den Kopf hauen würde. Hm, hm. Griechenland ... eine Insel ...«

»Mit Norma und Bella?« sagte Kessel.

»Bist du wahnsinnig? Ich würde doch daheim das Geld nicht verbellen. Norma und Bella ... Schwachkopf. Da würde ich ja wohl ein anderes Köfferchen mitnehmen, mit sechsundachtzig Braunen in der Brusttasche. Hm. Oder doch eher Andalusien. Ein Monat. Sind gut zwanzigtausend in der Woche. Ein ganzes Hotel, ein kleines Hotel. Nur weibliches Personal, daß die Mieze nackt dinieren kann.«

»Und du im Smoking.«

»Unter Fliederbüschen. Und ein blinder Zigeuner, der Gitarre spielt – blind, weil ja die Mieze nackt ist, bis auf die paar Azaleenblüten im Haar. Rm-trmm-tmtmtm ...«, Onkel Hans-Otto stampfte, so gut er konnte, den Rhythmus eines Fandangos auf den Kiesweg der Promenade von Bad Meisentrum.

»Und dann tanzt du mit der nackten Mieze. Auf der Terrasse über dem Meer.«

»Im Mondlicht!« sagte Onkel Hans-Otto. »Ein Monat. Und den Dicken daheim würde ich sagen: es ist eine Dienstreise.

Geheimes Ziel, weiß es vorerst selber noch nicht –«, Onkel Hans-Otto stieß Kessel mit dem Ellenbogen in die Rippen und lachte, »– Kennwort Azalee, soviel darf ich verraten.« Er wurde wieder ernst. »Also *ich* brächte das Geld schon durch. Nur die Fahrkarte, natürlich, die müßte man vorher kaufen, die Rückfahrkarte, meine ich.«
»Auch für die Mieze.«
»Na ja, die Mieze. Fairerweise ja. Oder? Oder man könnte sie natürlich auch dort lassen. Die findet schon einen. Die schon.«

Als Albin Kessel damals am 29. Oktober aus dem Krankenhaus, in das man die Leiche Brunos gebracht hatte, nach Hause gefahren war, hatte der Regen wieder eingesetzt, die Tropfen waren größer, schwerer geworden, es schien fast, als käme der erste Schnee.
Eugenie stand neben ihm, fröstelte. Sie war nackt, wie der Tote drin, den sie durch das Fenster der Prosektur gesehen hatten, nackt, nur einen Mantel hatte sie übergeworfen, Schuhe angezogen, als Kessel sie, schon vom Krankenhaus, anrief. Sie zog ihren Mantel enger um sich, merkte wohl gar nicht, daß sie nackt war, dachte – wie Kessel – an den nackten Bruno, an den fahlgrauen Fleischberg, der da drinnen lag, auf dem Rücken, auf einer Bahre aus Zink, lieblos von einem groben Menschen in einem blau-weiß gestreiften Kittel geschoben. An Brunos linkem großem Zeh hing ein Zettel, ein Anhänger, wie man ihn benutzt, wenn man Reisegepäck aufgibt.
Kessel hatte den Gedanken, diesen Zettel, diesen Gepäckanhänger am Reisegepäck Bruno komisch zu finden, gewaltsam unterdrückt, hatte pietätvolle Miene bewahrt.
Ein Kriminalbeamter war auch da. Als er Kessel fragte, was er von dem Toten wisse, fiel Kessel das erste Mal auf, daß er Brunos Namen – Brunos Klarnamen – nicht kannte, nicht einmal sicher war, ob Bruno der richtige Vorname war.
»Det Frollein ooch nich?« fragte der Polizist. Er war viel zu lustlos, wahrscheinlich ärgerlich über den Dienst am Samstagabend überhaupt und jetzt noch speziell über diesen unan-

genehmen Todesfall, als daß er sich die Mühe gemacht hätte, irgend etwas merkwürdig zu finden. Nur als sich Eugenie vorbeugte und ihr Mantel klaffte, stutzte der Beamte.
»Nein«, sagte Eugenie.
»Ein flüchtiger Bekannter«, sagte Kessel, »aus meiner Stammkneipe. Sie haben Bruno zu ihm gesagt, aber ich weiß nicht, ob er wirklich so heißt. Aber –«
Der Kriminalbeamte tippte ein Protokoll.
»Und Sie haben den Toten gefunden?«
»Er ist ...«, Kessel schluckte, »... ja, in meiner Gegenwart ... verstorben.«
Der Polizist fragte dann noch nach Ort und Zeit und sagte zum Schluß, daß die Sache untersucht werden müsse; routinemäßig, jedenfalls ... obgleich *er* nicht glaube, daß eine unnatürliche Todesart in Frage komme.
Kessel beschloß, morgen früh die Zentrale anzurufen. In einem Kuvert lag ein Zettel mit einer speziellen Not-Nummer, die immer besetzt ist, für solche Fälle und Katastrophen und dergleichen. Pullach würde sich ja wohl dann mit dem Staatsanwalt in Berlin in geeigneter Weise in Verbindung setzen.
Eugeniens Personalien wollte der Beamte nicht, aber die von Kessel. Kessel gab ihm seinen Deckpaß, Kregel. Der Beamte schrieb die Angaben ab.
»Ach –«, sagte er dann, »– Sie haben ja heute Geburtstag. Ja – dann – also trotzdem: herzlichen Glückwunsch.«
Kessel fuhr Eugenie nach Hause, dann fuhr er mit einem Taxi in seine Wohnung. Er hatte vergessen, das eine Fenster zu schließen. Die beiden Briefe waren durchweicht, weil der Wind den Regen ins Zimmer getrieben hatte. In der Schüssel, in der die Briefe lagen, war daumenhoch Wasser.
Den Brief an Schwalbe – an Schwalbe und retour dachte Kessel – warf er dann gleich weg. Renates Brief öffnete er. Im Kuvert war noch ein Kuvert: vom Bayerischen Rundfunk an Albin Kessel, gerichtet an die Münchener Adresse. Kessel riß dieses, schon nicht mehr so nasse Kuvert auf und fand darin ein drittes Kuvert mit der Adresse: An Herrn Albin Kessel, Autor des Fernsehspiels *Die Buttlarsche Rotte*, c/o Bayerischer Rundfunk ...

Das dritte Kuvert war fast trocken.
Kessel sagte später zu Wermut Graef: ich glaube, ich habe schon gewußt, wie ich gesehen habe, daß im zweiten Kuvert ein drittes steckt, noch bevor ich die Schrift und den Absender gesehen habe, daß der Brief von ihr ist.
J. K. stand hinten auf dem Brief. 858 Bayreuth, Eisenstraße 14.
Kessel schloß das Fenster, schüttete das Wasser aus der Schale in den einzigen Blumentopf – einen Gummibaum –, der zur Ausstattung seiner Wohnung gehörte, und las den Brief.
»Sehr geehrter Herr Kessel,
ich weiß nicht, ob Sie sich noch an mich erinnern ...«
Wenn es einen Menschen gibt, an den ich mich erinnere, schrieb Kessel noch in der Nacht an Julia, so sind das Sie. Ich möchte nicht übertreiben: nicht jeden Tag habe ich an Sie gedacht in den vierzehn Jahren; aber *zwei* Tage ohne einen Gedanken an Sie sind nicht vergangen ...
Julia hattte am Montag die *Buttlarsche Rotte* gesehen, hatte schon im Programm Kessels Namen gelesen. In Julias Programmzeitung war sogar ein Bild des Drehbuchautors abgedruckt gewesen, weshalb Julia sicher war, schrieb sie, »daß der Drehbuchautor *mein* Albin Kessel ist. Es gibt ja immerhin mehrere Schriftsteller Kessel.
Sie haben ja wohl auch Ihr Fernsehspiel gesehen, gestern abend. Es war sehr merkwürdig für mich: zu wissen, daß Sie das jetzt gleichzeitig mit mir ansehen. Ich hatte den ganzen Abend das Gefühl, ich sitze neben Ihnen. Entschuldigen Sie, wenn ich solche Dinge schreibe, und ich weiß nicht einmal, ob Sie sich an mich überhaupt erinnern können. Es ist schwer, einem Schriftsteller zu schreiben, der es ja viel besser kann ...«
Kessel hatte am Montagabend das Fernsehspiel mit Bruno zusammen in der Wohnung hinter dem Laden angeschaut. Eugenie wollte ursprünglich auch dabei sein, hatte aber dann Besuch von einem Adoptivneffen oder -onkel aus dem Rheinland bekommen.
Kessel lud auch Egon und Herrn von Primus ein, aber Herr von Primus kam erst am Dienstag aus Wien zurück, Egon

konnte so lang nicht bleiben, weil er sonst keinen Schlafplatz im Obdachlosenasyl mehr bekommen hätte.
»Doof«, hatte Egon gesagt, »det et nich in' Somma nich jekomm' is. Wejen Ihn', Ha Krejel, hätt' ick scho ma unta de Bricke gepennt. Aba in' Oktoba – nee, da missn Se mia schon vastehen . . .«
So fiel auch das Problem weg, wie man Egon zu erklären hätte, daß der ihm nur unter dem Namen Kregel bekannte Mann als Drehbuchautor Kessel hieß. Kessel hatte vorgeschlagen gehabt: das sei sein Künstlername.
So waren Kessel und Bruno allein vor dem Fernsehapparat gesessen. Bruno gefiel der Film. Nur nachher, als der Abspann vorbei war, wurde er verlegen. Zaghaft applaudierte er.
»Ja«, hatte damals Frau Marschalik gesagt, »das werden wir an einem Montag senden. Aber –«, hatte sie schnell beruhigend hinzugefügt, »– das ist nicht persönlich gemeint, Herr Purucker. Und – nun ja, die Zuschauerzahlen vom *Tatort* würden Sie mit dem Stoff auch am Freitag oder Samstag nicht erreichen. Ist ja klar. Sie haben ja für ein ganz anderes Publikum geschrieben, Herr Rosenfel- entschuldigen Sie, ich weiß, Herr Kessel –«
»Und das Honorar bleibt sich ja gleich«, sagte Kessel.
»Eben«, sagte Frau Marschalik.
Das Drehbuch hatte Kessel Ende Dezember vorigen Jahres, in den Tagen zwischen Weihnachten und Silvester, abgeliefert. Natürlich hatte man eine Menge Änderungen vorgeschlagen, nicht Frau Marschalik – der gefiel das Drehbuch –, aber der Regisseur, und einer, der noch über Frau Marschalik kommandierte, und ein Fernsehdirektor, und noch ein frei mitarbeitender, die Sache beurteilender Redakteur.
»Denken Sie sich gar nichts«, hatte Frau Marschalik nach dieser Besprechung (das war in den ersten Januartagen gewesen) gesagt, als all die Leute gegangen waren. Sie schloß die Tür, schaute vorher zur Vorsicht, ob nicht noch einer draußen im Vorzimmer herumstand. »Da machen Sie es wie der Schneider mit dem Anzug. Wenn der Anzug fertig ist, und der Kunde, der ihn probiert, ist nicht zufrieden und sagt –«, hier lief das staunenswürdige Imitationstalent der Frau Marschalik

wieder einmal zur Vollform auf; sie stand auf und spielte gleichzeitig den mäkelnden Kunden und den beflissenen Schneider, »›da zwickt's ein bissel, und hier, meinen Sie nicht auch? Und die eine Tasche . . .?‹ ›Sehr wohl‹, sagt der Schneider, ›kommen Sie in vierzehn Tag wieder.‹ – und hängt den Anzug in den Kasten und tut . . .? Tut gar nichts. Und nach vierzehn Tagen kommt der Kunde und probiert den Anzug noch einmal. ›So‹ –, sagt der Schneider und hilft ihm hinein. ›Jaaa!‹ sagt der Kunde. ›Sehen Sie, das ist doch jetzt ganz was anderes . . .‹« Frau Marschalik hatte ihre Szene zu Ende gespielt und setzte sich wieder. Einen Ton trockener fügte sie nun hinzu: »Und so machen Sie es auch mit Ihrem Drehbuch, Herr Gerstendorfer.«

Als Kessel Mitte Januar mit dem unveränderten Drehbuch wiederkam, waren alle begeistert. Frau Marschalik zwinkerte ihm zu.

Im Sommer war der Film dann gedreht worden. Im August, während Kessel mit Renate und der Kröte auf Spiekeroog war, wurde die dritte Rate überwiesen.

Auch dieses Geld, und ein guter Teil des Geheimdienstgehaltes, lag unberührt auf dem Konto, fast zwanzigtausend Mark insgesamt. Kessels Haushalt in Berlin, wenn man dazu überhaupt so sagen kann, lief praktisch ohne finanziellen Aufwand.

Onkel Hans-Otto hatte den Film natürlich auch gesehen.

»War schwierig«, sagte er. »Die ganzen alten Scharteken im Kurheim wollten das unanständige Zeug nicht sehen. Aber ich habe es durchgesetzt. Das Drehbuch hat mein Neffe geschrieben, basta. Na ja. Das haben sie dann eingesehen, die vertrockneten Gurken. So. Aber jetzt – du lieber Himmel – fünf Uhr. Da heißt es für mich: einpassieren; zum Salze. Pfui Deibel. Und für dich: der letzte Omnibus geht um halb sechs.«

»Ich habe gedacht –«

»Du willst hierbleiben? Das ist zwar lieb von dir, aber: nein, nein. Zwecklos. Wenn du hierbleibst, bist du morgen tot vor Langeweile. Und dann habe ich auch nichts von dir, höchstens Scherereien.«

»Aber wir könnten doch abends –«
»Erstens darf ich nichts trinken. Zweitens gibt's hier nichts, wo man was trinken kann. Spätestens um halb zehn machen hier alle den Laden dicht. Und drittens bin ich kaserniert. Nein, nein: du fährst zurück nach München. Grüß Renate schön –«

Da innen ein Schlüssel steckte, mußte Kessel läuten. Eine ihm fremde weibliche Stimme fragte drinnen durch das Haustelephon hinunter, wer da sei.
Kessel trommelte leicht gegen die Tür und sagte: »Ich bin schon heroben.«
Eine ziemlich lange, dünne Person mit langen Haaren machte auf, schaute etwas verwirrt und sagte dann: »Ach, Sie sind ja Herr Kessel, oder?«
»Allerdings«, sagte Kessel.
»Das ist aber unangenehm«, sagte das Mädchen. Bei näherem Sehen kam sie Kessel bekannt vor.
»Ganz meinerseits«, sagte Kessel.
»Wie geht es dir denn, Albin«, sagte das Mädchen. »Wir haben alle deinen Film gesehen. Toll. Wie du das machst.«
Kessel dämmerte es: Gundula mit den großen Füßen. Kurti Wünses Freundin aus St. Mommul-sur-Mer.
»Wie kommen Sie denn hierher?« fragte Kessel. »Ist Renate nicht da?«
»Die müssen gleich kommen.«
›Die‹ bezog Kessel auf Renate und die Kröte.
Zunächst aber kamen Dr. Kurti Wünse und sein Vater. Sie waren in der Stadt gewesen. Später erst kamen Oma Wünse, Renate und die Kröte. Renate war zwar erfreut, Kessel zu sehen, sagte aber, daß sie ihn dieses Wochenende nicht erwartet, und warum er seinen Besuch nicht angekündigt habe.
Oma Wünse gab Kessel gnädig die Hand, gratulierte zum Erfolg des Fernsehspiels und erzählte, daß ihr Sohn, Dr. Wünse, schon mehrfach in außerordentlich aussichtsreichen Verhandlungen mit Fernsehanstalten gestanden habe, unter anderem mit dem Norddeutschen Rundfunk. »Das ist doch hervorragend, nicht? Der Norddeutsche Rundfunk!

Stellen Sie sich vor.« Sie halte ihren Sohn für sehr, sehr begabt.

»Wollen die bei uns übernachten?« fragte Kessel um halb elf Uhr Renate, als sich eine Gelegenheit für ihn ergab, seine Frau in einer Ecke der Wohnung allein zu sprechen. Die Frage war ironisch gemeint und stand für: wann gehen die endlich?

»Ja«, sagte Renate, »natürlich. Ich kann doch nicht einfach sagen, daß ich . . . daß wir . . .«

»Haben die kein Geld für ein Hotelzimmer?«

»Opa hat mir *hundert* Mark gegeben, fürs Essen«, sagte Renate, als ob sie einen Trumpf ausspielte.

Kessel langte in die Jackentasche, zog einen Tausender aus dem Bündel, hielt ihn Renate hin und sagte: »Ich gebe dir den, wenn sie nicht bei uns essen.«

»Du bist äußerst geschmacklos«, sagte Renate und ging.

Offenbar war irgend etwas mit der Kröte. Die Familienversammlung deutete auf schwerwiegende Beratungen hin. Außerdem war die Kröte wie ausgewechselt. Sie redete so gut wie überhaupt nichts, obwohl sie im Augenblick im Vollbesitz ihrer Stimme gewesen wäre, ging wie schwebend durch die Wohnung und trat auf, als ob sie Angst hätte, durch den Fußboden zu brechen. Es war eine neue, eine überraschende Rolle, die Schäfchen spielte. Kessel grübelte, während er sie beobachtete, was das für eine Rolle war. War es das allgemein-wünsische Geschnatter, das lüdenscheidische, das Schäfchen davon abhielt, zu reden? Nur ab und zu warf sie ein hohes, zerbrechliches »Ah –?« oder »Ja –?« in das Gespräch. Weit schob sie die Oberlippe vor bei leicht geöffnetem Mund und hob den Kopf, schaute teilnahmslos. Offenbar hielt sie das für hoheitsvoll und verinnerlicht. Madonna, fiel Kessel ein, ja: sie spielte die Rolle ›kleine Madonna‹.

»Nicht, daß ich mich nicht freuen würde«, sagte Renate, »daß du auch dieses Wochenende gekommen bist, aber es ist wahnsinnig ungünstig.«

Kessel wagte nicht, noch einmal den Tausender anzubieten.

»Es macht es natürlich komplizierter –«, ein leichter Schimmer des Vorwurfs glitt über Renates Augen, »– noch dazu, wo du so empfindlich bist, wenn es sich um Schäfchen handelt.«

»Aber es handelt sich doch nicht um Schäfchen, sondern um die Damen und Herren Wünse.«

»Siehst du«, sagte Renate, »wie du schon wieder redest. Damen und Herren Wünse –«

Gut, daß Renate nicht ahnte, was Kessel im ersten Moment statt Damen und Herren Wünse hatte sagen wollen.

»Und ist es –«, sagte Kessel vorsichtig, »– ich meine: wäre es, oder anders gesagt: würdest du es als herzlos empfinden, wenn ich alle in ein Hotel einladen würde? Auf meine Kosten?«

»Da könnten sie meinen, wir würden sie loswerden wollen.«

»Also –«, Kessel verschluckte: – da hätten sie recht.

»Und denke an Schäfchen. In ihrem Zustand!«

»In welchem Zustand? Weil sie nichts redet? Macht euch das so besorgt, daß ein Familienrat einberufen werden muß?«

»Du bist geschmacklos«, sagte Renate und fügte im Hinausgehen hinzu: »Du merkst überhaupt nichts.«

Oma Wünse, Renate und Schäfchen schliefen im Schlafzimmer, zu dritt in den Ehebetten. Da Oma Wünse einen angeblich so enorm empfindlichen Schlaf hatte, wurde Oropax besorgt.

Kurti Wünse und seine Gundula schliefen auf der Couch im Wohnzimmer, die man auseinanderziehen konnte, so daß zur Not zwei drauf Platz hatten.

Opa Wünse und Kessel schliefen in Schäfchens Zimmer, Kessels ehemaligem Arbeitszimmer; der Opa in Schäfchens Bett (er war so klein, daß er auch in einem Gitterbett Platz gehabt hätte), Kessel auf einer Campingliege.

»Es geht nicht anders: Oma und Opa schlafen nicht im selben Zimmer, seit Jahren nicht. Oma verträgt es nicht mehr. Außerdem: wo sollte dann Schäfchen schlafen?«

»Bei Kurti und Gundula«, sagte Kessel.

»Das geht auch nicht. Denk doch einen Moment nach!«

»Aber die beiden *müssen* doch vielleicht nicht grad heute Nacht ... ich meine –«

»Nicht deswegen. Aber sie ist doch quasi erwachsen. Schau ihren Busen an.« Renate seufzte tief. »Leider.«

»Und mit dem Busen kann sie nicht –«

»– nicht im Zimmer mit einem erwachsenen Mann schlafen. Du hast auch zwei Zimmer genommen, hast du erzählt, wie du mit deiner Tochter nach Bayreuth gefahren bist.«

»Dann könnte Schäfchen bei Oma schlafen, wir beide in Schäfchens Zimmer –«

»Und Opa?«

»Bei Kurti und –«

»Du wirst doch Gundula nicht zumuten wollen, daß sie sich in Gegenwart von Opa auszieht.«

»Sie kann sich ja im Bad ausziehen«, sagte Kessel, »und im Nachthemd –«

»Sie schläft *nackt,* daß du es weißt. Hat mir Kurti gesagt. Es gibt keine andere Möglichkeit, außer so, wie ich es aufgeteilt habe. Und jetzt gib Ruhe. Wir werden morgen einen Tag haben, der schwer genug ist.«

»Wieso? Kommen noch welche?«

Renate atmete schwer. »Weil wir es Oma sagen müssen.«

»Was müßt ihr ihr sagen?«

»Daß Schäfchen schwanger ist.«

Kessel ging ins Bad und lachte. Er sagte später zu Wermut Graef, als er ihm die Sache erzählte, er habe wahrhaftig nicht gewußt, warum er lache. Er sei damals der Meinung gewesen, daß es ihm im Grunde seines Herzens völlig gleichgültig war, ob Schäfchen dieses oder jenes passierte, selbst ob sie schwanger war oder nicht. Aber er habe lachen müssen. Es sei ihm gewesen, als sei ganz tief in ihm ein Gnom gesessen, dem die Kröte nicht gleichgültig war, und der so lachen mußte, daß Kessel mitlachte. Er sei eine Viertelstunde auf dem Klodeckel gesessen und habe gelacht, habe nicht mehr aufhören können, und es habe erst nachgelassen, als er auf die rettende Idee gekommen sei, in den Spiegel zu schauen. Sein eigenes lachendes Gesicht sei ihm nicht zum Lachen vorgekommen, und dann habe es aufgehört.

Renate klopfte an die Tür.

Kessel machte auf.

Renate sagte: »Geht es jetzt wieder? Mir ist auch schlecht geworden, als ich es erfahren habe. Ist dir besser?«
»Ja«, sagte Kessel.
Renate schmiegte sich an Kessel. Offenbar honorierte sie seine – durch Übelkeit dokumentierte – Sorge um Schäfchen. Sie sagte sich, scheint's: letzten Endes macht er sich doch Sorgen um sie, der Gute. Sie sagte: »Morgen abend – ist auch ein Abend. Da sind sie vielleicht schon wieder weg. Ich glaube sicher, daß sie weg sind –«
Renate stand hinter der Tür. Die Kröte stieß, rücksichtslos, wie sie es gewohnt war, die Tür auf und rammte die Klinke Renate in den Rücken, an einer besonders schmerzhaften Stelle. Es war ein Reflex. Renate holte aus –
Schäfchen wich zurück, nicht mehr als einen Zentimeter; es war nur eine Andeutung eines Zurückweichens. Sie hob die Hand, schob bei leicht geöffnetem Mund die Oberlippe vor und schaute Renate mit einem Blick aus den Wespenaugen an, der deutlich sagte: Denke an meinen Zustand!
Renate ließ die Hand sinken und ging hinaus.
In der Küche schlief niemand. Um halb neun stand Kessel auf und ging, sich einen Kaffee zu machen.
Nach einiger Zeit kam Renate.
»Was machst du denn für einen Lärm?« fragte sie.
»Ich weiß schon, warum Oma Wünse Oropax braucht.«
»Warum? Weil sie einen sehr leisen Schlaf hat.«
»Nein. Hast du Opa Wünse schon einmal schnarchen gehört? Aber ich. Heute nacht. Es ist unvorstellbar, daß ein so kleiner Mensch so laut schnarcht.«
»Deswegen braucht sie kein Oropax. Sie schlafen doch in getrennten Zimmern.«
»Das hört man durch *Fluchten* von Zimmern.«
»Du ärgerst dich nur, weil sie *einmal* hier übernachten.«
»Wer sagt es denn der Oma heute?«
Renates Miene verfinsterte sich. »Mußt du mir den Sonntagmorgen verderben?«
»Ich denke, sie sind hier, damit man's ihr sagt?«
»Sie hat es eben nicht gern.«
»Daß sie Urgroßmutter wird?«

»Mir wird ganz schlecht, wenn ich daran denke ... wie ich das erste –«, Renate verschluckte den Rest des Satzes.
»Was: das erste?«
»Nichts.«
»Ich will das jetzt wissen ... Das erste –? Das erste Mal?«
»Ja«, sagte Renate, »wie wir – also, wie Kurti und ich das erste Baby erwartet haben –«
»Habt ihr außer der – außer Schäfchen noch eins?«
»Eben nicht.«
»Ach –«
»Ja! Weil sie sich so aufgeführt hat. Du kannst dir ja gar nicht vorstellen, wie sie sich aufgeführt hat.«
»Weil sie nicht Oma werden wollte.«
»Das hat sie natürlich nicht gesagt. Sie hat alles mögliche andere gesagt. Daß Kurti erst seinen Doktor machen soll und weiß ich, was noch alles.«
»Und dann hast du es abtreiben lassen? Wegen Oma Wünse?«
Renate schluckte. »Das war damals sogar noch kriminell. Viel schlimmer als jetzt.«
»Wegen Oma.«
»Da war sie ja noch nicht Oma. Aber das zweite Mal, bei Schäfchen –«
Kessel konnte den Gedanken, der sofort in ihm aufblitzte, nicht unterdrücken: daß es ein Segen gewesen wäre, auch da ... Nein, rief sich Kessel selber zur Ordnung, so was denkt man nicht. Auch nicht bei der Kröte.
»– bei Schäfchen habe ich es erst gesagt, wie man – als also alles, ... als nichts mehr zu machen war. Die Alte ist fast gestorben. Kurti auch. Aber ich wollte das Baby.« Renate wurde nachdenklich. »Obwohl gerade das, wie Kurti sich da benommen hat – obwohl gerade das der Anfang vom Ende war zwischen uns.«
»Und wer sagt es ihr heute? Daß sie Urgroßmutter wird?«
»O Gott, o Gott«, sagte Renate.
»Ja, wer sagt es ihr?«
»Ich glaube«, sagte Renate, »es rührt sich was im Wohnzimmer.« Sie lief hinüber.
Opa Wünse kam dann als erster zum Frühstück. Danach

standen Kurti und Gundula auf. Es war ganz gut so, denn es hätten nicht alle gleichzeitig frühstücken können.
Endlich kam die Kröte. Sie wies hoheitsvoll das Nesquick zurück und verlangte Yoghurt und Erdbeeren. Es war nur Yoghurt mit Himbeeren da. Die Kröte machte kein Hehl daraus, daß sie nicht mit ihrer Mutter zufrieden war.
Renate bemerkte offenbar den Vorwurf nicht und war nahe daran, den Yoghurt mit Himbeeren etwas energischer vor Schäfchen hinzustellen, da hob Schäfchen wieder die Hand – denk an meinen Zustand. Renate zuckte zusammen.
»Kurti und ich«, sagte Renate zu Kessel, als grad niemand zuhörte, »haben beschlossen, es der Oma erst abends zu sagen. Warum soll man den Tag gewaltsam vermiesen. Gundula war auch dieser Meinung.«
»So«, sagte Kiesel, »ich habe gedacht, abends sind sie schon nicht mehr da?«
»Hab' ich auch gemeint«, sagte Renate, »aber sie sind eben noch da.«
Danach wurde mit den Versuchen begonnen, Oma Wünse zu wecken. Erst säuselte die Kröte ein Morgenlied. Dann schlug Kurti absichtlich mit der Balkontür. Renate zupfte am Nachthemd. Man nahm ihr das Oropax aus den Ohren. Opa kam mit einer Pfanne und einem Deckel aus der Küche und schlug den Deckel mehrfach gegen die Pfanne.
Oma Wünse schlief.
»Kitzeln«, sagte Gundula.
Auch das half nichts.
»Wie kriegst du sie denn immer wach?« fragte Renate den Opa.
»Weiß ich nicht«, sagte Opa. »Ich geh' um sieben ins Geschäft, da schläft sie noch. Wenn ich um zwölf wieder rüberkomme, ist sie auf. *Wie* sie das macht, weiß ich nicht.«
»Schäfchen ist schwanger«, sagte Kessel in etwa mittlerer Lautstärke.
Die Szene erstarrte.
Oma Wünse schlug die Augen auf. Langsam fuhr ihr Oberkörper, fest vermummt mit einem Bettjäckchen und einem Schal, aus den Decken hervor.

»*Was* sagen Sie?« sagte Oma Wünse leise.
Aber es war eine bloß rhetorische Frage. Sie hatte genau verstanden, was Kessel gesagt hatte, und nach einem Augenblick drohenden Schweigens fing sie zu schreien an.
Es habe, erzählte später Kessel, der – wenn Renate nicht dabei war – die Szene gerne schilderte, etwas Unwirkliches gehabt. Da sei die mit Nachtjäckchen und Schal vermummte Alte im Bett gesessen (in seinem, notabene! Kessels Bett!), die ganze Familie – sofern man dieses Personenkonglomerat so bezeichnen kann – habe sich in dem engen, kleinen Schlafzimmer um das Bett gedrängt. Es sei zwar ein etwas regnerischer, aber im übrigen stiller Novembersonntagmorgen gewesen. Und die Alte habe zu schreien angefangen. Sie habe nicht leise angefangen, vielleicht stoßweise, zunächst seufzend, weinend-artikuliert, dann übergehend in Schreien, schmerzgekrümmt, tränenüberströmt; sie habe nicht die Haare gerauft, nicht das Nachtjäckchen über der Brust zerrissen, habe nicht gestrampelt, nicht die Augen gerollt, in die Fäuste gebissen. Nein, nichts von alledem: sie sei ganz ruhig dagesessen, mit ruhiger, ja – Kessel erzählte immer, daß er wohl als einziger genau hingesehen habe –, mit etwas trotziger Miene, habe den Mund aufgemacht und einen Schrei herausgelassen. Wie ein Zug aus dem Tunnel fährt. Ein Schrei in von Anfang an gleicher Lautstärke, ohne Atemlöcher – wie sie das gemacht habe, sei ihm ein Rätsel, sagte Kessel –, ein langgedehnter, langgezogener, endlos sich wälzender Schrei. Ein Schrei wie ein langer runder Pfahl, dessen Ende sich in der Ferne verliert.
Erst fingen die Fensterscheiben leicht zu zittern an. Dann hörte man das Frühstücksgeschirr in der Küche klirren. Dann vibrierten die Möbel, zuletzt der Fußboden.
Die Familie achtete nicht auf Albin Kessel. Die Familie raufte Haare, zerriß Hemden über der Brust, lief hin und her, holte kalte Kompressen, versuchte begütigend zuzureden – Oma schrie. Dr. Kurti kniete neben das Bett, ergriff Omas vibrierende Hand ...
Immerhin, pflegte Kessel seine Schilderung der Szene abzuschließen, spielte sich die Sache im sechsten Stock eines hohen

Hauses ab. Wer weiß, habe er überlegt, wie lang ein windiger Betonbau aus den fünfziger Jahren so etwas aushält. Zum Glück habe er erstens so gut wie keine Sachen dabeigehabt aus Berlin, und die, die er dabeigehabt habe, habe er nicht ausgepackt. Er habe nur die Mappe nehmen müssen, die in Schäfchens Zimmer neben der Campingliege stand, auf der er seinen unruhigen Schlaf der vergangenen Nacht getan habe, den Mantel und seine karierte Mütze von der Garderobe genommen. Die Eingangstür habe gezittert. Niemand habe bemerkt, daß er ging. Noch im Lift, sogar noch, als der Lift unten im Parterre ankam, habe Kessel das Schreien gehört, erzählte er.

Erst Mitte Dezember, als er – immer noch mit dem Aktenkoffer, aber ohne Geld darin – aus der Toscana nach Berlin zurückkam, habe er aus einem Brief Renates erfahren, daß Oma Wünse im Lauf des verhängnisvollen Tages doch noch aufgehört hatte, zu schreien. Schäfchen hätten sie mitgenommen, die Wünses. Dr. Kurti sei mit Schäfchen nach Holland in eine diskrete Klinik gefahren. Danach komme es wieder in das Internat.

Der Brief war trotz eines deutlich versöhnlichen Schlusses – ». . . Dein Schreibtisch steht wieder drüben.« – in vorwurfsvollem Ton gehalten, so, als ob Kessel, weil er Oma mit der Schreckensnachricht geweckt, die ganze Misere verschuldet habe.

Das Flugzeug aus Rom kam in München an. Einen direkten Flug von Rom nach Berlin gab es nicht. Kessel mußte umsteigen. Er brachte es natürlich nicht über sich, die Gelegenheit zu benutzen, und für einen Tag Station zu machen; nicht, weil er da noch nicht wußte, daß die Kröte schon weg war, den Brief fand er ja dann erst in Berlin. Er brachte es nicht fertig, von Julia weg zu Renate zu gehen.

Er brachte Julia zum Flughafenbus, gab ihren Koffer dem Dienstmann und bezahlte die Fahrt.

»Du fliegst gleich weiter nach Berlin?« fragte Julia.

Kessel nickte.

»Obwohl das dort nicht mehr lang dauert?«

Kessel nickte wieder.

Julia würde mit dem Omnibus bis zum Bahnhof fahren, einen Schnellzug nach Schnabelwaid nehmen, dann einen Personenzug nach Bayreuth. (Das Kind Moritz war von der – in die Sache eingeweihten – Freundin inzwischen nach Hause gebracht worden; so war es ausgemacht.)
Kessel hatte zunächst vorgeschlagen, daß er bis Bayreuth mitfahren würde, oder nur bis Schnabelwaid, wenn jenes zu gefährlich sei, wenn Julia befürchtete, daß jemand sie am Bahnhof sehen würde. Aber Julia hatte abgelehnt. Erstens, hatte sie gesagt, sei das nur ein hinausgezögerter, in die Länge gezogener Abschied, ein verzerrter Abschied.
»– und außerdem«, sagte Julia, »geht so spät kein Zug mehr von Bayreuth weg. Du müßtest in Bayreuth übernachten.«
»Übernachte ich eben in einem Hotel. Wird ja ein Hotelzimmer zu kriegen sein. Sind doch keine Festspiele, im Dezember.«
»Glaubst du«, sagte Julia, »ich könnte wissen, daß du in der gleichen Stadt schläfst? Zu Fuß von meinem Haus zu erreichen, und ich würde keine Dummheit machen?«
So stieg Julia in den Flughafenomnibus.
»Wink' mir nicht nach«, sagte Julia, bevor sie einstieg. »Wir kennen uns jetzt besser als Leute, die sich beim Abschied nachwinken.«
Kessel nickte.
»Geh hinein«, sagte Julia, »geh hinein, noch bevor der Omnibus abfährt.«
Kessel nickte.
»Damit alles ganz einfach ist«, sagte Julia.
»Julia –« sagte Kessel.
»Ja?«
»Hast du – irgendwann wieder einmal eine Woche Zeit für mich?«
»Selbstverständlich.«
Er habe, sagte Albin Kessel viel später an einem der ›aufrichtigen Dienstage‹ zu Wermut Graef, zwar nicht sofort, aber sehr bald gewußt, noch ehe er wieder das Flughafengebäude betreten habe, gewußt, daß dieses ›Selbstverständlich‹ soviel wie ›nein‹ bedeute.

»Vielleicht«, sagte Kessel zu Wermut Graef, »ist es auch gut so. Nicht gut für mich, vielleicht auch nicht gut für Julia, aber gut für die Welt. Vielleicht wäre die Welt nicht stark genug, das Glück zu tragen, wenn Julia und ich – werde ich zu pathetisch?«

»Etwas«, sagte Graef und strichelte weiter an seinem Blatt. »Aber du hast immer schon dazu geneigt.«

»Ich weiß«, sagte Kessel.

»Und in der Woche mit Julia hast du total deine sechsundachtzigtausend Mark verpulvert?«

»Total ... aber was heißt *meine* sechsundachtzigtausend Mark. Der Bundesnachrichtendienst war da anderer Meinung. Plötzlich. Aber wenn ich nächstes Jahr den Film über Bellini schreibe, und wenn die *Buttlarsche Rotte* wiederholt wird, dann kann ich endlich den Rest zurückzahlen.«

»Diese Sendung widmet Ihnen der Bundesnachrichtendienst.«

»Wie?«

»Na ja, das könnten sie vor deinem *Bellini* einblenden. Im Deutschen Fernsehen tun sie's zwar nicht, aber hie und da im Österreicher. Ich meine: weil du ja die Sendung quasi für den Bundesnachrichtendienst schreibst.«

»Ich werde das der Frau Marschalik vorschlagen«, sagte Kessel.

»Nur«, sagte Wermut Graef, »wie in aller Welt hast du in einer Woche, in einer einzigen Woche die ganzen sechsundachtzigtausend Mark losgebracht? Und was hat Renate gesagt? Und was Julias Mann?«

»Julias Mann, der dem ehrsamen Gewerbe eines Sportkaufmannes nachgeht, das heißt: er verkauft Tennissocken und Skiwachs in einem Sportgeschäft in Bayreuth; ich will ihm nichts Böses nachsagen; ich glaube, er ist dort sogar Direktor oder Prokurist oder so was ... übrigens der seltene Fall, daß einen sein Beruf voll ausfüllt: er interessiert sich ausschließlich für Tennissocken und Skiwachs, auch in seiner Freizeit. Also saisonweise, du verstehst: im Sommer für Tennissokken, im Winter für Skiwachs. Der Mann hat gar nichts dazu gesagt, weil er es nicht gewußt hat.«

»Nicht gewußt, daß seine Frau eine Woche nicht da ist?«
»Auch er war nicht da. Er war auf einer Sportartikelmesse in Brüssel, glaube ich, kann auch sein in Stockholm; irgendwo jedenfalls.«
»Und das Kind?«
»Eine Freundin war eingeweiht, in Saarbrücken. Julia ist mit ihrem Kind dort hingefahren. Dort bleibt sie für eine Woche, hat sie gesagt. Dort geblieben ist aber nur das Kind.«
»Und sie –?«
»Toscana«, sagte Kessel.
»Sechsundachtzigtausend Mark«, sagte Graef und strichelte, »– und hat keine Angst gehabt, daß das Kind ausplaudert?«
»Der Tennissocken-Prokurist spricht nicht mit seinem Kind. Das heißt, er spricht schon mit seinem Kind, aber blöd. Er spricht so mit ihm, als wäre es noch ein Baby. Der Prokurist habe ganz übersehen – vor lauter Tennis –, hat Julia erzählt, daß das Kind inzwischen zehn Jahre alt ist. Und außerdem könne er nur über Tennis reden oder – saisonbedingt, je nachdem – über Skifahren. Zwar spielt der Kleine natürlich auch schon Tennis und wird vom Vater zum Skifahren verleitet. Aber so richtig kann er es doch noch nicht. Nicht so, daß der Vater schon mit ihm darüber reden könnte. Und noch einmal außerdem: er ist so gut wie nie daheim, der Prokurist. Nur beim Essen, und da sagt er zum Kind höchstens: bei Tisch redet man nicht. Weil er selber, sagt Julia, als Kind bei Tisch nicht hat reden dürfen. Und sonst ist er nur daheim, wenn die Sportschau läuft.«
»Und Renate?«
»Renate hat gemeint, ich bin in Berlin.«
»Anstatt dessen hast du Urlaub genommen –«
»Auch das hat man mir angekreidet: daß ich es nicht einmal der Mühe wert gefunden habe, Urlaub zu nehmen. Aber wie ich am Sonntag, an dem Oma Wünse zu schreien angefangen hat – es war der 13. November – heimlich nach Berlin zurück bin, da war doch Julias Brief da: daß der Prokurist bis 22. in Brüssel oder in Stockholm ist, und sie am 14. in Saarbrücken auf mich wartet. Da konnte ich doch nicht erst um Urlaub einkommen. Außerdem: in Berlin ist nach Brunos Tod ohne-

dies alles drunter und drüber gegangen. Auch war die Verfügung schon da, daß ich zum 31. Januar abgelöst werden soll. Da komme ich doch nicht um Urlaub ein.«

»Sondern bist nach Saarbrücken geflogen.«

»Geflogen bin ich nach Frankfurt, weil nach Saarbrücken kein Flugzeug geht. Von Frankfurt mit dem Zug –«

»Sechsundachtzigtausend Mark«, sagte Graef. »In einer Woche.«

». . . in der Toscana.«

»Sechsundachtzigtausend Mark! Hast du ihr denn ein Brillantenkollier gekauft?«

»Nein«, sagte Kessel, »sie hat nichts von mir angenommen. Nicht einmal ein Paar sehr schöner Schuhe, die wir in Florenz in einer Auslage gesehen haben. Obwohl ihr die Schuhe an und für sich sehr gut gefallen hätten. Sie hat nichts angenommen.«

»Aber wie hast du dann die Sechsundachtzigtausend . . .?«

»Es war schließlich Winter. Auch in der Toscana ist Winter. Das Schloß, das ich gemietet habe, mußte geheizt werden. Es mußte sogar sehr gut, sehr warm geheizt werden. Darauf hat Julia großen Wert gelegt. Castellnero, in der Nähe von Siena. Das Schwarze Schloß. Der Traum vom Schwarzen Schloß. Julia hat gesagt, daß sie immer schon von einem schwarzen Schloß geträumt habe. Auch die Terrasse mußte beheizt werden, mit großen elektrischen Strahlern. Es hat eine Unsumme gekostet. Und das Orchester. Vierzig Mann. Und ein Koch, und eine Kammerzofe. Und einen Läufer . . . also ich habe ihn Läufer genannt; in Wirklichkeit ist er mit dem Auto gefahren, nach Siena hinunter zum Einkaufen. Wenn ich noch könnte . . .«

Kessel verstummte. Es entstand eine kleine Pause. Graef strichelte weiter; das Kratzen der Feder war jetzt in die Stille hinein zu hören. Eine Weile schwieg auch Graef, dann hörte er zu zeichnen auf und wandte sich um. Nicht, daß Kessel verstummt war, irritierte ihn, sondern der andere Ton, in dem Kessel die letzten Wörter, den nicht zu Ende gesprochenen Satz gesagt hatte, als ob etwas in Kessel umgeschaltet worden sei zwischen dem letzten Satz im Plauderton und dem nicht zu Ende gesprochenen Satz, als ob Kessel diesen angefangenen Satz aus einer anderen Kammer seines Inneren heraus gesprochen habe, einer Kammer, die Graef bisher fremd oder zumindest weitgehend unbekannt war.

»Was? Wenn du könntest?« fragte Graef erschrocken.

Kessel hatte sich gefangen, den Schalthebel des verborgenen Reservoirs wieder herumgeworfen, sprach im Plauderton weiter, den er mit Graef üblicherweise pflog: »Das mit *Bellini* ist etwas anderes. Nicht, daß ich das quasi mit der linken Hand schreibe; nein, ich schreibe schon sorgfältig, sogar mit einer gewissen Freude, aber es ist doch etwas anderes. Etwas ganz Richtiges ist das nicht.«

Graef wandte sich wieder seinem Blatt zu und sagte: »Das Richtige ... das wäre, wenn du über Julia schriebest?«

»Ich würde schreiben ...«, wieder stockte Kessel, und wieder spürte Graef, daß der Schalthebel des geheimen Reservoirs nahe daran war, von allein herumzuspringen. Kessel aber erwischte den Hebel rechtzeitig und hielt ihn mit eiserner Hand fest. Er räusperte sich und fuhr fort: »... weißt du, wie der Körper einer Frau aussieht, wenn nur Kerzen brennen? Das elektrische Licht hat unser Jahrhundert unerotisch gemacht, sage ich dir; nur dieses elektrische Licht.«

»Die Kerzen werden auch ihr Geld gekostet haben. Ich nehme an, du hast nur reines Bienenwachs genommen.«

»– am Sonntag, am letzten Abend, war der Mond fast voll, es waren nur noch ein paar Tage bis Vollmond. Ich habe uns ein Gift in den Wein getan, habe ich ihr gesagt. Da hat sie den Leuchter hingestellt und den Wein getrunken.«

»Aber es war kein Gift in dem Wein?«

»Wir haben so getan, als wäre Gift im Wein.«

»Und die vierzig Mann haben gespielt –«

»Ja – nebenan natürlich, in der Halle ...«

»Und was haben sie gespielt?«

»Das war gar nicht einfach. Aber der Kapellmeister, den ich auch engagiert hatte, ein recht tüchtiger, junger Kerl, hat ein Arrangement aufgetrieben, *I Capuleti e i Montecchi* –«

»Vincenzo Bellini.«

»Ja. An und für sich bin ich gegen solche Arrangements, und

Jakob Schwalbe hat sich vielleicht im Grab umgedreht. Aber das Ganze war ja keine Frage des Geschmacks, sondern eine Frage –« Kessel stockte.
»– eine Frage der Stimmung?«
»Nein«, sagte Kessel, »*Stimmung* ist nicht das richtige Wort. Ich kenne das richtige Wort.« Kessel hatte den Schalthebel fest im Griff. Es war keine Gefahr im Augenblick. »Es gibt Wörter, die werden oft, viel zu oft am falschen Platz gebraucht. Aber manchmal sind sie richtig, manchmal ... selten, sehr selten. Es war eine Frage der *Leidenschaft*. Die Zeit –«, Kessel nahm, um den Schalthebel auch weiter unter Kontrolle zu halten, einen dozierenden Ton an, der aber nicht weit entfernt vom Plauderton und Graef geläufig war, »– die Zeit ist ein kurioses Ding. Du kennst meine Theorie, daß jeder Mensch seine eigene Zeit hat. Man sagt ja auch von einem großen Künstler oder von einem Erfinder, er sei seiner Zeit um Jahre voraus. Das ist wörtlich so zu nehmen. Genies leben schneller. Der Beethoven von 1820 an hat jedes Jahr zwanzig, dreißig Jahre gelebt – wie er 1827 gestorben ist, hat er für sich –«, Kessel rechnete nach, kam zu keinem Ergebnis, hatte das Tarn-Kopfrechnen schon lange wieder verlernt. Graef hatte einen kleinen Taschenrechner neben sich liegen, um die Mehrwertsteuer für seine Honorare ausrechnen zu können. Er unterbrach sein Stricheln und tippte auf die Tasten.
»Dann ist er noch gar nicht gestorben. Bei durchschnittlich fünfundzwanzig Jahren wäre es 2002.«
»– aber auch kleinere Talente sind ihrer Zeit voraus. Überhaupt, jeder Mensch, der denkt, lebt schneller.«
»Es denken wenige«, sagte Graef und strichelte weiter, »ich schätze: ein Prozent.«
»Du hast wahrscheinlich recht«, sagte Kessel, »aber das ist eine andere Frage. Die Zeit ist etwas ungeheuer Freies, und es gibt so viele Sekunden, daß jeder Mensch eine andere Zeit haben kann. Eine Differenz von einigen *Jahren*, sage ich, kann zwischen zwei Menschen eine nahezu völlige Übereinstimmung bedeuten, in einer Freundschaft oder in einer Ehe. Eine Differenz von ein paar Monaten in einer Ehe macht diese zu

einem Muster von Harmonie. Und dann stelle dir die Übereinstimmung auf die Sekunde vor –«

Graef schaute um, aber nur kurz, so kurz, daß er nicht einmal aufhören mußte zu stricheln, und sah, daß Kessel wieder nahe daran war, den Schalthebel zu dem verborgenen Reservoir auszulassen. Graef sagte schnell, schon wieder seinem Blatt zugewandt: »Harmonien unter Stundendifferenz sind Leidenschaften.«

»Ja, ungefähr«, sagte Kessel und lehnte sich in den Sessel zurück.

»So was kann man gar nicht schreiben«, sagte Graef.

»In Versen höchstens«, sagte Kessel.

»Nein«, sagte Graef, »auch nicht in Versen. Das ist ... das ist etwas anderes. Das ist das Thema für einen Gobelin.«

»Ja«, sagte Albin Kessel. »Ja. Ein Gobelin. Das Schwarze Schloß ... ein Gobelin. Aber Julias Gestalt auf dem Gobelin bleibt ausgespart. Nur ihre Umrisse sind zu sehen. Es wundert dich nicht, daß ich, wo ich so eine Abneigung gegen alle südlichen Länder habe, mit Julia in die Toscana gefahren bin?«

»Um so einen Gobelin zu erleben, muß man wohl in die Toscana fahren ...«

»Ich habe ihr vorgeschlagen: wir fahren nach Scapa Flow.«

»Wohin?«

»Nach Scapa Flow. In die großartigste Einöde, an das grüne Meer, wo die Felsen wie von Rost glänzen –«

»– im Winter nach Schottland?«

»Grad im Winter. Wo der Nebel –«

»Ich habe einmal gelesen, daß sich selbst dem besten Freund herber Landschaften speziell die Schönheiten Scapa Flows nur schwer erschließen.«

»Na ja – vor allem hat Julia gesagt, sie fürchte, seekrank zu werden. Und dann hat sie gesagt: Toscana. Es war richtig. Sie hat sich eingefügt in das Schloß von Castellnero wie die fehlende Figur in den Gobelin.«

»War sie schon einmal dort? Vorher?«

»Nein. Und sie wird auch nicht mehr hinfahren. So wie man das Glas zerschlägt, aus dem niemand mehr trinken soll –«

»So hast du Castellnero abgebrannt? ... In diesem Haus soll niemand mehr seine Geliebte ...«, Graef unterbrach wieder seine Arbeit an dem Blatt und drehte sich herum, »... ein großartiges Bild. Ich stelle mir vor, daß es Abend war. Eine dunkle Wolkenwand ist im Westen aufgezogen. Castellnero in Flammen, die dunklen, von der herrlichen Barbarei ungerührten Zypressen ... bitte unterbrich mich nicht«, sagte Graef, »laß mir das Bild: und im Schloß wölbt sich in der Hitze das letzte Mal der Gobelin. Es ist, als würde Julias Gestalt in Schmerz und Rausch noch einmal hervortreten, bevor der Gobelin schnell, wie mit einem einzigen Biß vom Feuer verzehrt, in Flammen aufgeht.«
Graef wandte sich wieder seiner Arbeit zu: »Und nie mehr, solang auch die ewigen Sterne ...«, er dachte eine Weile nach »und nie mehr, solang auch die ewigen Sterne ... und Phöbus Apollo wandern auf vorgezeichnetem Kreise, erglühen die Mauern hier von einer Julia Lust ... so ungefähr. Das glaube ich natürlich schon, daß du die sechsundachtzigtausend Mark durchgebracht hast. Oder hat das Schloß die Versicherung bezahlt?«
»Wir haben das Schloß nicht angezündet. Es steht noch. Aber Julia wird nicht mehr hinfahren. Ich werde auch nicht mehr hinfahren, weder allein noch mit jemand anderem. Ich habe bis heute gebraucht, um das zu wissen. Mir ist –«
Albin Kessel stockte.
»Ich hör' dir schon zu«, sagte Graef.
»Mir ist seitdem, als wäre mir nun alles begegnet im Leben, was mir zugemessen war. Die Akte Albin Kessel ist geschlossen.«
»Du hast ihr nie mehr geschrieben?«
»Doch.«
»Sie hat nicht gewantwortet?«
»Doch. Aber sie hat eines Tages geschrieben: sie ist unglücklich und unruhig. Unglücklich, weil sie nicht bei mir ist, unruhig, weil sie ein heimliches Verhältnis hat. Abgesehen davon, daß ihr ein heimliches Verhältnis, hat sie geschrieben, in unserem Fall als unangemessen und unwürdig erscheint, wird sie ohne dieses Verhältnis wenigstens nur unglücklich sein.«

»Eine kluge Frau«, sagte Graef. »Und ihr Mann hat nie etwas gemerkt?«
»Sie hat es ihm sogar einmal erzählt.«
»Alles?«
»Na ja – im wesentlichen alles. Sie hat ihm gesagt, daß sie den Mann wiedergetroffen hat, der der Mann ihres Lebens hätte sein können, daß sie eine Woche mit diesem Mann in der Toscana war, daß nichts auf der Welt, niemals und nirgends sie wieder glücklich machen kann nachdem ...«
»Und was hat er darauf gesagt?«
»Sie hat etwa eine Dreiviertelstunde geredet. Es war an einem Spätnachmittag an einem Samstag. Er hat die ganze Zeit die Sportschau angeschaltet gehabt. Nach der Dreiviertelstunde sei er aufgeschreckt, hat Julia geschrieben, und habe gefragt: ›Was hast du gesagt, bitte?‹ ›Nichts Wichtiges‹, habe Julia geantwortet. Daraufhin habe er sich wieder der Sportschau zugewandt.«
»Er hat also nicht zugehört?«
»Offensichtlich.«
»Er hat schon zugehört. Nur übersteigt so was den Horizont möglicher Erfahrungen eines Prokuristen.«
»Und«, fuhr Graef fort, »und Renate? Hast du es Renate erzählt?«
»Nein. Aber nicht aus dem Grund, warum eine Million oder zehn Millionen verklemmter verheirateter Liebhaber ihren Frauen nicht erzählen, daß sie ...«
Kessel gab sich einen kleinen inneren Ruck und fing anders an: »– hätte ich Renate sagen sollen, daß ich, seit ich Julia kannte, Linda und Wiltrud und sie selber, Renate selber und ein paar flüchtige andere auch, daß ich die alle ausschließlich und ganz bewußt danach ausgesucht habe, wie ähnlich sie Julia sind? Daß ich Renate geheiratet habe mit dem Gedanken: Julia kann ich nicht bekommen, also nehme ich die, die ihr am ähnlichsten ist? Das konnte ich doch Renate nicht sagen?«
Noch später, etwa ein weiteres Jahr nach diesem Gespräch, kam Wermut Graef das letzte Mal auf Julia zu sprechen. Er fing – was er sonst nie getan hatte – von sich aus damit an. Es war kein ›aufrichtiger Dienstag‹, es war ein Donnerstagvor-

mittag, Kessel und Graef waren in einer Ausstellung im Haus der Kunst gewesen, hatten sich etwa eine Stunde lang bei den Bildern aufgehalten und waren dann zum Chinesischen Turm gegangen, wo sie sich an einen schattigen Tisch setzten.
Es war ein heißer Tag Ende Juli. Der Englische Garten war an dem Werktag-Vormittag kaum bevölkert. Die Studenten, die sonst auf den Bänken sitzen, hatten schon Semesterferien. Den Rentnern war es zu heiß. Am Monopteros standen und lagen zwar einige Gruppen von geschlechtslosen Wesen und spielten Musik, die sie für indisch hielten, aber sonst war kaum jemand unterwegs. Am Chinesischen Turm saßen sechs Leute verteilt an drei Tischen: an einem Tisch Albin Kessel und Wermut Graef; an einem anderen Tisch ein der Sprache nach französisches oder belgisches Touristenehepaar mit einem nervösen, etwa achtjährigen Knaben, der mehrfach sein Limonadenglas fast umwarf; am dritten Tisch saß ein in grauen Flanell gekleideter älterer Herr und las die *Financial Times,* was deswegen zu erkennen war, weil er sie weit aufgeschlagen vor sich hielt.
Ein träger Kellner stand, die Serviette über dem Arm, am Eingang zum Haus weit drüben. Ein anderer, jüngerer Kellner war damit beschäftigt, einen Gartenschlauch anzuschließen, um, bevor die ganze Hitze des Mittags aufstieg, die Blumen in den großen Kübeln zu gießen, die das Areal der Tische abgrenzten.
Graef und Kessel schwiegen, tranken ihr Bier. Kessel schaute dem jüngeren Kellner zu. Offenbar hatte er Schwierigkeiten. Ein paarmal stand er da mit dem Schlauch und wollte spritzen, aber es kam kein Wasser. Er drehte immer wieder an der Spritze, es kam nichts.
Dann legte er den Schlauch auf den Boden und ging zu dem älteren Kellner, wohl um sich Rat zu holen. In dem Augenblick aber kam das Wasser. Der unbeaufsichtigte, losgelassene Schlauch bäumte sich unter dem Druck des Wassers auf, schlug wie eine Peitsche hin und her, sprühte Sturzbäche von Wasser nach allen Seiten. Der jüngere Kellner stürzte – sofort war er triefnaß – zur Mündung des Schlauches, die er aber nicht gleich zu fassen bekam, weil der Schlauch immer noch

wild zuckte. Dann bekam der Kellner den Schlauch doch zu fassen, aber weiter hinten. Der Kellner kämpfte sich den Schlauch entlang vor bis zur Spritze, drehte daran, aber der Strahl blieb stark wie vorher. Der Kellner wußte nicht, wo er mit dem Strahl hinhalten sollte. Er spritzte in die Luft – der ältere Kellner floh ins Haus –, dann spritzte er in die Erde. Nasser Kies spühte auf, so daß der jüngere Kellner ein paar Momente lang gar nicht mehr zu sehen war.

Da ließ der Kellner den Schlauch los, der nun, schien es, noch wütender als vorher schlängelte und zischte, und tat das, was er eigentlich gleich hätte tun sollen: er lief zum Wasserhahn. Durchnäßt und verwirrt wußte er offenbar nicht mehr genau, wo der Wasserhahn war, hatte sich aber immerhin soviel Verstand bewahrt, daß er – was aber natürlich wieder Zeit kostete – den großen, weiten Windungen des Schlauches im Gras nachlief und sich so orientierte.

Endlich hatte der Kellner den Hahn – eine T-förmige Stange, die in einem Loch nahe dem Haus steckte – ergriffen und drehte daran. Der Strahl erstarb. Der Schlauch sank in sich zusammen, lag nach einer Minute kraftlos am Boden und gab nur noch ein sickerndes Rinnsal von sich.

Das französische oder belgische Ehepaar war bis auf die Haut naß. Der Vater schaute verwirrt auf sein Bierglas, das vorher halb ausgetrunken, jetzt aber wieder voll war. Die Mutter betastete ihre Frisur, die vor einigen Minuten noch in Dauerwellen gelegen war. Die *Financial Times* des anderen Herrn hing wie eine schlaffe Fahne herunter. Nur der französische Knabe hatte geistesgegenwärtig die Hand über die Limonade gehalten.

Graef und Kessel waren wie durch ein Wunder fast trocken. Ein schräg gestellter Tisch seitlich von ihnen hatte alles Wasser abgelenkt, zum Teil über sie hinweggeleitet.

Der französische Knabe trank seine Limonade aus. Der Vater rief dem Kellner. Ungerührt kassierte der. »Wahrscheinlich«, sagte Graef, »kann der Franzose oder Belgier nicht gut genug deutsch, um zu schimpfen.« Der Franzose zeigte zwar ein paarmal auf sein verwässertes Bier; der Kellner tat aber so, als verstehe er nicht. Der jüngere, nasse Kellner ging ins Haus.

Der Herr im jetzt durchnäßten Flanell versuchte, seine *Financial Times* zusammenzufalten, aber das ging nicht mehr. Sie fiel fasernd auseinander. Da warf er das Wrack seiner Zeitung zu Boden und ging, ohne zu zahlen. Der ältere Kellner setzte zu einem Sprung an – ließ den Gast aber dann doch gehen.

Nur am Kopf war Kessel von ein paar Spritzern getroffen worden. Er zog sein Taschentuch heraus, um sich abzuwischen. Dabei fiel das Messingherz zu Boden.

»Das ist das Messingherz?«

Kessel hob es auf und gab es Graef.

»Hat das damals«, sagte Graef, nachdem er es angeschaut und Kessel zurückgegeben, »Julia hingelegt?«

»Ja«, sagte Kessel.

»Hat sie dir das dann erzählt? Im Castellnero?«

»Ja. Und ich habe das damals, auf dem kleinen Waldweg mit den ausgefahrenen Wagenspuren nicht bemerkt. Ich hätte es bemerken sollen ...«

»Aber warum hat denn Julia nichts *gesagt*?«

»Das habe ich sie auch gefragt: warum sie nichts gesagt hat ... *ich* war ja der Mann, hat sie geantwortet, sie das Mädchen. Sie war so altmodisch erzogen. Der Mann müsse das erste Wort sagen, hat sie damals gemeint. Sie war ein braves Kind. Ihre Eltern waren strenge Leute. Der Prokurist hatte seinerzeit mit Blumenstrauß und im dunklen Anzug um Julias Hand angehalten. Ein braves, verlobtes Kind aus der Provinz. Ein Messingherz hinzulegen, die Schuhe auszuziehen ... das war das äußerste, das alleräußerste an Zeichen, das sie mir zu geben wagte –«

»Und du hast es nicht bemerkt, das Zeichen.«

»Und ich habe es nicht bemerkt.«

II

Als Kessel aus Castellnero nach Berlin zurückkehrte, fand er bei der Post, die in seinem Büro lag, einige scharfe Briefe von Carus. Der erste war schon über eine Woche alt, die anderen forderten Kessel auf, endlich zu antworten.

Kessel war wenig berührt von all dem. Auch Eugenies Kündigung zum Jahresende nahm er ohne ein Wort entgegen. In der Woche drauf flog er nach München zum Rapport. Carus und ein ihm bis dahin unbekannter, wohl sehr hochgestellter Herr aus der Zentrale überschütteten ihn mit einem Donnerwetter an Vorwürfen. Sein Verhalten, sagte der hochgestellte Herr, grenze an Landesverrat. Und vor allem: wo die sechsundachtzigtausend Mark seien?

Kessel antwortete so gut wie nicht. Das war auch nicht nötig. Die beiden Herren redeten so viel, daß für eine Antwort – die im übrigen auch gar nicht erwartet zu werden schien – kein Raum blieb.

An konkreten Anweisungen erfuhr Kessel lediglich, daß er alles in Berlin, auch die Quellen Hirt und von Primus, an den Dr. Ajax zu übergeben habe, der sich demnächst bei ihm melden werde. Mit Egon sei jeder weitere Kontakt zu unterlassen. Seine, Kessels, Zugehörigkeit zum Bundesnachrichtendienst sei mit Ablauf des 31. Januar 1978 als beendet anzusehen. Der eigenmächtige Urlaub würde ihm anteilig vom Gehalt abgezogen. Wegen der sechsundachtzigtausend Mark werde man im Februar, wenn alles abgewickelt sei, mit ihm sprechen.

So packte Kessel am 31. Januar seinen Koffer und seine Reisetasche. Er rief Eugenie an und verabschiedete sich, dann ging er auf den Friedhof und stand eine Weile vor dem Stück gefrorener Erde, unter der Bruno lag. Wo sie Kurtzmann begraben hatten? Oder wird man als treulos gewordener Spion in Singapore schlicht ins Wasser geworfen? Oder gilt das eher für Hongkong, wo es so viele Kanäle gibt?

In München am Flughafen kaufte er sich eine *Süddeutsche Zeitung*. Er las sie im Flughafenbus, mit dem er zum Hauptbahnhof fuhr. Als der Omnibus schon in den Bahnhofsvorplatz einbog, schlug Kessel die Seite mit den Todesanzeigen auf. Eine kleinere der schwarzgeränderten Nachrichten fiel Kessel ins Auge: JACOBI. Er schaute genauer hin und mußte lesen: *Dr. theol. Nikolaus Jacobi – Oberstudienrat a. D. Commorant zu Herz Jesu in Neuhausen ... im Frieden des Herrn entschlafen ... am 27. Januar ...* Unterzeichnet war die Annonce vom Pfarrer von Herz Jesu und einer Dame namens Agnes Berneder geb. Jacobi, also wohl eine Schwester oder eine Nichte des alten Herrn.

Ob es ihm ein Trost war, am Geburtstag Mozarts zu sterben, dachte Albin Kessel. Ob er wußte, als er starb, daß man den 27. Januar schrieb? Wenn es die persönliche Unsterblichkeit gibt, etwa in der Form, in der sich die meisten Christen das vorstellen, daß man nämlich als unsichtbarer Rauch aus dem abgestorbenen Körper austritt, durch die Nase vielleicht, oder durch den Mund, oder die Ohren, oder durch alle diese Öffnungen, wohl erst etwas verwirrt ist, dann seinen Rauch sammelt, wartet, ob aller Rauch da ist, sich in gehörige Form bringt und dann über seiner eigenen Leiche schwebt, die einem wahrscheinlich häßlich vorkommt oder sogar lächerlich – dann kann man natürlich auch einen Blick auf den Kalender werfen: aha! Der 27. Januar; Mozarts Geburtstag, kann vielleicht ausrechnen, wenn man im Kopfrechnen gut ist, wie alt man exakt geworden ist, während die Witwe hereingeführt wird. Dann kann man auch Gedanken lesen, stellen sich die Leute vor, vor allem natürlich die Gedanken der Witwe wird man lesen wollen. Ob man auch vergangene Gedanken der Leute lesen kann, die mehr oder weniger mißmutig im Regen dem Sarg folgen? Kessel hatte es noch nie vermocht, aufrichtig und innig an die persönliche Unsterblichkeit zu glauben. Trotzdem hatte er es immer vermieden, in den sehr seltenen Fällen, in denen er an einer Leiche stand – die erste Leiche, die er gesehen hatte, war die der Köchin seiner Großeltern gewesen –, Unziemliches zu denken; auch bei Beerdigungen nicht. Das ist sehr schwer, wie man weiß. Aber selbst, wenn es eine persönliche Unsterblichkeit gibt, selbst wenn die Seele wie ein Rauch aus dem abgestorbenen Körper steigt, ob einen da Dinge wie die Gedanken der Witwe interessieren? Das Todesdatum und so Spielereien? Ob man da nicht gleich zu Höherem aufsteigt? Wahrscheinlich ist das alles aber so unvorstellbar anders, daß keine Religion und keine Philosophie sich das ausmalen kann, nicht einmal eine Theorie darüber aufstellen. Die philosophischen Systeme kranken ja von vornherein alle daran, daß sie an die *Gedanken* gebunden sind, Gedanken sind aber an Begriffe gebunden und die an Wörter. Neun Zehntel der Welt aber ist nicht in Wörter auszudrücken. Solange es keine Philosophie ohne Wörter gibt, keine Philosophie jenseits der Begriffe, keine ungesprochenen Systeme, solange ist das alles nur Katzensilber; Platon ist Katzensilber, Spinoza, Kant und Heidegger – besonders Heidegger, hatte Dr. Jacobi gesagt.

Er hat von der Philosophie wenig gehalten, der Dr. Jacobi, obwohl er auch da sehr viel gelesen hatte, schon von Berufs wegen. In seiner Jugend, hatte er einmal erzählt, habe er die berühmten philosophischen Schriften wild durcheinander gelesen, dann, als Student noch einmal mit System: chronologisch, bei den Vorsokratikern beginnend, über Aristoteles und Platon bis herauf zu Leibniz, dann habe er ein drittes Mal angefangen, diesmal nach Sachgebieten: die positivistischen Philosophien, die idealistischen, die Naturphilosophen, die ontologischen, die psychologischen, die politischen ... auch das habe ihn nicht weitergebracht. Zum Schluß, gegen Ende seines Berufslebens, habe er es das vierte Mal versucht. Nach dem Alphabet. Bei Husserl habe er aufgehört. Er betrachtete es als Weisheit, daß er sich von diesem Zeitpunkt an P. G. Wodehouse zugewandt habe. »Anhand der Geschicke des Schweines ›Empress of Blandings‹ oder Bertie Woosters oder des unsterblichen Jeeves können Sie genausoviel Erkenntnistheorie gewinnen wie bei Levi-Strauss, nämlich gar keine.« Nur Schopenhauer hatte Dr. Jacobi von seinem Verdikt ausgenommen, aber auch nur die *Aphorismen zur Lebensweisheit* und auch nur als, wie er sagte, »Perlenschnüre der Grundvernunft.«

Ob der sterbende Dr. Jacobi gewußt hat, daß er nun stirbt? Und wenn, ob man da aufgelegt ist, an das Datum zu denken?

Wahrscheinlich weiß man nicht, daß man stirbt, weil man das nicht glaubt. Niemand glaubt an den eigenen Tod. Bei allem gelegentlichen Lebensüberdruß ist der Mensch unfähig, sich seiner persönlichen Sterblichkeit bewußt zu sein, allenfalls im Zusammenhang mit der Unsterblichkeit der Seele oder der Seelenwanderung, was den Tod ja wieder aufhebt. *Horla* nennt Maupassant den Schrecken, der einen durchfährt, wenn es einem gelingt, sich die persönliche Sterblichkeit annähernd bewußt zu machen. Vielleicht *ist* der Mensch unsterblich? Vielleicht stirbt er überhaupt nur am Schrecken vor dem Tod? An dem Horla? So, wie man sagt, daß die gejagten Hasen nicht durch den Schrotschuß sterben, sondern durch den Schreck, daß sie getroffen sind?

Kessel stand am Bahnhofsplatz oder vielmehr auf dem Konglomerat an Bauzäunen und Schutthaufen, das die U-Bahn-Baustelle vom ehemaligen Bahnhofsplatz übriggelassen hatte, und das so aussah, als würde es nie wieder in Ordnung kommen. Der Gewohnheit des vergangenen Jahres entsprechend – später nannte Kessel diese Zeit immer ›meine Agentenmonate‹ oder ›meine Episode im Dienste des Vaterlandes‹ –, wandte er sich dem Taxistand zu, hielt seinen Schritt aber an. Er erinnerte sich an eine sehr ähnliche Situation, an eine so ähnliche Situation, daß er im ersten Augenblick an einen déjà-vu-Effekt dieses Lebensaugenblicks glaubte, bis ihm einfiel, daß jener Augenblick diesem hier tatsächlich in vielem entsprach: als er nach der Abwicklung des Versicherungsfalles betreffend den Untergang der Yacht *St. Adelgund II* aus Paris nach München zurückgekehrt war. Auch damals hatte – sozusagen – sein Fuß nach einem Taxi gezuckt, und auch damals hatte Kessel den Fuß zurückgerufen und hatte ihm zu bedenken gegeben, daß die Millionärszeit oder Episode der Millionarität zu Ende sei, worauf sich der Fuß einsichtsvoll der Straßenbahnhaltestelle zugewandt hatte.

So ging auch heute Kessel zwar nicht zur Straßenbahnhaltestelle, aber hinunter zur S-Bahn, fuhr zum Marienplatz, stieg in die U-Bahn um bis Harras/Endstation. Dort stieg er wieder an die Oberfläche und nahm die Straßenbahn der Linie 8 in Richtung Fürstenried.

In der U-Bahn hatte Kessel weiter in der *Süddeutschen Zeitung* gelesen. Eigentlich, dachte Kessel, hätten die Schwester des verewigten Dr. Jacobi und der Stadtpfarrer von Herz Jesu die Kosten nicht scheuen sollen, zumal es wohl nur geringe Mehrkosten gewesen sein dürften, und die Traueranonce statt bloß in die *Süddeutsche Zeitung* in die *Neue Zürcher* einrücken lassen. Selbst Joachim Kaiser scheut sich nicht, den allgemeinen Sprachverhunzungs- und Verblödungstrend mitzumachen, zum Beispiel Alptraum zu schreiben statt richtig Albtraum; gar nicht zu reden von so haarsträubenden Sprachdummheiten (Journalismen, pflegte Dr. Jacobi zu sagen) wie das Wortungetüm, das Kessel vor einiger Zeit auch ohne Hinweis des Dr. Jacobi aufgefallen war: nach einer wichtigen Wahl hatte man von ›... einem ersten endgültigen Zwischenergebnis ...‹ gesprochen. Wahrscheinlich, hatte sich Kessel gedacht, gibt es mehrere erste Ergebnisse, vielleicht fünfzehn, von denen eben die *Süddeutsche* nur eins bringt, das beste wahrscheinlich. (Es gibt ja, rechtfertigte Kessel im Geist den Ausdruck, namentlich in sogenannten sozialistischen Ländern außer Außenministern, wie man immer liest, stets sehr viele Stellvertretende Außenminister, von denen einige wiederum Erste Stellvertretende Außenminister sind. Ob es allerdings unter den Ersten Stellvertretenden Außenministern einen Wirklichen Ersten Stellvertretenden Außenminister gibt, hatte Kessel nie herauszufinden vermocht. Wahrscheinlich gab es jeweils zwei Wirkliche Erste Stellvertretende Außenminister.)
Also fünfzehn erste endgültige Zwischenergebnisse, von denen die *Süddeutsche* eines abgedruckt hatte. Was unterscheidet aber ein erstes endgültiges Zwischenergebnis von einem *letzten vorläufigen Endergebnis*? Das sind wahrscheinlich Annäherungswerte. Vielleicht ist es so, dachte Kessel, daß die letzten, sagen wir, sieben der fünfzehn ersten endgültigen Zwischenergebnisse praktisch schon die letzten vorläufigen Endergebnisse *darstellen,* nicht *sind,* das wäre für einen Journalisten zu wenig. Bloßes *Sein* reicht nicht. Es muß mindestens *darstellen,* wenn ein Journalist schreibt. Dabei ist *darstellen* eigentlich weniger als *sein.* Der Mann, der den König

im Hamlet *darstellt, ist* der Schauspieler Werner Kreindl ...
»Aber«, hatte Dr. Jacobi gesagt, »vergessen Sie nicht: solche Journalisten sind keine Leute, die wirklich denken. Sie stellen bestenfalls Leute dar, die denken.«
Kessel ließ die *Süddeutsche* in der U-Bahn liegen. In der Straßenbahn würde er zum Fenster hinausschauen.
Renate ist noch nicht daheim, dachte Kessel. Ob Julia bemerkt hatte, daß er die ganze Zeit im Castellnero den Schlüsselbund mit den Hausschlüsseln von Fürstenried dabeigehabt hatte? Wahrscheinlich hatte sich Julia darum nicht gekümmert. Gefragt hatte sie nicht, was das für Schlüssel seien. Es waren ja auch die Schlüssel für die Wohnung und den Laden in Berlin dran, außerdem, die eine Woche lang, der Schlüssel für das Tor zum Castellnero, obwohl er eigentlich den Schlüssel nicht brauchte, denn sie waren ja nie fortgegangen.
Die Woche ist zu kurz, um Ausflüge zu machen, hatte Julia gesagt. Außerdem wollte sie ausprobieren, mit wie wenig Kleidern sie auskam. Einmal gelang es ihr, genau vierundzwanzig Stunden lang überhaupt nichts Textiles anziehen zu müssen: von abends acht Uhr, wo Kessel, nachdem serviert worden war, das Personal hinausschickte, die Nacht durch ohnedies, aber auch beim Frühstück, und vormittags, wo Julia sogar für zehn Minuten mit Kessel in den Park ging – es war eine milde toscanische Spätherbstluft, und die Sonne schien –, beim Mittagessen und beim Nachmittagsschlaf, wenn man das so nennen konnte, bis wieder um acht Uhr abends hatte Julia nichts auf dem Leib außer Schuhen und ein wenig Schmuck. Erst um acht Uhr, als das Orchester wieder kam, warf sie etwas aus weißer Spitze über ... Es sei das erste Mal gewesen, sagte Julia, daß sie vierundzwanzig Stunden nackt gewesen sei. Der Prokurist lege auf so etwas keinen Wert.
Renate hatte Kessel noch von Berlin aus angerufen, in der Buchhandlung. Es war das erste und das letzte Mal, daß er Renate vom Laden aus anrief. Da Kessel ja dabei seinen Klarnamen nennen mußte, hatte er das aus Sicherheitsgründen unterlassen.
So war ich, dachte Kessel mit einigem Trotz. Ich glaube

nicht, daß alle beim Geheimdienst so korrekt handeln. Aber das dankt mir keiner.

Wenn Renate gleich selber am Telephon ist, hatte sich Kessel gesagt, als er schon den Hörer in der Hand hielt, gewählt hatte und am anderen Ende der Leitung beim Anschluß der Buchhandlung H. am Salvatorplatz das Freizeichen erklang, ... wenn Renate zufällig selber gleich am Telephon ist, dann ...

»Buchhandlung H. ...«, sagte Renate, »guten Morgen ...«

So kam Kessel nicht mehr dazu, auszudenken, *was* sein würde, wenn Renate selber ans Telephon kam. Aber auch ohnedies hätte Kessel nicht recht gewußt, was er dieses Orakel fragen hätte sollen.

Er sagte Renate, daß ihn die Firma Siebenschuh gefeuert habe, und daß er heute nach München zurückkehre.

Es war nicht zu leugnen, daß Renate sich offenbar ehrlich freute. Das klang sogar durch ihre kurze Antwort am Telephon. Sie freute sich so, daß sie sogleich hinzuzufügen müssen glaubte: »– nicht, daß du entlassen worden bist ...«, – sie wiederholte nicht Kessels ›gefeuert‹ –, »... das ist natürlich nicht schön für dich ... obwohl ... ich habe immer schon gedacht, daß das eigentlich nicht das Richtige ist für dich ... diese Firma Siebenschuh ... Aber warum hast du mir das nicht gestern gesagt? Da hätte ich doch den Tag freigenommen.«

»Ich hole dich um halb sieben am Salvatorplatz ab«, sagte Kessel, »wie ...« – wie immer hätte er fast gesagt, sagte aber dann, »... wie früher.«

Es würde also niemand daheim sein, dachte Kessel. Die Straßenbahn der Linie 8 bog nach der Haltestelle Boschetsrieder/Wolfratshauser in die trostlose Gegend von Obersendling ein. Natürlich war es für Renate hart, daß sie ihr die Kröte wieder weggenommen haben. Aber für mich ist es – das werde ich ihr nie sagen – wie die Befreiung von einem Geschwür.

Dr. Jacobi trat in den Saal, auf die Schultern seiner beiden Söhne gestützt. Kam der Saal Kessel bekannt vor? Es war

Kessel, als wäre er schon einmal in dem Saal gewesen. Es war ein hoher, großer Saal, merkwürdig deswegen, weil er auf der einen Seite – rechts, gesehen aus der Richtung, aus der Kessel eingetreten war – zwei Reihen Fenster hatte, und zwar übereinander.

Es war Nacht. Im Saal brannte spärliches Licht. (Waren es Kerzen, die den Raum erleuchteten?) Kessel hatte das unbestimmte Gefühl, mit diesem Besuch zu nächtlicher Stunde etwas Ungehöriges zu tun. Hatte er Dr. Jacobi etwas so Wichtiges zu sagen, daß er ihn mitten in der Nacht stören durfte? Kessel schaute nicht auf die Uhr, aber er wußte, daß es ungefähr zwei Uhr war. Natürlich war es eine Ungehörigkeit, einen alten Mann, den er gar nicht so gut kannte, um diese Zeit zu stören. Kessel erinnerte sich, daß der Diener schon sehr befremdet geschaut hatte, als er ihm die Tür öffnete. Aber gesagt hatte er nichts, hatte ihn eingelassen, als er seinen Namen genannt hatte, ihn in diesen Saal geführt.

Mag sein, übrigens, daß es auch zwei, vielleicht sogar drei Diener waren: in hellgrüner, goldverschnürter Livree. Die Diener hatten die Kerzen in dem Saal angezündet. Platz angeboten hatten sie Kessel nicht, was auch nur gegangen wäre, wenn sie einen Stuhl herbeigeholt hätten. Der Saal war so gut wie unmöbliert, höchstens, daß ein paar Konsolen an den Wänden standen, vielleicht ein Tisch irgendwo, Sitzgelegenheiten jedenfalls keine –

Kessel war sicher, daß er diesen Saal kannte. Er zermarterte sein Hirn, während er auf Dr. Jacobi wartete. Der Saal, dämmerte es in Kessel auf, stand auch in seiner Erinnerung im Zusammenhang mit etwas Unziemlichem, etwas Unsinnigem ... Ob es nicht besser ist, dachte Kessel, wenn ich wieder gehe? Mich beim Diener entschuldige ... sage: ich komme morgen wieder?

Einer der Diener stand mit eisiger, ja versteinerter Miene an der Tür hinter Kessel, durch die er in den Saal getreten war. Kessel wagte es nicht, den Diener anzureden. Außerdem würde es die Unhöflichkeit nur noch größer machen: zu gehen, nachdem Dr. Jacobi nun schon einmal geweckt worden war.

Das Beste wäre, fuhr es Kessel krampfhaft und lähmend durch den Sinn, irgend etwas sehr Wichtiges zu erfinden, was er Dr. Jacobi sagen könnte. Was war wichtig genug, einen alten, kranken Mann mitten in der Nacht zu wecken? Kessel fiel nichts ein. Es war ihm, als warte er eine Ewigkeit, den Blick starr auf die andere Tür an der gegenüberliegenden Schmalseite des Saals gerichtet, durch die Dr. Jacobi kommen würde.

Es war eine Flügeltür. Kessel erinnerte sich nicht, daß er das Eintreten Dr. Jacobis wahrgenommen hatte. War er, weil es so lange dauerte, eingeschlafen? Im Stehen?

Dr. Jacobi trug einen fast bodenlangen, sehr dunklen, fast schwarzen Pelzmantel. Die beiden Söhne waren in knielange graue Gehröcke mit doppelreihigen Knöpfen gekleidet.

»Ich bin auch meine Söhne«, sagte Dr. Jacobi. »Sie heißen Johannes, Demetrius und Alexius.«

Wieso haben *zwei* Söhne *drei* Namen, überlegte Kessel.

Dr. Jacobi war weniger ungehalten, als Kessel befürchtet hatte. Er ließ sich bis etwa in die Mitte des Saales führen und stand dann einige Schritte von Kessel entfernt. Mit einem entschiedenen, kurzen Befehl, der nur aus einem Blitzen der Augen und einer winzigen Bewegung des Kopfes bestand, schickte Dr. Jacobi den Diener hinaus.

»Ich habe Ihnen anzubieten –«, sagte Dr. Jacobi ohne alle weitere Einleitung, ohne jeden Gruß, ohne Höflichkeitsfloskel – war die ganze Sache anders? Hatte Dr. Jacobi *ihn*, Kessel, zu dieser ungewöhnlichen Stunde zu sich bestellt? War es Dr. Jacobi, der Kessel etwas Wichtiges zu sagen hatte?, – »ich habe Ihnen anzubieten: die Herrschaft entweder über das Feuer oder über das Wasser, über die Luft oder über die Erde. Eins von vieren. Ich schätze Sie, deshalb lasse ich Ihnen die erste Wahl; frage Sie, bevor ich die anderen frage.«

Wer sind die anderen, überlegte Kessel, die zwei Söhne mit den drei Namen?

Als Kessel aufwachte, hatte er noch den Ton des letzten Wortes, das Dr. Jacobi gesprochen hatte, im Ohr, und dennoch war er sicher, daß er dazwischen, zwischen dem letzten Wort Dr. Jacobis und dem Erwachen, einen anderen Traum geträumt hatte. Vielleicht war das so zu erklären, daß er, der geträumte Albin Kessel, nach der merkwürdigen, bei Licht besehen nicht sehr aufregenden, im Traum aber unnennbar erschütternden kurzen Rede Dr. Jacobis wieder im Stehen eingeschlafen war – wie schon beim Antichambrieren – und im Traum geträumt hatte. Von dem Traum im Traum wußte Kessel nichts mehr, nur ein Vers schlug, ja: *schlug* blitzartig von dem tieferen Traum durch den Jacobi-Traum durch bis in den wachen Augenblick, schlug mit solcher Macht durch, daß es Kessel war, als habe ihm jemand diesen Vers laut zugerufen, als sei er vielleicht sogar durch diesen Zuruf erwacht. Der Vers stand zudem vor Kessels Auge – das im übrigen wahrzunehmen begann, daß eben die Straßenbahn die Haltestelle verließ, an der Kessel aussteigen hätte müssen –, stand so klar vor Kessels Auge, als habe er ihn eben in großer, schwarzer Schrift (Kessel war es, als sei es Fraktur gewesen) gelesen:

Alles, aber, was Namen hat, das ist sterblich.
Unsterblich nur ist das namenlose Gestein.

War das die Antwort auf Dr. Jacobis Angebot? Hatte Kessel die Herrschaft über die Erde gewählt?

Kessel stand auf, um an der nächsten Station – das war die Endstation – auszusteigen.

Der Traum ging ihm nach. Kessel überlegte kurz, ob und unter welchen Stichwörtern er in seinem Traumbuch nachschauen sollte. Vorerst aber erschien ihm der Traum noch so gewichtig, daß es ihm als ungehörig erschien, förmlich als pietätlos gegenüber Dr. Jacobi, diesen Traum durch abergläubisches Nachschauen im Traumbuch zu erniedrigen.

Mit dem Angebot Dr Jacobis war nicht eine politische Herrschaft über die Erde gemeint, das war klar; das ging aus dem Angebot der anderen Herrschaften hervor, denn wie sollte eine politische Herrschaft über Feuer, Wasser und Luft denkbar sein. Die Herrschaft war wohl eher im Sinn von Erkenntnis gedacht, im Sinn einer archaischen Stellvertretung, ein Erkennen und Zurückziehen ...

Hatte nicht Dr. Jacobi noch gesagt – mit einer gewaltigen, ja fürchterlichen Trauer in der Stimme –, die Wahl sei endgül-

tig? Das würde heißen: die Wahl des einen schließe die Erkenntnis der drei anderen für immer aus, ja, bringe die Feindschaft der drei anderen Elemente mit sich?
Die Straßenbahn hielt. Mit der Unsterblichkeit ist es so wie mit der Tramway, fiel Kessel ein, nur wenige bleiben bis zur Endstation sitzen. Nur Kessel war – außer dem Fahrer – in dem Wagen sitzengeblieben, und auch er nur aus Versehen. Der Fahrer rief die Station über sein Mikrophon aus und fügte hinzu: »Endstation, alles aussteigen.« Dann schaltete er den Motor ab, stieg auch aus, lehnte sich draußen gegen den Wagen – dort, wo die Sonne hinschien und ein wenig wärmte –, zog eine Pfeife mit einem winzigen, viereckigen Kopf aus der Tasche, und begann zu rauchen.
Kessel nahm sein Gepäck auf, stieg aus dem Wagen und machte sich auf den Weg die eine Station zurück. Ein Fußweg, ein irregulärer Weg, ein Pfad, den die Bewohner der Siedlung entgegen den Planungen der Architekten getreten hatten, führte den Schienen der Straßenbahn entlang. Kessel nahm diesen Weg.
Das letzte Mal, als er Dr. Jacobi besucht hatte, hatte der ihm einen Aufsatz gegeben, den er geschrieben und in einer Zeitschrift veröffentlicht. »Das ist mein Belegexemplar, bitte geben Sie es mir gelegentlich zurück.« Es war ein Sonderdruck, vier Seiten, aus einer philosophisch-theologischen Vierteljahresschrift. *Das Bild Gottes* war der Aufsatz überschrieben. Kessel hatte ihn damals gleich gelesen, hatte aber immer wieder vergessen, es auch hinausgeschoben, den Sonderdruck zurückzuschicken. Sollte er die vier Seiten jetzt behalten? Korrekt wäre es natürlich, den Aufsatz – vielleicht mit ein paar Zeilen, die Kondolenz ausdrückten – an die Schwester zu schicken, deren Namen in der Todesanzeige abgedruckt war. Wie hatte die Schwester geheißen? Die Zeitung hatte er in der U-Bahn liegengelassen. Man könnte sich die Zeitung natürlich nochmals kaufen. Sie gab es noch. Es war ja die Zeitung von heute. Aber hier in dieser Gegend, in der nur hohe Häuserblöcke standen, gab es keine Zeitungskioske.
Man könnte in der Redaktion anrufen und sich die Zeitung in den nächsten Tagen schicken lassen. Man könnte auch im

Pfarramt Herz Jesu anrufen. Dort würden wohl der Name der Schwester und die Adresse bekannt sein. Oder man könnte den Brief mit Bitte um Weiterleitung an den Stadtpfarrer schicken.
Das Bild Gottes. Es sei eine Überheblichkeit des Menschen, hatte Dr. Jacobi geschrieben, aus den Versen 26 und 27 des ersten Kapitels der Genesis zu schließen, daß Gott so aussähe wie ein Mensch! Die Heilige Schrift, hatte Dr. Jacobi geschrieben, sei zwar von Gott inspiriert, aber von Menschen verfaßt. Nur der Sinn der Schrift sei heilig, nicht die Redaktion. Außerdem sei gerade der allererste Teil der Genesis mit größter Vorsicht zu betrachten. Als das Alte Testament niedergeschrieben wurde, hatte es noch keine Schutzumschläge gegeben. Die ersten Seiten seien deshalb naturgemäß dem Verschleiß im hohen Maß ausgesetzt gewesen. Man müsse sich vorstellen, wie so ein Buch ausgesehen habe, das durch vielleicht dreißig Generationen von Hand zu Hand gegangen sei. Wer weiß, was da alles an abgenutzten Stellen ergänzt und übermalt worden sei. Außerdem heiße es in Vers 26 ausdrücklich: der Mensch sei dem Bilde Gottes *ähnlich* geschaffen worden, nicht *gleich*.
Er könne, hatte Dr. Jacobi weiter ausgeführt, bei aller Liebe zum einzelnen Menschen keine allgemeine Liebe zum Menschengeschlecht fassen. Die Menschheit allgemein sei als Ungeziefer zu betrachten, das die Welt zerstöre. Heute wisse man, daß dieses Zerstörungswerk so gut wie abgeschlossen sei. Die Tierwelt sei ausgerottet, jedenfalls was die größeren Tierarten betreffe. Bald gäbe es nur noch Wanzen und Heuschrecken. »Das Experiment Mensch ist gescheitert.« Gott könne unmöglich wie ein Vertreter dieses überheblichen Ungeziefergeschlechtes aussehen. Die Bemerkung in der Genesis, der Mensch solle über die übrige Schöpfung herrschen, sei entweder eine Interpolation pro domo oder aber, noch schlimmer: ein Fluch. Wie der Mensch könne Gott nicht aussehen, eher schon wie ein Tier, wie ein Adler, nein, der schaue zu kalt und zu dumm, etwa wie das so verrufene, aber bei Licht besehen edle und nachgerade erhabene Nashorn. Oder wie ein großer Baum, eine Pinie vielleicht, oder eine ur-

alte Zeder. Am wahrscheinlichsten sei es aber, meinte Dr. Jacobi, daß Gott aussähe wie ein Stein.

> Alles, aber, was Namen hat, das ist sterblich
> Unsterblich nur ist das namenlose Gestein.

Stand dieser Vers auch in dem Aufsatz von Dr. Jacobi? Nein, erinnerte sich Albin Kessel.

Die Straßenbahn, in der Kessel gekommen, fuhr nun in umgekehrter Richtung, stadteinwärts, an ihm vorbei. Sie war – bis auf den Fahrer – leer. Auch mit den Urgründen der Geschichte ist es wie mit der Tramway: nur wenige sind von Anfang an dabei.

Renate hatte Schäfchens Sachen weggeräumt. Kessels Schreibtisch stand wieder in seinem Zimmer wie früher. Langsam begannen die zähen Sirupspuren von Schäfchens Gegenwart zu Boden zu tropfen und zu versickern. Ende der Woche kam die Trommel aus Berlin. Kessel stellte sie neben seinen Schreibtisch. Im Mai kam ein anderes Paket, auch aus Berlin. Es waren ein paar Zeilen von Dr. Ajax dabei, mit freundlichen Grüßen: er wisse nicht, was der Inhalt dieser Sendung solle. Er reiche sie weiter. Sie sei jetzt nach langen postalischen Irrfahrten an die neue Dienststelle gekommen. Es handle sich wohl um eine private Bestellung.

Das Paket enthielt achtzig Holzteller mit einem aufgemalten Arrangement von Alpenblumen: Enzian, Edelweiß und Almrosen. Auf dem Tellerrand die Umschrift – Kessel konnte es nicht lesen, wußte es aber – ›Gruß aus den Alpen‹ auf Japanisch.

Neunundsiebzig dieser Teller verschenkte Kessel im Lauf der Jahre als Geburtstags- oder Weihnachtsgeschenke. Einen behielt er, stellte ihn auf die Trommel als Aschenbecher. Mit der Zeit verbrannte oder verwischte die Asche die gemalten Alpenblumen auf dem Boden des Tellers. Die Umschrift blieb sichtbar.

Was in diesem Buch vom Bundesnachrichtendienst erzählt wird, ist nicht wahr. Alle Episoden in diesem Zusammenhang sind erfunden.
Der Autor hatte einige Gewährsleute – er hat das in diesem Buch beschriebene Schottensystem gewahrt, die Gewährsleute wissen nichts voneinander –, die ihm bei der Schilderung des Bundesnachrichtendienstes behilflich waren. Aus begreiflichen Gründen muß es sich der Autor versagen, die Gewährsleute namentlich mit Danksagung aufzuführen. Von den Gewährsleuten weiß der Autor auch, und das soll hier ausdrücklich gesagt werden, daß der hier geschilderte Bundesnachrichtendienst nicht der der siebziger, auch nicht der der sechziger Jahre ist, sondern – wie einer der Gewährsleute sagte – der der wilden Gründerzeit, also der fünfziger Jahre. Damals habe es vielleicht solche Dinge gegeben, heute gäbe es sie jedenfalls nicht mehr.
Angesichts der Tatsache, daß jeder, der dieses Buch liest, bei den entsprechenden Stellen an den Bundesnachrichtendienst mit Sitz in Pullach denken würde, selbst dann, wenn irgendeine Phantasiebezeichnung verwendet worden wäre, haben Verlag und Autor gleich den ›richtigen‹ Namen belassen.
Eine abschließende, vorsorgliche Ehrenerklärung für die Mitarbeiter des Bundesnachrichtendienstes: der Autor ist sicher, daß es bei diesem Dienst wie bei jeder Behörde fleißige und faule, kluge und dumme, humorvolle und humorlose Beamte gibt. So wie die hier geschilderten Mitarbeiter sind die Beamten und Angestellten des Bundesnachrichtendienstes nicht, gewiß nicht.